Das Buch

Agneta, einzige Tochter des Grafen Rabenstein, ist eine schöne, kluge junge Frau. Doch seit ihrer Geburt wird sie auf der Burg im Harz versteckt gehalten. Agneta hinkt, ihr linker Fuß ist verkrüppelt und man munkelt, dass bei ihr der Teufel die Hand im Spiel hatte. Trotz ihrer Isolation lernt sie den stillen Francois kennen, einen Wanderscholaren, der Unterkunft beim Burgpfaffen gefunden hat. Die beiden verlieben sich und Francois weist Agneta in die Kunst der Sterndeutung ein. Als eines Tages der Burgvogt ermordet wird, gerät Francois in Verdacht. Er muss fliehen. Agneta wird in ein Kloster geschickt…

Die Autorin

Barbara von Bellingen studierte Kunstgeschichte und Freie Malerei. Ihren erlernten Beruf – Bühnenbildnerin – übte sie nie aus. Stattdessen arbeitete sie als literarische Übersetzerin und wurde zur Hobbyhistorikerin. Heute lebt sie als freie Autorin in der Vulkaneifel. Sie schreibt historische Romane – vom Krimi bis zur Abenteuerromanze.

Im Heyne Verlag sind als Taschenbücher lieferbar: *Jungfernfahrt* (Nr. 01/9950), *Dreißig Silberlinge* (Nr. 01/10546), *Kranzgeld* (Nr. 01/10869).

BARBARA VON BELLINGEN

DIE STERNDEUTERIN

Roman

WILHELM HEYNE VERLAG
MÜNCHEN

HEYNE ALLGEMEINE REIHE
Band-Nr. 01/13174

Umwelthinweis:
Dieses Buch wurde auf
chlor- und säurefreiem Papier gedruckt.

Originalausgabe 10/2000

Printed in Germany 2000
Umschlaggestaltung: Nele Schütz Design, München,
unter Verwendung des Gemäldes »Viehtränke an der Landstraße«
von Jan Brueghel d. Ä.
Satz: Buch-Werkstatt GmbH, Bad Aibling
Druck und Bindung: Ebner Ulm

ISBN: 3-453-17184-5

http://www.heyne.de

ANMERKUNG

Alle Horoskope in diesem Roman sind frei erfunden. Sie sind jedoch nach den Gesetzen der Astrologie zusammengestellt und entsprechend interpretiert. Auch an die am Ende des zwölften Jahrhunderts herrschenden Planetenstände habe ich mich, mit kleinen Abweichungen, weit gehend gehalten.

Bekanntermaßen sind Geburtsdaten historischer Persönlichkeiten aus der Zeit des Mittelalters entweder ungenau oder überhaupt nicht vorhanden. So weit Daten zur Verfügung standen, habe ich sie – cum grano salis – ausgewertet. Von Alienor d' Aquitaine gibt es aber nicht nur kein Datum, sondern es werden sogar zwei verschiedene Geburtsjahre – 1120 und 1122 – angegeben. Ich habe einen Novembertag des Jahres 1122 zu ihrem Geburtstag erklärt, weil die charakterlichen Eigenschaften, die dieses Datum aus astrologischer Sicht verleihen würde, mit erstaunlicher Genauigkeit zu ihrem Wesen passen – wie auch zu allem, was über sie und ihren Lebensablauf bekannt ist.

Barbara von Bellingen

16. April, anno Domini 1204

Es ist die heißeste Tageszeit, und ich ruhe. Der warme Glanz der Mittagssonne bringt die Farben der Gartenblumen zum Leuchten. Durch das zierliche Gitter des Fensters, an dem ich sitze, fällt goldenes Licht herein und malt Flecken auf die blau gemusterten Fliesen des Fußbodens. Zwischen den ledrigen Blättern des Feigenbaums, der unweit des Springbrunnens steht, sind schon die ersten winzigen Früchte zu erkennen. Ich betrachte das Wunder mit nachdenklichen Blicken. Zuhause im Norden hat gerade erst der Frühling angefangen.

Um diese Mittagsstunde schweigt alles, selbst der Gesang der Vögel. Keine laut tönende Stimme, die die Gläubigen zum Gebet ruft. Nur das schläfrige Plätschern des Brunnens ist zu hören, das leise Rauschen, mit dem sich sein dünner Wasserstrahl in tausend Tropfen auflöst und als kühlender, funkelnder Regen in die Marmorschale niederfällt. Ich rücke meinen Fußschemel heran und lege die Beine hoch, um mir die Zeit der Muße geruhsamer zu gestalten. Doch heute will der Frieden, den ich an meinem Lieblingsplatz stets verspüre, nicht in mein Herz einziehen. Denn ein Mensch hat diese Welt verlassen, ohne den ich mir die Zukunft nicht leicht vorstellen kann.

Sie sei am ersten Tag des Aprils gestorben, sagte der Bote, der mir ihr Schreiben brachte. Schmerzen habe ihr der Tod nicht bereitet, er sei sanft und gütig gekommen wie ein Freund. Jetzt ruhe sie, wie sie es gewünscht hatte, an der Seite derer, die ihr die Liebsten gewesen waren – in ihrer Abtei Fontevrault im fernen Poitou.

Das Schreiben ist von ihrer eigenen Hand – ich hatte es auf den ersten Blick gesehen. Es umfasst nur sechs Zeilen. Dennoch bedecken die wenigen Sätze beinahe das gesamte Blatt. Alienors Worte beanspruchen Platz. Ihre Handschrift ist königlich.

Ich erinnere mich an den Tag, da wir uns zum ersten Mal begegneten, und ich fühle wieder die Hand des Schicksals, die mich damals berührte. Es war Alienor, durch die sich alles zum Guten wendete. Ohne sie wäre ich heute nicht hier.

Mein Blick fällt auf das Pergament in meiner Hand. Alienor hat immer auffallend groß geschrieben. Es ist nicht so, dass etwa das Alter ihre Sehkraft vemindert und sie gezwungen hätte, ihre Buchstaben so ausladend zu gestalten. Wenn ich die Augen schließe, sehe ich sie noch vor mir, den frisch gespitzten Gänsekiel mit großzügigem Schwung über das Pergament führend. Alienor hat unendlich viel geschrieben in ihrem langen Leben.

Was sie schrieb, zog Kreise. Es hatte Bedeutung, wie jetzt der kurze Brief, der an mich gerichtet ist. Sein Inhalt wundert mich. Kein einziges Wort des Tadels, obwohl ich ihr damals einfach davongelaufen war. »Mein Kind«, heißt es, »mit Gottes Hilfe habe ich dich nun ausfindig gemacht und lasse dich wissen: Ich bat meinen sehr lieben Enkel Otto, den König der Deutschen – Philipp von Schwaben trägt die Krone zu Unrecht –, dich mit dem festen Haus Rabenstein zu belehnen. Halte in freundlicher Erinnerung eine alte Frau, die auch dich lieb gehabt hat.«

Sie ist nicht im Zorn von mir gegangen. Aber sie greift wieder in mein Leben ein, noch an ihrem Todestag. Sie hat immer eingegriffen, sich eingemischt, gelenkt und geleitet. Sie war Alienor, die Königin. Sie hat das Leben unzähliger Menschen gestaltet – durch ihr machtvolles Wesen, ihre Klugheit und ihre Selbstsucht. Doch nicht zuletzt war es ihre Liebe, die ganze Völker beeinflusste.

Ja, ich sehe sie vor mir. Zart gebaut, in sehr aufrechter Haltung und noch in ihrem hohen Alter von großer Schönheit, wird sie für immer vor meinem inneren Auge stehen. Ich empfinde keine Trauer darüber, dass sie nicht mehr unter den Lebenden weilt. Meine Augen sind ohne Tränen geblieben, als ich von ihrem Tod erfuhr. Aber mich hat sie auch geliebt, auf ihre seltsam eigennützige Weise, und die Welt wird sehr viel ärmer werden ohne Alienor.

Ich habe plötzlich das Gefühl, als ruhten ihre dunklen, leidenschaftlichen Augen auf mir – wie damals, im Spätsommer anno 1189, als ich Rabenstein den Rücken gekehrt hatte und sie mein Leben in ihre Hände nahm. Das war der Wendepunkt. Doch größere Bedeutung hat für uns beide immer der Frühling gehabt – besonders der April.

Ihr Brief lässt alte Erinnerungen aufsteigen, schmerzliche und wundervolle, leuchtende und trübe. Jetzt brennen mir doch die Augen. Es kommt wohl von der hellen Sonne – die bringt den Bogen Pergament in meiner Hand derart zum Strahlen, dass meine Augen tränen.

Ich muss den Blick abwenden. Ich schaue auf meine Füße. Der linke ist bandagiert; noch ein paar Tage, dann können die Verbände entfernt werden, sagt mein Arzt. Dann wird ein weiteres Stück meines Lebens der Vergangenheit angehören.

Ich weiß nicht, ob ich Alienors Angebot annehmen werde. Ich habe dieses heiße Land mit seinen großzügigen Menschen lieben gelernt und unter dem tiefblauen Himmel des All-Erbarmers das Glück gefunden. Rabenstein liegt weit. Mir scheint, als läge es ferner als der Mond. Ich werde gut bedenken müssen, ob ich dorthin zurückkehren will. Die Ereignisse, die mit Rabenstein verknüpft sind, lasten immer noch schwer und dunkel auf meiner Seele. Die Wunden, die mir dort geschlagen wurden, sind zwar vernarbt, aber sie schmerzen noch.

Vielleicht waren es doch nicht die grellen Sonnenstrahlen, die mir die Tränen in die Augen getrieben haben. Ich weine, wenn auch nicht um Alienor. Meine Gedanken fließen plötzlich zurück nach Rabenstein, in die Vergangenheit. Halb vergessene Abgründe tun sich auf. Jener ferne Frühling, in dem mein eigentliches Leben begann, drängt in mein Gedächtnis, und meine Tränen rinnen schneller.

Ich will meinen Erinnerungen nicht ausweichen. Wer weiß, ob dann die alten Verletzungen nicht schneller heilen? Mein Arzt glaubt fest daran. Dränge nichts zurück, sagt er. Lass dich auf deine Schmerzen ein. Nur wenn du sie verstehst, kannst du dich von ihnen befreien.

Was hätte die weise Alienor mir jetzt geraten, in diesem

Augenblick? Hätte sie auch gesagt: »Kind, stelle dich deiner Vergangenheit«? O ja, sicherlich. Sie selbst hat es immer so gehalten. Sie war der Mut in Person.

Ich bin längst nicht so mutig. Dennoch – ich will den Schatten, die durch Alienors Brief erneut aus dem Dunkel des Vergessens heraufbeschworen wurden, nicht kampflos das Feld überlassen. Flucht ist Feigheit, hätte Alienor gesagt, wehr dich – das bist du dir schuldig.

So will ich es auch halten. Ich werde mich Rabenstein noch einmal stellen, bevor später am Nachmittag neue Betriebsamkeit in diese stillen Räume einzieht und ich Schöneres zu tun haben werde, als alte Gespenster zu vertreiben.

MARTIS ET VENERIS CONIUNCTIO

Uf der linden obene
dâ sanc ein kleinez vogellin
vor dem walde wart ez lût
dô huop sich aber daz herze mîn
an eine stat da'z ê dâ was.
Ich sach die rôsebluomen stân:
die manent mich der gedanke vil
die ich hin zeiner frouwen hân.

Dietmar von Eist
(vor 1171)

1

Die Nacht war abgetan. Schon zeigte sich im Osten über den Wipfeln der Bäume die Rosenfarbe des erwachenden Morgens. Von der mächtigen Linde im Burghof wehten die Flötentöne eines Amselliedes zu mir herüber. Der letzte Apriltag brach an, noch lieblicher als die vergangenen Tage. Das versprach der bittersüße Duft des Weißdorns, mit dem der Wind beladen war.

Überall waren die Knospen aufgesprungen. Junges Leben drängte sich leuchtend aus ihnen ans Licht. Blühende Kirschbäume umgaben in einem weißen Zauberkreis die Bauernhütten unten im Tal, die mit ihren verwitterten Strohdächern wie zottige graue Schafe um ihre Kirche gedrängt standen. Nicht mehr lange, dann würde auch die Linde auf Rabenstein blühen. Ich atmete tief. Der Wind war wirklich schwer von Duft. Die Amsel sang noch immer ihr anrührendes Lied – Frühling war die traurigste Zeit des Jahres.

Mit einem Mal spürte ich wieder die Kälte, die vom vergangenen Winter noch in den Mauern steckte. Auch die steinerne Bank der Fensternische, in der ich saß, strahlte Kälte aus. Ich lehnte die Stirn an den gemeißelten Fensterrahmen. Meine Augen flossen über. Tränen rollten heiß meine Wangen hinab. Der Wind kühlte auf der Stelle ihre nassen Spuren und blies mich mit plötzlicher Grobheit an. Ich zitterte in meinem dünnen leinenen Hemd.

Mit schleppenden Bewegungen erhob ich mich. Es war, wie es war. Dumm genug, dass ich die halbe Nacht schlaflos gelegen und die letzte Stunde vor der Dämmerung auf dem kalten Fenstersitz verbracht hatte, müßig Ausschau haltend auf die Wälder und das Tal, über denen Rabenstein thronte. Was Wunderbares hatte ich denn erwartet? Was konnte Agneta in der Einsamkeit ihrer Kammer schon Bemerkenswertes vor Augen kommen?

Tatsache war, dass ich wartete. Ich wusste nicht, auf was. Ich hatte nur, tief in mir, das Gefühl, dass irgendetwas bevorstand, etwas Bedeutendes, Wichtiges – nur ein Gefühl, aber es war mächtig. Und die beiden Sterne, die am blassroten Horizont so nah beieinander standen, ein punktkleiner und ein großer, strahlend heller, schienen mir auf sonderbare Weise Bestätigung zuzublinken.

Dummes Zeug, würde mein Vater sagen. Lauter Chimären, das wären die Worte meiner Mutter gewesen. Beide hatten wohl Recht. Ich musste mich darauf besinnen, wo mein Platz war. Es gab keine bedeutenden Ereignisse für Agneta. Agneta hatte im Hintergrund zu bleiben und sich zu fügen – was sonst?

Ich stützte meine Hand auf den Fenstersims und verlagerte das Gewicht auf mein linkes Bein. Meinen linken Fuß durchschoss der wohl bekannte, reißende Schmerz, als ich mit ihm auftrat. Ich hielt das Gesicht unbewegt und machte in Gedanken die Grimasse, die ich mir schon in der Kindheit abgewöhnt hatte. Der Schmerz, mein intimer Feind, war ja immer da gewesen. Schließlich lebte ich seit meiner Geburt mit diesem grässlichen, unförmigen Klumpen am linken Bein, den man mit Fug und Recht nicht einmal Fuß nennen konnte und der auch kaum als ein solcher zu gebrauchen war.

Ich hinkte, die ganze Last meines Körpers auf den rechten Fuß verlagernd, zur Tür. Die klobige eiserne Klinke ging schwer, sie hatte im Winter durch Kälte und Feuchtigkeit etwas Rost angesetzt. Bis jetzt war noch keiner der Hausdiener mit Schmierfett da gewesen, obwohl ich schon vor ein paar Tagen die Anweisung gegeben hatte.

Die dicke Bohlentür knarrte. Ich senkte den Kopf, um in der kleinen und engen Türöffnung nicht anzustoßen, und spähte um die Ecke. Da hatte meine Amme ihren Strohsack. Sie schnarchte. Das war der Grund, warum ich sie, seit ich volljährig geworden war, nicht mehr in meiner Kammer duldete.

Margarete schlief noch; ein raues Raspeln kam aus ihrer Kehle. Ich würde sie nicht wecken und zu ihren Pflichten rufen, sondern mich selbst ankleiden. Das war umständlich, aber so musste ich wenigstens heute die heuchlerisch-liebenwürdige Miene nicht ertragen, die meine Amme mir zeigen würde.

Jetzt sah das alte Weib grimmig aus, wie sie so dalag, das graue Haar in wirren Strähnen, die rote Faust im Schlaf gegen die feiste Wange gestemmt und die Stirn in fettigen Falten. Was an ihr am meisten ins Auge fiel, waren ihre riesigen, inzwischen faltigen Brüste, die nur teilweise von ihrem weiten Leinenhemd und dem mager gestopften Federbett bedeckt wurden. Ich konnte mir kaum vorstellen, dass Margarete mich mit diesen Brüsten einmal, wenn auch widerwillig, genährt hatte.

Sie war mir zugeteilt worden, erst als Amme, dann als Dienstmagd. Sie war eine der Hörigen meines Vaters und hatte nicht die Wahl gehabt. Und ich hatte genauso wenig wählen dürfen, wer mich bediente, ganz abgesehen davon, dass keine einzige Magd sich freiwillig erboten hätte, meine Zofe zu sein. Agneta zu dienen, das war keine Ehre – das war eine Zumutung. Denn mit der Tochter des Herrn von Rabenstein war es nicht richtig. Sie hatte einen Pferdefuß.

Ich zog den Kopf zurück, schloss die Tür und humpelte wieder zu meinem Bett. Am Fußende des einfachen, mit Rosshaarpolstern und einer Federdecke belegten Gestells stand die Truhe, die meine Gewänder enthielt. Sie war aus Eichenholz gezimmert. Die breiten Wangen, die Stollen und den schweren, dachförmigen Deckel zierten ein paar simple, in Kerbschnitt ausgeführte Rosetten.

Ich stemmte die rechte Hand gegen den groben Kalkputz der Mauer, verlagerte das Gewicht auf den rechten Fuß und mühte mich mit der linken Hand, den Deckel hoch zu bekommen. Es gelang mir nicht beim ersten Mal. Mehrere Versuche waren nötig, bis ich Einblick in meine Gewandtruhe nehmen konnte. Schwankend stand ich davor – schwankend auf den Füßen und schwankend, welches von meinen Gewändern ich heute anlegen sollte.

Es waren nicht viele – jedenfalls längst nicht so viele, wie der einzigen Tochter eines Grafen zugestanden hätten. Ich besaß außer dem Hemd, das ich am Leib trug, lediglich noch drei weitere leinene Hemden, zwei Cotten, beide aus blauer Wolle, und ein grobes, rotwollenes Obergewand. Dazu kam eine grünseidene, sparsam mit Rot bestickte, ärmellose Suckenie, die ich eigenhändig verziert hatte. Das war alles, wenn man Schleier, Haarnetze, einige seidene Schapel, die Gugel für schlechtes Wetter und meinen Mantel nicht mitrechnete.

Ich lächelte, mir selbst zur Ermunterung, während ich, wieder mit der Linken, eine der Cotten hervorzog. Die schöne grüne Suckenie würde ich erst morgen tragen, zum Maienfest – auch, wenn ich nicht daran teilnehmen würde. Heute musste die grobe rotwollene gut genug sein.

Während ich mich ankleidete, suchte ich das Lächeln beizubehalten. Ich wusste, es war bitter – das bittere Lächeln einer bitteren Jugend. Aber es war mein Lächeln. Ich bestand darauf, es zu zeigen, sowohl mir selbst als auch anderen. Es half mir über schlechte Stimmungen hinweg.

Das Schnüren der Seiten an der rotwollenen Suckenie war mühselig. Ich erledigte es im Sitzen auf dem Bett, nachdem ich sie mir über Hemd und Cotte gezogen hatte. Dann stand ich auf und hinkte noch einmal zum Fenster.

Es lag, tief gekuppelt, mit seinen zwei seitlich angemauerten Sitzbänken in einer Nische in der Mauerdicke. Sein Rundbogen war geteilt von zwei schlanken, schmucklosen, hintereinander stehenden Säulen und maß vier Fuß in der Breite, drei in der Höhe. Letzte Woche waren die mit Pergament bespannten Rahmen, die das Fenster im Winter verschlossen, abgenommen worden. Nun bot es wieder Licht und einen Blick ins Tal. Die dunkle Jahreszeit war vorbei.

Ich liebte gerade dieses Fenster, an dem ich so viele Stunden meines Lebens gesessen und in die Weite hinausgeträumt hatte. Doch diesmal verzichtete ich darauf, die Haare beim Kämmen im Wind flattern zu lassen, wie ich es so oft tat. Das Gefühl von Freiheit, das mich dabei manchmal überkam, konnte ich heute nicht ertragen. Noch spürte ich die tränenschweren Flügel meiner Träume der vergangenen Nacht. Sie hatten mich angerührt, hatten ihre Schatten über mich geworfen. Die Sehnsucht nach Freiheit musste das Ausmaß meines Kummers ins Unerträgliche steigern. Gerade diese Sehnsucht konnte sich niemals erfüllen.

Ich war gefangen – gefangen in einem unvollkommenen Körper und in einer Familie, der ich nichts galt. Meine achtzehn Jahre hatten mich gelehrt, dass es kein Entrinnen gab. Agneta Rabenstein, die Jungfer mit dem Pferdefuß, würde niemals einen standesgemäßen Gemahl finden. Das war mir an meinem letzten Namensfest endgültig bewusst geworden. Agneta Rabenstein war von Geburt dazu verdammt, allein zu bleiben und am Rand zu stehen. Jetzt war ein neuer Frühling gekommen. Das Maienfest nahte. Und ich war wieder nicht dabei.

Oh, sie würden singen und tanzen, die Mädchen aus dem Dorf und die jungen Frauen von der Burg. Die Älteren und Alten würden unter dem bekränzten Baldachin sitzen und lächelnd zuschauen und sich an das Frühlingsglück ihrer Jugend erinnern. Es würde gelacht und gescherzt werden; der Festesfreude waren ja an einem solchen Tag keine Grenzen gesetzt. Hartmann, mein Bruder, würde sich eine Gespielin suchen in der ungebärdigen Schar der jungen Mägde. Mein Vater und meine Mutter, die nicht oft miteinander sprachen, würden auf jeden Fall am Maienfest einige wenige Worte miteinander wechseln und sich vielleicht sogar anlächeln. Selbst unser Burgpfaffe würde ein paar Becher Bier über den Durst trinken und lallend Mailieder singen. Und ich? Ich würde mich irgendwo verstecken und dem fröhlichen Treiben von ferne zusehen, wie jeden Mai.

Ich löste meine Flechten und kämmte das Haar flüchtig durch, ehe ich es steiffingrig in ein rotwollenes Netz packte. Da unten im Dorf waren die Mädchen schon dabei, Girlanden zu winden. Ich sah drei von ihnen beim Brunnen sitzen mit Körben voll von Frühlingsblumen und jungem Birkengrün. Sie sprachen wohl jetzt von ihren Liebsten, von den jungen Männern, denen sie ihre Gunst schenken wollten. Sie kicherten und steckten die Köpfe zusammen. Wahrscheinlich erzählten sie sich Geschichten, die die Alten besser nicht hören sollten.

Ich kniff die Augen zusammen. Von all diesen Dingen war ich ausgeschlossen und würde es bleiben. Doch die beiden Sterne, der winzige und der große, strahlende, standen noch am hellen Horizont. Sie waren seit vorgestern näher zusammengerückt, schien mir. Das Gefühl, dass etwas Bedeutendes geschehen würde, überflutete mich von neuem bei ihrem Anblick.

Dummes Zeug. Lauter Chimären. Ich wandte mich ab. Die dunklen Träume besiegten ja stets die hellen. Und die Wirklichkeit hatte mich wieder. Unbeteiligt warf ich noch einen Blick zurück in meine Kemenate, die bis auf Bett, Truhe und Schreibkasten leer war – ein Spiegelbild meines Lebens –, legte mir den Mantel über den Arm und mühte mich an meiner Krücke zur Tür. Ein neuer Tag begann, ein weiterer Tag in einer unendlich langen Kette von freudlosen Tagen, die vor mir lagen.

Margarete schlief nach wie vor auf ihrem Strohsack neben meiner Kammertür. Sie schnarchte jetzt lauter, und ihr fleischiger, zahnlückiger Mund stand offen. Mein Blick glitt über ihren sackartigen Körper, von dem die Decke abgeglitten war, und der Anblick stieß mich ab. Ich hatte Margarete schon immer abstoßend gefunden, aber nicht, weil sie so hässlich war, sondern wegen ihrer kriecherischen, allzu unterwürfigen Art. Die übertriebene Freundlichkeit, die sie vor mir zur Schau stellte, verwandelte sich nämlich, wenn ich den Rücken drehte, in tiefe Boshaftigkeit. Ich wusste, wie Margarete über mich sprach, wenn ich nicht anwesend war. Schon mehrmals hatte ich Gespräche zwischen ihr und anderen Dienstleuten des Hauses erhascht und kannte die Geschichten, die sie über mich verbreitete. Ihr hatte ich es zu verdanken, dass so manches Mädchen, so manche alte Frau sich bekreuzigte, wenn ich vorüberging. Durch sie war ich bei den Knechten und Mägden in den Geruch gekommen, ein Kind des Teufels zu sein.

Als kleines Mädchen hatte ich sogar geglaubt, dass an den Gerüchten, die über mich weitergegeben wurden, etwas Wahres sei. Heute stellte ich mich gleichgültig. Gut, ich hatte ganz sicher für irgendeine Schuld zu büßen, und Gott allein wusste, welche das war. Aber ich hatte diese Buße auch willig auf mich genommen. Täglich verrichtete ich mein Gebet für das Seelenheil meiner Familie. Mit den Dämonen der Finsternis hatte ich nichts zu schaffen. Diese Behauptung war lächerlich. Dennoch, lachen konnte ich noch immer nicht darüber. Zu sehr verletzte es mich, Furcht und Misstrauen in den Augen der Dienstleute zu erkennen. Es gab sicher keinen in meiner Familie, der den Hörigen unseres Hauses besser gesonnen war als ich. Und es machte mich zornig, gerade bei ihnen so gefürchtet zu sein.

Ich schlich an Margarete vorüber und gab mir große Mühe, meine Krücke nicht zu hart auf die roten Fliesen des Fußbodens aufzusetzen. Die Amme sollte ruhig weiterschlafen. Später, wenn sie mir am Nachmittag beim Essen aufwartete, war noch Gelegenheit genug, mich über ihre Heuchelei zu ärgern. Jetzt wollte ich Frieden, und ich würde ihn bekommen. Mein Mantel war für einen Spaziergang gedacht. Irgendwo im Wald ließ es sich bei diesem herrlichen Frühlingswetter gut sein. Ich konnte meinen Gedanken freien Lauf lassen, konnte den Vögeln beim Nestbau zuschauen und den Falken beim Jagen. Pflanzen und Tiere waren Freunde. Für sie war ich nichts Unheimliches oder Bedrohliches, dem man aus dem Weg gehen musste. Sie trauten mir. Und ich liebte sie dafür.

Der Saal, der vor mir lag und den ich durchqueren musste, war in ein unwirkliches, milchig-rosiges Licht getaucht. Durch die vier Rundbogenfenster schien der erwachende Morgen herein. Die bunten Farben der Wandbemalung, Ranken und Blüten, leuchteten bei Tagesanbruch in zarteren Tönen. Ich stand einen Augenblick und nahm das sonderbar melancholische Bild in mich auf. Erst wenn die Sonne hoch stand, würde dieser Raum, den wir wegen seiner kleinen Fenster den Wintersaal nannten, heiter wirken, das wusste ich. Dennoch gefiel er mir im Dunst der Frühe viel besser. Jetzt entsprach er meiner Stimmung.

Ich machte mich auf den Weg. Weit, weit vor mir war die kleine, dunkel glänzende Tür, die dem Eingang zu meiner Kammer fast gleichsah und die in die Kemenate meiner

Mutter führte. Da musste ich hindurch, um an die schmale Schnecke zu gelangen, auf der man die anderen Geschosse des Palas erreichte.

Ich zählte die Schritte bis zu der Tür meiner Mutter. Es waren siebenundvierzig, jedenfalls für mich, und ihre Zahl war mir seit vielen Jahren bekannt. Dennoch zählte ich jedes Mal wieder. So behielt ich den Überblick und wusste, wie weit ich mich noch vorwärtsbewegen musste.

Bei Fünfundzwanzig hielt ich an. Am Mittelpfeiler, auf der halben Länge des Saals, musste ich Atem schöpfen und mich überwinden, weiterzugehen. Mein linker Fuß machte mir schließlich das Gehen zur Qual, und es kostete Kraft, trotzdem immer wieder einen Schritt vor den andern zu setzen. Es half, die Wege in Etappen einzuteilen. Das hielt ich so seit meiner frühesten Kindheit.

Die Grundfarbe des Saals war grün. Auch an der Decke, zwischen den Kreuzrippen des Gewölbes, prangten bunt gemalte Blätterranken. Während ich langsam weiterhumpelte, begannen ihre Farben mehr und mehr zu leuchten. Die Sonne hatte sich endlich über die Wipfel der Bäume erhoben und die letzten Reste der Dämmerung besiegt. Ein Sonnenstrahl glitt flüchtig über die roten Terracottafliesen des Fußbodens und ließ ihn aufglänzen, als ich die Tür meiner Mutter erreichte.

Die Augen meiner Mutter waren geschlossen. Weit vorsichtiger als bei Margarete ging ich an ihrem mächtigen dunklen Bett vorüber. Eine schmale graue Silhouette lehnte am Fenster. Hedwig, die Zofe meiner Mutter, hatte sich schon von ihrer einfachen Bettstatt in der hinteren Ecke erhoben und wartete nun darauf, dass ihre Herrin erwachte.

Hedwig hatte mich gehört und drehte sich zu mir um. Sie war bereits fertig angekleidet. In ihrer nonnenhaften grauen Cotte und dem völlig schmucklosen dunkelbraunen Obergewand sah sie aus wie eine alte Frau. Dabei zählte sie erst vierunddreißig Jahre. Das weißleinene Gebände umschloss ein bleiches, hageres Gesicht mit einem schmallippigen Mund. Es wirkte ebenso verhärmt wie das meiner Mutter. Die beiden Frauen ähnelten einander wie Geschwister. Mir schien es, als hätten sie sich in den langen Jahren, die sie zusammen waren, nicht nur im Aussehen einander angeglichen.

Hedwig hob die Hände und öffnete den Mund, um etwas zu sagen. Ich presste den Finger auf die Lippen und schüttelte den Kopf. Ich wollte nicht, dass meine Mutter aufwachte und mich sah.

Hedwig begriff und schwieg. Ihr Blick war ergeben, aber anklagend. So kannte ich sie. Es passte ihr nicht, dass ich meiner Mutter aus dem Weg ging. Ihr hätte es besser gefallen, wenn ich »ihrer lieben Herrin« gelegentlich aufgewartet hätte, wie Töchter das gemeinhin taten.

Sie verstand mich genauso wenig wie die anderen Dienstleute, wenn sie mir auch nicht ablehnend gegenüberstand. Ich hatte meiner Mutter nichts zu sagen. Meine Mutter übersah mich, seit sie mich zur Welt gebracht hatte, und schämte sich meiner, wie auch mein Vater und mein Bruder sich meiner schämten. Es war lange her, seit ich zum letzten Mal versucht hatte, mich ihnen zu nähern.

So geräuschlos wie möglich öffnete ich die schmale Tür in der Wand neben dem Kamin und schob mich durch die niedrige Rundbogenöffnung.

Jetzt kam der schwierigste Teil meines Weges. Die Schnecke, eine enge Wendeltreppe in der Mauer, hatte sehr hohe, dafür aber schmale Stufen. Zwölf von ihnen würden mich abwärts in das zweite Geschoss des Palas bringen und vierundzwanzig in die Küche, die zu ebener Erde lag. Ich wollte in die Küche, um mir ein Stück Brot zu holen. Die Außentreppe, die vom Saal im ersten Stock in den Hof hinabführte, war zwar breiter und sehr viel angenehmer zu gehen, aber im Saal schliefen seit einigen Tagen etliche Burgmannen. Selbst wenn sie um diese Zeit wahrscheinlich längst auf den Beinen waren – ich scheute mich, ihnen unter die Augen zu treten. Ich hasste ihre Blicke und vermied es nach Möglichkeit, ihnen zu nahe zu kommen. Besonders die Knechte meines Vater zollten mir wenig Respekt und musterten mich mit unverhohlener Ablehnung. Gerade in ihren Augen las ich Misstrauen und Furcht nur allzu deutlich. Ich wusste, dass sie mein Dasein für jedes Unheil, jeden Fehlschlag in der Arbeit und jedes Missgeschick bei Fehdezügen verantwortlich machten. Keiner von ihnen hätte es bedauert, wenn ich einfach verschwunden wäre.

Ich quälte mich also Schritt für Schritt die enge Schnecke hinunter bis ins Erdgeschoss. Die Wendeltreppe führte von hier aus noch weiter in die schwarze Tiefe. Sie reichte bis zum Fundament der Burg, tief in den Kellern. Aber ich schob mich durch eine türlose, enge Öffnung in die Küche.

In dem tonnengewölbten, recht niedrigen Raum herrschte Leben. Zwei Mägde, die eine jung, die andere schon fast dreißig, hatten in dem gewaltigen Kamin Feuer gemacht. In einem ungefügen eisernen Kessel, der darüber am Haken hing, kochte Haferbrei. Der alte Marten schleppte gerade eine Last Brennholz herein und warf es vor dem Kamin auf den Steinboden, dass die Scheite polterten. Das graue Leinen, das alle auf dem Leib trugen, war von der durch zwei winzige, schlitzförmige Fensterchen hereindringenden Morgensonne rosig überhaucht. Die weißen, turbanartig geschlungenen Kopftücher der Mägde leuchteten.

Alle drei erstarrten in ihren Bewegungen, als ich auf einmal unter ihnen stand. »Das Fräulein …«, murmelte die junge Magd und ließ beinahe den eisernen Schöpflöffel fallen, mit dem sie hantiert hatte. Die andere Magd und der alte Kerl, dieser abergläubische Marten, schlugen die Augen nieder.

Ich spürte, wie meine Miene sich verschloss. »Ein Stück Brot«, herrschte ich das Mädchen an, »und etwas Bier. Und Speck auf das Brot!«

Die junge Magd beeilte sich. Ihre Finger zitterten, als sie mir den Becher und den kleinen Holzteller mit Brot und Speck darbot. »Segne es Euch Gott«, murmelte sie befangen und mit steifen Lippen.

Ich hängte mir die Krücke an den Arm, über dem schon mein Mantel hing, und nahm Teller und Becher an. So beladen war es mir schier unmöglich, auch noch einen Schritt zu tun. Ich biss die Zähne zusammen, dass sie knirschten, und schob mich mit schleifendem linkem Fuß zu der Tür hinüber, die zum Hof hin offen stand. Keiner der Dienstleute nahm mir etwas von meiner Last ab. Sie standen da und starrten mir nach. Ich spürte ihre Blicke in meinem Rücken.

Draußen im Frühsonnenschein traten mir Tränen in die Augen, teils vor Schmerz, teils vor Zorn. Wie oft hatte ich ähnliche Begegnungen mit Knechten und Mägden schon erlebt und dennoch – es schien mir, als würde ich jedes Mal empfindlicher bei ihrer Gleichgültigkeit und Missachtung. Ich drehte mich um und rief mit gellender Stimme: »Hanne, her zu mir!«

Die ältere der beiden Mägde erschien, näherte sich zögernd. »Ja?«

»Ja, junge Herrin!«

»Ja – junge – Herrin …«

Ich atmete tief ein und deutete auf die Krücke, die mir zu Boden gefallen war. »Reich sie mir.«

Hanne bückte sich, nahm die Krücke mit fahriger Bewegung auf, hielt sie mir hin.

Ich zog die Augen zu Schlitzen zusammen. »Bist du wirklich so dumm?« fuhr ich sie an.

»Aber …«, stotterte Hanne, »ich dachte … Ihr wolltet, dass ich die Krücke aufhebe …«

»Nimm mir meinen Mantel vom Arm.« Meine Stimme klang jetzt eiskalt. »Beweg dich.«

Hanne gehorchte widerstrebend. Mit finsterem Gesicht stand sie vor mir, Mantel und Krücke in den Händen.

»Nun leg mir den Mantel um die Schultern«, sagte ich langsam. Meine Stimme klirrte.

Hanne legte die Krücke wieder aus der Hand und tat, was ich von ihr verlangte. Sie war dermaßen ungeschickt dabei, dass ihr das schwere, halbkreisförmige Kleidungsstück zwei Mal auf den Boden glitt. Endlich hatte sie es geschafft. Mit zittrigen Fingern befestigte sie die Schnur an den Tasseln, zwei handtellergroßen, durchbrochenen Silberscheiben, die den Mantel am Hals zusammenhielten. Dann trat sie ein paar Schritte zurück.

»Nun reich mir die Krücke, blödes Weibsstück«, sagte ich eisig.

Noch einmal musste Hanne sich vor mir bücken. Als sie mir diesmal die Krücke hinhielt, war ihr Blick hasserfüllt. »Da.«

»Bitte, junge Herrin.«

»Bitte!« Hanne richtete sich auf. Sie starrte mir trotzig ins Gesicht. Ihre grauen Augen funkelten voller Ablehnung.

»Bitte, junge Herrin – wird's bald?« Ich machte mir nicht die Mühe, meinen Rücken ebenfalls zu strecken. Wegen dieser bockigen Leibeigenen würde ich keine unnötigen Schmerzen auf mich nehmen. »Folgst du nicht, dann ...«

Der Ton, in dem ich gesprochen hatte, war drohend gewesen. Noch niemals hatte ich angedeutet, dass eine Missachtung meiner Worte üble Folgen haben könnte. Hannes Blick wurde unsicher, dann ängstlich. Sie schien vor meinen Augen zu schrumpfen. »Ja ...« stotterte sie, »ich ... Bitte, junge Herrin!« Und sie reichte mir die Krücke noch einmal hin. Jetzt bebte ihre Hand.

Ich wusste, warum ihr der Schreck in die Glieder gefahren war. Ich dachte an die Gerüchte, die die alte Margarete über mich verbreitete, und musste innerlich lächeln. Abergläubisch waren sie alle, die Hörigen und Burgmannen meines Vaters. Wenn ich besser fuhr, indem ich ihren Aberglauben nutzte, dann würde ich das in Zukunft tun. Was hatte ich denn zu verlieren?

»Troll dich«, herrschte ich sie an, »und biete mir nicht noch einmal ein Ärgernis – hast du verstanden?«

»Ja, junge Herrin«, beeilte sich die Magd hervorzuwürgen. Dann raffte sie ihre leinenen Röcke und rannte in ihre Küche zurück. Ihr Saum wirbelte die Spreu auf, die den Hof bedeckte.

Ich lehnte meine Krücke an den dicken, zerfurchten Stamm der Linde. Dann, nachdem ich Teller und Becher abgestellt hatte, ließ ich mich mühsam auf ihre gewaltigen Wurzeln niedersinken. Diese Wurzeln – sie wanden sich wie Lindwürmer über den Fels, auf dem Rabenstein erbaut war, und fanden erst in einer Entfernung von acht, neun Schritten den Weg in die dünne Erdkrume.

Ich hatte mich oft gefragt, wie der Baum es geschafft hatte, mit so wenig Erdreich so alt und so groß zu werden. Gott allein wusste, wie es der Linde gelungen war, überhaupt am Leben zu bleiben. Aber sie stand hier seit Menschengedenken und wuchs und streckte ihre breiten Äste in den Himmel, und für mich war ihr Anblick ein stetiger Trost. Wenn dieser Baum lebte und gedieh, trotz aller Widrigkeiten, dann musste auch Agneta den Elementen ihres Lebens trotzen können. Wenn die Linde nicht aufgegeben hatte, dann würde auch ich nicht die Waffen strecken.

Ich war Agneta von Rabenstein – aus kriegerischem Geschlecht. Unsere Burg spiegelte das wider. Der Bergfried, zwanzig Schritte zu meiner Rechten auf der Ostseite, hatte unten eine Mauerdicke von acht Fuß. Mit seinen schmalen Schlitzfenstern und dem hoch über dem Erdboden liegenden Eingang wirkte er trutzig genug. Der Palas zu meiner Linken, aus dessen drittem Geschoss ich eben heruntergekommen war, prunkte mit einem prächtig in Stein gemeißelten Haupteingang, den man über die Außentreppe erreichte. Das geräumige, an den Palas angebaute Mushaus beherbergte unten die Küchenräume, oben weitere Wohngemächer. Nach Norden zu stand rechts vom Bergfried das Gesindehaus. Quer dazu verlief die Schildmauer – dick, hoch, unüberwindlich – durch die das innere Tor in den Zwinger führte. Rabenstein bot einen prächtigen, wehrhaften Anblick. Eigentlich, wenn ich mich so umschaute, war ich stolz auf das feste Haus meiner Familie.

Ich spülte den eben noch verspürten Ärger mit Bier hinunter und aß Brot und Speck. Dann zog ich mich wieder auf die Füße. Ich ließ Becher und Teller einfach stehen, wie es auch meine Mutter, mein Vater und mein Bruder getan hätten, und humpelte über den unebenen, felsigen Boden dem Falknerhaus zu. Es stand an der Schildmauer, gleich neben dem inneren Tor auf der Zwingerseite. Im Falknerhaus wartete sehnsüchtig jemand auf mich, der gerne mein Begleiter sein würde.

Kaum hatte ich den schattigen Bogen des inneren Tores durchschritten, kam mir dieser Jemand schon freudig entgegen. Silber, ein riesiger grauer Hetzhund, war vor Freude kaum zu bändigen. Seine lichtbraunen Augen sahen mich so treuherzig und so glücklich an und er wedelte dabei so wild mit dem Schwanz, dass ich lachen musste. »Grüß dich, mein Guter«, sagte ich leise zu ihm, »ich hab dich auch vermisst. Gehen wir aus?«

Der Hund setzte sich auf die langen schlanken Hinterläufe und sah mich erwartungsvoll an. Sein Schwanz peitschte begeistert den Staub. Silber war noch jung. Gerade vor einem Jahr hatte die beste Hündin aus der Meute meines Vaters den prächtigen Wurf getan, dem er entstammte. Silber war der vollkommenste Rüde. Dennoch hatte mein Vater vor kurzem angeordnet, ihn nicht in die Meute aufzunehmen. Besitzt keine Härte, der Kerl, hatte er gesagt. Dem fehlen Wildheit und Schneid. Der wird sich nie an einen Bären herantrauen, der nicht.

Mir war das sehr recht. Ich liebte Silber gerade, weil er nicht so rauf- und beißwütig war wie die anderen Hetzhunde. Und er hatte mich inzwischen als seine Herrin angenommen, sodass er dem Falkner, der gleichzeitig die Meute führte, nicht mehr gehorchte. Silber war mein Hund – das zeigte er deutlich.

Als ich jetzt an meiner Krücke weiterhumpelte, den Zwinger durchquerte und auf das äußere Tor mit seinem klotzigen runden Wachturm der Ringmauer zuhielt, trabte Silber mit elastischen Schritten dicht an meiner Seite. Wie ein Wolf, fand ich – elegant und geschmeidig, ein leichtfüßiger Läufer, der jede Wegstrecke meistern konnte. Doch da endete auch schon die Ähnlichkeit mit seinem Ahnherrn. Sein silbergraues Fell war rauhaarig und ein wenig struppig. Sein schmaler Kopf mit den kurzen, dicht anliegenden Schlappohren hatte überhaupt nichts Wölfisches. Silbers Gesichtsausdruck war eher treu und bieder. Das starke Gebiss allerdings war den Zähnen eines Wolfes durchaus ebenbürtig.

Ich streichelte Silber im Gehen. Mein trauter Geselle wandte den Kopf nach mir um und sah mich aus sanften braunen Augen an. Das Tier reichte mir mit dem Widerrist bis zur Hüfte. Es war beruhigend, einen so großen, so starken Hund an der Seite zu haben.

Wir durchschritten das äußere Tor, ohne von den beiden Wächtern auch nur eines Blickes gewürdigt zu werden. Niemand achtete darauf, ob Agneta die Tochter des Grafen Rabenstein allein oder in Begleitung die Burg verließ. Man ließ mich gewähren. Ich bewegte mich auf eigene Gefahr. Das war schon immer so gewesen.

Einerseits schmerzte diese Tatsache. Andererseits hatte ich jede Freiheit. Ich konnte gehen, wohin ich wollte – jederzeit. Ich konnte lange wegbleiben – niemand fragte danach. Ich konnte treiben, was ich mochte. Allen war das einerlei. Agneta zählte nicht. Und man rechnete nicht mit ihr.

Ich hatte jeden Widerstand gegen die allgemeine Gleichgültigkeit schon früh aufgegeben. Ich nutzte die Vorteile, die sie mir einbrachte, und wartete. Ich hatte durch Dabeisitzen, wenn mein Bruder vom Burgpfaffen unterrichtet wurde, Lesen und Schreiben und die lateinische Sprache gelernt – viel besser als Hartmann. Ich hatte mir heimlich Zugang zu den Büchern verschafft, die der Burgpfaffe in seiner Klause aufbewahrte, und sie gelesen – alle vier. Das Bestiarium hatte mir sehr gefallen. Viele bekannte und unbekannte Tiere waren in bunten Farben darin abgebildet. Aber Einhorn, Basilisk und Olifant hatten die meisten Fragen aufgeworfen, Fragen, die mir bis jetzt niemand hatte beantworten können. Den »Dialogus miraculorum« eines Mönches fand ich abstrus und widersinnig. Eine Sammlung von Liedern war wunderschön. Und der »Gottesstaat« des Heiligen Augustinus war mir unverständlich. Dazu bedurfte es der Erklärung.

Eines Tages würde ich mehr Bücher lesen. Dafür würde ich sorgen, wenn ich erst einen Weg gefunden hatte, welche zu beschaffen. Ich hungerte nach Wissen. Der Burgpfaffe konnte diesen Hunger nicht stillen und war auch nicht bereit dazu.

Der Pfad in den Wald war bucklig und voller Pfützen. Ich bemühte mich, die Wasserlöcher zu umgehen, damit die Säume meines Gewandes nicht lehmig durchweicht wurden. Silber hielt es wie ich. In eleganten Sprüngen setzte er über die Pfützen hinweg, sich hin und wieder nach mir umsehend, als ob er Lob dafür erwarte.

Ich lächelte meinen Hund an und gab ihm, was er wollte. »Bist ein Braver«, sagte ich leise, »der einzige wirklich Brave in der Burg.«

Mein Fuß schmerzte von der ganz gewöhnlichen Anstrengung des Gehens. Vor einer sehr großen Wasserlache hielt ich einen Augenblick inne. Mein Blick fiel auf das von frühlingsgrünen Zweigen eingerahmte Spiegelbild, das die Pfütze mir zeigte. Klare blaue Augen blickten mich an, helle, fragende, forschende Augen. Meine Nase war lang und ausgeprägt, aber sehr schmal und fein geformt. Der Mund, leicht geöffnet, hatte hübsche, volle Lippen. Mein Haar, eingebunden in das rote Wollnetz, glänzte golden wie reifer Weizen. Es wellte sich um die Stirn.

Ich konnte sehr zufrieden sein mit meinem Antlitz. Kein Makel verunzierte es. Auch meine Gestalt war angenehm. Ich hatte sie schon viele Male ausgiebig betrachtet und nichts Fehlerhaftes daran gefunden. Nur der linke Fuß …

Ich war nicht dumm. Ich war nicht hässlich. Ich hatte lediglich einen Pferdefuß.

Ich schluckte den Seufzer hinunter, der mir in die Kehle gestiegen war und der halb aus Lachen, halb aus Weinen bestand. Schnell wandte ich den Blick von dem ernsten Spiegelbild ab und stapfte weiter. Die Sonne wärmte alle Geschöpfe, auch mich. Das leuchtende Grün der Hainbuchen beglückte die Augen, die kleinen weißen Blüten des Buschwindröschens übersäten den Waldboden mit ihren reizenden Sternen. Die Vögel sangen in den Bäumen über mir.

»Uf der Linde obene …« summte ich vor mich hin. Keinem einzigen trüben Gedanken sollte es heute gelingen, mich zu beschweren. Ich war fest entschlossen, mich zu freuen. Der Frühling war da – ich wollte ihn in mein Herz lassen, damit das Eis taute.

Silber, der bei mir stehen geblieben war, stupste mich zärtlich mit seiner feuchten, schwarzglänzenden Nase. Er wollte weiter. Und ich tat ihm gerne den Gefallen. Ganz in der Nähe war einer meiner Lieblingsplätze. Da konnte man herrlich in der Sonne sitzen.

Der Hang fiel hier steil ab. Da und dort wuchsen schüttere Grasbüschel im Geröll. In zartem, frisch ausgetriebenem, rötlich überhauchtem Laub stand dicht an der Böschung eine einzelne dicke Eiche. Wind und Wetter hatten sie breit und gedrungen wachsen lassen; vorn ragten tiefhängende, bizarr verschnörkelte Äste ins Tal hinaus. Auf der Rückseite war sie beinahe kahl. Ihre Wurzeln klammerten sich ähnlich wie die der Linde im Burghof fest an die Felsen, die überall aus dem dünnen Erdreich zu Tage traten. Dick und knorrig bildeten diese Wurzeln ein wirres Geflecht, das wie ein verschlungenes Durcheinander von vielfingrigen Armen aussah. Die stärksten dieser Arme verschränkten sich an der steilen Hangseite zu einem flachen, breiten Nest. Eine zierliche Person wie ich fand bequem darin Platz und konnte sich sogar halbwegs ausstrecken. Von diesem Adlerhorst aus war der Blick fast unbegrenzt. Das ganze Tal lag frei vor den Augen, und nur die umliegenden Berge mit ihren dichten Wäldern begrenzten den Horizont. Nicht einmal der sehr hohe und starke Bergfried von Rabenstein bot eine bessere Aussicht.

Seit ich als kleines Mädchen von fünf Jahren auf einem meiner einsamen Streifzüge die Eiche entdeckt hatte, fand ich mich regelmäßig hier ein, wenn ich ungestört sein wollte. Vom Pfad her war das Nest aus Wurzelwerk nicht zu sehen; man musste den Platz schon kennen, um ihn zu finden. Es kostete einige Mühe, ihn zu erreichen, denn der Hang war abschüssig und voll lockeren Gerölls. Aber wenn man erst einmal darin war, umschlossen einen die starken Wurzelarme der Eiche sicher und fest. Dann konnte einem nichts mehr geschehen. Man war unsichtbar für die Welt.

Ich raffte mit der freien Hand meine Röcke und die Zipfel meines Mantels. Dann, vorsichtig jeden Schritt abtastend, machte ich mich daran, die gefährliche Böschung hinabzusteigen. Ich kannte die sicheren Stellen, wo der Fuß nicht abgleiten konnte, weil ich diesen Weg schon tausend Mal gegangen war. Dennoch probierte ich jedes Mal wieder. Wer wusste, ob sich nicht doch im vergangenen Winter weitere Schichten des Felsens, vom Eis abgesprengt, gelockert hatten und mich mit in die Tiefe rissen, falls ich nicht aufpasste?

Silber hatte sich bereits dicht neben dem Wurzelnest auf einer flachen Felsplatte in der Sonne ausgestreckt. Er liebte diesen Platz ebenso wie ich und genoss den Aufenthalt bei der Eiche ganz offensichtlich. Während er sich gähnend dehnte und räkelte, ließ ich mich in dem knorrigen Geflecht nieder, streifte den Mantel von den Schultern und stopfte ihn mir zur Polsterung hinter die Schultern. Dann ließ ich die Hand auf dem warmen, rauhpelzigen Rücken meines Hundes ruhen, kraulte Silber sachte, wie er das so gern mochte, und schaute ins Tal hinaus. Unten im Dorf, das von hier aus vollständig zu überblicken war, tummelten sich die Leute. Mehrere hohe Pforten aus Stangenholz waren aufgebaut worden, die jetzt mit Blumengirlanden umwunden wurden. Der Anger neben dem Kirchhof war mit Tischen und Bänken bestellt. Unter der Gerichtslinde, deren leuchtendes junges Grün zu mir heraufstrahlte, errichteten die Männer eine Tribüne.

Dort, unter einem noch aufzustellenden Baldachin, würde morgen beim Maienfest meine Familie sitzen. Mein Vater, der Herr dieses und einiger anderer Dörfer, nahm selbstverständlich den Ehrenplatz ein. Die Spielleute würden gleich daneben ihre Stücke zum Besten geben – tanzen durften alle, die Lust hatten.

Wie viele Male hatte ich den Tanzenden von meinem luftigen Hochsitz aus zugeschaut! Da ich mich nicht selber im Reigen drehen konnte, hatte ich mich ja immer damit begnügen müssen, nur Zuschauerin zu sein. Und der Anblick erfreute mich auch. Wenn nur nicht der heimliche Wunsch da gewesen wäre, auf gesunden Füßen selbst teilzunehmen …

Kein einziger trüber Gedanke, wies ich mich zurecht. Das Frühlingslied kam mir wieder in den Sinn. Ich hob mein Gesicht der Sonne entgegen und schloss die Augen. »Uf der Linden obene«, wiederholte ich geistesabwesend, »do saß ein kleines Vogellin …«

Silber hob den Kopf. Aus seiner Kehle kam ein leises, dunkles Grollen. Irgendwo ganz in der Nähe knackte ein Zweig. Ich verstummte erschrocken und fuhr herum. Jemand kletterte hinter mir den Hang herab. Ich hörte kleine Steinchen zu Tal rollen. Mein Adlernest war in Gefahr, entdeckt zu werden, denn Silber hatte sich erhoben und die Nackenhaare gesträubt. Er schleuderte dem Ankömmling sein lautes, drohendes Gebell entgegen.

2

Ich duckte mich tief in die Wurzelarme der Eiche. Durch eine Lücke im dichten Geflecht spähte ich zum Hang hinüber. Wer immer da hinunterwollte, war bei Silbers Drohgebärde stehen geblieben, und ich konnte jetzt eine Person erkennen. In einer dünnen schwarzen Cotte und blauen Beinlingen steckte ein lang aufgeschossener, schlanker junger Mann. Sein Haar war nach Art der Mönche geschnitten. Eine Tonsur trug er allerdings nicht. Dichte, glänzend schwarze Locken bedeckten kappenartig seinen ganzen Kopf.

Seine schwarzbraunen Augen blickten vorsichtig und aufmerksam, aber nicht erschrocken. »Alors«, sagte er mit gedämpfter Stimme, »was meinst du, mein Freund?« Er streckte Silber die Hand hin. »Darf ich näher treten, oder bist du dagegen?«

Seine Sprache klang sonderbar, weicher und melodischer, als ich bis jetzt einen Menschen hatte sprechen hören. Silbers Nackenhaare senkten sich. Doch er knurrte leise, als sich der Fremde einen weiteren Schritt näherte.

»Du willst mich nicht hier sein lassen, mein Freund?« Diese Frage klang mehr wie eine Feststellung. »C'est dommage … ich hätte so gern dein Platz mit dich geteilt. Alors …«

Seine Sprache war fehlerhaft. Er musste aus einem fremden Land kommen, aus dem Osten vielleicht, oder aus Welschland, oder aus England, wie Mathilde, die Gemahlin unseres Herrn Heinrich von Braunschweig. Er war jedenfalls nicht feige, denn er trat wieder einen Schritt vor.

Silber gab ein scharfes, warnendes Knurren von sich. Er zeigte sein Furcht erregendes Gesicht. Unter gerunzelten, hochgezogenen Lefzen blitzten seine prächtigen Zähne. Er war nicht gewillt, den Fremden auch nur noch ein kleines Stück näher an mich herankommen zu lassen. Aber ich war neugierig geworden. Mir schien der Fremde nicht gefährlich. »Platz, Silber«, befahl ich meinem Hund.

Silber drehte den Kopf nach mir um und sah mich fragend an, als wolle er sich vergewissern, ob es mir mit meinem Befehl auch ernst war. Ich wiederholte meine Worte. Silber gehorchte zögernd. Er ließ sich wieder auf die Felsplatte sinken. Aber er behielt den Fremden scharf im Auge.

Der blickte überrascht zu meinem Wurzelnest herüber. »Ah«, sagte er entschuldigend, »es ist besessen … das konnte ich nicht sehen. Es tut mir Leid. Ich will nicht stören …«

Seine Sprache klang komisch, aber reizvoll. Ich verbiss mir ein Kichern und richtete mich auf, um über den Rand des Adlerhorstes sehen zu können. »Besessen ist wohl kaum das richtige Wort«, antwortete ich in gespieltem Ernst, »aber besetzt ist es sicher. Was willst du hier?«

Der Fremde erkannte mein Gesicht. Seine dunkelbraunen Augen öffneten sich weit, und es schien mir, als strahlten sie auf. »Oh …« murmelte er, »das ist … c'est merveilleux … Ihr seid eine Dame, mon Dieu!«

Unter seinem leuchtenden Blick fing mein Herz plötzlich an, wie rasend zu hämmern. Etwas an diesem schöngeschnittenen Jungmännergesicht war zutiefst beunruhigend. Ich brauchte fast zwei Atemzüge, um mich zu fassen. Dann sagte ich lauter als nötig: »Sprich eine verständliche Sprache mit mir. Was ist eine Dammonjö? Ich lasse mich nicht beleidigen!«

Er schien mir gar nicht zugehört zu haben. Seine Augen blieben auf mein Gesicht geheftet, und seine Lippen hatten sich leicht geteilt. Aber er gab keine Antwort. Er betrachtete mich nur – wie es schien, mit einem großen Staunen.

»Wer bist du?« fragte ich. »Woher kommst du? Was machst du hier?« Ich vermied es, ihm ins Antlitz zu sehen. Mein Herz überschlug sich in seiner wilden Hast.

Er räusperte sich. »Ich bitte um Eure Entschuldigung«, wiederholte er. »Ich bin Francois – und aus dem Reich der Franken. Ich wollte … ich wollte …«

Ich hatte mich gefangen. »Was denn? Wie kommst du dazu, hier herumzuklettern? Hast du nichts Besseres zu tun?«

Er räusperte sich noch einmal und lächelte verlegen. »Mit Eurer Güte … am Tag vor heute fand ich diese schöne Ort. Und ich dachte eine Zeit in das Tal hinabzuschauen, par ce que … es will etwas geschehen – es hat etwas geschehen …«

Ich verstand nicht, was er meinte. Er war wohl ein Wirrkopf, der selbst nicht recht wusste, wovon er sprach. Vielleicht konnte er sich auch in meiner Sprache nicht gut ausdrücken, obwohl er sie recht ordentlich sprach. »Was ist geschehen?« forschte ich nach und wich noch immer seinem Blick aus, der fortwährend meine Augen suchte.

»Ihr würdet es nicht verstehen«, sagte er langsam. »Es geschieht dans le ciel … am Himmel. Bei die Sterne.«

»Ach.« Ich erinnerte mich an den winzig kleinen und den großen hellen Stern, die ich heute in der Dämmerung am Himmel beobachtet hatte und die so unbegreifliche Gefühle in mir erweckt hatten. »Ich liebe es, die Sterne zu betrachten. Erst vor wenigen Stunden habe ich mich am Morgenstern erfreut, und an dem roten Sternchen, das ganz dicht daneben stand.«

Francois, oder wie er hieß, lächelte mich an. PLötzlich erstarb sein Lächeln, und seine Miene wurde todernst. »Die Coniunctio«, sagte er langsam, »wenn Venus sich verbindet – mit Mars.«

»Bist du ein Sterndeuter?« Ich wagte es nun doch, ihn anzusehen. »Kannst du den Lauf der Sterne errechnen? Und weißt du etwa auch, was sie uns bringen?«

Der Fremde antwortete nicht gleich. Er betrachtete mein Gesicht. Für den Augenblick schien er traumverloren. »Manchmal ja«, sagte er schließlich, »aber manchmal ist es nicht gut zu wissen.«

»Was heißt das: Wenn Venus sich verbindet, mit Mars?« bohrte ich weiter. Ich würde mich nicht mit ausweichenden Antworten abspeisen lassen. Wenn dieser Francois tatsächlich etwas von der Sternkunde verstand, dann würde er mir seine Kenntnisse mitteilen müssen.

»Wann … Wann seid Ihr geboren?« fragte er zurück.

»Was hat das mit meiner Frage zu tun?«

»Viel.« Er neigte den Kopf ein wenig und senkte den Blick auf seine Füße, die in zerschlissenen schwarzen Schuhen steckten. »Sagt es mir. Dann erkläre ich Euch, was Ihr wissen wollt.«

Ich stellte fest, dass meine Hand die ganze Zeit mit aller Kraft eine Wurzel umkrampft gehalten hatte. Ich spürte meine Finger kaum mehr. Verwirrt ließ ich los und reckte den Kopf noch ein wenig höher über den Rand meines Nestes. »Nun gut«, sagte ich, »meine Mutter brachte mich vor achtzehn Jahren zur Welt.«

»Wann?« wollte Francois wissen, »zu welcher Zeit?«

»Wie meinst du das? Es gefällt mir nicht, dass du all dies aus mir herauslockst!«

Er ging nicht darauf ein. Seine Augen hatten mein Gesicht wieder gefunden, und er betrachtete mich aufs Neue. »War es im Frühling oder im Sommer?« fragte er. »Und an welchem Tag, zu welcher Stunde?«

Ich spürte, wie ich vor Anstrengung zitterte. Meine Hände waren schweißnass. Dabei saß ich ruhig in meinem Adlerhorst, und es bestand keinerlei Grund dafür, dass mein Atem so schwer ging und mein Herz so wild hämmerte. »Du bist unverschämt«, erwiderte ich, »aber ich will dir Auskunft geben. Ich wurde im Winter geboren, siebzehn Tage vor dem Heiligen Christfest, morgens, gerade vor Sonnenaufgang, zur ersten Stunde. Reicht dir das?«

Er nickte.

»Nun?« wollte ich wissen.

»Die Coniunctio der Venus mit dem Mars bedeutet … la petite fortune et la force … dass sich das Kleine Glück mit der Kraft verbindet.« Francois sprach leise, aber deutlich. »Ob es für einen Menschen Wirkung hat oder nicht – das muss das Horoskop zeigen.«

»Was ist ein Horoskop?« Ich hatte Recht gehabt. Der Mann war ein Sterndeuter. Und ich wollte mehr wissen. Gleichgültig, ob mir in seiner Gegenwart das Herz bis zum Halse schlug oder nicht. Gleichgültig, wie sehr mich seine Anwesenheit beunruhigte und verstörte.

Er machte eine tiefe Verbeugung. »Wollt Ihr mir erlauben,

mich in Eurer Nähe niederzusetzen?« fragte er. »Ich weiß, es ziemt sich nicht, doch …«

Seine Stimme war so wundervoll melodisch. Ich fühlte mich genötigt, es ihm zu erlauben, auch wenn es sich tatsächlich nicht ziemte. Denn er war nicht vom Adel, das war augenfällig. »Gut«, sagte ich und zwang mir ein Lächeln ab, obwohl meine Kehle plötzlich sehr eng geworden war.

Francois warf einen vorsichtigen Blick auf Silber, der ihn nach wie vor scharf beobachtete. »Euer Hund … wird er …«

»Er tut dir nichts, wenn ich es nicht will«, beruhigte ich ihn. »Setz dich nur. Und beantworte endlich meine Fragen. Du hast mich ungeduldig gemacht!«

Er nickte und ließ sich mit verschränkten Beinen auf den Boden sinken, zwei Schritte von Silber und meinem Adlernest entfernt. Er hob das Antlitz zu mir auf und suchte von neuem in meinen Augen zu lesen. Ich wandte mich ab. Ich ertrug seinen intensiven Blick nicht länger. »Was ist ein Horoskop?« fragte ich ein zweites Mal. »Und starrt mich nicht so an«, fügte ich unwillig hinzu, »das ist nicht höflich.«

»Ja«, sagte er. Seine Stimme klang belegt. »Ein Horoskop – c'est comme un miroir – es ist wie ein Spiegelbild. Es zeigt, wo die Sterne standen, als der Mensch geboren wurde. Es gibt ein Bild von der ersten Stunde des Lebens.«

»Ach«, antwortete ich, »und wozu soll es dienen?«

»Es würde viele Stunden dauern, Euch das zu erklären«, sagte Francois. »Es ist – très compliqué – sehr schwierig.«

»Willst du damit sagen, ich sei zu dumm, es zu verstehen?« Empörung stieg in mir auf, die meine Stimme beben ließ.

»O nein!« Francois schüttelte heftig den Kopf. »Aber wollt Ihr Euch wirklich die Mühe machen und …«

Ich unterbrach ihn. »Du hast mir überhaupt noch nicht gesagt, was du in dieser Gegend zu suchen hat«, fauchte ich ihn an. »Vielleicht bist du …«

Jetzt schnitt er mir das Wort ab. »Und auch ich weiß nicht, mit wem ich die Ehre habe, zu sprechen«, entgegnete er sanft. »Wollt Ihr mir Euren Namen sagen?«

Er wollte wissen, wie ich hieß. »Agneta«, murmelte ich in

neuer Verwirrung. Sein Blick traf mich bis ins Herz. Ich hatte ihn unhöflich genannt. Doch mein eigenes Vehalten entsprach auch nicht gerade der guten Sitte. Er war keiner vom Adel, aber ein freier Mann. Woher nahm ich also das Recht, ihn wie einen Hörigen zu behandeln?

Ich schämte mich. »Agneta, die Tochter des Herrn von Rabenstein«, fügte ich leise und verlegen hinzu.

Ein Schatten zog über sein Gesicht. »Agnès«, murmelte er leise.

»Nicht Anjäs«, berichtigte ich ihn, »Agneta!«

Er lächelte. Doch sein Lächeln löste sich sofort wieder auf. Es dauerte einige Atemzüge, bis er weitersprach. »Ganz Recht«, sagte er mit einer Stimme, die plötzlich das Melodische verloren hatte, »ich habe es mit einer wirklichen Dame zu tun, wie ich gedacht hatte. Wisst, Fräulein – ich reiste durch dieses Land, auf der Suche nach der Schule zu Halberstadt. Matthieu le prètre bot mir Herberge für ein paar Nächte.«

»Mattjö le Prätre? Wer soll das sein?«

»Der Priester von Rabenstein«, murmelte Francois. »Ich habe gestern Nacht lange mit ihm geredet.«

Matthias, unser Burgpfaffe. Der Mann, der mir niemals eine Frage beantwortete. »Und er hat dir Rede und Antwort gestanden? Das nimmt mich wunder.« Ich heftete meinen Blick auf sein Gesicht, jetzt, wo er den Kopf abgewandt hatte.

»Ich habe ihm Auskunft gegeben«, sagte Francois. »Er wollte vieles wissen, und was ich wusste, sagte ich ihm. Dafür bot er mir Nachtlager.«

»So.« Sein Profil glich genau dem auf einer alten silbernen Münze, die in der Schatulle meines Vaters lag, dem Bildnis eines gewissen C. Iulius Octavianus. Nase und Stirn bildeten eine fast gerade Linie, und das Haar war ebenso lockig. Dieser Octavianus war vielleicht ein Welscher gewesen wie Francois. »Hast du vor, länger zu bleiben?«

Er hob den Kopf und schaute in die Wolken, die am Himmel vorüberzogen. »Gastfreundschaft auszunutzen«, sagte er, »das ist unhöflich. Matthieu wird mich nicht länger beherbergen als zwei Tage. Es sei denn …«

Er unterbrach sich und nestelte an seiner abgeschabten schwarzen Cotte herum. »Es sei denn?« fragte ich ungeduldig nach.

»Es sei denn, ich kann ihm von Nutzen sein«, murmelte Francois, »mais – das kann ich nicht.«

»Und wenn du für andere von Nutzen wärst?« Diese Frage war schneller heraus, als ich denken konnte. Ich biss mir auf die Lippen. »Du könntest fürs Nachtlager arbeiten«, fügte ich hastig hinzu, »die Pferde versorgen, oder den Knechten anderweitig zur Hand gehen …«

»Das täte nicht gut«, sagte Francois gedankenverloren. »Die Coniunctio, sie kann auch eine üble Wirkung haben.«

»Steht etwa in deinem Horoskop, dass es schlecht ist, wenn du bleibst?«

Er nickte langsam. Dann schüttelte er den Kopf. »Ich weiß nicht«, murmelte er.

»Ich sage dir etwas«, fuhr ich mutig fort, ohne auf seine sonderbar zwiespältige Antwort zu achten, »mir könntest du von Nutzen sein. Du bist ein Scholar, wie ich glaube. Und du musst demnach vieles wissen, was ich nicht weiß. Willst du mich nicht lehren?«

»Fräulein«, widerprach er, »diese Gunst kann ich nicht annehmen, weil …«

»Nichts da«, unterbrach ich ihn, »die Schule in Halberstadt wird warten können. Was schadet es denn, wenn du erst in einigen Wochen dorthin gelangst? Der Sommer kommt. Die Wege sind gut. Ich könnte sogar dafür sorgen, dass du …«

»Fräulein Agnès, ich bitte Euch …«

»Welche Einwände hast du noch?« Mein Herz hämmerte von neuem, aber das kümmerte mich nicht. Ich wollte, dass er blieb. Nichts war mir im Augenblick so wichtig, als ihn zum Bleiben zu überreden. »Nenne sie mir. Ich werde sie alle entkräften!«

Er sah mich an. Seine dunklen Augen glühten. »Wenn Ihr es wollt«, sagte er, »was kann ich dann dagegen haben?«

Mir war heiß. Gleichzeitig zitterte ich, als ob ich fröre. Meine Hand, die noch immer die Wurzel umklammerte, tat weh vor Anstrengung. »Also ist es abgemacht«, fragte ich. Meine Stimme war heiser.

Er nickte. Er wandte den Blick nicht von mir ab.

»Ich werde Matthias befehlen, dich weiter bei sich wohnen zu lassen«, setzte ich fest. »Und du wirst mich unterrichten, sobald ich es wünsche.«

Er nickte noch einmal. Der Ausdruck seines Antlitzes machte mich unsicher. Ich fühlte mich aufs Neue tief beunruhigt. Ich kämpfte schwer gegen das Gefühl, das mich völlig in Besitz genommen hatte. »Und du wirst mir das Horoskop erklären«, setzte ich hinzu, um meine Erregung zu verbergen.

»Werdet Ihr mich rufen lassen?« fragte Francois.

Er half mir, ohne es zu wissen. »Ja, natürlich«, erwiderte ich. »Schließlich kannst du nicht einfach an mich herantreten. Du hast in mir keine Bauerndirne vor dir, das merke dir wohl!« Ich steigerte mich in meinen Unwillen hinein. »Du musst noch höfisches Betragen lernen, scheint mir. Ich werde dir allerhand Unsitten abgewöhnen müssen.«

Er lächelte. Das Lächeln überzog sein Gesicht wie eine glänzende neue Haut. »Und einen gelehrigen Schüler sollt Ihr in mir finden«, gab er zurück. »Nichts liegt mir ferner, als Euch zu ärgern.«

Mir wurde seine Gegenwart unerträglich. »Dann fang schon jetzt an, mir Behagen zu bereiten«, sagte ich mit mühsam beherrschter Stimme, »wende mir den Rücken zu. Ich möchte mich entfernen, und ich will nicht, dass du mir nachstarrst, wenn ich gehe.«

Er schaute überrascht drein. »Wenn Ihr es so wünscht«, sagte er mit einem kleinen, verständnislosen Kopfschütteln und drehte sich um.

»Kann ich mich darauf verlassen, dass du nicht einfach verschwindest?« fragte ich noch einmal, während ich meinen Mantel wieder befestigte, meine Krücke aufnahm und mühsam aus meinem Nest herauskletterte.

Er zuckte die Achseln. »Warum sollte ich das tun? Ich habe mein Wort gegeben.«

»Dein Wort?« Das hatte er nicht. Aber er hatte unsere Abmachung wohl so verstanden. »Nun gut. Ich will dir glauben. Nun halte mir den Rücken zugewandt und zähle bis tausend. Kannst du so weit zählen?«

Er lachte leise. »Ich will's versuchen«, murmelte er. Seine Schultern waren breiter, als es zuerst den Anschein gehabt hatte. Er war auch größer, als man es den Welschen nachsagte. Ich stand jetzt nur drei Schritte hinter ihm und sah es genau.

Mein Herz stolperte und raste. Ich atmete gepresst, suchte mehr Luft in meine Lungen einzusaugen. »Dass du dich nicht umdrehst«, stieß ich aus, während ich meinem Hund winkte. Silber stand auf und heftete sich an meine Seite, während ich, so schnell ich konnte, den Hang hinaufstieg.

Auch ich drehte mich nicht um. Ich hastete vorwärts, um aus seinem Gesichtskreis zu verschwinden. Ich fühlte mich, als wäre ich auf der Stelle tot umgefallen, hätte er gesehen, dass ich hinkte.

Ich brauchte eine ganze Weile, um wieder zu Atem zu kommen, als ich die Burg erreicht hatte. Noch keuchend von der Anstrengung des übereilten Heimwegs machte ich mich auf die Suche nach Matthias. Der Burgpfaffe saß in seinem Gemach im unteren Geschoss des Gesindehauses. Wie immer um diese Tageszeit hockte er breit und feist in seiner braunen Kutte auf einem an die Wand angeketteten Klappsitz vor seinem Pult und las in seinen Büchern. Seine Tonsur nahm fast den gesamten Schädel ein, denn Matthias war so gut wie kahlköpfig.

»Ihr wart nicht in der Messe«, sagte er vorwurfsvoll, als er meiner ansichtig wurde.

Er hatte es vermieden, mich mit meinem Namen anzureden. Wie die Eigenleute meines Vaters drückte er mir so seine Verachtung aus. Auch er glaubte, Gott sei nicht mit mir. »Ich war im Wald«, antwortete ich barsch, »dort ist man Gott näher als in so mancher Kapelle.«

»Lästert nicht!« Der Burgpfaffe wurde zornig. »Ich weiß, Euch liegt nicht viel an Gottes Wort. Doch vermeidet es, in

Gegenwart eines seiner Diener Eure Missachtung auszudrücken. Die heilige Mutter Kirche verlangt …«

»Darüber wollte ich nicht mit Euch sprechen«, schnitt ich ihm die Strafpredigt ab. »Vielmehr will ich, dass der Scholar, den Ihr aufgenommen habt, bei Euch wohnen bleibt.«

Matthias schluckte. Es fiel ihm schwer, die Richtung des Gespräches so schnell zu ändern. »Der Scholar?« fragte er und ließ den Mund offen stehen wie ein Fisch auf dem Trockenen.

Er bot einen komischen Anblick. Mein Ärger und meine Aufregung verflogen. »Ja, der Scholar«, wiederholte ich und schenkte dem Burgpfaffen ein unverdientes Lächeln. »Der welsche Scholar, der auf dem Weg nach Halberstadt hier Unterkunft gesucht hat. Ich möchte, dass er mich unterrichtet.«

»Euch unterrichtet?« Matthias klappte den Mund noch weiter auf. »Wie soll ich das verstehen?«

»Ich meine, ich habe mich deutlich genug ausgedrückt«, gab ich zurück und streckte meinen Rücken. »Ihr wisst doch, was Unterricht ist, oder etwa nicht?«

Matthias schluckte bei meiner Zurechtweisung. »Es steht Euch nicht an, mir solche Worte zu sagen«, murrte er. »Und Euer Vater wird es auf keinen Fall billigen, dass ein junger Herumtreiber Euch unchristliches Zeug beibringt.«

»Mein Vater wird überhaupt nichts davon erfahren«, warf ich hin. »Das heißt, wenn Ihr nicht wollt, dass er auch etwas über die Hökerin erfährt, die manchmal länger als üblich bei Euch zur Beichte verweilt.«

Der Burgpfaffe lief rot an. »Ihr habt …« zischte er, »Ihr wollt …«

»Ich habe und ich werde«, sagte ich fest. »Ihr seid so heilig nicht, wie Ihr immer tut. Und darum werde ich es nicht erlauben, dass Ihr mir eine unschuldige Freude verderbt – wenn Ihr mir schon keinen Unterricht erteilt.«

»Das Weib soll nicht alles wissen, was dem Manne an Kenntnissen offen steht«, dozierte der Burgpfaffe. »Gott selbst hat es so bestimmt. Den Weibern ziemt es nicht, sich mit Dingen zu befassen, die für Männer gedacht sind. Euch stünde es gut an, Euch zu bescheiden. Eure edle Mutter …«

»Meine edle Mutter wird es genauso verwerflich finden, wenn ich ihr sage, was ich gesehen habe«, entgegnete ich ihm kühn. »Außerdem glaube ich nicht, dass Gott etwas dagegen hätte, wenn ich mehr lerne. Es gibt Klosterfrauen, die genauso viele Kenntnisse besitzen wie die besten Männer. Wollt Ihr etwa behaupten, sie seien deswegen Sünderinnen?«

»N – nein«, gab Matthias zu, »das nicht, aber – aber …«

»Es ist also alles abgesprochen«, sagte ich, ohne seinen letzten Einwand abzuwarten. »Francois wird hier wohnen. Er bekommt sein Essen aus der Küche wie Ihr auch. Und Ihr sorgt dafür, dass er freien Zutritt zum Palas hat. Ich will es so. Habt Ihr das verstanden?«

Der Burgpfaffe, dessen Gesicht dunkelrot verfärbt war, blies die Backen auf. »Ich sehe zu, dass Euren Wünschen entsprochen wird«, murmelte er. »Und Ihr werdet dafür nicht …?«

»Solange ich keinen Grund zur Klage habe«, antwortete ich ihm. »Gehabt Euch wohl. Ich denke, Ihr habt noch zu tun. Morgen werdet Ihr doch sicherlich eine Predigt halten wollen – über Mutwillen und unzüchtiges Treiben beim Maienfest.«

Matthias sah aus, als treffe ihn gleich der Schlag. »Ja, ich werde predigen«, schnaufte er, »doch ich nehme zum Thema die Liebe Gottes, wie er die Natur so herrlich geschaffen hat zu unserer Freude!«

»Ein schönes Thema«, sagte ich und widmete ihm ein böses Lächeln. »Ihr werdet sicher die richtigen Worte finden!«

Ich verließ seine Klause wieder. Ich wunderte mich über mich selbst. Wie kam es, dass ich auf einmal die Schwächen der Burgleute so rücksichtslos ausnutzen konnte? Das war doch nie meine Art gewesen. Die Mägde und der Burgpfaffe – sie alle standen meinem ungewohnten Verhalten hilflos gegenüber. Und ich – ich genoss meine Rache!

Das war nicht christlich. Aber ich fühlte mich auch heute nicht christlich. Irgendwie erfüllte mich eine heidnische, noch nie erlebte Leidenschaft. Nichts und niemand konnte mich verwunden, so schien es mir. Kraft durchströmte meinen Körper, wie ich sie nie gespürt hatte, und ich tat sogar einen kleinen Sprung an meiner Krücke. Der Schmerz, mit dem mein verkrüppelter Fuß sich gegen die unmögliche Anstrengung wehrte, war leicht zu ertragen. Denn der Überschwang meiner Seele betäubte ihn bis zur Unkenntlichkeit.

Ich nahm ein paar kleine Stücke Pergament, die sich in meiner Lade fanden, und setzte mich ans Fenster meiner Kemenate. Margarete, die sich sofort auf mich stürzen wollte, um mir das Haar zu richten, warf ich kurzerhand hinaus. Ich wollte kein Essen, kein Trinken. Den Nachmittag verbrachte ich in Gesellschaft meines Hundes damit, ein Bild von François zu zeichnen. Jetzt, da er nicht in meiner Nähe war, wollte ich sein Antlitz fest halten, damit ich es in der Stille meiner Kammer ohne Verwirrung ansehen konnte. Ich fragte mich nicht, warum mir so viel daran lag. Ich legte Feder und Tinte erst beiseite, als mir endlich ein brauchbares Konterfei gelungen war. Am Fenster, vor einem jetzt wolkenverhangenen Himmel, betrachtete ich die kleine Zeichnung, bis das Licht mehr und mehr dahinschwand und einer bleiernen Dämmerung Platz machte. Der Wind wehte heftiger. Einzelne Schneeflocken, gemischt mit kaltem Regen, wirbelten aus den dunklen Wolken. Der April verabschiedete sich auf seine Art.

Gegen Abend klopfte Margarete an meine Tür. »Fräulein«, meldete sie sich mit jammernder Stimme, »Euer Vater – er wird nicht erfreut sein, wenn Ihr beim Nachtmahl fehlt! Fräulein …!«

»Ich komme«, antwortete ich geistesabwesend. Meinem Vater würde es kaum auffallen, wenn ich nicht an seiner Tafel saß. Dennoch würde ich natürlich im Saal erscheinen. »Einen Augenblick.«

Ich warf mir den Mantel über. Im unteren Saal war es empfindlich kalt bei diesem Wetter. Auch die Wände meiner Kemenate strahlten wieder einmal feuchte Kälte aus. Die Mauern schwitzten. Durch das Fenster sprühten Regentröpfchen herein.

An Tagen wie diesem wünschte ich mir immer, wir hätten Fenster von Glas, wie die Mönche in den reichen Klöstern. Dahinter saß man trocken und warm – ein Luxus, den sich nur die Kirche, die großen Fürsten und der Kaiser leisten konnten. Ich würde den Kamin anheizen lassen, bevor ich mich zur Ruhe begab.

Margarete meldete sich von neuem. »Fräulein …!«

Ich gab keine Antwort. Stumm raffte ich meine Röcke, packte die Krücke und begab mich nach unten in den Saal. Meine Amme wuselte hinter mir her und tat, als wolle sie mir beim Gehen helfen.

»Hat mein Herr Vater dich geschickt?« fragte ich sie mit einem verachtenden Blick, ohne auf ihre geheuchelten Bemühungen zu achten.

»Nein – das nicht gerade«, murmelte Margarete und versuchte wieder, ihre Hand unter meinen freien Arm zu schieben. »Er meinte nur …«

»Also – er hat dich geschickt«, stellte ich fest. »Was will er? Hat er dir das gesagt?«

Margarete schüttelte den Kopf, dass ihr grobes, bauschiges Gebände waberte. Das wollene Tuch bedeckte zwar ihr fettes Doppelkinn und den faltigen Hals, aber es machte sie auch nicht schöner. »Es ist nur …« begann sie, nach Worten suchend.

»Nun, ich werde es sicher bald von ihm selbst erfahren«, schnitt ich ihr das Wort ab. »Was wird heute an Speisen aufgetragen?«

Margarete rollte verzückt die Augen. Die Geste war übertrieben – so wie eine Kinderfrau sie einem bockigen Kind vorspielen würde. »Etwas Herrliches«, säuselte sie, »das wird euch munden, Kindchen!«

Mir ging ihr Getue auf die Nerven. »Was ist es?« fuhr ich sie an, »kannst du mir nicht einfach die Frage beantworten?«

»Hase«, sagte Margarete trocken. Für einen Augenblick vergaß sie, schmierig-freundlich zu sein. Dann, vorsichtig in mein Gesicht blickend, fügte sie schmeichelnd hinzu: »Hase mögt Ihr doch besonders gern – oder?«

»Es ist mir ganz gleich«, gab ich zurück. »Ich habe nur gefragt, um zu fragen.«

Die Amme verstand nicht. »Wieso?« erkundigte sie sich mit verkniffenem Gesicht.

Wir hatten die Tür zur Außentreppe erreicht, die auf halber Höhe des oberen Saales lag. Der Wind pfiff kalt herein, als Margarete die Klinke drückte und der dicke Türflügel aufschwang. Die rote Bemalung auf dem Sandstein des Bogens glänzte vor Nässe. Regen übersprühte mich. Ich zog den Kopf ein, während wir die hölzernen Stufen der Außentreppe bis zum ersten Stockwerk hinabstiegen.

Der untere Saal hatte zur Talseite hin eine Reihe von vier Fenstern. Die schlanken Säulenpaare, die die Rundbögen dieser Fenster vierlichtig unterteilten, waren mit schönen Kapitellen geschmückt. Es war gewöhnlich sehr hell und luftig im Sommersaal, wie dieser Teil des Palas genannt wurde. Heute allerdings fehlte auch hier das Licht. Meine Mutter hatte die Kerzen des riesigen Radleuchters anzünden lassen, der vom Scheitelpunkt des weitläufigen Kreuzrippengewölbes herabhing. Und sogar auf der langen Tafel flackerten einige Wachslichter.

Alle – vielleicht zwanzig Reisige, wie ich schätzte, und dazu meine Familie – saßen bereits zu Tisch. Aller Augen hefteten sich auf mich, als ich eintrat, während meine Amme draußen blieb und die Treppe zum Hof hinunterstieg.

Ich hinkte auf die Gesellschaft zu, näherte mich der Tafel, deutete meinen Eltern einen Knicks an. Mein Bruder Hartmann bekam nur einen Blick und ein Kopfnicken. Die Reisigen bedachte ich mit einem kühlen Lächeln.

Ohne ein Wort nahm ich meinen Platz zur Linken meiner Mutter ein. Die Magd, die zu bedienen hatte, schenkte mir einen Trunk ein. Ich wartete darauf, dass jemand, mein Vater oder meine Mutter, das Wort an mich richtete.

Mein Vater, Rutger von Rabenstein, sah im flackernden Schein der Kerzen bleicher und finsterer aus als gewöhnlich, obwohl er immer etwas Grimmiges an sich hatte. Sein braunes Haar, von Grau durchzogen, wirkte heute Abend schwarz und kontrastierte allzu stark mit seiner blassen Haut. Licht und Schatten zeichneten die Konturen seines Gesichts besonders scharf nach. Mit seinem breiten Kinn und dem schmalen Mund, der Hakennase, den stechenden grauen Augen und den buschigen, tief gerunzelten Brauen sah mein Vater im Kerzenschein wie ein Raubvogel aus. Das lederne, mit silbernen Schließen verzierte Jagdhemd, das er über der braunwollenen Cotte trug, verstärkte den Eindruck noch.

Meine Mutter saß schmal und durchsichtig – ein blasser Schatten – an seiner Seite. Sie hielt die wasserblauen Augen anklagend auf mich geheftet, als sei ich an ihrem Elend schuld. Vielleicht war ich es ja auch. Seit meiner Geburt habe sie nicht mehr gelacht, ging unter den Dienstleuten die Rede. Wie jeden Tag trug Bertrade von Grimburg auch heute ihr Gebände sehr eng. Die breite Binde aus blütenweißem Leinen bedeckte Wangen und Kinn fast bis zur Unterlippe und war so fest geschnürt, dass Essen und Sprechen aufs Äußerste behindert wurden. Die runde Haube, dunkelrot mit blauen Seidenstickereien, lastete regelrecht auf ihrem Haupt. Daran konnte auch die üppige Masse hellen Haars nichts ändern, die ihr in müden Wellen über Schultern und Rücken floss. Sechsunddreißig Jahre war sie alt, meine Mutter. Doch auf mich wirkte sie wie eine Greisin. Das lag an ihrem eingefallenen, von vielen feinen Falten gezeichneten Gesicht, dessen dunkel umrahmte Augen immer erschöpft blickten, und an ihrem gramvoll-schmalen kleinen Mund, dessen Winkel nach unten zeigten.

»Agneta«, wandte sich meine Mutter mit undeutlich murmelnder Stimme an mich, »da morgen das Maienfest gefeiert wird, muss eine Anordnung getroffen werden. Wir wollen …«

»Schweig, bis es an der Zeit ist«, unterbrach sie mein Vater grob. »Wo bleibt das Essen? Habt Ihr denn nichts unter Eurer Kontrolle, Weib?«

Er durchbohrte meine Mutter mit einem wüsten Blick und brachte sie dazu, demütig den Kopf zu senken. So kannte ich meine Eltern.

Hartmann schlug mit der Faust auf den Tisch. »Ja, verdammt«, knurrte er, »es ist zum Kotzen. Wir haben Hunger! Dass die in der Küche nie zur Zeit fertig werden!«

Ich verbiss mir verstohlen ein Lächeln. Hartmanns Stimme klang dünn und irgendwie weibisch, sie entsprach seinem Geschmack, was seine Kleidung betraf. Heute trug er eine himmelblaue Cotte aus feiner weicher Wolle, die mit rosiger Seide gefüttert und unter den Achseln hauteng geschnürt war. Den kleinen Finger seiner Linken schmückte ein goldener Ring. Sein Aussehen und der Klang seiner Stimme standen in krassem Gegensatz zu seiner ungehobelten Sprache.

Die Magd, die aufwartete, huschte zur Tür und riss sie auf. Der alte Marten war mit einer mächtigen tönernen Schüssel die Treppe heraufgestolpert und brachte, wonach der Hausherr und sein Sohn so wütend verlangt hatten.

Beide warteten nicht, bis ihnen aufgetischt wurde. Mein Vater langte über die Tafel und nahm sich ohne Umschweife das größte Stück Hasenfleisch aus der Schüssel. Hartmann fischte mit spitzen Fingern nach dem zweitgrößten. Erst dann durfte die Magd meiner Mutter vorlegen, während der alte Marten rückwärts unter Bücklingen den Saal verließ, um mehr zu holen.

Es wurde schweigend gegessen. Mein Vater und mein Bruder rührten das Gemüse und die Grütze nicht an, die als Nächstes aufgetragen wurden, sondern hielten sich an Fleisch und Brot. Die Reisigen nahmen, was sie kriegen konnten. Meine Mutter und ich achteten auf höfisches Betragen und aßen so zierlich wie möglich, während die Männer meines Vaters sich nicht daran kehrten, sondern schmatzten und rülpsten, als seien keine Frauen zugegen.

Ich fand das peinlich und schwer zu ertragen. Doch es hatte wenig Sinn, in Anwesenheit meines Vaters und meines Bruders eine diesbezügliche Bemerkung fallen zu lassen. Man hätte mir keine Aufmerksamkeit geschenkt. Eher lief ich damit Gefahr, vom Tisch verbannt zu werden, wie das schon geschehen war. Meinem Vater galten seine Geharnischten mehr als Gemahlin und Tochter.

Ich war dankbar dafür, dass das schwache Licht der Kerzen nicht allzu deutlich die schmierigen Tuniken und die ungewaschenen Finger der Burgmannen enthüllte. Ich rückte auf der Bank ein wenig näher an meine Mutter heran, um dem Geruch zu entgehen, den der Kerl zu meiner linken ausströmte. Seine grobe Tunika stank nach altem Schweiß, Pferdemist und verrottendem Stroh. Doch heute Abend besaß ich ein Mittel, um mich abzulenken. Ich rief mir den vergangenen Vormittag ins Gedächtnis. Ich roch den Duft des Frühlings, und ich sah François vor meinem inneren Auge.

Als die Tafel aufgehoben wurde, sagte mir mein Vater endlich, warum er meine Anwesenheit gewünscht hatte. »Wir werden hohe Gäste haben«, warf er hin, ohne mich anzusehen, »Frau Mathilde nächtigt in deiner Kemenate. Du wirst dir also für die nächsten Tage – ich weiß nicht, wie lange unser Herr Heinrich zu bleiben gedenkt – ein anderes Schlafquartier suchen müssen.« Er wandte mir den Kopf zu und musterte mich kalt. »Und du erscheinst mir nicht beim Fest, das versteht sich.«

Ich war noch niemals beim Fest erschienen – bei keinem Fest. Dennoch verbot mir mein Vater jedes Mal,von Neuem, aufzutauchen. »Das versteht sich«, wiederholte ich. Es gelang mir nicht völlig, den trotzig-spöttischen, empörten Unterton aus meiner Stimme zu verbannen. »Zählt auf mich, Vater«, fügte ich leiser hinzu.

Bei meinen Worten hatten seine grauen Augen aufgeblitzt. Seine Fäuste ballten sich, als ob er mich schlagen wollte, doch sie öffneten sich sogleich wieder. »Gut«, knurrte er, »dann geh jetzt. Und sieh zu, dass dein Bett gelüftet und hergerichtet ist, wenn unsere Herrin Mathilde es braucht.«

Ich war entlassen, genau wie meine Mutter, die nicht einmal angesprochen worden war, sondern nur einen ungeduldigen Wink bekommen hatte. Ich machte mich auf den mühsamen Weg zurück in meine Kammer, die ich diese Nacht zum letzten Mal auf unabsehbare Zeit benutzen würde. Meine Mutter zog sich ebenfalls zurück, den schmalen Kopf demütig geneigt. Mein Vater würde noch eine gute Weile mit seinem Sohn und den Dienstmannen im Sommersaal verweilen und trinken. Ihre raue Gesellschaft war ihm weit angenehmer als die seiner Frau. Solange ich denken konnte, hatte er nicht mehr bei meiner Mutter geschlafen.

Das böse Wetter war vorübergezogen. Der Himmel war wieder saubergefegt vom mutwilligen Frühlingswind. Die beiden Sterne – Mars, der rote, und Venus, die Strahlende – leuchteten über den schweigenden schwarzen Wäldern. Sie waren jetzt miteinander verbunden; Venus trug Mars auf ihrem Haupt wie eine blinkende Krone.

Die Kraft und das kleine Glück, hatte Francois gesagt. Auf einmal war meine Sehnsucht nach einem Stückchen davon stärker denn je, aber mit ihr auch die Gewissheit, dass es für mich kein Glück geben konnte. Mir blieben nur meine Träume.

3

Der stürmische Wind, der am vergangenen Abend mit seinen Schneeschauern noch einmal die Erinnerung an den Winter wachgerufen hatte, war vergessen. Der erste Maitag präsentierte sich mit strahlendem Sonnenschein und linder Wärme. Ich war seit dem grauen Morgenlicht auf den Beinen, und jetzt sorgten zwei Mägde dafür, dass meine Schlafkammer für Mathilde, die Herrin von Braunschweig ausgestattet wurde.

Mein Federbett hing zum Lüften am Fenster. Die roten Tonfliesen des Fußbodens waren gewischt und mit Blumen bestreut, die Wände mit Girlanden behängt worden. Ein leidlich bequemer Polsterstuhl stand in einer Ecke, daneben ein Klapptischchen, auf dem ein schön in Seide gewirkter kleiner Teppich lag. Kurz – mein Vater hatte alles zu tun angeordnet, was Frau Mathilde den Aufenthalt angenehmer machen konnte.

Allen zum Trotz hatte ich mich für den Festtag angekleidet, bei dem ich nicht zugegen sein würde. Ich trug meine grüne, seidene Suckenie – eng geschnürt. Mein schönstes seidenes Schapel hatte ich mit der kleinen, tropfenförmigen Perle besteckt, dem einzigen Schmuckstück, das ich außer den Tasseln am Mantel mein eigen nannte. Mein Haar war gebürstet, damit es sich besonders schön lockte. Und ich hatte meine Wimpern mit Ruß geschwärzt, sodass meine Augen ausdrucksvoller wirkten.

Mein kleiner Handspiegel aus polierter Bronze zeigte mir ein Gesicht, das ich bis jetzt noch nie gesehen hatte. Agneta war ansehnlich – aber das Mädchen im Spiegel war von einer Anmut, die Agneta nicht besaß. Das Mädchen im Spiegel strahlte. Aus ihrem zarten Antlitz leuchtete Erwartung.

Ich streckte mir die Zunge heraus. Dennoch, dem ersten Maitag wollte ich mein schönstes Gesicht zeigen. Silber und ich, wir würden spazieren gehen, wie so oft an Festtagen. Wir würden dem blauen Himmel entgegen wandern, den Blumen und den kleinen Vögeln. Wir würden von weitem zuschauen, wenn die hohen Gäste empfangen wurden, und versuchen, uns die Festesfreude nicht verderben zu lassen.

Ich erwog, mein Adlernest auch heute wieder aufzusuchen. Dann entschied ich mich dagegen. Vielleicht hatte dieser welsche Sterndeuter, dieser Scholar namens François die gleiche Idee. Auch ihm schien ja der zufällig entdeckte Ausguck sehr zu gefallen. Ich konnte es nicht riskieren, François über den Weg zu laufen. Der Gedanke, dass er mich humpeln sah, war zu erschreckend.

Du bist ja eitel, flüsterte mir mein Verstand zu, während ich, vorsichtig um mich blickend, den Hof durchschritt. Irgendwann bald wird er auf jeden Fall deinen Gang bemerken. Und er wird wissen, dass du ein Krüppel bist. Also gib dir keine Mühe. Doch bis dahin nimm dich in acht, sagte mir mein Gefühl. Ich würde den Augenblick meiner endgültigen Demütigung so lange wie möglich hinauszögern.

Die hörigen Mägde und Knechte der Burg trugen frischgewaschene Kleider, dem Mai und dem hohen Besuch zu Ehren. In der Küche wurde schon jetzt für das üppige Nachtmahl gesotten und gebraten. Duftbeladene Dämpfe kräuselten sich unter dem schweren Gewölbe. Der Kessel mit dem Hirsebrei, der für das Frühstück bestimmt war, hatte seinen Platz in einer Ecke der Feuerstelle gefunden, damit er nicht im Wege war.

Ich ließ mir eine Schüssel von dem Brei in die Hand geben. Dann setzte ich mich auf die Stufen der Außentreppe, die zu den Sälen hinaufführte, duckte mich hinter die Stäbe des Geländers und aß mit den Fingern. Es schmeckte ein wenig trocken und angebrannt. Offenbar hatte Hanne den Schöpflöffel absichtlich über den Boden des Kessels kratzen lassen.

Sie rächte sich für meine Drohung von gestern. Ich verzog das Gesicht zu einem Lächeln. Silber bekam den Rest des Hirsebreis. Ihn störte der verbrannte Geschmack nicht.

Eben wollte ich zurück in die Küche, um mir meine

Schüssel neu füllen zu lassen, da sah ich eine lange, schlanke Gestalt vom inneren Tor her auf mich zukommen. Hastig setzte ich mich wieder. Er war es. Er wagte es, sich ohne Anmeldung dem Palas zu nähern!

Mein Herz begann zu jagen. Erregung erfasste mich, ganz wie am gestrigen Tag. Silber, der mit den Resten des Hirsebreis fertig war, stellte die Nackenhaare auf und schickte sich an zu bellen. »Still, Silber«, raunte ich.

François blieb in fünf, sechs Schritten Entfernung stehen. »Gott grüße Euch an diesem herrlichen Tag«, sagte er und schenkte mir sein wundervolles Lächeln.

Ich brachte es nicht fertig, ebenfalls zu lächeln. »Gott auch mit dir«, sagte ich unwirsch und kniff den Mund zusammen, »hatte ich dir nicht aufgetragen, dich von mir fern zu halten, solange du nicht gerufen wirst?«

Sein Gesicht strahlte immer noch. »Wie hätte ich wissen sollen, dass Ihr hier sitzt?« fragte er zurück. »Schickt mich weg, und ich gehe sogleich wieder. Es sei denn ...«

»Es sei denn – was?« ich musste seinem Blick auch heute ausweichen. Ich spürte, wie mir die Röte in die Wangen stieg.

»Es sei denn, Ihr meint es nicht ernst.«

»Woran willst du das erkennen?«

»Oh – an diesem und jenem.« François trat noch einen Schritt näher. »Ich werde es erkennen, wenn Ihr nur die Worte sprecht.«

»Hast du dir schon überlegt, wie du mir das Horoskop erklären willst?« Ich wechselte das Thema, um meine Aufregung zu verbergen.

»Ich werde es Euch einfach lehren«, antwortete François. »Ihr sagtet, Ihr seid bereit zu lernen.«

»Sagte ich das?« Ich konnte mich nicht daran erinnern, ihm solches versprochen zu haben. Aber es stimmte ja. »Nun – wenn du ein guter Magister bist, dann werde ich eine gute Discipula sein.«

François hob die Brauen. »Ihr sprecht die lateinische Sprache? Oh, das wird vieles erleichtern.« Er lächelte mich wieder an. »Wann wollt Ihr, dass wir anfangen?«

»Das weiß ich noch nicht«. Wie gestern konnte ich plötzlich seine Anwesenheit nicht mehr ertragen. »Geh jetzt. Und komm erst wieder, wenn ich nach dir schicke, hörst du?«

Er schaute verwirrt drein. Dann nickte er. »Euer Wunsch ist mir Befehl«, sagte er. Mit leiser, sanfter Stimme fügte er hinzu: »Agnès ...«

Mein Herz schien stillzustehen. Ich hielt unwillkürlich die Luft an. »Nicht Anjäs«, hauchte ich, »Agneta ...!«

»Agneta«, wiederholte er meinen Namen. Doch der andere gefiel mir plötzlich viel besser. Wenn er den aussprach, hatte seine Stimme einen beinahe zärtlichen Klang.

»Geh«, wiederholte ich etwas zu barsch. »Und einen guten Tag«, setzte ich sanft hinzu.

François verbeugte sich tief und trat den Rückzug an. Er sah sich nicht nach mir um, als ahne er, dass mir das missfallen hätte. Nachdem er durch das innere Tor hinaus in den Zwinger getreten und aus meinem Gesichtskreis verschwunden war, konnte ich endlich aufstehen und mir meine neue Portion Hirsebrei holen.

Ich trug die frisch gefüllte Schüssel in den kleinen Garten. Der nahm auf der Südseite der Burgmauer, zum Tal hin, den einzigen kleinen Fleck ein, wo etwas tiefere Erde den Fels bedeckte. Ein verkrüppelter alter Holzapfelbaum fristete hier dicht an der Mauer sein Leben. Außerhalb seines Schattenkreises zog meine Mutter die Kräuter, die für die Küche und zu Heilzwecken auf der Burg gebraucht wurden. Sie hatte, wie in einem Klostergarten, viele kleine Beete angelegt. Darauf gediehen unter sorgfältiger Pflege Thymian, Majoran, Basilikum, Kalmus, Raute, Pfefferminze und viele andere nützliche Gewächse. Sie streckten ihre frischen jungen Triebe der Sonne entgegen, und der alte Apfelbaum öffnete gerade seine ersten zart rosa Blüten.

Ich liebte das Plätzchen. Selten kam jemand hierher. Nur die Küchenmägde erschienen gelegentlich, um Petersilie, Lauch oder sonstige Küchenkräuter zu schneiden. Meine Mutter betrat den Garten immer dann, wenn niemand sich darin aufhielt.

Unter dem Apfelbaum gab es eine steinerne Bank. Von da

konnte man über die Umfassungsmauer sehen, die hier an der Talseite nicht besonders hoch war. Kein Angreifer konnte den steilen Felssporn von Rabenstein erklimmen. Lediglich die Nordseite mit ihrem sanfteren Anstieg musste verteidigt werden. Nur dort war die Burg mit Vorburg, doppelter Ringmauer, Schildmauer und Graben gesichert.

Ich warf einen Blick zurück auf den Hof, wo zwei Knechte gerade eine Anzahl gesattelter Pferde heranführten. Der Hengst meines Vaters war auch dabei, ein mächtiger Rappe mit glänzend gestriegeltem Fell und leuchtend roter Schabracke. Es sah so aus, als wollten mein Vater und seine Burgmannen hinunter ins Dorf. Die Gesellschaft brach auf zum Fest. Ich entdeckte unter den Pferden den Schimmel, den meine Mutter zu reiten pflegte.

Sie machten sich bereit, den Mai zu begrüßen. Ich sah zu, während die Männer aufsaßen und meine Mutter in ihrem wunderschönen blauen Gewand aufs Pferd gehoben wurde. Sie trug ein goldbesticktes Gebände und ihren prächtigen Scharlachmantel mit den breiten seidenen Borten. Ihr zarter weißer Schleier flatterte im leichten Wind.

Mein Vater hatte sich für Schwarz entschieden – Schwarz mit Gold. Er wählte fast immer diese düstere Farbe, und mein Bruder äffte ihn nach. Hartmann trug ebenfalls eine schwarze Cotte, und darüber seinen schwarzen Tuchmantel. Die runde, mit Edelsteinen besetzte Fibel an seiner Schulter funkelte in der Sonne.

Ich sah ihnen nach, wie sie mit flatternden Mänteln aus dem Hof ritten. Als sie außer Sicht waren, nahm ich auf der steinernen Bank unter dem Baum Platz, betrachtete einen Augenblick lang die Blüten, die sich wie kleine Wunder an seinen grauschwarzen, krummen Zweigen entfalteten, und widmete mich dann meinem Hirsebrei. Silber war für heute meine einzige Gesellschaft.

Die Musik konnte ich auch hier oben hören, das wusste ich aus Erfahrung. Sackpfeifen, Trommeln und Schalmeien tönten laut genug. Ich tröstete mich damit, dass ich von hier oben einen viel besseren Ausblick auf den Reigen der Tänzer und Tänzerinnen hatte, denn nichts und niemand versperrte mir die Sicht. Ich würde genau beobachten können, wenn die Gäste eintrafen. Ich würde einen besseren Eindruck von unserem Herrn Heinrich und seiner Gemahlin bekommen, als das im Gedränge da unten der Fall war. Ich konnte zufrieden sein. Aber ich war es nicht.

Ich richtete die Augen zum Himmel. Kleine weiße Wölkchen segelten vorüber, und auf unbewegten Schwingen schwebte ein Falke in der blauen Luft. Langsam, schwerelos zog der Vogel seine Kreise; bei seinem Anblick meldete sich die Schwermut wieder. Wie leicht sich der Falke bewegte – wie frei er war. Nur ein einziges Mal die Grenzen zu überschreiten, die mich einengten – das wünschte ich mir so sehnsüchtig wie nie zuvor.

Ich schluchzte unwillkürlich. Ich trat mit dem gesunden rechten Fuß nach meiner Krücke. Das hölzerne Gerät rutschte einen Schritt weit und prallte gegen die Mauer.

Die Krücke, Sinnbild meines Elends. Sie hatte neben mir gelegen, als ich mit François gesprochen hatte. Er musste sie gesehen haben. Er wusste …

Er wusste. Auch in seinen Augen hatte ich vor einer halben Stunde meinen Wert verloren. Bestenfalls war ich von jetzt an für ihn der bemitleidenswerte Krüppel. Der Augenblick meiner Demütigung, den ich hatte hinauszögern wollen, war schon da gewesen. Ich hatte ihn nur nicht bemerkt.

Der Falke am hohen Himmel glitt in elegantem Bogen seitlich aus meinem Gesichtsfeld. Ich konnte dem welschen Scholaren nicht mehr die Agneta von Rabenstein vorspielen, die ich so gern gewesen wäre. Ich musste die sein, die ich war. Es wurde dunkel in meiner Seele.

Meine Augen brannten, aber sie blieben trocken. Wie oft schon hatte ich mich bemüht, meinen Traum von Freiheit fest zu halten – und immer um denselben Preis. Es war müßig, um etwas zu jammern, das ich nie bekommen konnte. Es war müßig, mehr Gedanken an unerfüllbare Wünsche zu verschwenden als notwendig.

Ich strich mit der Hand über die schimmernde Seide meines Festgewandes. Hier im Sonnenschein leuchtete das kostbare Gewebe in der Farbe des Frühlingsgrüns, das überall an den Zweigen sprosste. Die kleinen vierblättrigen Blüten, mit denen ich das Gewand über und über bestickt hatte, glühten in Blutrot. Ich hatte so viele Stunden auf die schwierige Arbeit verwendet. Wie lächerlich, dass ich mich nirgendwo damit zeigen durfte!

Ich besaß noch ein Stück des grünen Seidenstoffes. Ich würde mir Prunkärmel daraus machen – ganz lange Schleppärmel, die von den Handgelenken fast bis zum Boden reichten. Und Bordüren aus Goldstickerei sollten sie bekommen. Selbst wenn niemand mich darin sieht, dachte ich trotzig, ich will doch wenigstens ein prächtiges Gewand besitzen wie andere junge Frauen aus edlen Familien.

Andere junge Frauen waren in meinem Alter längst verheiratet, hatten sogar meist schon Kinder. Andere junge Frauen wurden verehrt und in Minneliedern besungen. Sie standen im Mittelpunkt ihres Hofes, sie hatten eine Aufgabe zu erfüllen. Nicht allen erging es, wie es meiner Mutter ergangen war.

Ich stand auf und trat näher an die Mauer heran. Unten im Dorf erschallten Fanfaren. Die hellen, metallenen Töne drangen laut und klar zu mir herauf. Eine glänzende Gesellschaft ritt ein; mindestens zwei Dutzend Bewaffnete mit ihren Trossleuten sammelten sich auf dem Anger bei der blumenbekränzten Ehrenpforte.

Es folgte eine Sänfte, getragen von vier hell farbigen Maultieren. Daneben ritt ein hoch gewachsener Mann, dessen weißes, halb langes Haar wie Schnee in der Sonne leuchtete. Unser Herr Heinrich mit Mathilde, seiner Gemahlin, war eingetroffen.

Ein zweiter Trupp Berittener gesellte sich zum ersten – wieder an die zwanzig Mann. Einige Ritter waren darunter. Ich erkannte sie an den leuchtenden Farben ihrer Gewänder. Sie hatten einen schweren Reisewagen begleitet.

Die Leute saßen ab. Dem mit buntem Rankenwerk bemalten, kastenförmigen Wagen entstieg eine fünfköpfige Gruppe festlich gekleideter junger Edelfrauen. Ihre Gewänder schillerten wie Frühlingsblumen. Aus der zu Boden gelassenen Sänfte wurde eine schlanke, zerbrechlich wirkende Frau gehoben. Die Tochter des Königs von England war viel kleiner, als ich sie mir vorgestellt hatte. Ihr Gewand strahlte blau wie der Frühlingshimmel. Ich konnte die riesigen goldenen Tasseln blinken sehen, von denen ihr dunkelroter Mantel gehalten wurde.

Meine Eltern eilten, die hohen Gäste zu begrüßen. Meine Mutter knickste tief, mein Vater tat den vorgeschriebenen Kniefall vor seinem Lehensherrn. Herr Heinrich von Braunschweig, den sie den Löwen nannten, schüttelte seine weiße Mähne und dankte mit einem fröhlichen Lachen. Ich konnte sein Gesicht auf die Entfernung nicht deutlich erkennen, aber der Wind verriet mir, dass er lachte. Frau Mathilde neigte ganz leicht den Kopf und winkte dann ihre Frauen zu sich. Die jungen Damen scharten sich um sie.

Man schritt zum Podium am Rand des Angers, wo Wein, Bier, Brot und Salz bereitstanden. Auf einen Wink meines Vaters begannen Zinken, Sackpfeifen und Schalmeien zu spielen. Mich wunderte, dass Frau Mathilde von zwei kräftigen Trossknechten getragen wurde. Ihr Platz an der Tafel wurde nicht nur mit Kissen, sondern auch mit einer Fußbank ausgestattet – persönliche Dinge, die sie offenbar in ihrer Sänfte mit sich geführt hatte.

Sie bekam auch ihr eigenes Geschirr, einen silbernen Becher und ein schmales kleines Messer mit glänzend weißem Griff. Herr Heinrich dagegen begnügte sich mit dem Krug, der ihm von meiner Mutter gereicht wurde. Er tat ihr mit einem langen, tiefen Zug Bescheid und lobte dann offenbar Recht lautstark das Bier, das der Krug wohl enthalten hatte. Meine Mutter wusste, dass Herr Heinrich Bier mehr liebte als Wein. Alle Umstehenden, auch das Bauernvolk, das von allen Seiten herbeigelaufen war, jubelten Beifall. Im Gellen der Sackpfeifen eröffnete Herr Heinrich mit einer weit ausladenden Geste das Fest.

Man würde essen und trinken. Dann würde man tanzen. Die Ritter und Junker aus Herrn Heinrichs Gefolge würden Frau Mathildes Damen zum Reigen führen. Das junge Volk aus dem Dorf hatte bereits angefangen. Im gehörigen Abstand zu den Edelleuten führte es seine wüsten Sprünge auf.

Die Bauern hatten andere Tänze als die Edlen – wildere und lustigere.

Mir machte es mehr Spaß, den Bauern zuzusehen. Besonders belustigend fand ich die Tatsache, dass so manches edle Fräulein verstohlen zu ihnen hinüber schielte und sich wohl wünschte, auch so wild tanzen zu dürfen.

Fürs Erste verlangte es aber die höfische Sitte, an der Tafel zu sitzen, sich vornehm zu bewegen und eine gepflegte Unterhaltung zu führen. Ich sah den Junkern und den jungen Damen aus dem Umkreis von Frau Mathilde ihre Ungeduld an. Frau Mathilde sprach kurz mit meiner Mutter, die die ganze Zeit das Haupt demütig gesenkt hielt, wechselte ein paar höfliche Worte mit Hartmann und wandte sich dann an meinen Vater. Ich konnte natürlich nicht hören, was sie sagte, aber es schien meinen Vater aufs Höchste zu erstaunen. Schließlich machte er ein Gesicht, als sei er gescholten worden. Er verneigte sich tief vor seiner Lehensherrin und entfernte sich für einen Augenblick von der Tafel. Ich sah ihn auf einen unserer Reisigen einreden, in zornigem Ton, wie mir schien.

Der Burgmann lief zu seinem Pferd hinüber, saß hastig auf und ritt im Galopp davon. Mein Vater kehrte zu seinen Gästen zurück. Er verneigte sich vor Frau Mathilde, schien sich für irgendetwas zu entschuldigen. Das war befremdend. Womit mochte mein Vater die Missbilligung der hohen Frau erregt haben? Es stand doch alles zum besten. Der Empfang war den Gästen angemessen gewesen – ehrenvoll und glänzend. Ich konnte mir auf das Verhalten Frau Mathildes keinen Reim machen.

Der Reiter hatte jedenfalls den Weg zur Burg eingeschlagen. Er trieb sein Pferd an. Er musste zu äußerster Eile angehalten worden sein. Vielleicht hatte Frau Mathilde eine besondere Speise aus unserer Küche verlangt, und mein Vater gab sich alle Mühe, ihren Wünschen schleunigst zu entsprechen. Obwohl damit seine verlegene Miene immer noch nicht erklärt war.

Nun, es konnte mir gleich sein. Ich würde meinem Vater, der im Innern sicherlich über den Zwischenfall sehr erbost war, ohnehin heute Abend aus dem Weg gehen. Für die kommenden Nächte hatte ich mir einen Schlafplatz auf dem Speicher des Palas richten lassen, dicht unter dem schweren Dachgebälk und nah bei einer schmalen Lichtscharte, die aufs Tal hinausblickte. Diesen Platz hatte ich schon oft zum Übernachten genutzt, wenn meine Kammer für Gäste gebraucht wurde, und ich hatte den stillen Winkel schätzen gelernt. Fledermäuse hielten sich da auf. Gelegentlich bekam man Besuch von einer Eule. Man konnte Mäuse beobachten und ungestört zusehen, wie abends die Sonne hinter den Wäldern versank. An klaren Tagen war im fernen Blau sogar manchmal der Gipfel des Brocken zu erkennen. Man konnte davon träumen, dort oben zu stehen, wo einem die ganze Welt zu Füßen lag.

Ich raffte meine Krücke auf, verließ den Garten und humpelte über den Hof zur Außentreppe. Den heutigen Tag wollte ich nutzen, um mit der Arbeit an meinen Prunkärmeln zu beginnen. Die Seidenreste lagen, zusammen mit Nadel, Faden und Schere, auf dem Boden meiner Gewandtruhe. Also musste ich noch einmal in meine Kammer, um alles dort herauszuholen, bevor Frau Mathilde die Kemenate in Beschlag nahm.

Ich war auf dem ersten Treppenabsatz und verschnaufte für einen Augenblick. Da kam auf keuchendem, schweißbedecktem Pferd der Reiter, den mein Vater hierher geschickt hatte, in den Hof gesprengt. Er saß ab, warf dem alten Marten die Zügel zu, brüllte nach dem Pferdeknecht. Einer der Stallburschen rannte erschrocken aus den Ställen in den Hof. Seine struppigen Haare waren voller Strohhalme. Er sah aus, als habe er geschlafen. »Mach zwei Rösser bereit«, schnauzte der Burgmann atemlos. »Dieses hier reibe ab und gib ihm was zu saufen. Verlier keine Zeit. Ich hab dem Herrn schwören müssen, dass ich äußerste Eile an den Tag lege!«

»Ja …« stotterte der Stalljunge und blinzelte in die Sonne, »welche Rösser …? Hier steht nur noch der alte Schimmel. Die neuen leichten Pferde, die sollen nicht so hart geritten werden – vorläufig, hat der Herr gesagt.«

»Lauf zu, oder ich mach dir Beine«, brüllte der Burgmann. Ich musste lächeln. Alle unsere Bewaffneten ahmten sklavisch genau das Benehmen meines Vaters nach, wenn er nicht zugegen war. Ich machte mich bereit, den zweiten Treppenabschnitt zu ersteigen. Da bemerkte mich der Dienstmann. »Fräulein«, rief er zu mir herüber, »legt Euren Mantel an – unverzüglich.«

»Und warum sollte ich das tun?« fragte ich, ohne die Stimme zu heben. »Es besteht überhaupt kein Anlass dazu bei diesem warmen Wetter. Außerdem, was fällt Euch ein, mir zu befehlen?«

Der Burgmann räusperte sich. »Fräulein – ich möchte Euch ins Dorf geleiten«, sagte er, übertrieben deutlich betonend, »das Maienfest ...«

»Habt Ihr nicht gewusst, dass ich auf der Burg bleibe?« unterbrach ich ihn. »Ich trage kein Verlangen danach, mich unter die groben Bauern zu mischen.«

»Das mag sein«, gab der Burgmann zurück, »doch unsere Fürstin wünscht Euch kennen zu lernen. Darum befahl Euer Vater, Euch auf dem schnellsten Wege zum Festplatz zu bringen. Ich bitte Euch – wir sollten nicht noch mehr Zeit verlieren!«

Er deutete eine Verbeugung an, was neu für mich war. Noch niemals hatte sich einer der Gefolgsleute meines Vaters vor Agneta dem Krüppel verneigt. Ich spürte, wie mir die Hände zu zittern begannen.

Ich schickte eine Magd hinauf, meinen Mantel zu holen. Dann kletterte ich mühsam wieder hinunter in den Hof und ließ mir das weite, in üppigen Falten zu Boden fallende Kleidungsstück um die Schultern legen. Der alte Schimmel trug einen roten Prunksattel, als er vorgeführt wurde. Der Burgmann hob mich aufs Pferd und bestieg eines der jungen Pferde, die nicht geritten werden sollten. Er trieb sein Tier dicht an meine Seite, als wir antrabten.

Ich konnte nicht reiten. Genau genommen hatte ich erst zwei Mal auf einem Pferd gesessen. Ich hielt mich an der Mähne des Schimmels fest und hoffte, nicht aus dem Sattel zu rutschen. Denn der Burgmann legte die höchste Geschwindigkeit vor, die er verantworten konnte. Ich wurde durchgeschüttelt bei dem harten Tritt, den das alte Pferd hatte. Doch ich hielt mich gerade und versuchte, meinem Begleiter abzuschauen, was ich tun musste, um nicht herunterzufallen.

Frau Mathilde wollte mich kennen lernen! Allein der Gedanke brachte mich zum Beben. Sie wollte Agneta den Hinkefuß sehen. Und es gab keine Möglichkeit, ihr diesen Wunsch abzuschlagen. Nicht genug damit, dass der welsche Scholar meiner Schande gewahr geworden war. Auch die Gemahlin Herrn Heinrichs des Löwen würde sie sehen und mich mit Mitleid oder Verachtung strafen.

In meinen Augen waren ungeweinte Tränen. Meine Hände, die ich tief in den dicken Mähnenhaaren des Pferdes vergraben hatte, waren eiskalt. Ich atmete gepresst, nicht nur durch die ungewohnte Anstrengung des Ritts. Der Gedanke, dass meiner eine weitere ungeheure Demütigung wartete, ließ mich alle Muskeln bis zum Zerreißen anspannen.

Ich wechselte kein einziges Wort mit dem Burgmann. Wie im Fluge hatten wir den Dorfanger erreicht, und der Reiter hob mich aus dem Sattel. Ich richtete mich hoch auf. Keiner der Gaffer sollte mich fassungslos sehen – nicht einmal jetzt, wo mir die größte Niederlage meines Lebens bevorstand. Ich packte die Krücke, die ich, eingesteckt in den Lanzenschuh des Sattels, mit mir geführt hatte, und humpelte auf das Ehrenpodium zu, wo die hohen Gäste zu Tisch saßen. Die Leute Herrn Heinrichs und meines Vaters öffneten eine Gasse für mich. Ich war ganz allein.

Ich sah alles wie durch einen Nebel. Nur Herrn Heinrich und seine Gemahlin konnte ich scharf, überscharf erkennen. Herr Heinrich hatte mitten im Gespräch mit offenem Mund innegehalten. Auf Frau Mathildes zartem, blassem Antlitz zeigten sich vielerlei Gefühle – Unwillen, Peinlichkeit, Befremden und eine seltsame Milde.

Ich hielt den Kopf gerade und brachte es fertig, ein maskenhaftes Lächeln auf mein Gesicht zu heften. Ich achtete darauf, dass meine Schuhe nicht unter dem Saum hervorblitzten.

Als ich mich dem Podium bis auf zwanzig Schritte genähert hatte, erhob sich Frau Mathilde auf einmal von ihrem gepolsterten Sitz. Sie schob die Hände beiseite, die sich ihr helfend entgegenstreckten, und trat hinter dem Ehrentisch hervor. Langsam, mit schwankenden, unsicheren Schritten, ging sie zu den Stufen. Auch hier streckten sich ihr Hände entgegen, doch sie wies die Hilfe wiederum mit einem heftigen Kopfschütteln ab. Sie stieg die Stufen hinunter und kam mir entgegen. Sie hinkte – sie hinkte, und noch viel schlimmer als ich!

Es schien an ihrer linken Hüfte zu liegen. Bei jedem Schritt, den sie tat, knickte sie links in der Hüfte ein. Ihr Gang ähnelte dem eines Betrunkenen. Sie taumelte regelrecht. Ich musste mich beherrschen, um mein Erstaunen und mein plötzlich aufwallendes Mitleid nicht auf meinem Gesicht zu zeigen.

Mathilde, die Tochter des Königs von England, hinkte. Dennoch kam sie mir entgegen. Sie erwies mir ihre Gunst auf diese ganz besondere, sehr persönliche Weise. Ich neigte den Kopf und ging tief vor ihr in die Knie, als sie vor mir stand. Ich spürte heiße Röte auf meinen Wangen.

»Erhebe dich«, sagte Frau Mathilde, »es ist mir ein große Freude, dich kennen zu lernen.« Ihre Stimme klang weich und sanft und so melodisch in der Aussprache wie François' Stimme. Sie machte auch die gleichen kleinen Fehler wie er.

»Hohe Frau«, begann ich zaghaft, »ich … welch hohe Ehre …«

Sie ließ mich nicht aussprechen. »Leihst du mir deine Krücke?« fragte sie. »Ich kann nicht gut gehen, weißt du. Wenn ich dir meinen Arm reiche, geht es für uns beide besser, und wir stürzen nicht.«

Ich tat, ohne nachzudenken, was sie verlangte. Sie schob meine Krücke unter ihren linken Arm und sah mich an. Ihr Gesicht überflutete ein zauberhaftes, frühlingshaftes Lächeln, das zwei reizende Grübchen in ihren Wangen enthüllte. »Alors«, sagte sie, »nun wird es leicht sein.«

Sie hielt mir ihren Arm hin. Ich sah nur den reichen, golddurchwirkten Stoff des langen Ärmels. Ich war stumm vor Staunen und wagte es nicht, die Fürstin zu berühren.

»Komm«, forderte sie mich freundschaftlich auf, »nun musst du dich bei mir einhängen!«

Ich schüttelte den Kopf. »Hohe Frau«, flüsterte ich, »Dank für die Ehre, doch …«

»Keine Ehre«, gab Frau Mathilde zurück, »ich habe deine Krücke – du hast meinen Arm. Das ist einfach, n'est ce pas?«

Sie streckte mir ihren Arm noch einmal hin. Diesmal nahm ich ihn. »Du musst dir auf mir stützen«, sagte Frau Mathilde, »das verstehst du doch?«

Ich nickte und erwiderte ihr Lächeln, das mich überwältigte. Zusammen, Seite an Seite, gingen wir zum Podium. Dort übergab Frau Mathilde die Krücke einer ihrer Edelfrauen. Mit einem Wink, den die junge Dame ohne Worte verstand, befahl sie, dass ihr nun geholfen werden solle. Auch neben mir tauchte plötzlich ein junger Mann aus dem Gefolge Herrn Heinrichs auf und stützte mich. »Ich will, dass sie zu meiner Linken sitzt«, ordnete Frau Mathilde an. »Bringt mehr Kissen und die zweite Fußbank für ihr Füße!«

Mir wurde ein bequemer Sitzplatz hergerichtet. Wie im Traum setzte ich mich neben die Fürstin. Meine Mutter, die neben Herrn Heinrich saß, wagte es, den Kopf zu heben und Frau Mathilde anzuschauen. »Zu viel der Ehre«, äußerte sie sich mit ihrer zaudernden Stimme, »Agneta sollte nicht …«

»Aber Euer Sohn hat doch auch Platz an der Tafel«, schnitt Frau Mathilde ihr das Wort ab. »Nun sag mir«, wandte sie sich an mich, »warum bist du nicht zum Fest erschienen, Agnès?«

Sie änderte meinen Namen in der gleichen Weise ab, wie François es getan hatte. Ohne nachzudenken berichtigte ich sie: »Nicht Anjäs – Agneta … Oh, vergebt mir!«

Frau Mathilde lachte. »Ja, ich weiß«, sagte sie, »es tut mir Leid – Agneta. Warum bist du nicht zu unserem Empfang gekommen?«

Die finsteren Augen meines Vaters ruhten auf mir. »Ich fühlte mich – nicht wohl«, stotterte ich, um sein Gesicht zu wahren, »mein Kopf schmerzte …«

»Ach«, sagte Frau Mathilde. Sie glaubte mir kein Wort, aber sie verstand. »Doch jetzt ist dir gut – nicht wahr? Wir wollen Recht viel Freude haben an diesem herrlichen Maitag. Wenn dein Kopfschmerz wiederkehrt, soll dir mein Medicus ein Mittel geben.«

Sie war energisch und daran gewöhnt zu befehlen. Doch das tat ihrer Anmut keinen Abbruch. Sie hatte lichtbraune Augen wie François. Nur ihr Haar war viel heller. Es schimmerte in einem warmen Bronzeton. Trotz ihrer Blässe – sie wirkte aus der Nähe noch viel gebrechlicher und zarter als von ferne – schien sie heiter und guter Dinge zu sein. Sie trug ein Kind. Nach dem Umfang ihres Leibes musste es in der Mitte des Sommers geboren werden. »Erzähle mir, wie du lebst«, verlangte sie zu wissen.

Ich berichtete ihr, erst zögernd, doch bald gänzlich ohne Scheu, von den Dingen, mit denen ich meine Zeit ausfüllte. Sie lachte hell, als ich ihr von den vier Büchern unseres Burgpfaffen erzählte. »Oh«, sagte sie strahlend, »dann musst du einmal an den Hof nach Braunschweig kommen, Agnès. Mein Gemahl besitzt viele Bücher. Es würde ein ganzes Leben dauern, sie zu lesen.«

»Ich – nach Braunschweig?« murmelte ich beeindruckt. »Das wird nicht gehen, hohe Frau. Mein Vater …«

»Wir werden dein Vater überzeugen«, sagte Frau Mathilde fest. »Und nun sehen wir die Bauern beim Tanz springen.« Sie machte Anstalten, sich zu erheben, und lehnte wieder die Hilfe ihrer Frauen ab. »Du kommst mit mir, Agneta.«

Das war eine Feststellung. Doch sie zwinkerte mir beinahe unmerklich zu. Ich neigte lächelnd den Kopf. »Wünscht Ihr noch einmal meine Krücke?«

»Wie schnell du verstehst«, lachte Frau Mathilde. »Es ist so lästig, nichts allein zu können. Aber wir beide zusammen – wir gehen wie Gesunde.«

Sie gab offen zu, dass sie verkrüppelt war. Sie wagte, was ich nie gewagt hatte. Sie war stark, trotz ihres zarten Körperbaus. Sie war eine Königstochter. Ich bewunderte sie. Wir humpelten Seite an Seite zu dem Teil des Angers, wo die jungen Leute des Dorfes und das Burggesinde tanzten. Jemand stellte Klappsessel für uns auf, sodass wir nicht stehen mussten. Während wir den wilden und lustigen Hopsern der Tanzenden zuschauten und sich die jungen Edeldamen, die uns gefolgt waren, hinter uns im Rhythmus wiegten, sprach Frau Mathilde aus, was ich dachte: »So gesunde Beine müsste ich haben. Das wäre wunderbar.«

Ich nickte nur zur Antwort. Ich wagte es nicht, nach dem Grund für ihr Hinken zu fragen.

»Es ist meine Hüfte«, beantwortete sie mir meine ungestellte Frage selbst. »Sie bereitet mir viele Schmerzen. Ja, früher«, fuhr sie selbstvergessen fort, »als ich noch jung war – da bin ich trotzdem am Reigen gegangen. Aber ich habe immer alle Figuren durcheinander gebracht, und Richard musste so schrecklich lachen ...«

Sie sagte ›Rischahr‹, und ihre Aussprache war der von François so ähnlich. »Rischahr?« fragte ich, »wer ist das?«

»Mein Bruder«, antwortete Frau Mathilde, »der Herzog von Aquitanien und Poitou. Dort ist Otto jetzt. Richard hat ihn an seinen Hof genommen.« In ihrem Lächeln lag eine Spur von Melancholie.

Otto war ihr ältester Sohn, das wusste ich. Sicher vermisste sie ihn. »Dort wird es ihm sehr gut gehen«, sagte ich, um etwas Tröstliches bemüht.

»O ja«, seufzte Frau Mathilde. »Manchmal wünschte ich mir, ich wäre auch wieder zu Hause ...«

»Aber Ihr seid doch die Tochter des englischen Königs Heinrich«, wunderte ich mich. »Aquitanien – das liegt beim Frankenreich, habe ich mir sagen lassen.«

Frau Mathilde lachte. »Meinem Vater und meiner Mutter gehören Aquitanien und das Poitou«, klärte sie mich auf, »meine Mutter ist dort geboren. Ich selbst habe in London das Licht der Welt erblickt. Aber meine Heimat – meine Heimat ...«

»Jetzt verstehe ich, warum Eure Sprache der von François so ähnelt ...«

»Wer ist François?«

»Ein welscher Scholar«, gab ich errötend Auskunft. »Er wohnt bei unserem Burgpfaffen und ist weit gereist, und ...«

»Und du magst ihn«, ergänzte Frau Mathilde unbefangen.

»Er soll mich das Horoskop lehren«, sagte ich schnell, um

die Situation zu entschärfen. Denn mein Herz hatte bei Frau Mathildes Feststellung angefangen, heiß und heftig zu klopfen. »Er ist mir angenehm, aber mehr auch nicht.«

»Bist du jemandem versprochen?« fragte Frau Mathilde und sah mich scharf an. »Ich wurde schon mit sieben Jahren meinem Gemahl verlobt, musst du wissen. Mein Vater machte es mit Rainald von Dassel aus, dem Kanzler des Kaisers – damals in Cologne.« Sie schloss kurz die Augen. »Das liegt so weit zurück, aber ich weiß noch, wie meine Mutter mich verabschiedete, als ich abgeholt wurde, um nach Sachsen zu reisen …« Gedankenverloren drehte sie einen schmalen silbernen Ring, der an ihrem kleinen Finger steckte. »Bist du versprochen?« wiederholte sie ihre Frage.

»Nein«, antwortete ich wahrheitsgemäß. »Mein Vater hat keinen Bewerber für mich gefunden, weil … weil …«

Frau Mathilde lachte hell heraus. »Du bist ein schönes Mädchen, viel schöner als ich es je war. Nein, widersprich mir nicht. Wir wollen sehen, ob sich nicht ein passender junger Mann für dich findet. Einem welschen Scholaren kann Agneta von Rabenstein schließlich nicht die Hand reichen.«

Ich starrte sie betroffen an. »Hohe Frau«, sagte ich erschrocken, »nie könnte ich …«

»Lass uns sehen, ob du nicht auch einige Tanzschritte zu Stande bringst«, wechselte Frau Mathilde das Thema. Sie hob die Hand. »Ihr Musikanten«, rief sie laut, »spielt eine gemächlichere Melodie!«

Damit stand sie auf, nahm meine Krücke, fasste mich mit der freien Rechten am Arm und strebte mit mir zu der Tanzfläche hinüber, die für die Edlen reinlich geglättet worden war. Schleppgewänder rauschten hinter uns. Die Damen schlossen sich an. Mir wurde bewusst, dass Mathilde selbst die Dreißig noch nicht weit überschritten hatte. Sie bestand darauf, so jung zu sein, wie sie es vermochte – trotz ihrer kranken Hüfte.

Bei diesem Gedanken fiel alle Scheu vor den Menschen des Dorfes und den Edelleuten von mir ab. Mathilde von England war mir Vorbild. Mit einem Mal erfasste mich die ganze Heiterkeit des Frühlings, und ich ließ mich einfach mitreißen.

4

Ich versuchte tatsächlich zu tanzen, und ich schaffte es. Hocherhobenen Hauptes und in aufrechter Haltung ging ich zwischen zwei jungen Edelleuten aus dem Gefolge Herrn Heinrichs im Reigen mit, führte die geschrittenen und gehüpften Figuren aus, so gut ich es fertig brachte, und zeigte mich ohne Hemmungen den reichgekleideten Tänzern und Tänzerinnen um mich her. Nicht ein einziges Mal schlug ich die Augen nieder, und es ergab sich auch keine Situation, bei der das notwendig gewesen wäre. Denn uns umstanden zwar in dichten Reihen die Bauern und die Leute von der Burg, aber niemand wagte eine gehässige oder auch nur abwertende Bemerkung über mich. Die Anwesenheit der Lehensherrin verbot das.

Ein Lächeln lag auf meinem Gesicht. Hätte mein linker Fuß eine eigene Stimme gehabt, sein jammervolles Schmerzensgeschrei hätte unschwer die Musik übertönt. Doch über meine Lippen kam kein Laut. Ich tanzte – zum ersten Mal in meinem Leben. Das war so wunderbar, dass ich es um keinen Preis der Welt hätte missen wollen.

Die beiden prächtig in bestickten Samt gekleideten jungen Herren, ein Wernher von Ballenstedt und ein Hermann von Meißen, machten mir anfangs höflich gemeinte, später ehrliche Komplimente über meine Grazie. Ich neigte den Kopf und schenkte ihnen das vorgeschriebenene Lächeln. Beide konnten nicht älter als ich sein, vielleicht jünger. Doch sie bemühten sich mehr und mehr um mich, zumal Frau Mathilde niemanden darüber im Unklaren ließ, dass ich ihr Wohlwollen besaß. Immer wieder lächelte sie mir zu. Der junge Hermann von Meißen fand das bemerkenswert. »Unsere Herrin hat einen Narren an Euch gefressen«, wisperte er mir zu, »das solltet Ihr nutzen. Unsere Herrin ist mit Geschenken sehr großzügig, wenn sie jemanden mag.«

Ich schüttelte den Kopf. »Was Ihr nicht sagt«, gab ich dem jungen Hermann zur Antwort. »Habt Ihr es etwa schon ausprobiert?«

»Ich habe keine Geschenke nötig«, erwiderte Hermann von Meißen stolz, »ich vergebe selber welche. Das bin ich meinem Stand schuldig.«

»Und ich bin es meinem Stand schuldig, nicht auf Almosen auszugehen«, gab ich zurück. »Frau Mathilde ist Gast auf der Burg meines Vaters. Sagt Euch das nichts?«

Er musterte mich verwirrt.

»Nun«, beantwortete ich meine Frage selbst, »der Gastgeber schenkt dem Gast etwas … oder habt Ihr es anders gelernt?«

Er entschuldigte sich. »Agneta – ich wollte nichts weniger, als Euch beleidigen«, murmelte er verlegen. »Nehmt Ihr meine Entschuldigung an – bitte?«

Mein Lächeln kehrte zurück. Himmel, was für ein kleiner Junge dieser Hermann doch noch war. »Euch ist von Herzen verziehen«, sagte ich, »grämt Euch nicht um ein paar falsch gewählte Worte. Wenn Ihr erst die Sporen tragt, wird es besser gehen.« Damit ließ ich seine Hand und die des Tänzers zu meiner Linken los und trat aus dem Reigen. Ich verneigte mich vor Frau Mathilde, die, von zwei Knechten gestützt, in der vorderen Reihe der Zuschauer stand. »Mit Eurer gütigen Erlaubnis«, sagte ich zu ihr, »ich bin es nicht gewohnt, so lange unter so vielen Menschen zu sein. Ich brauche ein wenig Zeit für mich allein. Gestattet, dass ich den Tanz verlasse und mir ein stilles Plätzchen suche, um zu Atem zu kommen.«

Sie betrachtete mich einen Herzschlag lang. In ihren Augen las ich, dass sie genau wusste, was ich empfand. »Ich werde selbst meinen Sessel aufsuchen«, sagte sie sanft. »Wenn du bereit bist, komm zurück und nimm deinen Platz neben mir ein.«

Meine Dankbarkeit muss mir im Gesicht geschrieben gestanden haben, denn sie lächelte, als ich mich von neuem verneigte. »Ich freue mich auf die abendliche Tafel«, sagte sie abschließend, »wir werden uns noch vieles zu erzählen haben!«

Darauf ließ sie sich zu ihrem Ehrenplatz geleiten. Meine beiden Tänzer übernahmen dies. Ich konnte mich vom Festplatz entfernen, ohne mich einer Unhöflichkeit schuldig zu machen.

Eine der jungen Damen aus dem Gefolge der Fürstin reichte mir unaufgefordert meine Krücke. Ich dankte überrascht. Im Blick der jungen Dame, die ein golddurchwirktes, perlengeschmücktes Schapel und ein wundervolles rotes Gewand aus fließendem Scharlach trug, zeigte sich Verständnislosigkeit. In ihrem Lächeln schimmerte Mitleid, als sie ihrer Herrin zum Podium folgte.

Ich schämte mich. Ich machte mich davon, so schnell es mein schmerzender Fuß erlaubte. Er tat mir höllisch weh. Jeder Schritt war eine Qual. Aber ich wollte allein sein. Ich humpelte zu der Scheune, in die die Bauern des Dorfes den für die Burg Rabenstein bestimmten Zehnten sammelten. Gewiss hielt sich dort jetzt niemand auf. Ich würde ungestört auf dem Stroh sitzen und nachdenken können.

Die Bauernhütten, die, dicht gedrängt um die schlichte steinerne Kirche, das Dorf bildeten, waren klein – kleiner, als ich sie seit meinem letzten Besuch in Erinnerung hatte. Ich betrachtete sie nachdenklich, während ich zwischen ihnen hindurchging. Wie sie so dastanden, windschief und umgeben von Flechtzäunen, hinter denen Gemüsegärten angelegt waren, hätten zwei von ihnen in den großen Sommersaal von Rabenstein gepasst, sowohl in der Höhe als auch in ihrem Umfang. Sie waren wie die Zehntscheune aus klobigem Balkenwerk errichtet, dessen Gefache mit einem Gemisch aus Lehm und Stroh beworfen war. Nirgendwo gab es Fenster. Ihr Licht bekamen die Hütten allein durch die Türöffnung, und der Rauch der Herdfeuer zog durch Löcher ab, die in den bemoosten, silbern verwitterten Strohdächern ausgespart waren.

Ich wandte den Blick von den ärmlichen Behausungen ab. Schöner waren die vielen Obstbäume, die sie umstanden und deren weiße Blüten vor dem hellblauen Himmel mein Entzücken weckten. Verwirrung und Schmerzen lösten sich auf. Ich wählte einen Birnbaum, der in voller Blüte dicht an der rückseitigen Wand der Zehntscheune stand, und lenkte meine mühsamen Schritte dort hinüber. Plötzlich löste sich ein großer grauer Schatten aus der Deckung eines der Gehöfte und schob sich an meine Seite.

Silber war mir gefolgt. Mein Hund hatte sich an meine Fährte geheftet und hier, bei den Bauernhütten, auf mich gewartet. Ich streckte erfreut die Hand aus und tätschelte ihm den struppigen Kopf. »Du Guter«, sagte ich leise, »du weißt genau, wann ich einen Freund brauche – nicht wahr?«

Silber wedelte und leckte mir zärtlich die Hand. Er legte sich neben mir nieder, als ich mich unter dem Birnbaum in das kurze Frühlingsgras sinken ließ.

Ich schloss die Augen. Ich war müde von der ungewohnten Anstrengung und dem vielen Neuen, das auf mich eingestürmt war. Ich lehnte den Kopf an die Lehmwand der Scheune. Da hörte ich Stimmen, die aus dem dunklen Inneren leise an mein Ohr drangen.

»Was willst du?« sagte ein junger Mann, »wir sind uns doch schon seit Jahren einig, Bärbe! Alle im Dorf wissen es, und keiner nimmt Anstoß daran. Gib mir einen Kuss – bitte!«

Stroh raschelte. »Hannes …«, kam abwehrend die Antwort eines Mädchens, »hab Geduld. Der Herr …«

»Ach, der Herr, der Herr! Der Herr kann mir gestohlen bleiben!«

»Du bringst uns noch um Kopf und Kragen!« Die Frauenstimme klang warnend und sehr energisch. »Wie kannst du nur so unvorsichtig sein! Der Herr hat ein Auge auf mich geworfen, und das seit dem vergangenen Mond. Errege ich seinen Ärger, gibt er uns niemals die Erlaubnis zu heiraten. So ist das nun mal.«

»Ich will nicht, dass er dir zu nahe kommt.« Der junge Mann war zornig. Der Ton, in dem er sprach, verriet das überdeutlich. »Ich liebe dich, Bärbe. Ich liebe dich so sehr, dass es wehtut. Und ich will dich mit einem anderen nicht teilen!«

»Ach, Hannes! Sag mir – was kann ich denn tun?« Bärbe bewegte sich, ich hörte das Stroh erneut rascheln. »Ich liebe dich ja auch. Aber …«

Sie bewegten sich beide. Eine kurze Stille folgte, die sehr lebendig schien, dann hörte ich heftiges Ausatmen. »Ich will dich …« flüsterte der Mann, »ich will der erste sein bei dir – und der einzige …«

»Mein dummer, lieber, leichtsinniger Hannes …«

Sie schwiegen wieder. Ich wusste, sie küssten sich. Sie hielten sich umschlungen und begingen das Maienfest auf ihre Weise. Ich wusste auf einmal, wer die beiden waren. Hannes war Hans Waldvogel, der so schön singen und die Flöte spielen konnte. Schon oft hatte mein Vater ihn zur Unterhaltung auf die Burg bestellen lassen, wenn wir Gäste hatten. Hannes kannte immer die neuesten Tanzlieder und machte auch selber welche. Er war ein langer, schlanker Bursche mit flachsfarbenem Haar und lustigen, blitzblauen Augen, in denen manchmal ein bisschen Spott funkelte. Bärbe musste das hübsche Mädchen mit den grünen Katzenaugen und den Sommersprossen sein, das mit den fuchsroten Locken. Auch sie wurde in letzter Zeit oft auf die Burg befohlen, doch immer aus nichtigen Anlässen. Ich hatte bemerkt, dass mein Vater sie dann jedes Mal hungrig anstarrte. So benahm er sich, wenn er Gefallen an einer jungen Magd gefunden hatte und sie in sein Bett holen wollte. Ich hatte es unzählige Male erlebt.

Hannes und Bärbe liebten sich also. Hannes war eifersüchtig auf meinen Vater, und das war nicht mehr als menschlich. Nur konnte er gegen einen Rutger von Rabenstein natürlich nicht gewinnen. Bärbe hatte das ganz richtig erkannt. Die beiden taten mir Leid.

Drinnen in der Dunkelheit der Zehntscheune regte sich wieder etwas. Es hörte sich an, als wühlte das Liebespaar im Stroh herum. »Du bist wunderschön«, flüsterte Hans Waldvogel heiser, »lieber Gott im Himmel … Ich sehne mich so nach dir!«

»Hannes«, kam die zitternd geflüsterte Antwort, »du weißt, ich gehöre nur dir, aber wenn uns der Herr hier erwischt … Ich bin sicher, er sucht jetzt schon nach mir! Hannes, ich bitte dich …!«

»Küss mich«, keuchte Hans Waldvogel, »küss mich, Bärbe! Lass mich nicht verhungern und verdursten! Ich komme um ohne deine Zärtlichkeit!«

»Liebster, später, wenn es dunkel ist und uns niemand finden kann …« Aus Bärbes Stimme war Angst herauszuhören. »Liebster, bitte!«

Doch Hans Waldvogel war taub gegenüber ihrer Warnung. »Sag, dass du mein bist, Bärbe«, verlangte er, »jetzt gleich, bevor ich sterbe!«

Bärbe stieß ein unterdrücktes Lachen aus. »Ich bin dein, du verrückter Distelfink«, flüsterte sie zitternd, »ganz dein, niemand sonst bekommt mein Herz!«

Wieder herrschte Stille. Dann drangen Laute an mein Ohr, die ich nicht deuten konnte – Seufzer, sanfte, unverständlich gemurmelte Worte, rhythmisches Rascheln im Stroh. Plötzlich schlug Holz gegen Holz – die Tür der Zehntscheune, die auf der anderen Seite des rohen Fachwerkbaus lag, musste aufgestoßen worden sein. »Was ist das hier?« schrie die Stimme meines Vaters, »was treibt ihr, Bauernpack? Unzucht und Hurerei am helllichten Tag …!«

»Herr«, stotterte Hans Waldvogel atemlos, »Herr – ich kann alles erklären. Ich …«

Ein dumpfer Schlag riss ihm das Wort aus dem Mund. Ich hörte ihn aufstöhnen. »Schafft ihn in den Turm«, brüllte mein Vater.

»Das Weibsbild auch?« fragte ein anderer Mann, offenbar einer unserer Knechte.

»Nein, die nicht«, knurrte mein Vater wütend, »die nehme ich mir selber vor!«

Zwei Männer lachten hämisch. »Herr«, hörte ich Hans Waldvogel betteln, »lasst Bärbe frei, ich flehe Euch an! Sie hat keine Schuld – ich allein …«

Wieder hörte ich ihn aufstöhnen, und diesmal musste unser Burgmann sehr hart zugeschlagen haben. »Halts Maul, Bauernlümmel«, zischte mein Vater. »Dir werden die Widerreden schon vergehen, das verspreche ich dir!«

Bärbe schluchzte. Ich konnte die unterdrückten Laute deutlich durch die Flechtwand hören. »Herr«, flehte sie, »das ist nicht recht! Hannes ist ein braver Kerl, der kein Unrecht begangen hat! Ich habe ihn verführt – das ist wahr. Evas Töchter sind allesamt Sünderinnen, sagt die Kirche, und Adam hat keine Schuld. Unser Pfarrer …«

»Willst du mich belehren?« schrie mein Vater in höchster Wut. »Willst du deinem Herrn die Stirn bieten? Sieh dich vor, Dirne, sonst holt auch dich der Henker – so gut wie deinen Hurenbock!«

Sie hatten jetzt alle die Zehntscheune verlassen, und ich duckte mich hart an die Wand, um nicht entdeckt zu werden. Ich konnte sehen, wie zwei unserer Knechte Hans Waldvogel wegbrachten. Er schien bewusstlos zu sein, denn sein Kopf und seine Arme hingen schlaff herunter und seine Füße schleiften über den Boden. Er war nackt bis auf sein grobes graues Hemd. Lächerlicherweise hing in seinen wirren Flachshaaren ein verwelkter Kranz aus Feldblumen.

Ich stand auf. Mit zitternden Knien kam ich hinter der Scheune hervor und trat auf den schmalen Pfad, der von den Gebäuden zum Festplatz führte. Ich sah, dass mein Vater Bärbe am Arm gepackt hielt und das schluchzende Mädchen mit sich schleppte. Bärbe redete tränenüberströmt auf meinen Vater ein, während sie versuchte, mit ihm Schritt zu halten. Doch er schenkte ihr nicht einmal einen Blick, geschweige denn ein Wort.

Sämtliche Leute des Dorfes waren zusammengelaufen. Die Musik hatte aufgehört zu spielen. Alle umringten in gehörigem Abstand mit fassungslosen Mienen meinen Vater, der die weinende Bärbe noch immer gepackt hielt, und die beiden Knechte mit dem bewusstlosen Hans Waldvogel.

»Hier seht ihr zwei, die am Festtag Hurerei getrieben haben«, ließ mein Vater seine raue Stimme ertönen, »ich habe sie selbst ertappt.« Er reckte den freien Arm und deutete mit ausgestrecktem Finger auf Hans Waldvogel. »Der da kommt in den Turm, bis ich mich auf eine angemessene Strafe für ihn besinne!« Seine Hand machte eine herrische Bewegung. »Hinauf mit ihm!«

Das war an die Knechte gerichtet. Sie nickten und schleiften den Bewusstlosen zu den Pferden, die am Rand des Angers grasten. Bärbe stieß einen leisen Schrei der Verzweiflung aus. »Gnade, Herr«, weinte sie verzweifelt, »Gnade!«

Mein Vater wandte ihr das Gesicht zu. Um seine schmalen Lippen zuckte ein finsteres Lächeln, das sogleich wieder verschwand. »Dir und ihm soll Gerechtigkeit werden«, sagte er, »nicht mehr und nicht weniger.«

Ich hatte diesen Ausdruck schon einmal auf seinem Gesicht gesehen. Es war nach einer Jagd gewesen, als die Knechte ihm einen lebendig gefangenen Luchs gebracht hatten. Damals hatte er dem Tier eigenhändig die Kehle durchgeschnitten – mit dem gleichen finsteren Lächeln der Befriedigung, das er jetzt Bärbe zeigte. Ich fürchtete mich plötzlich vor ihm – mehr, als ich mich je vor ihm gefürchtet hatte.

In Bärbes Augen lag das blanke Entsetzen. »Gerechtigkeit«, erwiderte sie bebend, »ist das gerecht, Hans Waldvogel in den Turm zu sperren für etwas, das er nicht verschuldet hat? Ich sage Euch doch, Herr – ich bin diejenige, die ihn verführt hat! Mich müsst Ihr einkerkern! Ich habe Strafe verdient – nicht er!«

»Das mag sein«, warf mein Vater ein, »dass du eine Hure bist, glaube ich gern. Nur wirst du es mir überlassen müssen, wie ich mit dir verfahre. Und Gnade kannst auch du nicht von mir erwarten – nur Gerechtigkeit.«

Seine Worte trieften vor Hohn und Spott. Ich erkannte, dass er den Auftritt genoss. Bärbe erkannte es auch. In ihrem Gesicht ging eine Veränderung vor sich. Ihre kummervollen Züge verhärteten sich, ihre Augen begannen unnatürlich zu glänzen. Sie riss sich aus dem Griff meines Vaters los. »Eure Gerechtigkeit kann ich mir vorstellen«, spuckte sie, »Ihr rechnet darauf, dass ich Hannes zu retten versuche, indem ich Euch zu Willen bin!« Sie sprang zwei Schritte zur Seite. »Aber mich kriegst du nicht«, schrie sie wild, plötzlich jeden Respekt vergessend. »Du wolltest mich als erster besteigen, du alter, geiler Bock! Du kannst es nicht verwinden, dass mein Liebster dir zuvorgekommen ist – habe ich Recht? Du jagst jedem jungen Weib nach und nimmst ihr die Ehre, aber meine Ehre lasse ich dir nicht!«

Ich, die ich mit im Kreis der Dorfbewohner stand, konnte

nicht anders – ich war entsetzt über Bärbes Worte. Soeben hatte sie sich selbst den Strick gedreht. Nie und nimmer konnte mein Vater den Schimpf, den eine hörige Bauernmagd ihm öffentlich angetan hatte, auf sich beruhen lassen. Er würde sie hinrichten lassen. Eine andere Möglichkeit gab es nicht.

Schon streckten sich Hände aus, um Bärbe fest zu halten. Doch sie reckte sich ein letztes Mal meinem Vater entgegen. Ihre grünen Augen funkelten wie die einer Wildkatze, die verzweifelt um ihr Leben kämpft. Ihre ungebärdigen Locken gleißten im Sonnenlicht wie kupfriges Gold. »Du bist ein Schurke, Rabenstein«, sagte sie so laut, dass alle es hören konnten. »Gott strafe dich, da ich es nicht kann!«

Damit raffte sie ihr grobes, ungefärbtes Leinengewand und rannte auf nackten Füßen über die Gemeindewiese davon. Die braunen Kühe, die dort mit ihren Kälbern friedlich gegrast hatten, flüchteten in ungelenken Sprüngen.

Vier, fünf Männer von der Burg nahmen die Verfolgung auf. Bärbe hetzte über die frischbestellten Felder. Sie hielt auf den Fluss zu, dessen Wasser, vom Frühling geschwellt, jenseits der frühlingsgrünen Getreideäcker schäumend das Tal durchströmte. Ich konnte sehen, wie sie vor den Männern, die sie verfolgten, das Ufer erreichte. Dann sprang sie. Das Wasser schloss sich über ihr und riss sie davon.

Mein Vater stand mit geballten Fäusten da und starrte aus blutunterlaufenen Augen die Stelle an, wo Bärbe verschwunden war. Noch nie hatte ich ihn so wütend gesehen. »Sie hat sich selbst gerichtet«, knurrte er mit zusammengebissenen Zähnen, »verdammt soll sie sein – verdammt, verdammt!«

Ich richtete meinen Blick auf die Gesichter der Dorfbewohner. Da sah ich keinen Zorn, nur Betroffenheit und Schrecken. Eine alte Frau, die fast gänzlich in ein riesiges grauwollenes Umschlagtuch eingehüllt war, hatte die Lippen zu einem schmalen Strich zusammengekniffen. Sie murmelte etwas, doch ich konnte ihre Worte nicht verstehen. Eine andere Frau weinte stumm. Tränen rollten stetig über ihre faltigen Wangen.

Mein Bruder Hartmann kam vom Festplatz zu uns herüber. Er legte meinem Vater die schmale weiße Hand auf den Arm. »Ärgert Euch nicht so sehr, Herr Vater«, sagte er schmeichelnd, »wir wollen uns durch diesen dummen Zwischenfall doch nicht den Spaß verderben lassen – an einem solchen Tag!«

Leben kehrte in die scharfen Züge meines Vaters zurück. »Wir haben immerhin den Kerl«, sagte er mit funkelnden Augen, »das ist besser als nichts …«

»Richtig, Herr Vater«, bestätigte Hartmann. Er zupfte mit spitzen Fingern die Tasselschnur seines Mantels zurecht und winkte dann den Musikanten, die wie angewurzelt mit ihren Instrumenten dastanden. »Spielt weiter«, schrie er ihnen zu, »es gibt nichts mehr zu gaffen!«

Die Spielleute, ausnahmslos Männer des Dorfes, brauchten einen Augenblick, um sich aus ihrer Erstarrung zu lösen. Dann, mechanisch, setzten sie Dudelsack, Schalmei und Zinken wieder an die Lippen und begannen eine getragene Melodie zu spielen.

»Ich lasse euch allesamt hängen, wenn ihr uns nicht auf der Stelle was Besseres zu Ohren bringt«, zischte mein Vater in neu aufwallendem Zorn. »Mein Sohn sagte es ja bereits – wir wollen uns durch eine Hure und ihren Hurenbock nicht die Freude verderben lassen!«

Das Fest ging weiter. Bei den Edelleuten auf dem Hochsitz des Podiums wurde getrunken und gelacht. Die jungen Damen und Herren tanzten und konnten nicht genug davon kriegen. Doch die Bauern vollführten keine lustigen Sprünge mehr. Stumm hockten sie in kleinen Gruppen bei dem Feuer, an dem das vom Herrn der Burg gestiftete junge Stierkalb geröstet wurde, und rührten sich nicht. Sie unterhielten sich nur mit murmelnden, gedämpften Stimmen.

Ich saß an der Seite Frau Mathildes und konnte mich ebenfalls nicht freuen. Immer wieder wurden meine Blicke von den grau und braun gekleideten, unbeweglich herumsitzenden Gestalten angezogen, die mit ihren eingezogenen Köpfen und gebeugten Rücken wie grobbehauene Felsblöcke auf mich wirkten. Die Dorfleute trauerten um Bärbe und um Hans Waldvogel, dessen helle Stimme jetzt nicht mehr durch die Klänge der Musikanten zu hören war. Ich konnte nicht anders, ich trauerte auch. Und ich schämte mich für meinen Vater.

Frau Mathilde und ihr Gemahl schienen keinen Anstoß an dem Zwischenfall zu nehmen. Sie hatten ihn nicht einmal richtig zur Kenntnis genommen. »Hurerei ist eine schwere Sünde«, bemerkte Frau Mathilde lediglich, als ich meinen Platz neben ihr einnahm, »dein Vater tut recht, wenn er sie streng ahndet.«

Ich widersprach ihr nicht. Was sie gesagt hatte, sagte auch die Kirche. Dennoch fühlte ich in meinem Herzen, dass für Bärbe und ihren Liebsten eine andere Regel gelten musste. Den ganzen Nachmittag, während das Edelvolk feierte und die Bauern still umhersaßen, blieben mir die Worte im Gedächtnis, die Hans Waldvogel und Bärbe sich in der Zehntscheune gesagt hatten. Daran war nichts Schmutziges, Sündhaftes gewesen. Die beiden jungen Bauersleute hatten es ehrlich miteinander gemeint. Mein Vater hatte ihre Liebe mit brutaler Faust zerschlagen.

Bärbe war tot. Hans Waldvogel würde es auch bald sein. Mir blutete das Herz bei dem Gedanken. Ich fühlte mich hilflos wie nie zuvor. Und ich musste mich sehr zusammennehmen, um auf Frau Mathildes freundliche Fragen nicht zu einsilbig zu antworten.

Eine Stunde bevor die Sonne sank, kamen wir wieder auf der Burg an. Rechts und links neben dem Toreingang der Vorburg und dem inneren Tor brannten in eisernen Ringen Fackeln, um die tiefen Schatten des herannahenden Abends zu erleuchten. Der Hof war ebenfalls schon erleuchtet. Überall – zur Linken am Fuß des Bergfrieds und zur Rechten an den Mauern von Mushaus und Palas – rauchten und blakten weitere Fackeln. Sie verbreiteten trübes, noch nicht wirklich gebrauchtes Licht.

In der Küche loderte ein Höllenfeuer. Ich konnte es durch die kleinen viereckigen Fenster flammen sehen. All unsere Mägde und Knechte waren in heftiger Betriebsamkeit mit irgendeiner Aufgabe beschäftigt und hasteten eifrig umher. Auf der Außentreppe herrschte reger Verkehr. Küchenmägde schleppten Krüge und Kannen, Becher und Teller hinauf in den Sommersaal. Zuerst sollte ein kurzer Gottesdienst gehalten werden – Frau Mathilde hatte sich das gewünscht –, danach würden sich alle an der großen Tafel einfinden. Fürs Festessen hatte das Gesinde den ganzen Tag gearbeitet.

Unsere Kapelle, ein kleiner, halbrunder Raum, der wie ein Erker an die Außenmauer des Sommersaales anschloss, fasste kaum die Menge der Edelleute, die sich hier versammelten. Matthias, der Burgpfaffe, fand eben noch Platz vor dem Allerheiligsten. Ich drückte mich an die Wand neben dem schmalen Eingang, damit ich auf meinem gesunden Fuß stehen und den anderen schonen konnte. Mein ganzes linkes Bein schien gelähmt vor Schmerz.

Ich dankte Gott dafür, dass Matthias seine Predigt kurz hielt. Mehr stolpernd als humpelnd nahm ich Platz an der Tafel. Unsere Mägde sahen es mit runden, ungläubigen Augen. Eigentlich war ja gar nicht vorgesehen gewesen, dass ich mit den hohen Gästen speiste. Erst nachdem Frau Mathilde den Befehl dazu gegeben hatte, wurde mir ein Sitz an ihrer Seite hergerichtet. Das erregte noch mehr Verwunderung.

Ich war zu Tode erschöpft. Meine Augen schienen zu müde zum Sehen. Kaum nahm ich die Prachtgewänder unserer Gäste wahr, deren schillernde Farben mit den bunten Wandmalereien des Sommersaales wetteiferten. Den reichgedeckten Tisch, die blütenweiß gebleichten leinenen Tafeltücher, die drei silbernen Pokale aus dem Schatz meiner Mutter, die strahlend blank geputzten Zinnteller und die herrlichen silbernen Servierplatten, die nur den höchsten Gästen zu Ehren benutzt wurden – all dies konnte heute meine Aufmerksamkeit nicht fesseln. Nicht einmal die wundersame Tatsache, dass ich zur Linken unserer Lehensherrin saß, ja, dass ich überhaupt anwesend sein durfte, konnte meine Stimmung aufhellen. Seit Bärbes Sprung in den Tod war es mir unmöglich, an diesem Tag noch Freude zu empfinden.

Ich ließ den ersten der Pokale an mir vorübergehen, als

die Reihe zu trinken an mich kam, und ergriff erst den zweiten, weil jetzt auf das Wohl Herrn Heinrichs und seiner Gemahlin getrunken wurde. Auch die Fleischgerichte, die uns die Mägde von der Vorderseite der Tafel her präsentierten – junge Tauben, Frischlingsbraten und einen zarten Lammrücken – wies ich zurück. Nur die Suppe, die in hölzernen, hübsch polierten Trinkschalen angeboten wurde, nahm ich an. Es war Hühnerbrühe. Sie tat mir gut.

Ich fühlte mich etwas gestärkt, genug, um mit der Fürstin eine Unterhaltung führen zu können. Doch sie war diejenige, die am meisten sprach. Sie erzählte mir von ihren Kindern, erwähnte strahlend das Neue, das sie erwartete und schien überaus guter Dinge, obwohl doch auch für sie der Tag anstrengend gewesen sein musste.

»Du hast wohl nicht oft Gelegenheit, dich zu unterhalten?« fragte sie mich schließlich, als die letzten Speisen aufgetragen wurden. »Es scheint mir, als seist du daran gewöhnt, über lange Zeit zu schweigen.« Sie nahm mit zierlichen Fingern ein Wachtelei aus der angebotenen Schüssel und tunkte es, bevor sie es in den Mund steckte, in die Senfsoße, die ihr von vorn über den Tisch ehrerbietig hingehalten wurde. »Mir ging es einmal genauso«, fuhr sie ernsthaft fort. »Als ganz junges Mädchen bekam ich auch den Mund nicht auf. Doch nachdem meine Mutter mich darauf hingewiesen hatte, wurde es besser.«

Ich errötete. Ich war dankbar dafür, dass der Schein der Kerzen die Farbe, die ich angenommen hatte, nicht sehr deutlich enthüllte. »Ja«, antwortete ich wahrheitsgemäß auf den leisen Tadel, »Ihr habt Recht, hohe Frau. An festlichen Geselligkeiten nehme ich nur selten teil. Vergebt mir, wenn ich unhöflich war. Nur, ich …«

»Dein Fuß?« Frau Mathilde war ganz Verständnis. »Tanzen war wohl doch nicht das Richtige für dir, Agneta. Ich hätte es dich untersagen sollen.«

Ich schenkte ihr ein Lächeln. Meine Mutter hatte sich niemals darum geschert, ob mir der Fuß wehtat oder nicht. Schon gar nicht hätte sie mir eine Anstrengung verboten, um mir Schmerzen zu ersparen. »Aber es war ja meine eigene

Torheit«, gab ich der Fürstin zur Antwort, »und ich möchte sie dennoch nicht missen.«

Frau Mathilde nickte. »Meine Mutter hat mir damals auch nicht das Tanzen untersagt«, meinte sie mit einem sanften, melancholischen Lächeln. »Mein Küken mit dem gebrochenen Beinchen hat sie mich genannt. Und sie sagte, wenn mein Küken tanzen will, dann soll es auch. Mutter scheucht den Habicht fort.«

»Den Habicht?«

»Damit meinte sie die Schmerzen, die mich anschließend immer plagten«, sagte Frau Mathilde und ordnete mit einer oft geübten Bewegung den rechten ihrer langen, mit Goldstickerei geschmückten Überärmel, der ihr über die Hand geglitten war. Nachdenklich schob sie ihn bis zum Ellbogen zurück. »Als ich noch klein war«, fügte sie hinzu, »hat sie den Habicht oft fortscheuchen müssen.«

»Ihr habt Eure Mutter sehr lieb gehabt?«

»Wir alle lieben sie«, antwortete Frau Mathilde nachdenklich. Ihre Stirn legte sich in Falten. »Nur Jean – der kleine Jean, der ist anders. Der hält sich auf der Seite des Königs.«

Ich nahm an, dass auch dieser kleine Jean einer ihrer Geschwister war. Doch den Rest ihres Satzes verstand ich nicht. »Des Königs, Eures Vaters?« fragte ich nach.

Frau Mathilde nickte.

»Aber sind Euer Vater und Eure Mutter nicht König und Königin von England?« forschte ich. »Herrschen sie nicht gemeinsam ...?«

Frau Mathilde schüttelte den Kopf. »Als ich Kind war«, murmelte sie, »da war der Himmel noch heiter und die Welt voller Fröhlichkeit. Doch heute ...«

Ich wagte es nicht, eine neue Frage zu stellen. Sie schaute in meine erwartungsvollen Augen und schüttelte noch einmal den Kopf. »Es ist eine lange Geschichte«, murmelte sie, »zu lang für einen Abend. Auch ich bin müde, Agneta. Wir sprechen morgen wieder miteinander, wenn wir das Frühstück einnehmen.«

Ich hatte mich bald danach für die Nacht zurückgezogen. Durch die enge Schnecke war ich, ausgestattet mit einer kleinen eisernen Sturmlaterne, vom Sommersaal aus zwei weitere Stockwerke hinaufgestiegen, bis unters Dachgebälk, wo mein Schlafplatz hergerichtet war.

Auf der Höhe des letzten Geschosses war die Wand der Schnecke nicht mehr verputzt. Ich hatte das immer geschätzt. So konnte ich beim Aufsteigen in die gemörtelten Fugen zwischen den rohen Mauersteinen greifen und mir dadurch mehr Halt verschaffen. Erleichtert aufatmend tauchte ich aus dem runden Loch empor, das unter dem Dach den Abschluss der Schnecke bildete.

Meine Mutter würde jetzt auch ihre Kammer aufsuchen, und Frau Mathilde hatte sicherlich bereits mein Schlafgemach bezogen. Unten im Sommersaal dagegen würde das Gelage noch bis in die Nacht hinein weitergehen, während Herrn Heinrichs Knechte im darüberliegenden Wintersaal die Reisebetten für die jungen Damen und Herren des Gefolges aufschlugen und den weiten Raum mit Vorhängen in einzelne kleinere Räume aufteilten. Herr Heinrich würde im Mushaus schlafen, dem Teil des Palas, der über dem Küchengewölbe lag. Dort war auch Platz für die vielen Reisigen seines Zuges geschaffen worden, während unsere Männer für diesmal mit den Ställen vorlieb nehmen mussten.

Ich konnte die Musik hören, die aus den säulengeschmückten Fenstern des Sommersaales bis zu mir heraufdrang. Herr Heinrich war berühmt für seine Ausdauer und Trinkfestigkeit. Seine jungen Ritter hatten Saitenspiel und Flöten hervorgeholt und schienen einen Wettstreit angezettelt zu haben. Es wurden Lieder gesungen – mehr oder weniger schöne Stimmen erschallten.

Worte verstand ich nicht. Die dicken Mauern der Burg dämpften Musik und Gesang. Aber das war mir mehr als recht. Ich setzte die Laterne auf dem Estrich ab, arbeitete mich aus meinem Festgewand, legte es säuberlich über einen der dicken Deckenbalken und stellte mich noch einen Augenblick an das kleine, schmale Dachfenster.

Der Mond schien. Das Tal, die Wiesen, die Felder und der silberne Fluss waren von blauem Licht übergossen. Ich musste plötzlich an das kleine Stück Pergament denken, auf dem ich François' Bildnis fest zu halten versucht hatte. Ich schloss die Augen und sah ihn vor mir mit seinen dunklen, lockigen Haaren, der schönen Nase und den wohl geformten, ein wenig aufgeworfenen Lippen. Er sah mich an …

Ich öffnete die Lider. Über den schwarz-silbernen Wäldern jenseits des Tales stand der Abendstern. Venus trug noch ihr Krönchen. Es funkelte wie ein winziger Diamant auf ihrem Scheitel. François … Ob er wohl auch jetzt am Fenster stand und die Sterne betrachtete? Und welche Gedanken mochten ihm dabei durch den Sinn gehen?

Ich wurde gewahr, dass meine Hände den hölzernen Fensterrahmen umklammert hielten. Meine Fingerspitzen schmerzten, so hart hatte ich zugegriffen. Ich ließ los. François war nichts als ein wandernder Scholar. Er würde mir beibringen, wie man ein Horoskop stellt. Es konnte mir ganz gleich sein, was er von mir dachte. Ich war Agneta von Rabenstein, die Tochter eines Grafen. Ich stand weit über ihm, wie mir Frau Mathilde deutlich gemacht hatte.

Ich legte mich auf mein Polster nieder, löschte die Kerze in der Laterne und zog die Decke über mich. Es war mir nicht einerlei, was François von mir hielt. Ich hätte gern auf seiner Stufe gestanden. Ein unerfüllbarer Wunsch – wie alle meine Wünsche. Ich weinte, als ich einschlief.

5

Ein Geräusch hatte mich aus dem Schlaf gerissen – so etwas wie ein unterdrückter Schrei. Ich richtete mich schlaftrunken auf, streckte den Kopf angestrengt nach vorn und horchte. Stimmen drangen schwach an mein Ohr, erregte Stimmen …

Sie kamen aus der Richtung, wo die Schnecke auf den Dachboden mündete. Zwei Menschen stritten miteinander – ein Mann und eine Frau.

Ich stand auf und bewegte mich in der Dunkelheit zur Treppenöffnung. Hier konnte ich deutlich hören, was unten gesprochen wurde.

»Mit welchen dummen Ausreden wollt Ihr mir noch kommen?« sagte mein Vater gerade. Seine Stimme schwankte betrunken. »Mein Recht will ich!«

Die Tür, die von der Kemenate meiner Mutter in die Schnecke führte, musste offen stehen. Jedes Wort kam wie durch eine Röhre völlig klar bei mir an. »Ihr seid voll wie ein Schwein«, erwiderte meine Mutter angeekelt. »Geht in Eure Kammer und schlaft Euren Rausch aus. Ich …«

Etwas klatschte. »Voll wie ein Schwein, was?« die Stimme meines Vaters erhob sich wutentbrannt. »Nun, gnädige Frau Bertrade – umso besser. Dann sollt Ihr erleben, wie der Eber es mit der Sau treibt. Ihr werdet viel Spaß haben – einen säuischen Spaß!«

»Ich bitte Euch!« meine Mutter schien zu schluchzen. »Könnt Ihr Euch nicht zu irgendeiner Magd legen? Ihr habt doch nun schon Jahre nicht mehr bei mir geschlafen – warum heute? Ich bitte Euch!«

»Ja, bettle nur!« Mein Vater lachte. »Ich liebe es, wenn du bettelst. Das macht mich heiß!«

»Dann tragt Eure Geilheit woanders hin!« stieß meine Mutter aufgelöst hervor. »Wenn Ihr betrunken seid, könnt Ihr keinerlei Rechte bei mir einfordern!«

»So – kann ich nicht? Das wollen wir doch sehen!« Es klatschte noch einmal.

Meine Mutter stieß einen leisen Schmerzensschrei aus. »Ihr wagt es …« keuchte sie. »Ha – was für ein Wagnis«, gab mein Vater hämisch zurück, »mit dir werde ich leicht fertig!«

Ich hörte die Geräusche eines Handgemenges. Es polterte, scharrende Schritte kratzten über den Fußboden. Ich vernahm all dies, als stünde ich daneben. Meine Mutter stöhnte. Die Stimme meines Vaters klang wie das Knurren eines wilden Tieres.

Sie beschimpfte ihn mit atemloser, unterdrückter Stimme. Ich hatte sie noch nie so mit irgendeinem Menschen reden hören, geschweige denn mit meinem Vater. Doch der schien überhaupt keine Notiz davon zu nehmen. Er antwortete ihr nur mit schnaufendem, bösartig-leisem Lachen.

Ich hörte ihn keuchen. Meine Mutter schien sich jetzt nicht mehr zu wehren. Nur ihre rauen, verzweifelten Schluchzer drangen zu mir herauf, gemischt mit einzelnen unterdrückten Schmerzenslauten.

Lange Augenblicke vernahm ich nichts als das harte, rhythmische Knarren des Bettes. Dann gab mein Vater Töne von sich, die einem wüsten Grunzen ähnlich waren. Meine Mutter schrie mehrere Male leise auf. Danach wurde es still. Eine Tür ging. Mein Vater hatte wohl das Gemach verlassen.

Ich war so entsetzt, dass ich wie angefroren vor dem Einstieg zur Schnecke stehen blieb. Mein Vater, der, seit ich denken konnte, dem Bett meiner Mutter ferngeblieben war, hatte ihr eben Gewalt angetan. Mein Schrecken darüber war so groß, dass ich am ganzen Leibe zitterte. Erst viele Herzschläge später war ich fähig, mich zu meinem Lager zurückzutasten.

In dieser Nacht fand ich kaum noch Schlaf. Als mir gegen morgen dennoch die Augen zufielen, peinigten mich schlimme Albträume. Ich sah Hans Waldvogel, zerschlagen und halb nackt, der im Verließ des Bergfrieds von Dämonen belagert wurde. Und ich sah meine Mutter, blutend und in Tränen aufgelöst, wie sie sich verzweifelt gegen ein schwarzes Ungeheuer verteidigte. Schweißüberströmt erwachte ich.

Ich schaffte es, noch vor dem Gesinde am Brunnen im Hof zu sein. Dort wusch ich mir Gesicht und Hände. Ich fühlte mich wie zerschlagen. Das kalte Wasser würde die Spuren der durchwachten Nacht aus meinem Gesicht löschen, hoffte ich.

Es hatte gerade erst begonnen zu dämmern. Kaum, dass ich Einzelheiten der Umgebung zu erkennen vermochte. Abweisend ragte der Bergfried vor mir auf in den Himmel, der noch fast dunkel war. Doch aus dem schmalen Lichtschlitz, der in das Verließ mündete, drangen Töne in den Hof.

»... und ist der Lenz erst kommen«, klang es leise, aber deutlich, »Herzlieb, so wirst du mein!«

Hans Waldvogel sang!

Es war ein Lied, das ich nicht kannte. Ein neues Lied. Er musste es im Turm gedichtet haben, in seinem schrecklichen Kerker. Ich wischte mir die Augen und trat nahe an den Luftschacht heran. »Hans«, rief ich leise hinein, »bist du unverletzt?«

»Wer ist da?« kam die vorsichtige Frage, gefolgt von einem Husten.

»Das tut nichts zur Sache«, antwortete ich, nach allen Seiten um mich spähend. »Hat man dir zu essen und zu trinken gegeben?«

Ein zustimmendes Brummen war zu hören. Dann: »Wer will das wissen?«

»Eine, die es gut mit dir meint«, wich ich aus. »Sag, kann ich es dir nicht irgendwie leichter machen?«

Er lachte. Es war ein sonderbar bitteres Lachen. »Schieb mir ein Kohlenbecken herein«, gab er zurück, »dann könnte ich mir die kalten Füße wärmen!« und er hustete wieder.

Er machte sich lustig über mich, trotz seiner verzweifelten Lage. Noch während ich mir den Kopf zerbrach, wie ich ihm helfen könnte, begann er wieder zu singen. »Herr Rutger, Herr Rutger – so liebt er seine Leut«, drang es aus dem Verließ, »dass er sie nach Belieben – bespringt oder zerbleut ... Ob Weiber oder Männer – das ist ihm alles gleich. Er nimmt sie all zusammene – sie sein hart oder weich ...«

Das war ein böses Spottlied auf meinen Vater. »Höre, Hans Waldvogel«, rief ich erschrocken in den Luftschacht hinein, »so etwas darfst du nicht von dir geben! Mein Vater …«

Ich hielt inne. Ich hatte mich verraten. Hans Waldvogel lachte, diesmal lauthals.

»Dacht' ich's mir«, sagte er und hustete heftig. »Wie gefällt Euch mein Lied?«

»Du darfst es nicht singen«, erwiderte ich drängend, »du darfst nicht!«

»Wer sollte mich wohl daran hindern?« fragte Hans Waldvogel und hustete noch einmal.

»Dein Verstand«, beschwor ich ihn. »Hans, hör auf mich! Ich –«

»Ein Waldvogel hat aber doch nicht viel Verstand«, scherzte er. »Jeder weiß das. Selbst zu euch Burggesessenen müsste diese Kunde bereits durchgedrungen sein. Wollt Ihr die zweite Strophe hören?«

Er legte es darauf an, mich zu ärgern. Doch das, was in mir wuchs, war nicht Zorn, sondern Angst. »Bitte«, sagte ich in einem Versuch, ihn zur Besinnung zu bringen, »nur noch ganz kurze Zeit, dann werden alle auf den Beinen sein. Wenn einer der Herren hört, was du singst …«

Hans Waldvogel lachte, dass es laut aus dem Loch herausschallte. »Aber sie sollen es ja hören«, entgegnete er fröhlich, »jeder Vogel singt noch einmal, ehe er stirbt!«

»Du wirst nicht sterben«, sagte ich. In meiner Stimme zeigte sich mein ganzes Entsetzen über seine Worte und strafte mich Lügen. »Du wirst nicht sterben«, wiederholte ich. Bebend fügte ich hinzu: »Wenn du schweigst …«

Hans Waldvogel hustete. »Nun«, sagte er und rang nach Atem, »mein Hals ist rau. Ich halte also den Schnabel, bis die Herrschaften auf sind, und trage erst dann die anderen Strophen vor.«

»Hans«, versuchte ich es ein letztes Mal, »wenn ich meinen Vater bitte, dich freizulassen …«

»Habt Ihr göttliche Kraft«, unterbrach er mich, »oder die vom Teufel? Denn die eine oder die andere müsstet Ihr besitzen, um einen Felsen zu erweichen.«

»Hans ...« begann ich von neuem. Da schwang die Küchentür auf. Hanne kam ins Freie, einen Wasserkübel in der Hand. Die Zeit, die ich gehabt hatte, um Hans Waldvogel umzustimmen, war abgelaufen. Der Morgen fing an. Ich trat von der Mauer des Bergfrieds zurück, hob meine Krücke auf und humpelte zum Kräutergarten. Ich brauchte ein Weilchen, um mich zu fassen, bevor ich mich meinen Eltern und unseren hohen Gästen zum Frühstück im Sommersaal zeigen konnte.

Sie waren alle vollzählig erschienen, die hübschen jungen Damen und Herren aus Herrn Heinrichs Gefolge. Meine Eltern und mein Bruder hatten die rechte äußere Seite der langen Tafel besetzt. Ich fühlte mich genötigt, eine unbefangene und heitere Miene zur Schau zu stellen. Denn auch Frau Mathilde, die mich gleich auf den Platz an ihrer Seite zog, schien bester Laune.

Sie war in braunen Samit gekleidet, der über und über mit winzigen, schillernden Blüten aus Perlen bestickt war. Ihre langen Ärmel schmückten Borten aus Silber- und Goldstickerei. Die Brosche an ihrem Ausschnitt, ein großer runder Fürspann, zeigte in buntem Email einen herrlich gearbeiteten Adler. Das Gebände, das ihr zartes Kinn umschloss, war aus durchsichtiger Seide. Und ihre runde Haube hatte einen vielfarbigen Besatz aus Edelsteinen.

Verglichen mit der Fürstin erschienen die anderen Frauen wie unscheinbare Hühner neben einem Goldfasan. Selbst meine Mutter, der die Geschehnisse der vergangenen Nacht nicht anzusehen waren und die heute sogar ihr prächtigstes Gewand angelegt hatte – eins aus leuchtend rotem, mit kleinen blauen Hasen besticktem Scharlach –, war an Prunk nicht mit Frau Mathilde zu vergleichen. Ich musste mein Erstaunen über die kostbare Gewandung unserer Lehensherrin verbergen.

»Ich habe wunderbar geschlafen«, sagte Frau Mathilde aufgeräumt, »die Kammer, die mir zur Verfügung gestellt wurde, ist sehr angenehm. Erst der laute Gesang der Amsel hat mich geweckt.«

Das Wort ›Gesang‹ ließ mich zusammenfahren, doch ich brachte es fertig, sie das nicht merken zu lassen. »Ihr habt in meiner Kammer genächtigt, hohe Frau«, antwortete ich, »es macht mich glücklich, dass Ihr den Schlaf dort so erquickend fandet.«

Frau Mathilde schaute mir voll ins Gesicht. Ihr Blick forschte. »Sehr glücklich siehst du aber nicht aus«, wandte sie ein. »Wie war deine Nacht?«

»Ich habe schlecht geträumt«, wich ich aus, »doch nun geht es mir schon viel besser. Nach dem Frühstück ...«

»Werden wir uns ein wenig in den reizenden kleinen Garten setzen, den ich gestern bei der Ankunft vorn an der Mauer entdeckt habe«, ergänzte Frau Mathilde nach ihrem eigenen Belieben. »Ich möchte mich vor unserer Abreise noch ein wenig in deiner Gesellschaft aufhalten, Agnès.«

Sie hatte meinen Namen wieder in ihrer Sprache ausgesprochen. Mein Herz schlug schneller. »Das wäre mir eine große Freude«, sagte ich, und ich meinte es ehrlich.

Sie betrachtete mich nachdenklich. »Diese grüne Suckenie«, murmelte sie, »nicht, dass sie dir nicht steht – nein. Du siehst ganz reizend darin aus. Doch ich habe ein Gewand in meiner Truhe, das zu deinem hellen Haar noch weit besser passen würde.« Sie winkte einer ihrer Damen. »Anna«, befahl sie, »Ihr holt mir das Meerblaue – das mit den Blumen.«

Die Dame Anna erhob sich sofort. Sie war die jüngste unter Frau Mathildes Gefährtinnen und beeilte sich, den Wunsch ihrer Herrin auf der Stelle zu erfüllen. Frau Mathilde schien das auch erwartet zu haben. Doch mich verwunderte die Eilfertigkeit der jungen Edelfrau. Darüberhinaus fühlte ich mich beschämt von der Freigebigkeit der Fürstin. Die Worte der Junker von Ballenstedt und von Meißen fielen mir ein.

»Zu viel Ehre«, flüsterte ich verlegen.

»Willst du mir nicht die Freude ungetrübt lassen?« fragte Frau Mathilde und nahm meine Hand. »Malheureusement – ich habe keine Tochter, wenigstens keine, die noch am Leben wäre. Mein größter Wunsch war immer ein Mädchen, um es schön zu kleiden. Doch Gott der Allmächtige segnete mich leider nur mit Söhnen.«

»Aber …«

»Kein Aber, bitte.« Frau Mathilde tat meinen Widerspruch mit einer ungeduldigen Handbewegung ab. »Du wirst es lieben, Agnès – und du wirst es tragen. Zur Erinnerung an Mathilde d' Angleterre.«

Das Gewand war ein Wunder an Schönheit. Der Stoff, ein schwerer, schimmernder Brokat in sattem Blau, war mit kleinen goldenen, vierblättrigen Rosen durchwebt. In der Mitte jeder Blüte saß ein winziger Stern aus dunkelroter Seide. Auf der breiten Borte am Ausschnitt erkannte ich, Schnabel an Schnabel, zierliche Greife in Gelb mit Goldfäden. Ich starrte das Gewand an. Ich wagte es nicht, die Hand danach auszustrecken. »Wie herrlich«, murmelte ich, »und wie überaus kunstvoll gewebt …«

»Siehst du, es gefällt dir«, stellte Frau Mathilde zufrieden fest. »Ich wusste, du würdest es mögen.« Sie achtete überhaupt nicht auf die großäugigen Blicke meiner Eltern, die in völliger Verblüffung zu mir herüberschauten, sondern freute sich wie ein Kind über meine Bewunderung. »Ich habe den Stoff aus Damaskus, je crois«, sagte sie und nickte wie zur Bestätigung ihrer eigenen Annahme, »die Sarazenen fertigen die schönsten Seiden – obwohl sie doch die Feinde der Christenheit sind. Ist das nicht eigenartig?«

Ich konnte nur stumm nicken. Noch niemals hatte ich ein so wundervolles Kleid gesehen. Und nun sollte es mir gehören. Ich war fassungslos.

»Leg es einmal für mich an«, forderte mich Frau Mathilde auf. »Wenn wir nachher in den Garten gehen, könnte ich prüfen, ob es auch schön fällt. Anna –« sie winkte noch einmal der jungen Edeldame, »sei Agnès behilflich.«

Sie betonte Annas Namen auf der letzten Silbe. Sie strahlte mich an. Aus ihren braunen Augen sprühten kleine Blitze der Glückseligkeit. Mir war plötzlich, als sähe ein gewisser welscher Scholar mich an. Ich erwiderte ihr Lächeln so zärtlich, wie ich es bei diesem Scholaren niemals gewagt hätte.

Das Prunkgewand hatte gepasst, als sei es für mich gemacht worden. Ich fühlte mich darin wie die Kaiserin persönlich.

Mit zusammengebissenen Zähnen hatte ich mich bemüht, weniger zu hinken, damit die wundervolle Schleppe fließen konnte und nicht in unregelmäßigen Rucken hinter mir herschlingerte.

Frau Mathilde hatte zufrieden gelächelt. »Gut, dass ich das Meerblaue mitgenommen habe«, war ihr knapper Kommentar gewesen. Auch als wir zusammen auf der steinernen Bank unter dem alten Holzapfelbaum saßen und in das blühende Tal hinuterschauten, machte sie nicht mehr viele Worte. Sie hielt lediglich meine Hand umfasst und drückte sie manchmal leise. Ich fühlte, dass sie Sorgen hatte, doch sie wollte sie wohl nicht aussprechen. Und so forschte ich auch nicht nach.

Gegen Mittag war die Reisegesellschaft Herrn Heinrichs bereit, Rabenstein wieder zu verlassen. Der Weg nach Quedlinburg war noch weit; mehrere beschwerliche Reisetage lagen vor Frau Mathilde und ihren Leuten. Im Gebirge, das es zu durchqueren galt, gab es nicht viele feste Häuser, in denen Rast gemacht werden konnte. Herr Heinrich hatte vor, die Feste Regenstein mit seinem Besuch zu beehren, ehe er nach Osten weiterreiste. So informierte er meinen Vater, während er in den Sattel stieg.

Frau Mathilde saß schon in ihrer Sänfte. Sie winkte mich noch einmal nahe an sich heran. »Agnès«, sagte sie, »es war mir eine große Freude, dich kennen zu lernen. Vielleicht sehen wir uns bald wieder.« Bis jetzt hatte sie heiter gelächelt, doch nun wurde ihre Miene plötzlich ernst. »Wenn Gott es will«, fügte sie leise hinzu.

»Gott muss Euch lieben«, erwiderte ich. Eine große Zuneigung zu dieser Frau stieg in mir empor – nicht, weil sie mich so reich beschenkt hatte, sondern weil sie mich all ihre herzliche Freundlichkeit hatte spüren lassen. »Er wird Euch auf Euren Wegen behüten«, fügte ich hinzu, »selbst wenn ich ihn nicht darum bitten würde!«

Frau Mathilde heftete den Blick ihrer rehbraunen Augen voll auf mein Gesicht. »Ich möchte nur, dass du mich in guter Erinnerung behältst«, sagte sie, noch immer in diesem ungewohnt ernsten Ton. »Das Gewand ist vergänglich«, fuhr sie fort, »ich will dir etwas von mir zurücklassen, das die Zeit besser übersteht.« Sie zog den silbernen Ring ab, den sie am kleinen Finger ihrer Linken getragen hatte, und reichte ihn mir. »Den sollst du tragen«, sagte sie, »als ob du meine älteste Tochter wärst.«

»O nein«, stammelte ich, »wie könnte ich noch ein weiteres Geschenk von Euch annehmen?« ich legte beide Hände auf dem Rücken zusammen und krampfte die Finger ineinander. »Das wäre allzu unbescheiden!«

»Aber ich schenke ja nichts Wertvolles«, sagte Frau Mathilde, »nur ein kleines Andenken. Gib mir deine Hand – ich möchte dir den Ring selbst anstecken, Agnès. Und immer, wenn du ihn ansiehst, sollst du dich an Mathilde d' Angleterre erinnern!«

Sie duldete keinen Widerspruch. Ich las es in ihrem Blick. Auch spürte ich, dass ihr viel daran lag, mir dieses letzte Geschenk zu machen. Ein Gefühl von Schwere und Endgültigkeit lag auf einmal in der Luft. Wie unter einem inneren Zwang hielt ich ihr meine Hand hin.

Sie schob den zierlichen, mit einem roten, geschliffenen Stein geschmückten Silberring über meinen kleinen Finger. Er saß sofort fest, als habe er immer daran gesteckt. »Von Mathilde für Agnès«, sagte die Fürstin. Ihre Worte klangen feierlich wie ein Gebet.

»Ich danke Euch«, das war alles, was ich stammelnd herausbrachte.

Sie nickte mir zu, während eine ihrer Damen eine dicke, mit grauem Pelz gefütterte Reisedecke über ihren Knien ausbreitete. »Leb nun wohl«, sagte sie und hob ihre schlanke Hand zum Gruß, »Gott schütze auch dich!«

Die vier Maultiere, die die Sänfte trugen, zogen an. Der Reisezug setzte sich in Bewegung. All die glänzenden Ritter und Herren verließen unsere Burg. »Ich will in Freude an Euch denken«, rief ich Frau Mathilde zu, »jedes Mal, wenn ich Euren Ring anschaue!«

Ich winkte ihrer Sänfte nach, bis sie aus dem Tor war und ich sie nicht mehr sehen konnte. Dann, in plötzlicher Traurigkeit, betrachtete ich den Ring, den sie mir fast aufgedrängt hatte. Der Stein, ein flacher, polierter Karneol, zeigte in feiner Gravur eine engelsähnliche, geflügelte Gestalt, die einen großen, ziegenhornähnlichen Gegenstand in den Armen trug. Auf der Ringschiene entdeckte ich Buchstaben. »MATHILDE«, las ich, »DTG«.

Ihr Name war auf dem Ring eingraviert. Was die anderen Buchstaben bedeuten sollten, wusste ich nicht. Aber es war mir auch gleich. Ich würde das zierliche Schmuckstück immer am Finger lassen, würde es nie ablegen. Ich wollte mich an die erinnern, die es mir gegeben hatte, und wünschte mir dringend ein baldiges Wiedersehen. Die hinkende Fürstin und das hinkende Edelfräulein hatten nicht nur ihre Behinderung gemeinsam. An dem einen Tag, den Mathilde auf Rabenstein geweilt hatte, war zwischen ihr und mir ein Band geknüpft worden, das nie zerreißen sollte.

Ich würde ihr schreiben. Gleich heute wollte ich einen Brief an sie verfassen und ihr noch einmal deutlich machen, wie tief mich ihre Freundlichkeit berührt hatte. Sie sollte wissen, wie viel mir ihre Zuneigung bedeutete.

Doch zuerst wollte ich das wundervolle Gewand ablegen, damit es nicht verschmutzte. Ich würde es nur an den höchsten Feiertagen aus meiner Truhe nehmen – zum Weihnachtsfest und zu Ostern, oder wenn wir wieder hohe Gäste erwarteten. Viele Jahre würde ich es schonen und in Ehren halten, das Meerblaue mit den goldenen Rosen und Greifen, und nie würde ich es weggeben. Es sollte ein Leben lang in meinem Besitz bleiben.

Ich bemühte mich hinauf in meine Kemenate, die bereits wieder leergeräumt war. Sie hatten den Polsterstuhl und den kleinen Tisch mit dem Seidenteppich entfernt und nur meine Gewandtruhe und das Schreibpult zurückgebracht. Der kahle Raum war wieder Agnetas Kammer.

Ich duldete es nicht, dass Margarete mir aus Frau Mathildes Prunkgewand half. Lieber befasste ich mich selbst mit der aufwendigen Schnürung an den Seiten. Mit zarter Hand bettete ich das Wunder aus blauer Seide ganz zuoberst in meine Truhe, damit es nicht zerdrückt wurde. Dann zog ich mir eine meiner wollenen Cotten über und nahm den Mantel mit.

Heute kümmerten mich die unverschämten Blicke unserer Burgmannen nicht. Ich schien gefeit gegen alle Angriffe, die stummen wie die beredten. Ich konnte lächelnd über die verstohlen geschlagenen Kreuzzeichen hinwegsehen, mit denen einige unserer Mägde meinen Bösen Blick abzuwenden suchten, als ich an ihnen vorüberging. Nicht einmal Hans Waldvogel in seinem Kerker hatte jetzt noch meine Aufmerksamkeit. Denn er hatte das freche Spottlied auf meinen Vater nicht gesungen und schwebte deshalb auch nicht in unmittelbarer Gefahr, gehängt zu werden. Um Hannes und seine Belange würde ich mir später Gedanken machen. Jetzt brauchte ich die Einsamkeit des Waldes. Denn während des Frühstücks war mir etwas klar geworden. Ich hatte mich in François verliebt.

Silber kam gesprungen, sobald ich den Fuß aus dem inneren Tor gesetzt hatte. Mit meinem Hund an der Seite wanderte ich aus der Burg dem Wald zu.

Mein Adlernest nahm mich auf. Ich machte es mir in dem Geflecht aus dicken Wurzeln bequem. Da bemerkte ich, dass ich nicht allein war. Jemand hatte, gepresst an den rauborkigen Stamm der Eiche, hier auf mich gewartet. Schmutzig, zerzaust, mit verklebten Haaren und bleich wie der Tod schob sich Bärbe hinter dem Baum hervor.

Sonderbarerweise hatte Silber das Mädchen weder verraten noch angekündigt. Ich starrte Bärbe mit aufgerissenen Augen an, als sei sie ein Gespenst aus dem Reich der Toten. Doch sie war nicht tot, sie war sehr lebendig und streckte die schmutzige, zerschrammte Hand nach mir aus.

»Was machst du hier?« fragte ich sie erschrocken, »wie konntest du dem Wasser entgehen?«

»Ich bin eine gute Schwimmerin«, sagte Bärbe und trat noch näher. Ich bemerkte die tiefen dunklen Schatten, die um ihre Augen lagen. Ihr Blick war ohne Glanz. »Lebt Hannes noch?«

Ich konnte nicht antworten. Ich nickte zögernd.

»Sie haben ihn in den Turm geworfen?« wollte Bärbe wissen.

»Ja«, sagte ich und betrachtete erschrocken die vielen

blutigen Schrunden, von denen ihre Arme und nackten Füße zerrissen waren. »Du musst dich verbinden lassen, Bärbe …«

»Das sind Kleinigkeiten«, wehrte Bärbe ab. »Fräulein – was hat Euer Vater mit Hannes vor? Ich muss es wissen!«

»Das kann niemand sagen«, erwiderte ich, noch immer gegen meinen Schrecken ankämpfend. »Und du solltest dich auf keinen Fall sehen lassen! Alle glauben, du seist ertrunken, und …«

»Das ist gut«, hauchte Bärbe. Sie ließ sich ein, zwei Schritte von mir entfernt auf den Felsboden sinken. »Nur, wenn niemand weiß, dass ich noch da bin, kann ich Hannes helfen – mit Eurer Hilfe …«

Ich war fassungslos. »Du bittest ausgerechnet mich um Hilfe?«

»Ihr seid eine Frau«, sagte Bärbe und suchte meinen Blick. »Wenn Ihr ein fühlendes Herz habt, dann helft ihr. Ich liebe Hannes. Und er ist kein Verbrecher.«

»Ich weiß. Aber wie soll ich …«

»Ihr seid eine Frau«, wiederholte Bärbe beschwörend, »Ihr müsst doch wissen, wie das ist, wenn man liebt! Hannes ist alles, was ich habe … Er ist mein Leben. Was nützt es mir, frei zu sein, wenn er im Kerker schmachtet?« Sie heftete ihren verzweifelten Blick fest auf mich. »Fräulein, wir wollten fort, Hannes und ich«, wisperte sie mit aufgesprungenen Lippen. »Wir wollten zusammen in die Stadt und uns ein Jahr lang verbergen, bis uns die Freiheit gehört. Wir wollten …« Sie schluchzte plötzlich auf, während Tränen aus ihren Augen liefen. »Ach, warum verrate ich Euch das alles? Ihr könnt mich kaum verstehen …«

Doch ich verstand sehr gut. »Ich weiß, was du meinst«, antwortete ich leise. »Aber der Eingang zum Bergfried liegt acht Fuß über dem Boden. Man braucht eine Leiter, um hineinzukommen. Der Eingang zum Verließ ist ein enges Loch, das von einer schweren Steinplatte abgedeckt ist. Zwei Männer sind nötig, um sie wegzuschieben. Und das Verließ ist tief. Man müsste ein Seil hineinlassen und den Gefangenen herausziehen. Du siehst –«

Bei meiner Beschreibung des Kerkers, in dem Hans Waldvogel gefangen saß, zeigten sich Schmerz und wilde Sehnsucht in Bärbes Augen. »Gott«, flüsterte sie leidenschaftlich, »gibt es denn keinen Menschen, der uns helfen will?«

»Ich möchte so gerne«, sagte ich tonlos und wich ihrem Blick aus, »aber wie? Ich bin nicht stark genug, um die Leiter anzulegen und hinaufzusteigen und die Platte wegzuschieben und das Seil …«

»Schon gut, schon gut«, sagte Bärbe. Ihre Tränen rollten wieder, doch sie wischte sie zornig mit dem Handrücken weg. »Ich danke Euch, Fräulein, dass Ihr mir überhaupt zugehört habt. Ich weiß, Ihr hättet auch Euren Hund auf mich hetzen und mich an Euren Vater ausliefern können. Eine letzte Gunst erbitte ich –« sie hob den Kopf und sah mich noch einmal mit wilden, flehenden Augen an, »um der Gnade Gottes willen, Fräulein, sorgt wenigstens dafür, dass mein Liebster am Leben bleibt. Lasst Hannes nicht verderben – schwört es mir!«

»Ich will tun, was ich kann«, versprach ich ehrlichen Herzens. »Was wird aus dir, Bärbe?«

Sie zuckte die Achseln. »Macht Euch um mich keine Sorgen. Ich weiß mir zu helfen. Das Wasser konnte mir nichts anhaben, und jetzt ist Frühling.«

»Ich kann dich mit Nahrung versorgen«, bot ich ihr an. »Du müsstest dich in den Wäldern versteckt halten, und ich würde dir Brot und Fleisch bringen, wenn ich ausgehe …«

»Brot und – Fleisch?« Bärbe sprach dieses Wort mit Ehrfurcht aus. »Nein, gebt das lieber Hannes, damit er bei Kräften bleibt. Ich brauche nichts außer ihm. Und ihn könnt Ihr mir ja nicht zurückgeben.«

»Bärbe …« ich wollte sie trösten, doch sie war bereits aufgestanden. »Bedenkt«, sagte sie, »Ihr habt es geschworen. Wenn Ihr mehr Ehre im Leib habt als Euer Vater, dann haltet Ihr Euer Wort.«

»Du musst mich nicht auf so etwas hinweisen«, fuhr ich sie in einer Aufwallung von Zorn an. »Ich hätte mein Wort ja nicht gegeben, wenn ich …«

Sie unterbrach mich. »Rabenstein«, murmelte sie dumpf,

»Zwingburg. Gebe Gott, dass meine Hoffnung nicht zu Schanden wird …«

Mit diesen Worten huschte sie davon. Ich sah sie zwischen den Bäumen am Waldrand verschwinden wie einen Schemen, der nicht greifbar ist. »Lasst Hannes nicht verderben«, hatte sie mich beschworen. Aber wie sollte mir das gelingen?

Ihr müsst doch wissen, wie das ist, wenn man liebt. Diese Worte hatte sie auch gesagt. Nein, ich wusste nicht, wie das ist. Aber war die Liebe überhaupt erstrebenswert? Sollte man ihr nicht besser aus dem Weg gehen?

Ich musste an François denken. Nur er verursachte mir Herzklopfen. Ich wünschte mir nichts sehnlicher, als ihn wieder zu sehen. Gleichzeitig hatte ich Angst davor, Mitleid in seinen Augen zu entdecken. Und noch schrecklicher war der Gedanke, er könne mich, weil ich ein Krüppel war, ablehnen wie all die anderen.

Ich wollte mit François sprechen. Ich wollte ihn sehen. Und dazu musste ich ihn rufen lassen. Ich musste den Mut aufbringen, ihm gegenüberzustehen und Worte mit ihm zu wechseln. Ich musste es darauf ankommen lassen. Mir war kalt in der warmen Sonne.

Es war nicht leicht, wieder aus dem sicheren Adlernest herauszuklettern und den Heimweg anzutreten. Silber, der neben mir trabte, schien zu merken, dass mir das Herz schwer war. Immer wieder berührte seine feuchte Schnauze meine Hand, und ein paar Mal blieb er stehen, um mich anzuschauen.

»Ob er wohl so ist wie die anderen?« fragte ich meinen Hund. »Ob er mich scheußlich findet oder armselig oder lächerlich? Was meinst du, mein Guter?«

Silber blieb stehen. Er tat das aus Gewohnheit, damit ich Schritt halten konnte. Er sah mich an, als ob er verstünde.

»Ich glaube, er wird ganz gleichgültig sein«, antwortete ich mir selbst. »Es wird ihn überhaupt nicht interessieren, was ich denke. Er wird vielmehr erwarten, dass ich ihm für seine Lektionen irgendetwas schenke. Denn er ist ja nur ein Wanderscholar und kann's brauchen. Oder?«

Silber gab einen kleinen Grunzlaut von sich. Er beschnüffelte meine Hand auf dem Griff der Krücke. Dann lief er langsam weiter, sich nach mir umsehend, ob ich ihm auch folgte.

Die beiden Wachtürme der Vorburg schimmerten schon durch das strahlende Maigrün der Buchen. Ich war fast zu Hause. Noch wenige letzte Schritte, dann kam die Klause des Burgpfaffen in Sicht, und ich konnte François herausbitten.

Ich schüttelte den Kopf und zurrte die Tasselschnur meines Mantels fester am Hals zusammen. Nein. Ich würde eine Magd nach ihm schicken. Ich würde im Gärtchen auf ihn warten, sitzend. Und ich würde mir, wenn er kam, seine Augen ganz genau ansehen. Vielleicht konnten sie mir etwas verraten.

Ich ging so schnell an der Klause vorüber, dass ich beim inneren Tor völlig außer Atem war. Silber sah mich erstaunt an und fasste mit den Zähnen vorsichtig meinen Mantel. Er suchte mich zurückzuhalten. Ich tätschelte seinen borstigen Rücken. »Schon gut«, murmelte ich, »du hast ja Recht.« Langsamer ging ich weiter, treulich gefolgt von meinem Hund.

Die Sonne stand beinahe im Mittag. Auf dem Hof war eine der jungen Mägde damit beschäftigt, Hühner zu rupfen. Sie hockte auf dem Hauklotz neben dem Kücheneingang, den Kopf mit dem weißen Kopftuch tief über ihre Arbeit gesenkt. Von dem Huhn, das sie zwischen die Knie geklemmt hatte, flogen die graubraunen Federn gleich in den Korb neben ihr. Sie summte ein Lied. Ich erkannte sofort die Melodie des Spottliedes, das Hans Waldvogel auf meinen Vater gedichtet hatte.

»He, du«, rief ich das Mädchen an, »leg das Huhn zur Seite und komm her zu mir!«

Die junge Magd blickte auf. Ihre Brauen runzelten sich. »Hab keine Zeit«, murrte sie.

»Komm her, oder du erlebst was«, sagte ich drohend. »Du kennst mich ja.«

Das wirkte sofort. Einen Herzschlag später knickste das Mädchen vor mir.

»Woher hast du das Lied?« fragte ich streng.

Sie lief rot an. »Ich weiß nicht …«

»Der Hannes hat's gesungen – stimmt's?«

»J –ja …«

»Der Hannes soll es besser nicht noch einmal singen«, sagte ich und suchte meine Stimme zornig klingen zu lassen, »und von dir will ich es auch nie wieder hören. Was würde wohl mit dir geschehen, wenn der Herr es mitkriegt?«

»Aber es war ja niemand da«, murmelte sie widerspenstig.

»Nimm an, ich verrate dich«, gab ich ihr zu bedenken.

Ihre Augen weiteten sich vor plötzlichem Schrecken. »Ihr würdet mich?«

»Vielleicht schon«, sagte ich lakonisch, »man weiß ja nie.«

»O bitte, Fräulein, ich will's nie wieder singen«, bettelte die Magd. Sie stand wirkliche Ängste aus, das wurde mir bewusst. »Bitte – sagt es nicht Eurem Vater. Ich bitte Euch sehr!«

»Gut«, gab ich zurück, »ich will mich erbarmen. Nun geh und hol mir den Scholaren her, der beim Burgpfaffen wohnt. Er soll in den Garten kommen.«

Das Mädchen flitzte davon, ohne sich auch nur einen Atemzug lang zu besinnen. So sehr war ihm die Angst vor mir in die Knochen gefahren. Ich fand ihren Schrecken gleichermaßen komisch wie peinlich. Kopfschüttelnd humpelte ich am Fuß des Bergfrieds vorüber zur Gartenpforte. Aus dem schmalen Luftschacht im Mauerwerk drangen diesmal keine Töne. Nur ein trockener Husten zitterte ganz schwach an mein Ohr, als ich vorüberging.

Hans Waldvogel war nicht wohlauf. Doch jeder Gedanke an den Gefangenen im Bergfried musste verschoben werden, bis ich wieder in der Lage war, an jemand anderen zu denken als an François.

6

Er kam – er kam – er war da. Ich hatte an der Brüstung der Gartenmauer gestanden und ins Tal hinuntergeschaut, doch ich hatte das zauberhafte Bild des Dorfes mit seinem Frühlingskranz aus blühenden Obstbäumen nicht in mich aufgenommen. Es war, als seien meine Augen unfähig gewesen, Bilder überhaupt an meinen Geist weiterzuleiten. All meine Aufmerksamkeit hatte sich in meinem Gehör konzentriert. Klar und scharf nahmen meine Ohren die leisen Geräusche wahr, die François' Schritte machten.

Ich musste mich überwinden, den Mauerrand loszulassen und ihm das Gesicht zuzuwenden. Fahrig ordnete ich die Falten meines Mantels, bevor ich mich langsam zu ihm umdrehte. Ich wagte es kaum, die schlanke Gestalt in der fadenscheinigen schwarzen Cotte richtig anzusehen.

François lächelte mir entgegen. Er verbeugte sich tief. »Meinen Gruß, Fräulein«, sagte er.

»Ich grüße dich auch«, erwiderte ich. Meine Stimme hatte Klarheit, doch die Worte kratzten im Hals. »Nun«, setzte ich mit gespielter Hochmut hinzu, »bist du bereit, Rede und Antwort zu stehen?«

»Ja«, antwortete er freundlich und widmete mir ein neues, langes Lächeln, »alles, was Ihr wissen wollt.«

»Versprich nicht, was du nicht halten kannst.« Warum hatte ich das bloß gesagt? Ich flocht meine zitternden Hände ineinander. »Vielleicht verstehst du ja auch gar nichts von der Astrologie und hast nur geprahlt«, fuhr ich fort und verstrickte mich noch mehr in meine wütende Verlegenheit. Ich kämpfte vergeblich dagegen an, doch das wollte ich ihn nicht merken lassen.

Sein Lächeln vertiefte sich. »Ich mag nicht ganz ausgelernt haben«, sagte er, »mais – was ich weiß, will ich Euch erklären. Avec plaisir.«

»Vor allem erspar mir das Rätselraten um deine Sprache«, fuhr ich ihn an, nachträglich erschrocken über die Schärfe meiner Rede. »Woran erkennt man denn einen guten Astrologen?«

Seine Antwort ließ keinen Wimpernschlag auf sich warten. »Er muss mehr sehen können als andere.«

Ich erschrak, ich wusste nicht genau, warum.

Vielleicht war es nur der ruhige Ton seiner Antwort, oder die Art, wie er aufrecht und selbstbewusst vor mir stand. Ich holte tief Luft, um mein hämmerndes Herz zu beruhigen. »Dann beweise, dass du dies kannst«, verlangte ich, heftiger als nötig, »sieh mich an und beschreibe mein Gesicht.«

Was um Gottes willen wollte ich bloß mit diesen Worten bezwecken? Ich stellte ihm ja einen Freibrief aus, mich anzustarren! Ich musste wahnsinnig sein, mich den Blicken dieses fremden Mannes dermaßen hilflos auszusetzen.

Das Lächeln war aus seinem Gesicht verschwunden. Sehr ernst betrachtete er mich, und er wirkte ein wenig wie der Engel, der über dem Eingang zu unserer Kapelle thronte. Er schwieg.

Ich ertrug das nicht länger. »Nun – bring es hinter dich«, sagte ich heftig, »beschreibe mich.«

Er räusperte sich. Eine ganz leichte Röte stieg ihm in die Wangen. Er zupfte am Ärmel seines Gewandes. »Eure Stirn, Eure Nase und das Bereich von die Nase bis zum Kinn – sie alle drei haben gleiche Länge«, murmelte er, »das ideale Maß, wie die Künstler sagen. Eure Augen«, er hielt inne und räusperte sich ein zweites Mal, »sie sind so blau, wie der Himmel jetzt ist. Ein dunklerer Rand umgibt den farbigen Teil, und das Schwarze, die Pupille, ist sehr groß. So erscheinen Eure Augen dennoch dunkel.« Er senkte den Blick. »Euer Mund«, fuhr er leise fort, »er hat eine Sanftheit der Linien, die ich – die ich nur schwer beschreiben kann …«

»Dann lass es sein«, sagte ich in völliger Verwirrung. »Ich glaube dir auch so, dass du hinsehen kannst. Du hast mich angestarrt wie – wie …«

»Das tut mir Leid«, murmelte er und hob den Blick wieder zu mir auf.

Ich konnte mein Zittern kaum mehr verbergen. Dennoch wagte ich es, in seinen Augen zu forschen. Aber sie sagten mir nichts von Verachtung oder gar Mitleid. Nur eine Wärme ging von ihnen aus, ein Leuchten, das mich ganz einzuhüllen schien.

Mehrere Atemzüge lang schlugen mich seine Augen in Bann. Ich konnte mich nicht rühren. Endlich befreite ich mich von ihrem Zauber – lange genug, um wieder Worte zu finden. »Setzen wir uns auf die Bank«, schlug ich vor, »und dann sollst du anfangen, mir die Grundzüge der Wissenschaft zu zeigen.«

Auch François schien sich aus seiner Verwirrung zu lösen. Er räusperte sich nervös. Er schien das immer zu tun, wenn er nicht gleich die richtigen Worte fand. »Alles nach Eurem Willen, Fräulein«, antwortete er mit gedämpfter Stimme.

Ich ging zur Bank – ohne Krücke. Die hatte ich hinter dem knorrigen Stamm des Holzapfelbaumes verborgen. Ich bemühte mich, auf meinen verkrüppelten Fuß aufzutreten und mit keiner Miene zu verraten, wie weh mir das tat. Als ich mich niedersetzte und sorgsam Mantel und Gewand über meine Füße drapierte, musste ich mich beherrschen, um nicht erleichtert aufzuseufzen. François schien nichts bemerkt zu haben. Er ließ sich am anderen Ende des steinernen Gartensitzes nieder, zog die Falten seiner Cotte über den Knien zurecht und legte die Spitzen seiner schlanken Finger zusammen. »Ich muss beginnen, wo der Anfang liegt«, sagte er, meinen Blick sorgfältig vermeidend.

»Wohl wahr«, konterte ich mit gespielter Belustigung. »Fängt man da nicht immer an?«

Er ging nicht auf meinen leisen Spott ein. »Ihr müsst Euch den Himmel, an dem die Sterne wandern, wie ein riesiges Rad denken«, sagte er, jedes Wort betonend. »Es ist geteilt durch zwölf Speichen, und in den Feldern dazwischen liegen die Zeichen des Tierkreises.«

»Ein Rad?« fragte ich nach. »Ein Rad mit Speichen? Das ist komisch.«

»O nein«, erwiderte er ungerührt, »denn dieses Rad mit den zwölf Feldern umfasst unser Geschick. Außerdem zeigt es uns, wie wir geartet sind.«

»Aber Gott bestimmt unser Schicksal«, widersprach ich, »und von Gott kommt unser Wesen. Er hat uns gemacht – arm wie reich, edel wie unedel. So sagt die Kirche.«

»Und hat nicht Gott auch den Lauf der Gestirne festgelegt?« gab mir François zu denken.

»Ja, das ist wahr«, überlegte ich. »Aber …«

»Und hat er uns nicht mit der Astrologie ein Mittel gegeben, unser Geschick zu erkennen und unser Leben auf ihn einzustellen?« François heftete seinen dunklen Blick auf mich. »Ich glaube, der Schöpfer aller Dinge will, dass wir ihn im Lauf der Gestirne erkennen. Dazu aber hilft uns die Astrologie. Ist das falsch gedacht?«

»Du hast wohl Recht«, bestätigte ich zögernd, »aber warum heißt es dann, man soll den Zauberern und Sterndeutern keinen Glauben schenken?«

»Den Zauberern sicher nicht«, gab François nachdenklich zurück, »aber denjenigen, die die Astrologie ernsthaft studieren, denen kann man schon vertrauen. Sie sagen die Wahrheit. Und Gott ist die Wahrheit, heißt es.«

Ich war so gut wie überzeugt, dass es nicht gegen den Willen Gottes sein konnte, wenn man sich mit den Gestirnen befasste. »Sag mir, wo du die Sterndeuterei gelernt hast«, wollte ich von François wissen.

»In Poitiers«, antwortete er, »bei ein alter Mönch vom Orden der Augustiner. Er war ein sehr weiser Mann.«

»Ist er noch am Leben?«

François schüttelte den Kopf. »Er wusste, wann er sterben würde«, sagte er ehrfurchtsvoll, »er hatte es in seinen Sternen gelesen. So hatte er Zeit, sich auf den Tod vorzubereiten.«

Das war mir unheimlich. Ich wollte für meinen Teil nicht wissen, wann meine letzte Stunde kommen würde. »Sieht man immer, wann man stirbt?« fragte ich François vorsichtig.

Er verneinte mit einer schwachen Kopfbewegung. »Ich

fürchte, man muss eine prophetische Gabe haben, um das zu erkennen«, murmelte er. »Père Chrétien hatte sie …«

»Und du hast sie nicht?«

Er hob den Kopf und lächelte mich an. Es war das gleiche bezaubernde Lächeln, mit dem er mich beim Adlernest begrüßt hatte. »Nein«, sagte er, während das Strahlen langsam wieder verschwand, »ich kann nur sehen, was ich sehe. Das andere ist mir verborgen.«

»Du meinst, du bist ein ganz gewöhnlicher Mensch«, stellte ich fest. »Ein Mensch wie ich …«

»Oh –« er lachte leise, »Ihr seid nicht gewöhnlich, Fräulein … Ihr seid etwas ganz Besonderes. Euer Horoskop …« Er unterbrach sich hastig. »Aber das wisst Ihr ja selbst, dass Ihr edel geboren seid«, suchte er seinen Worten einen unverfänglichen Sinn zu geben.

Er hatte anscheinend während der vergangenen Tage mein Horoskop errechnet. Ich erinnerte mich, dass ich ihm den Tag und die Stunde meiner Geburt genannt hatte. Wenn aber das Horoskop tatsächlich etwas über das Wesen eines Menschen aussagte, dann kannte er mich. Dann wusste er, mit welchen Eigenschaften mich der Schöpfer ausgestattet hatte und wie mein Leben bis jetzt verlaufen war.

Der Gedanke war fürchterlich. Dennoch konnte es immerhin sein …

»Wie kommst du dazu, mir ohne Erlaubnis das Horoskop zu stellen«, fragte ich scharf, »und was hast du darin gelesen? Berichte es mir in allen Einzelheiten – sofort! Ich will wissen, was du zu wissen glaubst!«

François wurde über und über rot. »Ich weiß«, sagte er leise, »es war nicht recht, hinter Eurem Rücken …« Seine Augen bettelten um Entschuldigung. »Wisst, Fräulein – ich habe nur Gutes gefunden. Ihr seid freundlich, hilfsbereit und klug. Ihr habt das Bedürfnis, Recht zu tun, und steht immer auf der Seite der Schwachen. Ihr neigt dazu, manchmal ein wenig schnell zu urteilen, aber, da Ihr die Gerechtigkeit liebt, ist Euer Urteil selten falsch. Ihr schätzt die Menschen nach ihrem Wesen ein, nicht nach ihrem Vermögen oder Stand. Nur Euch selbst haltet Ihr nicht sehr in Ehren – verzeiht …«

Ich hatte ihm zugehört, ohne dazwischenzureden, obwohl ich, was er da von sich gab, für Lobhudelei hielt. »Und das alles hast du herausgefunden?« fragte ich, nicht ohne meine Stimme spöttisch klingen zu lassen. »Du kennst mich ja überhaupt nicht.«

In François' Augen blitzte etwas auf. »Ihr seid im Zeichen des Schützen geboren«, erklärte er nüchtern, jetzt ganz Mann der Wissenschaft. »Euer Mond steht in Virgo, Euer Mercurius im Capricornus. Eure Venus nimmt das gleiche Zeichen ein, und Euer Mars …«

»Willst du mich zum Narren machen?« Ich spürte, wie Ärger in mir aufstieg. »All das sagt mir nichts. Welche Bedeutung hat es denn, wenn der Mercurius im Capricornus steht? Und was sagt mein Horoskop über – über mein Leben aus?«

Ich hätte ihn am liebsten gefragt, ob er von meinem Pferdefuß erfahren hatte. François dagegen beantwortete meine Frage auf seine Weise. »Euer Leben?« gab er zurück. »Es war bis jetzt ohne große Ereignisse. Doch …« Er brach ab und fuhr sich mit seiner sehnigen Hand über die Stirn.

»Doch – was?« Es fiel mir immer schwerer, die junge Herrin vor ihm zu spielen. Anscheinend beeindruckte ihn mein hochfahrendes Benehmen kaum. Er achtete gar nicht auf meine befehlenden Worte, meine gezwungen-aufrechte Haltung. Er verhielt sich mir gegenüber wie zu einem Mädchen von seinem Stand. Und ich wusste nicht, ob ich mich darüber freuen oder ärgern sollte.

Auf jeden Fall brachte mich sein ruhiges Verhalten aus der Fassung. Immerhin saß ich, eine junge, unverheiratete Frau edler Herkunft, mit einem Mann aus dem niederen Volk allein im Garten, und niemand beaufsichtigte uns. Das war ein Unding – schon darüber hätte dieser Fremdling völlig aus dem Gleichgewicht geraten müssen. Stattdessen saß er still in seinem fadenscheinigen schwarzen Armeleutegewand neben mir, kaum zwei Fußbreit von mir entfernt, und zeigte keinerlei Anzeichen von Bestürzung oder auch nur Befremden. »Doch – was?« wiederholte ich noch einmal mit mehr Nachdruck.

»Ihr werdet es selbst erkennen können, wenn Ihr erst wisst, wie man ein Horoskop liest«, sagte François geduldig, »ich habe Eures aufgezeichnet und die Planeten darauf eingetragen.«

»Aha.« Das war alles, was ich herausbrachte. Er hatte mir den Wind aus den Segeln genommen. Ich suchte nach Worten. »All die zahllosen Sterne«, fragte ich nach ein paar Atemzügen, »die willst du eingetragen haben? Das glaube, wer mag!«

»Nur sieben«, berichtigte François mit einem leisen Kopfschütteln seine Behauptung. »Sieben Wandelsterne lenken unser Geschick.«

»Und welche sind das?« Ich beschloss, meine bebende Aufregung zu ignorieren. Unauffällig wischte ich mir mit der Hand die feinen Schweißperlchen weg, die sich an meinem Haaransatz gebildet hatten.

»Alle Sterne, die sich um die Erde drehen«, erklärte François bereitwillig. Er fuhr sich mit den flachen Händen über die Knie. Es sah aus, als wolle er den dünnen Stoff seiner billigen Kutte glätten, aber vielleicht hatte auch er feuchte Hände wie ich. Er räusperte sich. »Das sind die Sonne, der Mond, der Mercurius, die Venus, der Mars, der Jupiter und Saturnus, der Lenker des Schicksals.«

»Du meinst, die vielen anderen Sterne drehen sich nicht um die Erde?« forschte ich nach.

Er lachte. »O nein! Die anderen, die Fixsterne – sie sind an den Sphären des Himmelsgewölbes befestigt. Sie haben keinen anderen Sinn, als Gottes Herrlichkeit zu beweisen. Man sagt, sie seien Funken seines himmlischen Lichtes.«

»Aber die sieben – die drehen sich um die Erdscheibe?« Ich hatte natürlich gewusst, dass Mond und Sonne die Erde unkreisen. Aber die Namen der anderen Wandelsterne hörte ich zum ersten Mal. »Und sie haben eine Bedeutung im Leben der Menschen?«

»So ist es.« François wischte noch einmal mit den Händen über den Stoff seiner Cotte. »Je nachdem, wo diese Sterne im Augenblick der Geburt stehen, üben sie ein unterschiedliches Einfluss.«

»Ein unterscheidliches …« Ich konnte mir ein Lächeln über seine fehlerhafte Sprache nicht verkneifen, obwohl mein Herz flatterte wie ein ängstlicher Vogel. »Das musst du mir besser beschreiben«, forderte ich. »Der Mercurius zum Beispiel …«

François stand von der Bank auf und begann unter dem Baum auf- und abzugehen. Er tat es in langen, gemessenen Schritten, auf die er sich sorgfältig zu konzentrieren schien. Dabei hielt er den Kopf gesenkt, als wolle er wiederum meine Blicke vermeiden. »Die Sonne«, sagte er mit gedämpfter Stimme, »sie bestimmt, was für ein Wesen der Mensch hat – wie er sich gegenüber der Welt verhält. Der Mond sagt, wer der Mensch in seinem Inneren ist. Venus bestimmt die Gefühle …«

Er unterbrach sich, blieb stehen und wandte sich der Gartenmauer zu. Einen Augenblick verhielt er sich still. Seine Schultern hoben und senkten sich wie unter einem schweren Atemzug. Dann drehte er sich von neuem zu mir um. »Mercurius«, setzte er seine Lektion fort, »ist der Stern, der die fünf Sinne lenkt – wie der Mensch sie einsetzt. Mars ist die Kraft, Jupiter das Glück und Saturnus – das Schicksal …«

Noch einmal unterbrach er seine Rede. Ich spürte, dass ihn etwas sehr bewegte. Seine Augen hatten plötzlich einen fiebrigen Glanz. Dunkel, hoch gewachsen und leicht gebeugt, wie er dastand, machte er mir fast ein wenig Angst. »Das Schicksal?« fragte ich zögernd nach.

Er nickte.

»Demnach haben Venus und Mars, die sich am Himmel treffen, also eine ganz bestimmte Bedeutung? Ich glaube, das hattest du neulich behauptet.« Ich versuchte, seinem Blick standzuhalten. »Wenn Venus für das Gefühl steht – dann vielleicht auch für die Liebe?«

Er nickte wieder. Seine Augen glühten. »Venus verbindet sich mit Mars«, murmelte er, »die Liebe trifft der Kraft …«

»Die Kraft …« korrigierte ich ihn leise. Für manche Menschen hat das eine Bedeutung – so waren seine Worte gewesen. »Sag mir«, fragte ich weiter, »was kann sich denn daraus ergeben – für das Geschick?«

»Vielerlei«, antwortete er, ein leises Zittern in seiner Stimme bekämpfend. »Menschen, die davon berührt werden, könnten in Streit geraten und sich selbst Sorgen und Nöte schaffen. Sie könnten aber auch besonders anziehend sein, auf andere Menschen …«, er räusperte sich hart, »doch die meisten sind nicht betroffen.«

»Woran liegt das?« wollte ich wissen.

Er trat von der Mauer zurück und näherte sich mir, ohne mich anzusehen. Er brach einen dürren kleinen Zweig aus dem blühenden Geäst des Apfelbaums und bückte sich. Langsam und sorgfältig zeichnete er mit dem Hölzchen einen Kreis auf den sauber geglätteten Boden.

Ich sah fasziniert zu, wie er das Rund in zwölf gleiche Abschnitte teilte. Dann malte er an den Rand jedes Segments ein wunderliches Symbol. »Nun seht her«, sagte er, wieder dozierend, »hier stand die Sonne bei Eurer Geburt.« Er zeichnete einen Kringel in das Segment des Kreises, das einen kleinen Pfeil als Symbol trug. »Und hier die Venus.« Ein Zeichen, das wie ein kleiner Handspiegel aussah, kam in das Segment, dessen Symbol ein schwungvoller Schnörkel war. »Venus und Mars«, fuhr François fort, »stehen heute eng vereint im Zeichen Stier – in Harmonie mit Eurer Venus.«

Ich verstand. »Im Zeichen dieses Schnörkels stand Venus bei meiner Geburt«, wollte ich bestätigt haben, »und die Sonne stand im Zeichen des Pfeils?«

»Ja«, erwiderte François, »Ihr habt es recht verstanden. Die Venus im Zeichen Steinbock, die Sonne im Schützen.«

»Also wären meine Gefühle berührt«, mutmaßte ich, »mein äußeres Ich aber nicht …« Ich erhob mich, tat einen unsicheren Schritt zum Apfelbaum und lehnte mich gegen den Stamm. »Wo, hattest du gesagt, steht mein Mond?«

»Ich hatte es nicht erwähnt, aber Euer Mond steht im Zeichen der Jungfrau«, murmelte François und deutete mit dem Stöckchen auf ein Feld, das ein weiteres unbekanntes Symbol trug.

»In Harmonie mit Mars und Venus?« forschte ich neugierig.

»Ja«, kam es tonlos aus seinem Mund. »Ich muss jetzt gehen – es ist genug für diesmal. Habe ich Eure Erlaubnis, mich zu entfernen?«

»J – ja«, stotterte ich. Sein Wunsch, zu gehen, kam zu überraschend für mich und auch ein wenig beleidigend. Ich hätte diejenige sein müssen, die ihn wegschickte. So wäre es ziemend gewesen.

Er verneigte sich und ging rückwärts auf die Gartenpforte zu, während sein Blick auf mich gerichtet blieb. Auch diesmal las ich die Bitte um Verzeihung darin, und deutlicher als bei den anderen Gelegenheiten. Seine Kleidung kontrastierte hart mit seiner Haut. Er schien mir blass in der hellen Mittagssonne.

»Ich wünsche, dass du heute Abend wieder in den Garten kommst«, sagte ich zu ihm, bevor er einfach verschwinden konnte. »Bring deine Aufzeichnungen mit – doch erscheine erst, kurz bevor die Sonne untergeht, hörst du?«

Er nickte. In seiner Miene spiegelte sich ein merkwürdiges, undeutbares Gemisch von Gefühlen. Auch Angst war dabei, wie mir schien.

Ich sah ihm nach, bis er hinter der dicken Rundung des Bergfrieds außer Sicht kam. Ich atmete heftig ein, stellte fest, dass ich die Luft angehalten hatte, und lachte tonlos über mich selbst. Ich benahm mich wie eine Närrin. Nun vergaß ich schon zu atmen. Eines war sicher: die Wirkung, die Venus und Mars auf mich ausübten, brachte mich völlig durcheinander.

Ich zog einen Zweig des Apfelbaumes zu mir herunter und betrachtete einen Augenblick die zarten, weiß-rosa Blüten, die eben aufbrachen. Immer hatte ich den bittersüßen Duft von Apfelblüten sehr geliebt – mehr als alle anderen Düfte. Doch heute schien mir das Herbe daran zu überwiegen. Zartheit und Süße wurden übertönt. Der Duft entsprach meinem plötzlichen Gefühl des Grolls auf mich selbst.

Ich ließ den Zweig fahren und bückte mich nach meiner Krücke. Ohne dem Apfelbaum noch einen Blick zu widmen, humpelte ich durch die Gartenpforte in den Burghof. Ich hielt auf die Außentreppe zu, die, aus dickem Gebälk über

Bögen und Kragsteinen errichtet, in den Sommersaal hinaufführte. Pater Matthias musste jetzt in der Kapelle sein – es war wieder die Stunde des Gebets. Ich hatte das Bedürfnis, zu beichten. Ich brauchte die Absolution, obwohl ich nicht wusste, für welche Sünden.

Meine Mutter saß mit ihrer Dame vor einem großen Stickrahmen auf dem Fenstersitz in der ersten Nische des Sommersaals. Wie Hedwig war sie ganz in ihre Nadelarbeit vertieft und blickte nicht einmal auf. Das weiße Leinengebände umschloss ihr blasses Gesicht eng wie immer, und die runde Haube, ebenso makellos weiß, leuchtete grell im Mittagslicht. Als ich vorüberging, erkannte ich das blutunterlaufene blaue Mal, das die linke Wange meiner Mutter verunzierte. Das hatte ich heute Morgen nicht bemerkt.

Mir fiel die nächtliche Szene wieder ein, bei der ich unfreiwillig Ohrenzeuge gewesen war. Mit der freien Hand raffte ich mein Gewand höher und suchte schnell in die Kapelle zu kommen, bevor meine Mutter die Betroffenheit in meiner Miene bemerken konnte.

Der steinerne Engel, mit dem ich François im Garten verglichen hatte, blickte mich vom Gesims des Kapelleneingangs an. Sein hoheitsvolles Antlitz hatte etwas Fragendes, Forschendes. Ich huschte unter ihm hindurch, als habe ich etwas Unrechtes getan. Und dieses Gefühl blieb in mir, während meine Augen nach Pater Matthias suchten.

Der Burgpfaffe kniete in seiner graubraunen Kutte vor dem kleinen Altar, den Kopf tief auf die Brust gesenkt. Er schien ins Gebet versunken, doch ich wusste, er döste nur. Deshalb hinkte ich mutig auf ihn zu und fasste ihn an der Schulter.

Pater Matthias fuhr zusammen und richtete sich ruckartig auf. »Ja?« stammelte er. Ich hatte Recht gehabt. Seine wässrigen Augen zwinkerten verschlafen.

»Nehmt mir die Beichte ab«, verlangte ich. Das sündige Gefühl war auf einmal sehr stark.

Pater Matthias nickte. Er erhob sich, ging zu der Wandnische, in der Kelch und Rauchfass aufbewahrt wurden, und nahm seine Albe heraus. Langsam, schläfrig, legte er sich das breite seidene Band um den Hals. Dann bedeutete er mir, niederzuknien und meine Sünden zu bekennen.

Ich wusste nicht, was ich beichten sollte. »Ich habe meinen Vater und meine Mutter nicht geehrt«, murmelte ich. »Vorgestern habe ich die Heilige Messe versäumt. Und ich hatte unkeusche Gedanken …«

Pater Matthias zog die Augenbrauen hoch. Ich erschrak über meine eigenen Worte. Unkeusche Gedanken – wie kam ich nur darauf? Dachte ich etwa an die Liebesworte, die sich Hannes und Bärbe in der Zehntscheune gesagt hatten, oder an die Flüche meines Vaters, als er meiner Mutter Gewalt angetan hatte? Nein. Solche Dinge entzündeten nicht meine Fantasie. Meine Gedanken waren nicht unkeusch gewesen. »Ich habe gelogen«, fügte ich hastig hinzu.

»Werdet deutlicher«, verlangte der Burgpfaffe. »Wem galten Eure unkeuschen Gedanken?«

Ich schüttelte den Kopf. »Niemandem«, sagte ich langsam. »Pater Matthias, ich habe das nicht so gemeint.«

»Kann ich mir auch nicht vorstellen«, murmelte der Burgpfaffe. »Welche Sünden habt Ihr noch zu bereuen?«

»Ich …« Mir fiel nichts mehr ein. Ich kam mir auf einmal lächerlich und dumm vor. »Ich war hoffärtig und stolz«, fügte ich hinzu. »Und ich habe vergessen, Almosen zu geben, als ich das Dorf besuchte.«

»Das sind lässliche Sünden«, sagte der Burgpfaffe väterlich. »Betet zur Heiligen Jungfrau und bittet sie um Fürsprache. Versucht in Zukunft, den Gottesdienst nicht mehr zu versäumen, und gedenkt der Armen – zu Eurem eigenen Seelenheil. Ego te absolvo …«

Mit viel geübten, wie unbewusst ausgeführten Gesten spendete er mir den Segen, und ich war entlassen. Aber ich hatte doch so viel auf dem Herzen! Wenigstens musste ich noch ein Thema ansprechen, das mich ebenfalls bedrückte.

»Pater Matthias«, sagte ich, während ich mühsam auf die Füße kam, »was soll mit Hans Waldvogel geschehen? Glaubt Ihr auch, dass er eine schwere Strafe verdient? Ich meine …«

Der Burgpfaffe kratzte sich den grauen, verwucherten Bart. »Oh, sicherlich«, murmelte er nachdenklich, »einen

Denkzettel verdient der leichtsinnige Bursche schon. Doch in den Turm geworfen zu werden, das erscheint mir allzu hart.«

»Nicht wahr?« Ich nickte eifrig, verwundert über seine Antwort, denn die Kirche verdammte ja ausdrücklich, was Hannes und Bärbe getan hatten. »Es wäre wohl von Nutzen, wenn Ihr mit meinem Vater …«

Pater Matthias fiel mir ins Wort. »Das habe ich bereits versucht«, sagte er grimmig, während eine zornige Röte sein rundes Gesicht färbte. »Er mag nichts davon hören. Seine Leute suchen stattdessen nach dem Weibsbild, mit dem er den Hannes im Heu erwischt hat. Sie soll den Sprung ins Wasser überlebt haben, sagt man. Mir scheint …«

»Ihr müsst noch einmal mit ihm reden«, drängte ich ihn.

»Hmmm«, knurrte der Burgpfaffe. »Fürs erste wäre dem Hannes mit mehr Nahrung und Wasser gedient. Aber wenn er zu lange im Loch bleibt, dann …«

»Ich ersuche Euch jedenfalls herzlich, alles zu tun, um meinen Vater umzustimmen.« Meine Bitte klang eher wie eine Forderung.

»Wage ich's halt noch einmal«, sagte Pater Matthias halbherzig. »Doch Euer Vater ist ein harter Mann, und ich weiß nicht …«

»Ich danke Euch«, erwiderte ich einfach. Mit einem Blick auf das schöne, edelsteingeschmückte Kreuz über dem Altar raffte ich mein Gewand und verließ die Kapelle wieder. In meiner Kammer würde ich die Gottesmutter anrufen. Ich besaß ein kleines Bild von ihr, auf Pergament gemalt und sehr schön mit goldenen Ornamenten verziert. Die heilige Jungfrau würde mich hören, wenn niemand sonst. Jeder wusste, sie hatte ein Herz für alle, denen Gott als strenger Richter seine Ohren verschloss. Dieser Gedanke tröstete. »Mutter Gottes, reine Magd«, flüsterte ich schon auf den Stufen der Schnecke, als ich zu meiner Kemenate hinaufstieg, »du wirst Hannes und Bärbe nicht im Stich lassen. Hilf, Heilige Jungfrau – hilf allen, die Trost und Klarheit brauchen!«

Trost brauchte vor allem auch ich. Denn die Dämonen der

Einsamkeit hatten mich wieder eingekreist und drangen wütend auf mich ein. Ich wollte beten – um Schutz vor meinen eigenen Gedanken, die in die Freiheit drängten. Ich hatte Angst vor den Gefühlen, die jeder Frühling brachte und die mich irre machten an dem Weg, der mir vorgezeichnet war.

In der Enge der Wendeltreppe herrschte Dämmerung; sie empfing ihr weniges Licht von den schmalen Schlitzen, die alle zehn Stufen in die Mauer eingeschnitten waren. Schon hier flüsterte ich beim mühsamen Hinaufsteigen meine Bitten an die Gottesmutter vor mich hin. Doch ich empfand keine Erleichterung.

Ich verbrachte den ganzen Nachmittag auf den Knien vor meinem kleinen Muttergottesbild. Ich sprach viele Male sämtliche Gebete, die man an sie richten konnte, und fügte auch Bitten an andere Heilige hinzu. Je inbrünstiger ich die Worte murmelte, desto weniger glaubte ich daran, dass sie helfen konnten. Ich fühlte mich verlassen und so hilflos wie noch nie im Leben. Die Zeit verging entsetzlich langsam. Endlich hörte ich Margarete an der Tür. »Fräulein – Eure Mutter lässt bitten!«

Ich hatte Margarete schon seit einer ganzen Weile nicht mehr gesehen. Sie war mir aus dem Weg gegangen. Jetzt hatte man sie wohl geschickt, um mich zu Tisch zu holen, was ungewöhnlich war. Denn auch meine Mutter kümmerte es nicht, ob ich an der Tafel erschien.

Ich erhob mich vom Fußboden, legte mein Marienbild zurück in die Wandnische und folgte dem Ruf. Ich wunderte mich, was meine Mutter wohl dazu bewogen haben mochte, mich in den Sommersaal zu bestellen. Zu meiner bedrückten Stimmung kam jetzt noch eine gewisse Furcht vor dem, was mich wohl dort erwarten mochte. Margarete, die mich beim Gehen mit heuchlerischem Lächeln stützen wollte, bekam einen wütenden Stoß, sodass sie meinen Arm schnell wieder fahren ließ.

Meine Mutter stand, eine schmale, hölzern wirkende Silhouette, vor dem Fenster zunächst dem Kapelleneingang.

Ihre Hände waren auf dem Rücken verschränkt. Sie sahen so weiß aus wie das Leinen ihres Untergewandes.

»Was ist das für ein Welscher?« fragte sie mich grußlos und ohne sich nach mir umzudrehen. »Man berichtet mir, du habest ihn heute im Garten empfangen.«

Mein Herz tat einen schmerzhaften Schlag. »Ein – ein Scholar«, gab ich stotternd zurück. »Ich dachte, ich könnte vieles von ihm lernen – weil er so weit gereist ist ...«

»Lernen?« die Stimme meiner Mutter klang eine Spur zu schrill. Sie war erregt, und ihre Erregung teilte sich mir augenblicklich mit. »Lernen solltest du von Pater Matthias und von sonst niemandem.«

Mein Widerspruchsgeist meldete sich. »Pater Matthias hat mir bereits alles beigebracht, was er weiß«, sagte ich trotzig. »Jedenfalls kann er mir nichts mehr erzählen, was ich nicht schon wüsste.«

Meine Mutter drehte sich um. Aus einem kreidebleichen Gesicht starrten mich verweinte Augen an. Das blaue Mal an ihrer Schläfe war dunkler geworden. »Agneta«, sagte sie mit jetzt schwacher, matter Stimme, »ich hatte immer gedacht, du seist tugendhaft. Ich glaubte, ich müsse dich nicht vor den Fallstricken der Sünde warnen. Jetzt sehe ich, dass auch du ...« Sie unterbrach sich zögernd.

»Was meint Ihr damit, Mutter?« fragte ich sie verwirrt. »Ich habe mich ja bloß eine ganz kurze Zeit mit dem welschen Scholaren unterhalten. Und was wir besprachen hatte nichts Sündiges.«

Meine Mutter gab keine Antwort. Sie starrte mir nur anklagend in die Augen. Ich biss mir auf die Lippen. Aber deine Gedanken, wisperte mir eine innere Stimme zu, die drehten sich schon um ...

Die Tür zur Außentreppe schwang auf. Eine Magd brachte eine Schüssel, aus der es appetitlich duftete. Sie stellte das Essen auf die Tafel, die bereits gedeckt war. Eine zweite Magd erschien mit einem Korb Brot und einer Weinkanne.

»Ich will, dass du es weißt, Agneta«, sagte meine Mutter. »Ich kenne deine Schritte. Ich will, dass du sie überdenkst und nicht fehl gehst. Hast du mich recht verstanden?«

»Mutter«, beteuerte ich, »Ihr müsst Euch keine Sorgen machen! Ich weiß wohl, wie ich mich zu verhalten habe, und wenn ich …«

Mein Vater kam herein, dicht gefolgt von den Burgleuten. Ich verstummte, während sich die Männer lärmend am unteren Ende der Tafel niederließen. Meine Mutter warf einen scheuen Blick zu ihrem Gemahl hinüber, winkte mich dann zu sich und setzte sich an das andere Ende des langen, mit weißem Leinen gedeckten Bocktisches. Ich nahm den Platz neben ihr ein. Ich war so erregt, dass mir die Finger bebten.

Ich nahm ein wenig von dem Hasenpfeffer, der uns angeboten wurde, und brach mir ein Stück Brot. Als ich aß, quoll mir der Bissen im Mund auf, und ich hatte Mühe, zu schlucken. Meine Mutter bemerkte das. »Die Welt ist voller Sünde«, wisperte sie mir zu, während sie einen weiteren furchtsamen Blick zu meinem Vater hinüberschickte. »Sieh zu, Agneta, dass du ohne Sünde bleibst. Meine Hoffnung warst immer du. Wir brauchen dich. Du sollst für uns bitten, wenn unsere Stunde kommt …«

Ich verstand nicht, was sie meinte. Ich konnte mich außerdem nicht daran erinnern, dass sie jemals so viele Worte an mich gerichtet hatte. Ich sah sie fragend an, doch sie sagte nichts mehr. Schweigend zerpflückte sie den Bissen, den sie sich genommen hatte, und aß, ohne mich noch einmal anzusehen oder anzusprechen. Ich machte zwar den Versuch, das Gespräch weiterzuführen, indem ich fragte, wo denn Hedwig, ihre Dame, heute Abend sei. Doch sie bot mir nicht einmal den Anschein, zugehört zu haben. Mit tief gesenktem Kopf, jeden Blick vermeidend, beendete sie ihre Mahlzeit und zog sich dann still in ihr Gemach zurück.

7

Ich hatte den Gedanken an das unverständliche Benehmen meiner Mutter nicht sofort abschütteln können. Noch als ich bereits im Garten an der Mauer stand und auf François' Ankunft wartete, fragte ich mich, was sie wohl mit ihren Worten gemeint haben konnte. Du sollst für uns beten, wenn unsere Stunde kommt, hatte sie gesagt. Und für mich ergab sich daraus eigentlich nur ein Schluss. Sie wollte, dass ich in ein Kloster eintrat.

Die Aussicht darauf hatte etwas Grauenvolles. Ich wusste, im Kloster würde ich auch den letzten Rest meiner Freiheit verlieren. Nie wieder würde ich dann mit meinem Hund in den Wald gehen oder im Adlernest am Fuß der alten Eiche meinen Gedanken ungestört nachhängen können. Man würde mich einsperren in eine enge, dunkle Zelle. Mein Leben würde von den strengen Ordensregeln bestimmt sein.

Mich Gott zu weihen, das war es nicht, was mich schreckte. Doch für den allmächtigen Schöpfer des Himmels und der Erde ein Gefängnisdasein auf mich zu nehmen, das erfüllte mich mit Angst. Ich hoffte, dass ich meine Mutter missverstanden hatte.

Diesmal hörte ich die leisen Schritte nicht, die sich hinter mir näherten. Meine Hand lag auf Silbers Nacken, der mir natürlich nachgelaufen war, und ich schaute, ohne zu sehen, ins Tal hinunter, als François' Stimme mich leise ansprach und wild zusammenfahren ließ. »Da bin ich, Fräulein …«

»Herrgott!« entfuhr es mir. »Du hast so eine Art, dich anzuschleichen!«

Sein melodisches Lachen klang ein wenig gezwungen. »Vielleicht liegt es daran, dass meine Schuhe fast keine Sohlen mehr haben …«

Ich überging seine Bemerkung. »Hast du deine Aufzeichnungen mitgebracht?« fragte ich, fest entschlossen, diesmal keine Unsicherheit zu zeigen.

»Ja«, sagte er zögernd. »Wenn Ihr das Horoskop meint, das ich für Euch errechnet habe …«

»Was sollte ich wohl sonst meinen?« Ich drehte mich zu ihm um. »Lass sehen, solange das Tageslicht noch ausreicht.«

Er trug einen Mantel aus dunkelbrauner, sehr knotig und unordentlich versponnener Wolle, aber besser genäht, als das grobe Gewebe es rechtfertigte. Er hielt mir ein altersschlaffes Stück Pergament hin. »Da ist es«, sagte er.

Ich entrollte den zerknitterten Bogen. Er sah aus, als habe François ihn schon viele Male beschrieben und dann immer wieder das Geschriebene wegradiert, um das Pergament neu nutzen zu können. Es war stellenweise schon ganz dünn geschabt und fast durchsichtig. Ein Quadrat war darauf zu erkennen, um den Rand herum eingeteilt in zwölf Dreiecke, die offenbar die zwölf Felder des Horoskops darstellen sollten. Diese Felder waren angefüllt mir Strichen, Zahlen und Symbolen.

Ich schüttelte den Kopf. »Du wirst mir diesen Wirrwarr erklären müssen«, murmelte ich. »Von dem, was du am Mittag beschrieben hast, kann ich mir so gut wie nichts mehr ins Gedächtnis rufen.«

Er nickte. »Es wäre ein Wunder, wenn Ihr das könntet«, gab er zurück. »Beschränken wir uns daher für heute auf Weniges.«

»Du sagtest, die wandernden Planeten beeinflussen das Leben des Menschen«, suchte ich meiner flatternden Erregung Herr zu werden. »Wie soll das zugehen?«

François schien erleichtert darüber, dass ich gleich zum Thema kam. Er nahm mir sachte das Pergament aus der Hand, legte es auf die Mauerkrone und beschwerte die Ecken mit Steinchen. »Seht Ihr«, sagte er dann und deutete auf das Blatt, »die Wandelsterne stehen in bestimmten Abständen zueinander. Verbindet im Geiste die Zeichen Schütze, Löwe und Widder miteinander – welche Figur ergibt sich dann?«

Ich tat, was er verlangt hatte. »Ein Dreieck«, sagte ich.

»Und wenn Ihr die Zeichen Schütze, Fische, Zwillinge und Jungfrau miteinander verbindet?« fragte François, indem er mir diese Zeichen auf dem Blatt zeigte.

»Ein Quadrat«, sagte ich, »doch was hat es zu bedeuten?«

Er schien mir meine Frage nicht gleich beantworten zu wollen. »Verbindet zuerst die Zeichen Schütze, Wassermann, Widder, Zwillige, Löwe, Waage miteinander«, forderte er mit schnellen Fingerzeigen auf das Pergament. »Welche Figur kommt dabei heraus?«

»Ein Sechseck. Du bleibst mir alle Antworten schuldig.«

Er lächelte. »Ihr seid ungeduldig«, sagte er besänftigend, »doch diese Vorübungen waren notwendig. Seht Ihr – Dreieck und Sechseck, das Trigon und das Sextil – diese Aspekte eines Horoskops bringen Harmonie und Einklang. Das Quadrat dagegen, wie auch die Opposition, bringt Konflikte, Spannungen, Zusammenstöße.«

»Konjunktion? Opposition?« forschte ich. »Die Konjunktion ist die Verbindung von zwei Planeten auf der gleichen Stelle. Die Opposition wäre dann das Gegenteil?«

»Ganz richtig«, sagte François, »sie stehen sich dann als Feinde gegenüber – jeder auf seiner Seite des Horoskops.«

»Quadrate, Trigone, Sextile und so weiter«, sinnierte ich vor mich hin, »die sind natürlich in allen Zeichen möglich, nicht nur in den genannten. Nähme man also dieses Zeichen …«

»Skorpion.«

»Dann wären die Trigone dazu – diese beiden.«

»Fische und Krebs«, sagte François und legte die Hände zusammen, »wie schnell Ihr lernt!«

»Und die Konjunktion wäre förderlich, während die Opposition …«

»So ist es.« François nickte bekräftigend.

»Doch was für den einen eine Konjunktion ist, das wäre für den anderen ein Quadrat oder eine Opposition«, schloss ich nachdenklich. »So also war es gemeint, als du sagtest, für viele habe die jetzige Verbindung des Mars mit der Venus keine Bedeutung …«

François schwieg. In seinen Augen las ich Zustimmung und Verwunderung über mein schnelles Verständnis. Ich betrachtete das Horoskop. »Und jetzt stehen Mars und Venus …«

Er deutete auf ein Zeichen, das einem kleinen Stierkopf glich. »Hier«, sagte er, »im Taurus.«

Ich merkte mir den Punkt. Er bildete ein Trigon mit dem Standort meiner Venus im Steinbock und meinem Mond im Zeichen der Jungfrau. »Du musst mich die Symbole lesen lehren«, sagte ich langsam. »Und ich möchte wissen, was die beiden Trigone für mich zu bedeuten haben.«

»Ich hatte es Euch schon versprochen«, sagte François.

Seine Stimme war sehr leise geworden. Mich fröstelte auf einmal in der Kühle des sinkenden Abends. Ich wandte mich von François ab, zog die Schultern hoch und richtete den Blick zum Himmel, der sich bereits rötete. Violette Wolken zogen über den dunklen Wäldern dahin; der Abendstern leuchtete, sein winziges, helles Krönchen war in seinem Glanz untergetaucht und beinahe nicht mehr auszumachen. »Heute scheint die Verbindung vollkommen«, flüsterte ich andächtig.

François gab keine Antwort. Ich hörte nur seine Atemzüge. Dann, unvermittelt, streiften seine Fingerspitzen flüchtig meine Hand. Die Berührung war zart wie die eines fallenden Blütenblattes, aber ich spürte sie bis in die Tiefe meiner Seele. Instinktiv kam ich den sanften Fingern entgegen, setzte mich einer weiteren Berührung aus, empfing sie mit einem Schauer. Dann erst fuhr ich herum, wich François aus, der dicht an mich herangetreten war, und lief kopflos aus dem Garten.

Schon der erste Schritt presste mir einen Schmerzensschrei ab, und mir wurde bewusst, dass ich meine Krücke hinter dem Apfelbaum hatte stehen lassen. Im Weiterlaufen warf ich den Kopf herum und sah gerade noch den bestürzten Blick in François' Augen, bevor ich außer Sicht war.

Keuchend erreichte ich meine Schlafkammer. Ich war so erregt, dass ich glaubte, sterben zu müssen. Jetzt hatte er auf jeden Fall bemerkt, dass ich ein Krüppel war. Er hatte meine Hand berührt, und ich hatte die Maske fallen lassen. Nie mehr konnte ich ihm gegenübertreten, denn ich würde nie mehr wissen, welche Worte ich an ihn richten sollte. Ich liebte ihn. Ich liebte ihn. Ich hatte ihn verloren.

Ich hatte ihn nie gewinnen können. Er war nicht von meinem Stand. Die Kluft zwischen uns war unüberbrückbar. Und wäre er ein Edelmann gewesen, er hätte spätestens jetzt nein zu mir gesagt.

Warum hatte er meine Hand berührt? Es war ohne Zweifel eine Liebkosung gewesen – eine Liebkosung, die so stark gewesen war wie eine Umarmung. Er war mir zu nahe getreten. Ich hatte ihn nicht dazu ermutigt. Er hatte es ganz von selbst getan. Warum?

Ich lag auf meinem Bett und starrte hinaus in die flammende Dämmerung, wo wieder die Amsel sang. »François«, flüsterte ich, »François … wie soll ich weiterleben?«

Ich würde ihn nicht wieder sehen. Ich würde ihm Nachricht schicken, dass er die Burg verlassen solle. Was anders konnte ich denn tun? Wie sollte ich ihm jetzt noch begegnen?

Die Tränen liefen aus den Augenwinkeln über meine Schläfen. Ich wischte sie wütend weg. Wieso hatte er es überhaupt gewagt, mich zu berühren? War es vielleicht Missachtung meiner Person gewesen – hatte er etwa geglaubt, er müsse leichtes Spiel haben bei Agneta mit dem Pferdefuß?

Ich schluchzte. Ich verließ das Zimmer an diesem Abend nicht mehr.

Am nächsten Tag ging ich nicht aus dem Haus. Ich war zerrissen zwischen meiner Sehnsucht, François wieder zu sehen, und der Angst davor, ihm tatsächlich zu begegnen. Ich hatte erwogen, meinen Vorsatz wahr zu machen und ihn aus der Burg weisen zu lassen. Doch es tatsächlich zu tun, davor schreckte ich zurück wie vor einer tödlichen Gefahr. Stattdessen suchte ich mich mit allen möglichen Arbeiten abzulenken. Ich begann mit der Stickerei an meinen Prunkärmeln für die grünseidene Suckenie, und ich machte immer wieder neue Versuche, dem Gefangenen im Turm das Leben zu erleichtern.

Gelegentlich konnte man Hans Waldvogel singen hören. Die Lieder, die aus dem engen Luftschlitz des Bergfrieds hervordrangen, waren fröhlich und allen wohl bekannt. Ich sah das an den lächelnden Mienen der Mägde und Knechte, die dort vorübergingen. Doch die Stimme des Sängers schien nicht mehr sonderlich zu tragen. Sie war schwach und dünn geworden – so schwach wie ihr Besitzer sein musste.

Pater Matthias sprach auf meine Bitten jeden Abend meinen Vater an. So auch heute wieder, als ich neben meiner schweigenden Mutter und der ebenfalls schweigenden Hedwig an der Abendtafel saß. Mein Vater, mein Bruder Hartmann und die Burgknechte hatten wie immer den unteren Teil des langen Bocktisches besetzt und ließen sich durch den Burgpfaffen, der in seiner graubraunen Kutte wie ein bäuerlicher Bittsteller aussah, keineswegs stören.

»Herr«, sagte Pater Matthias gerade, während er sich bemühte, seine Stimme nicht zu heben, »Ihr habt den Mann jetzt schwer genug gestraft. Wenn man bedenkt, dass er dem Mädchen fest versprochen war, dann ist seine Sünde doch weniger groß. Wollt Ihr nicht gnädig sein und ihn freilassen?«

Mein Vater hob kaum den Blick von dem großen Humpen, der ihm von dem Mann zu seiner Linken gereicht worden war. »So – fest versprochen«, sagte er ungerührt und musterte mit Raubvogelblick den Pfaffen, »das hätte ich aber wissen müssen. Denkt Ihr nicht auch, Pater?«

»Im Dorf wussten es alle«, gab der Burgpfaffe zurück. »Herr – Hans Waldvogels Eltern waren bei mir. Sie wagten es nicht, Euch unter die Augen zu treten. Doch mich baten sie, ein gutes Wort für ihren einzigen Sohn einzulegen. Der Junge sei immer ein wenig unbedacht gewesen. Er habe leichtes, lustiges Blut, wie weiland sein Großvater, der aus Böhmen hergewandert sei. Doch er sei kein schlechter Kerl – und er liebe das Mädchen von Herzen …«

Mein Vater lachte belustigt. »Nun – dann wird ihm der

Aufenthalt im Turm ja nicht viel ausmachen. Aus Liebe erträgt sich so manches, was eigentlich nicht zu ertragen ist. Mich wundert ohnehin, dass der Vogel immer noch am Leben ist.«

»Herr!« Pater Matthias hob jetzt doch die Stimme. »Man könnte meinen, Ihr fändet Gefallen daran, den armen Burschen zu quälen! Das aber darf nicht sein. Ihr müsst zwar über ihn urteilen – das Recht dazu ist Euch von Gott gegeben worden, aber er machte es Euch auch zur Pflicht, gerecht zu sein!«

Mein Vater ballte die Faust. »Niemand braucht mir zu erläutern, was meine Rechte und Pflichten sind«, donnerte er und ließ die Faust auf die Tischplatte knallen. »Hüte dich, Pfaffe – du und Gott, ihr könnt mir nicht …«

»Rutger von Rabenstein!« Pater Matthias richtete sich auf und streckte meinem Vater warnend die Hand entgegen. »Ihr versündigt Euch! Missbraucht den Namen des Herrn, und der Herr wird Euch dafür nicht ungestraft lassen!«

Ich hatte den trägen Burgpfaffen noch nie so erregt gesehen, und ich musste zugeben, ich hatte ihn eines solchen Eifers auch nicht für fähig gehalten. Pater Matthias bebte regelrecht vor Aufregung. Sein an sich schon rotes Gesicht hatte eine Purpurfarbe angenommen, als wolle ihn gleich der Schlag treffen.

Die Burgmannen brachen in Gelächter aus, doch mein Vater und selbst mein gelangweilt dabeisitzender Bruder schienen für den Augenblick beeindruckt. »Beruhigt Euch, Pater«, sagte mein Vater, »ich hatte nicht vor, den Namen des Herrn zu missbrauchen. Doch den Vogel im Turm – den lass ich nicht frei. Ich will ihm die Flügel stutzen, dass ihm das Singen ein für alle Mal vergeht.«

»Herr«, begann Pater Matthias von neuem, »Gott gebietet, Gnade walten zu lassen, wo keine erwiesene Schuld vorhanden ist. Deshalb …«

»Genug«, grollte mein Vater, »genug, genug! Dies ist meine Sache, wie du richtig bemerkt hattest, Pfaffe. Komm mir nicht noch einmal mit Gott oder den anderen Heiligen, sonst – so wahr ich der Herr von Rabenstein bin, lasse ich dich zu dem Hurenbock ins Loch stecken. Dann kannst du abwarten, ob dir dein Gott hilft oder nicht!«

In diesem Augenblick erhob sich meine Mutter, die bis jetzt mit gesenktem Kopf in ihrer gewohnten demütigen Haltung neben mir gesessen hatte. Sie ordnete ihr bescheidenes grauwollenes Gewand, zupfte ihr sehr eng gezurrtes Gebände zurecht und ging zu meinem Vater hinüber. Vor seinem Platz blieb sie stehen. »Mein Herr und Gemahl«, sagte sie so deutlich, dass alle es hören konnten, »Pater Matthias spricht die Wahrheit. Ihr versündigt Euch, indem Ihr zu harte Strafe über diesen Bauernjungen verhängt. Auch ich meine, Ihr solltet Gnade ergehen lassen. Gebt Hans Waldvogel frei – Gott wird es Euch …«

»Ihr habt wohl vergessen, wo Euer Platz ist, Bertrade«, unterbrach mein Vater sie spöttisch. Um seine Lippen zuckte ein böses Lächeln. »Seid gewiss – ich werde dies wiederum nicht vergessen.« Er musterte meine Mutter. Sein Blick war kalt wie Eis. »Auch nicht, dass Ihr Euch in meine Angelegenheiten eingemischt habt«, fügte er leise hinzu. »Wir werden uns heute Nacht darüber – aussprechen. Wie gute Eheleute.«

Meine Mutter hatte die Farbe gewechselt. Ihr Gesicht war noch blasser geworden, und sie schien in sich zusammenzuschrumpfen. »Seht zu, mein Gemahl«, erwiderte sie zitternd, »dass Ihr nicht weiterhin den Zorn des Allmächtigen auf Euch zieht … Ich bete Tag und Nacht für Eure Seele. Doch ich bin schwach, und mein Glaube reicht vielleicht nicht aus, um Gnade zu finden.«

Mein Vater erhob sich von der Bank. »Ich meine, Ihr solltet nun in Eure Kammer gehen«, sagte er mühsam beherrscht. »Ihr sagtet, Ihr betet Tag und Nacht – doch heute wird das nicht gehen. Seht zu, dass der Tag reicht. Die Nacht soll anderem bestimmt sein.«

Meine Mutter öffnete den Mund. Es schien, als wolle sie etwas auf die drohenden Worte meines Vaters erwidern. Doch sie besann sich anders. Still senkte sie den Kopf und verließ den Sommersaal, gefolgt von ihrer Zofe Hedwig. Auf mich wirkten die beiden Frauen wie blasse Gespenster.

Ich mochte auch nicht länger an der Tafel verweilen. Mein Appetit, ohnehin seit einigen Tagen eher gering, war mir nun vollständig vergangen. Ich war bestürzt über die Art und Weise, in der mein Vater mit meiner Mutter umging. Ich konnte nicht verstehen, warum er, der sie jahrelang kaum beachtet hatte, sie jetzt mit so viel Eifer zu demütigen suchte. Es schien mir, als habe er Gefallen daran gefunden, seine Gemahlin zu peinigen. Seit dem Maienfest ließ er keine Gelegenheit dazu aus.

Was Hans Waldvogel betraf, so musste ihm tatsächlich bald Hilfe zuteil werden. Ich erinnerte mich an den Augenblick, als ihn die Knechte aus der Zehntscheune hervorgezerrt hatten. Er hatte nichts als sein grobes leinenes Hemd auf dem Leib gehabt, und ich war sicher, dass man ihm vor dem Einkerkern seine Kleidung nicht zurückgegeben hatte. Hinter den dicken Mauern des Bergfriedes würde es aber während des kommenden Sommers nicht wärmer werden. Das Verließ war wie ein Keller – feucht, dunkel und kalt. Hans Waldvogel musste ohne Unterlass frieren, so unzureichend, wie er bekleidet war.

Eine Decke würde helfen. Wie bekam ich eine Decke in Hans Waldvogels enges Gelass? Der Luftschlitz war zu schmal. Außerdem würde es so gut wie unmöglich sein, irgendein Kleidungsstück tief genug in die Mauerspalte hineinzuschieben, damit Hannes es erreichen konnte. Blieb das Gewebe aber stecken, dann verstopfte es womöglich die einzige Luftzufuhr, die dem Gefangenen zur Verfügung stand. Die Lage war verzweifelt, wenn mein Vater sich nicht erweichen ließ.

Ich stand vom Tisch auf, nickte den Burgmannen einen flüchtigen Gruß zu und verabschiedete mich mit einem angedeuteten Knicks von meinem Vater. Der nahm mich kaum wahr. Er hatte sich längst seinem Falkner zugewandt, der rechts neben ihm auf der Bank hockte, und besprach mit dem alten Graubart die für den nächsten Tag angesetzte Jagd. Am heutigen Abend wurden die dazu geladenen Gäste erwartet – Otto von Northeim nebst vieren seiner Gefolgsleute und deren Damen. Ich hatte schon Weisung erhalten, dem Empfang der Gäste fernzubleiben. Auch meine Kammer war wieder für die Damen frei gemacht und ausgestattet worden.

Ich ging die Außentreppe hinunter. Ich sehnte mich nach frischer Luft. Auf dem Hof war niemand. Dennoch blickte ich vorsichtig um mich, denn ich wollte auf keinen Fall Gefahr laufen, von François gesehen zu werden. Zu groß war meine Angst vor einer neuen Begegnung.

Als ich an der großen Linde vorübergehen wollte, kam plötzlich der Hundejunge auf mich zu. Der dürre Vierzehnjährige mit dem ungepflegten mausgrauen Haar war ein Enkel des Falkners und nicht sehr hell im Kopf. Das sah man ihm an, wenn man in seine stumpfen blauen Augen blickte. Doch es gab keinen unter dem Gesinde, der sich liebevoller und kenntnisreicher um die Hundemeute kümmerte. Gregor hatte ein Gefühl für die Tiere, wie kein anderer es besaß.

Nun trat er zögernd auf mich zu, die schmierige, topfartige Ledermütze in der schwieligen Hand. Man konnte ihn riechen. Seine grauen, vielfach gestopften Beinlinge, die ihm faltig um die knochigen Beine hingen, und der fettige Lederkoller über der grünwollenen Tunika strömten durchdringenden Hundegeruch aus. Das kam daher, dass Gregor bei seinen Schützlingen im Zwinger schlief.

»N'Tach«, sagte er mit seiner eigentümlich schleppenden Stimme. »Ich soll Euch wat …« Er nestelte unschlüssig an den Heftelschnüren seines Kollers herum. »Na – ich meine … ich soll Euch …«

»Was denn?« fragte ich ihn. Ich wusste, es hatte keinen Sinn, ihn zu drängen. Das machte ihn immer noch unsicherer.

Gregor schluckte. Sein Adamsapfel, ungewöhnlich groß für einen Halbwüchsigen, hüpfte nervös auf und ab. Die blauen Augen rollten. »Dat hier …« sagte er und begann im Schlitz seines Hemdes zu kramen.

Ich ließ ihn gewähren. Seine schmuddelige Hand förderte einen arg zerknitterten Zettel zu Tage. Er hielt ihn mir hin. »Soll ich abgeben«, sagte er langsam, während seine runden Augen mich anstarrten wie zwei blaugraue Kieselsteine.

»Von wem hast du das?« fragte ich ihn.

»Weiß nich'«, sagte Gregor und trat von einem Bein auf das andere.

»Aber wer hat es dir denn gegeben«, forschte ich weiter, »irgendwer muss das doch gewesen sein!«

»Weiß nich'.«

»Kennst du die Person nicht?«

Der Junge schüttelte den Kopf. Seine Augen blickten stumpfsinnig und verständnislos. Er fing an, sich in der Nase zu bohren.

Ich spürte, es würde sinnlos sein, weiterzufragen. Gregor hatte sich ganz offensichtlich nicht gemerkt, wer ihm den Zettel gegeben hatte. »Nun gut«, sagte ich, »dann kannst du jetzt gehen.«

Der Hundejunge betrachtete eingehend, was er in seiner Nase gefunden hatte. Dann nickte er langsam. »Muss noch füttern«, brummelte er, drehte sich um und setzte sich in Bewegung. Gemächlich trottete er zurück zum inneren Tor.

Ich entfaltete den Zettel mit spitzen Fingern. Das Pergament war genauso schmierig wie Gregors Finger, und es stank durchdringend nach Hund. Doch die Innenseite schimmerte glatt und neu. Sie war mit großen, schön geschwungenen Buchstaben beschrieben. Ich las:

»Eines Apriltags Königin,
Schnee, Regen, Wind und Sonne,
schwarz Wolken, eitel Wonne –
sie geht mir nie mehr aus dem Sinn.
Bin selig sonder Klage,
Herrin all meiner Tage.
Nun sag, wie ich dein Herz gewinn!«

Das Pergamentblättchen begann in meinen Fingern zu zittern. Ich wusste, ohne darüber nachzusinnen, wer mir diese Zeilen schickte. Und mir war, als müsse ich auf der Stelle ohnmächtig werden.

Unmöglich konnte das Gedicht an mich gerichtet sein. Und doch – wem sonst hätte François wohl so etwas schreiben sollen? Keine unserer Mägde war »eines Apriltags Königin« …

Ich brauchte Frieden, um nachzudenken und mein heftig schlagendes Herz zur Ruhe zu bringen. Ich ging zum Gartentor, stieß es auf, fuhr beim Kreischen der rostigen Türangeln zusammen und dann noch einmal, als ich ihn sah. Er stand vorn an der Mauer und schaute ins Tal hinunter. Als er mich kommen hörte, drehte er sich nicht sofort nach mir um. Ich sah, dass seine Schultern sich krampfhaft hoben und senkten. Erst dann wandte er mir sein Gesicht zu.

Ich sprach seinen Namen aus. Er schenkte mir sein bezaubendes, überwältigendes Lächeln. »Wartest du auf mich?« fragte ich ihn. Meine Stimme klang belegt und zitterte.

»Seit drei Tagen«, antwortete er. Dann kam er mir entgegen. Einen Schritt vor mir blieb er stehen. »Seit drei Tagen«, wiederholte er. Auch seine Worte hatten einen rauen Klang.

»Aber wir haben ja gerade erst vorgestern miteinander gesprochen«, murmelte ich. Es war mir unmöglich, ihm in die Augen zu sehen, denn dann hätte er die Tränen bemerkt, die sich darin gesammelt hatten.

»Es kommt mir vor wie tausend Jahre«, flüsterte er. »Warum seid Ihr nicht mehr gekommen?«

»Weil ich … weil ich …« Mir versiegten die Worte. Ich hob den Kopf. Meine Augen flossen über.

»Agnès«, flüsterte er, »Agnès …«

Ich konnte nichts sagen. Ich hob nur meine Hand, die den Pergamentzettel umkrampft hielt. Und ich musste einen Schluchzer unterdrücken.

»Ihr habt lange gebraucht, um auf meinen Brief zu antworten«, sagte François leise. »Wann hat ihn Euch der Junge gegeben? Schon vor drei Tagen hatte ich ihn gebittet …«

Ich war gezwungen, den Schluchzer herauszulassen, der mich zu ersticken drohte. »Wie kommst du dazu, mir so etwas zu schicken?« brachte ich hervor. »Ich lasse mich nicht verhöhnen …«

Er ergriff meine ausgestreckte Hand und schloss seine Finger fest darum. »Ich liebe dich«, flüsterte er, »und ich weiß, du spürst es. Ich habe es in deinen Augen gelesen, Agnès …«

Etwas brach in mir auf. Der undurchdringliche Panzer, mit dem ich mein Herz vor so vielen Jahren gewappnet hatte, bekam einen Riss. Und meine Sehnsucht, der arme gefangene Vogel, breitete seine Flügel aus, gewillt, sich in die Freiheit zu schwingen.

Ich entzog François meine Hand nicht. Ich schaute ihm voll ins Antlitz, und ich entdeckte auch jetzt keine Falschheit in seinen Augen. Sie blickten zärtlich und voll Sehnsucht, gepaart mit einer Spur von Trauer.

Eine letzte Unsicherheit ließ mich diese Worte sagen: »Es ist sehr schön, dein Gedicht. Doch scheint es nicht auf mich zu passen. Wie kann die Königin des April mit einem Hinkefuß daherkommen? Hast du nicht bedacht, dass ich …«

Er schnitt mir die Rede ab, indem er einfach den Zeigefinger auf meine Lippen legte. »Du bist Agneta«, sagte er mit Nachdruck, »du könntest nicht schöner sein, selbst wenn du schwebtest wie ein Engel …«

Ich empfand die Wärme seines Fingers auf meinem Mund so, wie die Erde im Frühling die ersten Sonnenstrahlen empfindet, die das Eis des Winters abtauen. Ich konnte nicht anders, ich musste einen winzigen Kuss auf seine Fingerspitze drücken. »Dennoch kannst du nicht …« begann ich wispernd. Er brachte mich noch einmal zum Schweigen. »Ich weiß«, sagte er, »ich weiß, Agnès. Aber es ist so schön, zu träumen … Wirst du mir sagen, wie ich dein Herz gewinnen kann?«

Eine Welle aus vielen Gefühlen überflutete meine Seele. Alles, was in mir verschüttet gelegen hatte, drängte auf einmal hervor ans Licht – Zärtlichkeit, Lebensfreude und ein riesiger Hunger nach Liebe. Die Empfindungen waren so stark, dass nichts anderes mehr in mir Platz fand. Sie nahmen mir den Atem und brachten mich zum Schwanken. Ich befreite mich mit einer heftigen Bewegung von François. »Du hast es längst gewonnen«, erwiderte ich, »ich habe auch geträumt – nur kann dieser Traum nicht …«

»Agnès«, unterbrach er mich mit heiserer Stimme, »das

wissen wir beide. Lass uns jetzt noch nicht aufwachen, mon amour …«

»François …« Ich nahm seine Hand und legte sie an meine Wange.

Er liebkoste mein Haar. »Du bist das Große Gefühl und die Kraft für mich«, wisperte er, »es war mir klar, als ich dich zum ersten Mal sah.«

Ich erinnerte mich an den Augenblick, als ich ihn die Böschung beim Adlernest hatte herunterklettern sehen. Da hatte mein Herz wild und sehnsuchtsvoll geschlagen – so wie jetzt. »Nichts ist so flüchtig wie das Glück«, murmelte ich, »wenn wir es doch nur fest halten könnten …«

Er legte impulsiv die Arme um mich und presste mich an sich. »Eine Zeit lang, mon amour«, flüsterte er, »dieser Sommer soll uns gehören!«

»Hast du das in den Sternen gelesen?«

Er nickte. Dann küsste er mich wild und leidenschaftlich. Und ich erwiderte seinen Kuss mit einer Glut, die uns beide erschauern ließ.

Er hatte mich sofort wieder freigegeben und es nicht gewagt, mich noch einmal zu küssen. Denn der Hof hinter den halbhohen Gartenmauer belebte sich mit vielen Menschen. Während die Reisegesellschaft empfangen wurde, blieben wir im Garten und ließen uns auf der steinernen Bank unter dem Apfelbaum nieder.

Wir saßen nebeneinander, sprachen nicht und sahen uns nur an. François hielt meine linke Hand fest umschlossen. Ich spürte den Druck seiner schlanken Finger so stark, wie ich seine Umarmung gespürt hatte, und hatte kein Bedürfnis nach mehr. Die Sonne wärmte uns. Die Welt war so schön, wie sie am ersten Schöpfungstag gewesen sein musste. Die Vögel sangen nur für uns, und leise fielen weiß-rosa Blütenblätter auf uns nieder.

Ich weiß nicht, wie lange wir so, schweigend, im Garten verbrachten, ganz versunken in unser neugeborenes Glück. Als es Abend wurde und ich gehen musste, da konnte keiner von uns den ersten Schritt zum Abschied tun. Wir schauten uns in die Augen und suchten nach Worten;

schließlich war François es, der sich erhob und mich mit sich zog.

»Wirst du morgen wieder kommen – um die gleiche Stunde?« fragte er.

Ich schüttelte den Kopf. »Morgen ziehen mein Vater und mein Bruder auf die Jagd«, gab ich ihm zur Antwort. »Niemand wird hier sein außer meiner Mutter und Hedwig. Komm an das äußere Tor, sobald die Gesellschaft ausgeritten ist. Ich möchte –«

Er legte die Hand an meine Wange. Seine Augen lächelten. »Ich werde da sein«, hauchte er, »oh, mon amour – so lange bis dahin! Ich wünschte …«

Ich wusste, was er sich wünschte. Alle Zeit mit ihm zu verbringen, die mir von jetzt an noch blieb – das war auch mein heißester Wunsch.

Der Abendhimmel hatte sich mit den Purpurfarben der kommenden Nacht überzogen. Im Westen glühte die untergehende Sonne. Nah bei ihr, leuchtend im milchigen Blau, standen die Kraft und die Liebe, das Kleine Glück, eng verbunden. Die beiden Sterne würden sich wieder trennen, wenn sie, jeder für sich, ihre vorgeschriebene Bahn zogen. Doch bis dahin lagen Ewigkeiten. Was morgen sein würde – kümmerte es mich? Das Leben war ein junger Welscher mit Namen François. Er liebte mich, und ich liebte das Leben. Etwas anderes wollte ich nicht denken. Dieser Sommer gehört uns, hatte François gesagt. Der Sommer hatte noch nicht einmal angefangen.

8

Ich hatte die ganze Nacht wachgelegen, aber nicht in Kummer und Sorgen wie früher. Die Sehnsucht, die ich in den vielen durchwachten Nächten der Vergangenheit empfunden hatte, war zwar noch da, doch sie hatte sich verändert. Sie war nicht mehr die Zwillingsschwester der Hoffnungslosigkeit. Sobald der Tag kam, würde ich François wieder sehen.

François. Er war alles. Er war der verblassende Mond, der aufkommende, sanfte Wind, das frühe Zwitschern der Vögel, der anbrechende Morgen. Ich saß an dem kleinen Fenster unter dem schweren Gebälk des Dachbodens, auf dem ich wieder einmal genächtigt hatte, schaute hinaus in den Frühdunst und konnte an nichts denken als an ihn.

Rosenmond, Heumond, die Zeit der Getreideernte – all dies lag schon weit zurück. Die Nächte waren nicht mehr sommerlich lau. September ging zu Ende. Der Wind, der die Morgennebel teilte, trug jetzt den Geruch des beginnenden Herbstes zu mir herauf.

Früher hatte diese Zeit, in der Pflanzen und wilde Tiere sich auf den Winter vorbereiteten, ihre Schrecken für mich gehabt. Winter kündigte sich an – und er bedeutete Dunkelheit, Kälte, Freudlosigkeit. Auf Rabenstein gab es im Winter niemals fröhliche Gastereien und Feste. Über der Burg meines Vaters lastete dann die Dunkelheit besonders schwer. Mein Vater verbrachte die kalte Jahreszeit, solange ich denken konnte, mit Jagen.

Er liebte die Hetzjagd auf wehrhaftes Wild. Es war seine Leidenschaft, in einer immer währenden, blutigen Fehde Hirsche, Bären und wilde Schweine niederzumetzeln. Er tat es im Kreise seiner wenigen engen Freunde, die man eher Spießgesellen nennen musste. Und wenn die Männer am Abend mit ihrer Beute heimkehrten, dann wurde es nicht etwa gesellig und festlich auf Rabenstein – nein, Frauen taten besser daran, den bluttriefenden Jägern aus dem Weg zu gehen. Die pflegten sich im Wintersaal bei einem gewaltigen Kaminfeuer zu einer wüsten Sauferei niederzulassen. Sie brieten sich selbst die Herzen, Lebern und Nieren der getöteten Tiere, rissen Zoten und sprachen Bier und Wein zu, bis sie halb bewusstlos unter den Tischen lagen.

Mich schreckte die Aussicht auf den Winter diesmal nicht. Ich liebte und wurde geliebt. Das würde mir den Winter so warm und hell machen, wie es der Sommer gewesen war.

Durch ein Wunder Gottes war es François und mir gelungen, unsere Liebe geheim zu halten. Immer wieder hatten wir es fertig gebracht, ein Plätzchen zu finden, wo niemand bemerkte, dass wir uns an den Händen hielten. Bei den seltenen Gelegenheiten, zu denen wir völlig allein waren, hatte er mich umarmt und geküsst wie an jenem ersten wunderbaren Abend im Mai. Und nicht der Schatten eines Zweifels bestand mehr daran, dass seine leidenschaftliche Zuneigung zu mir echt und ehrlich war – so echt wie das, was ich für ihn empfand. Mars und Venus hatten sich schon seit langem aus ihrer Verbindung gelöst und gingen wieder eigene Wege. Doch unsere Liebe hatte nichts von ihrer Tiefe verloren.

François, an dessen Gegenwart sich das Gesinde mittlerweile gewöhnt hatte, diente auf mein Betreiben dem Burgpfaffen als Ministrant. Nur noch ein Weilchen, dann begann der erste Gottesdienst des Tages und ich würde Blicke mit ihm tauschen können – heimlich nur, wenn niemand hinsah, aber wir würden auf unsere Art miteinander sprechen. Ich liebe dich, würden meine Augen ihm sagen, und seine Antwort würde sein: Ich liebe dich noch viel mehr.

Margarete, meine Amme, war bis jetzt die einzige, die Misstrauen hegte. Das wusste ich schon seit den ersten Sommertagen, als sie mich gemustert hatte und sich nicht hatte erklären können, aus welchem Grund ich so heiter war. »Ihr leuchtet von innen heraus«, hatte sie gesagt und mich wie ein unförmiger, graubrauner Vogel mit schief gelegtem Kopf von oben bis unten betrachtet. »Das kommt mir nicht geheuer vor. Irgendetwas führt Ihr im Schilde …«

Ich hatte sie keiner Antwort gewürdigt. Doch ich war seit

diesem Tag noch mehr auf der Hut, zumal auch meine Mutter mich schärfer zu beobachten schien. Sie hatte das eine ganze Zeit lang getan. Aber mit dem Beginn des Septembers war sie kaum noch außerhalb ihrer Kemenate anzutreffen gewesen. Mein Vater hatte gegen Ende des Sommers von ihr abgelassen und beachtete sie nicht mehr. Das große Schweigen zwischen meinen Eltern hatte wieder Einzug gehalten. Meine Mutter war schwanger.

Sie litt – das war unübersehbar. Bei den wenigen Gelegenheiten, zu denen sie ihre Schlafkammer verließ – eigentlich nur, um an den Gottesdiensten teilzunehmen –, fiel mir ihre krankhafte, bläulich-durchsichtige Blässe auf. Ihr Leib war dicker, als er nach den Monaten ihrer Schwangerschaft eigentlich hätte sein sollen, und sie schien in ständiger Furcht zu leben. Sie hatte ihren besonderen Rosenkranz – einen aus Elfenbein, dessen fein geschnitzte, dicke Perlen als Totenköpfe gestaltet waren – wieder hervorgeholt und schien unaufhörlich zu beten. Immerfort glitten die kleinen weißen Schädel durch ihre dünnen Finger, und ihre blassen Lippen bewegten sich tonlos dazu.

Seit dem Frühjahr hatte sie kein Wort mehr mit mir gewechselt. Ich konnte nicht einmal ahnen, was sie bewegte, aber das hatte ich ja nie gekonnt. Ich würde in den nächsten Tagen ihr Horoskop stellen. Vielleicht bekam ich dann Auskunft über das, was in der Seele meiner Mutter vorging.

François hatte mich in den vielen Stunden, die wir zusammen verbracht hatten, nicht nur in die Geheimnisse der Sterne eingeweiht, sondern auch seine Muttersprache gelehrt. Das Welsche war mir nun nicht mehr fremd. Und ich hatte es gelernt, den Lauf der Planeten zu berechnen – mit dem Astrolabium, einem Gerät, das mir noch vor wenigen Monaten völlig unbekannt gewesen war. Jetzt fand ich es ganz leicht, die metallenen Ringe, auf denen die Messskalen der sieben Wandelsterne markiert waren, richtig einzustellen, sodass man den genauen Stand der Planeten ablesen konnte. Und die Bedeutung der Abstände zwischen ihnen wurde mir mit jedem Tag, den ich beim Studium der Astrologie verbrachte, klarer und verständlicher.

Ich hatte die Unterrichtsstunden mit François durchgesetzt. Mein kleiner Schreibkasten quoll schon lange über von meinen Aufzeichnungen. Er fasste die Menge der papierenen und pergamentenen Blätter kaum noch. Zu Anfang des Sommers hatte ich begonnen, mir für die zurückliegenden Jahre eine lückenlose Liste der Planetenstände anzulegen – die Position aller sieben Planeten für jeden Tag des Jahres. François hatte gelächelt und mir gesagt, er besitze solche Ephemeriden bereits und könne sie leicht für mich kopieren. Aber ich war voll Eifer und Ehrgeiz. Ich musste die Berechnungen einfach selber machen. Und es erfüllte mich mit tiefer Befriedigung, als sich meine Ergebnisse, beim Vergleich mit François' Ephemeriden, alle als richtig herausstellten. »Du bist eine wundervolle, kluge Schülerin«, hatte François geflüstert, »bald werde ich dir nichts mehr beibringen können.« Und dann hatte er meine Hand ganz fest gedrückt, unter dem Tisch, an dem wir saßen. Denn Margarete, die sich in ihrer Ecke anscheinend völlig auf eine Stopfarbeit konzentrierte, beobachtete uns in Wirklichkeit mit Argusaugen.

Inzwischen wusste ich, wie ich die alte, nicht vertrauenswürdige Magd hinters Licht führen konnte. Sie war keine Gefahr mehr für François und mich. Schon als Kind hatte ich ja gelernt, aller Welt eine undurchdringliche Miene zu zeigen. Und den ganzen Sommer über hatte ich einfach, Schauspielern gleich, mein Gesicht gewandelt, je nachdem, wie es notwendig war. Wes das Herz voll ist, des geht der Mund über – dieses Wort besaß für mich keine Geltung. Ich spielte dem Gesinde und den Mitgliedern meiner Familie vor, François sei nichts anderes als ein Scholar, der meine Bildung vervollständigte. Nicht einmal Pater Matthias ahnte, wie es um François und mich stand.

Ich erhob mich von dem Kasten, auf dem ich gesessen hatte. Draußen war es hell geworden, und ich musste mich eilen. Ich wollte um keinen Preis den Frühgottesdienst verpassen. Ich zog die dicke braune Cotte an, die ich nun schon seit einer Woche trug, und hüllte mich dann in das wärmende, langärmelige Übergewand aus weißer, selbst gesponnener Wolle. In der Kapelle war es kalt, wie fast überall in der

Burg. Nicht mehr lange, dann kam wieder die Zeit der pelzgefütterten Pelissen, halbrund geschnittener Umhänge, die bis zu den Knien reichten. Ohne sie war der Winter in den eiskalten Räumen von Rabenstein nicht zu ertragen.

Meine Mutter trug ihre Pelisse bereits. Eingewickelt in das warme Kleidungsstück kniete sie in der Kapelle, als ich eintrat. Sie hob nicht den Kopf, als sie mich kommen hörte, obwohl sie wissen musste, dass ich es war. Mein ungleichmäßiger Schritt verriet mich ja.

Sie betete wieder ihren Rosenkranz. Sie murmelte die Worte des Ave mit leiser, wie mir schien, tränenerstickter Stimme, während die weißen Totenköpfchen aus Elfenbein klickend durch ihre Finger liefen. Sie sah so klein aus, so hilflos, dass ich zum ersten Mal in meinem Leben das Bedürfnis verspürte, an ihre Seite zu treten und sie nach ihrem Kummer zu fragen. Doch ich tat es nicht. Die vielen Jahre, in denen wir uns nichts zu sagen gehabt hatten, hielten mich davon ab.

Stumm kniete ich einige Schritte hinter ihr auf den kalten Fliesen des Fußbodens nieder und holte meinen Rosenkranz hervor.

Nach und nach füllte sich die kleine Kapelle mit Menschen, den Frauen des Gesindes zumeist. Mein Vater und mein Bruder erschienen nicht, genauso wenig wie die meisten der Burgmannen. Lediglich der alte Gerhard, der die Wachknechte befehligte, war mit seinem Sohn gekommen, um die Messe zu hören.

Ich hatte den jungen Gerhard nie gemocht. Im Gegensatz zu seinem freundlich-dienstbeflissenen Vater war er mehr nach dem Geschmack meines Vaters, des Herrn von Rabenstein. Er hatte ein raues, ungehobeltes Wesen, und ich wunderte mich, warum er heute überhaupt hier war. Man sah ihn nicht allzu oft in der Kapelle. Der alte Gerhard musste ihn überredet haben.

Pater Matthias kam herein, gefolgt von François. Für den Bruchteil eines Herzschlages trafen sich unsere Blicke. François sah müde aus, aber seine Augen lächelten mir zu.

Pater Matthias zelebrierte die Messe mit der langjährigen

Übung, die seine Stimme monoton und seine Bewegungen puppenhaft gemacht hatte. Ich folgte dem Gottesdienst kaum. Meine Augen hingen an François, wie er Messglocke und Kelch handhabte. In Gedanken war ich bereits mit ihm allein.

Ich würde etwas Besonderes mit ihm besprechen müssen. Schon einmal hatte ich versucht, Hans Waldvogel, der immer noch im Turm saß, zur Flucht zu verhelfen. François war auf meine Bitten in der Nacht mit einer Leiter zum Eingang des Bergfrieds hinaufgestiegen und hatte versucht, die Steinplatte wegzurücken, die das Verließ des Gefangenen verschloss. Doch es war François nicht gelungen. Die Platte war für einen einzelnen Mann zu schwer. Er hatte es lediglich geschafft, Hans Waldvogel eine Decke durch die Öffnung zu schieben, durch die Brot und Wasser gereicht wurden.

Heute würde ich einen zweiten Versuch wagen. Gregor, der stumpfsinige Enkel des Falkners, war kräftig genug, um zusammen mit François den Stein zu bewegen. Ein Seil mit einer Schlinge musste genügen, um Hannes herauszuhieven. Ich kannte den heimlichen Fluchtweg aus der Burg. Wenn es diesmal nicht gelang, Hans Waldvogel zu befreien, dann würde er im Turm zu Grunde gehen. Mein Vater machte keinerlei Anstalten, den armen Bauernburschen freizulassen. Er schien ihn vergessen zu wollen, trotz der vielen Mahnungen von Pater Matthias.

Man sagte meinem Vater nach, er habe schon einmal einen Bauern im Verließ umkommen lassen. Früher hatte ich mich geweigert, dieses Gerücht für wahr zu halten. Jetzt glaubte ich es. Auch auf meine schüchternen Bitten war mein Vater nicht eingegangen. Täglich fürchtete ich mich mehr vor seiner Grausamkeit.

Der Gottesdienst war zu Ende. François war schon hinausgegangen. Eben hatte Pater Matthias den Segen gesprochen und strebte nun ebenfalls dem Ausgang der Kapelle zu. Da erhob sich hastig meine Mutter und hielt ihn am Gewand fest. »Pater«, sagte sie, »habt Ihr vergessen, dass ich beichten möchte?«

Pater Matthias schüttelte den Kopf. »Hohe Frau, erst gestern habe ich Euch von Euren Sünden losgesprochen«, sagte er verwundert, »wollt Ihr nicht warten bis morgen?«

»Nein, nein!« Diese Antwort meiner Mutter klang wie ein unterdrückter Schrei. »Ich fühle das Böse um mich her«, fuhr sie mit bebender Stimme fort, »es drängt auf mich ein, und mir bleibt wenig Zeit, um meine Seele zu reinigen!« Ihre schmale weiße Hand deutete zum Gewölbe hinauf, wo sich Weihrauchgewölk kräuselte. »Seht Ihr denn nicht, dass alle Welt voller Dämonen ist, die uns vernichten wollen?«

Pater Matthias schüttelte noch einmal den Kopf. »Frau«, sagte er beruhigend, »Ihr führt ein wahrhaft gottgefälliges Leben. Keinem Dämon kann es gelingen, Euch Schaden zuzufügen. Seid ohne Furcht.«

Meine Mutter schluchzte. Äußerster Schrecken lag in dem verzweifelten Ton, der aus ihrer Kehle kam. »Aber ich sehe sie ja, die Fratzen des Teufelsgezüchts«, wimmerte sie, »ich sehe sie – und sie bedrohen mich! Helft, Pater!«

»So kommt«, sagte Pater Matthias. Er steuerte zurück in die Kapelle und winkte meine Mutter zu sich. Wir anderen verließen den kleinen, halbrunden Raum. Ich sah noch aus den Augenwinkeln, wie meine Mutter von neuem niederkniete und den Rosenkranz mit ihren dünnen Fingern umkrampfte, während der Burgpfaffe sich bereitmachte, ihre Beichte anzuhören.

Gedankenverloren ging ich durch den Saal zum Eingang der Schnecke. Ich wollte mir meine Pelisse holen, denn ich fror auf einmal empfindlich. Unwillkürlich blickte ich zu den Kreuzrippen des Saalgewölbes auf. Auch hier lauerten Schatten, unwirkliche Schemen, vom wechselhaften Licht eines wolkenüberwehten Himmels zum Leben gebracht. Meine Mutter sah Dämonen in ihnen, die sie verfolgten. Und es war nicht leicht, sich dieser unheimlichen Vorstellung zu entziehen.

Margarete hatte mich, als ich noch ganz klein gewesen war, immer besonders mit einer Geschichte in Angst versetzt, derzufolge in hellen Herbstnächten eine Ahnin auf Rabenstein umging. Wulfhilde, meine Urgroßmutter, hatte sich aus einem der mittleren Fenster des Sommersaales in die

Tiefe gestürzt. Niemand wusste, warum sie den Freitod gewählt hatte. Der Sage nach war sie eine sanfte, liebreizende Frau gewesen, und sie erschien immer dann, wenn Unheil bevorstand.

Ich hatte Wulfhilde noch niemals gesehen. Margarete und einige andere Frauen des Gesindes schworen dagegen, dem Gespenst begegnet zu sein – das letzte Mal, kurz bevor ich geboren wurde.

Mich machte die Geschichte wütend. Ich trat fester auf, während ich mich die Schnecke hinaufmühte. Es war dunkel im engen Gehäuse der Wendeltreppe. Ich hielt meinen Zorn über das dumme Gefasel des Gesindes am Leben, um mich nicht fürchten zu müssen.

Ich hatte fast den Dachboden erreicht, als ich plötzlich gegen jemanden prallte. Ich fuhr heftig zusammen und hatte einen Angstschrei auf den Lippen. Hände schlossen sich fest um den Stoff meines Obergewandes. »Agneta«, flüsterte François.

Er war es, er hatte hier in der tiefen Dämmerung der Wendeltreppe auf mich gewartet. Ich wandte mich ihm zu, so weit es der Platz in der Schnecke zuließ, und suchte Halt auf den schmalen steinernen Stufen. »Liebster«, gab ich aufatmend zurück.

Er drängte näher an mich heran. Seine Hände glitten über meinen Rücken, streichelten, liebkosten. Sein Mund suchte meine Lippen. Ich fühlte seinen Körper an meinem Leib. »O Agnès«, wisperte er, »Agnès, ich habe so große Sehnsucht nach dir …«

»Aber ich bin ja da«, hauchte ich, »und wir haben den größten Teil des Tages für uns …«

Ich spürte, dass er lächelte. Gleichzeitig küsste er mich, hungrig und wild zuerst, dann sanfter und züchtiger. Seine streichelnden Hände aber verrieten seine Erregung. »Du süße, wundervolle Unschuld«, wisperte er.

»Was meinst du damit?« wollte ich wissen.

Er küsste mich noch einmal. »Was ich sagte«, antwortete er flüsternd, »dass du süß bist, wundervoll und – unschuldig. Und dass du es bleiben musst.«

Ich verstand nicht. Ich entzog mich ihm für einen Augenblick. »Kein Mensch ist ohne Schuld«, widersprach ich, »ich genauso wenig wie andere. Dass du mich süß und wundervoll findest, freut mich von Herzen. Aber du musst mir sagen, wie ich es anstellen soll, diese Eigenschaften für dich beizubehalten, François!«

Er stieß den Atem aus. Die Wärme des Luftzuges streifte meine Wange. »Mon cher amour«, wisperte er, »gleich, was du tust – ich werde dich ewig lieben!«

»Je t'aime aussi, François«, sagte ich ihm leise. Seine Arme schlossen sich so fest um mich, dass ich kaum noch atmen konnte.

Hier, in der Stille der dunklen Wendeltreppe, waren wir sicher. Niemand hatte Anlass, auf den Dachboden hinaufzusteigen und dafür die Schnecke zu benutzen. Margarete war mit dem Sichten und Ausbessern der Wintergewänder meiner Eltern und meines Bruders beschäftigt, das wusste ich seit gestern, als meine Mutter es ihr befohlen hatte. Ich war ohne Aufsicht – zum ersten Mal seit langer Zeit. Niemand würde meine Abwesenheit bemerken.

Ich gab mich seinen Küssen hin. Seine liebkosenden Hände brachten meine Haut zum Glühen. Unbestimmte Sehnsucht nach mehr wallte in mir auf, und ich drängte mich immer enger an meinen Liebsten. Wir verbrachten eine ganze Weile umschlungen in der dunklen Enge der Wendeltreppe. Ich genoss es, François so nah bei mir zu fühlen, seinen warmen Atem zu spüren und unsere Herzen schlagen zu hören. Ja, es schien mir, als ob ich ihr heißes Pochen tatsächlich hören konnte, so fest hielt mich mein Liebster in den Armen. Dennoch mussten wir einander schließlich loslassen. Die schon beinahe winterliche Kälte, die die dicken Mauern der Burg ausstrahlte, zwang uns dazu, aus der Geborgenheit der Treppe wieder in die Gesellschaft der Menschen zurückzukehren.

François wandte sich nach unten. »Ich warte auf dich, mon coeur«, sagte er.

»Im Wintersaal?«

Er tupfte einen ganz zarten Kuss auf meine Wange. »Ja – beim Kamin«, gab er zurück. »Du sollst nicht länger frieren.«

»Wenn du da bist, friere ich niemals«, wisperte ich.

Er lachte leise. »Jetzt bin ich da«, sagte er, »und ich kann deine Zähne klappern hören!«

»Du weißt, was ich meine«, gab ich zurück.

Er umarmte mich noch einmal. Sein Kuss glühte auf meinen Lippen. Ich erschrak über die Wildheit, mit der ich ihn erwiderte. Seine Berührung brachte Saiten in mir zum Schwingen, die mir unbekannt gewesen waren. Als wir uns endlich trennten, zitterten wir beide, aber nicht vor Kälte.

Während unserer Unterrichtsstunden war es mir diesmal fast unmöglich gewesen, mich auf meine Aufgaben zu konzentrieren. François bemerkte natürlich meine Zerfahrenheit. Seine Augen zeigten mir, dass er wie ich mit den Gedanken nicht bei der Sache war. Schließlich brachen wir den Unterricht ab. »Ich brauche frische Luft«, sagte ich laut genug, dass Margarete in ihrer Ecke es hören konnte. »Hier drinnen ist es so dumpf und rauchig – man kann kaum atmen. Meinen Mantel!«

Margarete stand ächzend auf. »Wenn ich Euch begleiten soll, Fräulein«, brummte sie, »dann bequemt Euch, einen Augenblick zu warten. Ich hole nur meinen Umhang. Bin gleich wieder da.«

»Aber ich habe keine Lust zu warten«, entgegnete ich schroff. »Komm nach – du findest mich im Garten. Und jetzt hilf mir in den Mantel.«

Margarete folgte missmutig meiner Aufforderung. »Eure Mutter will, dass ich immer an Eurer Seite bin«, murrte sie, »und ich kann sie auch verstehen. Es wäre gut, wenn Ihr die Wünsche Eurer Mutter respektieren würdet.«

»Meine Mutter muss sich um mich keine Sorgen machen«, gab ich zurück, während ich mir von Margarete die Tasseln schließen ließ. »Beeil dich ein bisschen, dann kannst du ihr heute Abend lückenlos Bericht erstatten.« Damit humpelte ich zur Tür, die sich auf die Außentreppe öffnete. François folgte mir wortlos, öffnete den schweren Türflügel für mich und war mir beim Abwärtssteigen behilflich. Im Garten hatte ich eben noch genügend Zeit, ihm meinen Plan für heute Nacht mitzuteilen. Er würde Gregor mitbringen. Die Leiter sollte bereitstehen. »Ich werde um die zweite Nachtwache herunterkommen«, sagte ich gerade, als Margarete rotgesichtig und gehetzt schnaufend durch die knarrende Pforte in den Garten kam.

Der Rest des Tages verging ohne François' Gesellschaft unendlich langsam. Um mich sinnvoll zu beschäftigen, rechnete ich noch einmal den Stand der Planeten im Horoskop meiner Mutter nach. Die Sonne hatte bei ihrer Geburt im Zeichen des Wassermanns gestanden, der Mond in den Fischen. Mercurius stand ebenfalls im Zeichen der Fische, genau wie Venus, aber sie bildeten keine Konjunktion. Der Mars hatte seinen Platz im Krebs.

Ich stützte das Kinn in die Hand, während ich die Zeichnung betrachtete, die ich angefertigt hatte. Schon allein der Stand der Sonne und des Mondes machte meine Mutter zu einer zarten Menschenpflanze, die empfindlich auf Kränkungen reagierte. Als man sie mit meinem Vater verheiratet hatte, dessen Sternzeichen der Skorpion war und dessen Mond im Widder stand, da hatte man ihr einen üblen Dienst erwiesen. So sanft und verletzlich meine Mutter war, so hart und gleichgültig war mein Vater.

Meine Mutter hatte unter seiner Kälte immer gelitten – von Anfang an. Sie hatte sich in ihr Inneres zurückgezogen und niemandem gestattet, sie wirklich kennen zu lernen – auch mir nicht. Und wie ihre Planeten angeordnet waren, sorgten sie dafür, dass ihr kein Herzeleid erspart blieb. Zudem besaß sie nicht die Kraft, sich gegen ihr Geschick zu wehren. Denn ihr Mars stand im Krebs.

Der Winter würde meiner Mutter nichts Gutes bringen. Das Kind, das sie unter dem Herzen trug, und das im Januar zur Welt kommen würde, mochte vielleicht in aller Unschuld dafür verantwortlich sein. Jedenfalls standen die Sterne vom Heiligen Christfest an besonders schlecht für Bertrade von Rabenstein.

Saturnus im achten Haus und im Quadrat zu ihrem Mond. Das achte Haus war das Haus der großen Veränderungen. Die Berührung mit dem Mond erschütterte Seele und Körper. Danach würde Saturn auch Mercurius und Venus berühren. Verwirrung zuerst, dann Ernüchterung. Und Trennung unter Schmerzen.

Für mich selbst hatte sich Saturn in Konjunktion zur Sonne bewegt. Eine der schwierigen Zeiten im Leben, war François' Erklärung gewesen. Man stehe an einem Scheideweg und müsse eine neue Richtung wählen. Für mich war alles entschieden seit dem Maienfest …

Nächstes Jahr wechselte Saturn in das Zeichen Steinbock über. Dann würde er in Opposition gehen zu François' Venus. Trennung unter Schmerzen …

Ich faltete das Horoskop meiner Mutter zusammen und steckte das Pergament in den Ärmel. Ich mochte nicht an mein eigenes Schicksal denken. Noch nicht. Ich stand auf und ging in die Kapelle, die am Nachmittag verlassen war. Mühsam kniete ich vor dem Kruzifix nieder und versuchte zu beten. Doch die Augen des hölzernen Christus, der so hoheitsvoll und unbewegt auf mich niederschaute, wirkten abweisend und unnahbar. Es war umsonst, Gott selber um Beistand zu bitten.

Als ich mich der Gottesmutter zuwandte, deren Bild in der kleinen Seitennische thronte, begegneten mir auch da kühle, abweisende Blicke. Maria die Reine Magd schien durch mich hindurchzusehen, so dringend ich auch mein Gebet an sie richtete. Zum ersten Mal seit langer Zeit fühlte ich mich vollständig von ihr im Stich gelassen. Ihr Blick war kalt und gefühllos. Das blaue Licht, das aus der kleinen Fensterrose über ihre starre Gestalt floss und das Blau ihres Mantels zu eisiger Glut brachte, verstärkte den Eindruck von unerreichbarer Majestät noch. Nach kurzer Zeit erhob ich mich und verließ die Kapelle wieder, im Herzen ein tiefes Gefühl der Machtlosigkeit, aber auch des wachsenden Zornes.

Die Heimkunft der Jäger fand am späten Nachmittag statt, als die Sonne schon tief in den Westen gesunken war. Mein Vater, der lehmbespritzt und schweißnass wie die armen

Gäule, aber keineswegs müde den Saal betrat, schrie gleich nach den Mägden. »Die Zuber«, brüllte er, »und heißes Wasser in reichlicher Menge! Wir wollen allesamt ein Bad nehmen!«

Die Mädchen wie die Weiber aus der Küche hasteten an die Arbeit. Knechte schleppten unsere drei riesigen hölzernen Bottiche die Außentreppe hinauf. Fünf würden darin baden – zuerst natürlich der Ehrengast, mein Vater und mein Bruder, der von allen sonderbarerweise der Schmutzigste war. Danach konnten dann die beiden jungen Freiherren, die mit auf der Jagd gewesen waren, ebenfalls ins warme Wasser steigen.

Während in der Küche das Badewasser gewärmt wurde, heizte einer der Knechte im Kamin des Wintersaals ein wahres Höllenfeuer an. Die Herren lungerten herum und warteten. Am ungeduldigsten führte sich mein Vater auf. Der Knecht, der das Holz brachte, ein schlanker Junge aus dem Dorf, bekam eine Maulschelle, dass er gegen die Wand flog. Seine Nase blutete, als er hurtig wieder die Treppe hinunterrannte, um Leinentücher zum Abtrocknen zu holen.

Meine Mutter hatte sich zurückgezogen, sobald die Jagdgesellschaft den Saal betreten hatte. Mein Vater nahm keinen Anstoß daran. Ich war nicht schnell genug verschwunden. Mir wurde in wütenden Worten aufgetragen, mich gefälligst um das Wohlbefinden der Gäste zu bemühen.

Ich wartete also vor dem verhängten Fenster, um den Herren beim Waschen behilflich zu sein, sobald sie in den Zubern saßen. Ich wunderte mich. Noch niemals hatte mein Vater solche Dienste von mir verlangt.

Warum er es heute tat, verstand ich bald. »Was will der Krüppel hier?« fragte der Graf von Northeim, als er sich im Wasser niedergelassen hatte und ich mich ihm näherte.

»Krüppel?« echote mein Vater, »immerhin ist der Krüppel aus meiner Familie. Nehmt Eure Unverschämtheit zurück, Northeim – oder …«

»Oder was?« Der Jagdgeselle meines Vaters blies die Backen auf. »Ich habe ja nicht gelogen, als ich das Weib einen Krüppel nannte!«

Mein Vater sprang aus der Wanne und stürzte sich auf seinen Gast. »Nimm's zurück, Northeim«, brüllte er unbeherrscht, »oder wehr dich!«

Er hatte absichtlich Streit gesucht. Um sich mit diesem Halunken, seinem besten Gesellen, wieder einmal richtig prügeln zu können, hatte er ihn provoziert. Dazu hatte er mich benutzt.

Ich ließ den Seifenlappen, den ich in der Hand gehalten hatte, einfach auf den Boden fallen. Hocherhobenen Hauptes wandte ich dem Saal den Rücken. Hinter mir entbrannte eine lustige Keilerei.

Ich fehlte an der Abendtafel. Und niemand schickte nach mir. Natürlich herrschte zwischen den rauen Jagdbrüdern längst wieder Eintracht. Sie saßen da unten zusammen, ließen sich Innereien und saftige Stücke von dem erbeuteten Wildbret schmecken und soffen miteinander, während meine Mutter still die Zoten der Männer ertrug und ich, in der Kälte des ungeheizten Sommersaals, die Nacht herbeiwünschte. Ich brauchte Stunden, um die Wut über meine Demütigung niederzuringen.

Endlich kehrte Ruhe ein. Alle Kerzen und Wandfackeln waren gelöscht. Die Burg lag im ersten Schlaf. Ich konnte es wagen, in den nächtlichen Hof hinunterzusteigen. In Mantel und pelzgefütterte Gugel eingehüllt machte ich mich auf den Weg.

Der Wintersaal war leer. Es waren zwar Schlafpolster an den Wänden ausgelegt, aber ich sah keine Schläfer. Kalte Luft wehte durch den weiten Raum. Die Außentür stand einen Spalt weit offen.

Ich schloss sie sorgfältig hinter mir, als ich hinausging. Am Himmel über mir funkelten kalt und klar unzählige Sterne. Der Mond stand als dünne Sichel über den Zinnen des Bergfrieds. Der Hof um die kahle Linde war verlassen. Alles war dunkel. Nur aus einem der kleinen Fensterchen des Gesindehauses schimmerte noch schwaches Licht.

Ich ging die Treppe hinunter, meine Krücke unter dem Arm. Der Wind griff in die Falten meines Mantels und ließ ihn flattern. Ich musste mich am Treppengeländer fest halten, um das Gleichgewicht nicht zu verlieren. Unten angekommen humpelte ich unter den Zweigen der Linde hinweg zum Fuß des Bergfrieds. Hier, beim Luftschlitz zum Verließ, wartete ich. Schließlich näherten sich leise Schritte. François kam, hinter sich Gregor, der eine lange Leiter geschultert hatte und ein Tau um den Leib gewickelt trug.

Diesmal mussten wir es schaffen, den Gefangenen zu befreien. Es war die letzte Möglichkeit, Hans Waldvogel das Leben zu retten. Noch ein paar Tage, dann würde der strenge Frost des Winters einsetzen. Einen Winter konnte man im Bergfried nicht überstehen. Ohnehin kam es einem Wunder gleich, dass Hans Waldvogel überhaupt noch am Leben war.

»François«, flüsterte ich, »Gott sei Dank – du bist da!«

»Und wir haben die Leiter«, gab mein Liebster zurück, »zusammen mit dem Jungen wird es gehen. Sei ohne Furcht.«

Ich nickte. Gregor schaute verdrossen. Es hatte ihm sicher nicht gefallen, aus dem warmen Stroh geholt zu werden. »Wat nu?« fragte er.

François bedeutete ihm mit Handzeichen, die Leiter unter dem Eingang zum Bergfried an die Mauer zu stellen. Der Junge gehorchte mit unbewegtem Gesicht. »Nun steig hinauf«, flüsterte François, »ich komme nach.«

In diesem Augenblick hörte ich ein leises Geräusch. Ich drehte mich um, spähte zum inneren Tor hinüber, sah, wie sich die Tür des Gesindehauses öffnete. Schattenhafte Gestalten torkelten auf den Hof hinaus – und jetzt vernahm ich auch lallende, trunkene Stimmen. Mein Vater und seine Jagdgenossen hatten wohl einen Besuch bei den jungen Mägden gemacht und steuerten jetzt, nachdem sie ihre Gelüste befriedigt hatten, auf den Palas zu, um ihre Schlafplätze einzunehmen.

Mein Bruder Hartmann bildete die Spitze des betrunkenen Haufens. Er ging noch ziemlich gerade, hatte wohl dem Wein und dem Bier nicht so reichlich zugesprochen wie die älteren Männer. Er hielt den Kopf hoch. Jetzt fiel sein Blick in meine Richtung.

Ich erstarrte vor Schrecken. »Schnell – die Leiter weg«, flüsterte ich François zu, »und dann versteckt euch hinter dem Turm! Sie dürfen euch nicht sehen!«

François verstand sofort. Er packte die Leiter, stemmte sie von der Mauer weg, zerrte sie um die Rundung des Bergfrieds. Ich hörte das leise Poltern, mit dem die Leiter am Boden abgelegt wurde. Dann kam François zurück, nahm Gregor am Arm und zog den begriffsstutzigen Jungen in Deckung. Und dann war auch schon mein Bruder bei mir angelangt.

»He ...« sagte er. Sein Atem wehte als stinkende Wolke über mein Gesicht.

»Ich wollte noch ein wenig frische Luft schöpfen«, sagte ich, »es ist so stickig da drinnen.«

»Frische ... L-luft«, lallte Hartmann und stieß ein kieksendes Lachen aus, »die könnte der – der da drinnen auch br-brauchen ...« Er machte eine Kopfbewegung zum Verließ hin. »Ich wette, dem da drinnen geht's – geht's nicht besonders gut. Was wettest du?«

Ich wandte den Kopf ab. Es widerte mich an, wie Hartmann unseren Vater nachäffte. »Er sollte freigelassen werden«, murmelte ich zornig, »er hat mehr als reichlich dafür gebüßt, dass er nichts getan hat!«

Hartmann lachte sein irgendwie weibisch klingendes Lachen. »Mein Herr meint, er soll bis zum jüngsten Tag drin bleiben«, sagte er, »und wenn's nur dafür gut ist, dass ihr Weiber euch ärgert ...« Er rülpste laut. »Ich m-meine das auch.«

»Geh zu Bett, Hartmann«, sagte ich, »du bist betrunken. Schlaf dich aus, damit du morgen einmal zur Messe erscheinen kannst!«

Wieder kakelte mein Bruder. Und aus dem Luftschacht tönte plötzlich Hans Waldvogels Stimme. Er sang. Hell und fast so klangvoll wie früher schwebten Worte aus dem Kerker in die eisige Luft:

»Ach, kommen ist des Winters Zeit
so kalt und bitter wie der Tod,
verweht der Vöglein Sang, verschneit,
verwelkt grün Laub und Rosen rot –«

Ich kannte weder die Worte noch die Melodie. Hans Waldvogel musste beide in der Einsamkeit des Verlieses neu geschaffen haben. Mit lauterer, strahlenderer Stimme sang er weiter:

»Nun fahre wohl, meins Lebens Licht!
Ach, sähe ich ein einzig Mal
nur noch dein liebes Angesicht,
das mindert' mir des Abschieds Qual.
Fahrt wohl, ihr Blumen, grüner Klee,
die ihr zu meinem Glück geblüht.
Die Raben krächzen nun mein Weh,
sie singen mir ein raues Lied.«

Hartmann grinste, ich sah es deutlich. Er stützte sich mit ausgestrecktem Arm gegen die Mauer und winkte mit der freien Hand den älteren Männern zu, die fast bei uns angekommen waren. »Ihr Herren«, lallte er kichernd, »horcht einmal – hier gibt's noch – noch'n Konzert! Ich hätte nie gedacht, dass – dass das Bauernschwein so zäh ist!«

Mein Vater und seine Saufgenossen schienen von Bier und Wein betäubt zu sein. Schwankend torkelten sie vorüber, alle miteinander eingehakt, damit sie nicht hinfielen. Hans Waldvogel hustete. Dann aber sang er fort:

»Und dennoch, in dem Herzen mein
tönt noch des Maien Amselschlag,
als uns gestrahlt der Sonnen Schein
und liebend Herz bei Herzen lag.

Ich denke dein, das hellet mir
des harten Kerkers Dunkelheit.
Mein Lieb und Treu gehören dir,
solln nie vergehn in Ewigk –«

Der Gesang brach mitten im Wort ab. Es war, als habe man einen silbernen Faden abrupt durchgeschnitten. Kein Laut drang jetzt mehr aus dem schmalen Luftschlitz. Ich wusste im Herzen, dass Hans Waldvogels Stimme für immer verstummt war.

Die Sterne funkelten am kalten Himmel, gleichgültig gegenüber dem Schmerz, der mich plötzlich überflutete. Hans Waldvogels Lied, sein letztes, war für Bärbe bestimmt gewesen, aber auch für das Leben selbst, das der lustige Bauernbursche so sehr geliebt hatte. Ich konnte nicht länger neben dem Kerker stehen bleiben, in dem Hans Waldvogel so erbärmlich zu Tode gekommen war. Ich packte Hartmann am Ärmel und zerrte ihn auf die Außentreppe zu. »Geh schlafen! Es ist Zeit«, forderte ich ihn noch einmal auf. Ich machte mir nicht die Mühe, meine tränenerstickte Stimme zu verstellen.

Ich schaffte meinen betrunkenen Bruder die Treppe hinauf – weg von François und dem schwachsinnigen Gregor, die sich in den tiefen Schatten hinter dem Turm versteckt hielten. Es war vorbei. Nichts und niemand konnte Hans Waldvogel noch helfen. Es hatte keinen Sinn, wegen eines Verlorenen François' Sicherheit aufs Spiel zu setzen.

9

Das heilige Christfest war vorüber und ein neues Jahr hatte angefangen, das Jahr unseres Herrn 1189. Die ersten Januartage hatten viel Schnee gebracht; noch jetzt, da der Monat zu Ende ging, rieselten die kalten weißen Flocken unablässig vom bleigrauen Himmel. Die Wolken hingen so dicht, dass man glauben mochte, die Sonne könne sie niemals wieder durchdringen.

Wenn ich, um der ewigen, rauchgeschwängerten und kerzenlichtdurchflimmerten Dämmerung im Innern der Burg für einen Augenblick zu entrinnen, auf der Treppe stand und in den Hof hinunterschaute, musste ich oft an den trostlosen Herbsttag denken, an dem sie Hans Waldvogels ausgemergelten, schmutzverkrusteten Leichnam aus dem Verließ im Bergfried hervorgezogen hatten. Alles hatte grau ausgesehen, selbst die Knechte der Burg, die die traurige Arbeit hatten verrichten müssen. Der Himmel hatte Tränen des Jammers geweint, so war es mir an jenem Tag vorgekommen – um einen jungen Menschen, der so heiter und begabt gewesen war und der so vollkommen sinnlos den Tod gefunden hatte.

Sie hatten Hans Waldvogel, eingehüllt in die grobe Wolldecke, die François und ich in seinen Kerker geschmuggelt hatten, auf einen Handkarren geworfen und irgendwo im Wald verscharrt. Kein Priester hatte an seinem Grabhügel für seine Seele gebetet, nicht einmal Pater Matthias. Mein Vater hatte es ihm streng untersagt. Aber ich war gewiss, dass unser Burgpfaffe dennoch, wenn auch in aller Heimlichkeit, ein Gebet für den Bauernjungen gesprochen hatte. Zu oft hatte er sich, als Hans Waldvogel noch am Leben gewesen war, für ihn eingesetzt.

Mein Vater war seit dem trüben, regnerischen Tag im Herbst noch übellauniger und unduldsamer geworden. Das

Gesinde ging ihm aus dem Weg, wo immer es konnte. Meine Mutter hatte sich regelrecht vor ihm versteckt, genau wie ich. Doch meine Mutter verbarg sich aus Angst vor seinen Wutanfällen. Ich floh seine Gegenwart, weil ich den unbändigen Zorn und die maßlose Verachtung verbergen musste, die ich für ihn hegte.

Meine einzige Freude waren die wenigen Augenblicke mit François. Meine Amme Margarete wich mir auf Befehl meiner Mutter kaum noch von der Seite. Meine Mutter war es auch, die dafür sorgte, dass meine Lernstunden mit François fast sämtlich ausfallen mussten. Denn sie bestand jetzt darauf, den größten Teil des Tages in meiner Gesellschaft zu verbringen. Wir saßen dann mit irgendeiner Handarbeit stumm vor dem Kamin im Wintersaal, fanden keinen Stoff zu einem Gespräch und hingen lediglich unseren Gedanken nach. Manchmal hatte ich den Eindruck, als wünsche sie sich dringend, mir ihr Inneres bloßzulegen. Aber sie tat es nie, und ich baute ihr auch keine Brücken. Zum einen trug ich schwer an meinem Schuldgefühl, weil ich Hans Waldvogel nicht hatte retten können. Zum andern sehnte ich mich nach François. Was kümmerte mich also das unerwartete Bedürfnis meiner Mutter nach Austausch? Sie hatte sich ja in all den Jahren niemals um mich gesorgt. Jetzt sorgte ich mich nicht um sie.

Sie sah krank aus. Ihre Haut war pergamenten und dünn geworden, und ihr schwangerer Leib hatte einen beträchtlichen Umfang angenommen. Noch war der Monat nicht erreicht, da sie ihr Kind zur Welt bringen sollte. Aber mir schien es, als sei sie bereits weit über ihre Zeit hinaus.

Vielleicht trug sie Zwillinge. Ich erwähnte diese Möglichkeit gegenüber meiner Amme, und Margarete nickte heftig. »Das wird's sein«, sagte sie, froh, eine Erklärung für ihren dummen Kopf zu bekommen, »ja – Zwillinge. In einem Mond …«

»Damit wäre sie auch nicht zu dick geworden«, fügte ich hinzu.

»Recht, recht, Fräulein«, stimmte Margarete stumpfsinnig zu. »Zwei brauchen mehr Platz als einer!« Sie stieß ein dümmliches Lachen aus. »Dass ich darauf nich' gekommen bin!«

Ich sah sie an und hatte wieder das Verlangen, einfach wegzugehen. Sie machte mich mit ihrer heuchlerisch-unterwürfigen Art ebenso wütend wie mein Vater mit seiner bösartigen Grobheit. Ich stand auf, zog die pelzgefütterte, grauwollene Pelisse um den Hals zusammen und ging zur Tür. »Wohin?« fragte Margarete sofort.

»An die Luft«, gab ich knapp zurück.

»Aber es ist ja schon beinahe dunkel!«

»Das macht nichts. Ich kann kaum atmen in diesem Rauch. Und ich habe meinen Hund heute noch nicht begrüßt.«

»Euren Hund?« Margarete stellte sich blöder als sie war.

»Du weißt wohl, von welchem Hund ich spreche.« Meine Hand hatte die Klinke schon gedrückt. Ein eisiger Luftzug ließ den wollenen Schleier wehen, den ich über dem Haar trug.

»Es ist viel zu kalt draußen«, wagte die Amme einen letzten Einspruch. »Ihr werdet Euch den Tod holen.«

»Kaum«, antwortete ich barsch. Dann ging ich hinaus. Ich konnte Margaretes Anblick nicht mehr ertragen.

Silber war nirgendwo zu sehen. Wahrscheinlich hatte er sich vor der beißenden Kälte in einen Winkel des Stalls zurückgezogen. Der Hof war von einer sauberen neuen Schneedecke überzogen. Keine Fußspuren unterbrachen das glitzernde Weiß. Die Mauern des Bergfriedes und der anderen Gebäude standen dunkel und in abweisender Kälte vor meinen Augen; über den Zinnen spannte sich ein violetter Himmel, an dessen westlichem Horizont schweflig gelb der letzte Widerschein der untergegangenen Sonne glimmte. Ein rauer Schrei ließ mich den Blick zum Zinnenkranz des vorderen Wachturmes hinwenden. Zwei Raben schwebten vorüber – die Wappenvögel der Herren von Rabenstein.

Sie hoben sich tiefschwarz vor dem Schnee ab, der die Zinnen krönte. Und sie lenkten mein Auge auf eine schemenhafte Gestalt in Weiß, die von der Plattform des Wachturmes aufzuragen schien.

Die Gestalt, wohl eine Frau, stand ganz still und regte sich nicht in der Kälte des sinkenden Abends. Doch während ich verwundert hinschaute und mich fragte, wer sie wohl sein mochte, hob sie langsam einen Arm. Sie winkte zu mir herüber, schien es mir, aber die Bewegung konnte auch eine Drohgebärde sein.

Unwillkürlich kam mir die Legende von Frau Wulfhilde in den Sinn, der unglücklichen Ahnin, die angeblich immer dann umging, wenn ein Unheil drohte. Ich sog die Luft zwischen den Zähnen hindurch. Aufgeregt strengte ich meine Augen an, um die helle Silhouette besser ausmachen zu können. Die beiden Raben schwebten von neuem vorüber. Und plötzlich sah ich die Frauengestalt nicht mehr. Sie war verschwunden, hatte sich einfach aufgelöst im Grau und Weiß des Winterabends.

Ganz langsam stieg ein Gefühl des Schreckens in mir empor. Es nahm zu, wie das Licht des Tages abnahm. Ich starrte zu den Zinnen des Wachturmes hinüber, die jetzt verlassen aufragten, und ich fror im aufkommenden, eiskalten Wind. Wulfhilde – so viele vom Gesinde behaupteten, sie gesehen zu haben. Das letzte Mal bei meiner Geburt …

Ich drehte mich um und wollte die Treppe wieder hinauf. Die Sehnsucht nach François meldete sich schmerzhaft. Seit vielen Tagen war es mir unmöglich gewesen, ihn zu treffen. Viel zu lange hatten wir keinen Augenblick mehr allein miteinander verbracht. Ich hungerte danach, seine Arme um mich zu spüren, seine Küsse auf meinen Lippen. Ich vermisste ihn so sehr, dass es schmerzte.

Mühsam arbeitete ich mich die schneebedeckten Stufen hinauf. Mein verkrüppelter Fuß verweigerte mir bei diesem Wetter immer öfter den Dienst. Ich musste mich mit den Fingern am Geländer ankrallen, um nicht auszurutschen und zu stürzen.

Beinahe hatte ich den Treppenabsatz im ersten Geschoss erreicht, als die Tür aufgerissen wurde. Die junge Magd, die sich während der letzten paar Tage immer in der Nähe meiner Mutter aufgehalten hatte, steckte den Kopf heraus. Ihre Augen waren aufgerissen und blickten angstvoll. »Fräulein«, sagte sie erregt zu mir, »die Frau wünscht Euch zu sehen – jetzt gleich. Das Kind kommt – Ihr sollt ihr beistehen.«

»Ihr beistehen«, gab ich ungläubig zurück, »ich? Aber hast du denn die Wehmutter nicht geholt? Das wäre doch das erste, was man tun muss! Hurtig – eil dich! Und ruf auch Frau Hedwig, die kennt meine Mutter besser als ich!«

»Frau Hedwig ist weggeschickt«, stammelte das Mädchen, »und die Wehmutter will die Frau nicht dabeihaben. Fräulein – mir macht das alles Angst! Ich fürchte mich vor der Frau – sie ist so … so anders!«

»Anders?« Ich nahm die letzten Stufen und trat in den Sommersaal ein. Margarete war nicht mehr auf ihrem Platz vor dem Kamin. »Was soll das heißen – anders? Hat sie meine Amme zu sich bestellt? Die kennt sich ja auch aus, und …«

Das Mädchen schlotterte vor Aufregung. Ihre Zähne klapperten, als sie mir ungehörigerweise in die Rede fuhr. »Die Amme … die macht das Wasser heiß … ich hätte das auch tun können, aber … ach, Fräulein, ich bitte Euch, helft! Eure Mutter will nicht, dass …«

Ich stieß die junge Magd einfach auf die Seite und ging zur Tür, die sich auf die Schnecke öffnete. »Lass die Wehmutter kommen«, befahl ich dem Mädchen unwirsch, »und die Alte soll laufen, so schnell ihre morschen Knochen das zulassen. Ich sehe selbst nach, was meine Mutter wünscht.«

Ich war noch nie so schnell die enge Wendeltreppe hinaufgestiegen. Keuchend erreichte ich das Stockwerk des Wintersaals. Und mit einem neuen Gefühl des Schreckens trat ich in die Kemenate meiner Mutter.

Im Kamin flackerte ein schwächliches Feuerchen, über dem ein Kessel hing. Von der Decke baumelte eine dreiflammige Öllampe und verbreitete dünnes gelbes Licht. Meine Mutter war allein. Sie lag auf dem Bett, die Hände auf den Leib gepresst, und atmete röchelnd mit geöffnetem Mund. Sie schien unmenschliche Schmerzen zu durchleiden, denn die Laute, die sie von sich gab, waren die eines gepeinigten Tieres.

»Ihr habt mich kommen lassen«, sagte ich mit steifen Lippen, »da bin ich, Mutter …«

»Agneta …« hauchte sie, »gut … dass du meiner Bitte … gefolgt bist …« Ihre Worte kamen qualvoll gepresst. Sie unterschieden sich kaum von dem Schmerzenswimmern, das sie begleitete.

»Mutter«, sagte ich und ließ meinen Blick über ihr weißes Gesicht wandern, »wie kann ich Euch helfen? Ich fürchte, ich habe keine Vorstellung von den Aufgaben einer Wehmutter. Wollt Ihr nicht …«

»Agneta«, wisperte meine Mutter, »bleib … bei mir, hörst du? Und lass die andern … nicht … herein … Ich möchte …«

Sie stöhnte qualvoll auf. Ihr Gesicht wirkte eingefallen, wächsern, seltsam leblos. Nur die dünnen Hände krallten sich in den Stoff ihres Gewandes über dem geschwollenen Leib.

Ein nie gekanntes Gefühl überflutete mich plötzlich. Diese ausgezehrte, verhärmte Frau da auf dem Bett weckte Mitgefühl in mir – warmes Mitleid mit einer leidenden Kreatur. Aber da war noch mehr. Zum ersten Mal in meinem Leben sah ich in diesem gequälten Wesen die Frau, die mir das Leben geschenkt hatte und die jetzt ein weiteres Kind zur Welt bringen sollte. Das Gefühl kam so überraschend, dass ich den Atem anhielt. Es dauerte einen Augenblick, bis ich fragen konnte: »Was möchtest du?«

Sie richtete sich auf. »Ich will … dass du mir beistehst«, stöhnte sie, »allein … nur du … allein, Agneta …« Ihre Stirn glänzte schweißnass.

»Aber ich verstehe nichts davon«, widersprach ich ihr sanft. »Mutter – Ihr solltet besser …«

Sie streckte ihre dünne, blasse Hand aus. »Dir … vertraue ich«, flüsterte sie tonlos, »du wirst … mich nicht … im Stich lassen …«

Ich wollte ihr noch einmal widersprechen, doch sie schrie plötzlich wild auf. Ich sah die blauen Adern an ihren Schläfen hervortreten, während sie gegen eine neue Welle von Schmerzen ankämpfte. Ihr Atem ging laut und in keuchenden Stößen. »Es … will nicht kommen …« stöhnte sie, »aber es muss … erst, wenn es … meinen Leib verlassen hat … kann ich … Ruhe finden …!«

»Was muss ich tun, Mutter?« fragte ich angstvoll. Ich hatte den großen blutigen Fleck bemerkt, der sich auf dem Stoff ihres Gewandes über ihrem Schoß langsam ausbreitete.

Sie verzerrte das Gesicht zu einer wilden Grimasse, die ein Lächeln sein sollte. »Wenn eine neue Pein … über mich kommt«, keuchte sie, »dann schlag meinen Rock zurück und prüfe … zwischen meinen Beinen … ob du sein kleines Haupt … schon sehen kannst … Agneta …«

»Jetzt?« fragte ich und rang um Fassung.

Meine Mutter nickte. Gleichzeitig stieß sie einen neuen, qualvollen Schrei aus. Ich folgte ihrer Anweisung und deckte ihre Beine auf. Zwischen ihren gespreizten Schenkeln klaffte ein blutiger Spalt, einer frischen Wunde gleich, die weiter aufzureißen schien.

»Heilige Gottesgebärerin«, flüsterte ich entsetzt, »hilf du!«

»Siehst du … sein Köpfchen?« kam röchelnd die Frage meine Mutter, »siehst du es … Agneta?«

Da war etwas – eine dunkle, blutverklebte Masse feinen Haares. »Ich glaube, ja«, flüsterte ich mit bebenden Lippen, »was soll ich tun, Mutter?«

Sie schrie wieder auf, bäumte sich hoch, stemmte sich mit dem Rücken gegen das Kopfende des Bettes. Sie zog die Knie an den Leib, so weit sie konnte, und suchte das Kind aus ihrem Bauch herauszudrücken – mit einer wilden Anstrengung, die ich ihr niemals zugetraut hätte. Die behaarte, rundliche Form zwischen ihren Schenkeln bewegte sich jedoch nicht.

»Noch einmal«, flüsterte ich, »versucht es noch einmal …«

Sie packte meine Schulter. »Knie dich … auf meinen Leib …« knirschte sie mit zusammengebissenen Zähnen, »ich … schaffe es … sonst nicht …«

»Wie kann ich das?« wehrte ich diese unglaubliche Forderung ab, »ich würde Euch nur noch mehr Schmerzen bereiten, wenn ich das …«

»Agneta!« mein Name gellte wie ein Schrei aus ihrem Mund. »Tu … was ich … dir sage – tu es jetzt gleich …«

So viel Verzweiflung lag in ihren Worten, dass ich tat, was

sie verlangte. Ich beugte mich über sie und stemmte beide Arme in ihren Bauch. Er war steinhart zusammengekrampft. Ich erschrak über den Schrei, den die Berührung meiner Mutter abpresste. Ich ließ wieder los.

In diesem Augenblick schwang die Tür auf und Hedwig trat in die Schlafkammer. Ihr folgte auf dem Fuß die weißhaarige, runzlige alte Magd, die auf der Burg als Hebamme diente. Hedwig stürzte ans Bett meiner Mutter und gab ihrer Besorgnis sogleich Worte. »Meine Liebe«, sagte sie vorwurfsvoll, »konntet Ihr mich nicht wissen lassen?«

»Wollen sehen, wie weit es schon vorangegangen ist«, meinte die Wehmutter nüchtern, »wie das Mädchen meldete, dauert die Geburt bereits viel zu lange, und ich …«

»Agneta …« Meine Mutter richtete flehentlich die Augen auf mich. »Sie sollen gehen … sieh zu, dass sie … gehen … ich bitte dich, Kind!«

Ich schüttelte den Kopf. »Was Ihr verlangt, ist unvernünftig«, wollte ich sie abweisen, »die Wehmutter weiß doch wenigstens, was sie tun muss. Ich dagegen …«

»Agneta!« Aus den Augen meiner Mutter leuchtete die blanke Verzweiflung. »Lass mich … nicht im Stich«, stöhnte sie, »ich habe niemals Liebe von dir verlangt … das konnte ich nicht … weil ich dir ja niemals Liebe … geben konnte. Aber jetzt bitte ich dich, mein Kind – schick die anderen weg! Mir träumte letzte Nacht … ein so grässlicher Traum …«

Die Schmerzen der Geburt brachten sie dazu, irre zu reden. Dennoch, der Dringlichkeit, mit der sie mich anflehte, konnte ich mich nicht entziehen. Wider besseres Wissen entsprach ich ihrem Wunsch und wies die beiden Frauen mit einer Handbewegung aus der Kammer.

Meine Mutter schien für den Augenblick ohne Schmerzen. Dann stöhnte sie von neuem auf, und der Kampf ging weiter.

Und meine Mutter kämpfte. Doch ihre Kräfte waren erschöpft. Der Bemerkung der Hebamme hatte ich entnehmen müssen, dass sie bereits seit einiger Zeit in Wehen lag. Ich wusste aber – eine Geburt dauert, wenn es die zweite oder dritte ist, nur wenige Stunden.

»Wie lange schon, Mutter?« fragte ich sie.

Sie zeigte mir wieder das schmerzverzerrte Lächeln. »Zu lange …« knirschte sie, »vielleicht … schaffe ich … es nicht mehr … und du … musst es mir … aus dem Leib schneiden …«

Das Entsetzen über diese Vorstellung ließ mich zurückfahren. Ich presste die Hand über den Mund. Doch meine Mutter tastete hastig nach der anderen. »Agneta«, wisperte sie drängend, »auf dem Kasten in der Ecke … das Messer … es liegt bereit … hab's selbst zurechtgelegt …«

»Nein«, schrie ich sie an, »nein – das kann ich nicht! Das dürft Ihr nicht von mir verlangen!«

Sie riss den Mund auf und stöhnte. Sie bäumte sich noch einmal auf in ihrer Not. Dann, halb erstickt von der Qual der neuen Wehe, keuchte sie: »Fass das Köpfchen … Agneta … such es herauszuziehen … ich … habe nicht die … Kraft …!«

Ich wich vor ihr zurück in meinem Entsetzen. Dann nahm ich all meinen Mut zusammen, neigte mich zwischen ihre Schenkel und zwang mich, das behaarte, rundliche Ding zu berühren, das in ihrem Leib steckte und nicht ans Licht wollte. Meine Fingerspitzen tasteten, fühlten schleimige Nässe. Um das Köpfchen des Kindes fassen zu können, würde ich meine Hände in diese zerrissene, blutende Wunde hineinschieben müssen – in den geschundenen Schoß meiner Mutter. Ich begann krampfhaft zu zittern.

Meine Mutter gab einen wilden, gellenden Schrei von sich. Ich erkannte, dass sie ihre letzte Kraft gesammelt hatte und alles in die Waagschale warf. Unter meinen Fingern, die auf dem Köpfchen des Kindes lagen, gab es einen leichten Ruck, und ich fühlte, dass irgendetwas leise krachte. Der behaarte kleine Schopf schob sich ein wenig weiter aus dem Körper meiner Mutter hervor. Im Angesicht ihrer Pein brachte ich den Mut auf zuzufassen. Warmes Blut sickerte über meine Hände, doch ich achtete nicht darauf. Ich zog sachte, aber stetig, während meine Mutter ihr Schmerzenswimmern gewaltsam unterdrückte. Und das Köpfchen des Kindes glitt langsam aus ihrem Körper.

Die Augen in dem blutverschmierten kleinen Gesicht waren geschlossen. Der Mund atmete nicht. Und die Schultern steckten fest. Der Rest des Körperchens kam nicht nach.

Ich bemühte mich stärker. Meine Mutter arbeitete so hart sie noch konnte. Sie hielt ihre Schreie jetzt nicht mehr zurück. Die Laute ihrer Qual gellten mir in den Ohren.

Es gab einen weiteren kleinen Ruck. Der Schoß meiner Mutter riss auf – ich hörte das Geräusch und schauderte. Neben dem schon geborenen Köpfchen war plötzlich ein zweites, kleineres … und dann kamen Schultern, zwei Ärmchen, ein winziger, blau verfärbter Leib mit zierlichen, wohlgestalteten Beinchen …

Zwei Köpfe. Einer von ihnen deutlich kleiner als der andere. Sie saßen nebeneinander auf den Schultern von nur einem Körper.

Ein Grauen packte mich – ein abgrundtiefes Entsetzen. Ich starrte das missgebildete Geschöpf an, das da blutverschmiert auf dem durchweichten Laken ruhte, und ich musste mich an den Pfosten des Bettes fest halten, um nicht umzusinken. Meine Mutter hatte ein Ungeheuer geboren, ein Monstrum mit zwei Köpfen. Und dieses Monstrum lebte, denn das größere der beiden Köpfchen öffnete die Augen und stieß einen wimmernden, erbärmlichen Schrei aus.

Ich wich einen Schritt zurück, spürte, wie sich mir die Haare sträubten. Doch das Doppelgeschöpf begann nicht zu atmen. Die Augen des größeren Kopfes, die blau und klar gewesen waren, trübten sich plötzlich und verloren den Glanz. Die kleine Brust hatte sich nur ein einziges Mal gehoben. Nun lag das grässliche Wesen still, leblos, Mitleid erregend winzig auf dem Bett …

Ich wischte mir die Hände am Rock ab und lief zum Kasten, auf dem Messer und Bindfaden lagen. Ich raffte beides auf, ging zurück zum Bett und schnitt einfach die Nabelschnur der doppelköpfigen Kreatur durch. Dann nahm ich eins der Leintücher von dem bereitliegenden Stapel an der Bettseite und packte das Ding, das meine Mutter zur Welt gebracht hatte, hinein. Ich wusste jetzt, warum die Geburt nicht zügiger hatte vonstatten gehen können. Der kleinere der beiden Köpfe hatte wie ein Hemmschuh den Durchtritt des Körpers verhindert. Am Ende war ihm das Genick gebrochen …

Das war das leise, krachende Geräusch gewesen, das ich gehört hatte. Vorher hatte vielleicht auch der kleinere Kopf noch gelebt – ein entsetzlicher Gedanke. Ich legte das Bündel beiseite und wandte mich bebend meiner Mutter zu. Sie schien ohnmächtig, jedenfalls regte sie sich nicht.

Sie musste versorgt werden. Blut floss in einem stetigen, dunkelroten Rinnsal aus ihrem zerrissenen Leib. Ich nahm ein weiteres Tuch, befeuchtete es mit warmem Wasser aus dem Kessel und begann, sie sachte zu waschen. Mir schwindelte und mein Kopf war leer, ich konnte nichts denken. Das Grauen hielt mich umfangen.

Plötzlich sprach meine Mutter. Ihre Worte, so leise sie waren, drangen doch klar durch den Nebel in meinem Gehirn. »Zwei Knaben, nicht wahr?« fragte sie.

Ich hob den Kopf und sah sie an. Ihr Antlitz war wachsbleich und ihre Augen lagen tief verschattet. »Ich weiß nicht …« antwortete ich flüsternd. Der Schrecken in mir verbot jedes laute Wort.

»Sieh nach«, forderte meine Mutter mit schwacher Stimme, »und sag mir, ob sie … gesund sind …«

Wie eine hölzerne Puppe erhob ich mich und gehorchte. Ich faltete das Tuch, mit dem ich das Ungeheuer eingehüllt hatte, vorsichtig auseinander und warf noch einmal einen Blick auf das Schrecknis. Aber diesmal fasste mich kein Grauen. Das kleine tote Wesen mit dem eindeutig männlichen Körper, den sich zwei wunderlich hübsche Köpfchen teilten, entsetzte mich nicht mehr. Nur ein heißer Schmerz kam langsam in mir hoch und erstickte meine Stimme.

»Ja, Mutter, Jungen«, flüsterte ich, »doch sie sind … es ist …«

Meine Mutter gab einen Laut von sich, ähnlich einem rauen, mühsamen Atemzug. »Lass sie mich einmal sehen«, hauchte sie.

»Gleich«, wisperte ich. In aller Eile wischte ich die beiden Gesichtlein sauber und hüllte das Geschöpf in ein sauberes Tuch, aber so, dass sein Körperchen völlig bedeckt war und nur die Köpfchen daraus hervorschauten. Ich stützte sie, sodass sie nicht baumeln konnten, und ließ meine Mutter einen Blick darauf werfen.

Meine Mutter lächelte. Es war das liebreizendste Lächeln, das ich je gesehen hatte. »Wie süß sie schlafen«, kam es wispernd von ihren blassen Lippen, »und dennoch werde ich sie verlassen, wie ich meine anderen Kinder … verlassen habe …«

Ihr schien der Atem auszugehen. »Du bist erschöpft, Mutter«, sagte ich, »man muss jetzt die Wehmutter hereinholen, damit sie dich verbindet!«

»Nein, nein«, flüsterte sie tonlos, »noch nicht, Agneta!« Ihre Worte kamen hastig, überschlugen sich fast. »Mir bleibt so wenig Zeit – und ich … ich muss dir noch so viel sagen …«

»Hat das nicht Zeit bis später?« fragte ich. Ihr Gesicht hatte sich verändert. Es war sehr bleich gewesen, doch jetzt nahm es Leichenblässe an. »Wenn du erst verbunden bist – oder was immer für dich getan werden muss –«

Sie hob die Hand und erfasste meine Finger. »Ich bitte dich um Vergebung, Kind …« hauchte sie.

»Wofür?« Ich drückte ihre Hand. Sie war eiskalt und bebte von innen her. »Ich habe dir nichts zu vergeben …«

»O doch«, wisperte meine Mutter mit fieberhafter Hast, »mein langes Schweigen …! Aber ich hätte dir so gern … meine Liebe geschenkt … wenn du … einen anderen Vater … gehabt hättest …«

»Was meinst du damit?« Ich schaute sie in wachsender Sorge an. »Ich weiß nicht, was du …«

Sie schien mir nicht zuzuhören. »Hartmann hatte nicht die Wahl«, flüsterte sie, »was blieb ihm denn übrig, als sich an Rutger zu hängen? Er ist schwach … er hätte meiner Hilfe so dringend bedurft …« Sie rang nach Luft. »Doch ich war blind«, fuhr sie in immer schneller werdenden, hastig gehauchten Worten fort, »ich konnte meinen Kindern nicht verzeihen, von wem sie gezeugt waren!« Ihre dünnen Finger schlossen sich fester um meine Hand. »Ihr wart schuldlos … aber ich habe euch nicht annehmen können, dich und deinen Bruder … ich habe meinem Herzen verboten, zu sprechen.« Sie richtete ihren müden Blick sehnsuchtsvoll auf mich. »Vergib, Agneta … vergib! Jetzt ist keine Zeit mehr für meinen dummen, gottlosen Stolz … keine Zeit …«

In plötzlicher Angst erwiderte ich ihren schwachen Händedruck. »Aber bald wirst du ja wieder bei Kräften sein«, sagte ich lauter, als ich wollte. »Wir sprechen miteinander, Mutter … wenn du dich besser fühlst! Jetzt brauchst du Ruhe!«

»Ruhe«, wisperte sie atemlos, »Ruhe …! Ich brauche deine Vergebung, Kind, um die zu finden! Sag, dass du …«

Die Kraft verließ sie zusehens. »Mutter«, sagte ich, »wenn dir das Wort so wichtig ist, dann sollst du es hören! In meinem Herzen ist kein Groll mehr gegen dich – das schwöre ich dir. Nun lass mich Hilfe holen!«

Sie atmete tief. »Meine kleinen Knaben«, wisperte sie und heftete den halb erloschenen Blick auf das Bündel zu Füßen des Bettes, »sie sollen … die Namen Markus und Matthäus bekommen … Willst du dafür sorgen, Agneta?«

Ich nickte. »Mutter«, begann ich von neuem, »nun lass mich …«

»Bete für mich … Kind …« kam es kaum noch vernehmlich von ihren Lippen, »du musst mir glauben … ich hatte dich … sehr lieb … im Herzen …«

Das letzte Wort hatte ich mehr geahnt als gehört. Ihre eingesunkenen Augen waren auf mich gerichtet, als sie brachen. Die Finger meiner Mutter verloren ganz plötzlich den Griff, ihre Hand glitt von meiner und fiel mit einem leisen, weichen Geräusch auf die Bettdecke herab. Ihr Leben war zu Ende. Ich konnte es im ersten Augenblick nicht fassen.

Sie war einfach gestorben, diese Frau, zu der ich mein Leben lang keinerlei Verbindung gehabt hatte. Doch bevor sie ihren letzten Atemzug getan hatte, war sie mir nahe gekommen – zu nahe. Mit einer unerklärlichen Trauer, die ihr nach meinem eigenen Ermessen nicht zustehen durfte, stieg heißer Zorn in mir auf.

Bertrade von Rabenstein hatte ihre Kinder für die Demütigungen büßen lassen, die sie durch ihren Gemahl erlitten hatte. Sie war nicht fähig gewesen, zwischen ihren Kindern und ihrem Gemahl zu unterscheiden. Verletzter Stolz hatte es ihr unmöglich gemacht, Kinder zu lieben, die von einem solchen Vater gezeugt waren. Unverzeihlich.

Doch während ich ihr stilles Gesicht betrachtete, sank mein Zorn wieder in sich zusammen. Wie in einem Spiegel erschien plötzlich vor mir das Bild eines süßen, kaum erblühten dreizehnjährigen Mädchens, das einem um viele Jahre älteren, wüsten Kerl angetraut wurde. Der hatte keine Rücksicht auf die verletzliche Seele der kleinen Bertrade genommen. Er hatte seine Kindfrau benutzt, wie man irgendeinen Gegenstand benutzt, und sie weder geehrt noch geachtet. Er hatte sie zerbrochen, wie ein roher Junge ein allzu zierliches Spielzeug zerbricht.

Ich selbst war nicht in Liebe empfangen – nicht einmal in Freundlichkeit. Rutger von Rabenstein hatte mich einfach gemacht – ich war das Ergebnis einer Vergewaltigung, wie mein Bruder vor mir und wie jetzt das kleine, doppelköpfige Ungeheuer, an dem Bertrade gestorben war.

Sie war wehrloses Opfer meines Vaters gewesen. Ich hatte immer geglaubt, meine Eltern seien lediglich zerstritten. Ich hatte beiden zu gleichen Teilen die Schuld daran zugeschrieben – meiner Mutter eine stille Bosheit, meinem Vater offene, polternde Herrschsucht. Wie hatte ich mich geirrt! Die junge Bertrade musste einmal ein Lächeln gehabt haben, so bezaubernd wie ein Frühlingstag. Erst durch Rohheit und Trostlosigkeit war es verdorrt. Ihr Haar war einmal so golden gewesen wie meins. Erst in der Freudlosigkeit von Rabenstein war es zu Asche geworden.

Ganz sanft schloss ich ihr die Augen. Im Herzen habe ich dich geliebt, hatte sie gesagt. »Alles wäre gut geworden, Mutter«, flüsterte ich, »hättest du nur ein einziges Mal den Mund aufgetan …«

Sie hatte es nicht gekonnt. Ich wusste, warum. Ich hatte ihr Horoskop aufmerksam gelesen. Und ich konnte ihr die Vergebung, nach der sie so sehnsüchtig verlangt hatte, ohne Einschränkung geben. Ich konnte sogar um sie weinen.

Unter Tränen begann ich, die blutigen Laken von ihrem

Bett wegzuräumen. Ich wusch das tote kleine Wesen, das sie geboren hatte, und legte es dann, eingewickelt in reine weiße Tücher, auf die Truhe. Als ich mich daran machen wollte, auch sie selbst von den Spuren der Geburt zu reinigen, ging die Tür auf. Hedwig stürzte herein, gefolgt von Margarete und der Wehmutter. Nach den Frauen drängte sich mein Vater in den Raum.

Ich hob den Kopf, die plötzlichen Geräusche hatten mich zusammenfahren lassen. Dann warf ich hastig ein frisches Laken über den verwundeten Leib meiner Mutter.

»Wir können nicht länger draußen stehen und warten«, begann die Wehmutter, »wir wollten …«

Sie hielt inne und heftete den Blick erschrocken auf die stille Gestalt, die da ausgestreckt lag. »Geht es der gnädigen Frau gut?« fragte Margarete mit einem dümmlichen Ausdruck in den Augen.

»Meine Mutter ist von uns gegangen«, sagte ich ruhig. Da hielt sie den Mund.

»Was ist mit dem Kind«, forderte mein Vater zu wissen. Ihn kümmerte der Tod seiner Frau nicht. Sein Raubvogelgesicht war unbewegt. »Hoffentlich hat sie wenigstens noch einen Sohn zu Stande gebracht.«

Mir fiel es schwer zu reden. »Herr Vater«, sagte ich, und meine Worte fielen wie Steine in die Stille, »es ist ein Sohn … es sind zwei Söhne … doch er ist … sie sind …«

»Wo?« herrschte er mich an. »Lass mich sehen!«

»Es wäre besser, wenn Ihr ihn … sie … nicht anschauen würdet«, versuchte ich ihn zu bewegen. Ich trat an ihn heran und legte ihm die Hand auf den Arm. »Vater, wollt Ihr bitte warten, bis ich Euch …«

»Weg!« Er stieß mich mit einer wilden, ungeduldigen Bewegung von sich. Ich taumelte, stolperte, stürzte hart. Er hatte das eingewickelte Bündel entdeckt, das auf der Truhe lag, und war mit zwei Schritten bei ihm angelangt. Noch während ich mich mühsam vom Fußboden aufrappelte, schlug er die weißen Tücher auseinander und sah unvorbereitet, was meine Mutter zur Welt gebracht hatte.

Sein scharfgeschnittenes Gesicht erschlaffte für einen Augenblick. Sein Unterkiefer sackte nach unten, der Mund stand ihm offen. Er griff zu, hob das Bündel auf. Die Tücher fielen zu Boden. Margarete und die Wehmutter stießen Laute des Schreckens aus. »Allmächtiger Gott des Himmels, erbarme dich …« wisperte Hedwig.

Die kalten Augen meines Vaters weiteten sich in ungeheurem Entsetzen. Er ließ die tote, doppelköpfige Kreatur einfach fallen, sodass der groteske kleine Leichnam auf die Fliesen fiel. Dann verzerrte sich sein Gesicht zu einer Maske des Grauens. Er riss den Kopf zurück. Aus seiner Kehle kam ein Laut, der wie das Todesröcheln eines Schlachttieres klang. Mein Vater brüllte, brüllte so laut, dass die Flammen der Lampe einen irren Tanz vollführten. Die Schatten der anwesenden Frauen waberten und zuckten an der Wand. Hedwigs kunstvoll gefalteter Schleier ließ ihren Schatten so aussehen, als trage er zwei kurze Hörner.

Brüllend rannte mein Vater aus der Kammer. Ich konnte hören, wie er stolpernd durch den Saal lief und immer weiterschrie, als verfolgten ihn tausend Dämonen.

»Holt Pater Matthias«, befahl ich Hedwig mit leiser, ruhiger Stimme.

10

Pater Matthias hatte beim Anblick des Doppelkopfes kein Wort gesagt, aber ich erkannte seinen tiefen Schrecken an dem Zittern in seiner Stimme, als er der toten Burgherrin die letzten Sakramente spendete. Er wagte es kaum, sie mit dem geweihten Öl zu berühren; mir schien es so, als fürchte er um das Heil seiner eigenen Seele und habe einen Segen noch viel nötiger als meine arme Mutter.

Ich musste ihn fast zwingen, auch dem anderen Leichnam die Sakramente zukommen zu lassen. Mit beinahe nicht mehr vernehmlicher Stimme murmelte er die Worte der Nottaufe – Matthäus und Markus sollten die Namen der Zweiheit sein, so hatte ich ihm den Wunsch meiner Mutter mitgeteilt – und als die hastig durchgeführte Zeremonie abgeschlossen war, verschwand er so schnell aus dem Raum, wie es seine Körperfülle zuließ.

Nun war niemand mehr da als Hedwig, die in stumme Tränen aufgelöst am Fuß des Bettes gekauert hatte. Mit ihr zusammen kleidete ich meine Mutter ein, entzündete die herbeigebrachten Totenkerzen und öffnete dann das Fenster, damit die Seelen der Verstorbenen den Raum verlassen konnten.

Es war stickig gewesen in der Kammer, der Geruch von Schmerz und Grauen hatte sie ganz erfüllt. Nun wehte kalte, klare Winterluft herein, und die dumpfe Wärme strömte hinaus. Draußen fiel Schnee. Lautlos schwebten die Flocken vom dunklen Himmel. Zarte, zerbrechlich-schöne Sterne legten sich mir wie kleine Wunder auf die Hand, wo sie sogleich zu Wassertropfen zerschmolzen.

Ich hatte meine Mutter gefunden und augenblicklich wieder verloren. Das Glück, von ihrer Liebe zu erfahren, war genau so kurzlebig gewesen wie die Schönheit einer Schneeflocke. Zu den kalten Tropfen auf meiner Hand gesellten sich meine Tränen, und mir war, als wehe der Geist Bertrades von Rabenstein an mir vorüber hinaus in die Weite. Ich spürte den warmen, rauchigen Luftzug als zärtliches Streicheln – die erste und einzige liebevolle Berührung, die meine Mutter mir schenkte.

Das Gefühl verging schnell. Ich fror; mein wollenes Gewand reichte nicht aus als Schutz gegen den frostigen Wind der Nacht. Und ich musste hinaus aus dieser Kammer. Was mich jetzt verstörte, waren nicht so sehr die Toten, die aufgebahrt hier lagen. Vielmehr fand ich es unerträglich, die noch immer weinende Hedwig sehen zu müssen. Diese Frau, die das Leben meiner Mutter so uneingeschränkt geteilt hatte, war jetzt verlassen – noch viel verlassener als ich es je hätte sein können. Sie hatte wirklich niemanden mehr auf dieser Welt, weder eine Familie noch einen anderen Menschen, der sich um sie sorgte. Sie war allein. Und sie wusste, dass ihr von jetzt an nur noch Einsamkeit und Verzweiflung blieben.

Ich drückte mich aus der Totenkammer, ohne Hedwig noch einmal anzusehen. Ich brauchte selber Trost. Plötzlich bebend stieg ich die hohen, unbequemen Steinstufen der Schnecke hinunter, schlüpfte durch den engen Ausgang im ersten Geschoss und ging zur Kapelle. Ich wollte beten, die Heilige Mutter Maria anrufen. Sie musste verstehen, was mich so aufwühlte. Sie würde liebreich genug sein, meinem Herzen Ruhe zu schenken.

Auf dem bescheidenen Altar unter dem Kruzifix brannten zwei Lampen. Das Bild der Gottesmutter thronte seitwärts in seiner Nische. Auch vor ihr flackerte ein Flämmchen und beleuchtete ihre hoheitsvollen, hölzernen Züge. Ich kniete vor ihr und suchte nach Worten, die ich ihr sagen konnte. Doch es fiel mir nichts ein. Ich spürte nur die eisige Kälte der Fliesen durch den Stoff meines Gewandes.

Ich hob den Kopf wieder. Unwillkürlich wanderte mein Blick über die Grate der Kreuzrippen des Gewölbes und blieb auf den beiden Dämonenfratzen haften, die rechts und links von den Kapitellen der Seitenpfeiler auf mich niederzustarren schienen. Die verzerrten Gesichter, die nicht viel Menschliches hatten, sahen im unsicheren Licht der wenigen Kerzen lebendig aus. Sie lauerten, grinsten, waren sich ihres Sieges ganz sicher …

»Nein«, murmelte ich, »nein! Gott weiß, dass ihre Seelen rein waren – die Seele meiner Mutter genauso wie die des unschuldigen Kindes … der unschuldigen Kinder. Ave Maria, gratia plena …«

Ich presste die Lider zusammen und leierte einfach die wohl bekannten Worte herunter. Die Gottesmutter würde sie hören und wissen, was zu tun war. Ich hatte Angst – die Gottesmutter würde mir die Angst nehmen. Wie schon so oft …

Doch meine Angst wuchs. Ich begann wild zu zittern. Meine Zähne klapperten, zerbissen das Gebet zu kleinen Bruchstücken, die abgehackt aus meinem Mund fielen. Vor meinen geschlossenen Augen sah ich wieder die beiden toten kleinen Köpfchen, die aus einer einzigen Schulter wuchsen, und mir gellte das Entsetzensgebrüll meines Vaters in den Ohren. Als ich die Augen öffnete, nahm ich Schatten wahr, schemenhaft wallende schwarze Schleier in den Nischen, lautlos, drohend, Furcht erregend.

Ich taumelte auf die Füße. Ohne meine Krücke zu benutzen, lief ich zum Ausgang. In der Kapelle war keine Hilfe, ich musste mir einen anderen Ort suchen, an dem ich beten konnte. Pater Matthias hielt sich sicherlich in seiner kleinen, zellenartigen Kammer am inneren Tor auf. Dorthin wollte ich. Der Priester musste mir zuhören …

Jemand war da. Er versperrte mir den Weg, hielt mich fest, als ich leise aufschrie. »Agnès«, flüsterte François, »ich dachte mir, du müsstest hier sein!«

Ich brachte keinen Ton heraus. Ich schlang die Arme um seinen Hals und ließ all meinen aufgewühlten Empfindungen freien Lauf. Ich weinte. Schmerz und Angst schüttelten meinen ganzen Körper. François schwieg, aber er presste mich an sich. Seine Arme umspannten mich fest und warm, und nach einer Weile verebbten meine wilden Schluchzer. Da küsste er mich – das erste Mal nach langer Zeit.

Bei seinem Kuss wichen die bedrohlichen schwarzen Schatten. Die Angst, die mich in der Kapelle wie ein wildes Tier angefallen hatte, zog sich, wenn auch widerstrebend, zurück. Ich ließ mich tief in François' Wärme und Zärtlichkeit sinken und gewann so die Kraft, mich gegen die Dämonen meiner eigenen Seele zu wehren. Wie hatte ich nur meine Liebe vergessen können? Plötzlich war ich stark – genug, um gegen ein ganzes Heer von Schrecken zu Feld zu ziehen.

»Meine Mutter ist gestorben«, flüsterte ich ihm zu, als er meine Lippen freigab.

»Ich weiß«, sagte François, »und die Kinder …«

»Es war … ein Ungeheuer«, wisperte ich. »Es hatte zwei Köpfe …«

François schüttelte sanft den Kopf. »So sagten auch die Mägde«, meinte er leise, »aber sie irren sich. Es waren zwei Kinder.«

»Nein, nein«, widersprach ich mit Nachdruck. »Ich habe gesehen, wie es geboren wurde. Es hatte nur einen einzigen Körper, Liebster!«

Er ließ sich nicht von seiner Behauptung abbringen. »Agnès«, sagte er und sah mich ernst an, »du weißt, dass es Zwillinge gibt, die sich so ähnlich sehen wie ein Ei dem anderen?«

Ich nickte.

»Alors …« er runzelte die Augenbrauen in der Anstrengung, mir etwas Unerklärliches zu erklären, »manchmal kommt es vor, dass solchen Zwillingen nur ein Körper wächst … eine Laune der Natur … oder des Schöpfers.«

»Du meinst – ein Irrtum?« erwiderte ich ungläubig. »Das kann nicht sein, François. Gott der Allmächtige irrt sich doch nicht!«

François lächelte sanft. »Die Erklärung stammt nicht von mir«, sagte er nachdenklich. »Ich habe sie von einem arabischen Arzt. Die inneren Organe solcher Kinder, sagte er, seien manchmal so miteinander verwachsen, dass sie nicht arbeiten können. Und darum überleben diese Wesen meistens nicht …«

»Matthäus-Markus wurde das Genick gebrochen«, hauchte ich und erinnerte mich wieder an das leise Krachen, das ich bei der Geburt des doppelköpfigen Geschöpfes gehört hatte.

»Doch die zwei Kinder wären wohl auch ohne das gestorben«, wiederholte François noch einmal. »Père Matthias sagte, beide kleine Häupter seien blau verfärbt gewesen …«

Ich sah die Gesichtchen, die so wohl geformt waren, noch vor mir. Ich verneinte. »Eins hat gewimmert«, flüsterte ich, »François – es hat geatmet, aber nur ein einziges Mal.«

»Le Bon Dieu«, sagte François und nahm mich fest in die Arme, »er wird wissen, warum er deine kleinen Brüder zu sich genommen hat. Sei nicht traurig, meine Agnès. Was für ein Leben hätten sie denn gehabt?«

»Du glaubst wirklich, es waren zwei, François?«

Er bestätigte es mir. »Oui, mon amour.«

Ich schwieg. In einem hatte François auf jeden Fall Recht. Gott war ein Rätsel. Niemand konnte Sein Handeln verstehen. Man musste mit Seinen unlösbaren Geheimnissen leben. Man musste annehmen, was Er bot, und durfte sich nicht beklagen. Vielleicht, dass Er, wenn man sich untadelig verhielt, eines Tages ein Einsehen hatte und keine weiteren Prüfungen mehr schickte.

Ich umarmte François noch einmal. Saturnus in Opposition der Venus – bald würde es so weit sein. Der Tod meiner Mutter war Vorbote dieses Transits. Noch zwei Monate, dann erreichte der große Lenker des Schicksals die Stelle am Firmament, auf deren Gegenseite zur Zeit seiner Geburt François' Venus gestanden hatte.

François schien zu ahnen, was ich dachte. »Noch nicht, Liebste«, flüsterte er, »noch nicht!«

»Aber bald«, hauchte ich mit zitternden Lippen. »François – ich liebe dich so sehr!«

»Ach, meine Agnès«, seufzte er. Die verzweifelte Zärtlichkeit, mit der er meine Stirn, meine Augen und meinen Mund küsste, sagte mir mehr als alle Worte.

Erst spät in der Nacht trennten wir uns. Niemand hatte nach mir gesucht, und selbst als wir die Kapelle verließen und uns vor dem glimmenden Feuer am Kamin des Sommersaales niedersetzten, blieben wir uns selbst überlassen. Keine Magd kam in den großen, leeren, kalten Raum. Kein

Knecht räumte die Asche aus der Feuerstelle. Die Stille lastete schwer auf dem Haus meines Vaters.

Es wäre in dieser Nacht niemandem aufgefallen, wenn François bei mir geblieben wäre, und ich bat ihn auch darum. Doch er schüttelte den Kopf. »Süße Liebste«, sagte er, »das wäre eine größere Versuchung, als ich ertragen könnte. Versteh mich, bitte …«

Ich verstand ihn nicht. Und es fiel mir schwer, ihn gehen zu lassen. Ich hielt ihn lange umfangen. Als er schließlich den Saal verließ und widerstrebend die Außentreppe hinunterstieg, musste ich weinen.

Ich schaute ihm mit tränennassen Augen nach, wie er durch den frischgefallenen Schnee zum Torhaus hinüber stapfte. Neben seinen Fußspuren waren noch andere auf dem Hof zu sehen – vorn die tiefen, zerrissenen eines Mannes und danach die eines Pferdes. Sie führten zum Tor hinaus.

Nur einer unternahm das Wagnis, allein in der Nacht auszureiten. Mein Vater musste den Weg in den Wald genommen haben. Auf einmal sah ich wieder sein entsetztes Gesicht vor mir und hörte sein Schreckensgebrüll. In seinen hellen Raubvogelaugen war ein irres Glitzern gewesen, als habe er den Verstand verloren.

Angst kroch von neuem in mir hoch. Ich musste all meine Kraft zusammennehmen, damit ich François nicht über den verschneiten Hof nachlief und ihn noch einmal anflehte, diese Nacht bei mir zu bleiben.

Ich hatte es nicht gewagt, durch die finstere Schnecke hinauf in meine Kammer zu steigen. Die noch verbleibende Nacht hatte ich, auf den kalten Fliesen kauernd, vor den verglühenden Resten des Kaminfeuers im Sommersaal zugebracht. In der grauen Dämmerung, als endlich ein Knecht erschien, um neue Scheite aufzulegen, erhob ich mich steif und übernächtigt und mit schmerzenden Gliedern.

Ich war bis auf die Knochen durchgefroren. Müde sprach ich den Knecht an, der nicht einmal gegrüßt hatte. »Schick eins von den Mädchen nach meiner Pelisse. Und man soll mir irgendetwas zum Essen bringen.«

Der Knecht, der seine Arbeit mit undurchdringlicher, steinerner Miene verrichtet hatte, deutete eine hölzerne Verbeugung an. Dann verschwand er wieder. Ich wartete.

Lange Zeit verging. Die junge Magd kam in dem Augenblick mit meiner warmen Pelisse in den Saal, als vom Hof her lautes Geschrei hereinschallte. Ich hörte die Stimme meines Vaters aus anderen Männerstimmen heraus: »Ein frisches Ross! Ich habe noch lange nicht genug!«

Ich humpelte an die Tür, öffnete sie einen Spalt und spähte in den Hof hinunter. Bei meinem Vater standen zwei Stallknechte – graubraune Klötze in ihren dicken wollenen Umhängen. Im Schnee lag ein schwarzes Pferd, das augenscheinlich zusammengebrochen war. Auf den Gesichtern der Männer zeigten sich Verwirrung und Schrecken.

»Herr«, redete der Ältere der beiden gerade beruhigend auf meinen Vater ein, »das tut nicht gut, was Ihr vorhabt. Der Rappe war Euer bester Hengst – was für einen Sinn hat es denn, noch ein anderes armes Tier zu Tode zu hetzen? Eure Gemahlin wird dadurch nicht wieder lebendig, und –«

Das Gesicht meines Vaters verzerrte sich. Ich hatte diese Grimasse schon einmal gesehen – gestern, als er das tote kleine doppelköpfige Wesen angestarrt hatte. Er holte aus und schlug dem Stallknecht die Faust mit voller Kraft ins Gesicht. Knochen knackten. Der Mann sackte wie vom Blitz getroffen in den Schnee.

Der andere sprang ein paar Schritte zurück. Dann stürzte er neben seinem Kameraden auf die Knie. »Jörgen«, sagte er aufgeregt, »Jörgen – komm, steh auf!«

Jörgen regte sich nicht. Der andere Stallknecht schüttelte ihn an der Schulter. »He, Alter – steh auf! Hast doch schon ganz andere Schläge weggesteckt!«

Noch immer gab Jörgen kein Lebenszeichen von sich. Der Pferdejunge richtete sich auf. »Herr«, keuchte er, während sich ein entsetzter Ausdruck auf seinem Gesicht ausbreitete, »Ihr habt ihn … totgeschlagen – Ihr habt Jörgen totgeschlagen!«

Ich konnte erkennen, wie die gerade noch so erregte Miene meines Vater zu Eis erstarrte. Sein Gesicht bildete mit seiner kalkigen Farbe einen harten Kontrast zu dem schwarzen Mantel. Mein Vater schien zu taumeln. Seine linke Hand fuhr zur Stirn. Er wischte sich mit fahriger Bewegung über die Augen. »Totgeschlagen …« wiederholte er verständnislos das letzte Wort des Stallknechtes.

Der stand auf und rannte gleitend und ausrutschend, sich aber immer wieder fangend, über den Hof dem Quartier des Burgpfaffen zu. Sein stumpffarbener Umhang flatterte. »Pater«, schrie er mit vor Erregung schriller Stimme, »hochwürdiger Herr – kommt schnell! Es ist einer tot – es ist einer tot!«

Zutiefst erschrocken beobachtete ich alles. Der Burgpfaffe war nicht der erste, der bei dem am Boden liegenden Stallknecht anlangte. Der alte Gerhart kam vom Torhaus herübergelaufen und beugte sich über Jörgen. Einen Augenblick verharrte er so, dann erhob er sich wieder. »Nicht tot«, konnte ich ihn sagen hören, »aber wir müssen ihn ins Haus bringen. Seine Nase ist gebrochen, und sein Kopf …«

Den Rest konnte ich nicht mehr verstehen. Mein Vater, der starr dabeigestanden hatte, gab dem alten Gerhart einen Wink und stelzte dann mit langen Schritten auf den Palas zu.

Er begann die Außentreppe heraufzusteigen. Ich wollte ihm nicht begegnen. Also warf ich mir die Pelisse über und machte mich auf den Weg ins obere Geschoss. Mein Stück Brot konnte ich auch in meiner Kemenate essen. Ich würde Feuer machen lassen und erst später wieder in den Saal hinuntergehen, wenn ich annehmen konnte, dass sich niemand mehr dort aufhielt.

Das Begräbnis meiner Mutter und der anderen kleinen Leiche fand nach drei Tagen statt, wie es der Sitte entsprach. Zwei Maultiere, mit schwarzen Decken behängt, trugen die Bahre meiner Mutter und das winzige Totenbrett des seltsamen, doppelköpfigen Wesens zu Tal. Nicht viele folgten dem Leichenzug; außer Hedwig, meinem Vater, meinem Bruder und mir hatten sich nur die bewaffneten Knechte befehlsgemäß für den Weg zur Dorfkirche bereitgemacht.

Pater Matthias ritt auf seinem eigenen Esel am Ende der

frierenden Gruppe von Menschen, die meiner Mutter das letzte Geleit gaben. Wir alle waren in die dicksten Mäntel gehüllt, die wir besaßen, denn in den letzten Tagen hatte klirrender Frost alles Leben in einen Panzer aus Eis eingeschlossen. Die kahlen Zweige der Bäume am Burgberg waren von glitzernden Krusten überzogen, auf denen die kraftlose Wintersonne funkelte. Der Schnee knirschte trocken bei jedem Schritt, den unsere Reittiere taten. Ein scharfer Wind wehte feine Eiskristalle in Wirbeln vor sich her und löschte die scharfen Kanten unserer Fährten.

Ich fror bis ans Herz, doch es war nicht nur die Winterkälte, die mich hatte erstarren lassen. Mit eingezogenem Kopf hockte ich auf dem alten Schimmel, der auch heute wieder für mich gesattelt worden war, und nahm die gleißende Welt der Eiskristalle kaum wahr. Ich sah lediglich den schwarzen Mantel meines Vaters, der tief über den Nacken seines Pferdes gebeugt vor mir ritt. Und meine Gedanken kreisten um die Toten, die wir zur letzten Ruhe geleiteten.

Ich weinte, ohne dass es mir bewusst war. Meine Tränen tropften auf meine Hände, die im Griff um die Zügel eingefroren waren, und verstärkten die Kälte. Ich sehnte mich nach François' Nähe. Nur er hätte meinen Schmerz mildern können, doch er war nicht da.

Als wir die kleine, steinerne Dorfkirche erreicht hatten, war ich beinahe nicht mehr in der Lage, meine Finger von dem Leder der Zügel zu lösen. Ein Knecht hievte mich aus dem Sattel und stellte mich in den Schnee. Die anderen saßen ab. Man hob die Totenbahren von den Rücken der Maultiere.

Erst jetzt blickte ich auf. Die Bauern hatten sich vor der Kirche versammelt. Eine geschlossene Reihe in zottige graue Wolle gehüllter Gestalten starrte uns an. Ich sah unbewegte, von der Kälte gerötete Gesichter mit harten Augen und verkniffenen Mündern. Der Älteste, ein ausgemergelter Graubart mit arbeitskrummem Rücken, sprach meinen Vater an: »Wir wollen nicht, dass die da in unserer Kirche bestattet werden.«

Es schien, als erwache mein Vater aus einem schweren Traum. »Was soll das heißen?« fragte er langsam.

»Wir wissen, dass Eure Gemahlin ein Ungeheuer geboren hat«, sagte der Älteste. »Ihr und die Euren – Ihr seid verflucht. Wir wollen keinen Anteil daran.«

Das Raubvogelgesicht meines Vaters war so weiß wie der Schnee. Die scharfen Falten um seinen Mund und seine Nase schienen tiefer eingegraben. Doch seine Augen funkelten. »Wer will mich daran hindern, meine Toten in dieser Kirche zu bestatten?« stieß er wütend hervor, plötzlich wieder Rutger von Rabenstein. Und er wies die Knechte mit heftiger Handbewegung an, die Bahren zum Portal zu tragen.

Die Reihe der Bauern verschob sich. Sie rückte seitwärts wie an Stricken gezogen und versperrte den Knechten den Weg. »Keinen Schritt weiter«, sagte der Älteste mit einem Nachdruck, den ich niemals von einem Mann aus dem Dorf erwartet hätte, »Ihr seid Herr über unser irdisches Leben, aber nicht über unsere Seelen!«

Die Hand meines Vaters fuhr zu dem Dolch, den er im Gürtel trug. »Du willst mir trotzen, elender alter Krüppel?« schrie er den Dorfältesten an. »Aus dem Weg – ihr alle. Oder ihr folgt meiner Gemahlin!«

Er zog die Waffe. Das Eisen der Klinge glänzte dunkel in der matten Wintersonne. Eine schmächtige, wie die Bauern in grobgesponnene Wolle gekleidete Gestalt stellte sich vor ihn und reckte sich auf. »Herr, lasst ab«, sagte der Dorfpriester mit ruhiger Stimme, »um Christi Leiden willen – besinnt Euch!«

Mein Vater hielt in der Bewegung inne und heftete seinen Blick auf den Gemeindepfarrer. »Steckst du mit denen unter einer Decke, gottloser Unruhestifter?« fuhr er ihn an. »Warst du es, der sie aufgewiegelt hat?«

»Nein, Herr«, erwiderte der Dorfpriester gelassen, »und Ihr habt keinen Grund, mich der Gottlosigkeit zu zeihen. Doch fragt Euch, ob Ihr nicht selbst …«

»Was willst du damit sagen?« schrie mein Vater unbeherrscht. »Hüte dein Maul, Pfaffe – es könnte dir sonst übel bekommen!«

Er hielt den Dolch noch immer fest umklammert. Der Dorfpfarrer legte sanft die Hand über die Finger, die die

Waffe gepackt hatten. »Herr«, sagte er, »erkennt Ihr denn die Zeichen nicht, die der Allmächtige Euch geschickt hat? Seht Ihr denn nicht, was Gott Euch sagen will? Kehrt um, solange es noch Zeit …«

In diesem Augenblick stieß mein Vater zu. Der Dolch glitt in die Brust des kleinen, hageren Mannes. Aus der Kehle des Priesters löste sich ein leiser Schmerzenslaut. Blut glänzte rot an der Klinge der Waffe, als mein Vater sie zurückriss. Der Priester sank in die Knie. Seine mageren Arme streckten sich zu den Seiten aus, bevor er einfach vornüber auf das Gesicht fiel.

Er lag da wie ein Kruzifixus. Mein Vater würdigte ihn keines Blickes mehr. »Treibt das Gesindel auseinander«, brüllte er den Burgmannen zu, »dass wir endlich zur Sache kommen!«

Doch es war nicht mehr notwendig, die Bauern wegzujagen. Sie wichen von selbst zurück. In ihren Augen stand das Entsetzen. Zwei von ihnen hoben den Dorfpriester auf und trugen ihn zu der Hütte, die seine Behausung war. Die anderen verschwanden in ihren ärmlichen, vom Schnee fast begrabenen Häusern. Nach wenigen Augenblicken standen wir allein vor der schweigenden grauen Kirche.

Ich hatte das erschreckende Schauspiel stumm verfolgt. Niemand hätte meinen Vater von dem abhalten können, was er getan hatte. Der Herr von Rabenstein glich einem Unwetter, dem man sich besser nicht entgegenstellte. Die Bauern hätten es wissen müssen, wie ich es wusste.

Jetzt wurden die Bahren in die Kirche getragen, wo die offene Gruft wartete. Die Knechte, unberührt von dem Geschehnis vor dem Portal, zündeten Kerzen an – oder vielmehr, sie versuchten es. Aber die Altarlichter wollten nicht brennen.

Pater Matthias wurde hereinbefohlen. Der Burgpfaffe, der kreidebleich draußen im Schnee stehen geblieben war, betrat zitternd die kleine dunkle Kirche. Er wankte zum Altar, versuchte mit zittrigen Fingern, eine der dicken gelben Wachskerzen anzuzünden, brachte es genauso wenig fertig wie die Knechte. Bei seinem Versuch erlosch selbst die Ölflamme des Ewigen Lichtes, und er trat schlotternd und sich bekreuzigend vom Altar zurück.

Die Dämmerung in dem einfachen Gewölbe senkte sich tiefer auf uns herab. Mir war, als habe der schmucklose Raum jede Heiligkeit verloren, und als müsse jetzt der Geist der Finsternis in diese Halle einziehen. Ich griff nach meinem Rosenkranz, wie ich nach einem rettenden Seil gegriffen hätte, und begann zu beten. Die Worte des Ave rollten über meine Lippen wie leise Hilferufe.

Die Knechte gaben ihre Versuche auf, die Kerzen zum Brennen zu bringen. Sie standen unschlüssig um die beiden Bahren herum, wussten nicht, wie es weitergehen sollte. Die Stimme meines Vaters erfüllte plötzlich das Gewölbe wie ein Donnergrollen. »Lasst sie in die Gruft hinunter, ihr Hohlköpfe! Senkt sie endlich hinein, verdammt! Was glaubt ihr denn, wozu wir hier sind – um Maulaffen feilzuhalten?«

»Herr«, begann Pater Matthias zitternd, »wir müssen –«

»Sie haben doch ihren Segen schon bekommen – oder nicht?« fuhr mein Vater ihm in die Rede. »Was braucht es noch mehr? Sag deine Sprüche auf, Pfaffe, und sorge dafür, dass es vorangeht. Ich will endlich zurück vor das Kaminfeuer!«

Der Burgpfaffe trat an die Gruft, in die jetzt an Seilen die beiden Bahren hinuntergelassen wurden. Er hob die Hände, auf dem Gesicht den Ausdruck des gehorsamen Hundes, den ich so oft in Gegenwart meines Vaters bei ihm gesehen hatte. »Requiem aeternam dona eis, Domine«, setzte er an, »et lux perpetua luceat –«

Seine Worte rissen ab. Sein Blick irrte zum Altar hinüber, wo plötzlich aus der Ampel des Ewigen Lichtes ein schwarzes Gewölk hervorquoll. Es stieg, einer sich drehenden, schattenhaften Gestalt gleich, über dem Altar empor, teilte sich, zeigte zerfaserte, flatternde Flügel, die sich langsam bis an die Seitenpfeiler des Gewölbes ausstreckten.

Ich sah die Erscheinung an und vergaß die Worte des Gebetes, das ich gemurmelt hatte. Der Schrecken ließ mich verstummen. Pater Matthias senkte die Arme, drehte sich um und rannte dem Ausgang zu, während er sich mehrmals im

Laufen bekreuzigte. Mein Vater, der bis jetzt ungeduldig das Tun des Burgpfaffen beobachtet hatte, wandte den Blick nun ebenfalls zum Altar. Er sah den gespenstischen Schemen, der sich dort erhoben hatte und bereits das Fenster der Apsis verdunkelte. Sein schmallippiger Mund öffnete sich. »Was, zum Teufel …« flüsterte er. Das letzte Wort, so leise es gesprochen war, schien im Gewölbe widerzuhallen.

Der Rauch wallte dichter und schwärzer über dem Altar. Mein Vater starrte mit plötzlich fiebrigen Blicken den Schatten an, der seine Finger nach ihm auszustrecken schien. Ein Zittern befiel auf einmal den Körper meines Vaters. Es war, als schüttle ihn etwas, das stärker war als er. Ich hörte einen gurgelnden Schrei. Dann lief auch mein Vater aus der Kirche. Noch niemals in meinem Leben hatte ich in einem menschlichen Antlitz so viel blankes Entsetzen, eine so fürchterliche Angst gesehen.

Die Knechte rannten ihrem Herrn nach. Und ich, blind und taub vor Furcht, folgte ihnen, so schnell mein Fuß es mir erlaubte. Etwas war in der Kirche – eine Wesenheit, die nicht unser Leben, wohl aber unsere Seligkeit bedrohte.

Mein Vater war bereits aufgesessen und sprengte den Burgberg hinauf, als wir anderen bei den Pferden ankamen. Erst jetzt wurde mir bewusst, dass meine Mutter und das kleine, missgestaltete Wesen in der offenen Gruft zurückgelassen worden waren. Ich packte einen der Burgmannen am Arm. »Die Grabplatte liegt noch nicht an ihrem Platz«, sagte ich zu ihm, »tut eure Pflicht, eurer seligen Herrin zuliebe.«

»Selig?« Der Burgmann starrte mich mit glasigen Augen an. »Ich bezweifle, dass sie …« er unterbrach sich und fasste den Zaum seines Reittieres. »Das könnt Ihr von keinem von uns verlangen«, lehnte er brüsk mein Ersuchen ab. »Ich jedenfalls setze den Fuß nie mehr in das verfluchte Gebäude!«

Er schwang sich in den Sattel und ritt los. Die anderen Knechte standen mit gesenkten Köpfen da. Sie wagten es nicht, mich anzusehen.

»Und ihr«, fragte ich sie, »seid ihr auch zu feige?«

Der alte Gerhart antwortete mir. »Nicht, wenn Pater Matthias mitkommt«, sagte er dumpf, »aber ohne ihn werde auch ich diese Kirche nie mehr betreten.«

Der Burgpfaffe hatte sein Grautier bereits bestiegen. Sein feistes Gesicht wirkte schlaff und eingefallen. Er hob abwehrend die Hände, doch in mir stieg auf einmal Zorn auf. »Pater«, sagte ich, »Gott wird Euch nie verzeihen, wenn ihr jetzt einfach das Hasenpanier ergreift. Die Toten unbegraben zu lassen, das ist …«

»Schon gut«, wisperte der Burgpfaffe, »schon gut! Der Herr schütze uns alle …«

Damit stieg er wieder von seinem Esel herunter. Schlotternd vor Angst, doch pflichtbewusst wagte er sich noch einmal in die finstere Kirche, um den beiden Burgknechten beizustehen, die die schwere Grabplatte über der Gruft an ihren Platz schleppten. Danach verließen wir alle zusammen in einer schweigenden Kavalkade das Dorf. Ich spürte, dass trotzige, in ohnmächtigem Zorn zusammengekniffene Augen uns nachsahen. Die Bauern hatten Recht. Mein Vater hatte schwere Schuld auf sich geladen. Die Mächte der Finsternis waren im Begriff, Gewalt über ihn zu gewinnen. Und alle, die mit ihm in Berührung kamen, liefen ebenfalls Gefahr, an ihrer Seele Schaden zu nehmen.

11

Seit dem Begräbnis meiner unglücklichen Mutter und des sonderbaren doppelköpfigen Wesens, dessen Geburt sie das Leben gekostet hatte, war alles anders auf Rabenstein. Hatte früher während des Winters dumpfe Stille in den mager beleuchteten Sälen und Gemächern der Burg geherrscht, so lastete jetzt ein tödliches Schweigen darüber. Es war fast so, als fürchte jeder, zu atmen oder gar zu sprechen. Alle Geräusche des Lebens wurden vermieden, und der Grund dafür war eine alles lähmende, alles überlagernde Angst.

Hedwig hatte uns verlassen, um in ein weit entferntes Kloster einzutreten. Mein Vater nahm keine Gäste mehr auf und verzichtete völlig auf die Jagd, seine große Leidenschaft. Falkner und Meuteführer bekamen ihn nicht mehr zu sehen, und auch wir anderen nicht. Er blieb tagaus, tagein in seinem Gemach im obersten Geschoss des Mushauses, wo er Dutzende geweihter Kerzen am Brennen hielt und viele Stunden auf den Knien im Gebet verbrachte. Seine Tür war ringsherum besteckt mit kleinen Zetteln, auf denen geweihte Sprüche geschrieben standen. Sein Bett war gespickt mit heiligen Kräutern und wurde von Pater Matthias täglich mit frischem Weihwasser besprengt und gesegnet. Und er trug Tag und Nacht die kleine goldene Kapsel mit einem Haar des Heiligen Antonius an einer Kette um den Hals, die einzige Reliquie, die Rabenstein besaß.

Wenn sich mein Vater in der Kapelle aufhielt – und das tat er nun mehrere Stunden täglich –, dann sah ich, dass er weinte. Noch zu Beginn des neuen Jahres hätte ich es für undenkbar gehalten, meinen Vater jemals in Tränen zu sehen. Doch nun wurde dieser Anblick zu etwas Gewöhnlichem. Rutger von Rabenstein schluchzte und zitterte. Er beichtete jeden Tag. Er klammerte sich an seinen Burgpfaffen wie ein kleines Kind, das sich vor der Dunkelheit fürchtet.

Pater Matthias half seinem Herrn, so gut er es vermochte. Doch ich begriff, dass auch der Burgpfaffe Angst um seine Seele hatte. Immer wieder ertappte ich ihn dabei, wie er zähneklappernd vor dem kleinen Altar unserer Kapelle kauerte und mit murmelnd-flehender Stimme für sich selbst betete. Erst als der März zu Ende ging und der letzte Schnee wegtaute, änderte sich das.

In der Burg wurde gepackt. Geschäftigkeit breitete sich allenthalben aus. Die Mägde rollten Bettzeug, flickten Rosshaarpolster, überprüften Feldbetten. Zeltplanen wurden ausgebessert, Kochgerät in Reisetruhen verstaut, Kettenhemden und Helme entrostet und in Form gebracht, lederne Riemen an den Pferdegeschirren ersetzt, Waffen geschärft und poliert. Und ich wusste nicht, zu welchem Zweck dies alles geschah. Ich fragte Pater Matthias, der überall dabei war.

»Euer Vater wird bald abreisen«, gab mir der Burgpfaffe Auskunft, »es geht auf einen neuen Feldzug ins Heilige Land. Der Papst –«

»Einen Kreuzzug?« Ich stand da, die Finger in die weiten Ärmel meiner warmen blauen Cotte geschoben, und sah den Pater mit verständnislosen Blicken an. »Aber mein Vater hat doch noch niemals den Wunsch gehabt, sich einem Kreuzzug anzuschließen.«

»Ich selbst werde auch mitziehen«, fuhr Pater Matthias fort, ohne sich um meinen Einwurf zu kümmern. »Der Papst sichert völligen Sündenerlass allen zu, die dem Ruf folgen.«

Jetzt verstand ich. Darum also war der Burgpfaffe plötzlich wieder guter Stimmung. Selbst mein Vater, der mir während der vergangenen Wochen wie ein hohläugiges Gespenst vorgekommen war, hatte ja seit ein paar Tagen gelassener dreingeschaut. »Und der Kaiser?« fragte ich.

»Der Kaiser hat seine Vorbereitungen noch nicht beendet«, gab Pater Matthias zu, »doch mit dem Fortgang des Frühlings wird sich das Kreuzheer in Bewegung setzen – da bin ich sicher.«

»Ich weiß, auf dem Hoftag zu Mainz, im vergangenen Jahr, war die Rede von einem neuem Zug gegen die ungläubigen Heiden«, viel mir ein, während ich mich an einige Gespräche erinnerte, die Herr Heinrich der Löwe mit meinem Vater geführt hatte. »Allerdings – der Braunschweiger war nicht sehr eingenommen von dem Gedanken, gegen die Sarazenen zu kämpfen, und mein Vater damals auch nicht.«

»Nun hat sich das geändert«, sagte Pater Matthias. »Denkt, Fräulein – allen soll Ablass geschenkt werden, und Euer Vater braucht ihn mehr als andere.«

Ich nickte. »Doch Rabenstein«, gab ich zu bedenken, »was wird aus unserem Besitz?«

»Ist nicht Euer Bruder alt genug, um ihn zu verwalten?« Pater Matthias stellte die rhetorische Frage.

Mein Bruder Hartmann. Alt genug war er sicherlich, doch würde er auch fähig sein? Ich bezweifelte das. Ich schüttelte den Kopf, doch ich äußerte meine Bedenken nicht. »Wie viele Männer werden mit auf die Fahrt gehen?« fragte ich stattdessen.

»An die dreißig«, sagte der Burgpfaffe. Damit wandte er sich einigen Knechten zu, die eine schwere Reisetruhe über den Hof schleppten. »Was habt ihr da drin?« fragte er sie.

»Werkzeug«, gab einer der Knechte Auskunft, »Hämmer und Kettenringe.«

»Gut«, meinte Pater Matthias, »schafft alles zu den Ställen, damit der Herr es sichten kann, sobald er herunterkommt.« Damit ließ er mich stehen.

Ich zog mich in den Palas zurück. Auf der Treppe lief mein Vater an mir vorüber, ohne mich zu beachten. Seine Raubvogelaugen blickten durch mich hindurch, als seien sie auf ein fernes Ziel gerichtet. Dieses Ziel wollte er erreichen, koste es, was es wolle. Sein Leben hing daran – sein ewiges Leben. Er schien mir wie ein Ertrinkender, der im tobenden Meer einen rettenden Balken entdeckt hat. Diesen Balken für sich zu erkämpfen, dem galt jetzt seine ganze Leidenschaft.

Ich hatte erwartet, François im Sommersaal vorzufinden. Doch an seiner Stelle saß mein Bruder Hartmann zwischen den Säulen des ersten Fensters. Er hatte mir den Rücken zugewandt, doch er drehte sich sogleich um, als er mich eintreten hörte. Sein Gesicht war eine höhnische Grimasse, als er mich begrüßte: »Enttäuscht, Schwester?«

»Wo ist mein Lehrer?« fragte ich und bemühte mich, gelassen zu bleiben.

»Beim Packen«, sagte Hartmann, »wie es sich gehört. Der Habenichts hat sich lange genug an unserer Tafel vollgefressen. Wird Zeit, dass er verschwindet.«

Der Schrecken, der mich überfiel, war schwer zu verhehlen. Ich brauchte ein paar Atemzüge, um etwas erwidern zu können. »Aber er hat ja für seinen Unterhalt eine Leistung erbracht«, sagte ich, »es ist nicht so, als habe er auf der faulen Haut gelegen!«

Meine Stimme hatte rau und erregt geklungen. Hartmann lachte zufrieden. »Eine Leistung?« spottete er. »Wie man's nimmt, Schwester – wie man's nimmt. Aber nun ist es genug der Leistungen. Wir können keine unnützen Fresser mehr auf Rabenstein dulden, wo alles Wertvolle für den Kreuzzug gebraucht wird. Das siehst du wohl ein – oder?«

Ich schwieg einen Augenblick, um meinem hämmernden Herzen Zeit zu lassen, sich zu beruhigen. »Pater Matthias berichtete«, wechselte ich das Thema, »an die dreißig Mann aus der Burg werden mitziehen. Wie viele Männer bleiben denn dann zur Verteidigung von Rabenstein übrig?«

Hartmann machte runde Augen. Er hatte weitere Widersprüche gegen François' Ausweisung erwartet und konnte nicht so schnell seine Enttäuschung darüber verwinden, dass diese Widersprüche nicht kamen. »Wie?« fragte er und ließ den Mund offen stehen, was seinem rundlichen Antlitz einen etwas blöden Ausdruck gab.

»Wie viele Männer bleiben zur Verteidigung der Burg?« wiederholte ich meine Frage.

»Nun – der junge und der alte Gerhart«, stotterte Hartmann irritiert, »dann noch sechs Knechte aus Ställen und Hof … und wir müssen bei Bedarf Bauern von den Dörfern herschaffen … müssen wir wohl …«

»Der alte und der junge Gerhart wären demnach die einzigen, die mit Waffen umgehen können«, sagte ich langsam. »Das wird nicht einfach werden.«

Hartmann räusperte sich. »Und der junge Gerhart mag zwar nicht mitreiten und mitstreiten, aber er wird wahrscheinlich trotzdem noch ins Gefolge aufgenommen«, sagte er. »Unser Vater will ihn unbedingt dabeihaben – seiner Sünden wegen.«

»So.« Das machte dann noch einen waffenfähigen Mann weniger – obwohl ich den Sohn des Torwächters nicht unbedingt gern gehalten hätte. »Könnte denn kein anderer Reisiger für den jungen Gerhart hier bleiben?«

Hartmann lachte noch einmal. »Es soll Reichtümer im Überfluss geben bei den Sarazenen«, kicherte er, plötzlich in einen dünnen Falsett abgleitend. »Wer lässt sich die schon entgehen? Schwester – was glaubst du denn, um was es eigentlich geht? Beute wollen sie alle machen, die Kerle. Der allgemeine Ablass ist doch nur eine hübsche Dreingabe!«

»Und warum will der junge Gerhart dann nicht mit?« wollte ich wissen.

»Was weiß denn ich«, sagte Hartmann. »Vielleicht aus dem gleichen Grund, warum auch ich gerne auf den Kreuzzug verzichte«, setzte er murmelnd hinzu.

»Und der wäre?«

»Man kann zwar reich werden«, erwiderte Hartmann, »aber genauso gut kann man auch das Leben verlieren. Und was nützt einem dann –«

Die Tür öffnete sich. François trat ein, unter dem Arm eine Rolle eng beschriebener Pergamente. Er blieb stehen, als er meinen Bruder sah, und verneigte sich kurz vor ihm und mir. »Ich wünsche einen sehr guten Tag«, sagte er höflich.

»Und ich wünsche, dass du sofort aus diesem Saal verschwindest«, zischte Hartmann. »Meine Schwester hat ab sofort keinen Augenblick mehr Zeit für deinesgleichen.«

»Ich wollte ihr nur diese Schriften –« begann François.

Mein Bruder ließ ihn nicht zu Worte kommen. »Gib die Schriften, wem du willst, verdammter welscher Hund«, fauchte er François an, »und dann verschwinde, wie du geheißen wurdest!«

Ich wechselte unauffällig einen Blick mit François. Er verneigte sich knapp und verließ den Sommersaal wieder. Doch auch ich wollte keinen Augenblick länger in Gesellschaft meines Bruders verbringen. »Wenn man mich sucht«, sagte ich laut, »ich bin in meiner Kammer.« Damit ging ich hinaus. Ich hoffte, irgendwie doch noch Gelegenheit zu finden, meinen Liebsten zu treffen.

In meiner Kemenate herrschte Halbdunkel. Zudem war es kalt. Noch hatten die Mägde die pergamentenen Fensterdichtungen nicht abgenommen, sodass von draußen kein Wind hereinwehen konnte. Dennoch strahlten die dicken Mauern eisige Kälte aus, sobald das Feuer im Kamin erlosch, und hier war bereits seit einigen Tagen nicht mehr eingeheizt worden. Ich trat ans Fenster und löste die Pflöcke, die die pergamentbespannten Holzrahmen in den Fensterlaibungen fest hielten. Das Licht des Nachmittages sickerte spärlich in den Raum, als ich den ersten der Rahmen abnahm und auf dem Boden an die Wand lehnte. Die anderen beiden Rahmen würde ich an ihrem Platz lassen, doch ein wenig Helligkeit brauchte ich jetzt. Ich wollte mein Horoskop anschauen, und das ohne Zuhilfenahme einer Kerze.

Nachdenklich studierte ich das zwölffach aufgeteilte Quadrat, in dem die Planeten meiner Geburt aufgezeichnet waren. François hatte sie sehr schön, sehr deutlich gemalt im vergangenen Mai. Da war ich noch ganz ohne Kenntnisse gewesen und hatte die Zeichen immer wieder verwechselt. Heute dagegen stach mir das Symbol des Saturn schwarz und wohl bekannt ins Auge; nach den Ephemeriden des heutigen Tages näherte er sich seinem oberen Quadrat und würde es in etwa zwei Jahren erreichen.

Aber wichtiger war ein anderer Transit. Mein Finger zitterte, als ich ihn auf die Stelle legte, wo der Lenker des Schicksals heute stand. Da hatte zur Zeit meiner Geburt Venus gestanden – direkt gegenüber François' auf der anderen Seite des Tierkreises, im Zeichen Steinbock.

Zwanzig Grad Krebs, einundzwanzig Grad Steinbock. Der Zeiger der Uhr berührte beide – das eine Ende mit der Spitze des Pfeils, das andere mit der Befiederung. Die Konjuktion des Saturn mit der Venus musste die Entscheidung herbeiführen, ob eine Liebe stark genug war oder zerbrechen musste. Die Opposition brachte die Trennung. François' Trennung von mir.

Die Kehle wurde mir eng. Im Grunde waren wir ja schon so gut wie getrennt – mein Bruder hatte François befohlen, die Burg zu verlassen. Es gab nichts, was ich dagegen unternehmen konnte. François war gezwungen weiterzuwandern, wenn er auf Rabenstein nicht mehr geduldet und ernährt wurde.

Noch gestern hatte ich leidenschaftlich daran geglaubt, der Tod meiner Mutter sei das Ereignis gewesen, das Saturn mir bei seiner Konjunktion mit Venus zugedacht hatte. Ich hatte sehnsüchtig gehofft, François sei nicht gemeint, wenn es um Trennung ging. Nun stellte sich mein Glaube, meine Hoffnung als Täuschung heraus. Das Schlimmste, was ich mir vorstellen konnte, kam auf mich zu und war nicht aufzuhalten.

Ich legte das Horoskop beiseite. Mühsam die Tränen zurückhaltend holte ich mein Marienbild aus der Wandnische und stellte es auf dem Fenstersitz auf. Ich kniete nieder und bedeckte das Gesicht mit den Händen. »Mutter der Gnade«, bettelte ich, obwohl ich wusste, dass es nichts nützen würde, »hilf mir doch! Lass mich den einzigen Menschen behalten, der mir wirklich wertvoll ist …«

Ich brach mein fruchtloses Gebet ab. Saturn war der Weiser, den Gott selbst den Menschen gegeben hatte. Am Stand des Saturns konnte man ablesen, wie der Allmächtige ein Schicksal zu lenken gedachte. Welchen Sinn hatte es, sich dagegen aufzulehnen?

Ich packte meine Aufzeichnungen wieder in den Schreibkasten. Dann verschloss ich das Fenster von neuem mit dem pergamentbespannten Rahmen. Ich würde nachdenken. Irgendetwas musste mir einfallen, François bei mir zu behalten. Vielleicht konnte er bei einem Bauern im Dorf unterkriechen, wenn ich es schaffte, seine Ernährung zu bestreiten. Ich war nicht bereit, ihn einfach wegziehen zu lassen.

Mit zusammengebissenen Zähnen langte ich im Saal an. Hartmann hielt sich nicht mehr hier auf. Statt seiner waren aber mehrere Knechte an der bereits aufgestellten Tafel versammelt, wo sie sich Brotfladen, heiße Suppe und Bier schmecken ließen. Lauthals wurde über die bevorstehende Reise geredet.

»Es heißt, die Sarazenen halten sich ganze Häuser voller hübscher Frauen«, sagte einer der jüngeren Burgmannen gerade mit leuchtenden Augen, »und die müssen nicht mal bezahlt werden, wenn man sich mit ihnen vergnügen will.«

»Ja«, sprudelte ein junger Milchbart, »und die Frauen baden in Wein, damit ihre Haut zart bleibt. Und die Männer, die können …«

Er unterbrach seine bunte Schilderung, als er mich eintreten sah. Die anderen lachten gröhlend. »Wenn sie denn können«, kakelte einer der älteren.

Ich grüßte mit einem knappen Kopfnicken. In diesem Augenblick trat mein Bruder ein. Er war von der Außentreppe gekommen, ihm folgte auf dem Fuße mein Vater.

»Gut, dass du da bist, Agneta«, sagte mein Vater und musterte mich aus rot geränderten Augen. »Ich habe dir Wichtiges mitzuteilen.«

Ich deutete einen Knicks an. Im Abendlicht, das blassrot durch die kleinen, hoch liegenden Fenster des Saales hereinschien, sah mein Vater einmal mehr wie das unwirkliche Gespenst aus, das er in den letzten Wintermonaten verkörpert hatte. Sein schwarzer Mantel stand in geisterhaftem Kontrast zu seinem kalkig weißen Gesicht und den scharfen Zügen.

»Was ist es denn?« fragte ich.

»Nun«, mein Vater stelzte zur Tafel hinüber und ließ sich bei seinen Knechten nieder, während Hartmann ihm wie ein Schatten folgte, »ich habe entschieden, dass du den Schleier nimmst. Die Äbtissin von Sankt Maria Magdalenen war bereit, dich auch ohne Mitgift aufzunehmen. Morgen früh …«

»Ins Kloster«, würgte ich hervor, »Ihr wollt mich ins Kloster schicken, Herr Vater? Aber ich –«

»Deine Mutter«, er räusperte sich heftig und fuhr sich hastig über die Augen, »deine Mutter hätte es so gewollt. Wer bin ich, dass ich ihren letzten Willen missachten könnte?« Er räusperte sich noch einmal und brach plötzlich in stumme Tränen aus. »Du bist meine Tochter«, fügte er mit tonloser Stimme hinzu, »nach dem vierten Gebot wirst du für deine Eltern beten – als Klosterfrau, für den Rest deines Lebens. So ist es beschlossen. Du hast dich zu fügen.«

Das wusste ich. Früher hätte mein harter Vater es nicht einmal für nötig gehalten, mich ausdrücklich darauf hinzuweisen. Daran, dass er es jetzt doch tat und dazu Tränen vergoss, konnte ich ermessen, wie tief seine Angst vor der ewigen Verdammnis war. Hatte ich nicht selbst den schwarzen Schatten gesehen, der sich damals in der entweihten Dorfkirche nach ihm ausgestreckt hatte?

Ich knickste noch einmal. »Morgen früh also?« fragte ich nach.

Er nickte und wischte sich das Gesicht ab. Mein Bruder Hartmann grinste verstohlen. Die Knechte hatten sich wieder ihrem Gespräch über die Frauen der Sarazenen zugewandt, wenn auch im Flüsterton.

»Was darf ich mitnehmen?« fragte ich meinen Vater, während ich meine Aufregung zu ersticken suchte.

»Nichts außer der Kleidung, die du auf dem Leib trägst«, gab er zurück. »In Sankt Maria Magdalenen wird dir dann andere gegeben. Es ist ein Büßerinnenkloster, wie du dir denken kannst.«

»Und mein Schreibzeug?« forschte ich.

»Nichts.« Mein Vater schüttelte zur Bekräftigung einmal den Kopf. »Und auch dein eigenes Gewand darfst du keineswegs behalten. Dein Begleiter wird es mitnehmen, wenn er dich verlässt.«

Ich spürte, wie mich ein gewaltiges Zittern befiel. All meine Muskeln bekamen plötzlich ein Eigenleben. Ich wankte auf den Füßen und musste meine Krücke fester aufsetzen, um nicht zu Boden zu sinken. Meine Hoffnung, François im Dorf unterzubringen und mich danach heimlich im Wald mit ihm zu treffen, war auf einen Schlag zunichte gemacht. Hinter Klostermauern konnte ich nichts mehr ausrichten. Ich würde gefangen sein auf ewig. Es war zu Ende.

»Setz dich«, sagte mein Vater, »iss und trink. Dies ist schließlich deine letzte Nacht unter meinem Dach, und –«

Die Tür zur Außentreppe flog auf. Der junge Gerhart stürzte in den Saal. Ein kalter Luftzug traf mich in den Rücken und ließ meine Pelisse aufwirbeln. »Herr«, rief Gerhart atemlos, »mein Vater ist erstochen worden. Er liegt in seinem Blut – unten in der Wachstube! Ich habe …«

»Was …?« Mein Vater sprang von seinem Sitz auf und starrte dem jungen Mann entgeistert in das gerötete Gesicht. »Aber wer sollte denn meinem Torwächter nach dem Leben trachten? Du irrst dich. Er ist vielleicht nur gestürzt und hat sich eine kleine Wunde zugezogen –«

»Nein, Herr«, widersprach der junge Gerhart. »Ich habe dieses Messer in seiner Leiche stecken gefunden. Es gehört dem welschen Scholaren, sagt der Hundejunge. Und –«

Mein Bruder Hartmann erhob sich und reckte die Schultern. »Hab's mir schon lange denken können«, sagte er, »dass dieser Schleicher eines Tages Übles anrichtet. Nun steht der Beweis, dass ich Recht hatte. Wird schon nach dem Verbrecher gesucht?« Und er warf mir einen triumphierenden Blick zu.

»Sicher, junger Herr«, bestätigte Gerhart schnell, »und wir werden ihn auch kriegen. Er ist zwar wie vom Erdboden verschwunden, aber ich habe sofort sämtliche Tore sperren lassen. Er sitzt in der Falle, wenn er nicht von den Mauern in den Tod springen will.«

»Gut«, sagte Hartmann begeistert, »sehr gut!« Er drehte sich zu den am Tisch sitzenden Knechten um, die alle mit offenen Mündern zugehört hatten. »Ihr geht ebenfalls auf die Suche. Durchkämmt die Burg von oben bis unten, lasst keinen Raum aus, auch nicht den Keller. Irgendwo muss der Mörder ja sitzen. Ich will ihn lebend … das ist Euch doch recht, Vater?«

Mein Vater nickte langsam. Ich stand erstarrt und hielt den Blick auf das schmale Federmesser geheftet, das der junge Gerhart vorgezeigt hatte. Ich hatte es sofort an der silbernen Verzierung erkannt, die mir blank entgegenleuchtete. Eine feine, kreuzförmige Blüte war in das dunkle Holz der Griffschalen eingelassen. Kein Zweifel – es gehörte tatsächlich François.

Ich glaubte dem jungen Gerhart kein Wort. Warum hätte mein Liebster den Torwächter umbringen sollen? François hatte in der ganzen Zeit, die er auf Rabenstein verbracht hatte, kaum ein Wort mit dem alten Gerhart gewechselt, geschweige denn mit ihm gestritten. Dies alles musste ein schrecklicher Irrtum sein. Fieberhaft überlegte ich, wo François sein konnte. Ich musste mit ihm reden, ihn warnen …

Die Männer stapften mit schweren Schritten aus dem Raum. Hartmann grinste noch immer vor sich hin. Mein Vater hatte sich der Suchmannschaft angeschlossen. Und ich stieg ebenfalls die Treppe hinunter. Ich wollte den alten Gerhart sehen. Vielleicht entdeckte ich etwas, das mir den wirklichen Mörder verriet.

Auf dem Weg ging ich in Gedanken alle Räume durch, in denen François sich hätte verstecken können. Es fiel mir keiner ein. Die Burg war belebt von so vielen Knechten und Mägden, dass man ihn schon bald finden musste. Als ich den Hof erreicht hatte und an der Küche vorbeikam, rief eins der Küchenmädchen laut heraus: »Im Keller war er nicht!«

Ich ging wie im Traum. Meine Angst um François war so groß, dass ich kaum atmen konnte. Die einzige Hoffnung war der Gedanke, dass er die Burg vielleicht schon verlassen hatte, bevor der Mord an dem alten Gerhart entdeckt worden war – und zwar, ohne dass die Wachen ihn bemerkten.

Sie hatten den Torwächter auf seiner bescheidenen Bettstatt ausgelegt. Zwei Mägde waren dabei, ihn vom Blut zu reinigen, als ich eintrat. Ich sah auf den ersten Blick, dass ihn der Dolch viele Male getroffen haben musste. In seiner Halsbeuge zählte ich allein drei Messerstiche.

Seine hellblauen Augen standen offen. Anklagend waren sie in ihrer toten Starrheit auf mich gerichtet. Die Hand, die am ausgestreckten Arm aus dem Bett hing, war locker um etwas Rotes geschlossen – den Rest einer roten Lederschnur.

Ich trat an die Leiche heran und nahm ihr den Streifen Leder aus den Fingern. Am Ende war eine kleine silberne Tülle. Der alte Gerhart musste sich gewehrt und dabei dem Mörder das Stück Schnur vom Gewand abgerissen haben. François besaß kein Kleidungsstück, an dem rote Lederschnüre mit Silberkappen befestigt waren.

Ich würde den Mörder finden. Dann konnte ich François' Unschuld beweisen. »Lieber Gott – schütze ihn«, betete ich in Gedanken, »lass ihn nicht entdeckt werden, bevor ich ihm helfen kann!«

Auf einmal stand jemand hinter mir. Ich spürte die leichte Berührung an meiner Schulter wie einen schmerzhaften Schlag. Erschrocken drehte ich mich um. Ich schaute in das Gesicht des jungen Gerhart. Ein schmales Lächeln war darauf zu sehen, so etwas wie ein rundum zufriedener Ausdruck. Und die grauen Augen glitzerten. Ihr Blick ruhte auf meiner Hand, die das Stückchen Schnur hielt.

»Darf ich das haben?« fragte er und hatte es mir auch schon weggenommen. Ich kam nicht dazu, ihn zu hindern oder mein Beweisstück fest zu halten, dazu war ich zu überrascht. Ich konnte nicht einmal etwas sagen, denn mein Blick war auf seinen Koller gefallen. Der breite braunlederne Schulterkragen war am Ausschnitt mit rotem Leder verschnürt. Ein Ende der Schnur war abgerissen. Die linke Silbertülle fehlte.

Ich starrte Gerhart in die kalten Augen. Er war der Mörder seines Vaters und er wusste, dass ich es wusste. Sein Blick war verschlagen und enthielt eine deutliche Drohung.

Meine Kehle schnürte sich zu. Mir war, als würge mich eine harte Hand. Instinktiv trat ich einen Schritt zur Seite und drückte mich dann rückwärts aus der Wachstube. Ich stolperte in den Hof, ließ beinahe meine Krücke fallen, humpelte mit unsicheren Schritten in aller Hast zum Palas zurück. Alles war verloren. Ich kannte den Mörder, von dessen Hand der alte Gerhart gestorben war. Doch ich besaß keinen Beweis mehr dafür. Wenn sie François fanden …

Überall sah ich Knechte mit Fackeln die Räume durchstreifen. Die Lichter, die an den Fensterreihen vorüberzogen, boten einen gespenstischen Anblick in der sinkenden Dunkelheit. Mir war kalt. Meine Zähne schlugen aufeinander wie im Fieberkrampf. Ich wollte in die Kapelle, doch da würde sich jetzt vielleicht mein Vater aufhalten. Mit wirbligem Kopf stand ich am Fuß der Außentreppe und wusste nicht, was ich tun sollte.

Der Himmel hatte sich zugezogen. Dünner Regen setzte ein und begann meine Pelisse zu durchnässen. Die Lichter, die ich zuletzt am Dachbodenfenster gesehen hatte, waren verschwunden. Ich arbeitete mich die Treppe hinauf. Ich würde in meiner stillen Ecke unter dem Dachgebälk für François' Sicherheit beten. Nachdem dort alles durchsucht war, würde mich niemand mehr stören.

Mein Kopf schwirrte. Mein feuchtes Gewand behinderte mich, und ich brauchte länger als sonst, um die enge Schnecke bis zum Dach hinaufzusteigen. Als ich mich in meiner Ecke auf dem Strohsack niedersetzte, war ich völlig außer Atem. Doch es war allein Angst, die mir den Atem nahm.

Ich suchte nach Worten, die ich an die Gottesmutter richten konnte. Wie so oft fiel mir nichts Passendes ein. Ich murmelte, stotterte, kam auf das altbekannte Ave zurück und brabbelte es viele Male herunter, während meine Ohren lauschten. So, jeden Muskel meines Körpers zum Zerreißen gespannt, verbrachte ich eine Zeit in der dunklen Stille.

Denn nichts rührte sich. Unten im Palas erstarben die Geräusche des Tages. Schlaf überkam die Burg, und meine noch immer lauschenden Ohren vernahmen jetzt die leisen Geräusche der Nacht. Keine schweren menschlichen Schritte waren mehr zu hören, nur noch hier und da ein huschendes Trippeln von Mäusepfoten und das schrille, fast unhörbar helle Pfeifen, mit dem sich das scheue Getier der Dunkelheit verständigte. Die Balken knarrten, arbeiteten in der feuchten Luft. Der Wind rauschte um die Mauerecken. Der Regen trommelte sacht auf die Dachziegel. Der Strohsack knisterte unter mir, als ich mich bewegte.

Ich hatte keine Ruhe gefunden. Ich wusste, sie würde mir auch während der kommenden Nacht versagt bleiben. In meinem Kopf kreiste unaufhörlich nur ein einziger Gedanke: Gott, schütze meinen Liebsten. Ich hatte keine Tränen. Meine Augen starrten brennend in die Schwärze der Dunkelheit, und ich horchte weiter, wie unter einem ungeheuren inneren Zwang.

Mitternacht musste schon vorüber sein, als ein lauteres Geräusch an meine Ohren drang. Es war ein sachtes Schlurfen und Schleifen, ein zartes Kratzen über den rauen Kalkputz der Mauer, und es kam vom Ausgang der Schnecke her.

Ich erstarrte, mein Rücken richtete sich steil auf und ich

verharrte mit vorgerecktem Kopf. Wieder bewegte sich da vorn etwas … sachte, sachte, mit unendlicher Vorsicht. Ein Tier – eine Katze etwa – konnte es nicht sein. Ich spürte, es war viel größer.

Es näherte sich, kam auf mich zu. Eine Stimme flüsterte. Mein Herz tat einen wilden Schlag. »Agneta …« hauchte die Stimme.

Er war da. Sie hatten ihn nicht gefangen. Er stand vor mir. Sein Gewand strömte Modergeruch aus. »Ich musste dich noch einmal sehen«, wisperte er.

»François …« Ich streckte ihm zitternd die Arme entgegen, und er zog mich von meinem Strohsack hoch. Dann presste er mich an sich.

Ich warf die Arme um seinen Nacken. Alle Angst brach plötzlich aus mir hervor. Ich schluchzte und krallte die Finger in sein feuchtes Gewand. »Wo warst du?« flüsterte ich, »Liebster – wo warst du? Wie bist du ihnen entkommen?«

»Sie haben vergessen, den Brunnenschacht zu durchsuchen«, hauchte François, »weißt du noch – den Kriechgang, der vom Brunnen in den Keller führt? Da drin …«

»O Gott«, schluchzte ich und unterdrückte sofort meine Stimme, die laut geworden war, »der Fluchtweg, über den wir Hans Waldvogel wegschaffen wollten!«

»Ich hab gewartet, bis alles still war«, hauchte François und hielt mich fester. »Dann war ich in deiner Kammer, aber …«

»Nicht, François, nicht«, wisperte ich entsetzt, »sag mir nicht, wo du überall warst! Ich will nicht wissen, welche Waghalsigkeiten dich das Leben hätten kosten können! Du bist da – sie haben dich nicht gefunden, das allein ist wichtig. Gott Lob und Dank!«

Er küsste mich voller Leidenschaft. »Meine Agnès«, wisperte er, »ich konnte mich ja nicht stellen, ohne ein letztes Mal mit dir zu sprechen!«

»Stellen? Du wolltest dich stellen?« meine Stimme zerbrach fast unter meiner Anspannung. »Aber du hast doch den alten Gerhart nicht umgebracht!«

»Wer sollte mir das glauben?« fragte er. »Mein couteau de plume …«

»Ich weiß, Liebster …« meine Stimme bebte.

Seine schlanken Finger streichelten mein Haar. »Ich bin froh, dass ich dich gefunden habe«, wisperte François, »bevor sie mich morgen …«

»Was redest du denn da«, hauchte ich, »nichts werden sie morgen mit dir machen! Du musst fliehen!«

»Und dich verlassen?« Seine Lippen streiften voller Zärtlichkeit meine Wange. »Das kann ich nicht. Ich werde mich nicht feige davonmachen ohne dich.«

Ich packte seine Schultern. »Wir wussten doch beide schon seit langem, dass wir uns trennen müssen«, hauchte ich, »nun ist die Zeit gekommen, Liebster.« Tränen rannen plötzlich über meine Wangen. »Du wirst dich in Sicherheit bringen, François. Schwör es mir!«

»Ich liebe dich, Agnès – ich kann nicht sein ohne dich«, gab François zurück und küsste mich noch einmal mit zitternden Lippen.

»Du bist frei, Liebster!«

»Frei? Schon lange nicht mehr. Ich gehöre dir, Agnès – seit dem Tag im April, als wir uns zum ersten Mal …«

Ich legte die Hand sachte auf seinen Mund. Meine Kehle schmerzte, selbst das Flüstern fiel mir schwer. »Und ich bin dein, François«, antwortete ich ihm, »ganz und gar, das weißt du. Ich habe noch niemals etwas von dir gefordert, mein Liebster, doch jetzt muss ich es. Ich verlange, dass du dich rettest – um meinetwillen. Ich verlange, dass du weiterlebst, damit ich an dich als an einen Lebenden denken kann. Schwör es mir!«

»Aber ich möchte nah bei dir sein bis zu meinem letzten Atemzug«, wisperte François. »Wie kann ich –«

»Und wie kann ich weiterleben in der Gewissheit, dass du tot bist?« Ich drängte mich verzeifelt an ihn. »Mir bliebe nur der Sprung von der Mauer …«

Er umarmte mich wild. »Agnès, ich liebe dich so sehr«, wisperte er heftig, »dich zu verlassen, das wäre …«

»Schwör es mir, François!«

Ein paar Atemzüge vergingen, dann nickte er widerstrebend in der Dunkelheit.

Meine Knie zitterten. Ich suchte Halt bei ihm, denn ich spürte, dass meine Kräfte mich verließen. »Wenige Stunden gehören noch uns«, erwiderte ich ihm, »wenige, armselige Stunden! Ich wünschte …«

Er erriet meinen unausgesprochenen Gedanken. Sein Kuss war tief und voller Sehnsucht. Als er meine Lippen freigab, sprach ich es aus: »Ich will dich ganz, François.«

Er schwieg. Ich fühlte seinen Atem an meiner Wange. Dann breitete sich ein Zittern über seinen Körper aus. »Du und ich, Agnès …?« fragte er hauchleise.

»Mann und Frau«, erwiderte ich ihm, »vor uns selbst und vor dem Auge Gottes, mein Liebster.«

Er bebte stärker. Seine Arme umspannten mich, als wolle er mich erdrücken. »Agnès …« wisperte er rau, »in meinen wildesten Träumen hätte ich mir nie die Freiheit genommen, dich …«

Ich unterbrach ihn sanft. »Ich gehöre dir ja längst. Du liebst mich, du hast es mir oft gesagt. Nun musst du es nur noch besiegeln.«

»Mon cher amour«, hauchte François. Ich spürte, dass er weinte. Seine Schultern zuckten. »Weise mich nicht zurück«, sagte ich.

Er gab mir keine Antwort mehr. Aber in seinem Kuss lag alles Verlangen dieser Welt. Seine Lippen waren hungrig, fordernd, rau und zärtlich zugleich. Und ich gab mich seinen Liebkosungen hin, ohne noch einen einzigen Gedanken an das Danach zu verschwenden.

Ich ließ mich niedersinken und zog ihn mit auf mein hartes Bett aus Stroh. Ich schob den rauwollenen Mantel von seinen Schultern und half ihm beim Ausziehen seiner fadenscheinigen Cotte. Ich löste die Heftelschleifen am Ausschnitt seines Hemdes, streifte es ihm ab, liebkoste seine nackte Brust. Ich führte seine Hände, als er mich entkleidete, und dehnte mich seinem warmen Körper entgegen. Es war pures Glück, seine Zärtlichkeit zu spüren. Es war pure Seligkeit, Haut an Haut mit ihm zu liegen.

Seine wilden Küsse entflammten drängende Gefühle, die tief in meinem Innern geschlummert hatten. Ich hätte erschreckt sein müssen von der Leidenschaft, mit der ich auf alle seine Liebkosungen einging, doch dazu war ich viel zu erregt. Ich begehrte ihn so heiß, wie er mich begehrte. Als er mich endlich in Besitz nahm, da wurde unsere tiefe Berührung zu einem Moment des vollkommenen Glücks. Ich spürte den Schmerz nicht, ich war wie berauscht von der innigen Nähe meines Geliebten. Und auch danach, als wir schwer atmend nebeneinander lagen, ebbte das wundervolle Gefühl unserer Verschmelzung erst sehr allmählich wieder ab.

Doch schließlich spürten wir die Kälte der Nacht, und mich fröstelte. François hüllte mich mit Gewand und Pelisse ein und umarmte mich unter dieser Decke. Er sagte nichts, aber ich wusste, was er dachte. Ich schmiegte mich eng an ihn. »Bald jährt sich der Tag, an dem wir uns begegnet sind«, flüsterte ich, »dann blühen die Apfelbäume. Jedes Jahr gibt es einen neuen Mai. Wir werden immer unsere Erinnerungen haben, François …«

Er vergrub das Gesicht in meiner Halsbeuge. Seine Arme umklammerten mich. »Und die Sehnsucht«, wisperte er rau, »meine Sehnsucht wird niemals sterben …«

Ich wollte mich nicht von diesem Gefühl der Verlassenheit überwältigen lassen, nicht schon jetzt. »Du musst nach Welschland gehen, Liebster«, sagte ich leise, »in deine Heimatstadt. Dort kann dich niemand finden, und du bist sicher vor den Knechten meines Vaters. Ich habe den Namen der Stadt vergessen, wo du zu Hause bist …«

»Poitiers«, flüsterte François.

»Ist sie groß, deine Stadt?«

»Nicht sehr. Ach, Agnès …« Seine Hand bewegte sich zart wie ein Schmetterlingsflügel über mein Gesicht. »Gäbe es doch einen Ausweg …«

Ich hielt seine Finger fest und führte sie an meine Lippen. »Still, Liebster«, flüsterte ich und presste einen Kuss auf seine Fingerspitzen, »gräme dich nicht. Dein Leben geht weiter, und ich … ich werde in meiner Klosterzelle für dich beten …«

Er hob den Kopf. Sein Blick suchte meine Augen in der Dunkelheit. »Du wirst …?«

Ich nickte. »Meine Mutter hatte es so beschlossen. Morgen, wenn du fort bist, werde auch ich abreisen.«

»Wenn ich fort bin …« Er schloss mich von neuem in die Arme. Seine Worte enthielten so viel Schmerz, dass ich nicht mehr anders konnte, als auch meinen Schmerz die Oberhand gewinnen zu lassen. Ich klammerte mich an François, meine Tränen strömten, ich konnte das wilde Schluchzen, das in meiner Kehle war, nicht länger unterdrücken. »Wir haben immer noch unsere Erinnerungen«, wiederholte ich zitternd meine eigenen Worte.

Wir sprachen nichts mehr. Stumm lagen wir in enger Umarmung, und beide wünschten wir uns nichts sehnsüchtiger, als dass die Zeit stehen blieb. Doch sie schritt fort, unaufhaltsam, und je mehr von unserer letzten Nacht verging, desto unaufschiebbarer wurde unser Abschied.

Ich drängte François, sich zu erheben und anzukleiden. »Du musst einen Vorsprung haben«, wisperte ich, »und Liebster, versprich, dass du während des Tages nicht weiterwanderst! Verbirg dich, solange es hell ist. Das muss sein, bis du weit genug von hier …«

Er verschloss meinen Mund mit einem Kuss. Dann tat er stumm, was ich von ihm verlangt hatte. Ich schlüpfte ebenfalls in mein Gewand. Und dann ging ich an seiner Seite zur Schnecke.

Hier blieb François stehen. Seine Hand suchte meine und schloss sich schmerzhaft fest um meine Finger. »Du bist so stark, Agneta«, flüsterte er, »so viel stärker als ich.«

Mein Herz schrie: Nein! Aber mein Mund sagte: »Leb wohl, Liebster. Wenn du in den Keller kommst, halte dich geradeaus an der Wand entlang. An der Stirnwand am anderen Ende musst du dich tief bücken, da beginnt ein sehr schmaler Kriechgang, der aus den Mauern hinausführt und unten am Hang …«

»Ich weiß es noch, Agnès.« François nahm mich ein allerletztes Mal in die Arme. »Adieu, mon amour«, flüsterte er. Dann ließ er mich los und stieg die Schnecke hinunter. Er ging schnell, und er sah sich nicht mehr nach mir um. Ich wusste es, obwohl ich es nicht sehen konnte.

12

Ich war so müde, dass ich kaum noch denken konnte, und mein Körper fühlte sich wie zerschlagen an. Als ich im Morgengrauen aus der Kapelle in den Sommersaal kam, wartete meine Amme Margarete auf mich. Sie überfiel mich mit einem Wortschwall, aber ich war nicht in der Stimmung, ihrem Gerede auch nur die geringste Aufmerksamkeit zu schenken.

»... werden sie den Schurken mit Gottes Hilfe schon erwischen«, sagte Margarete gerade, als mein Blick auf den schmalen, dunklen Gegenstand fiel, der auf dem Fensterbrett neben der Außentür lag. Es war François' Federmesser, das der Mörder gestern Abend offenbar achtlos hier liegen gelassen hatte. Ich ging hin und nahm es auf. Dann ließ ich es in meine Ärmeltasche gleiten. Margarete hatte es nicht einmal bemerkt.

»... ist Eure Wegzehrung schon gepackt«, brabbelte meine Amme. Ich sah sie an, ohne sie zu sehen. »Ihr werdet den wetterfesten Mantel überziehen müssen, damit Ihr Euch nicht erkältet«, fuhr sie fort, während sie einen zinnernen Teller mit Brot und einen Becher für mich auf dem Fenstersitz zurechtrückte, »es regnet vom Himmel hoch, mir scheint, heute wird es überhaupt nicht mehr aufhören zu schütten.«

So ging das fort. Ich achtete nicht auf das alte, scheinheilige Weib. Meine Gedanken waren bei François. Im Stillen betete ich darum, dass er heil und gesund den Umkreis von Rabenstein verlassen möge.

»Euer Vater hat vier Knechte ausgeschickt, um den Wald zu durchsuchen«, plauderte Margarete unbekümmert, »es scheint, als habe der Welsche es doch geschafft, irgendwie hinauszukommen. Sagt, Fräulein – hättet Ihr das von dem Kerl gedacht? Wie schrecklich muss Euch zu Mute sein, da

Ihr nun wisst, Ihr habt von einem Mörder Unterricht erhalten ...«

Ich mühte mich mit schmerzenden Gliedern zum Fenstersitz hinüber, nahm das Brot vom Teller und biss ein Stückchen davon ab. »Wann soll ich aufbrechen?« fragte ich Margarete. Meine Stimme klang todesmatt.

»Der Reitknecht wartet bereits im Hof«, beeilte meine Amme sich zu antworten. »Sobald Ihr fertig seid, ich meine, sobald Ihr Euer Frühstück ...«

Ich schnitt ihr die Rede ab. »Da ich nichts mitnehmen darf«, unterbrach ich sie hart, »hol mir meinen Mantel, meine Gugel und die Schreibmappe, die sie mir hoffentlich lassen werden. Was hätte es für einen Sinn, noch lange herumzutrödeln?«

»Das ist Recht, dass Ihr es so leicht nehmt«, plapperte Margarete. Eilfertig watschelte sie davon und kehrte nach Augenblicken mit meinem Wettermantel zurück. »Schade, dass Ihr ihn nicht behalten dürft«, murmelte sie, während sie mir das schwere, pelzgefütterte Kleidungsstück aus geölter Wolle um die Schultern legte. Ihre Worte sollten Bedauern ausdrücken, doch ich hörte die Schadenfreude aus ihnen heraus.

Stumm ließ ich mir meine Gugel überziehen und nahm das lederne Futteral auf, in das ich meine Schreibfedern, das Tintenhorn und einige Pergamentblätter verpackt hatte. Dann, ohne Margarete noch einmal anzusehen oder mich von ihr zu verabschieden, trat ich aus dem Saal auf die Außentreppe.

Im Hof war alles still. Nur zwei Pferde hielten neben der Linde im leise fallenden Regen. Daneben, tief verhüllt in Mantel und Gugel, wartete der Mann, der mich zum Kloster Maria Magdalenen begleiten sollte. Das stumpfe Rot seines Umhangs wirkte wie ein Blutfleck im triefenden Grau des anbrechenden Morgens.

Ich ging hinunter. Nicht einmal mein Vater oder mein Bruder hatten sich eingefunden, um von mir Abschied zu nehmen. Sie waren wohl mit den Burgmannen unterwegs, um François zur Strecke zu bringen. Ich schickte in Gedanken eine weitere flehentliche Bitte um seine Sicherheit zum Himmel. Dann deutete ich dem Reitkecht mit einer Handbewegung an, dass ich aufsitzen wolle.

Er half mir mit einem Brummen in den Sattel, verstaute meine Krücke und das kleine Futteral hinter der niedrigen Sattellehne und bestieg sein eigenes Tier. Dann ritten wir aus dem Tor. Ich warf keinen Blick zurück auf die Burg, in der ich meine Kindheit und Jugend verbracht hatte. Ich war ja im Begriff, aus einer engen, freudlosen kleinen Welt in eine andere, noch engere, noch dunklere einzutreten, und der Übergang hatte nichts Bedeutendes. Mit rundem Rücken, die Augen von der tief ins Gesicht gezogenen Gugel abgeschirmt, ritt ich an der Seite meines Begleiters in den rinnenden Regen hinaus, meiner trostlosen Zukunft entgegen.

Am äußeren Tor störte mich winselndes Gebell aus meiner Erstarrung auf. Ein großer grauer Schatten sprang mich an, das Pferd tänzelte nervös zur Seite. Ich blickte unter meiner weiten Kapuze hervor. Silber war da. Er suchte in wilden Sprüngen meine Hand zu erreichen, meine Finger zu lecken. Seine Ohren waren demütig angelegt, doch sein Schweif wedelte heftig und freudig.

Ich hielt mein Reittier an. »Du kannst nicht mit«, sagte ich zu meinem Hund, »heute nicht und nie mehr. Lauf nach Hause, mein Guter – los!«

Silber stand da, ein durchweichtes Bündel aus struppigem Fell, und schaute mich hoffnungsvoll an. Er stieß ein leises Winseln aus. »Geh nach Hause«, wiederholte ich meinen Befehl.

Der Hund setzte sich auf die Hinterläufe. Er wandte den Blick nicht von mir ab. Als ich mein Pferd wieder antrieb, stand er auf und heftete sich dicht an meine Seite.

Ich zügelte mein Tier noch einmal. Aufgereckt im Sattel winkte ich dem Reitknecht, der schon ein wenig voraus war. Der hielt an, und plötzlich war Gregor da.

Der schwachsinnige Hundejunge kam zielstrebig auf mich zu und streckte mir etwas entgegen – eine feuchtglänzende Tasche aus Wachsleinen. »Da«, sagte er einfach und machte ein blödes Gesicht.

Ich nahm die Tasche an. »Was ist das«, fragte ich den Hundejungen.

»Weiß nich«, war die unbefriedigende Antwort.

»Wo hast du die her?«

»Gefunden«, sagte Gregor. »Für Euch.« Und er grinste schlitzohrig.

Ich wand mir die Zügel ums Handgelenk und öffnete die Klappe der Tasche. François' Astrolabium glänzte. Es lag auf einem Packen abgenutzter Pergamentstücke.

Mit bebenden Fingern schloss ich die Tasche wieder und schob sie unter meinen Mantel. »Danke«, flüsterte ich dem Hundejungen zu.

Der grinste breiter. »Gregor weiß, wer das war mit dem alten Gerhart«, sagte er mümmelnd, »Gregor weiß, wer den totgemacht hat. Ja.«

»Aber du sagst es keinem«, befahl ich ihm und legte einen strengen Ton in meine Worte.

Der Hundejunge schüttelte verwirrt den Kopf. »Ich sag es keinem«, wiederholte er langsam und ernsthaft. »Wo doch der junge Gerhart jetzt die Wache hat …«

»Er zieht nicht mit ins Heilige Land?«

Gregor schüttelte den Kopf. »Wo er doch jetzt die Wache hat …« wiederholte er und starrte mich rundäugig an.

Darum also war der Mord geschehen. Noch gestern war mir nicht klar gewesen, warum der Sohn den Vater umgebracht hatte. Jetzt wusste ich es. Der junge Gerhart hatte an Stelle des Alten daheimbleiben und die Torwache übernehmen wollen.

Silber sprang winselnd an meinem Pferd hoch. Seine braunen Augen bettelten. Das Reittier tänzelte wieder, und ich rutschte im Sattel hin und her. »Nimm den Hund mit, wenn du nach Hause gehst«, wies ich den Jungen an. »Sorge dafür, dass er angeleint wird, damit er mir nicht nachlaufen kann – hörst du?«

»Is gut«, sagte Gregor, »mach ich.« Und er hatte Silber schon beim Halsband gepackt und hielt ihn fest, während ich mein Pferd zum Laufen brachte. Nach wenigen Schritten war ich wieder bei meinem Begleiter angelangt, der auf mich gewartet hatte, und wir setzten schweigend unseren Weg fort. Silbers jämmerliches Heulen und Bellen klang mir noch eine ganze Strecke weit in den Ohren.

Gegen Mittag klarte es auf. Der Regen, der dünn und stetig gefallen war, versiegte. Die dichte graue Wolkendecke zerriss, und Fetzen eines kühlen, hellblauen Himmels wurden sichtbar. Wir hatten, nachdem wir bis jetzt durch dichten Wald geritten waren, eine breite Lichtung erreicht. Mein Begleiter schlug vor, hier Rast zu machen.

»Wie weit noch bis zum Kloster?« fragte ich.

»Am späten Nachmittag werden wir da sein«, meinte der Knecht achselzuckend, »vielleicht auch erst kurz vor Sonnenuntergang.«

Ich ließ mir vom Pferd herunterhelfen. Meine Beine schmerzten. Taumelnd wankte ich zu einem Baumstumpf und ließ mich darauf nieder. Jetzt entdeckte ich, dass sich hier der Weg gabelte. »Wohin geht es dort?« fragte ich den Reitknecht und deutete nach links.

»Weiter nach Süden«, brummte mein Begleiter, »aber das ist nicht die Richtung, die wir nehmen müssen.« Er kramte in seiner Satteltasche und zog einen Leinenbeutel hervor, dem er Brot, Speck und einen mit Stöpsel versehenen Krug entnahm. Er stellte alles ins Gras. »Essen«, sagte er knapp und deutete darauf.

»Wie sprichst du denn mit mir?« Unmut ließ meine Stimme hart klingen. »Trag es gefälligst zu mir herüber. Noch bin ich die Tochter deines Herrn!«

Der Mann warf mir einen halb verärgerten, halb überraschten Blick zu. Dann raffte er Brot und Speck, hob den Krug auf und tat wortlos, was ich ihm befohlen hatte. Er schnitt sogar mundgerechte Stücke und bot sie mir dar.

Ich nahm, ohne mich zu bedanken und aß schweigend. Als ich fertig war, wies ich meinen mürrischen Begleiter an, sich selbst zu bedienen. Während auch er seinen Hunger stillte, betrachtete ich François' Wachstuchtasche, die neben mir auf dem Boden lag.

Vielleicht entsprach das, was mein Vater mir von dem Kloster gesagt hatte, wirklich der Wahrheit. Vielleicht würde man mir alles abnehmen, was ich besaß. Dann war François' Nachlass verloren, und auch mein Schreibzeug würde ich nicht behalten dürfen. Dieser Gedanke war bedrohlich. Es gab Dinge, von denen ich mich unter keinen Umständen trennen wollte.

Neben dem Baumstumpf, auf dem ich saß, war ein großer Feldstein. Er lag, halb im Gras verborgen, flach und grauschimmernd in der Sonne. Er war groß genug, François' Tasche zu bedecken.

Ich hob ihn an. Glatter Lehm glänzte darunter. Ohne nachzudenken schob ich die Tasche in die flache Grube und ließ den Stein wieder an seinen Platz fallen. Irgendwie würde ich später einmal zu diesem Ort zurückfinden und François' Hinterlassenschaft von neuem in Besitz nehmen. Solange war sie hier gut aufgehoben.

Aber es gab noch mehr zu verstecken. An meinem kleinen Finger glänzte der schmale silberne Ring, den mir Frau Mathilde geschenkt hatte, und bei meinem Schreibzeug war ein Stückchen Pergament, vielfach radiert und ausgefranst, das mir so teuer war wie nichts anderes auf der Welt. Wo konnte ich das verbergen und es dennoch bei mir behalten?

Der Reitknecht hatte sich auf seinem Mantel ausgestreckt, starrte in den Himmel und achtete nicht auf mich. Er hatte sicher nicht bemerkt, wie ich François' Tasche unter den Stein gelegt hatte. Als ich aufstand und zu einem Holunderstrauch hinüberging, der mit seinen Zweigen den Weg überspannte, rührte er sich nicht einmal.

Ich zog François' Federmesser aus meiner Ärmeltasche, schnitt einen reichlich fingerdicken vorjährigen Trieb aus dem Strauch und teilte ein spannenlanges Stück davon ab. Die Rinde war glatt und braungrün, das weiche, schwammig-trockene Mark im Innern leicht mit einem Hölzchen herauszustoßen. Mein Ringlein passte genau in die hohle Röhre. François' Liebeslied hatte, eng zusammengerollt, darüber Platz.

Ich verschloss das eine Ende mit einem schnell aus Rinde zugeschnittenen Pfropfen. Das andere bekam zwei gebohrte Löcher, durch die ich ein Stück Schnur von der Seite meines

Gewandes zog. Die dünne Seidenkordel reichte genau um meine Taille. Und da band ich sie fest. Niemand würde mich bis auf die nackte Haut durchsuchen. Das Röhrchen mit meinen Schätzen war vorerst sicher. Und François' Federmesser? Ich lüpfte noch einmal den Stein, unter dem ich seine Tasche versteckt hatte, um auch das Messer verschwinden zu lassen.

Stumpfsinnig vor Müdigkeit langte ich mit dem Knecht auf einer Anhöhe vor Sankt Maria Magdalenen an, als die Sonne sank. Die letzten gelbroten Strahlen des schwindenden Tageslichts zeigten mir ein verschachteltes, vielflügeliges Anwesen, dessen Gebäudeteile breit und gedrungen wie hingeduckt in der Senke vor mir lagen und dessen massige Umfassungsmauer von einem dicken, viereckigen Turm flankiert wurde.

Bei mir weckte das Kloster den Eindruck eines verteidigungsbereiten gepanzerten Tieres – grau, abweisend, beinahe drohend. Das dünne Bimmeln einer Glocke vom Turm milderte diesen Eindruck nicht.

Mit wachsender Furcht, die langsam meinen Schmerz zu überlagern begann, näherte ich mich dem Tor zu diesem Haus der Buße, das von nun an meine neue Heimat sein sollte. Der Reitknecht saß ab, hob mich aus dem Sattel, musste mich stützen, als wir an die niedrige, schwer mit eisernen Bändern gesicherte Pforte herantraten. Mein Begleiter bediente den dicken Klopfring, der in die Bohlen der Schlupftür eingelassen war, und wir warteten. Nach einer Weile hörte ich schlurfende Schritte. Eine verstimmt klingende Altfrauenstimme fragte: »Wer da?«

»Agneta von Rabenstein«, antwortete ich, »mein Vater hat mich angekündigt, und …«

»Schon gut.« Der Ton dieser vertrockneten Stimme verbot jedes weitere Wort. Ein Schlüssel knirschte. Die Schlupftür öffnete sich einen Spalt.

Ich wurde gemustert, und zwar von einer Nonne, deren Alter ich nicht bestimmen konnte. Ihr weißes, pergamentenes Gesicht, von einem leinenen Kinntuch und dem groben dunklen Schleier straff umrahmt, sah aus wie das eines Wesens der Unterwelt. So hatte ich mir, als ich noch ein Kind war, immer die Unholde vorgestellt, die Jagd auf einsame Wanderer machen. Ich erschrak.

»Komm herein«, sagte die Nonne. Eingesunkene, gläserngrünliche Augen bildeten eine seltsame Einheit mit der zerknitterten, ungesunden Blässe ihrer Haut, die sicher schon lange kein Sonnenlicht mehr gesehen hatte.

»Mein Begleiter –« begann ich zaghaft.

»Wir beherbergen keine Männer in unseren Mauern«, schnitt mir die Nonne die Rede ab. »Er wird draußen übernachten müssen.« Damit fasste sie mich einfach bei der Hand und zog mich durch die schmale kleine Pforte ins Innere des Gebäudes.

»Aber es ist beinahe dunkel«, wagte ich einen Einwand. »Wäre es nicht möglich, den Knecht im Stall unterzubringen? Dort würde er doch niemanden –«

»Nein«, sagte die Nonne. Ihre knochige Hand schloss sich so fest um meine Finger, dass es schmerzte. »Komm jetzt. Die Hochwürdige Mutter wartet.«

»Einen Augenblick«, sagte ich, »meine Krücke – sie ist noch draußen, und ich …«

Die Nonne stieß mit dem Fuß die Pforte zu und drehte mit der freien Hand den Schlüssel um. Dann wandte sie sich einem Korridor zu, der vom Eingang in das Gebäude hineinführte. »Komm.«

»Aber ich brauche meine Krücke.« Ich suchte die Hand aus dem Griff der Nonne zu befreien. »Ohne sie kann ich kaum gehen.«

»Von nun an wirst du sie nicht mehr brauchen«, bemerkte die Klosterfrau trocken. Sie hielt eisern fest. Der Druck ihrer Finger war kalt, hart und unerbittlich. Ich hatte keine andere Wahl, als mühsam hinter ihr herzuhinken.

Nach einem Weg durch den dunklen Korridor, der mir endlos schien, blieben wir vor einer schmalen Rundbogentür stehen. Die Nonne klopfte mit dürrem Knöchel. »Herein«, klang es von drinnen.

Ich wurde in einen gewölbten, kahlen Raum geschoben,

der von einer einzigen Kerze spärlich erhellt war. Am anderen Ende, vor einem winzigen Fensterchen, stand eine schmale, sehr hoch gewachsene Gestalt, die sich langsam zu mir umwandte. »Ich habe dich erwartet«, sagte die Äbtissin.

Ihre Worte waren schleppend gekommen, als habe sie sich jedes einzelne abringen müssen. »Ja, ich weiß, ehrwürdige Mutter«, erwiderte ich, »mein Vater hatte es …«

Sie hob eine dünne weiße Hand. »Du sprichst nur, wenn du gefragt wirst«, brachte sie mich abrupt zum Schweigen. Dann trat sie dicht vor mich hin.

Sie überragte mich um mehr als Haupteslänge. Ihr Antlitz, ebenso weißhäutig wie das der Nonne, die mich hierhergebracht hatte, wirkte wie aus Stein gehauen. Scharfe, kantige Züge waren darin eingegraben, und die Augen, die es beherrschten, hatten einen leblosen Ausdruck. Der spärliche gelbe Schein der Kerze aber vertiefte noch die Schatten in diesem Gesicht, das so gar nichts Mütterliches hatte, und machte es beinahe Furcht erregend.

»Nun bist du also da«, sagte die Äbtissin und betrachtete mich mit unbewegten Blicken. »Eine Mitgift hat dir dein Vater nicht abgetreten, aber es gibt viele in diesem Haus, die ohne Mitgift kamen …«

Ich senkte den Blick. Es fiel mir schwer, unter den Augen dieser Frau auszuhalten. »Vielleicht«, wagte ich eine Antwort, »wäre es nützlich, noch einmal mit meinem Vater zu verhandeln. Mir steht das Erbe meiner seligen Mutter zu, und …«

»Dir fehlt es an Demut«, sagte die Äbtissin eisig, »aber die werden wir schon in dir zu wecken wissen. Sei unbesorgt, mein Kind.«

Der Ton, in dem sie ›mein Kind‹ gesagt hatte, ließ mich schaudern. Ich fühlte ihren Blick wie eine erdrückende Last auf mir. »Vergebung, ehrwürdige Mutter«, flüsterte ich.

»Schwester Gertrudis wird dich in deine Zelle führen und dich einkleiden.« Die Äbtissin ging nicht auf meine Entschuldigung ein. »Zur Prim wirst du geweckt. Bis dahin betrachte dich noch als Gast unter unserem Dach. Gott segne dich.«

Ihre letzten Worte klirrten wie Eis. Die Nonne, die mir die Pforte geöffnet hatte, fasste wieder meine Hand und zerrte mich hastig aus dem Gemach der Äbtissin. Ohne Worte leitete sie mich weiter den Gang entlang. Durch eine Tür, die ein kleines, vergittertes Guckloch hatte, ging es eine Treppe hinauf und dann nach links in einen der Seitenflügel.

Hier waren wir wieder in einem endlos langen Korridor, den wenige an den Deckenbalken aufgehängte Öllämpchen dürftig erhellten. Zu beiden Seiten sah ich in engem Abstand schmale, dunkle Türen. Die vorletzte auf der rechten Seite öffnete Schwester Gertrudis.

Wir gingen hinein. Auch hier brannte eine Lampe. Ansonsten war der schmale Raum bis auf eine hölzerne Pritsche, auf der irgendwelches Wollzeug lag, völlig leer.

»Zieh dich aus«, befahl Schwester Gertudis, »nur dein Hemd darfst du anbehalten.«

Ich tat, was sie verlangte. Mein Fuß schmerzte höllisch, doch ich brachte es unter Aufbietung aller meiner verbliebenen Kräfte fertig, mich endlich aus meiner verschnürten Cotte zu schälen.

»Wirf deine Kleider dorthin«, sagte Schwester Gertrudis und deutete auf einen Fleck am Boden.

Ich tat es.

»Nun zieh dein neues Gewand über«, lautete der nächste Befehl.

»Welches?« wagte ich zu fragen.

Die Nonne wies mir das Zeug, das auf der Pritsche gefaltet lag. Ich hob es hoch. Es war ein grobes, sackartiges Gewebe aus ungefärbter grauer Wolle, mit einem Loch für den Hals und an den Seiten bis auf Schlitze für die Arme in unregelmäßigen Stichen zugenäht. Ich mühte mich in diesen weiten Schlauch hinein. Er reichte nicht ganz bis zum Boden und roch durchdringend nach Schweiß.

»Das müsste einmal gewaschen werden«, murmelte ich.

Schwester Gertrudis blitzte mich mit ihren glasig-grünen Augen höhnisch an. »Du bist in einem Büßerinnenkloster«, sagte sie mit dürrer Stimme. »Den Freuden dieser Welt haben wir alle entsagt. Du wirst es gewiss nicht anders halten.«

Ich verneigte mich vor ihr.

»Lösch das Licht, sobald du dein Gebet verrichtet hast«, war ihre letzte Anweisung. »In der Lampe ist Öl für vier Tage – nicht mehr. Verbrennst du es in kürzerer Zeit, so hast du keins, bis wieder aufgefüllt wird. Gott segne dich.«

Ohne ein weiteres Wort raffte sie mein Gewand auf und ging hinaus. Ich hörte, wie sich ihre schlurfenden Schritte auf dem Gang entfernten.

Ich war allein. Hier, in der trostlosen Leere und Einsamkeit dieser Klosterzelle wurde mir zum ersten Mal wirklich bewusst, dass François für immer aus meinem Leben verschwunden war. Die Qual dieser Erkenntnis überfiel mich mit doppelter Gewalt, und ich glaubte für einen Augenblick, sie müsse mich umbringen. Ich würde meinen Liebsten niemals wieder sehen. Ich schlang die Arme um meinen Oberkörper und wiegte mich hin und her in der vergeblichen Bemühung, Herr über meinen Schmerz zu werden. Aber Sehnsucht und äußerste Verlassenheit wollten nicht von mir weichen.

Ich setzte mich auf die harten Bretter der Pritsche, band die seidene Kordel von meiner Taille los und zog mit zitternden Fingern das Stückchen Pergament aus seiner Röhre. Ich entrollte es, las noch einmal, zum tausendsten Mal, die Worte, die mein Liebster für mich geschrieben hatte: »Eines Apriltags Königin ...«

Ich konnte nicht weiterlesen. Ich kannte das Lied ohnehin auswendig. Ich steckte es wieder in die Röhre aus Holunderholz, bevor meine Tränen die Tinte zum Verlaufen brachten. Auch für diesen allerletzten, teuersten Besitz brauchte ich ein Versteck. Meine Augen suchten.

In der Ecke des Raumes, dicht über dem Fußboden, entdeckte ich eine Stelle, wo der Kalkputz von der Wand abgefallen war. Dadurch war ein Mauerstein zum Vorschein gekommen, ein dreieckiger grauer Feldstein, der locker schien. Ich kniete mich hin und fasste den Stein mit Daumen und Zeigefinger. Er ließ sich herausziehen. Dahinter war eine kleine Höhlung.

Ich griff hinein. Meine tastenden Finger fühlten etwas

Weiches, fassten es, zogen es heraus. Ich hielt ein dünnes Tüchlein in der Hand, ganz schmucklos, aus feiner hellblauer Seide.

Vielleicht hatte eine andere unglückliche Büßerin vor mir ihre kostbarste Habe hinter diesem Stein verborgen. Es konnte mir gleich sein. Ich stopfte das Seidentuch wieder hinein und verstaute mein Holunderröhrchen ebenfalls in dem Mauerloch. Dann setzte ich den Stein zurück an seine Stelle. Niemand würde meinen letzten Besitz jetzt noch entdecken, so, wie auch das Tüchlein nicht entdeckt worden war.

Ich löschte die Lampe, wie mir Schwester Gertrudis befohlen hatte. Die Nacht verging unendlich langsam. Ich fand keinen Schlaf auf der elenden Pritsche, zudem war es kalt, und das schweißige Wollzeug meiner Kutte wärmte kaum. Als das erste graue Tageslicht durch das kleine Fenster zu mir hereindämmerte, hörte ich ein hartes Klopfen an der Tür.

Ich erhob mich mühsam. Mein Körper schmerzte. Eine junge Schwester war an der Tür und winkte mir mitzukommen. Ich folgte ihr ohne Worte.

Wir gingen den Korridor entlang und die Treppe wieder hinunter. Hinter der Tür mit dem vergitterten Guckloch trafen wir auf weitere Nonnen. Zusammen, eine dicht gedrängte Herde grauer Schafe, strebten wir der Kapelle zu. Ich suchte humpelnd mit ihnen Schritt zu halten. Keine der Nonnen sah mich an. Alle hielten beim Gehen den Blick auf die Fliesen des Fußbodens gerichtet.

Ich sah Schwestern jeden Alters. Manche waren in der Blüte ihrer Jahre, andere noch kindhaft jung, wieder andere schon Greisinnen. Doch mir schien es, als seien sich alle erschreckend ähnlich. Sie hatten die gleichen blassen Gesichter, die gleichen leeren Augen, die gleichen krummen Rücken. Sie schienen wie tot.

Die beiden kleinen, vielleicht zehnjährigen Mädchen, die vor dem Eingang der Kapelle auf den Knien lagen und mit Putzlappen ein paar rötliche Flecken vom Boden aufwischten, blickten verstört. In ihren Augen las ich Grauen und Furcht. Sie durften nicht mit in die Kapelle.

Die Andacht, von der Äbtissin geleitet, bestand aus gesungenen lateinischen Gebeten, die ich nicht kannte. So richtete ich in Gedanken meine eigenen Worte an die Heilige Jungfrau. Es konnte dem Allmächtigen nicht missfallen, wenn ich auf meine Weise dem Gottesdienst folgte.

Schließlich ging die Prim zu Ende. Doch die Schwestern verharrten noch im schmucklosen Raum der Kapelle. Erst, als die Äbtissin sie mit einer sparsamen, segnenden Geste entließ, schlichen sie gesenkten Hauptes hinaus. Nur zwei von ihnen blieben bei ihr stehen, und mich sprach sie an.

»Agneta – empfange nun das Kleid, das du in unserer Gemeinschaft tragen wirst.«

Ich trat, von ihr herangewinkt, zögernd auf sie zu. Die beiden Schwestern, die bei ihr geblieben waren, überreichten mir einen groben Schleier aus schwarzbrauner Wolle und eine graue Kutte mit weiten Ärmeln. »Du wirst dieses Gewand über dem Büßerhemd tragen«, sagte die Äbtissin. »Lege es an und folge mir in meine Zelle, wo ich dich einweisen werde.«

Ich gehorchte schweigend. In dem Gemach, wo ich sie gestern zum ersten Mal gesehen hatte, befahl mir die Äbtissin, mich hinzuknien. »Ab heute wird dein Leben Gebet und Arbeit sein«, sagte sie. »Die Stunden des Gebets werden dir durch die Glocke angezeigt. Dem Schlaf gehören vier Stunden. Der Rest deiner Zeit gehört der Arbeit. Wir sprechen nur, wenn wir gefragt werden. Die einzige, die fragt, bin ich. Du sollst keine unnützen Worte machen, spricht der Herr unser Gott. Hast du mich verstanden, dann nicke.«

Ich nickte. »Du wirst bis auf weiteres im Garten arbeiten«, fuhr die Äbtissin mit monotoner Stimme fort. »Es erfüllt mich mit inniger Freude, dass deine Demut seit der vergangenen Nacht gewachsen ist.«

Ich neigte mich tiefer. Mir war kalt in Gegenwart dieser Frau. »An der Heiligen Messe nehmen wir drei Mal in der Woche teil«, setzte die Äbtissin ihre Unterweisung fort, »unser Beichtvater ist Bruder Eugenius, der unser Haus regelmäßig besucht. Auch mit ihm sind nur die notwendigen Worte zu wechseln. Zu den Knechten, die für das Kloster arbeiten, darf überhaupt nicht gesprochen werden, es sei denn, ich erlaube es.«

Sie machte eine Pause. Ich schwieg und hielt den Kopf tief gesenkt. »Du darfst mir eine Frage stellen«, sagte sie.

Ich hob ihr das Gesicht entgegen. Da war etwas, das mich bewegte. »Ehrwürdige Mutter«, richtete ich das Wort an sie, »habe ich die Erlaubnis, einen Brief zu schreiben? Es gibt jemanden, dem ich mitteilen möchte, wo ich bin.«

»Wem?« kam die knappe Nachfrage.

»Der Frau Mathilde von Braunschweig«, sagte ich leise, »ich lernte sie kennen, als sie auf der Burg meines Vater weilte, und –«

Die Äbtissin brachte mich mit einer abrupten Bewegung ihrer dünnen weißen Hand zum Schweigen. »Frau Mathilde ist bereits im vergangenen Sommer zu Gott unserem Herrn heimgegangen«, sagte sie, »ein Brief an sie wäre also sinnlos.«

Es lag keinerlei Bewegung in ihrer Stimme. Sie hatte den Satz so gleichgültig ausgesprochen, dass ich einmal mehr erschauerte. Frau Mathilde war tot. Darum also war auf die vier Briefe, die ich ihr im Verlauf des Sommers und Herbstes geschrieben hatte, keine Antwort gekommen.

»Du darfst mir eine weitere Frage stellen«, sagte die Äbtissin.

Niemand hatte mir gesagt, dass Mathilde von England gestorben war. Alle in Rabenstein mussten es gewusst haben, doch keinem war eingefallen, mir darüber Auskunft zu geben. Ich musste einen Schluchzer unterdrücken. »Ich habe sonst keine Fragen mehr, ehrwürdige Mutter«, sagte ich gepresst.

»Dann darfst du dich entfernen«, war die kühle Anweisung, »Schwester Clara wartet vor der Tür. Sie wird dir deine Arbeit zuteilen.«

Der Garten war ein mit hohen, ungefügen Mauern eingefriedetes Stück Land, vielleicht sechzig Schritte im Geviert, das in viele säuberliche Quadrate eingeteilt war. Beinahe alle dieser Beete waren von vorjährigem, struppigem Unkraut überwuchert. Nur einige wenige lagen gesäubert und bereit zum Säen in der ersten Morgensonne.

Schwester Clara, eine etwa vierzigjährige Frau, die den gleichen unbewegten Ausdruck zeigte wie die anderen Klosterfrauen, reichte mir eine Hacke. »Brich die Erde um und jäte«, trug sie mir auf, »übersieh die Graswurzeln nicht.« Und sie ließ mich einfach stehen.

Ich schaute der hageren, grau verhüllten Gestalt nach, wie sie zwischen den verwilderten Beeten hindurch den Garten verließ, und unwillkürlich atmete ich auf. Hier unter Gottes Himmel wich das Gefühl der Erstarrung, das mich innerhalb der Klostergebäude so fest in den Krallen gehabt hatte. Ich fühlte mich frei genug, um zu weinen.

Unter Tränen begann ich mit meiner Arbeit. Es war unsäglich schwer, die Hacke zu schwingen, ohne bei jedem Schlag das Gleichgewicht zu verlieren. Das Erdreich war hart; eine Vielfalt von feinen, zähen Unkrautwurzeln hielt es fest zusammen und hinderte die Hacke am Eindringen. Nach ganz kurzer Zeit zeigten sich Blasen an meinen Händen. Bald danach benetzte Blut den Stiel des Werkzeuges, dessen Handhabung mir fremd war.

Dennoch hielt ich aus und bemühte mich weiter. Als die dünnen, blechernen Glockenschläge zur nächsten Andacht riefen, hatte ich den größten Teil eines Beetes von Gestrüpp gesäubert.

Nach dem Gottesdienst, der ebenso ablief wie der erste am Morgen, bekam ich keine neuen Anweisungen. Also humpelte ich unter Schmerzen von neuem in den Garten. Diesmal ließ ich mich vor dem Beet auf die Knie nieder und rupfte das Unkraut mit den Fingern aus. Das ging nicht leichter. Aber ich konnte meinen verkrüppelten Fuß schonen.

Zur nachmittäglichen Andacht holte mich Schwester Clara ab. Sie sah mich von weitem auf der Erde knien und musterte mich mit gerunzelten Brauen. Ihre Miene wirkte bedrohlich. Als der Gottesdienst zu Ende war, sprach mich die Äbtissin wieder an. »Du hast deinen Auftrag nicht nach der Vorschrift erfüllt«, sagte sie streng. In ihren ausdruckslosen Augen lag ein harter Glanz.

Ich schüttelte den Kopf.

»Und du wagst es, mir zu widersprechen«, fügte die Äbtissin hinzu. »Zur Buße –« sie warf einen Blick auf Schwester Clara, »soll diese deine Vorgesetzte dich geißeln – im Angesicht der anderen Schwestern, sobald das Nachtmahl verzehrt ist.«

Ich war mir keiner Übertretung bewusst. Dennoch ertrug ich die Geißelung auf den rohen Steinplatten des Refektoriums ohne Widerspruch. Schwester Clara führte sie erstaunlich kraftvoll durch. Mein nackter Rücken war mit blutenden Striemen überzogen, als ich endlich mein Hemd wieder überstreifen und in meine Zelle gehen durfte.

Hier zündete ich meine Lampe erst gar nicht an. Ich legte mich nur bäuchlings auf meine Pritsche und schloss die Augen. Ich versuchte, um das Ende meiner körperlichen und seelischen Schmerzen zu beten. Aber meine Gedanken kamen nicht zur Ruhe.

Dieses Kloster war kein Ort des Friedens und der Buße. Es war eine Gruft voller Frauen, die längst kein Leben mehr in sich hatten. Früher oder später würde der Geist der Gnadenlosigkeit, der hier herrschte, auch meine eigene Seele vergiften. Früher oder später würde ich so hart und empfindungslos werden wie die ehrwürdige Mutter oder die anderen Klosterfrauen – wenn ich nicht vorher zerbrach.

Die verstörten Gesichter der beiden kleinen Mädchen fielen mir ein. Diese Kinder waren sicherlich von ihren Eltern dem Kloster übergeben worden. Sie waren unfreiwillig hier – ebenso wie viele der älteren Nonnen und wie ich. Angst ergriff mich. Wie sollte ich mich vor dem üblen Einfluss schützen, den das Leben in dieser Gruft unweigerlich auf mich haben würde? Zitternd verbrachte ich auf meinem harten Lager die ersten Stunden der Nacht. Kurz, nachdem ich endlich eingeschlafen war, weckte mich schon wieder das unbarmherzige Klopfen des Fingers an meiner Tür.

Die nächsten Tage vergingen in öder Gleichförmigkeit. Ich arbeitete mit notdürftig verbundenen, blasenbedeckten Händen im Garten, nahm an den vorgeschriebenen Andachten teil, ohne dass ich mit dem Herzen dabei war, und schlief am Ende des Tages wie eine Tote die vier Stunden, die mir erlaubt waren. Niemand richtete das Wort an mich. Mir war, als sei ich von allem Leben abgeschnitten und befände mich in einer Welt, in der es nur mich und meine Gedanken gab.

Am vierten Tag trat mir während der Prim eine Klosterschwester hart auf meinen verletzten Fuß. Mir schossen vor Schmerz die Tränen in die Augen, doch ich verbiss mir jeden Laut. Bei der zweiten und dritten Andacht trat mich die gleiche Nonne wieder, und ich wusste, es war kein Versehen gewesen. Ich meldete der Äbtissin die Vorfälle, ohne dass sie mir Erlaubnis zum Sprechen gegeben hatte. »Deine Buße soll sein«, sagte sie kalt, »dass du vier Stunden in der Kapelle auf den Knien verbringst – zur Zeit der Nachtruhe.«

Für mich wurden Erbsen ausgestreut, auf denen ich knien musste. Die Zeit, in der ich hätte schlafen können, wurde zu einer unaussprechlichen Qual. Bei der ersten Andacht, die ich beinahe ohnmächtig vor Schmerz und Müdigkeit durchstand, trat mich die Nonne wieder. Diesmal ertrug ich ihren heimlichen Angriff ohne Gegenwehr. Doch ich warf ihr einen wilden, drohenden Blick zu, und sie zuckte zurück. Ich sah Feigheit in ihren Augen.

Ich wankte in den Garten, an meine mühselige Arbeit. In mir war eine Wut, wie ich sie noch nie im Leben verspürt hatte. Mein mörderischer Zorn auf die Klosterfrauen und die Ehrwürdige Mutter sprengte mir fast die Brust. Zum ersten Mal konnte ich selbst hier, unter freiem Himmel, nicht mehr beten.

Ich hatte schon angefangen, mich zu verändern. Das weinende, in hilfloser Wut mit den Zähnen knirschende armselige Wesen in der groben Büßerkutte war nicht mehr Agneta. Bald würde ich mich in eine der bleichen, gesichtslosen, bösartigen Schattengestalten verwandelt haben, die diesen unheiligen Ort so zahlreich bevölkerten.

Ich legte die Hände auf den Leib. Ein wilder, närrischer Wunsch stieg in mir auf – schwanger zu sein von meinem Geliebten. Doch die Tage meiner monatlichen Reinigung kündigten sich mit einem wohl bekannten Ziehen bereits an.

Ich würde kein Kind bekommen. Ich würde nichts, gar nichts behalten, was mich mit François verband – außer dem kleinen Gedicht in der Holunderröhre.

Mein Blick hob sich. Noch zwei Tage, dann kam das Fest der Auferstehung unseres Herrn. Der Himmel war von einem silbrigen, zarten Blau, betupft mit wolligen kleinen Wolken. Die Sonne wärmte, und der Wind wehte lau über die erwachende Erde. Ganz sicher standen die Blüten des alten Holzapfelbaumes auf Rabenstein kurz vor den Aufbrechen.

An so einem Tag war François mir zum ersten Mal begegnet. Meine Sehnsucht überwältigte mich. Ich konnte hier nicht bleiben. Ich musste fort.

Der Weg nach Rabenstein war mir versperrt. Aber dorthin wollte ich ja auch nicht zurück. Ich würde meiner Liebe folgen. Was hatte ich denn zu verlieren? Alles war besser, als in diesem Kloster, dieser Gruft voller übelmeinender Gespenster, lebendig begraben zu sein.

Auf einmal war mir leicht ums Herz.

Das Fenster meiner Zelle im ersten Stock ging hinaus auf eine Wiese zu Füßen des steinernen Ostflügels. Da weideten, eingefriedet von einem Flechtwerkzaun, die fünf Esel des Klosters, zusammen mit einer kleinen Schafherde und zwei Kühen. An die Mauer angebaut gab es da unten noch die winzige hölzerne Bude, die der Klosterhirte bewohnte.

Die Außenmauer des Gebäudes hatte an dieser Seite im Erdgeschoss keine Fenster. Die erbärmliche Behausung des Hirten lag weit genug entfernt. Mit einem Strick musste es mir möglich sein, mich auf die Viehweide hinunterzulassen, falls ich es schaffte, mich durch mein winziges Fensterchen hindurchzuzwängen.

Ich hatte den Zeitpunkt meiner Flucht auf den Sonntag nach Ostern festgelegt. Der Mond näherte sich seiner dunkelsten Phase. Er stand als hauchdünne Sichel am klaren Himmel. Sein Licht würde mich nicht verraten.

Nachtmahl und Komplet lagen hinter mir. Ich saß auf meiner Pritsche und zertrennte mit einem scharfen Steinsplitter, den ich im Garten aufgelesen hatte, mein raues Untergewand zu handbreiten Streifen. Aneinandergeknotet und fest gedreht sollten sie meinen Strick bilden.

Ich hatte nur wenige Stunden Zeit, um das Kloster so weit wie irgend möglich hinter mir zu lassen. Ich arbeitete mit fliegender Hast. Ich hoffte, dass das grobe Wollzeug fest genug war, um mich zu halten, und dass mein provisorisches Seil bis zum Erdboden reichte. Einen Sprung konnte ich mit meinem verdrehten Fuß nicht wagen.

Ich band den zottigen Strick an einem der eisernen Haken fest, die im Winter die pergamentbezogenen Fensterrahmen hielten. Ich prüfte, ob der Haken fest genug in der Wand saß. Er wackelte nicht. Dennoch war das, was ich vorhatte, ein lebensgefährliches Wagnis.

Ich war bereit. Als Letztes holte ich die kleine Röhre aus Holunderholz aus ihrem Mauerloch hervor und band sie mir an ihrer Seidenschnur fest um die Taille. Dann schob ich, jedes Geräusch vermeidend, die hölzerne Pritsche unter mein Fenster.

Ich stieg hinauf. Mit hämmerndem Herzen packte ich mein rauhwolliges Seil. Und dann arbeitete ich mich, Beine voran, durch die enge Fensteröffnung.

Ich zerschürfte mir Arme und Schultern. Der Stoff meiner grauen Kutte riss an mehreren Stellen. Aber ich war draußen und hing nun an meinem Seil, viele Ellen über dem Boden. Das Wollzeug knirschte angsterregend. Ich nahm all meinen Mut zusammen. Zoll für Zoll rutschte ich hinunter. Als ich den Boden beinahe erreicht hatte, riss mein Seil vom Fensterhaken ab. Doch ich fiel nur einige Zoll tief. Das Gras war feucht, weich und kühl.

Ein paar Herzschläge lang lag ich da und bemühte mich, wieder zu Atem zu kommen. Dann stand ich auf, nahm mein Seil an mich und wickelte es mir um die Taille. Unschlüssig blickte ich über die Wiese. Die Esel standen zusammen und dösten. Mit einem Reittier konnte ich bedeutend schneller vorankommen.

Der kleine zottelige Hund des Klosterhirten kam zu mir herübergelaufen, aber er beschnüffelte mich nur und schlug nicht an. Es war einfach, einen der Esel zum Zaun zu locken. Der Graue folgte mir fast von allein. Seine samtigen Nüstern bliesen mich warm an, und er gab keinen Laut von sich, als ich leise das Tor öffnete und ihn hinausführte. Ich schloss das Tor wieder. Dann machte ich mich, den Esel am Kopfgeschirr leitend, auf den Weg. Ich wollte ihn erst besteigen, wenn ich außer Sicht- und Rufweite des Klosters war.

Die Nacht war so dunkel, wie ich es mir nur wünschen konnte. Ich hatte Mühe, den Weg zu erkennen, auf dem ich am Abend meines Eintritts in das Kloster hergekommen war. Als ich stehen blieb und versuchte, mit Blicken die Finsternis zu durchdringen, war auf einmal ein hochbeiniger Schatten an meiner Seite. Eine feuchtkalte Nase berührte meine Hand, und ich hörte aufgeregtes, hechelndes Winseln.

Silber! Mein Hund war da – er hatte mich nicht vergessen. Ich erinnerte mich, in den vergangenen Tagen öfter das Aufheulen eines Hundes gehört zu haben. Vielleicht hatte die Pfortenschwester versucht, Silber mit Steinwürfen wegzutreiben.

Ich war nicht allein. Ich würde meine Reise nicht ohne Begleitung antreten müssen. Zärtlich tätschelte ich meinem Hund den struppigen Kopf. »Still, trauter Geselle«, raunte ich ihm zu, »sorge dich nicht – von jetzt an bleiben wir zusammen. Komm!« Dann setzten wir uns wieder in Bewegung. Der nächtliche Wald nahm uns auf.

LEO TRIPLEX

Dû bist mîn, ich bin dîn,
des solt dû gewis sîn.
Dû bist beslozzen in mînem herzen:
verlorn ist daz slüzzelin,
dû muost immer darinne sîn.

(Unbekannter Verfasser
des 12./13. Jahrhunderts)

13

Es war richtig gewesen, das Kloster Maria Magdalenen zu verlassen. Je weiter ich mich, humpelnd auf die Kruppe des gestohlenen Esels gestützt, von der Stätte meines äußersten Elends fortbewegte, desto ruhiger wurde ich. Ich brach kein Gelübde, denn ein solches hatte man mir ja noch nicht abverlangt. Gebete waren mir unter den grauen Nonnen nicht von den Lippen gegangen – im Gegenteil. Ich hatte sogar angefangen, mit Gott zu hadern. Das war jetzt vorbei.

Ich fühlte mich so leicht. Ein riesiges Gewicht war von meinem Herzen gewälzt. Die Welt lag, noch verhüllt von mondloser Dunkelheit, vor mir. Ich würde sie mir erkämpfen. In Poitiers wartete meine Liebe. Dorthin wollte ich.

Die Geräusche des Waldes machten mir keine Angst. Der weiche Flügelschlag der Eule war mir wohl bekannt. Das Rascheln all der kleinen Geschöpfe der Nacht enthielt keine Schrecken. Der starke Hund, der an meiner Seite trabte, gab mir Sicherheit.

François hatte gesagt, alle Menschen, die im Zeichen des Schützen geboren seien, liebten das Reisen. »Schützen haben unruhiges Blut«, waren seine Worte gewesen, »es liegt ihnen nicht, ihr Leben an ein und demselben Ort zu verbringen.« Damals im Hochsommer hatte ich darüber gelächelt. Ich hatte die Bemerkung gemacht, bei mir bestünde ja wohl wenig Hoffnung, dass ich jemals reisen würde. François hatte dazu geschwiegen. Und in seinem Schweigen war mir der Gedanke an den Falken gekommen, dessen Freiheit ich mir immer so sehnsüchtig gewünscht hatte.

Jetzt war ich frei. Ich sog die kühle Nachtluft tief in meine Lungen. Was habe ich denn zu verlieren, sagte ich mir noch einmal? Ich lebe. Ich lasse mich nicht länger einkerkern.

Mein Plan war, mich einer Gruppe von Pilgern anzuschließen, sobald ich eine der großen Straßen erreicht hatte.

Das Grab des heiligen Jakobus lag im Süden, so weit ich wusste. Pater Matthias hatte mir früher einmal erzählt, dass man bis dorthin jahrelang unterwegs sei. Vielleicht musste man das Welschland durchreisen. Vielleicht führte der Weg durch die Stadt Poitiers.

Ich hatte keine Vorstellung von François' Heimatstadt, außer, dass sie nicht sehr groß war. Der einzige Ort, den ich kannte, war das Dorf Rabenstein. War Poitiers, daran gemessen, viel größer? Gab es dort Häuser aus Holz oder aus Stein? Hatte Poitiers auch eine Kirche? Sicherlich, wenn Rabenstein eine besaß …

Ich bedauerte, dass ich François nicht gründlicher über die Welt ausgefragt hatte. Es war mir genug gewesen, von ihm geliebt zu werden und ihn, nur ihn anzusehen. Den ganzen Sommer hatte ich damit verbracht, das Deuten der Sterne von ihm zu lernen. Über die Welt außerhalb der Burg hatte ich nichts gelernt.

Halb im Traum saß ich auf dem Esel, der zielsicher den Weg entlangstapfte. Ich spürte kaum, wie der fallende Tau meine grobe Kutte durchfeuchtete. Die Berührungen der frühlingsgrünen Zweige, die meinen Scheitel streiften, empfand ich wie zärtliche Liebkosungen. Es war wundervoll, allen Fesseln entronnen zu sein. Die Mühsal der Wanderung, die vor mir lag, wollte ich gern dafür auf mich nehmen.

Kurz vor Anbruch des Morgens erreichte ich die Weggabelung, wo ich François' Tasche zurückgelassen hatte. Im Dämmerschein des ersten Tageslichts holte ich sie unter dem Stein hervor und wischte den Lehm ab. Ihr Inhalt war unversehrt und sogar trocken geblieben. Selbst das Federmesser hatte keinen Rost angesetzt.

Ich rastete ein Weilchen. Hunger, Durst und Müdigkeit zwangen mich zum Nachdenken. Hier konnte ich nicht länger bleiben als unbedingt notwendig. Ich musste mir für den Tag einen Unterschlupf suchen, damit ich nicht entdeckt wurde.

Was mit entlaufenen Nonnen geschah, war mir bekannt. Sie wurden geschoren, öffentlich zur Schau gestellt, gedemütigt und ausgepeitscht. Und danach landeten sie, von allen verachtet, als niedere Dienerinnen wieder im Kloster. Der Gedanke daran war so entsetzlich, dass ich schon nach kurzer Zeit meine Rast beendete und aufbrach.

Ich lenkte den Esel in den Wald hinein. Parallel zur Straße, die nach Süden ging, arbeitete ich mich durch das lichte Unterholz. Nirgends bot sich eine Deckung. Aber dann fand ich ein Schlehendickicht, das mich und die Tiere einigermaßen verbergen konnte. Hier würde ich bleiben, bis der Tag sich wieder neigte. Meine Nahrung bestand aus einigen Büscheln Löwenzahn, von dem ich wusste, dass die Bauern ihn aßen. Selbst die ganz jungen Blätter schmeckten bitter. Umso köstlicher war das kalte, klare Wasser eines aus dem moosigen Grund entspringenden Rinnsals.

Ich verbrachte meine Zeit damit, François' Aufzeichnungen durchzublättern. Vor mir auf den Knien lagen die Ephemeriden der letzten siebzig Jahre. François hatte viel Gewicht darauf gelegt, sorgfältig und leserlich zu schreiben. Auf den vier Horoskopen, die die Tasche ebenfalls enthalten hatte, waren dagegen die Ränder dicht bekritzelt.

Mein eigenes Horoskop lag zuoberst. »Agneta«, stand auf dem rechten Rand, »la force, la fortune. La flor d'Avril – dit Père Chretien«, und darunter: »Reine de mon coeur / ma douce Agnès.«

Bei den anderen Sätzen war die Schrift schräg geneigt. Die Buchstaben wirkten wie vom Wind gebeugt. Er musste seine Gedanken sehr hastig niedergelegt haben. Ich konnte sie zwar lesen, aber fast nichts davon verstehen, weil es Worte seiner Muttersprache waren. Nur die ersten Sätze sprachen für sich. Agneta, die Kraft, das Glück. Die Blume des April – sagt Pater Chrétien. Königin meines Herzens – süße Agnès …

»Du hast einen großen Vorsprung, François«, flüsterte ich vor mich hin, »aber ich hole dich ein. Irgendwann werden wir uns wieder sehen!«

Ich schloss die Augen. So konnte ich sein Gesicht sehen. Ich stellte mir vor, seine Arme um mich zu spüren, und seinen Kuss auf meinen Lippen. Ich war sicher – meine Sehnsucht würde mich zu ihm bringen. Sie war stark genug, um jedes Hindernis zu überwinden.

Ich musste eingeschlafen sein. Als ich die Lider aufschlug, war die Sonne bereits gesunken. Tiefe Dämmerung verwischte die Konturen der Sträucher und Bäume. Silber stand neben mir. Seine feuchte Nase hatte meine Wange berührt.

Ich richtete mich auf. Der Esel hatte sich einige Schritte weit entfernt, aber er war nicht weggelaufen. Gott sei gedankt. Wie leichtsinnig von mir, dass ich das Grautier nicht mit meinem selbst gefertigten Seil angebunden hatte! Solche Fehler musste ich in Zukunft vermeiden.

Ich packte François' Aufzeichnungen zusammen, verschnürte die Tasche mit einem Stück meines zerzausten Wollstrickes und band sie dann auf dem Rücken des Esels fest. Danach kletterte ich mühsam wieder auf den geduldigen Grauen und ritt, diesmal auf dem Weg, in die sinkende Nacht.

Zu dieser späten Stunde würde mir niemand mehr begegnen. Kein Bauer war nach Anbruch der Dunkelheit noch unterwegs. Die dummen Kerle sahen dann überall Gespenster. Aber auch mir war heute sonderbar zu Mute. Am klaren Himmel funkelten winzig und kalt unzählige Sterne, doch der Mond hatte sein Gesicht ganz verborgen. Nicht einmal eine noch so schmale Sichel war mehr zu sehen.

Neumondnächte gehörten den Mächten des Bösen, hieß es. Ich begann zu beten, während Silber neben mir lief und der Esel gleichmütig Schritt vor Schritt setzte. Ich wünschte mir plötzlich, ich hätte meinen Rosenkranz bei mir gehabt.

Ein leichter Wind kam auf. Er fuhr mir unter den groben schwarzen Nonnenschleier und ließ ihn flattern. Silber blieb stehen, hob den Kopf, witterte. Dann begann er leise zu knurren.

Ich hielt den Esel an. Vor mir auf der dunklen Straße bewegte sich etwas. Ein Schatten huschte heran, ein zweiter näherte sich von rechts, ein dritter von links. Sie liefen geduckt und fast lautlos – kaum, dass ein Zweig knackte. Plötzlich war ich von vermummten Gestalten umgeben, deren Gesichter ich in der Dunkelheit nicht erkennen konnte.

Sie drangen auf mich ein. Silber zog die Lefzen hoch und knurrte lauter. »Vorsicht, der Hund«, zischte eine tonlose

Stimme. Auf einmal flog eine Schlinge um Silbers Hals, von geschickter Hand geworfen. Silber wurde beiseite gezerrt.

Er wehrte sich. Ich hörte einen zornigen, dann einen angstvollen Aufschrei. Der Vermummte, der meinen Hund eingefangen hatte, wurde kaum mit ihm fertig. »Binde den Köter doch an«, zischte wieder die Stimme, »sei nicht so blöd!«

Der Vermummte gehorchte sofort. Silber heulte und riss an seinem Strick, doch er konnte mir nicht mehr beistehen. Ich wurde gepackt und von meinem Reittier heruntergerissen. Jemand zog mir den Schleier weg. Ich schrie auf vor Schrecken. »'Ne Frau«, brummte eine grobe Männerstimme überrascht. »Was macht die nachts allein auf der Straße?«

»Bitte«, flüsterte ich entsetzt, »lasst mich laufen! Ich habe nichts Wertvolles bei mir, und –«

»Hier ist 'ne Tasche«, sagte einer der Vermummten triumphierend, »war auf den Esel gebunden. Vielleicht hat sie da was Wertvolles drin …«

Der große, vierschrötige Kerl drehte mir die Hände auf den Rücken und hielt mich fest, während ein zweiter, kleinerer auf dem Weg Stellung bezog und die Umgebung scharf im Auge hielt. Die anderen stürzten sich auf François' Tasche und wühlten darin herum. Ich hörte Laute der Enttäuschung. »Bloß 'n Haufen Pergamente«, grollte ein Bass, »und 'n komisches Gerät. Das lässt sich vielleicht günstig eintauschen – was meinst du, Füchsin?«

Die Gestalt, die auf dem Weg stand, nickte. Dann trat sie dicht vor mich hin. Sie spähte mir ins Gesicht, musterte mich scharf. Und ich erkannte die, die mich da entgeistert anstarrte. Es war Bärbe.

»Du …?« flüsterte ich entsetzt.

Bärbe gab keine Antwort. Der Ausdruck ihres Gesichtes wechselte abrupt von Überraschung zu tiefer Verachtung. Sie trat zurück und drehte mir den Rücken zu.

»Ziemlich schmale Beute, Füchsin«, sagte der Bass.

»Du vergisst den Esel«, erwiderte Bärbe mit ausdrucksloser Stimme.

»Und was machen wir mit der Frau?« fragte der Bass. »Anbinden und vergessen – wie immer?«

»Schneidet ihr die Kehle durch«, sagte Bärbe kalt.

»Aber Füchsin«, wandte der Bass ein, »sie ist 'ne Frau, und es liegt mir nich', Frauen –«

»Sie ist eine von den Rabensteinern«, schnitt Bärbe ihm das Wort ab, »sie verdient es nicht, zu leben.«

»Also, ich kann das nich'«, weigerte sich der Bass. Die anderen Vermummten waren plötzlich alle sehr beschäftigt. »Wir packen zusammen und bringen schon mal den Esel weg«, sagte der eine, dessen Fistelstimme zittrig klang, »wir können uns um sowas nich' kümmern.«

»Mach sie halt selber tot«, bestätigte der Bass. »Sehr kräftig sieht sie mir nich' aus.«

»Ihr feigen Hunde«, zischte Bärbe, »wollt ihr mich etwa im Stich lassen?«

»Füchsin«, gab der Bass zurück, »wenn's um Stehlen oder um 'ne lustige Schlägerei geht, da folgen wir dir gern. Wir sind Diebe – aber Mörder sind wir nich'.«

»Und wollen's auch nich' werden«, fügte die Fistelstimme hinzu.

Bärbe stand aufrecht wie eine Statue. Dann, mit einer wilden, geschmeidigen Bewegung, zog sie einen Dolch. Sie setzte ihn mir an die Kehle. Ich spürte den scharfen Stahl auf meiner Haut; seine Kälte drang mir bis ins Herz.

»Bärbe«, flüsterte ich, »ich habe Hannes nicht umgebracht! Du hattest mich gebeten, etwas für ihn zu tun, und ich –«

»Halt's Maul«, fauchte Bärbe. Ich sah Tränen in ihren Augen schimmern. »Er ist tot – oder nicht?«

»Ich habe versucht, ihn zu be–«

Bärbe schlug mir mit der flachen Hand ins Gesicht. »In Eurem Turm ist er elend verreckt«, stieß sie hervor, »wie wollt Ihr das rechtfertigen?«

Ich weinte plötzlich mit ihr. »Wir kamen zu spät«, flüsterte ich, »es ist uns nicht gelungen, ihn noch herauszu–«

Sie schlug mich ein zweites Mal, ein drittes Mal. Sie schluchzte laut. Ihr Dolch drückte sich fester in meinen Hals. »Mörderbrut …« stieß sie hervor.

Mir verging der Atem. Ich brachte es mühsam fertig, den

Kopf verneinend hin und her zu bewegen. »Nein«, würgte ich heraus, »nein, Bärbe. Ich habe ihn nicht umgebracht. Ich konnte ihn nur nicht retten. Wenn du glaubst, dafür verdiene ich den Tod … dann … stoß zu …«

Einen weiteren langen Augenblick hielt Bärbe den Dolch hart an meine Kehle gedrückt. Ich spürte, wie die scharfe Klinge meine Haut ritzte. Warmes Blut begann über meinen Hals zu sickern. Dann plötzlich ließ Bärbe locker. Die Hand mit dem Dolch sank herab. Bärbe wandte sich von mir ab. »Es tut mir Leid …« murmelte sie tonlos.

Ich fasste sie beim Arm. »Diese Worte hätte ich dir sagen sollen«, erwiderte ich leise. Meine Stimme klang noch immer rau. »Bärbe – glaube mir, ich habe Hans Waldvogel wirklich sehr gern gehabt, und –«

»Seid doch still«, unterbrach mich Bärbe schluchzend, »geht einfach Eurer Wege und macht nicht noch mehr Worte! Ich lasse Euch ja Euer Leben, auch wenn Hannes seins verloren hat.«

»Aber ich bin nicht schuld daran«, beschwor ich sie. »Ich habe nicht einmal teil an der Schuld. Ich will, dass du mir glaubst!«

»Wie sollte ich das?« Bärbes stockende Stimme verriet, dass sie weinte. »Ihr hättet ihn retten können – redet Euch nicht heraus!«

Ich hielt sie fest. Sie entriss mir ihren Arm. »Bärbe«, suchte ich mich ein letztes Mal zu rechtfertigen, »du weißt ja nicht, welchen Stand ich in meiner Familie hatte! Mein Vater hat mich nicht einmal angehört, als ich mich für Hannes einsetzen wollte. Mein Bruder kann nichts bestimmen. Und meine Mutter –«

»Die hat doch ein Ungeheuer geboren«, murmelte Bärbe, »Gott straft diejenigen, die Strafe verdient haben …«

Ich musste an das unschuldige kleine doppelköpfige Wesen denken, das jetzt in der Gruft der Dorfkirche von Rabenstein ruhte. »Woher weißt du …?« fragte ich.

»Es hat sich herumgesprochen«, murmelte Bärbe. »Unser Pfarrer sagte es, bevor er starb.« Sie trat auf die Straße hinaus. Langsamen Schrittes begann sie wegzugehen.

»Bärbe«, rief ich, »warte! Du musst mich wenigstens anhören, bevor du mich verlässt!«

Sie blieb stehen, ohne sich nach mir umzudrehen. »Ihr könnt mitkommen, wenn Ihr wollt«, sagte sie einfach, »sagt, was Ihr unbedingt loswerden müsst. Doch rechnet nicht damit, dass ich Euch glaube. Keinem Rabensteiner könnte ich mehr trauen.«

Damit stapfte sie weiter. Ich band mit fliegenden Fingern meinen Hund vom Baum los und lief hinter ihr her, so schnell es mir mein verkrüppelter Fuß erlaubte.

Es dauerte eine Weile, bis ich sie eingeholt hatte. »Hannes hat ein letztes Mal gesungen«, berichtete ich ihr atemlos, während ich mich bemühte, an ihrer Seite zu bleiben. »Ich weiß die Worte des Liedes noch, wenn mir auch die Melodie entfallen ist. Willst du es hören?«

Sie antwortete nicht. Sie ging einfach stumm voran. Dann bog sie auf einen schmalen Pfad ab, der in den Wald hineinführte.

Ich humpelte neben ihr her und rezitierte Hans Waldvogels Lied, so gut es mir in Erinnerung geblieben war. Bärbe schluchzte wieder. Ich konnte die unterdrückten Laute ihres Kummers hören. »Wie kommst du dazu, mir neuen Schmerz zuzufügen«, fuhr sie mich an, »war das, was geschehen ist, nicht übel genug?«

Sie hatte mich mit dem vertraulichen Du angesprochen. Sonderbarerweise fühlte ich mich getröstet. »Bärbe«, flüsterte ich, »damals wusste ich noch nicht, wie das ist wenn man liebt. Aber heute kann ich verstehen –«

»Nichts kannst du verstehen«, widersprach Bärbe wild, »wie solltest du denn? Alle seid ihr empfindungslos gegenüber dem Leid anderer …«

Ich griff noch einmal nach ihrer Hand. »O nein, Bärbe«, sagte ich fest. »Ich kannte die Liebe nicht, aber sie ist mir begegnet, und nun –«

»Wie kommst du überhaupt bei Nacht auf die Straße?« fragte Bärbe, ohne mich aussprechen zu lassen. »Was hat dich dazu gebracht, dich unbegleitet allen möglichen Gefahren auszusetzen?«

»Meine Liebe«, sagte ich. Und dann nahm ich das Bauernmädchen mit den fuchsroten Haaren einfach in die Arme.

Bärbe war so überrascht, dass sie stehen blieb. Für einen Herzschlag wusste sie nicht, wie ihr geschah. Ich spürte ihre Unsicherheit. Dann, ohne dass ich es erwartet hätte, erwiderte sie meine Umarmung. Sie hielt sich an mir fest – ein Kind, das getröstet werden muss. Sie presste das Gesicht an meine Schulter, neue Schluchzer schüttelten sie.

Lange Augenblicke standen wir so da und hielten uns umschlungen wie Schwestern, die sich lange nicht gesehen haben. Endlich atmete Bärbe freier. Ich ließ sie los. »Vergebung, Fräulein …« flüsterte sie, und der Standesunterschied war wieder da.

»Vergib du mir«, sagte ich. »Und bitte – willst du mich nicht bei meinem Namen nennen?«

Bärbe räusperte sich in heftiger Verlegenheit. »Ich will wissen, wie Ihr … wie du das alles gemeint hast«, sagte sie leise.

Wir setzten unseren Weg durch das dichte Unterholz fort. Nachdem wir ein paar Schritte gegangen waren, schimmerte Feuerschein durch das Gehölz. Wir waren vor einer Felswand angekommen, in der ich den Eingang zu einer niedrigen Höhle erkennen konnte. Auf dem grasbewachsenen Fleck vor der Felsspalte qualmte und flackerte ein kleines Feuer, um das herum Bärbes Gesellen hockten. Sie sahen in ihren Lumpen aus wie Teile des Felsens. Sie brieten irgendein kleines Tier, das an einem Stecken über der Glut hing. Dicht dabei war der Esel angepflockt.

Die Straßenräuber hoben die Köpfe, als sie uns kommen hörten, und blickten uns entgegen. »Hast sie wohl doch nich' erledigen können, was?« bemerkte der Mann mit der Bassstimme und musterte Bärbe mit einem schiefen Grinsen. Ich konnte sein Gesicht jetzt erkennen. Er war um die Vierzig, schätzte ich. Er sah nicht gefährlich, sondern eher freundlich und gutmütig aus. Sein misstrauischer Blick galt lediglich meinem Hund, der sich dicht an meiner Seite hielt und die vermummten Gestalten nicht aus den Augen ließ.

Die Straßenräuber machten jetzt, wo sie genau zu sehen

waren, ebenfalls keinen bedrohlichen Eindruck mehr. Ich erkannte sogar eine weitere Frau in ihrem Kreis – ein junges, spindeldürres Ding mit dünnen blonden Haaren und einem Mausgesicht. »Schaff Platz, Birke«, sprach Bärbe sie an, »und gib uns was zu essen. Der Hund tut nichts.«

»Gemacht«, quiekte Birke und stand auf. »Ich bin froh, Füchsin, dass du die da nich' um die Ecke gebracht hast …«

»Sauerbrot meint das auch.«

Sauerbrot – das war offenbar der mit der tiefen Stimme, denn er nickte schwerfällig. Er warf Silber einen vorsichtigen Blick zu. Ich befahl meinem Hund, sich abseits des Feuers hinzulegen.

Bärbe sagte nichts. Sie hockte sich an die Stelle, wo Birke gesessen hatte, und zog mich neben sich. Weiter schweigend nahm sie das Stück Fleisch, das Birke ihr von dem mageren Braten abgesäbelt hatte, und reichte mir die Hälfte davon. Die anderen sahen zu, in höchster Verwunderung, wie mir schien.

Bärbe aß, während ich noch nicht wagte, von meinem Stück abzubeißen. Schließlich sagte sie mit vollem Mund: »Glotzt nicht so blöde. Sie hat mir eben einiges erzählt, und ich glaube ihr. Ich will, dass sie hier bleibt, damit sie mir noch mehr erzählen kann.«

Diese Erklärung meiner Anwesenheit reichte den anderen offenbar. Sie nickten achselzuckend, teilten nun den restlichen Braten unter sich auf und begannen schmatzend, die bescheidenen Stückchen zu verspeisen. »Iss auch«, forderte Bärbe unwillig, »ich geb's gerne.«

Verlegen tat ich, was sie verlangte. Das Fleisch schmeckte herrlich, obwohl es völlig ungewürzt war. Mich durchflutete auf einmal wohlige Wärme. Ich fröstelte nicht mehr. Sogar das mickrige Feuerchen schien zu wärmen.

Die Mahlzeit dauerte nur wenige Augenblicke. Dann verkrochen sich die anderen in das Innere der kleinen Höhle, wo sie sich ohne Worte zum Schlafen zusammenrollten. Bärbe und ich blieben schweigend am niederbrennenden Feuer sitzen.

Nach einer Weile richtete Bärbe den Blick auf mich. »Nun

will ich wissen«, sagte sie mit gedämpfter Stimme, »warum du in diesem armseligen Gewand bei Nacht unterwegs bist.«

»Wirst du mich weiterziehen lassen, wenn ich es dir erzähle?« fragte ich leise.

»Weiterziehen – wohin?«

Mir wurde klar, dass Bärbe sich nicht mit ein paar belanglosen Worten würde abspeisen lassen. Und ich verspürte plötzlich auch den Drang, jemanden in meine Geheimnisse einzuweihen. So lange hatte ich alles, was mich bewegte, für mich behalten. Vielleicht war, was ich zu berichten hatte, bei Bärbe gut aufgehoben. »Ich möchte nach Süden«, sagte ich gedankenverloren, »nach Poitiers ...«

»Kenne ich nicht«, murmelte Bärbe. »Du sagtest, deine Reise hat irgendwas mit deiner Liebe zu tun. Erzähl mir mehr davon.«

»Er heißt François«, flüsterte ich, »und seine Heimat –«

Bärbe lachte. »Der Welsche, der sich ein Jahr lang auf Rabenstein herumgetrieben hat? O – dann verstehe ich einiges. Der ist nicht von deinem Stand – oder irre ich mich da?«

Ich schüttelte den Kopf. »Aber das hat nichts mit meiner Reise zu tun«, erklärte ich ihr ernst. Und dann gab ich alles preis, schilderte alle Geschehnisse seit dem Tag, an dem François in mein Leben getreten war. Ich ließ nichts aus, ersparte ihr nicht einmal den Bericht von Hans Waldvogels Tod. Sie begann von neuem zu weinen, aber sie unterbrach mich kein einziges Mal. Als ich mit meiner Geschichte am Ende war, sah sie mich lange mit tränennassen Augen an. Dann umfasste sie meine Hand und drückte sie fest. »Gut, dass wir uns getroffen haben«, sagte sie schlicht, »nun musst du nicht mehr allein weiterziehen.«

Ich verstand sie nicht gleich. »Was meinst du damit?« fragte ich verwirrt.

»Du würdest es nie schaffen bis ins Welschland«, sagte sie, »du würdest unterwegs verhungern oder auf andere Art umkommen. Aber ich kenne mich aus in der Welt. Ich kann Feuer machen, mit einer Waffe umgehen, Hühner stehlen. Nur das bringt einen ans Ziel.«

»Ich hatte vor, mich einer Pilgergruppe anzuschließen,

wenn ich erst auf eine große Straße treffe«, wandte ich ein. »Dann wäre ich ebenfalls in Gesellschaft, und –«

»Und dein Fuß?« unterbrach mich Bärbe. »Wie lange, glaubst du, wirst du deinen Esel behalten, wenn ich ihn nicht für dich verteidige?«

»Mein Hund –«

»Du hast gesehen, wie wenig dir dein Hund genützt hat«, sagte Bärbe geringschätzig. »Richtige Räuber hätten ihn sofort abgestochen, sei sicher.«

»Was meinst du mit ›richtige Räuber‹?«

Bärbe lächelte. »Sauerbrot und die anderen«, weihte sie mich ein, »das sind doch eigentlich nur Bauern, die wegen irgendeiner Ungerechtigkeit abhauen mussten. Sie sind wie ich. Sie müssen sich von Raub und Diebstahl ernähren, aber lieber würden sie wieder nach Hause gehen und ihre Arbeit tun. Sauerbrot war Bäcker. Sie wollten ihm anhängen, dass er falsche Gewichte benutzt. Deshalb musste er verschwinden. Und so ist es bei den anderen auch. Birke – die heißt so, weil sie ein bisschen wie der Baum aussieht. Die Stimme ist ihr weggeblieben, weil ihr 'n grausamer Kerl den Hals zusammengedrückt hat. Da ist sie durchgebrannt …«

»Wie heißt Birke denn in Wirklichkeit?«

»Das weiß ich nicht«, erwiderte Bärbe sanft, »man verliert den Namen, wenn man im Wald lebt, und die anderen geben einem einen neuen.«

»Wie bist du an diese Leute geraten?«

Bärbe senkte den Blick und betrachtete ihre Finger. »Man erkennt sich«, flüsterte sie. »Und dann hilft man sich weiter. So ist das. Ich heiße Füchsin – wegen meiner roten Haare.«

»Für mich bist du Bärbe«, sagte ich. »Das wird sich niemals ändern.«

Sie betrachtete mich lange mit ihren wilden grünen Augen. Schließlich räusperte sie sich. »Wir wollen noch vor Tag aufbrechen«, sagte sie unwirsch, »und da sitzen wir hier herum! Schlafen sollten wir, statt das bisschen Zeit, das uns bleibt, mit Reden zu verplempern!«

»Warum willst du mich begleiten?« Nach wie vor konnte ich ihre Beweggründe nicht verstehen.

Ihr Blick war verschlossen, doch plötzlich änderte sich das. Sie sah mich offen an. »Meinen Liebsten habe ich für immer verloren«, wisperte sie, »aber du … du kannst noch zu deinem gelangen. Wenn ich dir helfe …«

Ich umarmte sie zum zweiten Mal an diesem Abend. Der feste Griff, mit dem sie meine Hände drückte, war wie ein Treueschwur. Seite an Seite legten wir uns dicht am Eingang der Höhle zum Schlafen nieder. Wir erwachten gemeinsam, als der Wald noch nachtdunkel war. Ohne lange Abschiedsworte verließen wir die anderen Straßenräuber und zogen im Morgengrauen mit Hund und Esel über die Straße davon.

Wir hielten uns auf dem befestigten Weg, solange die Sonne noch niedrig stand. Später führte Bärbe uns auf Seitenwegen abseits der Straße weiter nach Mittag. Zwei Mal hörten wir Reiter, die vorübertrabten, und ich versteckte mich im Unterholz, bis sie außer Sicht- und Hörweite waren. Gegen Abend hatten wir eine gute Strecke zurückgelegt und waren in die Nähe eines Dorfes gekommen, das weder ich noch Bärbe kannten.

Bärbe deutete auf einen Heuschober, der ein Stück außerhalb des Dorfes auf einer Wiese stand. »Hier?« fragte sie knapp.

Wir hatten den ganzen Tag über kaum miteinander geredet, und auch jetzt antwortete ich nur mit einem Nicken.

»Wir brauchen was zu essen«, sagte Bärbe. »Bestimmt gibt es hier Eier, die ich mitgehen lassen könnte.«

»Als Pilgerinnen sollten wir lieber an die Türen gehen und um etwas Brot bitten«, lehnte ich ihr Ansinnen ab, »Stehlen ist Sünde, und –«

»Du wirst gesucht«, fuhr mir Bärbe barsch in die Rede, »ich übrigens auch. Wir sind noch lange nicht weit genug von Rabenstein oder von deiner Klostergruft entfernt. Willst du dich hier schon schnappen lassen, dann geh betteln. Woher weißt du denn, ob die Häscher nicht bereits hier waren und nach dir gefragt haben?«

Sie hatte Recht. Eine Tagereise war nicht weit genug. Ich musste wirklich lernen, weniger leichtsinnig zu sein. Bärbe kannte die Ordnung der Welt weit besser als ich. Bärbe hatte sogar im Flüsterton gesprochen, während ich nicht daran gedacht hatte, die Stimme zu senken. »Aber wenn du Eier stehlen gehst, werden die Hühner ein Geschrei machen«, sagte ich leise, »der Bauer wird herauskommen und dich erwischen. Das wäre genauso schlimm, als wenn sie mich erkennen …«

»Mich erwischt niemand«, gab Bärbe zurück. »Ich weiß, wie ich's machen muss. Nur keine Angst.«

»Gut«, stimmte ich zu, »doch um eins bitte ich dich – lauf weg, sobald du auch nur das leiseste Geräusch hörst!«

Bärbe lachte leise. Ihre Miene drückte Belustigung und Mitleid aus. »Ach, ihr Hochgeborenen«, sagte sie seufzend.

Wir schlichen uns vom Waldrand aus an den Heuschober heran, und ich band den Esel an der windschiefen Rückwand des verwitterten Gebäudes fest. Unter dem schadhaften Schindeldach gab es kein Heu mehr, aber der fest gestampfte Lehmboden war mit einer Schicht Spreu bedeckt. »Wir werden warm und trocken liegen«, bemerkte Bärbe.

Ich musterte die morschen Bretterwände des Heuschobers. »Aber ein Feuer können wir hier nicht machen«, gab ich zurück.

Bärbe lachte noch einmal. »Und das hat drei Gründe«, sagte sie. »Erstens, wir haben keinen Stahl, zweitens, wir haben keinen Stein, drittens, wir haben keinen Zunder.«

Meine Überlegung war gewesen, dass die alte Feldscheune durch Funkenflug in Brand geraten konnte. Daran, dass wir überhaupt nicht die Mittel besaßen, ein Feuer zu entfachen, hatte ich nicht gedacht. Ich kam mir sehr einfältig vor. »Ach, Bärbe«, seufzte ich, »ich sehe, was du damit meintest, als du sagtest, ich könne es allein niemals schaffen. Mit mir hast du dir eine schwere Bürde aufgeladen.«

Bärbe legte mir die Hand auf die Schulter. »Was kannst du denn dafür, dass dir keiner die wichtigen Dinge beigebracht hat«, tröstete sie mich ernsthaft.

Diesmal musste ich lachen.

14

Wir hatten gewartet, bis es völlig dunkel war. Danach war Bärbe lautlos davongeschlichen und schon nach ganz kurzer Zeit mit einer Hand voll frischer Eier zurückgekommen. »Die Henne, die draufsaß, hat überhaupt nicht gemerkt, wie ich ihr die Eier unterm Hintern weggenommen hab«, war ihr trockener Bericht gewesen, »und im Haus schlafen wohl schon alle. Oder sie haben es mit den Ohren.«

»Jetzt weiß ich, warum dich deine Gesellen im Wald Füchsin genannt haben«, scherzte ich. Bärbes Antwort war ein spielerischer Knuff.

Wir hatten die Eier ausgetrunken und auch Silber zwei überlassen. Er hatte ja bis auf die wenigen armseligen Knöchlein des Kaninchens vom vergangenen Abend keinerlei Futter bekommen. Danach hatten wir ungestört eine Zeit lang geschlafen und wieder vor dem Morgen unsere Wanderung fortgesetzt.

Das lag jetzt schon zehn Tage und zehn Tagereisen hinter uns. Während dieser ersten Zeit unserer Wanderung hatten wir uns abseits der Straßen auf schmalen Pfaden vorwärtsbewegt und streng darauf geachtet, dass wir nicht gesehen wurden. Doch jetzt konnten wir einigermaßen sicher sein. Das hohe Gebirge lag hinter uns. Von nun an brauchten wir die Dörfer nicht mehr zu umgehen. Mir war vor allem lieb, dass für Bärbe keine Veranlassung mehr bestand, unsere Nahrung auf ungesetzliche Weise zu beschaffen.

Doch wovon sollten wir von jetzt an leben? Bärbe war augenscheinlich frisch und munter. Die lange Wanderung schien ihr überhaupt nichts auszumachen. Sie schritt kraftvoll neben meinem Esel her, kam nicht einmal nach Stunden des Fußmarsches außer Atem. Doch ich war nach diesen ersten zehn Tagen erschöpft, obwohl ich geritten war.

Ich brauchte dringend Ruhe und eine anständige Mahlzeit, auch wenn der Frühling in all seiner Pracht mich heiter stimmte.

Von François wusste ich, dass Wanderer in Klöstern gespeist und beherbergt werden. Er selber hatte ja diese Möglichkeit genutzt, als er aus dem Welschland in das Land Herrn Heinrichs des Löwen gereist war. Ich hatte schon den ganzen Tag über François' Worte nachgesonnen. Allein der Begriff Kloster rief bei mir zwar immer noch ein Gefühl des tiefen Unbehagens hervor, aber es konnte nicht sein, dass in allen Klöstern derselbe Geist herrschte wie in Sankt Maria Magdalenen. Beim Anblick einer kleinen Abtei, die in einer flachen Senke vor uns lag, äußerte ich, was ich dachte: »Ich möchte einmal wieder einen guten Brei essen und statt Wasser Bier trinken. Du nicht auch, Bärbe?«

Bärbe seufzte. »Schön wär's. Dazu für die Nacht ein richtiges Bett – das wäre der Himmel.«

»Wir könnten es haben, wenn du willst.«

Bärbe lachte. Sie schaute mich schräg von der Seite an. »Hat dir die Anstrengung den Sinn verwirrt?«

Manchmal fand ich ihre bäurische Art beleidigend. »Überhaupt nicht«, sagte ich ärgerlich, »außerdem fühle ich mich schmutzig. Das Hemd klebt mir am Rücken. Meine Kleidung müsste dringend gewaschen werden, genau wie deine.« Ich ließ den Blick abschätzend über Bärbes zerlumpten Umhang gleiten. »Weißt du – seit unserem Aufbruch haben wir kein einziges Mal gebadet. Genau genommen stinken wir. Ich mag das nicht.«

»Und wie willst du's ändern?« spottete Bärbe. »Landfahrerinnen, wie wir es sind, stinken eben. Sei froh, dass du noch keine Läuse hast. Ich weiß, was das bedeutet. Es ist beinahe unmöglich, sie wieder loszuwerden, wenn sie einen einmal befallen haben. Also – wenn du in eine Herberge willst, dann ohne mich. Sauerbrot sagte, in Herbergen gibt es Läuse und Flöhe und Schlimmeres in rauen Mengen. Vor allem Kranke, die einen anstecken.«

»Ich hatte eigentlich mehr an das Gästehaus dieses Klosters gedacht«, gab ich Bärbe zur Antwort. »Auch da kann man übernachten. Es ist sauber, und armen Reisenden wird ein Essen gereicht.«

»Im Kloster?« Bärbe blickte skeptisch drein. »Gerade von dir hätte ich nicht erwartet, dass es dich dorthin zieht. Du bist doch bei Nacht und Nebel aus einem Kloster entflohen.«

»Ich möchte ja nicht bleiben«, erklärte ich ungeduldig, »wir würden als Gäste kommen und morgen wieder gehen.«

»Ich weiß nicht.« Bärbe war noch keineswegs überzeugt. »Was willst du denen da drinnen denn erzählen – ich meine, warum wir, zwei Frauen, allein unterwegs sind?«

»Hast du vergessen?« Ich sah Bärbe augenzwinkernd an. »Ich hatte vorgehabt, mit einer Pilgergruppe zu reisen, sobald ich eine finde. Mein Ziel ist Sankt Jacobi Grab im fernen Hispanien …«

Bärbe betrachtete mich. Um ihren Mund spielte ein Lächeln, das Zweifel ausdrückte. »Ob die das glauben werden?«

»Lass mich nur reden«, sagte ich. Und damit setzte ich meinem braven Esel die Fersen in die Flanken. Ich trieb das Grautier auf den von tiefen Karrenspuren zerfurchten Weg, der zum Kloster führte, und Silber folgte selbstverständlich. Bärbe schüttelte zwar den Kopf, aber sie stapfte dennoch hinterher. Die Sonne stand tief. Am Ende lockte sie doch die Aussicht auf ein bequemes Nachtlager mehr, als möglicherweise vorhandene Läuse und Flöhe sie schreckten.

Es war erleichternd, dass hier keine Nonnen lebten. Der Bruder Pförtner, der auf unser Klopfen öffnete, war ein rundlicher kleiner, glatzköpfiger Mann mit einem freundlichen Gesicht und eilfertigen Bewegungen. »Wer seid ihr?« fragte er und betrachtete nicht ohne Neugier den Esel und meinen Hund.

Silber, der genauso abgerissen aussah wie Bärbe und ich, musste ohne Zweifel einen sonderbaren Eindruck auf den Pater machen. »Zwei arme Pilgerinnen auf der Fahrt zum Grab des Heiligen Jakobus«, erklärte ich ihm, »ich selbst bin nicht gut zu Fuß, darum trägt mich der Esel. Der Hund beschützt uns vor Räubern. Wir bitten demütig um Herberge.«

Der Mönch lächelte liebenswürdig. »Alle, die an unsere Tür klopfen, sind herzlich willkommen«, sagte er und winkte uns herein. »Christus unser Herr sagt, wer einen Armen aufnimmt, der nimmt mich auf. Aber da ihr Pilgerinnen seid – wo habt ihr eure Pilgerzeichen? Mir scheint, ihr seid für eine so lange und weite Reise nicht gut ausgerüstet ...«

Pilgerzeichen? Was mochte der Klosterbruder damit nur meinen? »Ich habe das Gelübde abgelegt, so arm auf die Fahrt zu gehen, wie unser Herr es gewesen ist, als er noch auf Erden wandelte«, sagte ich zur Erklärung.

Der Mönch nickte. Er schenkte mir einen mitleidig-bewundernden Blick. »Das ist sehr lobenswert, meine Töchter«, wandte er ein, »aber einen wetterfesten Hut und ein Pilgerzeichen solltet ihr schon tragen. Mag sein, dass der ehrwürdige Pater Prior euch damit ausstattet, wenn ich ihm von eurer Absicht berichte.« Er führte uns in den geräumigen Hof des Klosters, während er leutselig weiterplauderte. »Wisst ihr, unser ehrwürdiger Pater Prior wäre gern selbst einmal zum Heiligen Jakobus gewallt, doch immer war er mit den Aufgaben der Mutter Kirche beschäftigt, sodass keine Zeit blieb ... da ist es.«

Er deutete auf ein schmuckes kleines Gebäude, das eine Ecke des ummauerten Hofes einnahm und dessen Eingangstür weit offen stand. Ich sah den freundlichen kleinen Mann fragend an. »Unser Gästehaus«, beantwortete er mit leisem Stolz meine unausgesprochene Frage, »erst im vorigen Jahr neu errichtet. Das alte war baufällig geworden. Wir mussten es abreißen. Nun können wir Arme und Pilger sehr viel behaglicher unterbringen. Sogar eine eigene Küche hat das neue Haus. Bruder Felix wird euch gern das Wasser reichen und danach sofort eure Näpfe füllen. Esel und Hund versorgt Bruder Pius. Lasst die Tiere einfach im Hof.«

Bärbe hatte die ganze Zeit kein Wort von sich gegeben. Sie staunte nun das hübsche Gebäude an, in dem wir die Nacht verbringen sollten, und brachte immer noch nichts heraus. »Wir besitzen gar keine Näpfe«, stotterte sie schließlich.

Sie schien völlig aus dem Gleichgewicht. Ich musste sie

retten, bevor sie etwas Dummes sagte und uns verriet. Eben öffnete ich den Mund, um ihre Bemerkung zu erklären, als der Pater sagte: »Auch ein einfaches Geschirr werdet ihr unterwegs brauchen. Ihr müsst nicht fürchten, dass ihr damit euer Armutsgelübde brecht. Es wird sich sicher die eine oder andere hölzerne Schale für euch finden.«

Das Gästehaus hatte einen kleinen Speisesaal und zwei Schlafräume – einen für Frauen, einen für Männer. An dem langen Tisch des Refektoriums saßen bereits zwei Reisende. Doch sie machten mir nicht den Eindruck, als seien sie arm – im Gegenteil. Der ältere der beiden war in dunkelbraunes, glänzendes Tuch gekleidet. Sein Mantel – dunkelgrün mit silbernen Schließen – wies ihn sogar als wohlhabenden Mann aus. Das Gewand des Jüngeren war einfacher, aber schön gearbeitet. Sein blauer, hochkrempiger Filzhut zeigte zwar keinen Federschmuck, aber er war aus Hasenhaar, das konnte ich auf den ersten Blick erkennen. Und Hasenhaar hatte nach allem, was ich wusste, seinen Preis.

Die beiden Männer blickten von ihrer Suppe auf, als wir eintraten. Ich wurde aufmerksam gemustert. Mein hinkender Gang rief mitleidige Mienen hervor. »Gott zum Gruß«, sagte der junge Reisende mit dem blauen Hut. Der Ältere brummte etwas Ähnliches.

Wir wurden von unserem liebenswürdigen Pater Pförtner an den Tisch genötigt. »Frater Felix«, rief er laut in einen Nebenraum hinein, »hier bringe ich noch zwei hungrige Gäste. Trage Sorge, dass sie sich die Hände waschen können, und füll ihnen reichlich in die Schüssel!«

Sogleich erschien ein zweiter Mönch. Bruder Felix überragte den Pförtner um eine Hauptеslänge und übertraf ihn auch bei weitem an Leibesfülle. Sein Lächeln, als er uns grüßte, war ebenso freundlich wie das seines Confraters. »O ja«, sagte er, »ich sehe schon, ihr habt lange nichts Rechtes mehr zu essen bekommen. Nehmt Platz am Tisch des Herrn.« Damit verschwand er wieder in seine Küche.

Ich setzte mich ans andere Ende der Tafel, weit ab von den beiden Männern. Bärbe blieb stehen. Sie war so verwirrt, dass sie nicht wusste, wie sie sich verhalten sollte.

»Komm«, sagte ich zu ihr, »du bist eingeladen. Mach keine Umstände.«

»Ihr habt wohl noch niemals in einem Kloster Herberge gesucht?« fragte der ältere der beiden Männer.

Ich wandte ihm ruckartig den Kopf zu. »Doch, doch«, widersprach ich eine Spur zu heftig, »aber wir haben noch immer nicht gelernt, nur um Gotteslohn Hilfe zu erbitten.«

Der Mann lachte. »Das glaube ich Euch, ohne mich zu besinnen«, erwiderte er. »Eure Sprache verrät, dass Ihr aus gutem Hause seid. Die andere ist wohl Eure Magd?«

Bevor ich mich äußern konnte, nickte Bärbe. Sie hatte sich einigermaßen gefasst. »Doch für die Dauer der Pilgerfahrt«, sagte sie, »hat meine Herrin sich entschlossen, mich wie eine von ihrem Stand zu behandeln. Und ich soll mit ihr reden wie mit meinesgleichen. Das verlangt ihr Gelübde.«

Der Mann zog beide Augenbrauen hoch. »Eine Pilgerfahrt also« , sagte er und nickte wie zur Bestätigung seiner eigenen Gedanken. »Ich hatte mich schon gefragt, warum eine Frau Eures Standes in so ärmlicher Gewandung –« er unterbrach sich und ließ seine Blicke mitleidig über meine graue Kutte wandern. »Ja – dann verstehe ich«, fügte er hinzu.

Bruder Felix tauchte wieder aus seiner Küche auf. An seinem Arm hingen ein eiserner Kessel mit Waschwasser und ein weißes Tuch. Vor sich her trug er eine Steinzeugschüssel, aus der es dampfte. Er rückte alles vor uns auf dem Tisch zurecht. »Gott segne euch eure Mahlzeit«, sagte er, »ihr könnt mehr haben, wenn ihr wollt.« Damit ging er wieder.

Wir wuschen uns die Hände im Kessel und trockneten uns sorgfältig ab. Es war wunderbar, dieses saubere Gefühl. »Die Speise wird Euch munden«, sagte der ältere Reisende aufmunternd zu mir, »mein Sohn und ich haben sie bereits gekostet, und ich kann sagen, die Klosterbrüder halten sich wirklich an die Regel des heiligen Benedikt. Sie versorgen diejenigen, die an ihre Tür klopfen, so gut, als käme unser Heiland selbst.«

Ich nickte. Ich beschloss, nicht mehr Worte als nötig mit den beiden Männern zu wechseln. Immer noch musste ich fürchten, erkannt und ins Kloster Maria Magdalenen zurückgebracht zu werden. Wer wusste denn, ob diese beiden vertrauenswürdig waren?

Selbst auf die Gefahr hin, unhöflich zu erscheinen, gab ich keine Antwort. Ich nahm einen der hölzernen Löffel, die uns der Küchenbruder hingelegt hatte. Die Suppe in der Schüssel bestand aus dicken Graupen, Lauch und Wurzeln, die in einer kräftigen Brühe gesotten waren. Fettaugen bezeugten, dass an Fleisch nicht gespart worden war. Der heutige Tag konnte also kein Fastentag sein.

Bärbe begann ebenfalls mit ihrer Mahlzeit. Schüchtern tauchte sie ihren Löffel mit mir in die gleiche Schüssel. Die wenigen Worte, die die beiden fremden Reisenden an mich gerichtet hatten, waren genug gewesen, um den Standesunterschied zwischen dem Bauernmädchen Bärbe und einer Agneta von Rabenstein erneut herauszustellen. Er stand auf einmal wieder zwischen mir und Bärbe wie eine unüberwindliche Mauer. Das ärgerte mich.

»Nicht so zaghaft«, forderte ich Bärbe auf, »die Suppe wird ganz sicher für unser beider Hunger ausreichen.«

»Ja, Fräulein«, murmelte Bärbe. Doch sie griff darum nicht herzhafter zu, sondern warf scheue Blicke zu den beiden Reisenden hinüber, die ihre Mahlzeit beendet hatten und uns ungeniert beim Essen zuschauten.

Ich begann mich unsicher zu fühlen. Also ging ich zum Angriff über. »In welcher Angelegenheit seid Ihr denn unterwegs?« fragte ich den älteren der beiden Männer. »Vor allem – wer seid Ihr überhaupt? Ich kenne Euren Namen nicht und Ihr nicht meinen. Die Höflichkeit erfordert es aber, dass man wenigstens seine Herkunft preisgibt.«

»Oh, – um Vergebung«, sagte der Reisende, »ich bin Johannes Bötticher aus Hameln.« Sein jüngerer Begleiter lief rot an. »Ich heiße ebenfalls Johannes«, stammelte er verlegen. »Mein Vater und ich – wir reisen nach Braunschweig, um einen Schwager zu besuchen. In Geschäften …«

Ich biss mir auf die Lippen. Nun, da sich die beiden Kaufleute vorgestellt hatten, blieb mir nichts anderes übrig, als das Gleiche zu tun. Angst stieg in mir auf. Es war ein sehr dummer Fehler gewesen, ausgerechnet auf der Nennung der Namen zu bestehen. Was sollte ich jetzt machen?

Bärbe half mir aus der Not. Sie blickte auf und schaute den beiden Reisenden fest ins Auge. »Meine Herrin ist eine von Gerrenrode«, nannte sie willkürlich ein Dorf aus der Umgebung von Rabenstein. »Dass wir auf Wallfahrt sind, wisst Ihr ja schon.«

Bärbe hatte für mich gelogen. Dennoch war ich ihr unendlich dankbar. »Der Grund für unsere Wallfahrt ist der –« begann ich.

»Ihr wollt sicherlich Heilung für Euer schlimmes Bein erbitten«, fiel mir der ältere Johann ins Wort, »das habe ich mir gleich gedacht, zumal Ihr ja in völliger Armut reist. Doch lasst Euch sagen, Ihr werdet umdenken müssen. Wisst Ihr, mein Vater selig, der hat die Reise zum Grab Sankt Jacobi auch gemacht. Er brauchte zwei Jahre dafür, und es kostete ihn den Gegenwert von drei Ochsen. So viel müsst Ihr schon veranschlagen, auch wenn Ihr überall auf dem Weg Herberge in Klöstern nehmt.«

Ich brauchte ein paar Atemzüge, bis mir bewusst war, was der Kaufmann da so unbekümmert ausgesprochen hatte. Drei Ochsen – die waren zweieinhalb Mark Silber wert. Bärbe und ich hatten nichts – nicht einmal einen einzigen kleinen Silberpfennig. Genau genommen hatte ich sogar noch niemals eine Münze auch nur gesehen.

»Aber wofür muss man denn Geld zahlen?« fragte ich, während ich ein Zittern in meiner Stimme unterdrückte.

Johann der Ältere lachte leise. »Man merkt, dass Ihr niemals in Eurem Leben Geschäfte gemacht habt«, sagte er und widmete mir einen weiteren nachsichtigen Blick. »Wie viele Flüsse, glaubt Ihr, müssen überwunden werden, bis Ihr Hispanien erreicht habt? Drei – vier?«

Er zwinkerte mir tatsächlich zu. Das brachte mich von neuem auf. »Ich werde es ja sehen«, gab ich unwirsch zurück.

»Sagen wir, es sind bloß drei«, fuhr Johann der Ältere ungerührt fort, »was meint Ihr, wie viel Ihr dem Fährmann für die Überfahrt zahlen müsst? Einen Pfennig – oder eher zwei?«

»Ich weiß es nicht«, sagte ich zornig, »wenn ich an Ort und Stelle bin, werde ich es schon erfahren. Und dann werde ich den Fährmann bitten, mich für Gotteslohn überzusetzen.«

Johann der Ältere lachte noch einmal. »Ihr habt ein kindliches Gemüt«, sagte er, »seid Ihr eigentlich niemals aus Eurem Gerrenrode herausgekommen?«

»Einmal war ich in Braunlage«, log ich.

Jetzt lächelte auch Johann der Jüngere, der mich bisher mit träumerischen Blicken angeschaut hatte. »In der Welt sieht es anders aus«, sagte er, und dann, an Johann den Älteren gewandt: »Meint Ihr nicht auch, Herr Vater, wir könnten ihnen –«

»Mein Gedanke«, unterbrach der Kaufmann knapp. Er zog eine lederne, mit rotseidenen Troddeln geschmückte Geldkatze unter seiner Tunika hervor und wog sie kurz in der Hand. »Ich möchte euch dringend bitten«, sprach er mich an, »ein Zehrgeld von meinem Sohn und mir anzunehmen. Glaubt mir – Ihr werdet es brauchen ... wie war doch noch Euer Name?«

»Agneta von ... Gerrenrode«, flüsterte ich fassungslos. »Aber ich –«

Er ließ mich nicht zu Worte kommen. »Da Ihr über das Heilige Cöllen reisen werdet«, sprach er einfach weiter, »schreibe ich Euch und Eurer Zofe einen Brief für meinen Bruder Heinrich. Der hat seinen Sitz nämlich in dieser Stadt. Er führt das Stammhaus und wird für Euer weiteres Fortkommen sorgen.«

Ich hob abwehrend die Hände. »Ich kann auf keinen Fall –« wollte ich erschrocken all diese unerwarteten Wohltaten ablehnen, doch diesmal unterbrach mich Johann der Jüngere. »Ihr dürft nicht einmal daran denken, unser Angebot abzulehnen«, sagte er mit fester Stimme, »mein Vater und ich, wir würden es uns nie verzeihen, Euch im Stich gelassen zu haben.«

Der Junge war überzeugt von seinen Worten, das sah ich ihm an. Dennoch fühlte ich mich überfordert von der Lage, in die ich geraten war, und ich wollte noch einmal widersprechen, selbst gegen Bärbes beschwörenden Blick. »Ihr Herren«, sagte ich, »es tut mir Leid, aber ich muss –«

»Wir ehren damit auch das Angedenken an meine Schwester«, sagte Johann der Jüngere schnell. »Sie wäre damals nicht auf einer Reise elend umgekommen, wenn sie mehr Mittel bei sich gehabt hätte …« und er wischte sich hastig über die Augen.

Dem hatte ich nichts mehr entgegenzusetzen. Ich suchte nach Worten. In diesem Augenblick öffnete sich die Tür des Gästehauses, und eine Schar staubbedeckter, deutlich als Pilger zu erkennender Wanderer drängte herein. Johann der Ältere stand auf und kam zu mir herüber. »Nehmt den Beutel«, flüsterte er drängend, »steckt ihn weg, damit er nicht unnötig gesehen wird. Ich bitte Euch sehr!«

Mir blieb keine Wahl. »Gott lohne Euch Eure Güte«, murmelte ich, unfähig, ihm in die Augen zu sehen. Noch nie hatte ich Geschenke mit Grazie annehmen können, doch bei diesem Kaufmann, dem ich an Stand so weit überlegen war, fiel es mir besonders schwer. In Gedanken schalt ich mich für dieses dumme Gefühl. Aber auslöschen konnte ich es nicht.

Mit zitternden Fingern verstaute ich den Geldbeutel im Ärmel meiner Kutte. Der Kaufmann setzte sich wieder zu seinem Sohn ans andere Ende der langen Gästetafel. Die neu Angekommenen bevölkerten lärmend das Refektorium. Wasserschüsseln und Leintücher wurden herumgereicht, Bruder Felix hatte alle Hände voll zu tun, auch die Pilgerschar mit Suppe zu versorgen.

Der Mönch, der die Gruppe hereingeführt hatte, war steinalt, das sah ich seinem faltenüberzogenen Gesicht an. Seine Tonsur nahm beinahe den ganzen Kopf ein; nur über den Ohren war ein dünner weißer Haarkranz übrig gelassen. Die Haltung des Mannes dagegen bewies jugendliche Kraft. Seine Bewegungen waren die eines Menschen, der ein Leben lang niemals stillgestanden hat.

Sobald er die Pilgerschar willkommen geheißen hatte, kam er zu Bärbe und mir herüber. »Ich bin der Prior dieses Hauses«, sagte er und lächelte uns freundlich zu, »mein Mitbruder von der Pforte sagte mir, du und deine Begleiterin befändet euch ganz allein auf einer Wallfahrt. Ist das wahr?«

»Ja.« Ich blieb bei der Behauptung, zu der ich mich einmal entschlossen hatte.

»Der Bruder Pförtner sagte auch, ihr hättet nicht einmal ein Pilgerzeichen gehabt oder einen Hut, an den ihr es stecken könntet.« Der Blick des Priors war forschend, aber gleichwohl milde und freundlich.

»Wir wollten arm sein wie unser Herr Jesus«, murmelte ich, von neuem in Unsicherheit gestürzt. »Wir dachten –«

»Dann ist also auch das wahr«, sagte der Prior nachdenklich, »aber –« er widmete mir einen mahnenden Blick, »das werden wir ändern müssen. Es geht nicht an, dass Frauen sich ohne Not in größere Gefahr begeben.« Er hielt mir zwei kleine Gegenstände hin. »Nehmt das.«

Es waren Bildchen, gegossen aus Zinn. Ein Heiliger war darauf zu erkennen, flankiert von winzigen Muscheln. Auf der Rückseite der Marken war eine Nadel angebracht, mit der sie befestigt werden konnten. »Die weisen euch als Pilgerinnen zum Grab des Heiligen Jakob aus«, erklärte der Prior, als er meinen verwirrten Blick bemerkte. »Ihr solltet auf der Reise Station in den Klöstern unseres Ordens machen – man wird euch mit Freuden dort aufnehmen. Über welche Straße wollt ihr denn ziehen?«

»Nach Süden«, meldete sich Bärbe zu Wort, die bisher immer mich hatte reden lassen.

»Wir wollen das Heilige Cöllen besuchen«, fügte ich mit einem Blick auf die beiden Kaufleute hinzu.

»Das ist wohl getan«, freute sich der Prior. »Ihr könntet dort den Heiligen Drei Königen eure Verehrung erweisen. Doch euer Weg muss dann nach Westen führen. Cöllen liegt im Westen, und nur ein wenig im Süden.«

Zum ersten Mal seit meiner Flucht aus Sankt Maria Magdalenen erklärte mir jemand, welche Straße ich nehmen musste. »Und wenn wir Cöllen wieder verlassen – wohin müssen wir uns dann wenden?« fragte ich den Prior.

Der hob die dünnen weißen Augenbrauen. »Du hast einen schlimmen Fuß«, brummelte er, »Berge zu durchwandern würde dir sicherlich schwer fallen. Mein Rat wäre, dass du dich mit deiner Begleiterin weiter nach Westen wendest und den Weg über das flache Niederland nimmst. Deine Begleiterin scheint mir kräftig genug, aber du …«

Mein Mut wuchs. »Ich weiß, die Straße nach Hispanien geht durch das Welschland«, sagte ich. »Kommt man wohl auch an der Stadt Poitiers vorüber?«

»Du kannst diesen Weg nehmen«, sagte der Prior. »Sonderbar, dass du gerade Poitiers erwähnst. Erst kürzlich hatten wir in diesem Hause einen jungen Scholaren zu Gast, der auch dorthin wollte …« Er lächelte nachdenklich. »Er kam von Wittenberg und wollte sein Studium wieder in seiner Heimat weiterführen. Die Kathedralschule von Poitiers, sagte er, sei eine der besten im Frankenland.«

Mein Herz tat einen schmerzhaften Schlag. François war hier gewesen, hatte auf dieser Bank in diesem Refektorium gesessen und unter diesem Dach übernachtet. Dessen war ich mir sicher. Doch wie konnte ich es wagen, den Prior über einen wandernden Scholaren auszufragen? Pilgerinnen hatten nur in Armut und Keuschheit ihr Ziel zu erreichen. Was ging sie ein junger welscher Scholar an, der auch rein zufällig dieses Kloster zur Herberge gewählt hatte?

Ich schluckte schwer, um den Druck in meiner Kehle loszuwerden. »Ach«, sagte ich so gelassen wie möglich, »meinte er das?«

»Jaja«, nickte der Prior, »aber ich sagte ihm, es gehe mehr Glaubenseifer von den großen Klöstern im Osten des Frankenlandes aus. Von Citeaux, zum Beispiel, ist ein Hauch der reinen Lehre verbreitet worden, den man überall in der Welt verspürt hat. Bernhard war ein Segen für die Christenheit – auch wenn ich seine Meinung nicht in allem teile …«

Ich wusste nicht, wovon er sprach. Also nickte ich einfach. »Liegt Poitiers auch auf dem flachen Land?« fragte ich, um irgendetwas zu sagen.

»Das kann ich dir nicht genau sagen, meine liebe Tochter«, gab der Prior zurück, »doch ist die Gegend überaus fruchtbar, so viel weiß ich. Du wirst gutes Fortkommen haben. Beherrschst du die Zeichensprache?«

Ich schüttelte den Kopf. »Aber des Lateinischen kann ich mich ein wenig bedienen«, sagte ich. Dass François mir seine Muttersprache beigebracht hatte, musste ich verschweigen. Ich wollte nicht, dass der freundliche Prior mir bohrende Fragen stellte und vielleicht mehr von mir erfuhr, als mir lieb sein konnte.

»Oh, das ist gut«, sagte der alte Mann herzlich. »Wenn du auch lesen kannst, hätte ich ein Buch für dich, dessen Inhalt dir sicher auf der Reise nützlich wäre. Es beschreibt den Weg zum Grab des Heiligen Jakob in Compostela – und zwar ausgehend von eben der erwähnten Stadt Poitiers.«

Ich las das dünne kleine, in schlechtem Latein abgefasste Heft, obwohl ich ja eigentlich nichts damit anfangen konnte. Ich würde, wenn ich François in Poitiers gefunden hatte, keineswegs nach Sant'Jago de Compostela weiterreisen. Der Verfasser der Reisebeschreiung drückte sich recht unrühmlich über die Menschen von Aquitanien und die Bewohner von Navarra aus. Auch an den Basken ließ er kein gutes Haar. Ihm gefielen nur seine eigenen Landsleute, deren Freigebigkeit, Weltläufigkeit und fromme Sitten er in den höchsten Tönen lobte. Er musste aus Poitiers stammen. Mehr als einmal lachte ich leise über das, was er an Anekdoten und ›unbedingt wahren Begebenheiten‹ aufgeschrieben hatte.

Nützlich allerdings mussten für Pilger die Angaben über Herbergen, Straßen- und Brückenzölle und Fährkosten sein. Ich sagte das dem Prior, als ich ihm am Abend die Reisebeschreibung zurückgab. Der alte Mönch drückte mir väterlich die Hand. »Am wichtigsten ist immer noch Gottes Schutz«, meinte er. »Besuche morgen mit deiner Begleiterin die Heilige Messe, beichte und nimm an der Kommunion teil. Dann kann mir um euer Heil nicht bange sein.«

Ich dankte ihm für seine Güte und seinen Rat. Im Gästehaus des Klosters ging es inzwischen hoch her. Weitere Reisende waren eingetroffen, allem Anschein nach Händler, die für ihr Nachtlager zahlten. Das Refektorium war überfüllt von reisestaubigen, schweißbedeckten Männern, die sich laut und lärmend zusammengeschart hatten und offenbar bei dem Bier, das reichlich zu fließen begann, die Nacht zum Tag machen wollten.

Ich zog mich mit Bärbe in den Schlafraum der Frauen zurück, den wir ganz für uns hatten. Der Saal war geräumig und hatte eine von dicken, neu riechenden Eichenbalken getragene Decke, deren Konsolen mit bunt ausgemalten Schnitzereien – kleinen Greifen und Löwen und allerlei geflügeltem Getier – geschmückt waren. Sechs breite Betten, mit Strohmatratzen und sauberen Leintüchern fast luxuriös ausgestattet, bildeten die Einrichtung. Wir wählten das Letzte, das an einem der beiden kleinen Fenster stand, und entkleideten uns zum ersten Mal seit unserem Aufbruch in die Fremde.

Es war ein Genuss, das kühle, frisch riechende Leinen des Bettzeugs auf der nackten Haut zu spüren. Selbst die Tatsache, dass wir uns mangels wollener Bettdecken immer noch mit unseren groben Kleidern zudecken mussten, störte nicht. Silber, der auf mein Bitten Einlass in die Kammer gefunden hatte, würde unseren Schlaf treu bewachen und dafür sorgen, dass unsere Habseligkeiten nicht gestohlen wurden. Wir konnten einfach die Augen schließen und uns von unserer Müdigkeit übermannen lassen.

Aber im Gegensatz zu Bärbe, die sich wie ein Waldtier neben mir zusammenrollte und fast augenblicklich fest eingeschlafen war, kam ich lange nicht zur Ruhe. Mein Liebster hatte unter diesem Dach genächtigt, und erst vor ganz kurzer Zeit. Die laue, vom süßen Duft des Spätfrühlings getränkte Luft, die durch das Fenster hereinwehte und meinen Körper streichelte, erneuerte meine Sehnsucht nach François und brachte mich zum Weinen. Nach einer Weile stand ich auf und trat, nackt wie ich war, ans Fenster. Der nächtliche Himmel war klar und von Sternen übersät. Venus, das Kleine Glück, stand hell über dem Horizont, doch sie trug längst kein Krönchen mehr. Ihr Glanz war zwar deshalb nicht verblasst, aber ich wusste, sie stand jetzt meiner Sonne feindlich gegenüber. Und Saturn, der Lenker des Schicksals, befehdete immer noch die Venus meiner Geburt.

Ich wischte mir die Tränen ab. Mit geschlossenen Augen

wisperte ich dem Frühlingswind Grüße für meinen Liebsten zu. »Sag ihm«, hauchte ich, »dass ich ihn liebe … und dass ich ihn finden werde, ganz gleich, wie weit ich reisen muss!«

Als Bärbe und ich nach der Messe am nächsten Morgen unsere Fahrt fortsetzten, war die traurige Stimmung der Nacht verflogen. Wir waren gestärkt durch gute Speise und ein angenehmes Nachtlager, wir hatten unsere Seele in der Beichte entlastet und die heilige Kommunion empfangen. Man hatte meine Tasche mit Brot und Käse gefüllt, dafür war neben François' Aufzeichnungen noch reichlich Platz vorhanden gewesen.

Die guten Wünsche der Mönche begleiteten uns. Von Johann Bötticher und seinem Sohn hatten wir uns besonders herzlich verabschiedet. Auf der ersten Rast, die wir gegen den Anfang des Nachmittages einlegten, las ich Bärbe den Brief vor, den Johann der Ältere mir mitgegeben hatte.

»Johann an seinen Bruder Heinrich«, stand in flüssiger Handschrift auf dem Streifen Pergament, »biete diesen beiden Frauen, Agneta von Gerrenrode und ihrer Magd, die in meinem Namen an deine Tür klopfen, Herberge und Fürsorge. Wenn sie weiterziehen, schreibe auch du ihnen ein Wort der Empfehlung, vielleicht an Jonas in Maastricht, der unser guter Freund ist. Vergiss nicht, ihnen ein Zehrgeld mitzugeben, sodass sie Flandern sicher erreichen. Ich küsse und umarme dich in brüderlicher Liebe.«

Bärbe hatte aufmerksam zugehört. Ihre Augen leuchteten, als ich das letzte Wort ausgesprochen hatte. »Wisst Ihr, was das bedeutet?« jubelte sie, aus alter Gewohnheit wieder die Anrede gebrauchend, die wir doch hatten ablegen wollen, »dieser Brief wird uns noch weiterhelfen, wenn wir längst das Welschland erreicht haben! Denn Jonas aus dieser Stadt in Flandern wird auch wieder –«

»Vielleicht«, unterbrach ich ihren Freudenausbruch. »Bärbe – wir hatten beschlossen, dass wir des gleichen Standes sein wollen. Hast du das ganz vergessen?«

Sie schaute mir in die Augen. »Nein«, sagte sie ernst, »aber wir sind es nicht, Fräulein. Ganz gleich, wie wir es drehen und wenden – Ihr bleibt doch immer die Herrin und ich ein Bauernmädchen. So hat Gott uns geschaffen.«

»Bist du sicher, dass Gott es war?« fragte ich sie. Bärbe lächelte und warf ihre prächtigen rotgoldenen Locken zurück. »Wer sonst sollte es gewesen sein?«.

Ich schüttelte den Kopf. Ich wusste nicht, wie ich ihre neugefasste Meinung angreifen sollte. »Aber ich habe ja meinen Namen und meine Vergangenheit hinter mir gelassen«, begann ich zögernd.

»Es fällt mir leichter, Magd zu sein, als es Euch fallen dürfte«, erklärte Bärbe. »Ihr mögt den Namen ablegen und Eure Herkunft vergessen, aber auf den ersten Blick bemerken doch die Menschen, dass Ihr nicht in einem Bauernhaus geboren seid wie ich. Der Kaufmann wusste es sofort, genau wie der Bruder Pförtner und der Prior. Man spricht mit Euch – nicht mit mir.«

»Hat dich das verletzt?« fragte ich erschrocken.

»O nein«, erwiderte Bärbe und wandte den Blick nicht von mir ab. »Im Gegenteil – es war mir lieb. Jeder sollte das tun, was er am besten kann. Ihr habt gelernt, mit höher Gestellten zu sprechen.«

»Ach, Bärbe ...« Ich seufzte auf. »Die Vorstellung, wir seien so etwas wie Schwestern – die war so schön ...«

Bärbe lächelte sanft. Ihr Katzengesicht bekam etwas Weiches, Liebevolles. Die grünen Augen, die so wild funkeln konnten, glänzten zärtlich. »Aber im Herzen sind wir es ja«, sagte sie leise, »das wird sich doch nicht ändern, nur weil ich Euch wieder mit dem gebührenden Respekt anrede.«

Impulsiv nahm ich Bärbe in die Arme. Sie erwiderte die Umarmung. Von jetzt an lag der Wald mit seinen Straßenräubergesetzen wirklich hinter uns. Ich konnte mich Bärbes Wunsch nur anschließen, wenn ich keinen Streit heraufbeschwören wollte, so weit kannte ich sie schon. Sie hatte vor, durchzusetzen, was sie für richtig hielt – das verriet ihre entschlossene Miene. »Lasst mich einfach so sein, wie ich bin«, sagte sie, als ich sie losließ, »wenn Ihr nicht mehr Ihr selbst wärt, würde mir das ja auch nicht gefallen.«

15

In Johann Böttichers Börse waren fünfundvierzig kleine Silbermünzen – größtenteils kölnische Viertelpfennige und sechs ganze Albi. In der kleinen Stadt Hersfeld kauften wir uns Wettermäntel aus geölter Wolle und breitkrempige Hüte, an denen wir unsere Pilgerzeichen feststecken konnten.

Uns wurde bald klar, dass die Münzen, die Johann der Ältere uns geschenkt hatte, seine eigene Reisekasse gewesen waren. Ich musste dem Kaufmann zutiefst dankbar sein. Seine große Freigebigkeit versetzte mich in Verwunderung. Ich hatte ja niemals Geld kennen gelernt und erfuhr nun täglich neu den Wert des Silbers.

Es ermöglichte uns die Überfahrt über Flüsse. Im Tal der Ruhr zahlten wir zum ersten Mal Fährlohn. Es konnte in Gasthäusern für Speisen und Getränke hingegeben werden. Und das Geld, was wir bei uns trugen, war seiner Größe nach auf Nützlichkeit abgestimmt. Nicht umsonst hatte Johann Bötticher Viertelpfennige mitgenommen. Die meisten Händler oder Wirte konnten auf größere Münzen nicht herausgeben.

Ich hatte immer gehört, dass Wallfahrern kostenlose Überfahrt über die Flüsse gewährt würde. Die Wirklichkeit sah anders aus. Und ich verstand auch, warum das so war. Fährleute bebauten meist keinen Acker. Sie lebten vom Übersetzen der Reisenden und brauchten daher die Silbermünzen. Ebenso war es bei den Handwerkern.

Je weiter wir kamen, desto mehr erfuhren wir von der Welt. Mehrmals rettete uns mein rauhaariger Gefährte davor, ausgeraubt zu werden. Er war nicht mehr der sanftmütige, verspielte Hund, der er am Anfang unserer Reise gewesen war. Er hatte gelernt, misstrauisch gegen Fremde zu sein und unsere ganze Umgebung scharf im Auge zu behalten. Jetzt wäre es nicht mehr möglich gewesen, Silber mit einer

Schlinge einzufangen. Er ließ niemanden außer Bärbe und mir nahe genug an sich heran.

Das Heilige Cöllen, wie Johann Bötticher seine Stadt genannt hatte, nahm uns mit offenen Armen auf. Ich sah zum ersten Mal in meinem Leben eine wahrhaftig große Stadt. Viele Tausende von Menschen lebten hier im engen Kreis mächtiger Mauern. Staunend und schweigend betrachteten Bärbe und ich schon von der Fähre, die uns vom Deutzer Ufer übersetzte, die vielen Türme der Kirchen, zwischen denen die Häuser, obwohl sie doch beinahe alle schön und groß waren, wie Zwergenbehausungen wirkten.

Heinrich Bötticher war ein ebenso freundlicher und hilfsbereiter Mann wie sein Bruder. In seinem prächtigen Haus neben der massigen, dunklen Sankt-Peters-Basilika wurden wir bewirtet wie Fürsten.

Heinrich Bötticher handelte mit Tuchen, Eisenwaren und Spezereien, wie er uns berichtete. Darauf und auf seine vielköpfige Familie war er sehr stolz. Seine Geschäftsverbindungen reichten weit. Bis ins ferne Engelland reisten seine Kommissionäre, und auf den Messen in der Champagne unterhalte er regelmäßig seine Verkaufsstände. Er habe der Heiligen Kirche schon viele Stiftungen gemacht. Erst jetzt gebe er freiwillig eine große Summe zum Bau der neuen Kathedrale, die die alte Petersbasilika in Kürze ersetzen solle. »Im Frankenland werden überall neue Dome errichtet«, erzählte er mir mit leuchtenden Augen, »und was die Franken können, das kann auch Colonia.«

Als wir nach drei Tagen die gastliche Stadt wieder hinter uns ließen, trug ich einen neuen Begleitbrief bei mir, an eben den Jonas gerichtet, von dem Johann Bötticher in seinem Brief an den Bruder gesprochen hatte. Bärbe und ich waren mit Kleidung ausgestattet, die besser für eine lange und weite Reise geeignet waren als die, in der wir gekommen waren. Wir trugen ein Zehrgeld von weiteren dreißig Pfennigen bei uns, und Heinrich Bötticher hatte uns den Weg, den wir nehmen mussten, genau beschrieben.

Der Sommer hatte schon begonnen, als wir Maastricht erreichten. Von dort wanderten wir mit einem neuem Empfehlungsschreiben weiter, das uns diesmal an einen Kaufmann in Beauvais verwies. Hier kamen wir an, als der Juni dem Ende zuging.

Jean Marchand, bei dem wir ebenso freundlich aufgenommen wurden wie in Flandern und in Köln, war schon am Grab des heiligen Jakob gewesen. Er war erfreut darüber, dass ich mich in seiner Sprache verständlich machen konnte, und behielt uns volle zwei Wochen in seinem Haus – um uns aufzupäppeln, wie er lächelnd bemerkte. Als wir weiterzogen, rüstete er uns vor allem auch mit guten Ratschlägen aus. »Meidet alle Straßen, die nicht unter dem Schutz des Königs stehen«, gab er uns mit auf den Weg, »in Maine und Anjou treibt sich viel Gesindel herum, seit England mit Frankreich im Streit liegt.«

Seine Worte waren gut gemeint. Ich nickte zu seinen Erklärungen und versprach, alles zu beherzigen, obwohl ich seine Sorgen nicht recht verstand.

Von dem Gesindel, das Jean Marchand erwähnt hatte, sahen Bärbe und ich jedenfalls nichts. Die Straßen, die wir zogen, waren viel befahren, und wenn auch die Landschaften wechselten – die Menschen, die darauf unterwegs waren, unterschieden sich in meinen Augen nicht von denen in Flandern oder den deutschen Landen. Händler mit Ochsenkarren beherrschten das Bild, Fuhrleute, die irgendetwas beförderten. Dazu kamen die unzähligen Fußgänger – die Pilger, die wandernden Handwerker, die Bauern, die in mächtigen Kiepen ihr Gemüse zum Markt brachten, und die vielen Landstreicher ohne Zuhause. Von denen waren die meisten Bettler, unterwegs von Stadt zu Stadt, oder Gaukler auf dem Weg zum nächsten Marktflecken, wo sie ihre Künste zeigen wollten. Man musste sich kaum vor ihnen fürchten. Diejenigen, die zu fürchten waren, hielten sich nicht auf offener Straße auf. Die beherrschten die Wälder und Nebenstraßen, wo der Landfrieden des Königs nicht galt.

Wir hatten Jean Marchands Rat befolgt und hielten uns von solchen Seitenstraßen fern. Es war uns bisher gut gegangen auf unserem Weg. Nicht ein einziges Mal hatten wir schlechtes Wetter gehabt, von kleinen Regenschauern abgesehen. Selten waren wir gefährdet gewesen – der Anblick meines Hundes, der sich immer an meiner Seite hielt, schreckte offenbar die Übeltäter so sehr ab, dass sie einen Angriff erst gar nicht wagten. Bärbe fasste das in Worte, als wir um die Mitte des Juli an einem Waldrand Rast machten. »Wie gut, dass Silber dabei ist«, meinte sie aufatmend, »ohne ihn könnten wir uns lange nicht so sicher fühlen.«

»Kannst du dich noch daran erinnern, wie abschätzig du von ihm gesprochen hast, als wir uns im Wald von Rabenstein trafen?« fragte ich sie und zwinkerte ihr zu.

»Das ist lange her«, murmelte Bärbe gedankenverloren, »fast eine Ewigkeit. Wie es denen zu Hause wohl gehen mag … Manchmal denke ich …« Sie unterbrach sich.

»Was denkst du?« forschte ich nach.

»Ach, nichts.« Bärbe hob den Blick und ließ ihn in die Weite schweifen. »Sicher, das Welschland ist schön. Aber zu Hause, da schneiden sie jetzt das Getreide, und das Heu ist schon eingefahren, und …«

Sie verstummte wieder. »Bärbe«, sagte ich und sah sie betroffen an, »bereust du, dass du mit mir gezogen bist?«

»O nein, nein«, murmelte Bärbe. »Ich dachte nur … es ist jetzt schon über ein Jahr her, seit ich Hannes zum letzten Mal gesehen habe …«

»Ich weiß«, sagte ich mit einem Gefühl der Hilflosigkeit, »und es schmerzt mich bis heute, dass es mir nicht gelungen ist, ihn –«

»In meinem Herzen lebt er noch«, sagte Bärbe leise. »Er war so ein glücklicher, fröhlicher Kerl – manchmal glaube ich, ein Mensch wie Hannes kann überhaupt nicht sterben.«

»Weißt du, wann er geboren wurde?« fragte ich in einem plötzlichen Impuls.

Bärbe schüttelte den Kopf. »Nicht genau«, sagte sie, »irgendwann spät im Winter – in der Fastnachtszeit.« Sie lächelte. »Hannes erwähnte es, als wir uns versprachen, die Treue zu halten. Ich bin zwar ein Hans-Narr, sagte er, aber damit ist es mir todernst.«

Die Zeit, die Bärbe genannt hatte, fiel in das Zeichen des Wassermanns. Menschen, die zum Ende des Januar oder am

Anfang des Februar geboren sind, lieben fast alle die Musik und die Poesie. Bei Hans Waldvogel war das ohne Zweifel so gewesen. Sein ganzes kurzes Leben hatte aus Singen und Lachen bestanden. »Und wann bist du zur Welt gekommen?« fragte ich Bärbe.

»Warum wollt Ihr denn bloß wissen, was ich selbst nicht genau sagen kann?« fragte sie zurück. »Es war, glaube ich, in dem Jahr, als unsere Kuh zwei Kälber auf einmal zur Welt brachte. Meine Mutter hat mir erzählt, es sei vor dem Osterfest gewesen, und am Tag meiner Geburt hätte es Wetter aller Art gegeben – Regen, Hagel, Morgennebel und sogar ein bisschen Sonne. Deshalb bist du so eine wilde Katze geworden, hat sie immer gesagt.«

»Aries«, murmelte ich.

»Was?«

»Deine Sonne steht vermutlich im Zeichen des Widders«, murmelte ich, »ich hatte es schon lange vermutet. So, wie du damals meinen Vater angeschrien hast –«

»Er hatte es verdient«, sagte Bärbe hart, »er hat jedes böse Wort verdient – und wenn er tausend Mal Euer Vater ist.«

»Ich weiß.«

Unser Gespräch stockte. Bärbe hatte Heimweh. In mir stieg ein unbehagliches Schuldgefühl auf. Ich hätte ihr Angebot, mich auf der Reise zu begleiten, ablehnen müssen, dachte ich. Aber hätte Bärbe sich zurückweisen lassen? Sie war bis jetzt die Fähigere gewesen, was das Reisen betraf. Sie konnte Feuer machen, kochen, dem Esel den Fuß mit Kräutern einreiben, wenn er lahmte. All die kleinen Arbeiten des täglichen Lebens waren ihr von Kindesbeinen an vertraut. Ich dagegen hatte niemals gelernt, wie man aus Zweigen einen Schutz gegen den Regen baut.

Sie war mir eine unentbehrliche Hilfe. Sie hatte Recht gehabt, damals, als sie behauptete, ich könne es allein niemals schaffen. Nur eine Frage hatte sie mir noch nie wahrheitsgemäß beantwortet.

»Bärbe«, riss ich sie aus ihrer träumerischen Stimmung, »warum bist du mitgegangen?«

Sie sah mich mit ihren grünen Augen gedankenverloren

an. »Meinen Liebsten habe ich für immer verloren«, sagte sie und strich sich die roten Locken aus der Stirn, »doch Euer welscher Scholar lebt sicher noch. Einmal ist es Eurem Vater gelungen, zwei Leben zu zerstören, doch ein zweites Mal werde ich es verhindern. Euch soll er das Glück nicht wegnehmen.«

Sie hatte mich begleitet, um meinem Vater die Stirn zu bieten. Ich betrachtete ihr hübsches Gesicht mit dem festen Kinn und der entschlossenen Miene, und François' Worte fielen mir ein: Versuche erst gar nicht, einem Widdergeborenen mit Gewalt zu begegnen. Er wird mit Gewalt antworten, und meist ist er stärker als du. Aries kannst du nicht überwältigen. Er wird kämpfen bis zum Sieg oder bis zum Tod. Das einzige Mittel, das ihn zur Umkehr bringt, ist Überzeugung.

»Du wirst François lieben«, sagte ich leise.

»Ich kenne ihn ja überhaupt nicht«, war Bärbes Antwort.

»Sein Zeichen ist der Löwe, meins der Schütze. Du bist Widder, Bärbe – damit wären alle drei Feuerzeichen beisammen. Wir passen gut zueinander.«

»Woher wollt Ihr das wissen?«

»Ich habe gelernt, die Sterne zu deuten«, erklärte ich ihr. »Die Aufzeichnungen in meiner Tasche enthalten alle Positionen der Wandelsterne seit –«

Bärbe lachte laut auf. »Über all dem Zeug, das wir geplappert haben, sollten wir den Stand der Sonne nicht vergessen«, sagte sie. »Die steht schon recht tief. Wenn wir noch vor der Dunkelheit den nächsten Ort erreichen wollen, müssen wir endlich weiterziehen.«

Bärbe die Vernünftige. Mit ein paar Worten hatte sie alles abgetan, was ich ihr von meiner Wissenschaft hatte erzählen wollen. Sie legte kein Gewicht auf das, was in den Sternen stand. Dazu war sie viel zu irdisch gesonnen. Sie wäre Hans Waldvogel eine wunderbare Frau geworden, dachte ich. Sie hätte dafür gesorgt, dass der Luftikus manchmal mit den Füßen die Erde berührte.

Wir machten uns also wieder auf den Weg. Das Kloster, das wir besuchen wollten, lag von unserem Ziel Poitiers nur noch einige Tagereisen entfernt. Doch die Straße führte von hier aus ein Stück weit durch dichten Wald, und wir taten gut daran, diesen so schnell wie möglich hinter uns zu bringen.

Bärbe schritt entsprechend weit aus. Mein gutes Grautier musste fast traben. Wir sprachen nicht, sondern hingen beide unseren Gedanken nach, während über den Wipfeln der Bäume langsam die Sonne niederging.

Endlich konnten wir das Ende des Waldes sehen. Vor uns, in dem umgekehrten Dreieck zwischen den Mauern der Bäume, tat sich der Blick auf ein weites Wiesental auf. Darüber verstrahlte die tief stehende Sonne goldenes Sommerlicht. Eben wollte ich den Mund auftun, um meiner Erleichterung Ausdruck zu verleihen, als seitlich im Unterholz Geräusche hörbar wurden. Trockene Äste krachten. Jemand, nein, mehrere Menschen brachen durch das Gebüsch.

Es waren vier. Auf den ersten Blick wusste ich, dass die zerlumpten Gestalten, die da auf uns zustürzten, Übles im Schilde führten. Ich unterdrückte einen Schreckensschrei. Bärbe hatte bereits ihr Messer gezogen und stellte sich mit wildem Gesichtsausdruck den Angreifern, während Silber sich ihnen knurrend entgegenwarf.

Zwei der Lumpenkerle wichen vor dem wütenden Hund zurück. Die anderen beiden griffen Bärbe und mich an. Bärbe wehrte sich verbissen. Ihr Dolch fand einmal, zwei Mal sein Ziel in der Schulter ihres Angreifers. Doch der war ebenfalls bewaffnet. Ich sah ein langes Messer blitzen.

Der Esel tänzelte verschreckt. Der Kerl, der sich auf mich gestürzt hatte, suchte mich von meinem Reittier herunterzureißen. Ich klammerte mich an François' Tasche und versuchte verzweifelt, mich zu halten. Der Gurt riss. Die Tasche blieb in meiner Hand. Ich krachte zu Boden. Der Wegelagerer rannte davon, den Esel mit sich zerrend.

Mein Kopf dröhnte. An meiner Schläfe war eine Platzwunde, aus der Blut sickerte. Ich bemühte mich, aus dem Staub der Straße hochzukommen. Die Strolche waren fort. Ein paar Schritte von mir entfernt lag Bärbe. Silber stand über ihr und leckte ihr winselnd das Gesicht. Dann kam er zu mir.

Sein Fell war blutig. Über der Schulter klaffte eine Schnittwunde. Und er hinkte auf dem rechten Vorderlauf. Er hechelte. Dann lief er wieder zu Bärbe hinüber.

Ich rappelte mich auf. Die paar Schritte bis zu der Stelle, wo Bärbe lag, schienen mir endlos weit. Ich ließ mich neben ihr auf die Knie sinken. Ihre grünen Augen waren weit offen und schauten mich voller Bedauern an. »Sie haben unsere Börse«, flüsterte sie kraftlos.

Sie hatten ihr den Gürtel abgenommen, an der unser Geldbeutel befestigt gewesen war. Links auf ihrem Gewand, unter der Brust, breitete sich langsam ein Blutfleck aus. »Du bist verletzt«, stieß ich entsetzt hervor, »du blutest ja, Bärbe!«

Sie schien mich nicht zu hören. »Nun müsst Ihr es doch allein schaffen«, hauchte sie tonlos, »aber Ihr habt's ja nicht mehr weit ...«

Ich bemühte mich, klar zu denken. Vor meinen Augen tanzten grelle Lichtflecken. »Ich hole Hilfe«, sagte ich, »du musst warten, bis ich vom Kloster zurück bin. Silber passt auf dich auf, solange ich weg bin. Bärbe, hörst du?«

»Kann ... nicht warten ...« flüsterte Bärbe atemlos, »... Hannes ... jetzt sehen wir uns ... wieder ...« Und über ihr blasses Gesicht glitt ein Lächeln.

»Was ist das für ein Unsinn?« fuhr ich sie in höchstem Schrecken an, »Bärbe – nimm dich zusammen! Wie soll ich ohne dich vorankommen? Du hattest mir versprochen, dass du –«

Ihre Hand tastete nach meiner. »Es ... tut mir Leid ...« wisperte sie, »wirklich ... aber Ihr müsst ... zurückstehen ...« Ihre Augen wandten sich dem Himmel zu, den erste Abendröte färbte, und sie lächelte noch einmal. Plötzlich kamen Töne über ihre Lippen, Melodie und Worte eines kleinen Liedes: »Ich bin dein«, sang Bärbe mit dünner, brüchiger Stimme, »du bist mein ... des sollst du gewiss sein ... du bist beschlossen –«

Das letzte Wort war ein tiefer, seufzender Atemzug. Plötzlich rollte ihr Kopf zur Seite, und ihre Finger ließen meine Hand los.

Ich begriff zuerst nicht, dass Bärbe tot war. Es überstieg meine Vorstellungskraft. Sinnlos summte ich die letzten Zeilen des kleinen Lieds vor mich hin, das Bärbe eben gesungen hatte, und ich erinnerte mich, es vor einiger Zeit noch auf dem Markt in Köln gehört zu haben. »Du bist beschlossen in meinem Herzen – verloren ist das Schlüsselein, du musst immer darinnen sein …«

Bärbes Worte vom Nachmittag fielen mir ein. Menschen wie Hannes können einfach nicht sterben. Ich verstand jetzt, wie sie das gemeint hatte. Dieses Lied, aus Hans Waldvogels heiterem Sinn entsprungen, lebte weiter. Aber Bärbe war gestorben, ohne etwas zu hinterlassen.

Bärbe, meine Schwester. Plötzlich strömten meine Tränen. Der Schmerz darüber, dass ich sie verloren hatte, machte mich blind und taub. Ich kniete neben ihrem langsam erstarrenden Leichnam und nahm meine Umgebung nicht mehr wahr. Ich bemerkte nicht, dass ein Trupp Berittener die Straße heraufkam, dass die Pferde neben mir gezügelt wurden, dass einer der Reiter absaß. Erst als der Mann sich zu mir niederbeugte und mich ansprach, hob ich verstört den Kopf.

»Qui es tu?« wiederholte der Reiter seine Frage. Er trug ein Kettenhemd mit Haube, die er aber in den Nacken gestreift hatte. Seine Hände waren ebenfalls gepanzert. Sein schwarzbärtiges Gesicht mit den buschigen, gerunzelten Augenbrauen machte mir Angst.

Ich konnte nicht antworten. Statt meiner erwiderte einer der noch zu Pferde Sitzenden: »Mir scheint, die Weiber gehören auch zu den Wegelagerern, die wir vertrieben haben. Wahrscheinlich haben sie sich wegen der Beute in die Haare gekriegt. Pack die Leiche auf. Um das andere Miststück kümmere ich mich.«

Die übrigen Männer lachten aus rauen Kehlen. Derjenige, der mich angesprochen hatte, brachte einen Einwand: »Aber die Hüte … daran sind ja wohl Pilgerzeichen, und wenn ich mich nicht irre –«

»Unsinn«, raunzte sein Genosse, »sie werden n' paar Pilger überfallen haben. Guy, wir halten uns viel zu lange auf. Noch einmal – pack die Leiche aufs Pferd, und ich nehme das andere Weib. Du, Gilles, erledigst den Hund …«

Mein Blick fiel auf Silber, der dicht an meiner Seite kauerte, vor Schwäche zitterte und dennoch mit wütendem Geknurr die Zähne fletschte. Ich legte ihm die Hand auf die Stirn. »Ruhig, mein Hund«, flüsterte ich ihm zu, »mach nicht alles noch schlimmer.«

Silber verstummte. Der Reiter besann sich anders. »Nein, lass mal, Gilles«, sagte er nachdenklich, »wär' doch schade um das schöne Tier. La Dame soll entscheiden.« Damit sprang er aus dem Sattel, trat einfach an mich heran und fasste mich um die Taille. Mit einem mächtigen Schwung hievte er mich aufs Pferd, schwang sich hinter mir in den Sattel und schnalzte mit der Zunge. Ich sah keinen Sinn darin, mich gegen die Bärenkräfte dieses Mannes zu wehren. Ich krallte mich in der Mähne des Rosses fest, und im Galopp ging es aus dem Wald hinaus ins freie Feld. Die anderen Reiter bis auf denjenigen, der uns mit Bärbes Leiche folgte, setzten ihren Weg in die entgegengesetzte Richtung fort.

Silber suchte mit dem Mann Schritt zu halten, der mich aufs Pferd genommen hatte. Sein atemloses Hecheln war so laut, dass es mir in den Ohren zu schallen schien. »Bitte«, flüsterte ich, »er ist verwundet … er kann nicht so schnell …«

Der Reiter ließ sein Tier in Trab fallen. »Gehört er dir?« fragte er barsch.

»Ja«, sagte ich leise. »Meine Kameradin und ich – wir waren auf dem Weg nach Poitiers, als uns die Räuber –«

»Das wird sich alles herausstellen«, schnitt mir der Reiter die Rede ab. »La Dame findet die Wahrheit schon heraus – glaube mir.«

Wir wechselten keine Worte mehr. Die Sonne stand tief am Horizont, als wir bei dem Kloster anlangten, das Bärbe und ich für die Nacht hatten aufsuchen wollen. Sofort wurde uns das Tor geöffnet, und der Reiter ließ sein Tier in den weiten Hof eintraben. Dort standen eine Menge Pferde – offenbar die Reit- und Packtiere einer großen Reisegesellschaft. Es musste sich um hoch gestellte Persönlichkeiten handeln, denn ihre Rösser trugen prächtige, mit goldenen Appliquen beschlagene Geschirre, wie nur sehr Reiche sie sich leisten können.

Der Reiter saß ab, hob mich vom Pferd, stellte mich auf den Boden. Mir war schwindlig. Ich schwankte auf den Füßen. Mein Kopf schmerzte.

Silber humpelte heran und heftete sich dicht an meine Seite. Mir war, als lehne er sich gegen mich. Die Wunde an seiner Schulter blutete wieder. Rote Tropfen sickerten über sein struppiges graues Fell.

Ich streichelte ihn. Er winselte leise. »Komm mit«, befahl mir der Reiter. Ich hinkte hinter ihm her.

Wir betraten ein Nebengebäude, wohl das Gästehaus für die vornehmen Reisenden. Die meisten Klöster, das wusste ich jetzt, besaßen beides – eine einfache Unterkunft für Pilger und Arme und ein viel luxuriöser ausgestattetes Gebäude für wichtige Persönlichkeiten. Dieses hatte drei Kamine und eine riesige, aus schweren Bohlen gezimmerte Tafel mit Sitzbänken in der Mitte des schön gewölbten Raumes. Zu beiden Seiten führten Türen in die Schlafkammern, die, nach der Anzahl der Kamine zu urteilen, wahrscheinlich ebenfalls beheizbar waren.

An der Stirnwand, unter einem hoch in der Mauer liegenden Rundbogenfenster, gab es noch eine Sitzgelegenheit – eine kleine Bank, deren Rückenlehne aus einer beweglichen Polsterrolle bestand. Auf den roten Seidenkissen, mit denen die Bank belegt war, saß eine schlicht in Blau gekleidete Frau, vor sich ein Tischchen mit Schreibzeug, neben sich einen aus Weide geflochtenen Käfig, in dem zwei Brieftauben gurrten.

Die Frau blickte nicht auf, als wir eintraten. Sie hob erst den Kopf, als mein Begleiter meldete: »Verzeiht die unzeitgemäße Störung, ma Dame … ich bringe Euch hier eins von den Weibern, die zu der Bande von Landstreichern gehörten. Was soll mit ihr geschehen?«

Die Frau sah mich interessiert an. Ihre Augen, nur teilweise verschattet von einem dünnen roten Schleier, der Haar und Stirn bedeckte, waren lichtbraun und von erstaunlicher Lebendigkeit und Leuchtkraft. Obwohl die Frau schon vor langer Zeit die Blüte ihrer Jahre überschritten haben musste – Fältchen um Mund und Nase waren tief eingegraben und bezeugten es – schien sie sehr jung. »Tritt näher«, befahl sie mir.

Ihre Lippen hatten eine Frische, wie man sie nur bei jungen Mädchen findet. Ihre Bewegungen waren weich und voller Grazie. Während sie mich aufmerksam betrachtete, legte sie den Kopf ein wenig schief, was den Eindruck von Jugend noch verstärkte. Doch ihr Blick verriet die Weisheit des Alters.

Mehrere Herzschläge lang wurde ich gemustert. Dann sagte die Frau: »Durchsucht sie, Gregoire. Legt alles auf den Tisch, was sie bei sich trägt.«

»Sofort, ma Dame!«

»Ich besitze nichts«, meldete ich mich trotz meines schmerzenden Kopfes zu Wort, »was ich hatte, ist mir von genau den Strolchen geraubt worden, die Eure Männer verfolgten. Ich bin nur eine –«

»Silence«, unterbrach mich die Frau. Ihre schöne, melodische Stimme hatte einen metallischen Unterton bekommen. Mit einem Wink forderte sie den Reiter auf, ihren Befehl durchzuführen. Während ich durchsucht und meines Gürtels entledigt wurde, wandte sie sich, ohne mich eines weiteren Blickes zu würdigen, wieder dem Brief zu, an dem sie geschrieben hatte.

Der Reiter legte meinen Gürtel mit der tönernen Reiseflasche auf den Rand des Tischchens. Dazu kam die kleine Röhre aus Holunderholz, die ich um den Hals getragen hatte. »Mehr habe ich nicht bei ihr gefunden, ma Dame«, meldete er.

Die Frau unterbrach ihre Schreibarbeit, legte aber die Feder nicht aus der Hand, als sie meine wenigen Habseligkeiten flüchtig anschaute. Dann fiel ihr Blick auf das Holunderröhrchen. »Qu'est ce que c'est?« wollte sie wissen.

»Nichts«, stammelte ich erschrocken, »nur ein Andenken … es hat keinerlei Wert außer für mich. Bitte – lasst es mir. Ich schwöre Euch –«

Die Dame steckte die Feder in das kleine Tintengefäß aus Silber. Mit spitzen Fingern nahm sie die Röhre aus Holunderholz auf und entfernte den grob zurechtgeschnitztten Stopfen. Sie zog das Stückchen Pergament aus der Höhlung hervor, entrollte es, buchstabierte. »Diese Sprache verstehe ich nicht«, murmelte sie ärgerlich, »und eins weiß ich – ich werde sie auch niemals lernen. Man verletzt sich die Zunge dabei.« Ihre Augen wandten sich mir zu. »Was steht darauf?«

»Ich … ich möchte nicht, dass jemand –« begann ich widerstrebend.

Die Frau richtete sich kerzengerade auf. »Bist du eine Spionin?« fragte sie geradeheraus. »Ich wüsste nicht, dass wir im Streit mit irgendeinem deutschen Fürsten liegen, aber …« Sie räusperte sich energisch. »Übersetze – oder ich lasse jemanden kommen, der die vertrackte Sprache versteht, aber dann geht es dir schlecht!«

»Es ist ein Gedicht«, flüsterte ich. Unter ihrem fordernden Blick begann ich zu zittern. »Es lautet … la reine d'un jour au mois d'Avril … vent, pluie, neiges et soleil … des nages noirs, joix sans pareil … jamais je n'oubliera cette fille …«

Die Frau schloss die Augen für einen Moment. Ich hielt inne. Alles in mir wehrte sich dagegen, François' Liebeslied, das allein für mich gedacht war, völlig an diese Fremde preiszugeben. Doch sie schien gar nicht mehr hören zu wollen. »Reine d'un jour au mois d'Avril …« wiederholte sie träumerisch, »ja, das ist hübsch. Warum hat Bernard das nie geschrieben?« Ihre schmalen Finger spielten mit dem Röhrchen, in dem das Pergament gesteckt hatte. Plötzlich fiel Frau Mathildes silbernes Ringlein heraus und rollte klingelnd über die Tischplatte.

Die Frau öffnete die Augen. Mit einer blitzschnellen Bewegung fasste sie den Ring, bevor er zu Boden fallen konnte. »Sieh da – ein Schmuckstück«, murmelte sie, »also bist du doch nicht ganz so arm wie du behauptest …«

Sie warf einen flüchtigen Blick auf den Ring in ihrer Handfläche. Plötzlich weiteten sich ihre Augen. Ihr Mund öffnete sich einen Spalt, ihre Lippen schienen leicht zu zittern. Doch ihre Verwirrung dauerte nur einen Augenblick. Dann sah sie mich an, und ihr Blick sprühte Flammen. »Woher hast du den?« fragte sie scharf.

»Er ist nicht gestohlen, wenn Ihr das glauben solltet«, begann ich. »Ich erhielt ihn zum Geschenk – von jemandem, der mir für einen Augenblick ... sehr nahe gestanden hat ...«

»Du lügst.« Der Blick, mit dem die Frau mich fixiert hielt, wurde drohend. »Diesen Ring kannst du nur gestohlen haben. Wie sollte er sonst in den Besitz einer ... einer Landstreicherin gelangt sein?«

In mir stieg Zorn auf. Diese fremde Dame bezichtigte mich des Diebstahls, wo keinerlei Berechtigung dazu bestand. »Ihr scheint den Ring zu kennen«, sagte ich und reckte mich vor ihr auf. »Dann wisst Ihr auch, von wem ich ihn habe.«

Überraschung flackerte in ihren Augen auf. Es schien sie höchlichst zu verwundern, dass ich mich so entschieden gegen ihre Anschuldigung wehrte. »Oh, allerdings ist mir dieses Schmuckstück bekannt«, warf sie hin, »doch ich will wissen, wie du daran kamst. Du behauptest, du habest den Ring zum Geschenk erhalten. Von wem?«

Ich senkte den Kopf, weil mir plötzlich die Augen brannten. »Eine Dame gab ihn mir«, sagte ich leise, »vor Ewigkeiten, auf einem Maienfest ...«

»Der Name!« Die Stimme der Frau klang kalt und schneidend. »Und nenne mir den vollen Namen, hast du verstanden?«

»Mathilde d'Angleterre«, flüsterte ich. »Der Ring ist ein Andenken an sie. Bitte – lasst ihn mir.«

Die Frau gab sich nicht damit zufrieden. »Wie sah sie denn aus, diese Mathilde?« forschte sie, noch immer in schneidendem Ton.

Ich schluckte, um den schmerzhaften Druck in meiner Kehle loszuwerden. »Sie war zierlich und kleiner als ich«, beschrieb ich die Gemahlin Herrn Heinrichs von Braunschweig, »sie hatte braunes Haar und eine sanfte Stimme ...«

»Es gibt viele, die braunes Haar und eine sanfte Stimme

haben«, unterbrach mich die Frau ungeduldig. »Nenne mir ein Merkmal, wodurch sie sich von allen anderen Frauen unterscheidet. Erst dann kann ich deiner Behauptung vielleicht Glauben schenken.«

»Sie hatte etwas mit mir gemeinsam«, sagte ich zögernd, »darum verstanden wir uns so gut. Aber ich möchte nicht …«

»Mit dir gemeinsam?« die Frau schüttelte den Kopf. »Das ist kaum möglich. Mathilde von England ist eine Königstochter. Du bist –«

Diesmal fuhr ich ihr in die Rede. »Ich bin die Tochter eines ihrer Lehensleute«, sagte ich, und meine Stimme war brüchig vor verletztem Stolz. »Sie gab mir den Ring, weil sie … weil ich …«

»Weil – was?« Unbeirrt starrten mich die flammenden braunen Augen an. »Weil – was?« wiederholte die Dame »sprich – oder ich lasse es aus dir herauspeitschen!«

Das brachte meinen Zorn zum Überkochen. »Sie hinkte«, brach es wütend aus mir heraus, »sie hatte das gleiche Gebrechen wie ich!« Und ich tat ein paar Schritte, um ihr zu zeigen, was ich meinte.

Die Flammen in den Augen der Frau erloschen. Urplötzlich sanken sie in sich zusammen und machten einer schmerzlichen Melancholie Platz. »Das ist richtig«, murmelte sie, mit einem Mal leise und weich, »Mathilde hinkte.« Sie schwieg einen Herzschlag lang. Dann fixierte sie mich wieder, und ich erkannte neues Misstrauen in ihrem Blick. »Jeder, der sie einmal hat gehen sehen, weiß das. Du könntest ihr den Ring in einer Menschenmenge vom Finger gezogen haben, und –«

Mein Stolz bäumte sich auf. Ich beschloss, den Spieß umzudrehen. »Wie kommt Ihr dazu, mich so zu beleidigen?« erwiderte ich zornig, »und woher kennt Ihr Mathilde überhaupt? Woher wollt Ihr wissen, ob ich lüge oder die Wahrheit sage?«

Zum zweiten Mal während dieses Verhörs blitzte Verwunderung in den strengen Augen der Frau auf. »Du bist unverschämt«, sagte sie empört, »ich kenne Mathilde wie kein anderer Mensch, und natürlich ärgert es mich, wenn sie bestohlen wird! Nie hast du mit ihr gesprochen, geschweige denn diesen Ring zum Geschenk erhalten – gib es zu!«

Sie glaubte mir kein Wort. Sie bestand darauf, dass ich eine Diebin war. Sie würde mir Frau Mathildes Ring wegnehmen und mich noch für ein Verbrechen bestrafen, dass ich nicht begangen hatte.

»Ma Dame«, mischte sich der Reiter ein, der immer noch hinter mir stand, »sollten wir diese widerspenstige Person nicht einfach binden und in einen der Ställe sperren? Da kann sie sich ja überlegen, ob sie reden will …«

Die Frau winkte ab. »Lasst nur, Gregoire«, sagte sie, »ich werde schon mit ihr fertig. Ich habe Erfahrung im Umgang mit Lügnern.« Sie wandte sich mir zu. »Wirst du nun endlich die Antwort geben, die ich erwarte?«

Sie hatte ihr Urteil bereits gefällt, das war offensichtlich. Aber ganz gleich, was diese Frau von mir hielt – ich weigerte mich, wie eine Lügnerin vor ihr dazustehen. »Wenn Ihr selbst die Wahrheit sprecht«, sagte ich fest, »dann solltet Ihr diese Aussprüche wieder erkennen. ›Mein Küken mit dem gebrochenen Beinchen, du darfst tanzen, mein Kind – Mutter scheucht den Habicht fort‹ …«

Darauf gab die Frau keine Antwort. Sie starrte an mir vorbei, schien in eine Vergangenheit zu blicken, die ich nicht kannte. Der Ausdruck ihres Gesichts hatte sich verändert, während ich sprach; mir schien es, als seien alle Altersfältchen wie durch einen Zauber aus dem ebenmäßigen Antlitz weggewischt. Die Frau vor mir war jung und wunderschön, und sie richtete den Blick wieder auf mich. Ein strahlendes, entwaffnendes Lächeln, das zwei Reihen makelloser weißer Zähne enthüllte, ließ ihr Gesicht leuchten. »Wann hast du meine kleine Mathilde zum letzten Mal gesehen«, fragte sie, »und wie ging es ihr in ihrem rauen Land?«

Ich konnte nicht gleich antworten. Zu sehr war ich von dem bezaubernden, alterslosen Gesicht gefesselt, das mich ansah. »Es war im vergangenen Mai«, stammelte ich, »und seitdem … seitdem …«

»Ging es ihr gut?« wiederholte die Frau noch einmal ihre Frage. Sie hatte sich erhoben und kam mit schwebenden, graziösen Schritten auf mich zu. »Schien es dir, dass sie glücklich war?«

Ich sah den Glanz in ihren Augen, den Ausdruck der Erwartung, und mir schnürte es die Kehle zu. »Wisst Ihr denn nicht …?« flüsterte ich, und mich überkam auf einmal ein schreckliches Zittern, das meinen ganzen Körper ergriff. Diese Dame schien Frau Mathilde zu lieben. Wie konnte ich ihr beibringen, dass die Gemahlin Herrn Heinrichs des Löwen nicht mehr unter den Lebenden weilte?

Eine Schwäche überfiel mich. Ich wankte. »Was hast du denn, Kind?« fragte die Frau mit den leuchtenden Augen.

Ich sank auf die Knie. »Frau Mathilde ist gestorben«, flüsterte ich tonlos, »und ich –«

»Aber das weiß ich doch«, gab die Frau zurück, »ich wollte nur von dir hören, wie es ihr im vergangenen Mai ging!«

Mir war schwindlig. In meinen Ohren war ein dumpfes Brummen, und mein Kopf schmerzte schlimmer. Glühende Punkte tanzten plötzlich vor meinen Augen. Meine Hände fühlten sich taub an – Silber hockte neben mir, doch ich konnte sein raues Fell kaum spüren. Mein Herz hämmerte, als wollte es meine Brust sprengen.

»Es … ging ihr gut …« brachte ich heraus, »wir haben … lange miteinander gesprochen, und …«

»Kind«, fragte die Frau besorgt, »was fehlt dir denn? Sprich jeden Wunsch aus – er soll dir –«

»Bitte«, wisperte ich, »lasst mir meine Andenken … sonst will ich nichts … außer … ein Begräbnis für Bärbe … und Futter und Wasser … und Versorgung für meinen Hund …«

Mir wurde schwarz vor Augen. Ich sank vornüber, fühlte gerade noch, wie ich von zwei geschmeidigen Armen aufgefangen wurde.

16

Ich lag auf einem weich gepolsterten, mit duftenden Laken ausgestatteten Ruhebett. Ich tastete nach meiner Stirn – sie war bandagiert. Über meinen Augen lag ein feuchtes Tuch.

»Sie kommt zu sich«, hörte ich eine weiche, mitleidige Frauenstimme sagen, »Gottlob, dass ihre Verletzung nicht schwer war!«

Das Schwirren war aus meinem Kopf verschwunden. Ich hob die Hand und nahm das Tuch von meinem Gesicht. Ein Sonnenstrahl fiel mir genau in die Augen und blendete mich einen Herzschlag lang. Als ich mich zur Seite drehte, sah ich, wer neben mir stand.

Ich erkannte einen alten Mönch und die hoheitsvolle Frau, mit der ich zuletzt gesprochen hatte. Beide lächelten mich freundlich an. Ihre Mienen zeigten tiefe Erleichterung.

»Nun, mein Kind«, sagte die Frau, »wie fühlst du dich heute?«

Ich setzte mich im Bett auf und wischte mir den Schlaf aus den Augen. »Recht gut«, stammelte ich, »es tut mir Leid, wenn ich Euch Umstände gemacht habe …«

»Du hast einfach geschlafen«, sagte die Frau, »und offensichtlich hat es dir gut getan.«

»Wie lange …?« fragte ich verwirrt.

»Nur diese Nacht«, informierte mich der Mönch mit einem väterlichen Lächeln. »Dir war übel geworden. Wir haben dich dann auf eins der Gästebetten gelegt und deine Wunde versorgt. Nun bist du frisch erwacht. Danke Gott, meine Tochter. Du hast Glück gehabt.«

Nach und nach meldete sich meine Erinnerung. Mir fiel wieder ein, wie ich hierher gelangt war und was sich auf dem Weg zugetragen hatte. Ein riesiges Schmerzgefühl überrollte mich, doch es kam nicht aus meinem Körper. »Bärbe …« flüsterte ich.

»Deine Gefährtin liegt in der Kapelle aufgebahrt«, sagte die Frau. Mitgefühl dämpfte ihre Stimme. »Die Patres wollen sie gegen Mittag auf dem Elendsfriedhof zur Letzten Ruhe betten – da, wo die ausländischen Pilger liegen, die hier in Gott verstorben sind.«

»Ich möchte Bärbe noch einmal sehen«, verlangte ich mit meinen Tränen kämpfend.

Der Mönch nickte und verließ den Raum. Die Frau half mir aus dem Bett. Hemd und Pilgergewand waren gereinigt. Jemand hatte Staub und Schmutz ausgebürstet. »Doch meine Mägde suchen bereits angemessenere Gewänder für dich aus«, sagte die Frau. Ich verstand nicht, was sie meinte.

Mehrere Leute knieten betend in der kleinen Kapelle, die den Pilgern und Reisenden zur Verfügung stand. Vorn vor dem schmucklosen Altar, unter einem streng und ernst herniederblickenden Kruzifixus, stand Bärbes Bahre. Ich näherte mich ihr mit schwankenden, stolpernden Schritten; als ich neben ihr stand, traf ein Sonnenstrahl auf Bärbes totenstilles Gesicht und funkelte in ihren roten Locken.

Sie lag da wie schlafend. Mir war sogar, als spiele ein heimliches Lächeln um ihre bleichen Lippen. Vielleicht sah sie in dem tiefen Traum, den sie jetzt träumte, ihren Geliebten wieder. Ich bin dein, du bist mein – des sollst du gewiss sein …

Ich legte ihr die Hand auf die Stirn. »Wir werden uns auch wieder sehen, eines Tages«, flüsterte ich. »Bis dahin lasse ich Seelenmessen für dich lesen, Bärbe – sobald ich François gefunden habe und dafür bezahlen kann. Messen für dich und Hans Waldvogel …«

»War das nur für sie bestimmt, oder darf ich auch wissen, was du ihr gesagt hast?« flüsterte die Frau. Sie war mir gefolgt. Sie stand dicht hinter mir, in einen einfachen blassgrünen Reisemantel gehüllt. Ich hatte das Rauschen der üppigen Falten auf dem steinernen Fußboden nicht gehört.

Ich hatte auf Deutsch mit Bärbe gesprochen, damit ihre Seele mich verstand. Bärbe hatte sich ja von Anfang an geweigert, die welsche Sprache zu lernen. Ich musste nachträglich über ihre hartschädelige Sturheit lächeln. Dabei rannen mir Tränen die Wangen hinab. »Sie soll Seelenmessen bekommen«, übersetzte ich der Frau den Sinn meiner Worte, »das habe ich ihr gerade versprochen. Nur kann ich sie jetzt noch nicht bezahlen.«

Die Frau nickte und zupfte mit zierlichen Fingern ihr Gebände zurecht. »Darum werden sich die Brüder dieses Klosters kümmern«, erwiderte sie, »ich habe sie bereits angewiesen. Du musst nun Abschied nehmen. Wir reisen noch vor Mittag.«

Wieder verstand ich nicht. »Ich muss weiter nach Süden – nach Poitiers«, sagte ich. »Jetzt, da ich kein Reittier mehr besitze, wird es wohl langsamer vorangehen. Aber der Hund ist ja noch bei mir, und mit Gottes Hilfe –«

»Nein, nein«, unterbrach mich die Frau ungehalten, »aus Poitiers kommen wir ja gerade. Es geht nach Barfleur. Die Zeit drängt, weißt du. Richard kommt nach, doch bevor er anlangt, ist noch so viel vorzubereiten!«

»Richard …?« Sie sprach in Rätseln, und der Blick ihrer Augen war ebenso rätselhaft. Warum berichtete sie mir von Dingen, die nur für sie selbst Bedeutung hatten?

Die Frau sah mich verdutzt an. Dann plötzlich strahlte wieder dieses wundersame Lächeln aus ihrem Gesicht. »Oh«, sagte sie, »du musst einem vergesslichen alten Weib verzeihen. Woher solltest du denn auch wissen …« In einer großen, weltumgreifenden Bewegung legte sie die Arme um mich. »Weißt du – Richard ist nun König von England, mein Kind. Ich muss seine Krönung vorbereiten. Verstehst du?«

Ich verstand nichts. Einen Augenblick stand ich da, hölzern wie eine Puppe in den Armen der fremden Frau, und suchte meine Gedanken zu sammeln. Dann, mit einem Schlag, wurde mir klar, wovon sie sprach. Frau Mathilde war ihre Tochter. Sie war die Königin von England. Richard sollte zum König gekrönt werden – Richard, Frau Mathildes Bruder …

Das Schwindelgefühl, das ich schon abgeschüttelt hatte, befiel mich von neuem. »Ma Dame«, stotterte ich die Anrede, die ich von dem Reiter Gregoire gehört hatte, »ma Dame, ich …«

Mir versagte die Stimme. Die Frau, die Königin von England war, drückte mich an sich. »Wir wollen ganz von vorn anfangen«, sagte sie, »ich bin Alienor d'Aquitaine. Nun nenne mir deinen Namen. So verlangt es die Höflichkeit.«

»Agneta Rabenstein«, flüsterte ich. »Ma Dame – wenn Ihr die Güte habt –«

»Alles, was du willst, mein Kind«, unterbrach mich die Königin. »Agneta – ein hübscher Name. Eigentlich müsste es Agnès heißen, nicht wahr?«

»Ja, ma Dame. Ihr sagtet, Ihr wollt nach Barfleur reisen, aber ich muss nach –«

Sie gab mich aus der Umarmung frei. »Das alles kannst du mir erzählen, wenn wir unterwegs sind«, schnitt sie mir noch einmal mit einem liebenswerten Lächeln die Rede ab. »Wir beide, wir haben genügend Zeit auf der Reise, und ich will ja noch so viel von dir wissen! Doch zuerst –« sie ergriff meine Hand und drückte sie zärtlich, »zuerst müssen wir dafür sorgen, dass du ein wenig angemessener gekleidet wirst. Du reist nämlich in meinem Wagen – an meiner Seite.«

Damit zog sie mich aus der Kapelle. Ich spürte, dass es keinen Zweck hatte, sie um Zeit zur Besinnung zu bitten oder ihr auch nur das Ziel meiner Reise zu nennen – wenigstens im Augenblick.

Die nächsten Stunden vergingen in einem Wirbel der Geschäftigkeit. Königin Alienor höchstpersönlich wählte aus einem gewaltigen Stapel der verschiedenartigsten Gewänder diejenigen aus, die sie als für mich passend befand. Ich bekam kein Einspruchsrecht; alle Einwände, mit denen ich ihre üppigen Geschenke zurückweisen wollte, verhallten ungehört. Zuletzt, als ich bereits in ein feines, durchscheinendes Leinenhemd, eine mit bunter Seide bestickte blaue Cotte und einen blauseidenen Schleier gehüllt war und Alienor mir noch einen wirklich prachtvollen braunen Reisemantel aus feinster flandrischer Wolle überwerfen wollte, schürzte sie beinahe beleidigt die Lippen, als ich auch diesen wieder ablehnen wollte. »Willst du mir wirklich alle Freude verderben?« fragte sie mich.

Ihre Stimme klang schmollend. Ihre Worte erinnerten mich an Frau Mathilde, damals im Mai, als sie mir das meerblaue Prachtkleid geschenkt hatte.

Ich gab klein bei. »Er ist wundervoll, dieser Mantel«, murmelte ich. »Ewig werde ich dafür in Eurer Schuld stehen.«

Alienor d' Aquitaine lachte belustigt auf. »Wo denkst du hin?« Über ihrem Antlitz lag wieder dieser Zauber, der mich schon einmal in Bann geschlagen hatte. »Die Schuld wirst du abgetragen haben, sobald du mir alles über Mathilde erzählt hast, was du weißt!«

So ging es weiter. Eine ganze Reisetruhe wurde für mich gepackt. Die Königin meinte, sobald man in London sei, werde sie Schneider kommen lassen, um eine vollständige Ausstattung für mich herzustellen. Schließlich stünden die großen Feste und Feierlichkeiten anlässlich der Krönung Richards an, und da dürfe keine ihrer Damen aussehen wie eine graue Maus. »Nicht, dass ich deine außerordentlichen Reize in Abrede stellen möchte, Agnès«, sagte sie lachend, »doch jede Schönheit lässt sich heben – glaube mir. Ich weiß das besser als jede andere.«

Mir blieb nichts übrig, als sie gewähren zu lassen. Mit Bewunderung sah ich zu, wie sie in all dem Durcheinander der Reisekisten, Sattelrollen und Packtaschen ihre Befehlsgewalt ausübte, sich mit traumwandlerischer Sicherheit im Getümmel der Diener und Trossknechte zurechtfand, dirigierte, anwies und leitete und schließlich – ganz Königin – graziös, wohl gekleidet, kühl und vollkommen gelassen in ihrem Reisewagen Platz nahm.

Ich hatte die bunt bemalte, solide gebaute Karosse vom Rand des Gewühls her bewundert. Das tonnenförmige Dach war mit vergoldetem Leder bezogen. Auch die Beschläge an den Türen und die Geschirre der vier Zugpferde funkelten von goldenen Appliken. Mitten aus dem Staunen heraus wurde ich jetzt zu diesem Prunkgefährt gebracht und auf den Platz neben die Königin gehoben. Sie hatte dafür gesorgt, dass ich keinen Schritt zu viel laufen musste.

Sie gab ihre Erlaubnis, dass Silber mit mir im Wagen fuhr.

Seine verletzte Vorderpfote und die Wunde an seiner Schulter erforderten das, hatte Alienor d' Aquitaine entschieden. Also saß mein Hund zu meinen Füßen, die Schnauze auf meine Knie gelegt, und sah mich aus großen, feuchtdunklen Augen an, während der ganze lange Reisezug sich in Bewegung setzte und ich der Königin Rede und Antwort stand.

Sie wollte alles über das Maienfest wissen, das ich an Frau Mathildes Seite verbracht hatte, und ich berichtete ihr, so gut ich das in meinem fehlerhaften Welsch konnte. Aber mit jeder Umdrehung der Räder des Reisewagens, mit jedem Schüttern und Rumpeln wurde ich daran erinnert, dass ich mich in die falsche Richtung bewegte. Die Königin hatte mich von meinem Ziel abgelenkt. Ich entfernte mich wieder von François. Er war in Poitiers, und ich fuhr nach Norden, wo ich hätte nach Süden fahren müssen.

Mein Kopf hatte aufs Neue zu schmerzen begonnen. Meine Gedanken irrten immer wieder von dem ab, was mein Mund erzählte. Ich hatte Bärbes Begräbnis nicht beiwohnen können. Sie würde allein in fremder Erde ruhen, allein und unbeweint. In unziemlicher Hast hatte ich mich davongemacht. Und nun ließ ich auch François im Stich, den Mann, dem mein Herz ungeteilt gehörte. Das durfte nicht sein. Etwas musste geschehen.

Meine Worte kamen immer stockender. Schließlich bemerkte Alienor d' Aquitaine, dass ich nicht bei der Sache war, und hob ihre zierliche, ringgeschmückte Hand. »Genug«, sagte sie, »genug von Mathilde. Dich beschwert etwas. Sprich es aus, Agnès.«

Ich richtete den Blick auf ihr lächelndes Gesicht. »Hier sitze ich mit Euch im Wagen, ma Dame«, begann ich, »und müsste doch eigentlich nach Süden und nicht nach Norden, weil –«

»Was ist so schlimm an meiner Gesellschaft?« fragte die Königin, leichte Indignation in der Stimme.

Ich schaute Frau Mathildes silbernen Ring an, den ich wieder am Finger trug. »Nichts«, stammelte ich unsicher, »wirklich. Aber ...«

Die Königin musterte mich scharf. »Du wolltest nach Poitiers«, sagte sie, »und du warst wie zu einer Pilgerfahrt gekleidet. Aber Notre Dame la Grande kannst du auch ein anderes Mal besuchen. Ich werde ganz sicher noch oft nach Poitiers reisen, so Gott will.«

Ich schüttelte den Kopf. »Das ist es nicht«, murmelte ich. »Meine Reise hatte einen anderen Grund.«

»Und der wäre?« Neugier, aber auch ein wenig Ärger waren aus ihrer Stimme herauszuhören. »Die Königin von England bietet dir die Möglichkeit, an den Krönungsfeierlichkeiten ihres Sohnes teilzunehmen, und du möchtest trotzdem lieber nach Poitiers. Warum nur?«

»Dort lebt jemand, den ich liebe«, sagte ich schlicht.

»Ach.« Alienor neigte den Kopf zur Seite. »Wer ist es – ein Verwandter?«

Ich verneinte.

»Um Himmels willen, Mädchen – dann rede doch!« Die Königin wurde ungehalten. »Wie soll ich dir helfen, wenn ich nicht weiß, um was es geht!«

Ich empfand plötzlich eine große Scheu vor dieser Frau. Es widerstrebte mir, Alienor d' Aquitaine in meine innersten Geheimnisse einzuweihen. Bärbe hatte ich ohne Rückhalt von meiner Liebe zu François erzählen können, doch bei dieser Frau schreckte ich davor zurück. Ich wusste nicht genau, warum das so war, aber alles in mir wehrte sich dagegen.

»Es ist ein Mann«, sagte mir Alienor auf den Kopf zu. »Habe ich Recht?«

Ich nickte stumm. Ich fühlte mich auf einmal wehrlos. Es war ihr sanfter Blick, der meinen Widerstand brach.

»Wie heißt er?«

»François. Er ist ein Scholar.«

»Und du liebst ihn.« Alienor nahm meine Hand. »Bist du deshalb aus Herrn Heinrichs Landen bis ins Poitou gereist – den ganzen, langen, gefahrvollen Weg?«

Ich nickte von neuem. »Aber es ist nicht so, wie Ihr vielleicht glaubt«, wandte ich ein, »François und ich, wir –«

»Sprich nicht weiter«, sagte die Königin. Ein winziges, wehmütiges Lächeln umspielte ihre Lippen. »Ich kann mir denken, wovon du redest. Die Liebe –« sie schloss für einen

Moment die Augen, »die Liebe bringt die Menschen dazu, wahrhaft Unglaubliches zu tun. Das weiß niemand besser als ich.«

Mit ihrem straff um das Kinn gelegten weißen Gebände und dem roten Seidenschleier, der ihr Haar vollständig verdeckte, wirkte sie plötzlich wie eine Statue, aber es war kein Heiligenbild, das ich vor mir sah. Etwas Rätselhaftes, Undurchschaubares zeigte sich im Gesicht der Königin; einen Augenblick schwieg sie, doch ich spürte, dass sie weitersprechen wollte. Deshalb überließ ich es ihr, den Faden aufzunehmen.

Und das tat sie. »Ich selbst habe vor einigen Tagen in Fontevrault die Liebe meines Lebens begraben«, fuhr sie leise wie im Selbstgespräch fort. »Henri starb am sechsten Tag des Juli, und ich war endlich frei. Aber wirklich frei sein von ihm – das werde ich niemals sein.«

»Ihr sagtet, er sei die Liebe Eures Lebens gewesen«, sagte ich zögernd, »wolltet Ihr denn überhaupt frei sein?«

»O ja!« Alienor seufzte und schlug die Augen auf. »Schon in dem Jahr, als Jean zur Welt kam, wünschte ich mir nichts sehnlicher als das. Doch alles ist anders gekommen.«

»Jean?« fragte ich. Mir fiel ein, dass Frau Mathilde einmal den ›kleinen Jean‹ erwähnt hatte, der anders sei als ihre anderen Geschwister. Doch ich wusste nichts von all diesen Menschen, deren Mutter Alienor war.

»In jenem Jahr begegnete Henri der anderen«, flüsterte die Königin. »La rose immonde nahm meinen Platz in seinem Herzen ein, und ich …«

Ihre Worte rissen ab. »La rose immonde – die unaussprechliche Rose«, fragte ich nach, »wer ist das?«

Sie ging nicht auf meine Frage ein. »Beschreibe mir deinen Liebsten«, sagte sie und wischte sich über die Augen, als sei sie aus einem bösen Traum erwacht. »Ich werde dann einen meiner Männer nach Poitiers schicken, der ihn ausfindig macht. Dann holen wir ihn einfach nach England, und du siehst ihn dort wieder. Wie gefällt dir das?«

»Es wäre wie ein Wunder«, brachte ich heraus, »und er würde es sicher auch für ein Wunder halten! Unsere Planeten sagten nämlich, dass wir uns trennen müssten, und erst nach einiger Zeit, wenn Saturn günstiger steht, könnten wir wieder –«

»Eure Planeten?« Die Königin hob interessiert die schmalen Augenbrauen. »Du kennst dich aus in der Wissenschaft von den Sternen?«

»Ein wenig«, gab ich zu. Die Kirche lehnte die Sterndeuterei ab. Vielleicht hielt auch Alienor d' Aquitaine sie ebenfalls für Teufelszeug.

Doch die Königin lächelte. »Oh, dann musst du mir mehr davon erzählen«, forderte sie begeistert. »Ich habe es bislang nie gewagt, einen Astrologen zu befragen. Aber niemandem würde es auffallen, wenn ich mit einer jungen Dame meines Gefolges –«

»Ma Dame!« Ich erschrak über die unverdiente Ehrung, die sie mir zugedacht hatte. »Ihr habt mich am Weg aufgelesen. Ich passe nicht an einen glänzenden Königshof, und –«

»Schsch.« Alienor d' Aquitaine legte einen Finger an die Lippen. »Was ich will, das geschieht«, sagte sie. »Selbst, als ich auf der Burg von Salisbury gefangen saß, hatte ich noch Macht genug – crois moi, mon cher enfant.«

»Aber ich –«

»Ich will dich in meiner Nähe haben«, sagte die Königin. Es klang unwiderruflich. »Niemals hätte meine Mathilde diesen Ring verschenkt – es sei denn an einen Menschen, dem sie sich sehr verbunden fühlt. Du musst wissen, dass ich selbst ihr das Schmuckstück gab, als sie nach Sachsen zog.«

»Sie hatte ihn von Euch?« Ich sah den kleinen Silberreif plötzlich mit anderen Augen.

Alienor nickte. »Mathilde war elf, und sie reiste von der Normandie nach Sachsen, um zu heiraten«, sinnierte sie leise. »Sie war noch so klein, meine süße Tochter … ich steckte ihr diesen Ring an den Finger und nahm sie in die Arme, und wir weinten. Wir haben uns danach lange nicht wieder gesehen …«

Ich betrachtete den roten Stein, auf dem die geflügelte Gestalt eingeschnitten war, und las die Inschrift: »Mathilde DTG … wofür steht das?«

»Dieu te garde«, murmelte die Königin. »Ich glaube, diese Worte haben meiner Kleinen sehr geholfen. Mathilde war fromm, weißt du – frommer als ich. Sie nahm es als Gottes Willen hin, dass sie nach Sachsen gehen sollte.«

Ich erinnerte mich an Herrn Heinrichs weißes Haar. »Aber ihr Gemahl war so viel älter als sie«, sagte ich nachdenklich und dachte an meine eigene Mutter. »Herr Heinrich hätte leicht ihr Vater sein können …«

»Das waren auch meine Bedenken, nachdem Henri mit Rainald von Dassel den Ehevertrag ausgearbeitet hatte«, gab die Königin zurück. »Henri meinte darauf … aber was erzähle ich dir all diese alten Geschichten?« Sie zupfte ihren Schleier zurecht. »Ich war fünfzehn, als ich Louis angetraut wurde. Mathilde war eben zwölf bei ihrer Heirat. Drei Jahre machen nicht so viel aus. Und der Herzog von Baiern und Sachsen hat sie in Ehren gehalten. Sie hat ihm wunderbare Kinder geboren. Wenn ich den jungen Otto betrachte …«

Frau Mathilde hatte ihren Sohn Otto sehr vermisst. »Er lebt hier, nicht wahr?« fragte ich schüchtern.

»Er ist Richards ganzer Stolz«, bestätigte Alienor. Sprunghaft kam sie auf mein Anliegen zurück. »Nun wollen wir sehen, dass dein François Nachricht bekommt.« Und sie streckte den rechten Arm zum Fenster hinaus.

Sofort hielt der Reisewagen. Einer der Berittenen zügelte sein Pferd vor dem Fenster. »Ma Dame?« fragte er.

»Einen Mann zu Pferd nach Poitiers«, sagte die Königin nüchtern, »mit dem Auftrag, einen gewissen François ausfindig zu machen. Er ist Scholar und –« sie wandte sich an mich, »beschreibe ihn kurz, mein Kind, damit wir ihn finden können.«

»Er hat kurz geschnittenes schwarzes Haar und braune Augen«, sagte ich. »Nach allem, was ich weiß, wollte er das Studium an der Kathedralschule wieder aufnehmen, und –«

»Keine besonderen Merkmale, an denen er zweifelsfrei erkennbar wäre?« wollte der Berittene wissen. »Fast jeder junge Mann in Poitiers hat schwarze Haare und braune Augen. Trägt er vielleicht irgendwo eine Narbe?«

»An der Stirn«, suchte ich mich zu erinnern. »Eine frische

Narbe von der Stirn über die Schläfe … aber ich weiß nicht –«

»Das genügt vielleicht«, meinte der Berittene. »Wie alt ist der Mann?«

»Einundzwanzig nächsten Monat«, sagte ich. Die Königin versteckte ein Lächeln hinter vorgehaltener Hand.

»Verstanden«, sagte der Berittene. »Ma Dame – was soll mit dem Mann geschehen, wenn er gefunden ist?«

»Er ist sofort an den Hof nach England zu begleiten«, sagte die Königin. »Es ist keine Zeit zu verlieren.«

Der Berittene grüßte formvollendet mit einer tiefen Verbeugung auf dem Pferd. Dann galoppierte er davon. »Weiter«, rief die Königin, und der Wagen ruckte an. »Gut so?« fragte sie mich.

Längere Zeit sprachen wir nun nicht mehr. Ich lehnte den Kopf, der mir übel schmerzte, an die gepolsterte Rückwand des Reisewagens und versuchte, meine Gedanken zu ordnen. Alles, was seit gestern geschehen war, kam mir unwirklich vor – ein wirbelnder, aufwühlender Traum, aus dem ich noch nicht erwacht war. Einzig Silbers raues Fell unter meinen streichelnden Fingern gehörte zur Wirklichkeit, von der mich ein seltsamer Zufall abgeschnitten hatte. Nur mein trauter Gesell hielt für mich die Verbindung zu dieser Wirklichkeit aufrecht.

Das Kissen, auf dem ich saß – schwerer roter Seidenstoff, geschmückt mit gelben Schnüren und Quasten – dämpfte die Stöße und Schläge des Reisewagens. Die Geräusche der hinter uns reitenden Gefolgsleute und das Rumpeln der drei Gepäckwagen verbanden sich zu einer Einheit, die einschläfernd wirkte. Aber ich brachte es nicht fertig, mich der Ruhe hinzugeben, wie die Königin das tat. Immer wieder öffneten sich meine Augen, nachdem sie zugefallen waren, und ich fand mich gezwungen, meine hoch gestellte Reisebegleiterin anzuschauen.

Alienor d' Aquitaine hatte mich in ihr Gefolge eingereiht, ohne mich um meine Meinung zu fragen. Allein aus der Tatsache heraus, dass ich mit ihrer Tochter Mathilde bekannt gewesen war, hatte sie einfach mein Leben in die Hand genommen. Mir war, als könne ich nicht mehr selbst darüber verfügen. Ein merkwürdiges, beängstigendes Gefühl.

Ich holte tief Luft. Was ich mir da zusammenreimte, war ja der blanke Unsinn. Vielleicht hatte der Schlag, den ich an die Stirn erhalten hatte, mir das Denken verwirrt – wenigstens für den Augenblick. Was konnte ich mir denn Besseres wünschen als eine mächtige Beschützerin, die fähig und bereit war, mir meine sehnlichsten Wünsche zu erfüllen? Alienor d' Aquitaine würde François für mich suchen lassen und ihn zu mir zurückbringen. Gab es noch etwas Wichtigeres?

»Was denkst du?« fragte die Königin.

Ich fuhr zusammen. Sie hatte mich aus halbgeschlossenen Augen beobachtet, und ich war der Meinung gewesen, sie schliefe. »Ich habe an François gedacht«, sagte ich ihr die halbe Wahrheit.

»War er es, der dir das Französische so gut beigebracht hat?« wollte sie wissen.

Ich nickte.

»Und er versteht wohl die Sterndeuterei ebenso gut wie du?«

»Er lehrte sie mich.«

»Was brauchst du, um mir ein Horoskop zu stellen?«

»Nur Tag, Stunde, Ort und Jahr Eurer Geburt«, gab ich Auskunft, »dazu die Aufzeichnungen, die in meiner Tasche sind.«

»Ach ja, die Tasche«, sagte Alienor. »Ich konnte mit all den sonderbaren Zeichen und Zahlen gar nichts anfangen. Was haben sie zu bedeuten?«

Sie hatte augenscheinlich im Kloster, während ich schlief, den Inhalt von François' Tasche untersucht. Sie hatte ihre Neugier befriedigt, ohne mich zu fragen. Das störte mich. Andererseits – sie war eine Königin. Sie konnte sich besondere Rechte herausnehmen. »Es sind die Positionen der Wandelsterne in den Zeichen des Tierkreises«, erklärte ich. »François hat sie für jeden Tag der letzten siebzig Jahre errechnet und niedergeschrieben. Wenn ich also einen bestimmten Tag –«

»Ich verstehe«, unterbrach mich die Königin. »Heute abend vor der Nachtruhe lasse ich dir die Tasche überreichen, und du wirst mich über mein Schicksal aufklären.« Sie schwieg einen Augenblick und runzelte die Brauen. »Sag«, ergänzte sie, »könntest du mir nicht diese Wissenschaft näher bringen? Wie nützlich wäre es für mich, alles über die Zukunft der Menschen zu erfahren, von denen ich umgeben bin!«

Sie hatte die gleiche Vorstellung von der Astrologie, die ich auch einmal gehabt hatte. Ich musste ein kleines Lachen verbeißen. »Aber genau das können die Sterne nicht verraten«, widersprach ich ihr sanft. »Es wird auch nicht von ihnen bestimmt. Sie erzeugen lediglich Stimmungen in uns Menschen, denen wir unbewusst folgen. Was geschieht, steht in Gottes Hand. Die Sternenkunde gibt uns nur die Möglichkeit –«

»In anderen Worten, sie nützt uns überhaupt nichts«, sagte Alienor in voreiliger Enttäuschung. »Welchen Vorteil bringt es mir denn, irgendeine Stimmung zu kennen, in die die Wandelsterne mich versetzen?«

Diesmal konnte ich das Lachen nicht unterdrücken. »Aber, ma Dame«, gab ich ihr zu bedenken, »wenn Ihr zum Beispiel einen Missklang in einer Notenschrift vorher erkennt, dann müsst Ihr ihn nicht auf dem Organum spielen. Ihr könnt einfach einen anderen Ton wählen, der besser passt.«

Alienor d' Aquitaine starrte mich an. Ihre Augen sprühten Feuer, wie ich es schon einmal bei dem Verhör im Kloster gesehen hatte. Ein paar Herzschläge lang schien sie mir zornige Worte entgegenschleudern zu wollen. Dann, urplötzlich, milderte sich ihre Miene wieder. »Du bist sehr offen, Kind«, sagte sie, »aber genau genommen hast du Recht, wenn du mein Unverständnis verlachst. Was weiter kann die Wissenschaft von den Sternen noch aussagen?«

Ich spürte, wie mir ganz langsam das Blut in die Wangen stieg. »Es lag mir fern, zu spotten«, rechtfertigte ich mich, »verzeiht, wenn ich die falschen Worte gewählt habe.«

»Ich verzeihe dir. Nun?«

»Die Astrologie beschreibt das Wesen eines Menschen«, sagte ich und kämpfte gegen meine ärgerliche Verlegenheit an.

»Ach«, sagte die Königin und blickte mich nachdenklich an, »ja – das ist beinahe noch nützlicher, als die Zukunft zu kennen …«

»Man weiß dann, wie man mit den Menschen umgehen muss«, bestätigte ich.

»Und man kennt ihre Schwächen«, sagte die Königin mit dunkler Stimme. Über ihrem alterslosen Gesicht schwebte der undurchdringliche, nixenhafte Ausdruck, den ich bereits gut kannte.

Die sanft gewellte Landschaft zog mit einer erstaunlichen Geschwindigkeit an uns vorüber. Hier lag Acker an Acker; auf den Feldern standen reiche Garben. Die Menschen waren wohl gekleidet und gut genährt. »Einmal gehörten diese Länder meinem Gemahl«, sagte die Königin versonnen, »jetzt müssen seine Söhne sie beherrschen. Ich fürchte …« Sie sprach nicht aus, was sie fürchtete. Und ich forschte auch nicht nach. Ich hatte bereits gelernt, dass Königin Alienor nur antwortete, wenn sie wollte. Jetzt wollte sie nicht – das spürte ich.

Gegen Abend, nach mehreren Pferdewechseln, erreichten wir ein Benediktinerinnen-Kloster. Es läge nördlich von Domfront, klärte mich auf meine Frage einer unserer Bewaffneten auf. Noch zwei Tagereisen, dann könnten wir in Barfleur das Schiff besteigen. »Man wird uns in England angemessen begrüßen«, war Königin Alienors Kommentar dazu, »ich habe ja schon heute früh die Tauben mit Nachricht losgeschickt. Das Wetter ist gut – meine gefiederten Boten müssten bereits in ihrem Heimatschlag beim Kastellan von Portsmouth angekommen sein.«

Sie war aus dem Reisewagen ausgestiegen und half mir höchstselbst herunter. Dann fasste sie mich am Arm und führte mich, frisch und elastisch, als habe sie nicht den ganzen Tag in einem rumpelnden, schüttelnden Gefährt verbracht, ins Gästehaus des Klosters. Da stand schon alles zum

Empfang des königlichen Geleitzuges bereit. Alienor musste einen Kurier vorausgesandt haben.

Die Nonnen hatten aufgeboten, was Keller und Küche hergaben. Sie schienen glücklich, ihren hohen Besuch bewirten zu dürfen. Ich konnte keine einzige saure Miene entdecken. Nach dem üppigen Essen nahmen wir am Gottesdienst in der Klosterkirche teil, wo ein ganz junger Priester die Messe las.

Ich war in mich gekehrt. Das gefiel Alienor d' Aquitaine nicht. Nach der Messe, als wir im Refektorium saßen und ringsum Hunderte von mitgebrachen Kerzen angezündet wurden, sprach sie mich darauf an. »Traust du mir etwa nicht zu, deinen François zu finden?«

Ich fuhr aus meinen Gedanken hoch. »Wie könnte ich das anzweifeln? Ich habe mir nur vorgestellt –«

»Ich will dir etwas geben, das dich ablenkt«, sagte die Königin. Sie winkte eine ihrer Mägde heran. »Die Tasche«, sagte sie, »und Schreibzeug – Tinte, Feder, Pergament. Beeil dich.«

Die junge Frau im hübschen blauen Leinengewand huschte davon. Es dauerte nur ein paar Herzschläge, bis sie zurück war. Vor mir auf dem langen Refektoriumstisch lag François' Tasche, und die Königin selbst legte mir das Schreibzeug zurecht. Dann setzte sie sich zu mir. »Ich bin geboren im Jahr elfhundertzweiundzwanzig unseres Herrn«, »sagte sie nüchtern, »am siebten Novembris, einige Zeit nach Mitternacht. Die Stadt war, nach allem, was mir gesagt wurde, Toulouse. Doch manche sagen, ich sei im Poitou zur Welt gekommen. Genügt dir das, um meine Sterne zu berechnen?«

»Ja, ma Dame.«

»Wie lange wirst du brauchen?«

Das wusste ich nicht genau, und ich sagte es ihr zögernd. Sie schenkte mir ein Lächeln. »Dann nimm dir so viel Zeit, wie du brauchst«, sagte sie, »ich werde derweil selber einige Schreiben ausfertigen, die Eile haben. Lass mich wissen, wenn du fertig bist.«

Damit raffte sie ihr Gewand, winkte ihrer Magd und einigen der reisigen Begleiter und zog sich mit ihnen in ihre Schlafkammer zurück.

Ich notierte mir Datum, Stunde und Ort ihrer Geburt auf dem Rand des Pergaments. Aus François' Ephemeriden mussten die Planetenstände ihres Geburtstages entnommen und umgerechnet werden. Aus der ungefähren Geburtsstunde bestimmte ich die mögliche Lage des Aszendenten und der Spitze des ersten Hauses. Als die Kerzen fast niedergebrannt waren, lag Alienors Horoskop vor mir, und ich bemühte mich um seine Deutung.

Sonne, Mars und Venus standen im Skorpion – Venus und Mars in enger Coniunctio auf den ersten sechs Grad, die Sonne beinahe mitten im Zeichen, bei vierzehn Grad. Der Mond entfaltete seine Wirkung in Leo, genau wie Saturn. Weiterhin fand sich hier der Aszendent, und zwar etwa in der Mitte des Zeichens. Damit stand Saturn im zwölften, der Mond aber im ersten Haus. Mercurius hatte seinen Platz bei siebzehn Grad Libra, im freundlichen Sextil mit dem Mond. Jupiter stand im Zeichen Taurus, in genauer Opposition zur Sonne.

Je länger ich diese Konstellation anschaute, desto deutlicher wurde mir bewusst, dass es schwer werden musste, der Königin etwas darüber zu erzählen. Wie ich sie kennen gelernt hatte, hasste sie einerseits jede Schmeichelei. Andererseits war sie sehr empfänglich für Komplimente. Und ihr Horoskop sagte mir, warum.

Mars und Venus in enger Verbindung im Zeichen Skorpion gaben Alienor diese beinahe magische Anziehungskraft, diesen geheimnisvollen Zauber, der sie bis ins hohe Alter niemals verlassen würde. Aber ihr Umgang mit Gefühlen und der Einsatz ihrer Kräfte waren im Zeichen des Skorpion bestimmt durch überhöhte, kaum gezügelte Leidenschaften. Die Sonne im gleichen Zeichen deutete ebenfalls an, dass es im Wesen der Königin dunkle Tiefen gab, deren sie sich möglicherweise selbst nicht einmal bewusst war. Jupiter im Stier, in Opposition zur Sonne, machte sie großherzig und fröhlich, prachtliebend und ein bisschen leichtsinnig. Merkur in der Waage schärfte ihre Sinne für alles Schöne – für die Musik, die Poesie, die Kunst. Merkur im Sechseck mit dem Mond verlieh ihr einen schnellen, scharfen Verstand, wache Vernunft, eine angenehme Stimme. Und das Quadrat, das die Sonne mit dem Mond bildete, führte all diesen Eigenschaften noch mehr Kraft zu. Es verstärkte die Fähigkeit, Dinge zu sehen, die andere nicht bemerkten, und daraus die richtigen Schlüsse zu ziehen.

Alienor d' Aquitaine war eine Persönlichkeit mit vielen Facetten, funkelnden, strahlenden, leuchtenden und auch dunklen. In jedem Fall besaß sie Macht über Menschen – eine gottgegebene Macht, die ihr niemand nehmen konnte. Je genauer ich das vor mir liegende Blatt anschaute, desto mehr fürchtete ich mich davor, ihr zu erzählen, was ich durch den Einblick in ihr Horoskop über sie erfahren hatte. Denn ich wusste nicht, wie sie die Auskunft über ihre Schwächen aufnehmen würde.

Ich bekam viel Zeit, um mir meine Worte zurechtzulegen. Die Königin erschien an diesem Abend nicht mehr. Als die Kerzen völlig abgebrannt waren, packte ich meine Aufzeichnungen zusammen und ging in die Schlafkammer, die mir zugewiesen worden war. Meine Gedanken drehten sich jetzt nicht mehr um Alienors Horoskop. Sie waren bei dem Reiter, der François aufspüren sollte. Ich schickte ein heißes Gebet zum Himmel. Vielleicht, dass mein Liebster sogar bereits gefunden war. Dann würde er kurz nach mir England erreichen, und wir würden uns unter viel besseren Vorzeichen wieder sehen, als ich je zu hoffen gewagt hatte. Dass Saturnus dazu Nein sagte, das bedachte ich nicht – oder ich wollte es nicht bedenken.

17

Im Morgengrauen, gleich nach dem Frühgottesdienst, brach die Reisegesellschaft der Königin wieder auf. Ich bekam kaum Zeit, das frische, gebutterte Stück Weißbrot zu essen, das im Refektorium für mich bereitstand. Mit großer Verwunderung erfuhr ich, dass ich heute in einem der anderen Reisewagen mitfahren sollte. Die Königin wolle sich unterwegs mit einigen ihrer Schreiber besprechen. Daher müsse ich meinen Platz in ihrem Wagen frei machen.

Ich wusste nicht, was das zu bedeuten hatte. Zuerst fürchtete ich, durch irgendeine Bemerkung, irgendeine unbedachte Handlung in Ungnade gefallen zu sein. Aber die drei jungen Damen, in deren Wagen ich reisen sollte, verhielten sich sehr freundlich, und das verwirrte mich noch mehr.

Nach ihren vornehmen Gewändern zu urteilen, mussten sie Hofdamen sein. Alle drei trugen feinste Seide, mit herrlich bestickten Borten verziert, doch nur eine hatte ihr Haar mit einem Schleier bedeckt. Die anderen beiden hielten ihre offen fließenden Locken mit edelsteingeschmückten Schapeln zusammen.

Gleich, nachdem ich eingestiegen war und Silber sich zu meinen Füßen zusammengerollt hatte, suchten die Damen das Gespräch. »Ist es wahr, dass Ihr einen Ring der Königin besitzt?« fragte die jüngste, eine zierliche Blonde mit milchweißer Haut.

»Ja«, sagte ich einsilbig. Mir fiel auf, dass das Mädchen die welsche Sprache nur sehr unvollkommen beherrschte.

»Ach, darum also«, sprudelte die Kleine munter fort, »wir wussten alle nicht, warum Ihr so plötzlich in den engsten Kreis aufgenommen wurdet. Meist beobachtet die Königin erst einmal, ob eine es auch wert ist …«

»Mildrad!« die neben ihr sitzende Dame machte ein tadelndes Gesicht und streifte mit eleganter Bewegung den roten Seidenschleier von ihrem schwarzglänzenden Scheitel. »Dass ihr Sächsinnen doch immer aussprechen müsst, was ihr denkt!« Ihr Fränkisch floss so natürlich wie das der Königin. »Dir bleibt viel zu lernen«, schloss sie mit einem entschuldigenden Blick auf mich und einem strafenden auf Mildrad.

»Aber ich verstehe ja gut, dass sie neugierig ist«, verwandte ich mich für die Getadelte. »Wenn eine wildfremde Person daherkommt und gleich unter die engsten Vertrauten einer Königin eingereiht wird – dann will man doch wissen, wie das zugeht!«

Mildrad lachte auf. Gleichzeitig hielt sie die Hand vor den Mund. »Irgendwie hat Marguerite Recht«, sagte sie, »aber Ihr versteht mich wenigstens – wie war noch der Name …«

»Agneta Rabenstein.« Mildrad war mir sympathisch. Ihre kecke Munterkeit mochte vielleicht bei Hofe nicht gern gesehen sein, doch mich heiterte sie auf. Mildrads Lachen hatte etwas Erfrischendes, Unverkrampftes. »Euren Namen kenne ich ja schon.«

»Aber nur halb«, sagte Mildrad. Mit dieser Antwort handelte sie sich einen weiteren bösen Blick von Marguerite ein. Die dritte Dame, ebenfalls hellblond wie Mildrad, errötete tief. »Wirklich«, stieß sie mit unterdrückter, empörter Stimme hervor, »man sollte es nicht glauben, dass du aus einer guten Familie stammst!«

Mildrad blies die Backen auf wie ein kleines Mädchen. »Das ist meine uralte Schwester Aethel«, sagte sie und deutete mit dem Finger, »darf ich vorstellen – Aethel of Uxbridge und Marguerite de Bonchamp. Meinen Namen kennt Ihr ja schon.«

Sie kicherte noch einmal und warf einen maliziösen Blick auf ihre Schwester, die vor Verlegenheit kaum wusste, wohin sie blicken sollte. Ich musste lächeln. Doch ich fand mich genötigt, die übermütige Kleine zu retten, die sich augenscheinlich den Zorn der beiden anderen Damen zugezogen hatte. »Ich danke, Mildrad«, sagte ich, »und ich bin hocherfreut, Eure Bekanntschaft zu machen, Marguerite und Aethel. Ich sehe, Ihr seid schon länger Hofdamen der Königin – jedenfalls länger als Mildrad.«

Aethel neigte den hübschen Kopf. Marguerite de Bonchamp nickte. Sie widmete Mildrad einen bitterbösen Seitenblick. »Allerdings«, sagte sie, »doch ich glaube, ich habe damals schneller Fortschritte gemacht als Aethels Schwester. Es kommt eben auf den Willen an zu lernen.«

Jetzt wagte Aethel eine Bemerkung zu Gunsten ihrer kleinen Schwester. »Wir sind schon so lange bei Hof«, sagte sie vorwurfsvoll zu Marguerite de Bonchamp, »wir kennen die Königin aus den Jahren, in denen sie gefangen saß. Aber Mildrad hält sich erst seit ein paar Tagen im engsten Kreis auf. Sie wird sich eingewöhnen, Marguerite. Gib ihr nur ein wenig mehr Zeit …«

Marguerite de Bonchamp verzog den Mund, doch sie achtete darauf, dass es dekorativ aussah. »Den meisten Sachsen fehlt einfach das Geschick zum guten Benehmen«, sagte sie geringschätzig. »Du bist eine Ausnahme, Aethel. Aber wenn ich zum Beispiel deinen Bruder betrachte –« Sie unterbrach sich und warf mir eine mutwilliges Lächeln zu. »Ich hoffe wirklich für die Königin, dass die Deutschen nicht ebenso unbeholfen sind wie die Sachsen …«

Ich mochte dazu nichts sagen. Marguerite de Bonchamp sollte von mir halten, was sie wollte. Ich lächelte ohne Worte die kleine Mildrad an, die nach meiner Schätzung höchstens vierzehn Jahre alt sein konnte, und schenkte Aethel einen aufmunternden Blick. Danach ließ ich das Gespräch einschlafen. Es fiel mir ohnehin schwer, meine Gedanken zu sammeln.

Alienor d' Aquitaine neigte zur Sprunghaftigkeit, das hatte ich bereits erfahren. Was würde mit mir geschehen, falls die Königin ihr Interesse an mir so schnell wieder verlor, wie sie es gewonnen hatte? An diesem Morgen hatte sie mir keinen einzigen Blick geschenkt, geschweige denn ein Wort mit mir gewechselt. Nicht einmal nach dem Horoskop hatte sie sich erkundigt, obwohl ihr das am vergangenen Abend doch so wichtig gewesen war und sie mich regelrecht gedrängt hatte, ihr eines zu erstellen.

Ich sorgte mich. Wenn ich erst in England war, wie sollte ich dann auf das Festland zurückkommen – ohne Geld? Gut, ich konnte die prächtigen Gewänder verkaufen, die mir die Königin geschenkt hatte. Aber würde ich so bald einen Käufer dafür finden?

Ich verstand das Verhalten der Königin überhaupt nicht. Sie hatte mich in eine Lage gebracht, die ich nur schwer einschätzen konnte. Und wie ich jetzt handeln musste, darüber war ich mir keineswegs im Klaren.

Die drei jungen Hofdamen ließen mich in Ruhe. Nur Mildrad of Uxbridge warf mir hin und wieder einen neugierig-fragenden Blick zu, als wolle sie mich auffordern, doch an ihrem Gespräch mit Marguerite de Bonchamp und ihrer Schwester Aethel teilzunehmen. Aber ich brachte das einfach nicht fertig, auch wenn das Thema, über das sie sprachen, alles andere als langweilig war.

»Prinz Jean wird wieder seinen Neid und seine Missgunst zur Schau stellen«, sagte Marguerite gerade und sah dabei Aethel bedeutungsvoll an. »Wenn nicht ein Wunder geschieht, dann ...«

»Oh –«, meinte Aethel überzeugt, »für dieses Wunder wird unsere Königin schon sorgen. Prinz John braucht kaum zu befürchten, dass er ohne Land bleibt. Ich glaube –«

»Du glaubst doch nicht im Ernst, dass der sich mit ein paar Grafschaften zufrieden geben wird«, spottete die kleine Mildrad. »Ich hab ihn ja erst einmal gesehen, aber Prinz John hat böse Augen. Ich würde dem nicht trauen.«

Beinahe unmerklich nickte Aethel. Sogar Marguerite de Bonchamp stimmte Mildrad diesmal zu. »Es ist schwer zu glauben«, sagte sie nachdenklich, »dass Jean der Bruder von König Richard ist.«

»Oder der Sohn unserer Königin«, fügte Aethel leise hinzu. Dann seufzte sie tief auf.

Die kleine Mildrad lachte amüsiert.

»Was ist so komisch daran?« wollte Marguerite de Bonchamp wissen.

»Aethel hat nicht wegen Prinz John geseufzt«, kicherte Mildrad boshaft.

»Warum dann?« fragte Marguerite und zog eine ihrer schmal gezupften Augenbrauen hoch. »Aethel – warum hast du geseufzt?«

Aethel lief rot an und senkte den Kopf, wie sie es offenbar immer tat, wenn sie verlegen war. »Ach, es war nichts«, hauchte sie und nestelte an den Ärmeln ihrer grünseidenen Cotte herum.

»Sag, Marguerite«, Mildrad hob die Stimme, »wird Aedwin of Clare auch zu den Festlichkeiten geladen sein?«

Aethel errötete noch tiefer. Sie schoss ihrer kleinen Schwester einen Blick zu, der gleichzeitig Zorn und allergrößte Verlegenheit ausdrückte. Marguerite de Bonchamp bemerkte das nicht. Sie gab unbefangen Antwort. »Aedwin of Clare? Ach, du meinst diesen maulfaulen, linkischen Burschen, der mir neulich dauernd auf die Schleppe getreten ist … ich weiß nicht, ob der wichtig genug ist, um eingeladen zu werden. Warum fragst du?«

»Ich hab gehört, dass Aedwin of Clare zu unseren Vettern gehört«, sagte Mildrad betont beiläufig. »Er soll dritten Grades mit unserer Familie verwandt sein.«

Aethel of Uxbridge schien das Atmen zu vergessen. Sie sah aus, als habe sie eben etwas ganz Entsetzliches gehört. Mir wurde deutlich, dass die Behauptung, dieser Aedwin sei mit ihr verwandt, sie erschreckte. Marguerite und Mildrad dagegen schienen der Bemerkung keinerlei Gewicht zuzumessen.

»Ich finde«, sagte Aethel und warf mir einen gehetzten Blick zu, »wir benehmen uns recht unhöflich. Die ganze Zeit sprechen wir über Dinge, bei denen unser Gast nicht mitreden kann. Ganz sicher langweilt sich Agneta zu Tode. Könnten wir nicht –«

Marguerite sah mich ebenfalls an. »Du hast natürlich vollkommen Recht, Aethel«, sagte sie und lächelte mich unverbindlich an, »ich bitte um Verzeihung, Agnès. Andererseits könnte ich mir schon vorstellen, dass Ihr mehr über den Hof erfahren wollt. Oder irre ich da?«

»Nein, nein«, erwiderte ich schnell. Ich hatte begriffen, dass Mildrad mit der Erwähnung dieses jungen Mannes bei ihrer Schwester einen wunden Punkt berührt hatte – und das absichtlich. Aethels Blick war so hilflos, dass ich mich ihrer erbarmen musste, zumal der kleine Teufel Mildrad auch noch leise kicherte. »Inwiefern wird Prinz John Schwierigkeiten machen, wenn sein älterer Bruder zum König gekrönt wird? Richard steht doch schon von Rechts wegen als Thronfolger fest …«

Marguerite de Bonchamp zeigte eine ernste Miene. »Man merkt, Ihr kennt Jean nicht«, sagte sie mitleidig. »Wie ich am Anfang sagte – er ist der Neid in Person. Recht und Gesetz sind ihm gleich. Er will immer seine eigenen Gesetze machen.«

»Selbst ein König muss sich an das geltende Recht halten«, gab ich zurück. »Ich schätze, das ist in England nicht anders als in dem Land, aus dem ich komme.«

»Ganz richtig«, sagte Aethel und wagte es endlich wieder aufzublicken. »Doch Prinz John …« sie überlegte einen Augenblick, »Prinz John hat eine Mutter, die ihn liebt, und einen Bruder, der ihm alles verzeiht. Das ändert die Sache natürlich. Man muss vor John auf der Hut sein.«

»Jetzt vielleicht sogar mehr als in der Zeit, da König Henri noch lebte«, bestätigte Marguerite. »Glaubt mir – es ist gar nicht so leicht, einem Prinzen aus dem Weg zu gehen und ihm gleichzeitig vorteilhaft aufzufallen. Beides wird aber bei Hof verlangt.«

»Verlangt das die Königin?« erkundigte ich mich ungläubig.

»Mehr oder weniger«, sagte Aethel of Uxbridge. »Jedenfalls darf man nicht unangenehm auffallen.«

»Was bei Prinz Jean leicht passieren kann«, fügte Marguerite mit einem wissenden Blick hinzu.

Auch an diesem Tag wurden etwa alle zwei Stunden an Wegstationen die Gespanne der Wagen gewechselt. Gegen Mittag legte der Reisezug eine Rast ein, bei der ich die Königin angestrengt arbeiten sah. Sie diktierte ohne Unterlass Briefe, unterzeichnete und siegelte Dokumente, erließ Anordnungen und war für niemanden zu sprechen außer für ihre Schreiber. Mir widmete sie nicht einmal einen Blick.

Nach der Rast, bei der ich gemeinsam mit den drei jungen Hofdamen einen kleinen Imbiss verzehrt hatte, ging die Fahrt weiter. Die Nacht verbrachten wir als Gäste einer Burg in der Nähe der Stadt Saint Ló, und früh am nächsten Morgen traten wir die letzte Etappe unserer Reise an die Küste an.

Marguerite de Bonchamp, Aethel und Mildrad of Uxbridge teilten auch diesmal den Wagen mit mir. Silber hatte sich besonders mit der kleinen Mildrad angefreundet, während Marguerite und Aethel meinem Hund immer noch mit Vorsicht und Misstrauen begegneten.

Mildrad schien Tiere gern zu mögen, im Gegensatz zu ihrer allzu vorsichtigen Schwester und der etwas zimperlichen Marguerite. An diesem Tag unterhielt ich mich hauptsächlich mit ihr, und was ich auf diese Weise erfuhr, war jedenfalls bemerkenswerter als der Hofklatsch, mit dem Aethel und Marguerite sich befassten. Mildrad hatte wache Sinne und eine scharfe Beobachtungsgabe, wenn auch ihr Hang zum Spotten und Lästern ein bisschen zu ausgeprägt war. Aber sie erkannte Zusammenhänge, wo andere nichts bemerkten, und wusste genau, wie sie die Mosaikstückchen des Lebens zusammenfügen musste.

»Ich bezweifle«, sagte sie gerade, »dass Prinz John in Portsmouth sein wird, wenn das Schiff anlegt.«

»Aber die Königin hat ihn doch dorthin befohlen«, konterte Marguerite de Bonchamp indigniert. »Ich habe den Brief selbst gesehen, den sie an ihn ausgesandt hat.«

»Er wird behaupten, die Taube sei von einem Sperber geschlagen worden«, erwiderte Mildrad und kniff sich in den Nasenrücken. »Vielleicht kommt er noch nicht einmal zur Krönung. Ich würd's ihm zutrauen.«

»Das kann er sich nicht erlauben«, sagte Aethel.

»Und sein Bruder würde ihn sowieso herholen lassen, ob er will oder nicht«, gab Marguerite von sich. »Außerdem – wie würde er sonst erfahren, welche Ländereien er zugesprochen bekommt?«

»Aber das weiß er doch längst«, widersprach Mildrad im Brustton der Überzeugung. »Wie ich Prinz John kenne, hat er schon vor Wochen seine Mutter ausspioniert. Vergesst nicht, dass Gilbert de Cosse einer seiner intimen Freunde ist.«

»Gilbert de Cosse?« Aethel machte große Augen.

»Der hält sich in Westminster auf, so weit ich weiß«, sagte Marguerite de Bonchamp.

»Seit wir Le Mans verlassen haben, treibt er sich jedenfalls bei den Pferdeknechten herum«, sagte Mildrad mit einem schiefen Lächeln. »Und er hat ebenfalls Brieftauben bei sich. Hab's genau gesehen.«

»Oooh«, machte Aethel.

»Dann müssen wir doch sofort die Königin informieren«, flüsterte Marguerite de Bonchamp erschrocken.

»Und was willst du ihr sagen«, fragte Mildrad, »dass ihr jüngster Sohn eine neue Schweinerei ausgeheckt hat?«

Die beiden Hofdamen schwiegen betroffen. Mildrad kicherte. »Sorgt euch nicht, Mädchen«, sagte sie gespielt beruhigend, »die alte Alienor wird ihrerseits längst Bescheid wissen. Ich gehe davon aus, dass sie die erste war, der Gilbert de Cosse im Geleitzug aufgefallen ist. Sie ist schlau – viel schlauer als Prinz John.«

Aethel verzog bei der Bezeichnung ›alte Alienor‹ empört das Gesicht. »Und Prinz Richard?« fragte Marguerite de Bonchamp in den Raum hinein, »wie wird der wohl auf die Hinterhältigkeiten seines Bruders reagieren?«

»Ach – dem ist das egal«, meinte Mildrad mit einem neuen, spitzbübischen Lächeln. »Solange John ihm nicht wirklich Ärger macht …«

»Das wird er schon nicht«, sagte Aethel. Doch der Zweifel in ihrer Stimme war kaum zu überhören.

»In einem ist Prinz John seinem Bruder weit voraus«, stichelte Mildrad weiter. »Er hat eine Frau und wird Kinder zeugen. Richard dagegen –«

Jetzt empörte sich Marguerite. »Richard ist noch jung«, erwiderte sie und widmete Mildrad einen langen, vernichtenden Blick. »Ihm bleibt viel Zeit, zu heiraten und einen Thronfolger zu zeugen. Wenn ich bedenke –«

»Wenn ich bedenke«, unterbrach Mildrad unbekümmert, »dass der Kaiser der Deutschen bereits auf dem Weg ins Heilige Land ist, dann kann es nur noch Monate dauern, bis unser König sich anschließt. Ein Kreuzzug kann ziemlich tödlich sein …«

Wieder zog Aethel of Uxbridge den Atem durch die Nase ein. »Willst du etwa damit sagen, dass dann Prinz John –«

»Könnte doch immerhin sein – oder?« Mildrad machte ein scheinbar todernstes Gesicht. Sie weidete sich ganz offensichtlich an den Schreckensmienen, die sie bei ihren Begleiterinnen hervorgerufen hatte. »Wie gut«, sagte Marguerite de Bonchamp schließlich zutiefst irritiert, »dass die Königin dir bald einen Mann suchen will, Mildrad. Du musst unbedingt verheiratet werden, damit einer dir endlich das lose Mundwerk stopft.«

»Wäre Aethel da nicht zuerst an der Reihe?« Mildrad zeigte eine Unschuldsmiene. »Ich hab gehört, die alte Alienor hat erst einmal für Aethel einen ausgesucht. Einen Normannen, glaube ich.« Sie warf ihrer Schwester einen Blick zu, den ich nicht deuten konnte.

»Ach«, sagte Marguerite. »Wer könnte das denn sein?« Sie war durch die Aussicht auf neuen Klatsch von ihrem Ärger auf die kleine Mildrad abgelenkt. Aethel dagegen blickte erschrocken drein. »Einen Normannen«, sagte sie abwehrend, »das ist unmöglich. Ich wüsste niemanden, der für mich –«

»Man nimmt, was man kriegt«, sagte Mildrad keck, »deine Worte, liebe Schwester!«

Aethel konnte nichts darauf erwidern. Mir schien es, als schrumpfe sie regelrecht in sich zusammen, und noch mehr bei Marguerites Worten: »Die Königin wird schon richtig wählen, Aethel. Außerdem – du kommst ja gut mit Normannen zurecht. Die Aussicht, irgendeinen französisch sprechenden Ritter zu heiraten, kann also nichts Erschreckendes für dich haben. Und deine Schüchternheit – die verlierst du schon irgendwann.«

Aethel biss sich auf die Lippen. Mildrad kicherte boshaft. Ich wusste nicht, was ich von der Geschichte halten sollte. Ich beschloss, mich jetzt doch in das Gespräch einzumischen. »Wer wird denn überhaupt bei den Krönungsfeierlichkeiten anwesend sein?« wechselte ich das Thema.

»Oh – jeder von Rang und Namen«, antwortete Marguerite de Bonchamp höflich. »Die Fürsten von England, die normannischen und bretonischen Herren, der Adel von Anjou und Maine –«

»– und vielleicht Aedwin of Clare …« setzte Mildrad mit einem funkelnden Blick hinzu.

»Warum kommst du nur immer wieder auf diesen Tölpel zurück?« wollte Marguerite kopfschüttelnd wissen.

Mildrad zuckte die Achseln. »Wo er doch unser Vetter ist«, sagte sie unschuldig.

Diesmal war Aethels Verwirrung überdeutlich. Sie errötete wie am Abend zuvor, und ich war mir sicher, dass dieser Aedwin of Clare ihr viel bedeuten musste. Die kleine Hexe Mildrad wusste das und ärgerte ihre Schwester damit.

»Ich frage mich, wie viele Schiffe wir brauchen werden, um nach England zu fahren«, warf ich ein, um noch einmal ein anderes Thema anzuschlagen. »Die Pferde, die Wagen – dafür ist doch sehr viel Platz nötig …«

Marguerite de Bonchamp sah mich an, als habe sie nicht recht verstanden. »Die Wagen?« meinte sie verwirrt, »aber die nehmen wir nicht mit! Auf die Überfahrt gehen lediglich die Reitpferde und das Gepäck. Der Rest bleibt hier.«

Aethel war dankbar für den Wechsel, den ich dem Gespräch gegeben hatte. »Neulich, als die Königin hierher reiste, hatten alle Leute des Gefolges in zwei Schiffen Platz«, sagte sie. »Heilige Mutter Maria – bin ich froh, wenn ich wieder nach Hause komme!«

»Das glaub ich«, witzelte Mildrad. Doch auf meinen bittenden Blick hin erbarmte sie sich ihrer Schwester und unterließ weitere Bemerkungen. Sie begriff sofort, dass ich den Hintergrund ihrer Sticheleien durchschaut hatte. Und mit einem letzten spöttischen Blick auf Marguerite de Bonchamp verriet sie mir, wie sie innerlich über diese weniger denkflinke Hofdame lachte.

Es waren tatsächlich zwei Schiffe, die im Hafen von Barfleur zum Ablegen bereit waren. Ich hatte noch nie das Meer gesehen. Deshalb hatte ich kaum Augen für die viele Schritte langen, mit einem Mast und einem riesigen viereckigen Segel ausgerüsteten Wasserfahrzeuge, in die ohne Verzug Reisetruhen und Gerät eingeladen wurden. Ich stand da und staunte die gewaltige, bewegte Wasserfläche an, deren anderes Ufer nicht zu sehen war. Graue, im Licht der Spätsonne grün aufleuchtende Wogen rollten auf den flachen Strand. Der duftige Schaum, der die Wellen krönte, hinterließ feuchte Schleier auf dem Sand. Weiße Vögel, wie ich sie noch niemals zu Gesicht bekommen hatte, segelten mit hellen Schreien auf dem Wind über uns dahin. Ihr Gefieder leuchtete wie frischgefallener Schnee.

»Die Möwen haben es gut«, murmelte die kleine Mildrad neben mir und sah den weißen Vögeln sehnsüchtig nach, »keiner sagt denen, was sie zu tun und zu lassen haben …«

»Ich habe das immer gedacht, wenn ich die wilden Falken sah«, erwiderte ich ihr. Sie blickte mich an. Wir verstanden uns ohne weitere Worte.

Mildrad heftete sich auch an meine Seite, als wir kurze Zeit später über eine breite Planke an Bord des ersten Schiffes gingen. In diesem fuhren die Königin, die immer noch von ihren Schreibern umgeben war, die Gefolgsleute und die Damen. Pferde, Reitknechte und Stallburschen hatten in dem anderen ihren Platz.

Wir wurden angewiesen, uns auf einigen polsterbelegten Bänken niederzusetzen, die in der Mitte des breiten Schiffsbauches vor dem Mast auf den Planken festgenagelt waren. Auf dem Gepäck, den Reisekisten, Truhen und Säcken hinter dem Mast saßen die Männer. Die Königin, die auch jetzt nicht ein einziges Mal zu mir herüberschaute, hatte mit den Schreibern ganz vorn am Bug unter einer Plane aus Segeltuch Platz genommen und widmete sich schon wieder dem Diktieren von Schriftstücken.

Aethel of Uxbridge und Marguerite de Bonchamp hatten sich ein paar Schritte von Mildrad, Silber und mir niedergelassen. Sie schauten über den Rand des Schiffes aufs Meer hinaus und sprachen nicht miteinander. Mildrad dagegen konnte nicht lange den Mund halten. »Ihr müsst eine ganz schlechte Meinung von mir haben«, meinte sie, als die Seeleute die Leinen lösten und das Schiff langsam mit geblähtem Segel in den Wind drehte. »Ich entschuldige mich für mein ungehöriges Benehmen.«

»Wie kommst du dazu?« fragte ich verwundert. Derartige Worte hatte ich gerade von Mildrad nicht erwartet.

»Ihr seid anders als die Gänse aus dem Umkreis der Königin«, murmelte Mildrad. »Bis jetzt habe ich geglaubt, unter den edlen Damen bei Hof gäbe es keine einzige, die ...«

Sie beendete den Satz nicht. »Du irrst dich, Mildrad«, sagte ich statt dessen. »Deine Schwester Aethel zum Beispiel hat es nicht verdient, dass du –«

»Ja, ja«, unterbrach mich die Kleine ungeduldig, »aber sie ist so ein entsetzlicher Hasenfuß! Seit Jahren ist sie in Aedwin of Clare verliebt. Aber sie hat es ihn nicht einmal wissen lassen. Ich sehe kommen, dass die Königin sie mit irgendeinem jungen Gecken aus ihrem Gefolge verheiratet, und Aethel wird zu feige sein, ihr zu widersprechen. Ist das nicht unbeschreiblich einfältig?«

»Ich nenne es unbeschreiblich schüchtern«, korrigierte ich Mildrad. »Deine Schwester fürchtet sich wahrscheinlich davor, von diesem Aedwin abgewiesen zu werden.«

Mildrad schnaufte verächtlich. »Abgewiesen?« stieß sie leise aus. »Der Trottel macht doch jedes Mal Kalbsaugen, wenn er Aethel sieht! Aber er ist genauso blöde wie sie. Wahrscheinlich freuen sich die beiden schon auf den Seelenschmerz, der ihrer wartet, wenn Aethel erst mit einem anderen verheiratet ist.«

»Hast du noch nie daran gedacht, ihnen zu helfen?«

»Das versuche ich ja die ganze Zeit«, zischte Mildrad ärgerlich. »Trotzdem – Aethel lässt sich einfach nicht genug aufstacheln, um endlich mit ihrem Herzallerliebsten zu reden!«

Ich schmunzelte. »Ist Aedwin eigentlich tatsächlich ein Vetter?« fragte ich sie.

»Natürlich nicht«, erwiderte Mildrad missmutig. »Bloß, Aethel wird sich kaum genauer erkundigen, wie ich sie kenne. Die schluckt die Kröte einfach und leidet weiter, während mir langsam die Ideen ausgehen.«

»Könnte man nicht Aedwin …?«

»Diesen langsamen Ochsen?« Mildrad unterdrückte ein ärgerliches Lachen. »Bei dem wäre eine Brechstange nötig …« Sie verstummte für einige Atemzüge. Dann strahlte sie auf. »Ich weiß auch schon, wie«, wisperte sie begeistert, »also, wenn das nicht wirkt …«

»Was hast du vor?« forschte ich misstrauisch. »Denk gut nach, bevor du handelst, sonst schadest du ihnen mehr, als du nützt!«

»Keine Angst«, flüsterte Mildrad verschwörerisch, »aber hier sind grobe Waffen nötig – und die werden jetzt eingesetzt.«

»Mildrad!« Ich griff nach ihrer Hand. »Übereile nichts!«

»Es kann gar nicht schnell genug gehen«, wisperte die Kleine zurück, »die Königin hat nämlich wirklich vor, Aethel aus Anlass der Krönung zu verheiraten – und zwar mit Gregoire de Peaux. Der Kerl mag ja unheimlich standesgemäß sein, aber Aethel liebt ihn nicht. Und deshalb –«

»Ich verstehe«, sagte ich. »Was hast du also vor?«

»Das kann ich nicht verraten«, hauchte Mildrad und warf einen Blick zu ihrer Schwester hinüber, die auf unser Getuschel aufmerksam geworden war und uns den Kopf zugewandt hatte. »Ich schwöre, es wird niemandem schaden …«

Unser Gespräch mündete in Schweigen. Ich schaute zurück auf die kleine Stadt Barfleur, die langsam im Abenddunst versank, während das Schiff sich weiter und weiter vom Land entfernte. Schon war der Schein der Fackeln, die das Halbrund des Hafens gesäumt hatten, kaum noch zu erkennen. Am dunkelnden Himmel gingen die Sterne auf und sprenkelten das tiefer werdende Blau des Firmaments mit ihren blinkenden Lichtpunkten. Ein sanfter Wind hatte das mächtige Segel gefüllt und trieb das Schiff hinaus aufs Meer. Die Leinen knarrten leise, und die Planken unter mir machten sanfte, knirschende Geräusche. Die Seeleute riefen sich mit gedämpfter Stimme Worte in ihrer Sprache zu, die ich nicht kannte.

»Günstiger Wind und spiegelglatte See«, murmelte Mildrad neben mir, »besser hätten wir's gar nicht treffen können.«

»Verstehst du etwa, was die Seeleute sagen?« fragte ich Mildrad.

Die Kleine grinste träge. »Sicher«, antwortete sie schläfrig, »schließlich sprechen sie Englisch … und … es sind unsere eigenen Leute …«

Sie hatte sich bequem an ein Rückenpolster gelehnt und sich in ihrem Mantel eingerollt. Sie stand kurz davor einzuschlafen. Die vielen Fragen über Sachsen, Normannen und Welsche, die bei ihren lässig hingeworfenen Worten in mir aufgekommen waren, mussten warten. Und bald wiegte auch mich die See in einen sanften Schlaf.

Portsmouth kam mit dem Morgengrauen in Sicht. Laute Betriebsamkeit auf dem Schiff hatte mich geweckt. Wir waren dem Land schon ziemlich nah; hinter mir handhabte der Steuermann das riesige Ruderschwert, das rechts an der Bordwand ins Wasser ragte und mit dessen Hilfe das Schiff die Richtung hielt. Über mir wurde das Segel gerefft. Zwei Matrosen hingen in den schwarz geteerten Wanten und waren mit dieser schwierigen Arbeit beschäftigt. Der Schiffsherr brüllte Befehle in der Sprache der Sachsen.

Mildrad war bereits wach. Sie saß strahlend neben mir und hielt den Blick auf die Küste geheftet, die leuchtend grün aus dem Morgennebel auftauchte. Ich erkannte eine Anzahl kleiner, riedgedeckter Holzhäuser, einige steinerne Bauten, einen dicken runden Turm …

»Portsmouth?« fragte ich Mildrad.

»Endlich wieder zu Hause«, nickte die Kleine mit einem Seufzer der Erleichterung.

»Bist du nicht gern auf Reisen?«

»Doch. Aber es ist immer wieder schön heimzukommen.«

Ich musste plötzlich an Rabenstein denken, doch ich konnte Mildrads Worte nicht nachvollziehen. Rabenstein war mir nie eine Heimat gewesen, und nichts zog mich dorthin zurück. Meine Heimat war bei François …

Sehnsucht überfiel mich. Heute würde ich die Königin

fragen, ob sie Nachricht von ihrem Boten erhalten hatte – sie mochte so beschäftigt sein, wie sie wollte. Ich hatte das Horoskop, das ich für sie errechnet hatte. Das musste als Vorwand für eine Unterredung ausreichen.

Zur Zeit stand Alienor d' Aquitaine am Bug des Schiffes und blickte, die Augen gegen den strahlenden Morgenhimmel abgeschirmt, zum Land hinüber. Dort warteten Bewaffnete, ich konnte ihre Helme und Kettenhemden glänzen sehen. Auch Wimpel erkannte ich – eine große Zahl buntfarbiger Wappen, die mir allesamt unbekannt waren. Eins davon, vielfältig überall flatternd, zeigte auf rotem Grund drei schreitende goldene Löwen. Mir fiel Alienors Horoskop ein. Leo triplex, dachte ich, der dreifache Löwe. Es musste das Banner von England sein.

Wenig später legten wir an. Die Matrosen sprangen von Bord ins flache Wasser und zogen mit vereinten Kräften unser Schiff auf den Sand, sodass wir trockenen Fußes aussteigen konnten. Über Knüppeldämme gingen wir den Strand hinauf, wo neue Reisewagen bereitstanden.

Das andere Schiff war vor uns gelandet. Pferde und Dienstleute waren bereits von Bord gegangen. Knechte entluden letzte Kisten, Truhen und Ballen. Auch aus unserem Schiff wurde nun das Reisegepäck in Windeseile ausgeladen und in den Trosswagen verstaut.

Ich hatte vorgehabt, die Königin anzusprechen. Doch die stieg eben mit zwei älteren, würdevoll dreinblickenden Herren und einem ihrer unvermeidlichen Schreiber in die prachtvolle Karosse ein, bei der die Bewaffneten mit dem goldroten Löwenbanner gehalten hatten. Mir blieb nichts anderes übrig, als zuzusehen, wie der Königin durchs Wagenfenster ein Imbiss gereicht wurde, den sie offenbar mit den Herren teilte. Sie war nicht zu sprechen. Ich war weiterhin zum Warten verdammt.

»Wie ich mir gedacht hatte«, murmelte Mildrad neben mir, »Prinz John ist nicht erschienen – bloß Salisbury und Wessex, die jetzt mit der Königin –«

»Vielleicht hast du ihn übersehen«, unterbrach ich.

Mildrad lachte. »Prinz John übersieht man nicht, wenn er

da ist«, sagte sie spöttisch, »den kann man einfach nicht übersehen.«

Ich sah sie fragend an.

»Der treibt mehr Aufwand als König und Papst zusammen.« Mildrad schürzte geringschätzig die Lippen. »Wenn der hier wäre, würde man vor lauter Wimpeln und Bannern die Häuser nicht mehr erkennen.«

Sie warf einen scharfen Blick auf die anderen Reisewagen, die hinter der Karosse der Königin aufgereiht standen. Plötzlich stieß sie einen leisen Freudenschrei aus und rannte auf einen Trupp Berittener zu, die neben dem vorletzten Wagen hielten. »Wigald«, jauchzte sie und breitete im Laufen die Arme aus.

»Nun sieh dir das an«, murmelte Aethel of Uxbridge, die mit Marguerite de Bonchamp bei mir angekommen war. »Es ist nicht zu fassen …«

Einer der Reiter, ein hoch gewachsener blondbärtiger Hüne in einem blau und weiß gestreiften Waffenrock, sprang von seinem Pferd und lief Mildrad entgegen. Er fing sie auf, fasste sie herzhaft um die Taille, schwenkte sie im Kreis herum. Dann, plötzlich verlegen, setzte er die Kleine ab und schüttelte den Kopf, während sein Blick auf Aethel, Marguerite und mich fiel.

»Dein Bruder lernt das gute Benehmen genauso wenig wie deine Schwester«, sagte Marguerite de Bonchamp missbilligend, und ich wusste, wen Mildrad da so stürmisch begrüßt hatte.

Die Kleine winkte uns heran. Als wir vor dem Reisewagen standen, stellte sie mir, lächerlich förmlich und mit einem Beifall heischenden Seitenblick auf Marguerite, ihren Bruder vor. Wigald of Uxbridge verneigte sich schweigend, doch ohne den Blick von meinen Augen abzuwenden. Er sah mich immer noch an, als ich Mildrads Aufforderung zum Einsteigen folgte und mit meinem Hund im Wagen Platz nahm. Erst, als Mildrad ihn am Ärmel fasste und beiseite zog, ließ sein Blick mich widerstrebend los.

Ich fühlte mich merkwürdig beklommen. Ich schaute aus dem Wagenfenster zu den Schiffen hinunter, deren Segel gerade eingeholt und an den Rahen zusammengebunden wurden. Doch ich konnte nicht umhin, mein Augenmerk wieder auf die Reiter in unmittelbarer Nähe unseres Wagens zu richten. Einer, der sich ein wenig abseits hielt, fiel mir auf – ein muskulös gebauter junger Mann von ebenso erstaunlicher Körpergröße wie Wigald of Uxbridge und mit einem ebenso buschigen blonden Bart. Dieser trug einen rot-weiß geschachten Waffenrock und starrte zu unserem Wagen herüber. Seine blauen Augen leuchteten mit träumerischem Glanz.

»Hast du noch einen Bruder?« fragte ich Mildrad, die neben mir saß.

»Nein«, sagte die Kleine überrascht, »wie kommt Ihr darauf?«

»Wer ist denn dann dieser Berittene, der so aufmerksam zu uns herüberschaut?« fragte ich und deutete mit einer unauffälligen Handbewegung zu dem Mann im rotweißen Waffenrock hinüber.

Mildrad sah ihn und hatte Mühe, ein Kichern zu unterdrücken. »Weiß nicht …« murmelte sie. Doch sie wusste es genau. Und ich wusste es jetzt auch.

18

Seit zwei Wochen reiste die Königin jetzt schon mit ihrem ganzen Gefolge in diesem Land umher, das bald einen neuen König bekommen sollte. Ich hatte sie nach dem ersten Tag unserer Bekanntschaft nicht mehr unter vier Augen zu Gesicht bekommen und musste fürchten, dass sie auch in den kommenden Tagen keine Zeit für mich haben würde. Denn sie arbeitete – so angestrengt, wie ich noch nie einen Menschen hatte arbeiten sehen.

Für eine Frau von siebenundsechzig Jahren entwickelte sie eine Energie, die ich nur staunend bewundern konnte. Sie saß zu Gericht – zart, aufrecht und wunderschön in ihrem prachtvollen Gewand, das ebenmäßige, alterslose Antlitz königlich-ernst unter dem kronenartigen Gebände – und sprach Recht, wo der verstorbene König Henri Unrecht hatte walten lassen. Sie nutzte die Stunde ihrer Macht. Kein bäuerlicher Wilddieb musste mehr fürchten, für das Erlegen eines Kaninchens gehängt zu werden. Sie erließ den Klöstern die schwere Pflicht, die königlichen Streitrosse in Friedenszeiten durchzufüttern. Sie schlichtete Grenzstreitigkeiten zwischen feindlichen Nachbarn, um die sich ihr seliger Gemahl nicht gekümmert hatte. Vor allem aber beseitigte sie für Richard, den noch ungekrönten König, all die Ungereimtheiten, die das Leben in England für seine Bewohner bis jetzt so kompliziert gemacht hatten. Sie setzte einheitliche Maße und Gewichte ein. Eine Elle war nach Alienors Gesetz ab sofort eine Elle, eine Pinte eine Pinte, eine Unze eine Unze – von Cornwall bis Yorkshire. Und es galt die Münze der deutschen Kaufleute an der Themse, das Pfund Silber Easterling.

Ich folgte mit dem übrigen Hofstaat Alienor d' Aquitaine auf ihrer beschwerlichen Fahrt kreuz und quer durch England. Ich hatte keine andere Wahl, denn ich gehörte zu ihrem

Gefolge. Ich teilte bis auf weiteres Bett und Kammer mit Marguerite de Bonchamp und Aethel und Mildrad of Uxbridge. Das hatte die Königin so angeordnet, wie die kleine Mildrad mir höchst erfreut mitteilte.

Während Aethel und Marguerite als langjährige Busenfreundinnen meist für sich blieben, hatte Mildrad sich eng an mich angeschlossen. Das lag zum Teil auch an Silber, der das freche kleine Mädchen bereits abgöttisch liebte. Mildrad entführte mir Silber oft; sie zeigte sich stolz mit meinem mächtigen Hund an der Seite und sagte mir eines Abends: »Ich hoffe, wir werden bald Nachwuchs haben, Silber und ich!«

Ich musste lachen. »Du meinst, Silber hat sich eine schöne Hündin ausgesucht?«

»Richtig«, sagte Mildrad strahlend, »eine Wolfshündin aus dem Zwinger meines Bruders. Wigald sagt, ich darf die Welpen behalten – allesamt. Ich bete darum, dass es mindestens sechs werden!«

Wigald. Er hatte schon oft meine Gegenwart gesucht, seit er mich in Portsmouth kennen gelernt hatte. Und mir war jedes Mal wieder beklommen zu Mute, wenn er sich zu Besuch meldete. Er sprach das Fränkische nur sehr unvollkommen, und ich kannte mich in seiner Sprache bis jetzt überhaupt nicht aus. So konnten wir uns kaum verständigen, und unser Gespräch bestand aus langem, verlegenem Schweigen, unterbrochen von wenigen, hastig hervorgesprudelten Sprachbrocken.

»Das ist sehr großzügig von deinem Bruder«, sagte ich Mildrad. »Aber was willst du mit all den jungen Hunden anfangen?«

»Hach«, seufzte die Kleine und verdrehte glückselig die Augen, »ich werde meine eigene Meute haben – ist das nicht herrlich? Ich werde auf die Jagd reiten mit den schönsten Hunden in ganz England!«

»Vergiss nicht, Mildrad – Hetzjagden auf großes Wild sind nur für Männer.«

»Spielverderberin! Dann muss das eben geändert werden! Außerdem – man muss ja nichts jagen. Man kann ja auch einfach nur über Stock und Stein –«

Ich lächelte. »Ich verstehe, was du meinst. Hoffentlich denkt dein zukünftiger Gemahl so wie du.«

Mildrad verschränkte die Hände hinter ihrem blonden Kopf. »Dafür werde ich schon sorgen«, sagte sie träumerisch. Einen Herzschlag lang schaute sie aus dem Fenster in den Spätsommerhimmel hinauf. Dann, unerwartet abrupt, drehte sie mir das Gesicht zu. »Übrigens, Wigald müsste jeden Augenblick kommen. Er möchte das Essen mit uns einnehmen, hat er gesagt. Falls Ihr nichts dagegen habt ...«

Ihr Blick war todernst. Das verwirrte mich. »Nein«, sagte ich, »was sollte ich denn dagegen haben?«

»Ihr mögt meinen Bruder?« Wieder traf mich dieser forschende, intensive Blick.

»Ja, sicher. Dein Bruder ist ein sehr ... sehr angenehmer Mensch. Er hat so eine ruhige Art ...«

»Ist er Euch nicht vielleicht allzu ruhig?«

»Das liegt wohl daran, dass er sich so schlecht in der fränkischen Sprache ausdrücken kann«, suchte ich Wigald vor seiner kleinen Schwester zu rechtfertigen.

»Finde ich auch«, sagte Mildrad nachdenklich. »Ihr solltet Englisch lernen, das wäre das Beste.«

Ich war verdutzt. »Aber ich –« begann ich, doch ich bekam keine Gelegenheit, meine Antwort zu Ende zu sprechen. Mildrads Bruder betrat in diesem Augenblick den kleinen Raum. Er hatte den Kopf einziehen müssen, um die niedrige Tür durchschreiten zu können, und stand unvermittelt vor uns. In verdrehtem Französisch murmelte er einen Gruß.

»Auch Euch einen guten Tag«, erwiderte ich und wahrte mühsam Haltung. Es war keine Art, so ganz ohne Ankündigung ins Zimmer zu platzen. »Mildrad sagte mir gerade –«

»Hat sie das?« Wigald richtete sich abrupt aus seiner Demutshaltung auf, sodass sein Kopf beinahe die Decke berührte. »Ich bin wirklich froh, dass sie mich angekündigt hat, Lady Agnes ...«

»Ich meinte –« begann ich zögernd.

Mildrad mischte sich ein. »Vielleicht hat Gertrude das Essen schon fertig«, zwitscherte sie fröhlich, »ich sehe mal nach.« Und mit einem Husch war sie aus dem Zimmer.

»Nehmt doch Platz«, forderte ich Wigald of Uxbridge auf, um der Höflichkeit Genüge zu tun.

Er lief rot an. »Danke«, brummelte er unter seinem üppigen blonden Schnauzbart. Dann sah er sich nach einer Sitzgelegenheit um. Es blieb nur die breite Fensterbank, denn das hölzerne Bänkchen hatte ja schon ich inne. Mildrad würde sich, wenn sie zurückkam, auf den Fußschemel setzen müssen.

»Was führt Euch zu uns?« fragte ich Wigald, um das peinliche Schweigen zu brechen.

»Ach … nichts eigentlich«, sagte er und nestelte umständlich an den Verschürungen seiner Ärmel herum.

Ich beschloss, ihn nicht wieder in seine Einsilbigkeit verfallen zu lassen – schon, um es mir selbst leichter zu machen. »Mildrad meinte, ich solle die englische Sprache erlernen«, sagte ich, »ist diese Sprache schwer?«

Sein Gesicht leuchtete auf. »Was?« fragte er und sprach dann gleich weiter: »Nein – überhaupt nicht, überhaupt nicht! Oh, das wäre –« Er senkte den Kopf. Seine Wangen begannen zu glühen. Er ließ die Heftelschnüre an seinen Ärmeln los und flocht die Finger ineinander. »…zeihung …« konnte ich gerade noch verstehen.

Mildrad stürmte in den Raum. »Essen kommt sofort«, verkündete sie, dann, mit einem Blick auf ihren Bruder: »oder habt ihr noch keinen Hunger? Dann kann ich ja noch einmal –«

Wigald schüttelte stumm den Kopf. »Wie alt ist Eure Schwester eigentlich?« fragte ich ihn lächelnd.

»Zwölf geworden letzten Juni«, murmelte Wigald of Uxbridge. Er schien völlig aus der Fassung und heftig darum bemüht, seine Verlegenheit in den Griff zu kriegen. »Sie muss eben noch die feine Art lernen – das sag ich ihr ja auch ewig und ewig und ewig …«

»Immer und immer wieder«, berichtigte ich ihn.

»Genau. Immer und immer und immer. Sie ist ein Wildfeger.«

»Ein was?«

Er holte tief Luft. »Ein Wildfeger?« stellte er seinen selbsterfundenen Ausdruck in Frage.

»Ich weiß, was Ihr meint«, sagte ich und lächelte ihn an.

Wieder entstand eine Pause. Diesmal half ich Wigald nicht sofort heraus. Vielmehr nahm ich mir Zeit, ihn zu betrachten. Sein üppiges, von der Sonne ganz hell gebleichtes, welliges Haar und der martialische Schnurrbart standen ihm gut zu seinem kantigen Gesicht, das von sanften, hellblauen, etwas melancholisch blickenden Augen beherrscht wurde. Mit seiner Hünengestalt war er ein eindrucksvolles Mannsbild, das musste ich zugeben – auch wenn ihm jede Weltläufigkeit fehlte. Aber sein Ungeschick hatte etwas Rührendes.

So brachte ich es nicht über's Herz, ihn länger als ein paar Augenblicke schmoren zu lassen. Ich wandte mich an Mildrad, die noch bei der Türe stand. »Magst du Gertrude sagen, sie soll das Essen jetzt bringen?« fragte ich sie.

Wigald atmete hörbar auf. Mildrad strahlte mich an und huschte hinaus. »Was werden wir denn haben?« fragte Wigald.

»Haben?«

»Zum Essen …«

»Ach so. Ich weiß nicht … wohl irgendeinen Brei, nehme ich an.«

»Das Wetter ist auch sehr schön«, sagte Wigald und warf einen schnellen Blick aus dem Fenster.

»Findet Ihr? Mir wäre es lieber, wenn die Sonne nicht gar so heiß scheinen würde.«

»Mein alter James sagt, in zwei, drei Tagesläufen soll es wieder mehr Kühle geben«, tröstete mich Wigald. »James – das ist mein Pferdemeister … oder wie das heißt …«

»Stallmeister«, sagte ich. »Und wie heißt es in deiner Sprache?«

»Master of the horses«, beeilte sich Wigald voller Freude. »Ich würde Euch mehr Wörter nennen – wenn Ihr wollt!«

Mildrad und die Küchenfrau Gertrude kamen herein. Gertrude brachte eine Schüssel mit etwas Heißem, Dampfendem, Mildrad trug drei kleine Näpfe und hölzerne Löffel. Sie stellte das einfache Geschirr neben Wigald auf die Fensterbank, während Gertrude die Essensschüssel auf dem Fußboden platzierte und sich dann ohne Worte rückwärts wieder aus dem Zimmer schob.

Die Speise roch angenehm. Doch sie stellte sich als beinahe ungenießbar heraus. Gertrude hatte junge Erbsen in der Schote mit Hafermehl, Speck und Lauch in einen Topf geworfen und alles zu Brei gekocht. Ein grünliches, Fäden ziehendes Mus war dabei herausgekommen. Es sättigte – aber mehr auch nicht.

Ich nahm mir nur eben so viel, um meinen gröbsten Hunger zu stillen. Mildrad zog ebenfalls ein Gesicht, doch ihrem Bruder schien es zu munden. Wigald war derjenige, der den letzten Rest aus der Schüssel kratzte, nachdem er zuvor höflich gefragt hatte, ob noch jemand etwas haben wolle. Und er war es auch, der sich lobend über den Fraß ausließ. »Das war gut. Was war es?«

»Schwer zu sagen«, meinte Mildrad. Ich zuckte ebenfalls die Achseln. »Gemüse«, sagte ich. »Erstaunlich, was eine sächsische Frau alles damit anstellt.«

»Ja – nicht wahr?« Wigald lächelte, als habe ich ihm ein Kompliment gemacht. »Wir haben gute Köchinnen in England. Kocht man in Braunschweig auch so kräftig?«

»Anders«, sagte ich, um ihn nicht zu beleidigen.

Nun, da das Thema Essen abgehandelt war, verebbte die Unterhaltung erneut. Noch während ich mir überlegte, worüber man jetzt sprechen könne, erhob sich Wigald abrupt. Er verbeugte sich steif vor mir. »Nun muss ich mich abverschieden«, sagte er und warf seiner kleinen Schwester einen bedeutungsschweren Blick zu. »Lebet denn wohl, Lady Agnes …«

»Gehabt Euch ebenfalls wohl, Sir Wigald«, sagte ich, überrascht durch seinen hastigen Aufbruch. »Es war angenehm, Euch wieder zu sehen.«

Er errötete heftig. »Das macht doch nichts«, murmelte er in neuer, hölzerner Verlegenheit. Ich musste mir ein belustigtes Kichern verbeißen.

Er war bereits an der Tür. Da drehte er sich plötzlich noch einmal um. »Lady Agnes«, stotterte er, »im übrigen … auf dem Fest … nach der Krönung …«

»Ja?«

»Man wird tanzen«, murmelte Wigald, »alle, die geladen sind …«

»Ja, sicher«, sagte ich, »das weiß ich. Werdet Ihr auch anwesend sein?«

»Ich …« Wigald vermied es, mich anzusehen. »Ich frage mich, ob Ihr mir wohl … einen Tanz abtreten werdet?«

Die letzten Worte hatte er hastig hervorgestoßen. Und er heftete jetzt den Blick erwartungsvoll auf meine Augen.

»Aber Ihr wisst, dass ich nicht gut zu Fuß bin«, sagte ich zögernd, »Ich könnte Euch kaum eine gute Tänzerin sein, und –«

»Ich bin auch nicht gut zu Fuß«, haspelte Wigald herunter. »Doch ich werde mir solche Mühe machen – da sei mein Wort vor!«

Ich erinnerte mich an den Tanz beim Maienfest, als ich meinem verkrüppelten Fuß zum Trotz mehrere Gänge durchgestanden hatte. »Gut«, sagte ich, »wenn Ihr mich auffordert, Sir Wigald, dann werde ich nicht Nein sagen.«

Seine himmelblauen Augen strahlten mich an wie die eines Kindes, dem sein Herzenswunsch in Erfüllung gegangen ist. »Oh«, murmelte er entzückt, »da danke ich so sehr, Lady Agnes! Und es ist schon über den Morgen!«

»Auf übermorgen also«, gab ich zurück. Doch während er sich glückstrahlend verbeugte und hinausging, stieg wieder diese merkwürdige Beklommenheit in mir auf. Mildrads leuchtender Blick verstärkte das Gefühl noch. Sie lachte, als ihr Bruder das Zimmer verlassen hatte. »Welch hohe Ehre«, sagte sie, »Wigald hat in seinem ganzen Leben noch nie getanzt. Ich dachte immer, er hasst das ganze Tralala. Und jetzt will er tatsächlich –«

»Er hat noch nie getanzt?«

»Er kennt die Schritte überhaupt nicht.« Mildrad schüttelte in nachträglicher Verwunderung den Kopf. »Wie der jetzt auf einmal dazu kommt –«

»Ich kann's mir denken«, murmelte ich. Diesen Tanz hätte ich ihm nicht versprechen sollen, dachte ich im Stillen.

»Ich glaube, das wird ein ganz wundervolles Fest«, sagte Mildrad und grinste in sich hinein. Mir fiel ein schwacher Geruch nach Rosen auf, der noch in der Luft hing. Er ging nicht von der kleinen Mildrad aus, und auch ich selbst benutzte kein Rosenwasser. Wigald musste diesen Duft hinterlassen haben. Überhaupt hatte Mildrads Bruder sehr edle Kleidung getragen – seine Tunika, so erinnerte ich mich nachträglich, war aus feiner, bestickter, lichtblauer Seide gewesen …

Wir waren in Winchester angekommen. Die Reisewagen der Königin standen im Hof des Schlosses, wo die Pferde ausgeschirrt und die Truhen entladen wurden. Es herrschte das übliche, wirbelnde Durcheinander. Von Mildrad, die immer als erste informiert war, wusste ich, dass Lord Richard erwartet wurde. Die Königin, seine Mutter, war ihm hierher entgegengefahren.

Es sah so aus, als ob ich auch heute wieder keine Gelegenheit bekommen würde, mit Alienor d' Aquitaine zu sprechen. Sie hatte gleich nach der Ankunft in Winchester die für sie vorbereiteten Gemächer aufgesucht und einen Imbiss eingenommen. Danach wolle sie sich festlich ankleiden lassen, sagte mir die Zofe, die ich ansprach.

Ich versuchte einen Vorstoß. »Könnte ich ihr nicht dabei behilflich sein?« fragte ich die junge Dame vorsichtig.

»Wenn ihr versteht, wie es zu machen ist«, gab die Zofe zweifelnd zurück. »Aber ich weiß nicht, ob es gerade heute sinnvoll wäre. Die Königin wird ihren vollen Putz tragen, und sie ist außerdem so sehr in Eile, dass ich glaube, es wäre besser, wenn ich doch lieber selbst –«

Ich unterbrach sie, bevor sie mein Ansinnen endgültig ablehnen konnte. »Macht Euch keine Sorgen«, beruhigte ich sie, »sollte die Königin mit mir unzufrieden sein, kann ich ja immer noch Euch rufen lassen.«

Damit gab sich die Zofe, wenn auch zweifelnd, zufrieden. Und ich wartete an der Tür der Königin, bis ich gerufen wurde.

Alienor d' Aquitaine war, wie immer in letzter Zeit, nicht allein in dem kleinen, bunt ausgemalten Zimmer. Doch sie schickte die Schreiber, zwei ältliche, kahlköpfige Mönche, mit einer Handbewegung hinaus, als sie meiner ansichtig wurde. »Agnès«, rief sie erfreut aus, »das ist schön, dich einmal wieder zu sehen, mein Kind!«

Sie schien mir mein ungebetenes Eindringen in ihr Gemach absolut nicht übel zu nehmen, im Gegenteil. Sie sah mich mit strahlenden Augen an und ich wusste, dass ihre Freude echt war. Ich verneigte mich tief. »Ihr hattet so viel zu tun, hohe Frau«, murmelte ich, »dass ich nie den Zugang zu Euch gefunden habe. Dennoch musste ich –«

»Ich weiß, ich weiß«, sagte Alienor. »Der Kurier, den ich nach Poitiers geschickt hatte, ist aber erst gestern zurückgekehrt. Und er bringt keine Nachrichten.«

»Keine Nachrichten?« fragte ich. »Wie soll ich das verstehen?«

Die Königin seufzte und nahm den blauen Seidenschleier ab, der ihr kastanienbraunes, an den Schläfen schon weißes Haar bedeckt hatte. Sie legte das duftige Tuch über die reich mit Schnitzereien verzierte Lehne eines Stuhles, der am Fenster stand. »Der Mann berichtete mir«, sagte sie langsam, »dieser François sei zwar für ein paar Tage an der Kathedralschule aufgetaucht, aber dann sei er wieder fortgezogen. Und niemand wisse, wohin.«

»Das glaube ich nicht«, entfuhr es mir. Die Enttäuschung hatte mich getroffen wie ein harter Faustschlag.

»Der Mann, den ich ausgeschickt habe, ist äußerst zuverlässig«, sagte Alienor mit einer Spur von Verärgerung in der Stimme. »Du kannst also ganz sicher sein, Kind, dass er –«

»Dann muss man nach François suchen«, unterbrach ich die Königin. Ich hatte zu zittern begonnen, und mein Herz schlug wild und schmerzhaft. »Wenn ich in Frankreich wäre, würde ich –«

Nun schnitt mir die Königin das Wort ab. »Ich habe das bereits in die Wege geleitet«, sagte sie trocken. »Glaubst du denn wirklich, ich wüsste nicht, was jetzt zu tun ist?«

Ich ließ mich mühsam auf die Knie sinken. Ich hatte eine

unverzeihliche Unhöflichkeit begangen. »Vergebung, ma Dame«, flüsterte ich mit bebenden Lippen, »bitte versteht, dass ich –«

»Aber du musst mir doch keine Erklärung abgeben«, sagte die Königin sanft. Sie trat an mich heran und half mir vom Boden auf. »Hab noch ein wenig Geduld. Ich erwarte den zweiten Boten schon bald. Er wird hoffentlich bessere Neuigkeiten bringen.«

»Ma Dame – Ihr seid so gütig …« Ich war auf alles gefasst gewesen, nur nicht auf dieses Verhalten, das die Königin mir jetzt zeigte. Ich hatte geglaubt, sie habe mich und meine Belange über ihren vielen Aufgaben längst vergessen, und nun …

»Du musst nicht denken, ich hätte über meinen vielen Aufgaben deine Sorgen vergessen«, sprach Alienor wörtlich aus, was ich gedacht hatte. Und ihre Augen hatten wieder diesen nixenhaften Glanz, der ihrem Gesicht den geheimnisvollen Ausdruck verlieh. »Vertraue mir ruhig. Und gräme dich nicht – das schadet nur deinem Aussehen.«

Mit diesen Worten hatte sie mich zum Lächeln gebracht. Und sie wartete nicht, bis ich wieder in meine melancholische Stimmung zurückfallen konnte. »Hat man dir schon deine neuen Festgewänder gezeigt?« fragte sie heiter.

Ich schüttelte den Kopf. »Festgewänder?«

»Aber Kind!« Die Königin runzelte einen Augenblick die schmalen Brauen. »Weißt du denn nicht mehr? Wir hatten es doch abgesprochen – in Le Mans … oder vielmehr im Kloster kurz vor Saint Lò.«

Sie hatte es erwähnt. Ich erinnerte mich. Sie hatte auch diese Zusage nicht vergessen. »Ja«, stotterte ich verlegen, »nur hatte ich nicht angenommen, dass Ihr es ernst meint …«

Über Alienors Gesicht zog eine Wolke des Unmuts. »Merke dir eins, mein Kind«, sagte sie, und ihre Stimme hatte den metallischen Unterton, den ich schon einmal gehört hatte, »ich pflege keine Versprechen zu machen, die ich nicht zu halten gedenke.«

Wieder fühlte ich mich genötigt, um Verzeihung zu bitten. Ich senkte den Kopf tief. Noch ehe ich ein Wort der Entschuldigung sagen konnte, klatschte die Königin in die Hände. Sofort erschien die junge Zofe, die offenbar vor der Tür gewartet hatte. »Agnès de Rabenstein braucht ihre Kleider für das Fest«, sagte Alienor, »sorge dafür, dass sie sie auf der Stelle erhält, damit sie, falls nötig, noch angepasst werden können.«

Die Zofe verneigte sich und nahm mich bei der Hand. Ich konnte gehen. Für die Königin war das Gespräch beendet. Doch auf meinen fragenden Blick gab sie mir die Antwort, die ich so dringend brauchte: »Ich lasse dich kommen, Agnès – sobald all der Trubel vorüber ist und ich wieder aufatmen kann. Sollte mein Kurier früher eintreffen als erwartet, sende ich dir natürlich sofort Nachricht. Sei dessen gewiss.«

Die vier Schneiderinnen erschienen schon wenig später in der Kammer, die mir und den drei anderen jungen Damen zugeteilt worden war. Mildrad und ich betrachteten staunend all die Herrlichkeiten, die Alienor mir zugedacht hatte, und die Kleine half mir beim Anprobieren, während Aethel und Marguerite de Bonchamp danebenstanden und mit geschultem Blick den Fall und Sitz der Gewänder begutachteten. Eines war aus feinem weißem Barchent, der über und über mit grünseidenen Vögeln bestickt war. Das zweite – aus schwerem dunkelrotem Samit – hatte blauseidene Borten an Ausschnitt, Saum und Ärmeln, die fast bis zum Boden reichten. Das dritte bestand aus fließender, hellroter Seide und war am Hals mit einer Bordüre in Perlstickerei geschmückt. Die dazu passenden Gebände hatten kronenartig verzierte, von kleinen Edelsteinen funkelnde Hauben. Zu all dieser Pracht schickte mir die Königin ein Paar Tasseln aus vergoldeter Bronze, die nach Auskunft der Schneiderinnen an Stelle der bescheidenen silbernen an meinem Mantel befestigt werden sollten.

Ich konnte kaum etwas sagen. Wieder einmal fühlte ich mich durch diese allzu üppigen Geschenke beschämt und verpflichtet. Ich fand es schwer, die kostbaren Kleidungsstücke anzunehmen, obwohl ich wusste, mir blieb keine andere

Wahl. So nickte ich nur, als alle anwesenden Frauen sie wunderbar passend fanden, und ließ sie von den Schneiderinnen in der Reisetruhe verstauen. Ich würde der Königin meinen Dank selbst überbringen, sobald ich sie wieder sah.

Die Frauen gingen. Draußen erschallten plötzlich Fanfaren. Aethel und Marguerite drehten gleichzeitig die Köpfe zur Tür. »Lord Richard«, flüsterte Aethel ehrfürchtig, »er ist angekommen!«

»Wir wollen ihn empfangen«, sagte Marguerite de Bonchamp. »Er hat es gern, wenn viele Menschen ihn begrüßen.« Sie fasste Aethel am Arm und zog sie zur Tür hinaus. »Kommt Ihr mit?«

Mildrad war dabei. Ich folgte ihnen widerstrebend. Einerseits war ich neugierig, den zukünftigen König von England zu sehen, andererseits fiel es mir immer noch schwer, mich hinkend unter den Höflingen zu zeigen, obwohl hier niemand auf meinen schleppenden Gang zu achten schien.

Der Schlosshof hatte sich bevölkert. Eine glänzende Eskorte von Edelleuten war eingeritten, alle Banner zeigten, wie Mildrad mir erklärte, französische Wappen. »Lord Richard ist der in der Mitte«, tuschelte die Kleine begeistert, »der da vorn, der jetzt eben vom Ross steigt!«

Ich sah einen kräftig gebauten, mittelgroßen Mann mit wild gelocktem rotblondem Haar, der strahlend lächelte und gesunde weiße Zähne zeigte. Seine graugrünen Augen funkelten sehr lebendig. Seine Züge verrieten eine leidenschaftliche Natur. In nichts ähnelte er seiner Mutter, die gerade über den Hof auf ihn zueilte. Nur in einem verriet sich ihre Verwandtschaft. Beide bewegten sich mit der gleichen, eleganten Geschmeidigkeit. Ein Löwe und eine Panterkatze, dachte ich unwillkürlich.

Und Richard Plantagenet schüttelte auch seine Löwenmähne und lachte, als er seine Mutter umarmte. »Wie wundervoll, Euch wieder zu sehen«, rief er aus, »kommt, Mutter – ich habe Euch viel zu berichten!«

»Wisst Ihr, wie sie ihn nennen?« wisperte Mildrad neben mir. »Coeur de Lion …!«

»Das scheint mir sehr passend«, sagte Marguerite de Bonchamp ehrfurchtsvoll. Sie blickte mit bewundernden Blicken zu Richard Plantagenet hinüber. »Ich beneide die Frau, die einmal an seiner Seite Königin –«

»Hättest ihn wohl selbst gerne zum Mann«, kicherte Mildrad respektlos und handelte sich dafür einen vernichtenden Blick von ihrer Schwester Aethel ein. Ich tätschelte Silber, der sich an meine Seite gedrängt hatte. »Komm, mein Hund«, sagte ich zu ihm, »wir wollen uns ein wenig die Beine vertreten –«

»Kann ich mit?« fragte Mildrad.

»Allein«, fügte ich, an Silber gewandt, hinzu.

Ich hatte den Weg gewählt, der die Außenmauern des Schlosses umrundete. Von der Anhöhe konnte ich Winchester überblicken, und ich suchte mir ein stilles Plätzchen unter einer hohen Buche, wo ich ungestört war.

Die Stadt, umgeben von starken Befestigungsmauern, lag im Sonnenschein des Spätsommertages vor mir, bunt und belebt wie die Malerei in einem illuminierten Buch. Dicht gedrängt standen die Häuser an krummen Straßen. Vor der Kathedrale, einer riesigen Baustelle, quirlten Menschen um die Stände des Marktes, der jetzt noch in vollem Gange war. Händler aller Art hatten ihre Buden aufgeschlagen – Töpfer, Bäcker, Tuchweber und Schuster machten Geschäfte neben Bauersfrauen, die Milch, Butter, Käse und Eier feilboten. Ein Bauer verkaufte eine Riesenladung Heu. Ich sah Kühe und Schweine, die abseits vom Krammarkt auf einem freien, grasbewachsenen Platz verhandelt wurden. Vor den Mauern zog ein Schäfer mit seiner Herde gemächlich über das grüne Land. Seine beiden Hunde umkreisten die Menge der Schafe.

Ich fragte mich, wie London wohl aussehen mochte. Von Mildrad wusste ich, dass die Stadt an der Themse riesig war. Ich hatte schon eine Riesenstadt gesehen – wenn ich die Augen schloss, konnte ich noch ein Bild von Köln vor meinem inneren Auge heraufbeschwören. Ob London dem ähnelte?

Noch während ich darüber nachsann, stieg plötzlich und unvermittelt ein Gefühl der Verlorenheit in mir auf. Ich war in der Fremde und ich war allein. Ich hatte meinen Liebsten nicht gefunden, besaß nicht einmal Nachricht von ihm. Ich war auch nicht mehr auf dem Weg zu ihm. Ich hatte mein Ziel aus den Augen verloren. Meine Zukunft war ungewiss.

Ich war heimatlos, denn François war meine Heimat. Meine Sehnsucht brannte. Es tat so weh, dass ich weinen musste. Ich legte die Hände übers Gesicht. »Wo bist du, François«, flüsterte ich, »lass dich finden – ich kann ohne dich nicht leben!«

Ein Zweig knackte. Silber richtete sich auf und knurrte leise. Ich drehte mich um. Einige Schritte von mir entfernt stand Wigald of Uxbridge und blickte besorgt zu mir herüber. »Gott für den Gruß, Lady Agnes«, rief er mich an, »geht es Euch gut?«

Ich war so erschrocken, dass mir für's erste die Worte fehlten. Es dauerte einen Augenblick, bis ich antworten konnte. Hastig wischte ich mir über's Gesicht. »Natürlich«, sagte ich mit rauer Stimme, »weshalb fragt Ihr?«

»Es sind nicht alle Leute vor dem Gesetz in diesem Land«, sagte Wigald langsam. »Meine Schwester Mildrad verklärte mir, Ihr wolltet in das Feld, und ohne Geleitzug. So … ich dachte mir –«

»Ich wollte ein wenig spazieren gehen«, fiel ich ihm in die umständliche Rede, »weil ich die vielen Menschen satt hatte, die sich in der Burg aufhalten.«

»Aber, Lady Agnes«, Wigald trat näher und verbeugte sich, während seine Augen um Entschuldigung baten, »Ihr solltet nicht ohne Geleitzug –«

»Ohne Begleitung«, berichtigte ich seine fehlerhafte Ausdrucksweise. »Ach was«, fügte ich ärgerlich hinzu, »mir wird kaum etwas geschehen. Was sollte ein Räuber schon bei mir finden?«

»Euer Gewand«, sagte Wigald schlicht. »Darf ich Euch auf das Schloss hineingeleiten?«

»Ich mag noch nicht gehen.«

»Aber das Festessen für Lord Richard wird bereitet. Man trägt es auf die Tafeln während einer Stunde.«

»Was?«

»Wir werden bei der Königin und Lord Richard sitzen. Während einer Stunde.« Wigald sah mich mit einer Art milder Verzweiflung an. »Kommet zuhauf«, fügte er beschwörend hinzu, »es dringt so sehr! Lord Richard will Euch betrachten, sagte meine Schwester Mildrad. Auch Aethel und Lady Margaret.«

»Und Ihr seid hier, um mich zurückzuholen?« fragte ich ihn.

Er nickte zögernd. »Mildrad sagte –« begann er aufs Neue.

»Schon gut«, gab ich zurück und erhob mich von meinem grasigen Sitz. »Tun wir eben unsere Pflicht als Höflinge.«

Er hatte nicht verstanden, was ich meinte. Ich erkannte es an seinem verdutzten Ausdruck. Dennoch strahlte sein kraftvolles Gesicht auf. Er bot mir an, mich zu tragen. »Ihr seid nicht gut zu Fuß«, erklärte er mit leuchtenden, erwartungsvollen Augen.

»Noch kann ich mich aus eigener Kraft bewegen«, lehnte ich hastig ab, »ich danke für die Rücksicht, doch sie ist überflüssig.«

Das Leuchten in seinen Augen erlosch wieder. Es kehrte, wenn auch in abgeschwächter Form, zurück, als ich ihm die Hand bot. Er nahm sie und hielt sie mit zitternden Fingern fest, bis wir den Schlosshof erreicht hatten und ich in meine Kammer ging, um mich für das Mahl umzukleiden.

In der großen Festhalle standen hufeisenförmig angeordnet vierzehn lange Bocktische. Sie waren mit blütenweißer Leinwand gedeckt; die Nappes – große Tücher, mit denen man den Schoß bedeckte, waren ebenfalls aus feinem neuem Leinen. Und die kleinen Mundtüchlein, die Mildrad ›napkins‹ nannte, waren so zart, dass ihr Leinen eine fast durchscheinende Qualität hatte.

Der Ehrentisch in der Mitte des Hufeisens prunkte mit silbernen und vergoldeten Platten, Tellern und Pokalen. Die anderen beiden Tischreihen waren schlichter ausgestattet. Für jede Längsseite der Tafel stand lediglich ein großer Humpen aus Silber zur Verfügung.

Wir waren frühzeitig zu Tisch gebeten worden, Mildrad,

Aethel, Marguerite und ich. Wir hatten, eingewiesen von zwei Pagen, unsere Plätze am unteren Ende der Tafel bereits eingenommen, genau wie einige andere Edle des Hofes. Darum erhoben wir uns von unseren Sitzen, als die Königin, flankiert von Prinz Richard und mehreren würdig aussehenden älteren Herren, den Saal betrat. Alienor d' Aquitaine trug ein weit fallendes himmelblaues Gewand mit Goldstickereien. Ihren schmalen Kopf bedeckte ein tiefblauer Seidenschleier mit weißer Kinnbinde und einem filigranen, edelsteinbesetzten Kopfreif.

Richard hatte zum Essen ein bequemes, pelzverbrämtes Obergewand aus leichter Wolle angelegt. Das tiefe Rot des Stoffes vertrug sich nicht gut mit seinem buschigen roten Haar. Dennoch verlieh es ihm ein strahlendes, gesundes Aussehen – ganz im Gegensatz zu dem kleinen, krummrückigen, dunkelhaarigen jungen Mann in Grün an seiner Seite. Diese schmächtige Gestalt sah bleich und kränklich aus. Nur die glühenden schwarzen Augen in dem käsigen Gesicht waren sehr lebendig.

»Prinz John«, flüsterte Mildrad neben mir. »Er ist also doch gekommen!« Sie meinte ganz offensichtlich den blassen Menschen, der in schlechter Haltung mit hängenden Schultern neben Richard Plantagenet stand und mit falkenscharfen Blicken die Anwesenden musterte.

Die Königin setzte sich. Alle Edlen am Ehrentisch nahmen Platz. Dann winkte Prinz Richard lässig mit der Hand, und wir anderen nahmen wieder unsere Plätze ein. Der Saal füllte sich schnell, alle neu Eintretenden verneigten sich vor der Königin und den Prinzen, bevor sie sich setzten. Plötzlich erklang Musik.

Ich hatte gar keine Spielleute gesehen. Jetzt entdeckte ich sie auf einer kleinen, mit roten Behängen halb verhüllten Galerie. Zwei Gamben, zwei Flöten und eine Fidel erfüllten den Saal mit sanften, süßen Klängen. Vom Eingang her trugen Pagen die ersten Gerichte auf. Die jungen Höflinge kamen in einer langen, nicht abreißenden Prozession. Gebratene Fische, Pyramiden von Rebhühnern, Enten und Gänse, Pfauen im Federschmuck, Schweinsköpfe, mit Blumenkränzen dekoriert, riesige, kunstvoll verzierte Pasteten und Schüsseln mit köstlich duftenden Saucen – all diese Speisen wurden zuerst am Ehrentisch präsentiert und dann, mehr oder minder angeschnitten und dezimiert, die Seitentische entlang getragen. Gespräche kamen auf, Stimmengewirr füllte den Saal, unterbrochen vom Geknurr der kleinen und großen Hunde, die sich um die zu Boden geworfenen Essensreste zu balgen begannen.

Ich ließ mir eine Wachtel auf die dicke, trockene Brotscheibe legen, die als Teller diente. Ich verspürte nicht viel Appetit, im Gegensatz zu der kleinen Mildrad, die kräftig zulangte. Sie hatte schon vom Karpfen probiert, mit Behagen ein großes Stück Schweinebraten vertilgt und ließ sich nun Kalbfleisch mit einer scharfen, pfeffrigen Tunke auf die Brotscheibe löffeln. »Weiß noch nicht, ob ich das mag«, sagte sie neugierig, »aber man muss ja alles mal versucht haben.«

»Muss man?« fragte ich sie lächelnd. In diesem Augenblick bemerkte ich, dass ich von zwei Seiten angeschaut wurde. Der eine Blick, ein himmelblauer, sanfter wurde von Wigald of Uxbridge zu mir herübergeschickt. Der andere kam von dem schmalbrüstigen jungen Mann neben Prinz Richard. Er war düster, glühend, unverschämt.

Mich überlief eine Gänsehaut. Ich schlug die Augen nieder. Nervös beschäftigte ich mich mit dem Zerpflücken des kleinen gebratenen Vogels auf meiner Brotscheibe. Dennoch zwang mich etwas, wieder aufzuschauen, und da sah ich, dass Prinz Johns Augen mir immer noch zugewandt waren. Er musterte mich unverhohlen und schien nicht geneigt, sein unhöfliches Starren zu beenden. Dabei unterbrach er nicht einmal sein Essen. Kauend, das Kinn in die freie Hand gestützt, hockte er an der Seite seines Bruders und hielt während des gesamten Mahles die Augen unverwandt auf mich gerichtet.

Mir verging der letzte Rest des Appetits. Ich zupfte an der Wachtel herum, die kleinen Bissen quollen mir im Mund auf, und ich musste sie mit Wein hinunterspülen, als der Humpen an mich kam. Der gespickte Hase, der an mir vorbeigetragen wurde, konnte mich ebenso wenig reizen wie die Fasanen, die herrliche Hühnerpastete und die frischen Forellen in Butter, die als nächste Gänge präsentiert wurden. Am Ende des Gastmahles nahm ich lediglich ein wenig Käse und Obst. Denn Prinz John beobachtete mich immer noch.

Es schien mir wie eine Ewigkeit, bis endlich die Tafel aufgehoben wurde. Die Königin, die sich angeregt mit Prinz Richard und den Edlen am Ehrentisch unterhalten hatte, zog sich nun, umringt von ihren Söhnen und den Fürsten, aus dem Saal zurück. Wir durften uns ebenfalls entfernen. Erleichtert verließ ich mit Aethel, Marguerite und Mildrad die Halle. Ich fühlte mich angespannt und auf sonderbare Weise ungeschützt. Mildrad lachte mich an, als wir zu unserer Schlafkammer gingen. »Das war ein wunderbares Essen«, sagte sie, »so hat man doch eine Vorstellung von dem, was sie zu den Krönungsfeierlichkeiten auffahren werden …«

Silber rülpste leise. Auch ihm hatte das Essen gefallen. Schließlich hatte er seinen Platz direkt hinter Mildrad und mir nicht verteidigen müssen und, unangefochten von den kleinen Schoßhündchen und den Windspielen, von Mildrad eine Menge Knochen und andere leckere Reste abbekommen. Ich lächelte über den Gedanken. Doch das Gefühl der Anspannung wich nicht von mir.

19

Der Hof hatte sich nach Windsor begeben. Hier, eine Tagereise von London entfernt, wurden die letzten Vorbereitungen für Lord Richards Krönung getroffen. Seit einigen Tagen schon herrschte unendliches, quirliges Durcheinander in der drangvollen Enge des mächtigen runden Wohnturmes, der in den achtziger Jahren von dem verstorbenen König Heinrich auf dem kalkigen Hügel außerhalb der kleinen Stadt errichtet worden war.

Ich suchte von dem dauernden Hin und Her in der Burg Abstand zu halten, so weit das möglich war. Der Himmel war wolkenlos, und so verbrachte ich den größten Teil des Tages im Freien, in einer abgelegenen, sonnenbeschienenen Ecke der Wehrmauer, die die Burg umspannte. Silber war immer an meiner Seite. Oft gesellte sich auch die kleine Mildrad zu mir. Das war einerseits störend, andererseits kurzweilig, denn das vorwitzige Mädchen hielt laufend die neuesten Neuigkeiten für mich bereit.

»Morgen geht es nach London«, sagte sie gerade. Sie hatte sich mit wirren Haaren neben mir auf dem kurzen Rasen niedergelassen und drapierte sich das blaue Leinengewand über die dünn beschuhten Füße. »Wir werden schon im Morgengrauen aufbrechen, sagt Wigald. Dann kommen wir gegen Abend an und nehmen Wohnung im Tower.«

»Im Tower? Du meinst, in London gibt es gerade so einen Wohnturm wie hier?«

Mildrad lachte. »Nein«, gab sie zurück, »der Tower von London ist eine Burg … ziemlich altmodisch, aber geräumig.«

»Ich glaube, ich werde die Sachsen mit ihren seltsamen Ausdrücken und ihrer eigenartigen Sprache nie verstehen«, murmelte ich kopfschüttelnd.

Mildrad hatte meine Antwort nicht zur Kenntnis genommen. »Sieh nur, wie sie wuseln«, erwiderte sie und deutete zu den Gebäuden hinüber, »diesmal ist alles anders …«

Ich ließ den Blick über die weiß gekalkte Mauer des Runden Turmes wandern und betrachtete dann nachdenklich das verschachtelte, aus Balken und Flechtwerk errichtete Nebengebäude, in dem fieberhaft gepackt, verschnürt, gewerkelt wurde. Auch in den Ställen waren Knechte dabei, Sattelzeug in Ordnung zu bringen, alte Riemen durch glänzende neue zu ersetzen, Pferde zu striegeln. Der Anblick unterschied sich nicht sonderlich von allem, was ich bisher gesehen hatte. Im Umkreis der Königin herrschte ja immer Aufbruchstrubel. Doch Mildrad hatte Recht. Heute herrschte eine andere Stimmung.

»Die Königin hat angeordnet, dass alle Pferde neue Satteldecken aufgelegt bekommen«, plauderte Mildrad, ohne sich um meine Schweigsamkeit zu bekümmern. »Es sind sogar pelzverbrämte dabei, denkt Euch nur! Und für alle Männer ihrer Familie gibt es neue Mäntel – die schenkt natürlich Lord Richard. Sogar der kleine William von Braunschweig kriegt ein gesticktes Mäntelchen. Er wird süß darin aussehen – er ist ja erst vier!«

»Im Tower?« kam ich auf Mildrads anfängliche Bemerkung zurück.

Mildrad vollzog den Gedankensprung, ohne mit der Wimper zu zucken. »Da werden wir wohl nächtigen«, erklärte sie mir, »aber es gibt auch noch den Palast von Westminster. Und da finden die Festlichkeiten statt.«

»Ach«, sagte ich geistesabwesend. Es fiel mir plötzlich schwer, Mildrads Geplapper zu folgen.

»Freut Ihr Euch denn nicht ein bisschen?« fragte Mildrad enttäuscht. »Es kommt doch nur einmal im Leben vor, dass ein König gekrönt wird«, fuhr sie begeistert fort, »man kann glücklich sein, wenn man so etwas überhaupt erlebt. Und ich bin schon jetzt gespannt, ob mir mein Anschlag –«

Sie unterbrach sich mitten im Satz und biss sich auf die Lippen. »Was für ein Anschlag?« wollte ich, plötzlich aufgeschreckt, wissen.

»Ach, nichts. Nur ein kleiner Scherz.« Mildrad machte ein

undurchdringliches Gesicht. Aber ich entdeckte ein spitzbübisches Funkeln in ihren blaugrauen Augen.

»Du wirst doch nicht aus der Rolle fallen?« bohrte ich nach. »Immerhin bist du heiratsfähig – da sind kindische Streiche nicht mehr angebracht.«

»Nein, nein«, sagte Mildrad und strich sich mit einem zierlichen Zeigefinger über den Nasenrücken. »Bei der Krönung werde ich ganz brav sein. Ich hab mir nur einen Spaß ausgedacht für den Tanz danach. Damit's nicht so steif und förmlich wird.«

»Ach so.« Ich atmete auf. »Ein Tanzspiel?«

»So könnte man's nennen. Für die jungen Leute.« Mildrad unterdrückte ein Kichern. »Aber die Älteren werden's natürlich auch mitkriegen … und das ist mindestens ebenso wichtig …«

»Ich kann mir nicht vorstellen, dass die Königin an einem Tanzspiel teilnimmt«, murmelte ich.

»Wohl nicht«, sagte Mildrad unbefangen, »aber Aethel und Marguerite. Die Älteren eben.«

Ich fand die Vorstellung, dass eine Achtzehnjährige in Mildrads Augen zu den ›Älteren‹ gehörte, komisch. »Dann ist wohl dein Bruder Wigald schon uralt«, bemerkte ich lächelnd.

»Jedenfalls müsste er längst verheiratet sein«, erwiderte Mildrad mit ernster Miene. »Wenn er noch lange wartet, weiß ich nicht, was aus ihm werden soll.«

»Aber hat er keine Braut?« fragte ich. »Er ist doch ein sehr begehrenswerter Mann. Ich könnte mir denken, dass viele junge Damen –«

»O ja«, sagte Mildrad schnell, »da herrscht kein Mangel – sicher nicht. Er nimmt sich nur mit seiner Wahl so viel Zeit.« Sie warf mir einen intensiven, bedeutungsvollen Blick zu. »Ich glaube, ich werde sehr glücklich sein, wenn er's endlich tut.«

Ich grübelte noch über diese Antwort und diesen Blick nach, als wir gegen Sonnenuntergang des nächsten Tages die Stadt London erreicht hatten. Der Tower, von dem mir Mildrad erzählt hatte, war eine im Quadrat angelegte, vielgeschossige Burg, deren vier Ecken kurze Türme zierten. Silberweiß leuchteten die Mauern, und der Fluss, an dem sie wehrhaft und mächtig aufragte, glänzte ebenso silberhell. Unzählige Löwenbanner flatterten von allen Turmspitzen, Fackeln leuchteten durch den roten Abenddunst, und der königliche Geleitzug wurde schon von weitem mit Fanfarensignalen begrüßt.

Geharnischte und Hunderte von Edelleuten drängten sich zu beiden Seiten des Zufahrtsweges, um den zukünftigen König und der Königinmutter zuzujubeln. Schon jetzt streuten junge Edeldamen Blumen auf den Pfad, den Lord Richard beschritt. Selbst die stolzen angelsächsischen Barone waren gekommen und verneigten sich vor Richard Plantagenet.

Das Gefolge wurde in den engen Räumen des Tower einquartiert. Pagen hasteten und hatten alle Hände voll zu tun. Obwohl der Empfang gut vorbereitet gewesen war, zog während der ganzen Nacht keine Ruhe in den dicken Mauern der Königsburg ein. Überall summten Stimmen, trappelten Schritte, klirrten Becher, klimperte Musik. Lord Richard hielt letzte Unterredungen mit den Großen von England ab – einem Land, das er selbst kaum kennen gelernt hatte und dessen Sprache er nur sehr unvollkommen beherrschte.

Er sei ja schließlich im Poitou aufgewachsen, erklärte mir Mildrad. »Sie nennen ihn deswegen den Poitevin«, sagte sie, »aber die meisten hiesigen Edlen sind auf seiner Seite, weil er gegen König Henry gekämpft hat.«

Das fand ich erschreckend. »Gegen seinen eigenen Vater?«

Mildrad nickte. »Und die hiesigen Barone rechnen es ihm hoch an«, sagte sie. »König Henry hat für viel böses Blut gesorgt, als er noch lebte. Er war es auch, der die alte Alienor gefangen gesetzt hat. Und die alte Alienor war schon immer beim Volk sehr beliebt.«

All dies war mir neu. Ich hatte zwar Bemerkungen über die Gefangenschaft der Königin gehört, doch kannte ich die Zusammenhänge nicht. Jetzt erfuhr ich, dass in der königlichen Familie über lange Zeit allgemeine Zwietracht geherrscht hatte. »König Henry war in seinen letzten Jahren zum Fürchten«, erzählte Mildrad unbefangen, »er hatte mehr Huren und Bösewichter um sich gesammelt als ein Räuberhauptmann. Und das nur, weil die Königin ihn verlassen hatte.«

»Warum hat sie ihn denn verlassen?« wollte ich wissen.

»Wegen Rosemund«, sagte Mildrad nachdenklich.

Ich erinnerte mich an die Rose immonde, die unaussprechliche Rose, von der Alienor zu Anfang unserer Reise gesprochen hatte. »Wann war das?« fragte ich die Kleine.

»Ich glaube, der König lernte Rosemund in dem Jahr kennen, als Prinz John geboren wurde«, sagte Mildrad. »Es war lange vor meiner Zeit.«

Über diese altkluge Bemerkung musste ich lachen. Doch ich wollte mehr über die schicksalhafte Begegnung wissen.

Später, als Mildrad und meine beiden anderen Gefährtinnen schon dicht an dicht in unserem gemeinschaftlichen Bett schliefen, setzte ich mich mit der Lampe an den kleinen Tisch, den unser enges Gemach enthielt. Ich betrachtete die Horoskope der Königin und ihres Gemahls, und ich rechnete die Jahre zurück. Doch ich fand weder bei der Königin noch bei Henri Plantagenet einen Grund, warum sie sich damals auf Grund des Standes der Sterne hätten entzweien sollen. Weder Jupiter noch Saturn hatten ungünstig gestanden. Eine größere Macht musste sie getrennt haben.

François' Worte fielen mir ein: Manchmal gibt das Horoskop keine Erklärung. Dann hat Gott selbst eingegriffen.

Aber war es nicht auch möglich, dass an den Sphären des Himmelsgewölbes weitere Wandelsterne kreisten, die zu fern waren, als dass unsere Augen sie sehen konnten, und deren Stand deshalb nicht zu messen war? So viele Ereignisse kamen plötzlich und unerwartet – selbst für Menschen, die in der Astrologie bewandert waren. Ich würde mit François über diesen Gedanken reden müssen, sobald wir uns wieder sahen. »Liebster«, flüsterte ich sehnsüchtig vor mich hin, »wann wird es sein? Ich vermisse dich allzu sehr …«

Die Luft war voller Glockengeläut. Ich hatte das Gefühl, als könne ich spüren, wie die Schwingen der metallenen Freudentöne mich streiften. Die ganze Stadt war herausgeputzt an diesem sonnigen Septembertag; bunte Tücher und Blumengirlanden schmückten die Fassaden der Häuser, die reichen wie die bescheidenen und ärmlichen. Die Straßen waren mit grünen Blättern bestreut. Tausende seidener Banner rauschten, Trompeten schmetterten, Herolde, von Fanfarenbläsern begleitet, schafften Platz für die Krönungsprozession.

Ich ritt mit den Damen der Königin und war wie betäubt von der Pracht, die die Angehörigen des Hofes entfalteten. Der hohe Adel aus Frankreich und England trug seine schönsten Gewänder. Damen und Herren schillerten in allen Farben des Regenbogens, Gold blitzte, Edelsteine funkelten. Ich musste manchmal die Augen schließen vor all dem Glanz.

Die Spitze des Festzuges bildeten die hohe Geistlichkeit und die Fürsten. Sie hatten Richard Plantagenet an der neu erbauten Sankt Pauls-Kathedrale erwartet und geleiteten ihren König nun zur Kathedrale von Westminster. Die Leute von London, festlich geschmückt, drängten sich in den Straßen. Beifallsstürme brandeten immer wieder auf, Hochrufe schallten, während die Reiter auf tänzelnden Pferden in der Reihe zu bleiben suchten.

Vor der Kathedrale saßen alle ab. Die Damen wurden vom Pferd oder aus der Sänfte gehoben. Ich konnte einen Blick auf die Königin erhaschen, die leuchtend vor Stolz und Freude, angetan mit einem rotseidenen, vor Goldstickereien glitzernden, pelzgefütterten Prunkmantel, neben ihrem Sohn stand. Sie strahlte wie eine zweite Sonne …

Die Krönungsprozession formierte sich neu für den festlichen Einzug in die Kirche. Mildrad, fiebernd vor Begeisterung, sprudelte Erklärungen. »Vorn, gleich hinter den Priestern in ihren weißen Chorhemden, geht Geoffroy de Lucé«, flüsterte sie aufgeregt, »der trägt den Krönungsmantel. Dann kommen Jean le Maréchal mit den goldenen Sporen und sein Sohn Guilleaume, der das Zepter mit dem Kreuz trägt. Patrick of Salisbury hat das Zepter mit der Taube – unglaublich!«

»Was ist daran so unglaublich?« fragte ich verwundert. »Mir scheint, diese Herren sind Vasallen des Königreiches, und –«

»Sie waren dem verstorbenen König Henry treu ergeben«, sagte Mildrad. »Lord Richard muss ihnen verziehen haben – sonst wären sie heute nicht hier, sondern im tiefsten Kerker.«

»Woher weißt du das alles?«

Mildrad zeigte mir ein katzenhaftes Lächeln. »Ich hab doch Augen und Ohren«, sagte sie spitzbübisch.

Langsam setzte sich die Prozession in Bewegung. Die Priester schritten als erste zum Altar in der Mitte des Chors, während die Edlen des Gefolges ihre Plätze einnahmen. Auf einem langen Tisch, getragen von sechs Baronen aus England und Frankreich, wurden die golddurchwirkten Beinlinge, das Leinene Tuch, das Messgewand und der hermelingefütterte Königsmantel hereingebracht. David of Hutingdon, Robert of Leicester und Prinz John trugen die drei Schwerter. Der Graf von Aumale, Guilleaume de Mandeville, brachte auf einem Kissen die edelsteinfunkelnde Krone. Endlich erschien unter einem Baldachin, den vier Lords auf den Spitzen ihrer Lanzen trugen, Richard Plantagenet. Ihm zur Seite schritten die Bischöfe Reginald of Bath und Hugh of Durham.

All diese Namen nannte mir Mildrad, die beständig wie eine Quelle von Informationen überfloss. Unter den Augen der Königin, die von ihrem Gestühl her das Geschehen aufmerksam verfolgte, quasselte die Kleine unbeirrt, obwohl in die Dämmerung der Kathedrale tiefe Stille eingezogen war. »Mildrad«, wisperte ich, »nie und nimmer kann ich mir merken, wie all diese Leute heißen. Erzähl's mir doch später, wenn der Gottesdienst vorüber ist!«

Mildrad sah mich verblüfft an. »Aber Ihr werdet so viele wichtige Menschen nie mehr auf einem Haufen zusammen sehen«, wisperte sie zurück, »ich dachte –«

»Schon gut«, gab ich tonlos zurück, »dann dämpfe wenigstens deine Stimme, sodass die Königin dich nicht hört!«

Mildrad nickte lächelnd. Dann fuhr sie tuschelnd mit ihren Erklärungen fort. »Beinahe sämtliche Bischöfe sind gekommen«, hauchte sie, »da vorn am Altar sehe ich den Erzbischof von Canterbury, den von Rochester, den von Lincoln und den von Chester. Die anderen müssen aus Frankreich sein – die kenne ich nicht. Und jetzt –«

Sie verstummte. Vorn am Altar beugte Richard Plantagenet das Knie. Mit schallender Stimme sprach er den Königseid, sodass alle, die da standen, jedes Wort hören konnten. Er zählte auf, wozu er sich verpflichtete: Gott, der Heiligen Kirche und ihren Dienern alle Tage seines Lebens Ehre und Achtung darzubringen, seinen Völkern Recht widerfahren zu lassen, schlechte Gesetze und Bräuche abzuschaffen und gute zu mehren »... ohne Trug und Arglist«, schloss er seinen Eid.

Ich folgte der Handlung mit staunenden Augen. Richard Plantagenet wurde bis auf Hemd, Broche und Beinlinge entkleidet. Einer der Priester zog ihm goldene Sandalen an, dann trat der Erzbischof von Canterbury zu ihm. »Die Salbung«, flüsterte Mildrad.

Dreifach wurde Lord Richard nun gesalbt – an der Stirn, über dem Herzen und an den Armen. Weisheit, Milde und Kraft sollten die Eigenschaften eines Königs sein. Zum Zeichen dafür, das seine Absichten stets lauter sein sollten, wurde ihm das Leinene Tuch auf den Kopf gelegt. Darüber streifte einer der Priester die seidene Mütze, die Lord Richard üblicherweise trug. Man kleidete ihn jetzt in den Königsrock aus Goldbrokat. Darüber kam das Messgewand, das ich auf dem Tisch gesehen hatte. Zum Zeichen seines Rittertums wurden die goldenen Sporen an seinen Sandalen befestigt. Und endlich legte man ihm den schweren Krönungsmantel um die Schultern.

Richard Plantagenet erhob sich. Er schritt zum Altar. Dort richtete einer der Erzbischöfe die letzte Ermahnung an ihn: »Ich beschwöre dich im Namen des Lebendigen Gottes, die Krone nur zu empfangen, wenn du versprichst, deinen Eid unverbrüchlich zu halten!«

Und Lord Richard antwortete. »Ich werde ihn halten ohne

Falsch – mit Gottes Hilfe!« Er ergriff die auf dem Altar liegende Krone und hielt sie dem Erzbischof hin. Dann kniete er noch einmal nieder und ließ sie sich auf's Haupt setzen. Doch zwei Barone hielten sie fest, zum Zeichen dafür, dass der König ohne seine Lords nicht regieren sollte. Zwei Priester legten das Zepter mit dem Kreuz und das andere, kleinere mit der Taube in seine Hände. Dann schritt Richard Plantagenet zum Thronsessel, gekleidet in die ganze Pracht der Majestät und begleitet von drei Priestern mit Kerzen und den drei Trägern der Schwerter. Der König setzte sich. Die Messe begann.

Ich musste für einen Moment die Augen schließen, als ich zusammen mit all den anderen aus der bunten Dämmerung der Kathedrale wieder hinaus in den strahlenden Sonnenschein trat. Menschenmassen säumten den Platz. Sie brachen in ohrenbetäubendes Hochgeschrei aus, als sich der neu gekrönte König seinem Volk zeigte. Richard Plantagenet warf Münzen unter die Leute, Mädchen streuten körbeweise Sommerblumen, Wolken von weißen Tauben schwangen sich aus Weidenkäfigen in die blaue Luft. Alienor, die Königin, lächelte, winkte. Ihr Lieblingssohn, ihr Stolz und ihre Freude, hatte endlich den Thron von England bestiegen. Für diesen Augenblick hatte sie seit vielen Jahren gelebt.

Ich sah lauter glückliche, strahlende Gesichter. Sogar Prinz John, der an der Seite seines Bruders stand, hatte den Mund zu einem Lächeln verzogen. Aber seine schwarzen Augen lächelten nicht mit. Sein Gesicht blieb selbst dann noch maskenhaft, als eine hübsche junge Dame auf ihn zuschritt und ihre Hand auf seinen Arm legte. »Avis of Gloucester«, informierte mich Mildrad im Flüsterton, »eine der reichsten Erbtöchter von ganz England. Mit der hat die alte Alienor ihn verheiratet.«

»Die Ärmste ist zu bedauern«, murmelte Aethel, die sich mit Marguerite de Bonchamp zu uns gesellt hatte. »Ich weiß nicht, was du hast«, erwiderte Marguerite. »Havise kennt doch ihre Pflichten. Ihre Länder gehören jetzt Prinz Jean. Dadurch ist er weniger neidisch auf den König – c'est ca ...«

Mildrad mischte sich ein. »So weit Wigald wusste, bekommt er auch noch Marlborough, Nottingham, Lancaster und Wallingford. Dazu wird er Graf von Mortain in der Normandie. Wenn das nicht reicht … ›ohne Land‹ kann man ihn jetzt jedenfalls nicht mehr nennen.«

»Gehen wir«, meinte Marguerite de Bonchamp und nahm Aethel beim Arm. Die beiden folgten dem Zug der Höflinge, der sich gemessenen Schrittes zur großen Festhalle begab. Hier waren die Tafeln für das Krönungsmahl gedeckt; die Bürger von London würden ›aus der Flasche‹ bedienen, Winchester lieferte die Speisen. So informierte mich Mildrad augenzwinkernd. »London liefert neben den Flaschen natürlich auch Fässer«, kicherte sie mit einem Seitenblick auf Marguerite, »uns Sachsen wird's gefallen – wir lieben Bier und machen uns nicht so viel aus Wein …«

Damen und Herren wurden im Wechsel an den langen Tischen platziert, je nach Rang weiter oben, in der Nähe der königlichen Familie oder weiter unten, wo Aethel, Marguerite, Mildrad und ich zu sitzen kamen. Man teilte uns junge Herren zu, die Aethel und Mildrad mir vorstellten, um der Höflichkeit Genüge zu tun.

Ich war nicht unglücklich darüber, fern der Königin zu sitzen. Von dem Seitenplatz, den ich einnahm, hatte ich ohne Zweifel einen hervorragenden Überblick und bekam Gelegenheit, all die wundervollen Gewänder zu betrachten, mit denen der Adel prunkte.

Zum Krönungsmahl traten Sänger auf, begeistert willkommen geheißen vom Großteil der Festgesellschaft. Die Königin schien sie alle zu kennen. Und sie war es auch, die in mehreren Liedern angesungen wurde, als sei sie noch eine junge Frau.

Für mich war es das erste Mal, dass ich höfischen Gesang zu hören bekam. Die herrlichen Stimmen begeisterten mich, doch ich hatte Mühe, einigen der Sänger zu folgen. Manche verstand ich überhaupt nicht. »Warum sollte es Euch besser gehen als mir?« wisperte Mildrad mir zu, »die Langue d'oc verstehen wohl die wenigsten in diesem Saal.«

Ich machte ein fragendes Gesicht. »Provenzalisch«, klärte

Marguerite de Bonchamp mich auf. »Croyez-moi, Agnès – mir fällt es ebenso schwer, die Trouvères aus dem Süden zu verstehen.«

Das Mahl zog sich jetzt bereits über den größten Teil des Nachmittages hin, und ich fühlte mich steif vom Stillsitzen. Immer neue Gerichte wurden hereingetragen, immer neue Pokale mit anderen Weinen machten die Runde an der Tafel des Königs. Um mich her stieg die Stimmung mit jedem geleerten Becher. Die jungen Herren, die uns Gesellschaft zu leisten hatten, waren deutlich angetrunken. Dennoch schienen Aethel und Marguerite das zunehmend lockerer werdende Gespräch mit ihnen zu gefallen. Ich dagegen langweilte mich mehr und mehr. Schließlich, als Königin Alienor und König Richard sich von der Tafel erhoben hatten, stand auch ich von meinem Sitz auf. »Ich brauche ein wenig frische Luft«, sagte ich zu den Damen, »ich werde mich einen Augenblick vor die Halle begeben und zuschauen, wie die Bürger feiern.«

»Ich komme mit«, heftete sich Mildrad sofort an meine Fersen. »Draußen ist es bestimmt lustiger als hier bei all den steifen alten Herrschaften.« Und sie warf ihrer Schwester Aethel einen provozierenden Blick zu.

Aethel runzelte einen Herzschlag lang die Brauen. Dann wandte sie sich wieder ihrer Freundin zu. Mildrad und ich gingen, begleitet von Silber, zum Ausgang. Vor der Banketthalle herrschte lautes, fröhliches Treiben. Hier zeigten Gaukler ihre Kunststückchen, Berge von Braten wurden ausgeteilt, Ströme von Bier flossen aus immer neu herangekarrten Fässern. Die Leute tanzten zu den schrillen Klängen von Sackpfeifen und Zinken auf dem mit frischem Laub bestreuten Pflaster. Auch die Bürger von London waren angetrunken, und noch weit mehr als die edlen Damen und Herren in der Festhalle. Mir schien es, als würde hier mitten im Spätsommer das Narrenfest gefeiert.

Mildrad, die sich neben mich gestellt hatte, kicherte leise vor sich hin. »Heilige Jungfrau«, murmelte sie mit lachenden Augen, »wie ich mir manchmal wünsche, ich könnte bei denen mitmachen! Leider steht es außer Frage …«

»Aber wenn die Tafel aufgehoben wird, gibt es ja auch für dich und deinesgleichen eine lustige Abendunterhaltung«, tröstete ich sie. »Es kann nicht mehr lange dauern, dann ziehen die Musikanten ein, die heute zum Tanz spielen, und du wirst noch genug Gelegenheit haben herumzuspringen.«

Mildrad hob den Kopf und sah mich an. In ihren blauen Augen irrlichterte es. »Darauf könnt Ihr wetten«, sagte sie, plötzlich ernst. »Und es werden noch ein paar andere Leute springen. Dafür sorge ich schon.«

Irgendetwas in Mildrads Blick beunruhigte mich. Doch ich wusste nicht, was es sein konnte. Sie hatte sich ein Tanzspiel ausgedacht, so viel hatte sie mir verraten. Aber was führte sie sonst noch im Schilde?

»Mildrad«, fragte ich vorsichtig, »wie meinst du das – andere werden auch springen?«

»Genau, wie ich es gesagt habe«, grinste die Kleine, »sorgt Euch nicht – es ist wirklich ganz harmlos, und außerdem für einen guten Zweck.«

»Einen guten Zweck?«

»Ja. Ihr werdet schon sehen.« Damit war für Mildrad das Gespräch beendet. Sie ließ mich stehen und ging zurück in den Festsaal, wo bereits die Tafeln abgebaut und hinausgetragen wurden.

Ich folgte ihr mit wachsender Besorgnis. Ich entschloss mich, in Mildrads Nähe zu bleiben und die Kleine ein wenig zu überwachen. Möglicherweise konnte ich sie dann im letzten Moment davon abhalten, ihre Teufelei auszuführen – wie immer sie aussehen mochte.

Knechte und Pagen schafften die Bänke samt Sitzpolstern beiseite und stellten sie ringsherum an den Wänden der Festhalle auf. Die Thronsessel der Königin und des neugekrönten Königs kamen auf die Empore an der vorderen Stirnwand des Saales. Dies alles ging schnell und beinahe geräuschlos vonstatten, damit Damen und Herren des Hofes nicht zu lange stehen mussten. Kleine Tischchen wurden herangebracht, auf denen Trinkgefäße ihren Platz bekommen sollten. Schon stimmten die Spielleute ihre Instrumente. Ich sah Fideln, Flöten und Gamben, zwei kleine Pauken und Schellentrommeln und ein sonderbares langhalsiges Saitenspiel, das mir unbekannt war. »Eine Uth«, klärte Marguerite de Bonchamp mich auf, die mit Aethel of Uxbridge zu uns herübergekommen war. »Al Uth, wie sie bei den Sarazenen heißt. So sagte die Königin. Sie hat sich eine mitgebracht, als sie in jungen Jahren Antiochia besuchte.«

»Hier heißt das Ding Laute«, murmelte Mildrad. »Klingt hübsch – wenn man spielen kann.« Und sie schoss Marguerite de Bonchamp einen provozierenden Blick zu.

Marguerite zog einen Schmollmund. »Oh, das werden die Musikanten schon können«, sagte Aethel mit leuchtenden Augen. »Es gibt kein klangvolleres Instrument, um Liebeslieder zu begleiten, als die Laute ...«

»Wie klingt sie denn?« wollte ich wissen.

»Sanft und voll und ein bisschen klagend«, meinte Aethel mit einem träumerischen Blick.

»Oder hart und metallisch«, sagte Mildrad. »Es kommt drauf an.«

Wir ließen uns auf der Bank an der Seite des Saales nieder. Ein Page brachte eins der Tischchen herüber und stellte einen Becher und eine Weinkanne für uns darauf. Noch einige andere junge Damen gesellten sich zu uns. Sie begannen sogleich eine Unterhaltung mit Aethel und Marguerite und suchten auch mich aus Höflichkeit einzubeziehen. Ich tat mein Bestes, Konversation zu machen. Aber mein hauptsächliches Augenmerk galt Mildrad. Denn die hatte noch immer das nichtsnutzige Funkeln im Blick.

Die anwesenden Herren hielten sich zum größten Teil auf der anderen Seite des Saales auf. Sie standen in Gruppen zusammen, tranken und diskutierten. Als die Musik zu spielen begann, lösten sich die Gruppen der Männer erst auf, nachdem die Königin an der Hand ihres Sohnes von der Empore herunterstiegen war, um den ersten Tanz anzuführen.

Es bildeten sich Paare, die Aufstellung nahmen. Aethel und Marguerite waren unter den ersten Damen, die aufgefordert wurden. Selbst die kleine Mildrad hatte durch lustiges Augenzwinkern einen der Pagen herangelockt und reihte sich ganz hinten am Ende der doppelten Schlange ein. Ich versagte einem der jungen Edelleute den Tanz und schickte ihn, der jetzt verständnisvoll aber dennoch enttäuscht lächelte, auf seinen Platz zurück. Mir stand der Sinn nicht danach, meinen ohnehin schon schmerzenden Fuß noch mehr zu strapazieren.

Die Tänzer setzten sich in einer Bassa Danza langsam schreitend in Bewegung. Die getragene Melodie entsprach meiner Stimmung. Den Text des Liedes, das von einigen der jungen Damen mitgesungen wurde, konnte ich nicht verstehen. Vielleicht war auch er wieder in der Langue d'oc abgefasst, die an Alienors Hof so gebräuchlich war.

Ich bewunderte die Eleganz, mit der die Königin alle Figuren der Bassa Danza meisterte. Sie war von allen Damen die schönste, trotz ihres Alters. Keine konnte sich so voller Grazie wiegen, konnte in so vollendeter Harmonie mit der Musik einherschreiten und so biegsam die sparsamen Bewegungen ausführen wie sie. Ich bemerkte, dass alle im Saal wie gebannt der tanzenden Königin folgten, die schwerelos den Reigen führte. Und ich verstand erst jetzt, warum die Minnesänger sie und nicht eine jüngere Frau angesungen hatten. Alienor d' Aquitaine war die Dame der Damen – immer noch.

Die Königin und ihr Sohn der König nahmen noch an zwei weiteren Tänzen teil. Ein mildes, dem Mondschein ähnliches Strahlen schien heute Abend von Alienor d' Aquitaine auszugehen, und mir fiel die Geschichte von Melusine wieder ein, die mir Marguerite de Bonchamp erzählt hatte. »Diese Wasserfee soll Alienors Mutter sein«, hatte sie berichtet, »so heißt es in den Geschichten, die man sich über die Königin erzählt.« Und jetzt, wo ich sie in ihrem Element sehen konnte – schön und geheimnisvoll lächelnd –, glaubte ich es fast auch. Alienor war bezaubernd.

Nach dem dritten Tanz führte der König seine Mutter zurück auf die Empore, wo sie auf ihrem Thronsessel Platz nahm. Ich bemerkte, wie Mildrad zu den Musikanten hinüberhuschte und einem von ihnen etwas ins Ohr flüsterte. Dann lief sie zu ihrem Pagen zurück. Auf ihrem strahlenden Jungmädchengesicht lag ein ausgesprochen spitzbübisches Grinsen.

Die Musik setzte wieder ein. Ich hörte eine Melodie, die in den letzten Tagen überall, in den Ställen, auf den Höfen, in den Küchen und Wohngemächern gesummt, gepfiffen und geträllert worden war. Jeder schien das Lied zu kennen – die Spatzen pfiffen es von den Dächern.

Die jungen Herrschaften, die jetzt die Mitte des Saales allein einnahmen, lächelten denn auch entzückt und formierten sich von neuem. Die Melodie – hüpfend und fröhlich – wurde in Schritten und kleinen Sprüngen getanzt. Kein Wunder, dass Mildrad ausgerechnet sie ausgewählt hatte. Ich konnte die Verse, die laut mitgesungen wurden, einigermaßen verstehen, denn dank Mildrad war mir nun auch die englische Sprache nicht mehr völlig fremd.

»Lady fair«, sangen die Herren unter rhythmischem Händeklatschen, »Lady fair,

courting you I do not dare
till you dign
me a sign,
that your sweet love will be mine!«

Ich übersetzte im stillen: Schöne Dame, schöne Dame, ich wage es nicht, Euch den Hof zu machen, bis Ihr mir ein Zeichen gebt, dass Eure zarte Liebe mir gehören soll.

Die Strophe wurde nun wiederholt. Die Männer setzten auch an, aber ich hörte plötzlich eine laut dazwischen schallende, silberhelle Stimme, die etwas ganz anderes sang:

»Lady fair, Lady fair,
I would make you Lady Clare –
but alas,
I'm an ass,
that's why nothing came to pass!«

Ich presste die Hand auf den Mund. Es war Mildrad gewesen, die die Wiederholung der Strophe so lauthals herausgeschmettert hatte. Und Mildrads Text lautete: Schöne Dame, schöne Dame, ich würde Euch gern zu Lady Clare machen –

aber, ach, ich bin ein Idiot. Deshalb ist bis jetzt noch nichts daraus geworden …

Mit gelindem Schrecken sah ich, wie einige der jungen Herren ebenfalls die Hand auf den Mund pressten, und zwar, um ein Lachen zu unterdrücken. Einige drehten auch die Köpfe zum Seitenausgang der Halle und lachten laut heraus. Ich folgte ihren Blicken. Da stand der hoch gewachsene, blonde junge Mann, der bei unserer Ankunft in Portsmouth so schwärmerisch zu Aethel of Uxbridge herübergeschaut hatte. Aedwin of Clare war rot angelaufen und starrte entsetzt zu den Tanzenden herüber. Ich wunderte mich nachträglich, warum er nicht am Tanz teilnahm.

Inzwischen spielte die Musik die zweite Strophe des Gassenhauers, der von den jungen Damen zu singen war:

»My good Lord, my good Lord,
Jesting I cannot afford.
I'd feel free
lovin thee
only, if thou'd marry me!«

Mein guter Herr, übersetzte ich für mich, mein guter Herr, ich kann es mir nicht erlauben, zu scherzen. Ich würde mich erst frei fühlen, Euch zu lieben, wenn Ihr mich heiratet.

Die jungen Damen sangen händeklatschend die Worte, während verschiedene erwartungsvolle Blicke an Mildrads Lippen klebten. Ich hatte den Eindruck, als warteten alle gespannt, wie diese Strophe wohl abgewandelt würde. Nur Aethel of Uxbridge war blass geworden und kam sogar aus dem Tritt, während die letzte Drehung getanzt wurde.

Jetzt setzten die Musikanten zur Wiederholung an. Wieder hörte ich Mildrads Stimme hell und klar aus allen anderen Stimmen heraus:

»My good Lord, my good Lord –
waiting you cannot afford!
Aethel's free,
don't you see?
And she tells you: marry me!«

Ich konnte nicht anders – ich musste jetzt auch lachen, während ich mir die Übersetzung der Strophe zusammenstückelte: Lieber Herr, lieber Herr, zu warten könnt Ihr Euch nicht mehr leisten. Aethel ist frei – seht Ihr das nicht? Und sie sagt Euch: Heirate mich!

Die jungen Damen unterbrachen den Tanz. Die Reihe kam ins Stocken und Stolpern. Aethel starrte ihre kleine Schwester in höchstem Entsetzen an, aber sie brachte keinen Ton heraus. Die Musik verstummte, alle im Saal schienen wie mitten in der Bewegung erstarrt. Dann schlug Aethel die Hände vor das Gesicht und machte einige schnelle, fluchtartige Schritte zur Seite, während die Damen zu kichern begannen. Marguerite de Bonchamp war die einzige, die nicht belustigt, sondern mitleidig und empört dreinschaute.

Aethel kam nicht weit. Aedwin of Clare stand plötzlich in ihrem Fluchtweg. Und er streckte die Arme aus, um sie aufzuhalten.

Aethel blieb stehen, zitternd wie ein gestelltes Wild, und senkte den Kopf tief. »Bitte, Lord Aedwin«, flüsterte sie erregt, »lasst mich durch … Ihr müsst verstehen, dass ich niemals so etwas gebilligt … und dass ich von alledem nichts gewusst habe … und –«

Ihre Wisperstimme war schon deutlich zu verstehen gewesen. Doch Aedwins gedämpfte Stimme klang in die entstandene Stille hinein so laut wie ein Donnerrollen: »Werdet Ihr mir Eure Hand reichen – falls der König und die Königin einwilligen?« Und er kniete vor Aethel nieder.

Aethel sah aus, als wolle sie auf der Stelle tot umfallen. Ihr Gesicht war Besorgnis erregend blass. Sie schien nicht in der Lage, irgendetwas zu erwidern. In diesem Augenblick machte sich Mildrad unwillig von dem Pagen los, der sie noch vom Tanz an der Hand gepackt hielt, und schritt wie eine zornige Schicksalsgöttin kerzengerade auf ihre Schwester zu. »Um Himmels willen, Aethel«, rief sie erbost, »sag doch endlich ja! Diese Gelegenheit kommt ganz sicher nie wieder!«

Aethel knickten die Knie ein. Aedwin of Clare schoss hoch, fing seine Angebetete auf, schaute ihr ins Gesicht.

»Aethel«, flüsterte er, »liebste Aethel … willst du mir die Ehre –«

»O ja!« Aethel fiel Aedwin of Clare einfach in die Rede. Und diesmal kam ihre Antwort nicht mehr im Flüsterton. Jeder konnte sie hören: »O ja! Oh … Aedwin …!«

Nach Mildrads erleichtertem Jubelschrei schallte dröhnendes Gelächter durch den Saal. Ich konnte die Stimme der Königin heraushören. Für sie hatte die Szene so viel Komik, dass ihr vor Lachen die Tränen in den Augen standen.

20

Natürlich hatten König und Königin dem Heiratsbegehren Sir Aedwins of Clare sofort zugestimmt. Ab sofort galt alle wohl wollende Aufmerksamkeit Aedwin und Aethel, der zukünftigen Lady Clare, was aber die lustige Gesellschaft der jungen Leute nicht davon abhielt, zur allgemeinen Belustigung Mildrads veränderte Tanzliedstrophen wieder und wieder abzusingen. Die beiden Verliebten mussten sich das wohl oder übel gefallen lassen. Doch sie trugen den freundlichen Spott mit Haltung.

Ich fand es erstaunlich, wie die scheue Aethel sich verändert hatte. An der Hand ihres zukünftigen Gemahls führte sie ab dem Augenblick, in dem sie ihre Heiratserlaubnis erhalten hatte, mit strahlendem Lächeln und glänzenden Augen den Reigen – eine Ballkönigin, die vor Glück schwebte. Sie trug den Kopf auf einmal stolz erhoben, scherzte mit den anderen, war die schönste Blüte im Bouquet der anwesenden jungen Damen. Noch als ich kurz nach der Königin die Halle verließ, um mich für die Nacht zurückzuziehen, sah ich sie mitten im Wirbel einer Alta Danza, eines schnellen, gesprungenen Tanzes, bei dem die Gewänder aufregend hochwirbelten und den ich der früher so schüchternen und zaghaften Aethel nie zugetraut hätte.

So sehr ich mich für sie freute – ich brachte es nicht länger fertig, ihr Glück ohne eigenen Schmerz anzusehen. Tief in meine sehnsüchtigen Gedanken an François eingesponnen wanderte ich den langen, überwölbten Korridor entlang, an dessen hinterem Ende nach Angabe eines Pagen meine Schlafkammer hergerichtet war. In diesem Teil des Palastes von Westminster gab es viele Korridore und viele Kammern. Ich hoffte, die richtige zu finden und eine Weile allein zu sein, bevor meine Zimmergenossinnen vom Festsaal hereinrauschten und es mir unmöglich machten, meinen Träumen nachzuhängen.

Ich humpelte langsam voran. Die wenigen Öllampen, die alle zwanzig Schritte an Ketten von der Decke hingen, verbreiteten nur wenig trübes gelbes Licht. Meinen Augen fiel es schwer, sich von dem Glanz, den Hunderte von Kerzen im Festsaal ausgestrahlt hatten, auf den hier herrschenden Mangel an Helligkeit umzustellen. Selbst die leuchtenden Farben, mit denen die Wände ausgemalt waren, wirkten braun und stumpf. Und die Schatten, die die Pfeiler warfen, waren tiefschwarz.

Ich hatte das Ende des Korridors beinahe erreicht, als sich plötzlich aus einer Mauernische eine Gestalt löste und auf den Gang trat. Das Licht der Lampe, die einige Schritte weiter an der Decke flackerte, beleuchtete die scharfen Züge Prinz Johns.

»Welch hübsche Überraschung«, näselte er. »Die neue Hofdame – von der niemand die Herkunft kennt. Ihr seid mir sehr willkommen!« Seine Stimme klang angetrunken.

Ich deutete einen Knicks an, während mein Herz einen ängstlichen Sprung tat. »Gott zum Gruß, königliche Hoheit«, erwiderte ich, »ich bin Agneta von Rabenstein – es täte mir leid, wenn man Euch meinen Namen nicht genannt hätte …«

»Es täte ihr Leid«, spottete der Prinz und baute sich vor mir auf, sodass ich nicht an ihm vorübergehen konnte. »Die Entschuldigung ist nicht gut genug. Ich fordere Wegezoll – Ihr wisst schon, was angemessen wäre!«

»Wegezoll?« Ich starrte ihm in das weingerötete Gesicht. »Nein – mir ist ganz unklar, was Ihr damit sagen wollt. Wenn Ihr –«

Weiter kam ich nicht. Prinz John packte mich an den Schultern und schob mich gegen die Wand. Sein ganzes Gewicht presste plötzlich gegen meinen Körper und nagelte mich fest, während seine Hände fummelnd mein Gewand zu heben versuchten. »Es wird dir gleich klar werden«, zischte er, während sein Atem wie eine widerliche Wolke mein Gesicht streifte, »lass mich nur erst unter deine Röcke –«

Ich war so erschrocken, dass ich für einen Augenblick das Atmen vergaß. Doch ich wagte eine Gegenwehr. »My Lord«, flüsterte ich mit angstvoller Stimme, »Ihr habt zu viel getrunken – lasst mich gehen. Ich bitte Euch …!«

Er lachte heiser. Sein Atem stank. Seine linke Hand fummelte weiter, während er mit der rechten seine eigene Kleidung zu öffnen suchte. »Ich bitte dich nicht«, schnaufte er erregt, »ich fordere … und du wirst es mir kaum verweigern können, niedlicher kleiner Krüppel!«

Ich begann zu zittern. Mit aller Kraft versuchte ich, ihn wegzuschieben. »My Lord«, beschwor ich ihn, »besinnt Euch doch! Ihr wisst ja nicht, was Ihr tut!«

»O doch«, keuchte Prinz John, »und es ist eine aufregende Vorstellung, einmal einen Krüppel zu besteigen …!« Er hatte es geschafft, mir die Röcke bis zur Taille hochzuschieben, und drang nun auf mich ein. Ich fühlte den Druck seines Körpers auf meiner Haut. Seine heißen Hände streiften meine Schenkel.

Ich spürte, wie meine Knie nachgaben. Ich besaß nicht die Muskelkraft, mich gegen diesen Schurken zu verteidigen. Ein letztes Mal setzte ich ihm Widerstand entgegen, doch er hielt mich mit Leichtigkeit an die Wand gepresst. »Ja … zapple nur«, zischte er, »ich liebe es, wenn sich die Weiber wehren … das macht die Sache erst wirklich spannend!«

In diesem Augenblick hörte ich hinter mir auf dem Gang den schnellen Galopp von Hundepfoten. Blitzschnell schoss ein schlanker, hochbeiniger Schatten heran und stürzte sich auf meinen Angreifer. Prinz John unterdrückte einen Schrei, der halb durch Überraschung, halb durch Angst hervorgerufen wurde, und ließ mich los. Ich schob mich von der Wand weg und begann mit zitternden Fingern mein Gewand zu ordnen. Ich war zu verstört, um einen klaren Gedanken fassen zu können.

»Ruf deine Bestie zurück«, knirschte Prinz John mit deutlicher Furcht in der Stimme, »oder du bereust es!«

Ich versuchte krampfhaft, zu Atem zu kommen. Silber hatte ihn am Ärmel gepackt und knurrte immer noch. Ich sah die weißen Hundezähne im Schein der Lampe blinken. »Lass ihn, Silber«, flüsterte ich in neuem Schrecken, »lass ihn – es ist gut …« Gleichzeitig drückte ich mich an der Wand entlang, den Korridor hinauf. Ich konnte den Blick nicht von meinem Angreifer abwenden.

Der Hund ließ Prinz Johns Ärmel fahren. Dann sprang er mit wenigen Sätzen zu mir herüber. Ich schlotterte am ganzen Leibe. Ohne nachzudenken legte ich die Hand auf die Klinke der nächsten Tür zur Rechten und trat mit meinem Hund einfach in die dahinter liegende Kammer ein, während der Prinz schwankend und leise fluchend auf dem Gang stehen blieb.

Ich tat ein paar tiefe, zitternde Atemzüge. Kaum, dass ich wahrnahm, was sich in dem Gemach befand. Ein riesiger Strauß bunter Gartenblumen stand auf einem kleinen Kastentisch aus poliertem Holz. Daneben glänzten eine vergoldete Kanne mit schlankem Hals und ein silberner Becher. Der Fußboden war mit ausgestreuten Blütenblättern bedeckt, die einen warmwürzigen, sommerlichen Duft verbreiteten. In der Ecke stand ein mächtiges Bett mit einem Baldachin und Vorhängen aus scharlachrotem Tuch. In einem üppig gepolsterten hochlehnigen Sessel am Fenster, milde beleuchtet von einem Kandelaber, saß – Königin Alienor.

Ich blieb stocksteif stehen. »Ma Dame …« brachte ich heraus, »ich wusste nicht, dass dies Euer Gemach …«

»Ich grüße dich, mein Kind«, sagte die Königin, »hat dir das Fest nicht gefallen, dass du dich jetzt schon zurückziehst? Du siehst echauffiert aus.«

Ich spürte, wie ich auf den Füßen zu schwanken begann. »Ich wollte …« stammelte ich hilflos, »ich hatte …«

»Komm, setz dich her zu mir«, unterbrach mich die Königin und widmete mir einen ernsten Blick. »Du hast etwas auf dem Herzen. Nein, streite es nicht ab. Erzähle mir lieber, was es ist.« Sie deutete auf einen Schemel, auf dem ein rotes, dickes Kissen lag. »Ich verspreche, ich werde aufmerksam zuhören.«

Die Königin war die Letzte, der ich unbefangen von meinem Erlebnis erzählen konnte. Dennoch folgte ich wie unter Zwang ihrer Anweisung und ließ mich auf dem Schemel nieder. »Jemand hat versucht, mir Gewalt anzutun«, flüsterte ich.

Die Augen der Königin öffneten sich weit. »Wer war es?« fragte sie schnell.

»Ich … ich konnte sein Gesicht nicht erkennen«, log ich. »Es war zu dunkel auf dem Korridor … aber mein Hund hat ihn vertrieben …«

»Dann beschreibst du mir eben, was du erkennen konntest«, forderte die Königin streng. »Ich werde alles daransetzen, den Burschen zu finden und zu bestrafen. Ich dulde nicht, dass –«

»Ma Dame«, fiel ich ihr in die Rede, »es gibt Hunderte, die wie dieser Mann aussehen, und –«

»Hat er wenigstens etwas gesagt?« unterbrach die Königin, »würdest du ihn vielleicht an seiner Stimme wieder erkennen?«

Ich log noch einmal. »Nein«, murmelte ich, »er hat mich lediglich an die Wand gedrückt. Er sagte kein Wort. Jetzt ist er weg, und wir werden nie wissen, wer er war.«

Die Königin schüttelte den Kopf. »Trotz alledem«, sagte sie, »versuche dich an irgendetwas zu erinnern, was uns auf seine Spur bringen könnte. Ich möchte nicht solche Ungeheuer an meinem Hof beherbergen. Wirst du das tun?«

Ich nickte stumm. Ich wollte nicht weiter über mein hässliches Erlebnis sprechen.

Alienor merkte das natürlich sofort. Sie gestattete mir, das Thema fallen zu lassen. »Nimm dir einen Becher Wein«, gebot sie sanft, »es ist ein sehr guter aus meiner Heimat. Er wird dich beruhigen und deine Seele aufheitern.«

Ich schenkte mir ein wenig in den Silberbecher. Dann nippte ich vorsichtig. Der Wein war dunkel wie Blut. Er schmeckte herb und voll. Ich hatte solch einen Wein noch nie getrunken.

Die Königin sah mich erwartungsvoll an. »Ist er nicht wunderbar?« wollte sie wissen.

Ich musste das bestätigen. Ich fühlte, wie Wärme mich durchströmte. »Und er kommt aus Eurer Heimat?«

Alienor d' Aquitaine lächelte wehmütig. »Er wurde gekeltert in dem Jahr, als ich mich von Louis trennte«, sagte sie leise, »das ist lange her …«

»Louis?« Ich konnte mit diesem Namen niemanden verbinden.

»Er war der König von Frankreich, und ich seine Königin«, murmelte Alienor und schaute in die Flammen der Kerzen, die im Leuchter langsam niederbrannten.

Ich öffnete die Augen weit. »Ihr wart einmal Königin von Frankreich?«

Alienor nickte langsam. »Ich war fünfzehn«, murmelte sie wie im Traum, »ich trug ein Hochzeitskleid aus rotem Scharlach, damals in der Kathedrale von Bordeaux, und Louis war entsetzlich schüchtern.« Sie lächelte. »Er war unsterblich in mich verliebt«, fuhr sie leise fort, »und ich brachte Unruhe in sein Leben.«

»Fünfzehn«, murmelte ich, das Horoskop Alienors vor meinem inneren Auge, »da hatte Saturnus seine erste Opposition erreicht.«

»Was heißt das?« Die lichtbraunen Augen der Königin ruhten fragend auf mir. »Erkläre, Agnès.«

»Saturn braucht siebeneinhalb Jahre, um ein Viertel des Tierkreises zu umrunden«, sagte ich und erwiderte ihren Blick, während ich Ruhe zu bewahren suchte. »In fünfzehn Jahren legt er die Hälfte zurück. Wenn aber die Zeit der Opposition erreicht ist, fühlt der Mensch sich rebellisch, möglicherweise auch stärker als er ist. Er will Macht ausüben, obwohl ihm dazu die Umsicht fehlt –« Ich biss mir auf die Lippe. »Doch Ihr«, fügte ich hastig hinzu, »Ihr wart sicher schon als junges Mädchen klug genug, Eure gottgegebene Macht nicht zu missbrauchen!«

Die Königin wandte den Blick von mir ab und starrte ins Leere. »Sicherlich übte ich Macht über Louis aus ...« flüsterte sie.

»Ihr sagtet, er liebte Euch«, erwiderte ich und bemühte mich um unverfängliche Worte. »Das wundert niemanden, der Euch kennt. Doch Fehler werdet Ihr im Umgang mit ihm nicht begangen haben ... wenigstens keine schwer wiegenden ...«

Alienor d' Aquitaine schloss die Augen und schüttelte langsam den Kopf. »Vitry«, flüsterte sie mit schmalen Lippen. »Ich war es, die Louis zur Belagerung der Stadt aufstachelte … und als sie sturmreif war, habe ich seinen Zorn auf die Bürger zu heller Glut angefacht. So viele, die in der Kirche verbrannten …«

»Wie alt wart Ihr da?«

»Im zweiundzwanzigsten Jahr«, sagte Alienor tonlos.

»Das obere Quadrat des Saturn. Konflikte, Entscheidungen – oft falsche.«

»Sie nannten mich die tolle Königin«, bestätigte Alienor, »und sie hatten Recht. Ich war dumm, selbstsüchtig und stolz darauf, dass ich Louis so vollkommen beherrschte.« Sie seufzte. »Ja«, fügte sie hinzu, »er war vernarrt in mich und tat alles, was ich wollte. Er führte meinetwegen unsinnige Kriege mit seinen Vasallen, und die Sache mit Peronille …«

Ich sah sie fragend an. Sie gab Auskunft. »Meine kleine Schwester wollte unbedingt einen ganz bestimmten Mann. Doch der war verheiratet. Ich verschaffte ihr den Angebeteten trotzdem. Darüber ging die Champagne in Flammen auf.« Ihre Augen schlossen sich für einen Moment. »Dann mischte Bernard sich ein«, fuhr sie fort, »und alles wurde anders.« Sie lachte leise. »Ich war auf einmal mit einem Mönch verheiratet.«

»Wer ist Bernard?«

»Bernard de Clairveaux«, sagte die Königin gedankenverloren. »Suger, der Abt von Saint Denis hatte zwar immer großen Einfluss auf Louis, aber es war Bernard, der den König von Frankreich zum Mönch machte. Wir nahmen beide das Kreuz, Louis und ich – er aus Frömmigkeit, ich aus Neugier auf den Orient. Das war drei Jahre nach der Einweihung von Sugers neuer Abtei. Marie war gerade zwei.«

Ich erinnerte mich an den Kreuzzug, bei dem mein Großvater umgekommen war. Unter Kaiser Konrad war er damals ins Heilige Land gezogen und irgendwo in einer Wüste gefallen. »Ihr habt das Kreuzheer begleitet – als Frau?« fragte ich ungläubig.

»O ja«, lächelte die Königin, »und zwar in großem Stil – mit großem Gefolge. Ich hatte all meine schönen Dinge dabei – meine Gewänder, meinen Putz – eben alles, was ich zu brauchen glaubte. Und die anderen Damen, die ich zum Kreuzzug geladen hatte, hielten es nicht anders. Der Wagenzug war riesig und bewegte sich mit schneckenhafter Langsamkeit.« Sie lachte leise. »Die Kirchenmänner nannten unsere Lager ›castra non casta‹ – unkeusche Lager.«

»Warum?«

»Das war wegen der vielen Dienstmägde«, erklärte die Königin, »wegen des heimlichen Hin und Her nachts zwischen den Zelten …« sie zuckte die Achseln. »Wir waren jung«, fügte sie hinzu, »wir wollten Abenteuer erleben. Und in Byzanz wie auch später in Antiochia erlebten wir sie. Nie werde ich den Luxus vergessen, die Badehallen, die marmornen Brunnen, die raffinierten Speisen und die verfeinerten Sitten …«

»Ihr sagtet, Ihr hättet Euch von Louis getrennt«, forschte ich. »Dann ist der König von Frankreich auf dem Kreuzzug gefallen?«

»Nein«, widersprach die Königin, »Louis starb erst anno elfhundertachtzig. Getrennt haben wir uns aber schon, nachdem Suger gestorben war …«

»Der Abt von Saint Denis?« Ich konnte in den erzählten Bruchstücken ihres Lebenslaufes keinen inneren Zusammenhang finden. »Wie passt das alles zusammen?«

Die Königin blickte auf ihre Hände. »Wir hatten uns auseinander gelebt«, murmelte sie gedankenverloren. »Eigentlich waren wir nie füreinander geschaffen. Als wir von der Pilgerfahrt ins Heilige Land zurückgehrt waren, gelang es Suger noch einmal, uns zu versöhnen, und Alix wurde geboren. Aber dann kam der Sommer, und ich sah Henri zum ersten Mal, und … ach, das liegt lange zurück …«

»Henri?«

»Henri Plantagenet.« Die Königin schloss die Augen und lächelte wie in einem fernen Traum. »Er war der strahlende Sieger des Turniers. Er hatte meine Farben getragen, und sein Vater Geoffroy le Bel war mein Vasall im Anjou. Es gab einen Streit zu schlichten zwischen dem Plantagenet und Louis. Dabei erblühte unsere Liebe. Ich erwählte Henri, und er erwählte mich. Im Mai des folgenden Jahres reichte ich ihm endgültig meine Hand …«

»Aber wenn Ihr bereits die Gemahlin des Königs von Frankreich wart, wie habt Ihr dann die Möglichkeit gefunden, einen anderen zu heiraten?«

Alienors Lächeln vertiefte sich. »Es gibt viele Arten, eine Ehe aufzulösen«, sagte sie leise, »wir waren zu nahe verwandt, Louis und ich.«

»Zu nahe verwandt?« Die Worte der Königin wurden mir immer unverständlicher. »Wie kann das sein? Das hätte doch schon früher auffallen müssen, als Ihr den König von Frankreich zum Gemahl nahmt ...«

»Mein Stammbaum hatte sich in der Zwischenzeit verändert«, sagte Alienor trocken. »Der Papst war jedenfalls einverstanden mit der neuen Fassung.«

»Und der König von Frankreich hat Euch so einfach gehen lassen?« Mir schwirrte der Kopf von all dem Unglaublichen, das ich erfahren hatte.

»Wie hätte er mich halten sollen?« Alienor nahm meine Hand und tätschelte sie, wie man einem kleinen Kind die Hand tätschelt. »Suger war tot. Niemand hätte mich also mehr zur Umkehr überreden können. Das Konzil von Beaugency erklärte mich für frei und ledig. Im April zog ich mich in meine Erblande zurück, nach Poitiers, und dann ...« Ihre schlanken Finger schlossen sich plötzlich fest um meine Hand. »Ich war auch einmal die Königin eines Apriltages«, flüsterte sie.

Ihre letzten Worte taten mir weh. Meine Sehnsucht nach François und nach den wundervollen Sommertagen des vergangenen Jahres flammte neu auf, doch Alienor d' Aquitaine hatte Tränen in den Augen. »Die schöne Königin von Frankreich und der junge Herzog von Anjou«, wisperte sie, »wir waren in aller Munde. Wie eine Hure hätte ich mich aufgeführt, meinten die einen. Königin der Troubadoure nannten mich die anderen. Sie kamen alle nach Poitiers, um unsere Liebe zu feiern, die Sänger von Rang und Namen – Bernard de Ventadorn, Chretien de Troyes, Bertrand de Born, Marcabru ... ich war noch nicht dreißig, und Henri Plantagenet hatte gerade seinen neunzehnten Geburtstag gefeiert ...«

»... und Saturn hatte bei Euch zum ersten Mal den Kreis

vollendet«, murmelte ich, »da gibt man dem Leben eine neue Richtung, und zwar aus eigenem Willen. Es geschieht zwischen achtundzwanzig und dreißig.«

Die Königin schien mich nicht gehört zu haben. »Was für ein Paar wir waren«, murmelte sie, »niemand hätte es uns gleichtun können – erst recht nicht, nachdem Henri den englischen Thron geerbt hatte. Wir waren unbeschreiblich glücklich …« Sie schluchzte auf und legte beide Hände vor das Gesicht. »Gott verzeihe mir«, hauchte sie tonlos, »ich glaube, ich habe Henri mehr geliebt als ich gedurft hätte …«

Ich war bestürzt. Noch nie hatte ich Alienor d' Aquitaine so unbeherrscht gesehen. In diesem Augenblick bot sie sich meinen Blicken nicht als die unverwundbare, strahlende Königin dar, die hoch über allem thronte, sondern als eine Frau mit gebrochenem Herzen. Außerdem merkte ich, dass sie sehr betrunken war. Sie hatte während unseres sonderbar einseitigen Gespräches, das ich eher wie ein Verhör geführt hatte, den Becher schon mehrere Male geleert. Obwohl ihre Stimme nichts verriet, war ihre Hand unsicher, als sie sich jetzt wieder nachschenkte.

»Ma Dame«, begann ich zaghaft, »solltet Ihr nicht lieber –«

»Mit sechsunddreißig hatte ich jedenfalls den Gipfel meines Glückes erreicht«, unterbrach mich die Königin. Sie schien sich gefasst zu haben und wollte offenbar, dass ich das Verhör fortsetzte. »Henri Plantagenet gewann die Krone von England, wir hatten Söhne – im Gegensatz zu Louis, dem aus seiner zweiten Ehe wieder nur eine Tochter geboren wurde, und überhaupt …« Sie tat einen tiefen Zug aus ihrem Silberbecher. »Wir teilten die Macht«, fuhr sie fort, »verstehst du, Kind, was das heißt? Wir waren zwei Menschen mit gleichen Rechten und Pflichten. Es war das Wunderbarste, was man sich vorstellen kann. Wenn Henri in England weilte, regierte ich in Aquitanien, und wenn er seine Länder bereiste – Anjou, die Normandie und die Bretagne – dann war ich Königin in England. Es war eine festliche, aufregende Zeit, und unsere Nächte …«

Sie verstummte. Neue Tränen rannen über ihre immer

noch faltenlosen Wangen. Mit Verwunderung sah ich, dass sie selbst in ihrer Trauer schön war. Wie Juwelen schmückten die Tränen ihre langen Wimpern.

»Wenn man sechsunddreißig ist, hat Jupiter zum dritten Mal den Kreis umrundet«, murmelte ich. »Alle zwölf Jahre, wenn er seinen Platz im Horoskop berührt, ergeben sich neue Möglichkeiten, das Leben zu gestalten. Jupiter wird auch das Große Glück genannt – Fortuna Maior. Bei Euch –«

Alienor brachte mich mit einem langen Blick zum Schweigen. »Wenn das so ist«, sagte sie mit schleppender Stimme, »dann hat er seinen Namen nicht verdient. Denn mit achtundvierzig habe ich endgültig den einen Menschen verloren, der mir alles bedeutete.«

Eine der Kerzen im Kandelaber war völlig heruntergebrannt. Der letzte Rest des Dochtes verlosch mit einem Zischen, und die Schatten der Nacht rückten näher. »Ich sollte neue Lichte aufstecken«, sagte ich.

Alienor ging nicht auf meine Bemerkung ein. Ihre Augen blickten in eine ferne Vergangenheit. »Genaugenommen«, fuhr sie fort, »zerbrach unsere Liebe in dem Jahr, als ich Jean trug. Ich ging schwanger mit Henris letztem Kind, als er –«

»La rose immonde«, erinnerte ich mich wispernd.

Die Königin wandte mir das Gesicht zu. Ihre Tränen waren versiegt. Ihre Augen funkelten jetzt wie die einer Raubkatze. »O ja, sie war schön«, sagte sie, »aber ich war es auch – selbst da noch. Und ich kann sagen, meine Schönheit hatte nichts Kränkliches, wie die von Rosemonde. Bis heute kann ich nicht verstehen, warum Henri dieses blasse, blutleere Mädchen mir vorzog! Sie war all das, was ich nicht war. Sie war wie eine unterentwickelte Pflanze, die lange Zeit kein Sonnenlicht gesehen hat – wie eine bleiche Lilie, die nichts Stärkeres als den Mondschein erträgt. Und sie hat ja auch nicht lange gelebt …«

Den letzten Satz hatte sie mit einer gewissen Genugtuung ausgesprochen. »Woran ist sie denn gestorben?« fragte ich zögernd.

Alienor zuckte die Achseln. »Was weiß ich«, warf sie geringschätzig hin, »vielleicht war sie nicht Weibs genug, um

Henri ein Kind zu gebären – obwohl er weiß Gott in seinem Leben genügend Bastarde gezeugt hat. Jedenfalls hat sie sich, als ich schon gefangen war, zum Sterben in irgendein Kloster verkrochen. Sie besaß nie die Kraft, meinen Platz wirklich auszufüllen. Und doch – sie war die einzige von Henris vielen Liebschaften, die mich von seiner Seite verdrängen konnte.«

»Wie war das möglich?«

»Es lag an mir«, gab Alienor zu. Ihre Stimme hatte jetzt einen rauen Klang. »Ich habe anfangs nicht erkannt, dass seine Affäre mit Rosemonde tiefer ging als all die anderen kleinen Bettgeschichten. Ich nahm sie nicht ernst. Erst als Henri seine kleine Hure in Woodstock einquartierte – in meinem Schloss …« Sie schluchzte auf und wischte sich über die Augen. »Ich war so verletzt«, fuhr sie fort, »dass ich mit den Kindern nach Poitiers zog. Aber Henri kam nicht, um mich zu holen … er machte sich nur lustig über mich. Er spottete meiner …«

»Und er hat niemals versucht, seine Königin zurückzugewinnen?«

Alienor stieß ein leises, bitteres Lachen aus. »O nein«, sagte sie hart, »das konnte er nicht. Ich hatte ihm ja ebenfalls wehgetan.«

»Womit?«

»Ich habe seiner Eifersucht Nahrung gegeben – nachträglich«, flüsterte Alienor. Das schmale Lächeln, das ihr Gesicht überflog, war wie der Abglanz eines lange vergessenen, schmerzlichen Triumphs. »Ich habe ihm meine Affäre mit Bernard de Ventadorn ins Gesicht geworfen – obwohl die Liebe zwischen Bernard und mir natürlich rein literarisch war und sich nur auf die höfische Minne beschränkte. Ich habe ihm Massen von Beweisen dafür geliefert, dass auch ich ihn betrogen hatte, unter anderem mit seinem Vater Geoffroy – und er nahm sie mir alle ab. Das schmerzte am Ende noch am meisten.«

Ich begann zu verstehen. Ich fand keine Worte, die ich hätte erwidern können. Doch ich umschloss Alienors schmale Hand, die zart und zerbrechlich auf meinem Arm geruht hatte und die jetzt nach meinen Fingern tastete.

»Es führte kein Weg zurück«, flüsterte die Königin. »Die Fronten waren verhärtet nach jenem schrecklichen Streitgespräch, als ich seine Trennung von Rosemonde forderte und er sie mir verweigerte. Ich hatte keine andere Wahl, als Henri Plantagenet für immer zu verlassen.«

»Wollt Ihr damit sagen –«

»Ja, ich habe mich gegen ihn gestellt«, fuhr mir Alienor in die Rede, »aber er war derjenige, der mich als erster verraten hatte! Wer bin ich denn, dass ich mich von einer kleinen Hure ausstechen lasse!« Sie schleuderte mir einen funkelnden Blick entgegen. »Es war mein gutes Recht, ihm zu zeigen, mit was für einer Frau er gebrochen hatte – und meine Kinder waren alle auf meiner Seite!«

»Ihr wart es also selbst, die die Söhne gegen den Vater aufgehetzt hat«, murmelte ich erschrocken.

»Dazu war nicht viel nötig«, sagte Alienor verächtlich. »Ich wollte den jungen Henri auf dem englischen Thron sehen, und alle meine Söhne stimmten mir zu. Leider verloren sie den Krieg ...« Sie atmete tief ein. »Doch bis dahin hielt ich Hof in Poitiers. Es waren die glänzendsten Jahre meines Lebens ...«

»Fern von Eurem Gemahl? Wie kann das sein?«

Die Königin überhörte meine Bemerkung. »Die ganze goldene Jugend von Aquitanien und Poitou versammelte sich in meinem Festsaal«, murmelte sie, versunken in ihre Erinnerungen. »Sogar meine Töchter aus der Ehe mit Louis kehrten zu mir zurück und gaben meinem Hof Glanz. Marie wurde das Licht der Champagne genannt, und Alix ... ach, niemand kann heute mehr ermessen, was das für wundersame Tage und Nächte waren! Mein Palast hallte wider von Gesang und Musik und der Fröhlichkeit des blühenden jungen Adels. Die größten Poeten wetteiferten miteinander bei den Liebeshöfen, die wir einberiefen ... das Leben war hell damals, die Nachtigallen sangen selbst im Winter.« Sie schloss die Augen und senkte den Kopf. »Während wir, meine Kinder und ich, uns im Glanz der Kunst sonnten«, fuhr sie fort, »sammelte Henri immer mehr rohe Gesellen und ungehobelte Kerle um sich – Männer, wie ich sie an meinem

Hof niemals geduldet hätte. Zu seiner Hofhaltung zählten Huren und andere liederliche Weiber. Die Feste, die er feierte, waren Saufgelage – mehr nicht.«

Ihre Beschreibung König Henris erinnerte mich an meinen Vater. »Und Ihr habt das zugelassen?« fragte ich.

Die Königin schüttelte beinahe unmerklich den Kopf. »Was er tat, war nicht mehr meine Sache«, antwortete sie, »ich musste höchstens bei seinen Hoftagen erscheinen, zu Weihnachten oder zu Ostern – wenn er es mir befahl. Aber er musste schon von seinem Recht als mein Gemahl Gebrauch machen.«

Zwei weitere Kerzen waren niedergebrannt und verloschen. Nun, da nur noch eine letzte Kerze brannte, schluckte die Dunkelheit alles – bis auf den kleinen Kreis, in dem die Königin und ich saßen. Alienor betrachtete die rauchenden Dochte, die von den Kerzen übrig geblieben waren, und setzte flüsternd ihren Bericht fort. »So, wie diese Wachslichter – gerade so verging der Glanz meines Hofes in Poitiers, als der Krieg gegen Henri verloren war und ich gefangen wurde. Mit einem Schlag wurde es dunkel in meinem Leben. Er sperrte mich in der Burg Old Sarum ein und zeigte sich von da an öffentlich mit Rosemonde. Er wurde immer mehr zum Wüstling und Tyrannen – gebannt von der Kirche und gehasst vom Volk. In der Finsternis, die für mich anbrach, hatte ich viel Zeit, über mein Leben nachzudenken und neue Entschlüsse zu fassen. Nach Henris Verrat hatte ich jedenfalls nicht mehr als Frau, sondern als Mutter gehandelt. Das war der richtige Weg – und ist es bis heute.«

Ihr Kopf war vornüber gesunken. Ihre letzten Worte waren so leise gewesen, dass ich sie kaum noch verstanden hatte. Jetzt bemerkte ich, dass sie eingeschlafen war.

Ich stand auf. Sacht weckte ich sie wieder. »Ma Dame«, sagte ich, »lasst Euch zu Bett helfen. Es ist spät, und ich sehe, dass Ihr sehr müde seid. Ich –«

Sie hob den Kopf und sah mich an. Ihr Atem roch nach dem schweren Wein, den sie getrunken hatte, aber ihre Stimme war noch immer fest. »Wenn du mir nur das Gewand aufschnürst«, sagte sie, »dann wäre das genug. Den Rest besorge ich immer noch selbst.«

Ich tat, was sie verlangte. Sie kleidete sich selbst aus, wie sie es anscheinend gewohnt war, und duldete nur, dass ich ihr schweres Gewand aus Goldbrokat für sie auf dem Schemel ordnete.

Nachdem sie ihr Haar von dem rotseidenen, perlenbestickten Netz befreit und zu zwei Zöpfen geflochten hatte, kniete sie vor ihrem Bett nieder. »Verzeih einer alten Frau, dass sie dich so lange aufgehalten hat«, sagte sie, während sie die Hände zum Gebet faltete. »Hab eine gute Nacht.«

Ich durfte gehen. Ich verließ mit meinem Hund ihre Kammer, ohne auf eine besondere Aufforderung zu warten. Im Korridor war niemand mehr. Ich hörte nur das Rauschen meines seidenen Festkleides, das Zischen der Dochte in den Öllampen und das leise Tappen von Silbers Pfoten auf den Fliesen. Sonst herrschte die Stille der tiefen Nacht.

Noch lange, nachdem ich meine Schlafkammer gefunden hatte und zu Bett lag, musste ich an das Unerhörte denken, das ich von Alienor d' Aquitaine erfahren hatte. Sie hatte mir ihr Innerstes nur offen gelegt, weil sie zu viel Wein getrunken hatte, dessen war ich sicher. Aber warum auch immer sie mich in ihre Geheimnisse eingeweiht hatte – ich verstand diese außergewöhnliche Frau, mit der mich das Schicksal zusammengebracht hatte, jetzt besser. Im Halbschlaf fiel mir ein Lied ein, das ein fahrender Sänger einmal in meiner Kinderzeit auf Rabenstein gesungen hatte:

> Wären alle Länder mein
> von der Oder bis an den Rhein,
> gerne gäbe ich sie aus der Hand,
> könnt dafür die Königin von Engelland
> einmal nur in meinen Armen sein …

Die Königin von England musste schon damals eine Frau von über fünfzig Jahren gewesen sein. Ich glaubte ihr auch ohne diesen weiteren Beweis, dass man sie die Königin der Troubadoure genannt hatte. Doch was war sie für ein

Mensch? Wer war sie wirklich, diese geheimnisvolle Frau, der man die Verwandtschaft mit einer Wassernixe nachsagte? Ich wusste, ich würde noch sehr viel mehr Zeit mit ihr verbringen müssen, um ihr Wesen beschreiben zu können – trotz des Horoskops, das ich für sie erstellt hatte und das Alienor bis jetzt noch nicht einmal hatte sehen wollen.

Henri Plantagenet, ihr verstorbener Gemahl, war nach allem, was ich über ihn hatte herausfinden können, die vollkommene Wahl gewesen. Es war kein Wunder, dass Alienor sich Hals über Kopf in ihn verliebt hatte, denn er harmonierte wunderbar mit ihr. Seine Sonne stand in den Fischen, sein Mond im Widder – Alienors Skorpion-Sonne und Löwe-Mond passten hervorragend. Sie hatten sich verstanden, auch ohne Worte. Sie hatten sich leidenschaftlich geliebt, bis Rosemonde in Henris Leben getreten war …

Rosemonde, im Zeichen Fische geboren wie der Plantagenet. Jünger als Alienor – und sicherlich sanfter. Rosemondes Zauber hatte auch schillernde Tiefe gehabt, doch sie war unschuldiger gewesen, mädchenhafter und zarter als Alienor. Rosemonde hatte die Anmut eines Rehs besessen, während Alienors Grazie raubtierhaft war.

Warum aber hatte man Rosemonde die unaussprechliche, die unreine Rose genannt? War der Grund dafür nur ihr ehebrecherisches Verhältnis zum König gewesen? Ich hüllte mich fröstelnd in meine Decke ein. Diese Erklärung konnte nicht ausreichen. La Rose immonde … vielleicht hatte sie mehr gekonnt, als einen alternden Mann mit ihrer kindhaften Anmut zu bezaubern. Vielleicht hatte sie Liebesspiele für Henri Plantagenet ersonnen, die nur in der Fantasie einer Fische-Geborenen blühen …

Ich wusste es nicht. Nur eins wusste ich: Niemals würde ich mit der Königin darüber sprechen können. Die Wunden, die Rosemonde of Clifford der stolzen Alienor von Aquitanien geschlagen hatte, waren nicht verheilt und würden nie verheilen. Jede Berührung verursachte Alienor immer noch Schmerzen, und ich wollte nichts weniger, als ihr wehtun. Ein Zwiespalt hatte sich in mir aufgetan: Einerseits bewunderte ich die Königin von England für ihre Kraft, ihre

Menschlichkeit, ihren Zauber und all die vielen Talente, mit denen sie so überreichlich gesegnet war. Andererseits fürchtete ich ihre überwältigende Macht – ihren Hang zum Herrschen, ihre Art, über Menschen zu verfügen und fremde Leben nach ihrem Wunsch zu steuern. Sie hatte immer bestimmt – sie schien mir gar nicht in der Lage, den Dingen, die sie interessierten, einfach ihren Lauf zu lassen, ohne sich einzumischen. Ihr Sohn Richard war nur König, weil sie ihre ganz Kraft, ihren ganzen Einfluss darauf verwendet hatte, ihm den Thron zu sichern …

Einmal mehr fürchtete ich mich vor Alienor d' Aquitaine. Ich wusste noch nicht genau, wie ich mich ihr entziehen sollte. Doch sobald Nachricht von François gekommen war, würde ich die Sphäre ihres Hofes verlassen. Sie beschnitt mich zu sehr in meiner Freiheit.

Bevor ich einschlief, fielen mir François' Worte ein: Schütze muss entscheiden können. Nichts ist ihm unzuträglicher als Ketten aus Gefühlen, die ihn fesseln und niederhalten sollen.

21

Das neue Jahr war nun schon einen Monat alt, und in der Burg Old Sarum wurde gepackt, wie schon so viele Male auf anderen Burgen. Ich saß mit Mildrad, die ja nie von meiner Seite wich, am Fenster und blickte in den strömenden Regen hinaus, dessen graue Schleier über das triefende Land wehten. Februar in Salisbury. Kein Schnee, nur bleierne, trostlose Öde. So sei das immer in Südengland, hatte Mildrad gesagt. Und die Reise in die französischen Provinzen, die jetzt anstände, käme ihr gerade recht. Im Poitou blühten bald die Mandelbäume …

König Richard hatte bereits im Dezember England wieder verlassen. Während die Königin zu Weihnachten in Oxford Hof hielt und wir bei dieser Gelegenheit Aethels Hochzeit feierten, war er in Frankreich geblieben, um die Vorbereitungen für seinen Pilgerzug ins Heilige Land voranzutreiben.

Ich hatte das Gefühl, Alienor von Aquitanien billigte diese Reise. Schließlich hatte nach allem, was mir die allwissende Mildrad erzählte, schon König Henry einen Kreuzzug führen wollen, sein Gelübde aber nie eingelöst – im Gegenteil. Henri Plantagenet war sogar so weit gegangen, den Saladin-Zehnten, der für seine Pilgerreise eingetrieben worden war, im Krieg gegen seine Söhne zu verschleudern. Richard Plantagenet, der neue Herrscher Englands, übernahm nun den Eid seines Vaters und sorgte dafür, dass er gehalten wurde.

Die Königin hatte zu Anfang des neuen Jahres entsetzlich viel zu schreiben. Sie wechselte Briefe mit Philipp August, dem König von Frankreich, dessen Schwester Adelaide im Kindesalter mit König Richard verlobt worden war. Philipp August bestand darauf, dass der englische König nun endlich Adelaide zur Gemahlin nehme, doch Richard war dazu nicht gewillt, und die Königin ergriff selbstverständlich die Partei ihres Sohnes.

Ich verstand das nicht. Was konnte schlecht daran sein, wenn der englische und der französische König miteinander verschwägert waren? Die beiden Herrscher, an Jahren beinahe gleich, hatten sich für den bevorstehenden Kreuzzug ja ohnehin verbündet. Richards Heirat mit Adelaide hätte eine weitere Festigung des Bündnisses bedeutet – über den Kreuzzug hinaus. Schon deshalb musste sie ganz im Sinne Alienors sein.

Ich fragte Mildrad. Die Kleine lachte verschmitzt. »Also – ich kann den König gut verstehen«, kicherte sie, »wenn man bedenkt, dass Adelaide …« Sie presste die Hand auf den Mund. »Das sollte ich besser nicht weitergeben.«

»Ist es so fürchterlich?« forschte ich nach. »Hat diese Adelaide eine Krankkeit oder ist sie abstoßend hässlich?«

»Im Gegenteil«, sagte Mildrad. »Sie ist dermaßen hübsch, dass der alte König Henry …« Sie schaute mich mit gespieltem Erschrecken an. »Jetzt ist es doch heraus«, wiperte sie. »Behaltet es bloß für Euch …!«

»Der Vater hat dem eigenen Sohn die Braut …?« Ungläubig erwiderte ich Mildrads Blick. »Das glaube ich nicht.«

»Jeder weiß es«, sagte Mildrad, auf einmal gar nicht mehr so geheimnistuerisch. »Der alte Henry hat Adelaide … na, sagen wir, er hat ihren Reizen nicht widerstehen können. Und Adelaide wusste nicht, wie sie sich wehren sollte. Und Richard mag den angeknabberten Apfel nun nicht mehr.«

»Aber wie konnte König Henry …« Ich war so abgestoßen von der Skandalgeschichte, dass ich meinen Satz nicht beenden konnte.

»Ach«, sagte Mildrad achselzuckend, »Adelaide ist ja nicht vergewaltigt worden. Sie kann sich kaum beklagen, wenn König Richard sie jetzt sitzen lässt. Die Mädchen, die es mit Prinz John zu tun hatten, sind viel schlimmer dran.«

Ich musste an den Abend meiner Begegnung mit dem jüngsten Sohn der Königin denken. Von neuem überlief mich ein Schaudern, und Mildrad, scharfsinnig wie sie war, bemerkte es gleich. »Ihr habt ihn wohl auch schon kennen gelernt«, sagte sie. Es klang wie eine Feststellung.

Tatsache war, dass John mir seit jenem Abend nie mehr zu

nahe getreten war. Am Morgen danach, bei der Messe, hatte mein Hund ihn zähnefletschend angeknurrt. Die Königin hatte es gesehen und John mit einem intensiven Blick bedacht. Das war alles gewesen, was sich als Nachspiel ergeben hatte. Dennoch fürchtete ich mich davor, dem jüngsten Sohn der Königin noch einmal allein über den Weg zu laufen.

»Er wird übrigens mitfahren«, setzte Mildrad hinzu, »ich hoffe, wir haben ihn nicht in unserem Schiff. Noch schöner wäre es«, kicherte sie hinter vorgehaltener Hand, »wenn er über Bord ginge. Aber wie ich die alte Alienor kenne, würde sie glatt hinterher springen, um ihn zu retten …«

»Sie liebt eben alle ihre Kinder«, murmelte ich.

»Das könnte ich nicht«, erwiderte Mildrad. »Wenn ich eines wie Prinz John dabei hätte – ich würde … ich würde …« sie verstummte. Die Tür öffnete sich, und in die Kammer trat derjenige, von dem wir eben gesprochen hatten.

Silber erhob sich vom Fußboden und sträubte das Nackenfell. Sein Nasenrücken kräuselte sich wie angeekelt, und er bleckte die Zähne. Aus seiner Kehle kam ein gefährliches Grollen.

Prinz John, bleichgesichtig, hohlwangig und ganz in ein müdes Grün gekleidet, das seinem fahlen Teint überhaupt nicht bekam, schien in sich zusammenzukriechen. Aber diese Bewegung dauerte nur einen Herzschlag lang. Dann schoss er mir aus glühenden, dunkel verhangenen Augen einen unheilschwangeren Blick zu. »Meine Mutter lässt Euch sagen«, meldete er mit hinterhältiger Freundlichkeit, »Ihr möchtet Euch umgehend zu ihr begeben. Sie hat etwas mit Euch zu besprechen.«

Ich fasste Silber am Halsband. »Habt vielen Dank dafür, dass Ihr mir selbst die Nachricht überbringt, Hoheit«, gab ich frostig zurück. »Wie kommt es, dass sie nicht einen Diener schickt?«

»Es war keiner zur Hand«, log Prinz John. In seinem Gesicht zuckte es verräterisch. »Meine Mutter möchte, dass Ihr Euren Hund hier lasst. Er riecht ihr zu streng.«

Ich lächelte ihn an. »Das soll mir die Königin selbst sagen«, erwiderte ich. »Dann kann ich Silber immer noch vor der Tür lassen. Im Übrigen möchte ich Mildrad of Uxbridge mitnehmen. Ich habe vor ihr keine Geheimnisse.«

»Das ist hinlänglich bekannt«, spöttelte Prinz John deutlich enttäuscht. »Niemand kann verstehen, dass eine erwachsene Frau dauernden Umgang mit einem kleinen Mädchen pflegt. Ihr wisst doch, Ihr macht Euch damit lächerlich?«

Mildrad blies die Backen auf, sagte aber kein Wort. Ich zuckte die Achseln. »Solange es nur das ist«, antwortete ich unbeeindruckt. »Habt Dank für die Nachricht. Ich werde dem Ruf der Königin sofort folgen.« Damit stand ich auf und humpelte zur Tür. Mildrad heftete sich an meine Seite, genau wie Silber, der den Prinzen im Vorbeigehen noch einmal böse anknurrte.

Ich ließ den jüngsten Sohn der Königin einfach stehen. Ich bemerkte den finsteren, hasserfüllten Blick nicht, den er mir nachschickte. Aber Mildrad hatte ihn gesehen. »Hütet Euch vor Prinz John«, flüsterte sie, als wir außer Hörweite waren, »so, wie der Euch gemustert hat, wird er sich für diese Brüskierung ganz sicher etwas einfallen lassen.«

Das wusste ich. Dennoch mochte ich die Warnung meiner kleinen Freundin nicht ernst nehmen. »Er füchtet sich vor meinem Hund«, sagte ich und gab meiner Stimme eine Leichtigkeit, »solange Silber in meiner Nähe ist, wird er sich kaum an mich heranwagen.«

Die Königin war mit dem Schreiben eines Briefes beschäftigt, als ich in ihre Kemenate eintrat. So, eingehüllt in einen blauwollenen, mit feinem Grauwerk gefütterten Surcot und mit schmaler Hand eifrig die Feder über einen Bogen Pergament führend, hatte ich sie in den letzten Wochen jedes Mal gesehen, wenn sie mich zu sich gebeten hatte. Sie hatte, als sie auf mein Klopfen antwortete, nicht einmal den Kopf gehoben, und ich musste ein paar Atemzüge lang warten, bis sie die letzte Zeile beendet hatte.

Dann sah sie mich an. »Nimm Platz, Kind«, sagte sie zerfahren, »ich habe eine Neuigkeit, die dich möglicherweise freuen wird.«

»Ich danke Euch sehr, ma Dame«, erwiderte ich, und mein Herz begann unvermittelt zu klopfen.

Die Königin bemerkte erst jetzt, dass Mildrad bei mir war. »Wie geht es deiner Schwester?« fragte sie. »Seit Aethel Lady Clare ist, hat sie mir keinen einzigen Gruß geschickt.«

Mildrad fühlte sich getadelt, das sah ich ihr an. »Ihr kennt doch Aethel, ma Dame«, gab sie zurück, »hin und wieder schläft sie am helllichten Tag. Ich schätze, an der Seite ihres Aedwin wird es noch viel schlimmer damit geworden sein.«

Die Königin lachte hell auf.

»O nein … nein!« Mildrad lief plötzlich rot an. »Das wollte ich nicht damit sagen! Ich meinte, Aethel ist genauso langweilig wie Lord Clare, und wenn die beiden immer zusammen sind, dann …« Sie presste die Hand auf den Mund. »Bitte … ich meinte …«

Die Königin verbiss sich ein weiteres Lachen. »Ich habe dich schon richtig verstanden, Kleines«, sagte sie mit mühsam verhaltener Heiterkeit. »Nun – dann soll Aethel eben einen Gruß von mir bekommen. Gleich heute, sobald ich die Geschäfte dieses Tages erledigt habe.« Sie war wieder völlig ernst geworden und wandte mir das Gesicht zu. Ich las Besorgnis in ihrem Blick. »Was dich betrifft«, sagte sie langsam, »so habe ich neue Nachrichten von dem Kurier, der nach deinem Scholaren forschen sollte. Dieser François hatte ja Poitiers verlassen und war nach Süden gezogen. Er hat sich danach für kurze Zeit in Bordeaux aufgehalten und ist dann allerdings weitergezogen. Die Spur führte nach Saint Jean de Luz. Doch auch von dort ist er im Laufe des Herbstes wieder aufgebrochen. Mein Bote sagte mir, der Mann müsse den Weg über das Gebirge gemacht haben. Und nun –«

Ich konnte nicht länger stillschweigen. »Ma Dame«, unterbrach ich die Königin, »wo ist François jetzt? Hat Euer Bote das denn nicht herausfinden können?«

»Guter Gott – wie ungeduldig du bist!« Die Königin ballte unwillkürlich eine zarte Faust, sodass der Federkiel, den sie noch zwischen den Fingern hielt, beinahe zerdrückt wurde. »Wir wissen nun mit einiger Zuverlässigkeit, dass dein François über die Pyrenäen gewandert ist – von dort hat er sich vielleicht sogar bis nach Kastilien durchgeschlagen. Es gibt hochberühmte Kathedralschulen in diesem Land. Du sagtest, er sei ein Gelehrter. Die Schulen dort mögen ihn angezogen haben.«

Ich zitterte. »Bis nach Kastilien?« flüsterte ich und schloss die Augen. »Dann werde ich ihn wohl nie mehr wieder finden. Wie sollte ich dorthin gelangen?«

Die Königin lächelte. »Wir werden sehen«, sagte sie nachdenklich, »wir werden sehen. Einstweilen möchte ich …«

Doch sie sagte mir nicht, was sie sich wünschte. Ihr Blick war an meinen Augen hängen geblieben, und sie unterbrach sich mitten im Satz. »Jedenfalls«, fuhr sie zögernd fort, »hat ein Bote den Auftrag, meine Tochter, die Königin von Kastilien, in deine Belange einzuweihen. Sollte dieser François sich also jetzt jenseits des Gebirges aufhalten, so wird die junge Alienor ihn schon in ihrem Land ausfindig machen … vorausgesetzt, du willst es noch …«

Sie legte den Kopf schief und musterte mich fragend. Ich schluckte den Kloß, der mir in der Kehle saß, und erwiderte mutig ihren Blick. »Ma Dame«, sagte ich fest, »es gibt nichts auf der Welt, was ich mir mehr wünsche, als François wieder zu sehen.«

Alienor schüttelte den Kopf. Die Bewegung war kaum zu bemerken, doch sie entging mir nicht. »Verzeih«, murmelte sie, »aber es scheint mir, als habest du ein wenig die Berührung mit der Wirklichkeit verloren. Die Umstände, unter denen sich dein Scholar von dir trennen musste, begünstigen kaum ein Wiedersehen mit dir, mein Kind. Du warst unerreichbar für ihn und bist es in seinen Augen noch. Er kann sich frei fühlen – und das wird er tun, ob es dir gefällt oder nicht. Wer weiß – möglicherweise hat er inzwischen eine andere Frau gefunden, und …«

Dieser letzte Satz presste mir einen leisen Schmerzenslaut ab. »Niemals würde François …« begann ich verzweifelt.

»Er ist ein Mann«, sagte die Königin lakonisch und schnitt mir mit einer knappen Handbewegung das Wort ab. »Glaub einer alten Frau, Kind – und vertraue niemals zu sehr auf die Liebe eines Mannes. Setze auf Eigenschaften wie Respekt,

Friedfertigkeit und einen beständigen Charakter. Du ersparst dir damit viele Schmerzen.«

Ich fühlte, wie tief in mir ein heißer Funke aufglühte. »Was wollt Ihr damit sagen?« erwiderte ich, während meine Wangen sich mit zorniger Röte überzogen. »Glaubt Ihr, François besitze all dieses nicht?«

»Nun«, antwortete die Königin langsam, »ein junger Mensch, der planlos von Stadt zu Stadt wandert und offensichtlich ohne Ziel dauernd seinen Standort wechselt, der ist sicherlich zu unstet, als dass er sich an eine bestimmte Frau binden würde …«

Der unbeherrschte Kampfgeist des Rabensteiner Geschlechts brach sich in mir Bahn. Ich konnte die Worte nicht zurückhalten, mit denen ich die Königin unterbrach. »Unsere Trennung war Schicksal«, brauste ich auf, »wie könnt Ihr einen Menschen unstet nennen, den Ihr niemals gesehen habt? Nur daraus, dass Euer Gemahl Euch die Treue gebrochen hat, ist wohl kaum zu schließen, dass auch mein Liebster …«

»Nicht weiter!« die zierliche Hand der Königin hatte sich zur Faust geballt und fuhr hart auf die polierte Platte ihres Schreibpultes nieder. Ihre Augen sprühten kleine Blitze. Sie atmete tief ein und langsam wieder aus. Dann sagte sie in strenger Ruhe: »Ich vergebe dir deine unbedachten Worte, noch bevor du dich dafür entschuldigst. Und nun zu dem, was ich mit dir besprechen wollte: Jemand hat mich in aller Form gebeten, dir aufwarten zu dürfen, Agnès. Ich habe ihm die Erlaubnis erteilt.« Sie runzelte einen Augenblick lang die schmalen Brauen. »Ich bin sicher, ich handle damit sehr in deinem Sinne. Nein – widersprich mir nicht. Ein zweites Mal würde ich ein solches Verhalten unverzeihlich finden.«

Mein Gesicht glühte. Meine Handflächen waren schweißnass. Mir war während der kurzen Rede der Königin erst bewusst geworden, wie sehr ich sie in Gegenwart der kleinen Mildrad beschämt und beleidigt hatte. Ich ließ mich mühsam auf die Knie sinken. »Ma Dame«, flüsterte ich, »ma Dame – ich wollte ja nicht … um nichts in der Welt hatte ich vor, Euch … oh, bitte, ma Dame … seid so gnädig, mir zu vergeben …«

»Hatte ich das nicht schon getan?« Alienor reckte sich. Ihre schmale Gestalt nahm die unvergleichlich königliche Haltung an, die ich so sehr bewunderte. »Zurück zur Sache«, fuhr sie fort. »Wigald of Uxbridge wird jedenfalls mit meiner Billigung ab sofort dein Begleiter sein. Er ist ein junger Herr aus bestem angelsächsischem Stamm und besitzt genau die Eigenschaften, die einen Mann wertvoll machen. Er wird dich gut schützen.«

»Aber ich habe bereits einen Beschützer«, wandte ich ein und deutete auf Silber, der neben Mildrad bei der Tür stand. »Mein Hund würde mich niemals im Stich lassen. Ma Dame, ich …«

Die Königin hob die Augenbrauen und schaute mich zwingend an, sodass ich nicht weitersprechen konnte. »Ja, er ist ein prächtiges Tier«, sagte sie mit schmalen Lippen, »doch ich fürchte, in deinem Fall wird mehr gebraucht, als der Verstand und die Kraft eines Hundes.«

»Aber wer sollte mir Böses wollen?« fragte ich und wusste bereits die Antwort. Ich schlug die Augen nieder und ergab mich in den Willen der Königin. »Gut denn«, murmelte ich, »Euer Wunsch soll mir Befehl sein. Obwohl …«

Die Königin machte wieder diese abrupte Handbewegung, doch diesmal nicht, um mich zum Schweigen zu bringen, sondern um Mildrad hinauszuschicken. Mildrad verstand auch sofort und verneigte sich, während sie mit einem freudigen Lächeln aus dem Zimmer schlüpfte. »Ich muss ein paar Worte im Geheimen mit dir wechseln«, sagte Alienor.

»Ma Dame?«

»Das Horoskop, um welches ich dich gebeten hatte«, begann die Königin sinnend und stützte den Ellbogen auf die Pultplatte, während sie ihr schmales Kinn in die Hand bettete, »ich habe es studiert, doch brauche ich mehr Erklärungen, um es verstehen zu können. Auch möchte ich, dass du mir die anderen Horoskope näher bringst, die noch in deiner Tasche waren. Was zum Beispiel hat es mit meinem jüngsten Sohn auf sich – mit Jean? Was haben die Planeten seiner Geburt zu bedeuten?«

Mir stockte der Atem. Die ganze Zeit hatte ich geglaubt,

Alienor d' Aquitaine sei nicht mehr an meiner Wissenschaft interessiert, und dabei hatte sie heimlich Einblick in meine Aufzeichnungen genommen und ohne meine Kenntnis alles gesichtet, was ich zu Papier gebracht hatte! »Ma Dame«, flüsterte ich erschrocken, »Ihr habt die Blätter gesehen? Ich dachte, was ich errechnet hatte, sei Euch gleichgültig geworden ...«

Die Königin lächelte, doch sie hielt die Lippen fest aufeinander gepresst. »Was du jetzt denkst, mein Kind, liegt offen vor mir«, erwiderte sie, »du musst nicht darum herumreden. Sie hat sich heimlich an meine Unterlagen herangemacht, und sie hätte mich zuvörderst fragen müssen – das waren deine Gedanken. Habe ich Recht?«

So war es. Ich nickte wider Willen. »Aber Ihr seid die Königin«, murmelte ich, »für Euch gelten andere Regeln.«

Alienors Lippen teilten sich bei dem Lächeln, das sie mir jetzt schenkte. »Ich fand es amüsant, dass drei meiner wichtigsten Aspekte im Zeichen Leo stehen«, kam sie einfach auf ihr Thema zurück, »mein Aszendent, der Mond und Saturnus. Das Banner von England zeigt ebenfalls drei Löwen.« Sie stieß ein leises Lachen aus, dann räusperte sie sich dezent. »Bei Henri Plantagenet findet sich die Sonne in den Fischen, der Mond dagegen im Widder. Venus nimmt die letzten Grade des Zeichens Wassermann ein, Merkur die ersten Grade der Fische. Die Sonne hat enge Verbindung mit Jupiter, und Saturnus steht in der Mitte des Schützen, gleich neben dem Aszendenten. Nun sprich – was bedeutet das?«

»Ihr habt Euch das Horoskop Eures Gemahls ausnehmend gut gemerkt«, erwiderte ich spröde, einerseits erstaunt über ihr Gedächtnis, andererseits noch immer beleidigt über ihre Indiskretion. »Der verstorbene König, Gott gebe ihm Frieden, war ein Mensch mit vielen Licht- und Schattenseiten ...«

»Das weiß ich.« Alienor runzelte die Stirn. »Eins merke dir: Du musst weder mir noch ihm schmeicheln. Ich möchte die Wahrheit hören. Sag sie mir – auch über Jean.«

Ich musste mich zusammennehmen, um den Unwillen der Königin nicht weiter heraufzubeschwören. Sorgfältig wählte ich meine Worte, denn mir wurde bewusst, dass ich mich, was ihre gute Laune betraf, auf Messers Schneide bewegte. »Der König, Euer seliger Gemahl, hatte ein zwiespältiges Wesen«, erklärte ich vorsichtig. »Äußerlich war er selbstsicher, angriffslustig, stolz und stark. Doch tief in seinem Herzen … Nun, er brauchte Frieden, Ruhe, Verständis – einen Menschen, der dies Bedürfnis nach Zärtlichkeit erkannte. Denn er hatte nicht die Gabe, sein Herz zu öffnen.«

Die Königin senkte den Kopf. »Ich habe Henri Plantagenet verstanden«, wisperte sie, »und besser als jeder andere Mensch. In mir hatte er die verwandte Seele, die er so notwendig brauchte. Warum nur konnte er damals nicht …« Sie verstummte und presste die Hand auf die Augen.

Ich ließ mir etwas Zeit, bevor ich weitersprach. »Sein Merkur stand ebenfalls im Zeichen der Fische«, sagte ich dann, »er ist verantwortlich dafür, dass Euer Gemahl sich seine Wirklichkeit selbst schuf. Er glaubte, was er glauben wollte und verschloss oft die Augen vor der Wahrheit, wenn sie ihm unangenehm war. Durch die Konjunktion der Sonne mit Jupiter besaß er eine natürliche Selbstsicherheit und ein Vertrauen in seine Kraft, sodass er nur schwerlich von seiner Meinung abgebracht werden konnte, wenn er sich einmal entschlossen hatte. Er verließ sich auf sein Glück – und meist konnte er das auch. Die Konjunktion des Jupiter mit der Sonne schenkte es ihm, wenn auch nicht in allen Dingen. Die Verbindung des Merkur mit Venus dagegen gab ihm eine Liebe zur Kunst, zu Musik und Gesang und zu den schönen Dingen des Lebens. Er konnte bezaubernd sein und sehr überzeugend, was seine Rede betraf. Er war verwöhnt und verlangte nur nach dem Besten, wo er es fand.«

Alienor d' Aquitaine lachte. »Sein Mars stand im Widder«, sagte sie. »Ich entnahm den Erklärungen meines alten Beichtvaters, dass Mars im Widder sich nimmt, was er will, und zwar mit Gewalt, wenn es anders nicht geht.«

Ich nickte. »Doch Euer Mars im Skorpion hat die gleiche Energie und Leidenschaft«, fügte ich hinzu.

Die Königin atmete tief. »Wir flogen uns in die Arme«, flüsterte sie mit leise vibrierender Stimme. »Ich sollte den

Streit schlichten zwischen Geoffroy le Bel und Louis von Frankreich. Der Sohn des Ritters mit dem Ginsterzweig nahm an den Unterredungen teil. Unsere Herzen brannten, vom ersten Augenblick an. Schon in jenem Sommer anno einundfünfzig wussten wir, dass wir füreinander geschaffen waren, Henri und ich … Ach, wie das Heu duftete und wie der warme Wind unsere glühenden Gesichter streichelte … Ewig, sagte Henri damals, ewig, ewig, Alienor … Doch unsere Ewigkeit dauerte nur kurze vierzehn Jahre …«

»Als Ihr den jungen Herzog von Anjou kennen lerntet, berührte Saturn Euren Aszendenten«, sagte ich sanft, »und Euer Leben nahm eine neue Wendung. Euer Glück kam nicht länger von außen, sondern vollzog sich in Eurem Herzen. Als Ihr Henri Plantagenet wieder verlort, stand der Lenker des Schicksals über seiner Venus. Eine große Liebe – seine Liebe – bestand die Prüfung nicht. Denn Merkur, den Saturn ebenfalls berührte, verstellte ihm den Blick auf die Wirklichkeit.«

Alienor d' Aquitaine legte die Hände über die Augen. »Als Rosemonde kam«, hauchte sie tonlos, »da war wieder Sommer – ein ebenso strahlender Sommer wie unserer es gewesen war … die Ligusterhecken, aus denen ich das Labyrinth in Woodstock gepflanzt hatte, strömten einen geradezu betörenden Duft aus. Ich trug Jean unter dem Herzen, und Henri … er führte Rosemonde in mein Schloss, mein Woodstock, das er für Alienor, seine Königin hatte bauen lassen!« Ihre Stimme war noch leiser geworden. »Ich ahnte nichts von seinen Heimlichkeiten, ich glückliche Törin. Ich nähte Hemdchen für mein neues Kind, ich wartete auf Henri, ich war ganz Weib … so sehr wie nie zuvor. Und er – er spielte Versteck mit seinem blassen Liebchen zwischen den Hecken von Woodstock!«

Sie schluchzte tonlos. Ich sagte nichts. Überdeutlich nahm ich ihren Schmerz wahr; er lag über ihr wie eine dunkle Wolke. Ich musste warten, bis sich die Frau vor mir wieder gefasst hatte.

Plötzlich richtete sich Alienor auf und sah mich an. Ihre Augen glänzten von unvergossenen Tränen, aber sie waren nicht gerötet. »Es ist schade, dass du Rosemondes Horoskop nicht erstellen kannst«, sagte sie. »Leider hat niemand den Tag ihrer Geburt festgehalten – was man bei einer so unwichtigen Person wie der dritten Tochter eines kleinen Ritters ja auch verstehen kann. Ich weiß nur …«

»Sie wurde vermutlich im Zeichen der Fische geboren«, warf ich ein, »mehr ist nicht zu erfahren.«

Alienor d' Aquitaine nickte. »Damit war sie also Henri Plantagenet sehr ähnlich«, sinnierte sie kopfschüttelnd, »und das lässt mich an der Astrologia zweifeln. Denn sie hatte nach meinem Augenschein nicht das Geringste mit ihm gemeinsam …«

»Außer den Zügen, die allen Fische-Geborenen eigen sind«, widersprach ich. »Sicherlich gehörte dazu ein Gespür für andere Menschen – ein sechster Sinn, was die Gefühle des Königs betraf.«

»Das mag ja sein«, murmelte Alienor, »aber den besaß ich ebenfalls. Ich werde niemals verstehen, warum er …« Sie schluckte den Rest des angefangenen Satzes. »Nun sag mir – was für ein Mensch ist Jean? Nicht, dass ich es nicht ermessen könnte, doch ich will genau wissen, was seine Sterne ihm für ein Wesen gegeben haben.«

Ich betrachtete die Königin. Sie hatte ihren Kummer und ihren alten Zorn jetzt wieder so tief verschlossen, dass er sich nicht mehr in ihrer Miene zeigte. Ihre wachen Augen verrieten lediglich Wissbegierde und eine Spur tiefer Besorgnis.

»Sonne und Mond standen in Konjunktion bei Prinz Jeans Geburt«, sagte ich nach ein paar Atemzügen, »und zwar im Zeichen des Steinbocks. Saturn bildete das Quadrat dazu … ich weiß nicht, ma Dame, wie ich es ausdrücken soll …«

»Wie ich eben bemerkte«, grollte die Königin und musterte mich schärfer, »will ich einfach die Wahrheit hören. Fürchte nicht, dass du mir damit missfallen könntest. Noch einmal: Wie wirken sich diese Positionen der Sonne, des Mondes und des Saturn aus? Gutes können sie Jean nicht beschert haben, so viel ist sicher.«

»Sonne und Mond im Steinbock machen einen Menschen

arrogant, ehrgeizig und machthungrig«, gab ich stockend und widerstrebend Auskunft. »Es hat etwas zu tun mit Schwierigkeiten und Zurücksetzungen, die in der Kindheit lagen. Prinz Jean ... nun, er ist kalt in seinem Herzen – er versteht zwar, was andere wollen, doch er verwendet seine Erkenntnisse nur zu seinem eigenen Nutzen. Saturn im Quadrat zu seiner Sonne und zu seinem Mond verstärken diese Eigenschaften. Er wird versuchen, den Gipfel der Macht zu erreichen – und er wird dabei nicht zögern, alle Hindernisse aus seinem Pfad zu räumen – entweder mit List oder mit brutaler Gewalt.«

Ich hielt inne und presste die Hand auf den Mund. Das schmale Antlitz der Königin war bleich geworden, aber ihre dunklen Augen glimmten. Sie starrte mich an. Für den Bruchteil eines Herzschlages erkannte ich in diesem finsteren Blick ihren jüngsten Sohn. Ich begann zu zittern. »Ma Dame«, fügte ich mit bebenden Lippen hinzu, »jede Beleidigung lag mir fern! Ihr wolltet die Wahrheit – und mir ist es nicht gelungen, sie in schönere Worte zu kleiden ... Vergebt!«

»Nicht doch«, flüsterte Alienor d' Aquitaine mit einer abwehrenden Handbewegung. »Ich selbst habe dich ja aufgefordert, alles auszusprechen, was du gefunden hast. Dennoch hast du eine Eigenschaft ausgespart, die Jean ebenfalls in reichlichem Maß besitzt, und das ist Heimtücke. Du wolltest mich nicht noch mehr beunruhigen – habe ich Recht?«

Sie beschämte mich. Ich hatte sie, wie so oft, falsch eingeschätzt. Die dunkle Glut in ihren Augen hatte keine Ähnlichkeit mit dem finsteren Glimmen in den Augen ihres jüngsten Sohnes. Das Feuer, das Alienor erfüllte, verbreitete kein Verderben. Es wärmte und erleuchtete – im Gegensatz zu dem schwelenden Brand, der Prinz Jeans Seele zerfraß. Ich heftete den Blick auf ihr blasses Gesicht – das Antlitz einer von Sorgen bedrückten Mutter – und bestätigte ihre Frage mit einem Nicken. »Das macht sein scharfer Verstand«, murmelte ich befangen, »den er immerfort auf die falschen Ziele lenkt ...«

Alienor seufzte. »Er war das einzige von meinen Kindern«, sagte sie, »das nicht in meiner Nähe aufwuchs. Als

Jean geboren wurde, war sein Vater mir schon so fern … so fern …« Sie wischte sich flüchtig über die Augen. »Ich übergab Henri seinen letzten Sohn und reiste zurück nach Poitiers – noch im Winter des neuen Jahres. Ich habe den kleinen Jean im Stich gelassen, ich habe meinen Zorn und meinen Schmerz über das Wohl meines Kindes gestellt. Vielleicht ist der Junge deshalb so geworden, wie er ist – durch meine Schuld …«

»Aber seine Sterne«, versuchte ich sie zu trösten, »sie standen unglücklich bei seiner Geburt. Selbst Ihr hättet aus Prinz Jean keinen weichherzigen, sanftmütigen Menschen machen können – nicht mit aller Liebe der Welt!«

»Mag sein«, murmelte die Königin. »Dennoch muss ich mit dem leben, was vielleicht meine Schuld ist, vielleicht auch nicht. Ich danke dir jedenfalls für deine Offenheit, Agnès. Nun soll es genug sein. Wir reisen übermorgen – trage Sorge, dass alle deine schönen Gewänder gepackt werden. Meine Stadt Poitiers muss würdig begrüßt werden!«

Sie zeigte bereits wieder eine heitere Miene. Nichts in ihrem strahlenden Blick erinnerte mehr daran, dass sie noch vor wenigen Augenblicken beinahe geweint hatte. Ich war entlassen – ohne dass ich Zeit bekommen hatte, ihre sprunghaft wechselnden Gemütsbewegungen zu verarbeiten.

Ich verneigte mich und verließ rückwärts den kargen Raum. Hier hatte die Königin die Jahre ihrer Gefangenschaft verbracht, lange Jahre, während derer sie durch ihren Gemahl zur Untätigkeit verdammt gewesen war. Dennoch hielt sie sich oft in Old Sarum auf. Ich fragte mich, warum das so war – warum sie gerade dieser düsteren, kalten Burg nach ihrer Befreiung nicht für alle Zeiten den Rücken gekehrt hatte.

Ich verstand die Königin nicht. Ich würde sie niemals verstehen. Ihr Wesen glich tatsächlich dem einer Wassernixe – sie war rätselhaft, undurchschaubar, unnahbar in ihrer menschlich-fröhlichen Heiterkeit oder ihrer genauso menschlichen Trauer … Langsam schlurfte ich den Korridor entlang zum Treppenaufgang, vor dessen steilen Stufen ich mich immer wieder fürchtete. Die Schleppe meines pelzgefütterten Mantels machte ein weiches, samtig-schlurrendes

Geräusch. Silbers Pfoten tappten auf den steinernen Fliesen des Fußbodens. Und ich hörte schnelle Schritte hinter mir.

Ich blieb stehen und sah mich vorsichtig um. Eine hohe, breitschultrige Gestalt näherte sich – Wigald of Uxbridge. In seinem Kielwasser folgte Mildrad. »Wartet«, rief die Kleine fröhlich, »wartet doch! Wir wollen mit!«

Ich hatte mich entschlossen, trotz des bedeckten Himmels an diesem trüben Nachmittag die Burg zu verlassen. Ich brauchte frische Luft nach all dem Rauch in den von qualmenden, schlecht ziehenden Kaminen miserabel beheizten Gemächern von Old Sarum. Das Hauptmahl des Tages würde vor Anbruch der Dämmerung in der großen, klammfeuchten Halle serviert werden – dazu musste ich erscheinen. Doch bis dahin blieb mir eine kleine Spanne Zeit, um ein Stückchen durch den kahlen Wald zu wandern.

Ich hatte das dringende Bedürfnis, allein zu sein. Aber Wigald of Uxbridge ließ sich nicht von meiner Seite weisen. »Die Königin will es«, beharrte er standhaft, wenn auch mit vor Verlegenheit gerötetem Gesicht, »ich soll Euch begleiten, Agneta – wo immer Ihr gehen oder stehen wollt …«

»Solange Ihr nicht auch in meine Schlafkammer einzieht«, entfuhr es mir.

Wigald errötete tiefer. Er senkte den Blick. Stammelnd brachte er ein paar unverständliche Laute hervor. Dann, mit lauterer Stimme, machte er einen Vorschlag: »Wenn Ihr es leiden wollt, Agneta … so beliebte ich, Euch von meiner Hand ein Ross entgegenzuhalten … es ist heilig, ganz sicherlich, und es folgt dem meinigen auf den Fersen …«

Zuerst verstand ich nicht. Dann musste ich lachen. »Bitte, Wigald«, spöttelte ich mit verhaltener Boshaftigkeit, »selbst Ihr, die Ihr recht kräftig gebaut seid, werdet es kaum schaffen, mir auf den Armen Euer heiliges Pferd zu präsentieren. Wenn es nur auf den Fersen laufen kann, sollte es sowieso besser in der Obhut eines erfahrenen Pferdeknechtes bleiben, bis es wieder gesund ist.«

Wigald of Uxbridge schüttelte verwirrt den Kopf. »Ihr habt einen missfarbenen Eindruck«, erwiderte er, »mein Tier ist randvoll mit rohen Kräften. Ich dachte mir, da Ihr nicht gut zu Fuß seid, wären die Füße eines Rosses besser als …«

Ich unterbrach ihn sanft. Seine unschuldigen blauen Augen waren allzu rührend. »Lasst es gut sein, Wigald«, sagte ich, »ich danke für Eure freundliche Hilfe und nehme Euer Angebot gerne an – wenn Ihr mich lehren wollt, wie man reitet.«

»Ob ich …?« Wigald of Uxbridge strahlte auf und schenkte mir ein glückseliges Lächeln. »Oh, das wäre mir eine endlose Freude! Wollt Ihr, dass ich …«

»Wartet vor meiner Tür, solange ich mich umkleide«, gebot ich ihm, wie man ein übereifriges Kind zurechtweist, »ich bin gleich zurück – dann dürft Ihr mir nach Herzenslust all meine Fragen beantworten.«

»Nach Herzenslust …« murmelte Wigald. Im Blick seiner wasserhellen Augen lag ein so seliger Ausdruck des Entzückens, dass ich fluchtartig in meine Kammer huschte.

Ich wählte ein fußkurzes wollenes Jagdgewand, das mir die Königin erst vor einigen Tagen hatte schicken lassen. Es war mit Fehpelz gefüttert und roch noch ganz neu, genau wie die warme Husse aus blauem Friesgewebe, die ebenfalls mit Pelz unterlegt war. Die dazugehörige Gugel, langschwänzig und mit rotem Fuchs verbrämt, stand mir gut zu Gesicht und würde nützlich sein, fall der Nieselregen wieder einsetzte.

So ausgestattet trat ich auf den Gang hinaus. Wigald wartete dort, aufgerichtet wie ein Standbild, die kräftigen Beine in den hirschledernen Beinlingen leicht gespreizt und die Fäuste in die Hüften gestemmt. Sein Mantel, dunkelgrün, grobwollen und auf der rechten Schulter mit einer wunderschön gearbeiteten, prächtig edelsteinbesetzten Ringfibel zusammengehalten, fiel ihm in schweren Falten bis zu den Knöcheln. Seine Mütze, ein weiches Barett aus Otterfell, hatte er in den breiten Gürtel eingeklemmt. Der glatte, wasserdichte Pelz schimmerte golden in dem trüben Tageslicht, das durch ein schmales Schlitzfenster auf der gegenüberliegenden Seite des Korridors hereinfiel.

Stattlich. Das war der Gedanke, der mir bei seinem Anblick einfiel – ein Edler aus altem und dennoch jungem, kraftvollem Geschlecht. Wigald of Uxbridge beeindruckte. Allein sein Aussehen erregte Respekt und Bewunderung – selbst bei einer respektlosen Person wie mir.

»Wo ist Mildrad«, fragte ich, um mein eigenes Staunen zu brechen, »wollte sie nicht mit?«

Er sah mich an, sein Blick glitt wie in plötzlicher Verzückung über mein Gesicht, schien mich beinahe zu berühren. »Meine Schwester«, stammelte er, »sie wollte … sie hatte … etwas anderes zu tun … es drängte sie, mit einer anderen Dame … Brett zu spielen …«

»Ach.« Ich raffte den Mantel und begann den Korridor entlangzuhinken, während Silber sich aus dem Schatten der Mauer löste und an meine Seite kam. »Nun«, schloss ich, »dann werden wir eben allein ausreiten. Das macht ja nichts.«

Wigald beeilte sich, mir zu folgen. »Ich habe die Rösser vorführen lassen«, informierte er mich mit immer noch belegter Stimme, »sie warten im Hof.«

Ich musste lächeln. Er hatte geplant, sobald ich meinen Wunsch, die Burg zu verlassen, geäußert hatte. Sein Angebot, Pferde zu nehmen, war keineswegs spontan gewesen. Er hatte an meinen verkrüppelten Fuß gedacht, lange, bevor mir selbst der Gedanke daran gekommen war.

Die schöne, goldbraune Stute, die so geschmeidig unter dem Damensattel ging, trug mich ohne jede Widerspenstigkeit. Sie hielt sich dicht an der Seite des schwarzen Hengstes, den Wigald of Uxbridge ritt, und ihr Tritt war sanft. Selbst als der Hengst in einen lang ausgreifenden Trab fiel und sie sich seinem Tempo anpasste, spürte ich kaum Stöße. Denn das wunderbar ausgebildete Tier machte so fließende Bewegungen, dass ich mich beinahe mühelos im Sattel halten konnte.

Wir folgten dem Reitpfad, der sich von der Burg in die Ebene hinunterzog. Wir schwiegen. Ich hatte noch nicht das Wort an Wigald gerichtet und er respektierte, dass ich keine Unterhaltung wünschte. Er tat es selbstverständlich, ganz ohne verwunderte Blicke oder gekränkte Miene.

Ich betrachtete ihn, wie er lässig zu Pferde saß, die Kappe aus Otterfell fest auf das flatternde blonde Haar gedrückt, die Zügel locker in der behandschuhten Rechten. Sein sehniger, muskulöser Körper verschmolz so natürlich mit den Bewegungen seines Rappen, als sei er ein Teil des Pferdes. Unmerklich lenkte Wigald sein prächtiges Reittier; Schenkeldruck und Zügelhilfe waren für mein ungeübtes Auge nicht auszumachen.

Er besitzt die Qualitäten, die einen Mann wertvoll machen, hatte die Königin gesagt. Und sie hatte Recht. Bei Wigalds Geburt hatten Sonne und Mond, Venus und Mars im Zeichen Taurus gestanden – schon vor einiger Zeit hatte ich das nach Mildrads Angaben über ihren Bruder berechnet. Dieser in sich ruhende junge Mann, der da an meiner Seite ritt, besaß Mut, Gelassenheit und Geduld in überreichem Maße. Seine Schultern waren breit genug, um jede Last zu tragen – in jeder Hinsicht. Venus im Stier verlieh ihm Treue und eine fürsorgliche Sanftheit. Der Mars in diesem Zeichen gab Zähigkeit, Ausdauer und Standhaftigkeit. Wigald of Uxbridge war zuverlässig, vertrauenswürdig und alles andere als wankelmütig. Und seine Seelenstärke hielt sich mit der beherrschten Kraft seines kerngesunden Körpers die Waage.

Die Frau, die er zur Ehe erwählte, würde ihres Platzes in seinem Herzen absolut sicher sein können. Er würde sie behüten und ihr jeden Wunsch von den Augen ablesen, sofern dieser Wunsch nur irgendwie vernünftig und erfüllbar war. Wigald würde ihr ein leidenschaftlich liebender, wenn auch sehr besitzergreifender Gemahl sein, und seinen Kindern ein zärtlicher, warmherziger, unermüdlich sorgender Vater.

Ich wandte den Blick zum Himmel. Graue Wolken zogen dort, von einem feuchten, kühlen Wind getrieben. Hier und da schimmerten Fetzen aus verwaschenem Blau. Schwarze Vögel wehten mit rauem Schrei über die weiten Felder der Senke, auf der sich, reizvoll verteilt, in rauchfarbenem Grau das filigrane, transparente Gezweig der unbelaubten Baumgruppen abhob.

Diese Gegend Englands war von großer Schönheit, selbst bei spätwinterlichem Wetter. Und Wigald of Uxbridge passte in seinem Aussehen zu der melancholischen Landschaft, in die er hineingeboren war. Während meine Augen Mildrads Bruder anschauten, wurde mir bewusst, warum die Königin ihn mir zur Seite gegeben hatte. Aber bei seinem Anblick stieg ein anderes Gesicht vor meiner Seele auf, eins mit dunklen Augen, einer kühn geschwungenen Nase und einem unvergleichlich zärtlichen Mund. Mir war, als könne ich die Weichheit des kurzen, schwarzen, dicht gelockten Haares fühlen, das dieses Antlitz umrahmte.

François ... Hatte die Königin Recht, wenn sie versuchte, das Bild meines Liebsten aus meinem Gedächtnis zu tilgen? War es möglich, dass auch er unser Bündnis vergaß, dass er sich einer anderen Frau zuwandte, nachdem er mich für immer verloren glauben musste?

Ja, es war möglich. Ein wilder Schmerz überrollte mein Herz. Doch zugleich spürte ich wieder die unbändige Kampfbereitschaft und Entschlossenheit, die mich bei der Königin überkommen hatte. Ich würde die Suche nach François nicht aufgeben. Ich würde so lange an seine Treue glauben, bis ich den Gegenbeweis bekam. So wahr ich Agneta von Rabenstein war.

22

Die See ging rau. Mannshohe Wellen, graugrün wie trübes, blasiges Glas und gekrönt von weißem Schaum, donnerten gegen die Bordwand unseres Schiffes und überschütteten immer wieder das Deck mit salzigen Sturzfluten. Der heftige Wind brachte das halb gereffte, viereckige Segel zum Knattern. Der Mast knirschte, dass es einem schon Angst machen konnte, und die Bohlen des Decks schütterten und stöhnten bei jedem Angriff der Wogen, als könnten sie den schweren Schlägen nicht mehr lange standhalten. Die Matrosen, so sturmerprobt sie waren, mussten sich bis zur Erschöpfung abquälen, um das Schiff in der tobenden See auf Kurs zu halten.

Frierend und duchweicht bis auf die Haut hockte ich unter der Schutzplane aus grobem Segeltuch, die für die Passagiere über dem Heck ausgespannt worden war. Neben mir, ebenso durchfroren und zähneklappernd, hatte sich Mildrad an die Bordwand angeklammert und starrte durch Wind und Regen zum Festland hinüber, das als unsicherer, wie mit Kohle gezogener schwärzlich-körniger Strich über dem brodelnden Meer sichtbar geworden war. »Endlich«, schnaufte sie und zog schaudernd die Schultern hoch, »auch wenn ich ziemlich seefest bin – ich dachte schon, diesmal ist es so weit, und wir müssen allesamt ersaufen!«

Wigald, der einige Schritte von uns entfernt aufgereckt hinter dem Schanzkleid stand und den eisigen Böen trotzte, räusperte sich unwillig. »So spricht keine Dame«, wies er seine kleine Schwester zurecht.

»Ach, im Angesicht des Todes ist doch höfisches Benehmen fehl am Platze«, mokierte sich Mildrad bibbernd und kichernd. »Ich bin sicher, wir haben alle den Tod in den Knochen. Kaltes Salzwasser, alle Augenblicke übers Fell gekippt – sowas verträgt nur ein Fisch!«

Ich fand ihre frechen Bemerkungen äußerst erheiternd – im Gegensatz zu Wigald, dessen Miene wachsenden Unwillen ausdrückte. Da er sich augenscheinlich für seine kleine Schwester schämte, beschloss ich, ihm zu ein bisschen Oberwasser zu verhelfen. »Schau dir die Königin an«, sagte ich zu Mildrad und deutete auf das zweite Schiff, das schräg voraus auf den Wellen tanzte, »die hält sich aufrechter als mancher Mann. An ihr solltest du dir ein Beispiel nehmen!«

Mildrad grinste. Sie warf einen desinteressierten Blick auf die schmale Gestalt, die, umflattert von einem windgepeitschten Mantel, aufrecht vor dem Mast stand und ebenfalls zum Land hinüber spähte. »Ach, die alte Alienor«, kicherte sie mit einem maliziösen Lächeln, das für ihren Bruder gedacht war, »die ist ja gefeit, wie jeder weiß. Die fürchtet weder Tod noch Teufel. Wind, Meer und kaltes Salzwasser konnten ihr noch nie etwas anhaben. Aber wir gewöhnlichen Sterblichen …«

»Agneta hat Recht«, grollte Wigald. »Die Königin wäre ein gutes Vorbild für dich, Mildrad. Aethel hat sie immer nachzuahmen versucht – warum nur wirkt ihr Einfluss nicht bei dir?«

Ich schmunzelte. Aethel hatte nicht die geringste der Eigenschaften von Alienor d' Aquitaine übernommen. Und Mildrad hielt auch sofort einen Widerspruch für ihren Bruder bereit. »Mein lieber Wigald«, konterte sie munter, »wenn du darauf lauerst, dass ich so langweilig werde wie die gute Aethel – dann kannst du warten, bis du schwarz wirst!«

»Sie muss verheiratet werden«, sagte Wigald, mir zugewandt. Doch ich hatte den Eindruck, als spräche er zu sich selbst. »Jetzt ist sie noch jung genug, dass jemand sie formt. Aber später wird sie keinen Mann mehr abbekommen, fürchte ich. Ein so unbeherrschtes Mundwerk lässt sich doch niemand gefallen.«

Er hatte in seiner eigenen Sprache gesprochen, die ich jetzt schon gut verstand. Ich nickte und schüttelte gleichzeitig den Kopf. »Ihr macht Euch unnötige Sorgen, Wigald«, erwiderte ich lächelnd. »Es gibt viele, die genau diesen Zug an Mildrad äußerst reizvoll finden.«

»Meint Ihr?« Er runzelte die Stirn und strich sich zweifelnd über seinen dichten blonden Schnauzbart. »Ich weiß nicht, ich würde mich bei ihr den ganzen Tag genötigt fühlen, sie in die Schranken zu weisen. Wobei sie doch so süß sein kann – von Zeit zu Zeit …«

»Seht Ihr?« Ich widmete ihm ein aufmunterndes Lächeln.

Wigald seufzte tief auf. »Ach, wäre Mildrad doch nur ein wenig mehr wie Ihr«, murmelte er, »so viele, die dann von ihr träumen würden …«

Ich suchte seinen Blick. Er schlug hastig die Augen nieder. Mildrad kicherte und zog spielerisch-neckend den Mantelzipfel vors Gesicht. Und Wigald drehte sich von mir weg. »Wir werden wohl in einer Stunde anlegen«, stotterte er, in das Gelächter seiner kleinen Schwester hinein.

Prinz John hatte die stürmische Überfahrt nicht in unserem Schiff, sondern in dem seiner Mutter hinter sich gebracht. Alienor d' Aquitaine selbst hatte es so angeordnet. Sie hatte sich über die widerwillige Miene ihres jüngsten Sohnes wortlos hinweggesetzt. Solange unser Schiff sich noch durch die Wellen kämpfte, hielt meine Erleichterung darüber an. Doch jetzt, wo wir gelandet waren, konnte ihn die Königin nicht mehr daran hindern, sich uns zu nähern.

Sobald ich den Fuß an Land gesetzt hatte, trat er auf mich zu. Der strömende Regen, der eingesetzt hatte, triefte über sein scharfkantiges Gesicht und tropfte aus seinen nassglänzenden schwarzen Strähnen, die ihm wie dünne, geringelte Schlangen bis auf die Schultern hingen. Seine Augen glitzerten. Er schob Wigald, der sich an meiner Seite hielt, grob beiseite. »Macht Platz, Uxbridge«, fauchte er, »kümmert Euch lieber darum, dass die Pferde entladen werden. Die Begleitung der Damen übernehme ich.«

Ich warf Wigald einen Hilfe suchenden Blick zu. Er reichte mir instinktiv seine Hand. »Mein hoher Herr«, gab er mit tönender Stimme zurück, »das wäre Euch nicht zuzumuten. Diese Dame –« er deutete mit einer knappen Kopfbewegung auf mich, »muss getragen werden, denn die Füße versagen ihr nach der Nässe und Kälte im Schiff den Dienst.«

Damit umfasste er meine Taille, hob mich, klatschnass

wie ich war, einfach auf den Arm und schritt grußlos an Prinz John vorüber, den Wagen zu, die an der Mole warteten.

Er hatte den einzig möglichen Weg gefunden, mich Prinz John zu entziehen. Ich schlang die Arme um seinen Nacken. »Dank Euch, Wigald«, flüsterte ich in sein Ohr, »Dank – von ganzem Herzen!«

»Fürchtet nichts«, hauchte er zur Antwort. Sein Griff um meinen Leib wurde fester. »Fühlt Euch ganz sicher.«

Ich schaute über seine Schulter den Prinzen an, der im rieselnden Regen stehen geblieben war. John murmelte etwas; ich sah, wie seine Lippen sich zornig bewegten. Doch ein Ton kam nicht aus seinem Mund. Nur seine Augen verrieten, dass er vor Wut kochte. Von nun an würde ich noch mehr vor ihm auf der Hut sein müssen …

Ich zitterte. Doch die aufwallende Angst, die mich von neuem frieren ließ, wurde gemildert durch Wigalds beruhigende Worte. »Die Königin hat bestimmt, dass wir gemeinsam in einem Wagen reisen«, informierte er mich, »Ihr, meine Schwester Mildrad und ich. Ich hoffe, es ist Euch nicht Unrecht.«

»O nein«, antwortete ich aufatmend, »nichts wäre mir lieber!«

Er verlangsamte für einen Atemzug seine Schritte. »Wirklich?« fragte er. Seine Stimme war so leise geworden, dass ich Mühe hatte, ihn zu verstehen.

»Wirklich«, bestätigte ich. »Eine angenehmere Gesellschaft könnte ich mir kaum denken.«

Ich musste lächeln, als er beim Weitergehen beinahe einen Luftsprung vollführte.

In den Quartieren war alles auf die Ankunft der Königin vorbereitet. Der kleine Stadtpalast wimmelte von dienstfertigen Knechten und Mägden. In hölzernen Zubern dampfte schon heißes Wasser. Und ich gehörte zu den ersten, die in einem eigenen kleinen, mit hübschen gestickten Tapisserien ausgeschmückten Gemach einen solchen Zuber besteigen durfte.

»Die Königin hat es angeordnet«, erklärte mir freundlich das junge Mädchen, das mir beim Auskleiden behilflich war. »Schon am Tag vor gestern kam Nachricht, dass sie heute eintreffen würde, und der Kastellan von Barfleur weiß schon seit vielen Jahren, was dann zu tun ist. Schließlich hat er nicht zum ersten Mal den Empfang der Königin ausgerichtet und kennt ihre Wünsche im Voraus.«

Das war umfassend geantwortet. Ich nickte nur und ließ mich aufseufzend in das warme Wasser sinken. Mildrad hatte es ebenfalls geschafft, sich aus ihren nassen Sachen zu schälen, und stieg zu mir. »Dass mir ja alles gut gereinigt und getrocknet wird«, schärfte sie im Niedersetzen dem Mädchen ein, »und vergiss nicht, uns reichlich Tücher zum Abtrocknen zu bringen, wenn wir fertig sind. Und natürlich warme, trockene Kleider aus unseren Reisetruhen!«

Die Magd war bereits dabei, unsere nassen Gewänder zusammenzulegen. »Weiß schon, Fräulein«, bestätigte sie geduldig, während sie sorgsam Hemden und Untergewänder faltete und aufeinander stapelte. »Ihr müsst einfach in die Hände klatschen, wenn Ihr Bedienung wünscht. Dann wird sofort jemand kommen.«

Mit diesen Worten verschwand sie aus der Kammer. Ich lächelte Mildrad an. »Es war ganz unnötig, sie einzuweisen«, sagte ich, »ich glaube, sie kennt sich, was ihre Aufgaben betrifft, viel besser aus als wir.«

Mildrad machte ein strenges Gesicht. »Man soll es nie versäumen, den Domestiken deutlich zu machen, wer hier das Sagen hat«, widersprach sie energisch, »sonst nehmen sie einen nicht ernst und tanzen einem auf der Nase herum.«

»Soso«, gab ich zurück und dehnte mich, »hat dich das die Königin gelehrt?«

Mildrad schüttelte schläfrig den Kopf. »Sowas weiß man von selbst, wenn man vom Adel ist«, murmelte sie und rutschte noch ein bisschen tiefer in den Zuber.

Ich lächelte in mich hinein. Ich entschied mich, Mildrads hoffärtige Ansichten nicht zu kommentieren. Ich streckte meine schmerzenden, verspannten Muskeln, ließ die wohlige Wärme des Wassers auf meinen erschöpften Körper einwirken und gab mich ganz dem herrlichen Gefühl der Ruhe hin. Ach, was konnte es nach einer kalten Sturmnacht auf dem Meer Angenehmeres geben als ein lavendelduftendes, heißes Bad in einer stillen Kammer?

Ich musste eingedöst sein. Doch Stimmen vor der Tür brachten mich aus einer feuchtwarmen, friedlichen Traumwelt zurück in die Wirklichkeit. »Die Königin wünscht deine sofortige Aufwartung«, befahl jemand in sonderbar gedämpft klingendem Ton, »lauf zu, sonst mach ich dir Beine!«

»Ja, hoher Herr«, sagte die Magd erschrocken. Die andere Stimme hatte unverkennbar Prinz John gehört.

Ich spürte, wie sich alle meine Muskeln wieder verkrampften. Was wollte der hier? War man denn nirgends vor ihm sicher? Ich rutschte tiefer in den Zuber hinein, sodass mich das warme Wasser bis über die Brüste bedeckte. Hoffentlich weiß er nicht, dass dies meine Badekammer ist, dachte ich zitternd.

Die Tür öffnete sich knarrend, schloss sich wieder. Der Riegel wurde vorgeschoben – sein Eisen quietschte leise. Ich hatte angstvoll den Kopf abgewandt, doch ich konnte die Schritte hören, die sich dem Zuber näherten. Sie klangen mir wie Donnerschläge in den Ohren. Mildrads Augen waren offen und starrten den Prinzen entgeistert an. »Herr«, flüsterte sie erschrocken, »was wollt Ihr denn hier? Habt Ihr Euch in der Tür geirrt …«

»Keineswegs«, Prinz Johns Stimme klirrte. Er packte mich an der nackten Schulter. »Du wirst sterben, kleiner Krüppel«, zischte er, »noch einmal sollst du keine Gelegenheit bekommen, mich vor den Höflingen bloßzustellen!«

Seine Finger bohrten sich in meine Haut wie Raubvogelkrallen. Ich konnte keinen Ton hervorbringen. Wie in einem bösen Traum sah ich Mildrad aus der Wanne springen und den Prinzen am Ärmel fassen. »Herr –« stieß sie hervor, »das kann nicht Euer Ernst sein – Ihr habt nur einen Scherz gemacht … nicht …?«

John holte mit der freien Hand aus. Seine Faust traf ohne Warnung die Schläfe meiner kleinen Freundin – so hart, dass Mildrad gegen die Wand taumelte und lautlos zusammensackte. Ich sah ihren nackten Körper mit vor Entsetzen geweiteten Augen. Sie lag leblos am Boden, und noch immer konnte ich keinen Laut von mir geben. Ich war wie gelähmt.

»Nun zu dir«, sagte der Prinz. Er ließ meine Schulter los, griff mit beiden Armen ins Wasser und umfasste meine Knöchel. »Es wird einen bedauerlichen Unfall geben«, fuhr er wie unbeteiligt fort, »nicht zum ersten Mal ist jemand im Bad ertrunken …«

»My Lord«, kam es krächzend aus meiner Kehle, »bitte … besinnt Euch … Ihr könnt keine hilflose Frau umbringen –«

Prinz John grinste. Er heftete den Blick seiner kohlschwarzen Augen auf mein Gesicht. Vorfreude glitzerte darin. »Nicht?« flüsterte er. »Nun – wir werden ja sehen …!«

Er hatte die Zungenspitze zwischen die Zähne geklemmt. Sein Mund mit den fleischigen Lippen, die in einem lustvollen Lächeln offen standen, hatte etwas Obszönes. Seine sehnigen Finger umspannten meine Knöchel und zogen.

Der Ruck war so heftig, dass es mir nicht gelang, mich am Rand des Zubers fest zu halten. Meine nassen Hände rutschten ab. Ich glitt unter Wasser.

Ich konnte den Prinzen durch das warme, gläserne Wirbeln des Wassers sehen. Er starrte auf mich nieder, immer noch mit diesem Grinsen im Gesicht, während er meine Beine hochhielt. Ich würde ertrinken. Ich begann zu kämpfen.

Todesangst gab mir einen Teil meiner Kräfte zurück. Ich schaffte es, meinen rechten Fuß aus dem eisernen, klauenhaften Griff des Prinzen zu befreien. Ich trat nach John, suchte seinen Kopf zu treffen, doch er wich meinem strampelnden Bein lachend aus. Ich holte weiter aus, stieß wieder und wieder ins Leere. Blasen wirbelten um mich her. Meine Lungen begannen zu brennen. Gleichzeitig spürte ich, wie mir langsam das Bewusstsein schwand. Ich musste atmen, brauchte Luft … Luft …

Plötzlich war ich frei. Meine Beine rutschten zurück in den Zuber, und ich kam mit wilden, rudernden Armschlägen aus dem Wasser hoch. Heulend sog ich Atem in meine Lungen. Meine Ohren dröhnten, ich brauchte zwei, drei

Herzschäge, um wieder aufnehmen zu können, was um mich her geschah.

Wigald of Uxbridge stand breitbeinig da. Zornesröte verdunkelte sein Gesicht. Seine Augen sprühten Blitze. Er hatte Prinz John beide Arme auf den Rücken gedreht und hielt ihn fest. Seine Miene drückte einen Zorn aus, wie ich ihn noch bei keinem Menschen gesehen hatte.

»Lasst los, Uxbridge«, zischte Prinz John, »Ihr brecht mir ja die Arme!«

»Ich hätte jedenfalls die größte Lust dazu«, gab Wigald heiser vor Wut zurück und presste ein wenig härter.

Prinz John stöhnte auf. »Das büßt Ihr mir«, knirschte er. »Seid gewiss, Uxbridge, das soll Euch noch leid tun!«

»Ich glaube nicht«, konterte Wigald. Seine Stimme nahm, während er sprach, eine ruhige Kälte an. »Ich sage Euch jetzt, was Ihr tun werdet, my Lord John. Ihr werdet …«

Der Prinz machte wütende, wenn auch vergebliche Anstrengungen, sich aus Wigalds Griff zu befreien. »Ihr wagt es, mir Befehle zu erteilen?« schnaubte er und dämpfte sofort wieder seine Stimme. »Ausgerechnet Ihr wollt mir …«

»Ich will und ich werde«, sagte Wigald, »denn mir liegt viel daran, Eurer königlichen Mutter nicht wehzutun.« Mit einer angewiderten Grimasse ließ er den Prinzen los. »Ihr habt versucht, einen Unfall zu verhindern«, fuhr er fort, während er John mit flammendem Blick fixierte, »und ich bin Euch beigesprungen, um Euch zu helfen, die Dame Agneta wieder aus dem Wasser zu ziehen. Dies werdet Ihr persönlich Eurer Mutter melden. Ich werde Euren Bericht bestätigen. Meine Schwester Mildrad hat nichts gesehen, denn sie ist ausgerutscht und hat sich den Kopf an der Wand angeschlagen. Ist es nicht so, Mildrad?«

Er schaute hinüber zur Wand, und ich folgte seinem Blick. Mildrad saß kreidebleich auf dem Fußboden. Sie nickte zitternd.

Mein Kopf wandte sich wie von selbst wieder Prinz John zu. Der bleckte die Zähne, sodass er aussah wie ein angriffslustiger Hund. »Wie zum Teufel wollt Ihr denn wohl –« begann er, doch Wigald of Uxbridge ließ ihn nicht zu Wort kommen. »Die junge Magd draußen auf dem Korridor hat ebenfalls nichts gesehen«, sagte er kalt, »aber das kann sich ändern, Lord John. Ihr wäret gut beraten, auf mein Angebot einzugehen. Solltet Ihr es nicht tun, müsste ich der Königin –« Er unterbrach sich und sah mich an. »Lady Agneta – von Euch hängt es natürlich letzten Endes ab, ob ich der Königin die Wahrheit sage oder nicht …«

Ich erwiderte seinen Blick. Noch zitterte ich am ganzen Leibe, aber mein Kopf war wieder klar. Man musste der Königin die Wahrheit über ihren jüngsten Sohn nicht sagen – sie kannte sie längst. Es hatte keinen Sinn, Alienor d' Aquitaine weiteren Seelenschmerz zuzufügen. Und sie würde weise genug sein, John von mir fern zu halten, wenn sie nur eine Andeutung erhielt …

»Ich werde alles vergessen, was sich in dieser Kammer abgespielt hat«, sagte ich mit steifen Lippen, »vorausgesetzt, dass Prinz John verspricht, in Zukunft keine weiteren …«

Wigald unterbrach mich mit einem energischen Nicken. »Ihr habt es gehört, Lord John«, wandte er sich an den Prinzen, »Euer Wort also. Nun?«

John zerbiss einen Fluch zwischen den Zähnen. »Meine Mutter würde nicht Euch, sondern mir glauben«, spuckte er verächtlich, »ich bin ihr eigen Fleisch und Blut, und Ihr seid nur ein angelsächsischer Hund!«

Wigald of Uxbridge zuckte nicht mit der Wimper. Unbeirrt wiederholte er seine Forderung. »Gebt Ihr nun Euer Wort?«

Der Prinz ballte die Fäuste. »Berichtet meiner Mutter, was Ihr wollt, Uxbridge«, knurrte er, »doch erwartet nicht, dass ich Eure unverschämte Anmaßung vergesse. Ich habe ein ausgezeichnetes Gedächtnis – bei meiner Seele, ich werde mir Genugtuung zu verschaffen wissen!«

Damit stürmte er aus dem Raum. Er warf die Tür so hart hinter sich zu, dass Holz splitterte.

Mein Blick folgte dem Prinzen und blieb an den Bohlen der Tür haften. Der Riegel hing schief. Die eiserne Riegelführung war aus der Wand gerissen und lag auf den Steinplatten des Fußbodens. Wigald musste die Tür mit Gewalt aufgesprengt haben, um hier hereinzukommen – all das hatte ich, die ich am Ertrinken gewesen war, nicht mitbekommen. Ich sah Wigald an. »Wie seid Ihr …« stotterte ich, »wie konntet Ihr wissen …?«

Er hatte sich von mir abgewandt und drehte mir jetzt den Rücken zu. »Die Magd sagte, Prinz John habe sie auf dem schnellsten Weg zur Königin geschickt«, erklärte er in plötzlicher Verlegenheit, »und da ich wusste, in welchem Zimmer Ihr Euer Bad nehmen solltet, konnte ich mir ausrechnen …«

»Oh, Wigald«, hauchte ich in nachträglichem Entsetzen, »ohne Euch wären wir jetzt tot, Mildrad und ich! Hättet Ihr nicht so mutig eingegriffen, er hätte uns …«

Er unterbrach mich mit sanfter, etwas belegter Stimme. »Ich überlasse Euch nun erst einmal der Magd, damit Ihr Euch ankleiden könnt«, sagte er. »Ich werde auf dem Gang vor der Kammer Wache halten.« Und er ging hinaus, scheinbar, ohne meine Worte zur Kenntnis zu nehmen. Die junge Frau, die Mildrad und mir das Bad gerichtet hatte, trat fast augenblicklich mit einem Stapel Kleidungsstücke ins Zimmer. »Ich stehe zu Diensten«, sagte sie.

»Das ist gut«, erwiderte ich. »Beantworte mir eine Frage: Wo ist mein Hund?«

»Das große graue Ungetüm? Nun – ein Diener aus Prinz Johns Gefolge hat ihn an die Leine gelegt und weggeführt. Er solle ihn füttern, sagte er.«

Ihre Stimme vibrierte von aufgesetzter Munterkeit. Sie hatte ihren Schrecken ebenso wenig überwunden wie Mildrad und ich.

Ich stieg mit zitternden Beinen aus dem Zuber. »Wäre mein Hund in der Nähe gewesen, es hätte diesen Auftritt sicher nicht gegeben«, sagte ich.

Die Magd nickte schuldbewusst. »Aber ich konnte ja nicht wissen …« stammelte sie.

»Merke dir für die Zukunft – meinen Hund versorge ich immer selbst.«

Die Magd nickte. Sie schien regelrecht in sich zusammenzuschrumpfen. Stumm half sie uns beim Abtrocknen und Anziehen. Aber sie war dankbar für die beruhigenden Worte, die ich ihr sagte, als wir fertig waren: »Sorge dich jetzt nicht weiter – es ist alles glimpflich abgelaufen, und dich trifft keine Schuld.«

Sie verneigte sich demütig.

»Bewahre einfach Stillschweigen, das ist für jeden das beste – besonders für dich.«

»Ja, ma Demoiselle«, murmelte das Mädchen und knickste, »aber ich weiß immer noch nicht, wie das alles geschehen konnte … er hat einfach die Tür eingerannt, obwohl Ihr sie doch verriegelt hattet! Und wie Prinz Jean zu Euch hineingekommen ist, das ist mir ganz unverständlich …«

»Besser, du bleibst in Unkenntnis«, meldete sich Mildrad fröstelnd. »Bring uns einen Feuerkorb voll glühender Kohlen, damit wir uns endlich wärmen können. Wir holen uns sonst doch noch den Tod.«

Sie hatte wieder Oberwasser. Ich dagegen brauchte bis zum abendlichen Mahl, um meine Ruhe einigermaßen zurückzugewinnen. Daran änderte auch die Tatsache nichts, dass Silber wohlbehalten zurückgebracht worden war.

Wigald of Uxbridge begleitete Mildrad und mich zu dem kleinen Saal, in dem das Nachtmahl angerichtet worden war. Nicht viele nahmen daran teil. An dem Quertisch des Hufeisens saßen nur die Königin, Prinz John und zwei Herren, die im Ort residierten. Die beiden Seitentafeln nahmen die Damen der Königin und die Herren ihres Gefolges ein.

Heute gab es keine Musik. Die Königin saß steif aufgerichtet und in unbewegtem Schweigen zu Tisch. Prinz John wirkte neben ihr wie eine hölzerne Puppe. Auch er sagte kein Wort; ohne Appetit zerpflückte er das gebratene Huhn, das ihm vorgesetzt wurde, aß kaum etwas davon, starrte finster vor sich auf den Tisch und hielt sich an den Wein, der ihm auf seine ungeduldige Handbewegung hin immer wieder nachgeschenkt wurde. Einen Becher nach dem anderen stürzte er gierig hinunter, ungeachtet der indignierten Blicke seiner Mutter.

Die Mahlzeit war schnell vorüber. Bereits nach ganz kurzer Zeit erhob sich die Königin, und die Schüsseln wurden abgetragen. Ich hatte kaum Gelegenheit bekommen, meinen gröbsten Hunger zu stillen. Mildrad ging es ebenso, ich erkannte es an ihrer enttäuschten Miene. »Erst lässt man uns halb erfrieren«, flüsterte sie ärgerlich, »und jetzt müssen wir auch noch hungern. Ich beneide die Diener, die sich über die schönen Reste hermachen dürfen!«

In diesem Augenblick wandte sich die Königin, die den Ausgang beinahe erreicht hatte, zu uns um und winkte. Ihre sparsame Geste war dennoch unübersehbar, und sie forderte Mildrad und mich damit auf, ihr zu folgen. Wir kamen ihrem Wunsch sofort nach. »Sie weiß alles«, wisperte Mildrad im Gehen, »was nun?«

»Ich wünsche Wigald of Uxbridge ebenfalls bei mir zu sehen«, sagte die Königin in den Raum hinein. Ihre Worte waren leise gesprochen worden, doch mir schien es, als hallten sie mit einem Echo durch den Saal. »Ja, sie weiß es«, antwortete ich meiner kleinen Freundin tonlos. »Wir werden sehen, was sie jetzt mit uns besprechen will. Um des lieben Himmels willen, Mildrad – sag nur nichts Unbedachtes …!«

Wir ließen der Königin einen Vorsprung von zwanzig Schritten. Ich konnte mir das leisten, denn mit meinem Hinkefuß kam ich ohnehin nicht so rasch voran. Mildrad tat, als müsse sie mich stützen. Und Wigald, der die Aufforderung Alienors mit blassem Gesicht wahrgenommen hatte, ging hinter uns. Ich spürte, dass er jeden Schritt widerwillig tat.

Dennoch standen wir Augenblicke später vor dem Gemach der Königin, und noch ehe wir klopfen konnten, ertönte ihre Aufforderung: »Herein!«

Sie saß in dem blau gepolsterten faltbaren Sessel, den sie auf Reisen immer bei sich führte. Sie winkte uns näher heran. Ihre Haltung war unvergleichlich. »Mir ist zu Ohren gekommen«, sagte sie ohne Gruß und ohne Einleitung, »dass du, Agnès, in deinem Badezuber fast ertrunken bist. Mein Sohn Jean hat sich zu dieser Zeit in deinem Raum aufgehalten, sagte man mir. Was ist wahr daran?«

Ihr Blick fixierte mich. In ihren sonst so sanften Augen stand unübersehbar der Befehl, die Wahrheit zu sagen. Es war unmöglich, sie jetzt zu belügen – aber das musste ich ja auch bei ihrer Frage nicht. »Alles, ma Dame«, sagte ich wahrheitsgemäß.

Eine scharfe Falte zeigte sich zwischen ihren Brauen. Im Dunkel ihrer Augen begann es zu glimmen. »Erzähle mir den Hergang der Geschichte«, forderte sie ruhig.

Ich räusperte mich. Ich musste mich von ihr abwenden. Schnell schaute ich auf meine Füße. »Nun«, fing ich zögernd an, »das heiße Wasser machte mich schläfrig … und so glitt ich immer tiefer in den Zuber hinein … und dann verlor ich den Halt … und Mildrad of Uxbridge stieß sich den Kopf an der Wand … und dann …«

»Das klingt mir alles sehr konfus«, unterbrach mich die Königin, »wie kam es, dass du den Halt verlorst? Und warum stieß sich Mildrad den Kopf an der Wand?«

»Gestattet, hohe Frau, dass ich Euch berichte«, mischte sich Wigald ein. Er trat an meine Seite und legte die Hand unter meinen Ellbogen, denn ich begann zu schwanken. »Ihr müsst wissen, Lady Agneta ist noch etwas matt und verwirrt. Schließlich hätte sie beinahe den Tod im Wasser gefunden, wäre nicht Euer Sohn – rasch eingesprungen.«

»Mein Sohn ist … eingesprungen?« Die Königin drehte Wigald überrascht den Kopf zu – ich konnte es mit einem verstohlenen Blick wahrnehmen. »Wart Ihr etwa auch dabei?«

»So ist es, ma Dame«, bestätigte Wigald in langsamen, beherrschten Worten. Doch ich spürte seine Anspannung, die sich über seine Hand auf mich übertrug.

»Wie kam das?«

»Ich hörte das Plätschern von Wasser«, beschrieb Wigald, »dazu Geräusche … ich trat in den Raum, und Prinz John rief mir zu: Geht mir doch zur Hand, Uxbridge – ich schaffe es sonst nicht, sie herauszuziehen!«

»Das hat Jean gesagt?« fragte die Königin.

Sie glaubt ihm kein Wort, dachte ich, sie glaubt die ganze erlogene Geschichte nicht.

»Dies … oder etwas Ähnliches«, murmelte Wigald unsicher, doch er fasste sich gleich wieder. »Dann packte ich an, und mit vereinten Kräften gelang es uns, Lady Agneta zu retten. Meine junge Schwester konnte nicht helfen, denn sie war ... ebenfalls ausgerutscht und mit der Schläfe gegen die Mauer geprallt.«

»Wie kam es dazu?« forschte die Königin.

Als ich es wagte, den Kopf zu heben, traf mich ein stechender dunkler Blick aus ihren Augen. Was ich mir zur Beantwortung ihrer Frage ausgedacht hatte, löste sich sofort wieder in Nichts auf.

Stattdessen warf sich Mildrad in die Bresche: »Die Seife, ma Dame. Ich war so ungeschickt, sie aus dem Zuber fallen zu lassen. Und als ich mit meinen klatschnassen Füßen hinauskletterte, um sie wieder aufzuheben, trat ich drauf. Ich glitt aus, rutschte ein Stück und knallte ... vergebt meine unpassende Ausdrucksweise, ma Dame ...«

Die Königin widmete Mildrad ein schmallippiges Lächeln. »Eine recht komische Vorstellung gibst du mir da, mein Kind. Doch du hattest schon immer viel Fantasie.« Sie heftete den Blick auf Wigald, der sich krampfhaft um Haltung bemühte. »Ich weiß, ich muss Euch nicht den Eid auf Eure Worte abnehmen, Lord Uxbridge«, sagte sie mit leiser, dunkler Stimme, »Ihr seid mir immer ein treuer Vasall gewesen. Ich danke Euch jetzt dafür, dass Ihr Unheil verhütet habt ... oder vielmehr habt verhüten helfen. Seid meiner höchsten Wertschätzung gewiss. Ich stehe tief in Eurer Schuld.«

Unvermittelt erhob sie sich aus ihrem Sessel und trat auf Wigald zu. Dann ergriff sie seine freie Hand. »Solltet Ihr jemals einen Herzenswunsch haben, den ich erfüllen kann«, fügte sie hinzu, »so zögert nicht, ihn auszusprechen. Er ist Euch jetzt schon gewährt.«

Ein Beben durchflog Wigalds Körper – ich fühlte es deutlich, denn er hielt noch immer meinen Arm. »Meine hohe Herrin«, wehrte er ab, »ich habe nur getan, was selbstverständlich ist«, sagte er und brachte es kaum noch fertig, das Zittern in seiner Stimme zu verbergen. »Dafür gebührt mir kein Dank – und ich verlange auch keinen!«

»Das ehrt Euch umso mehr«, sagte die Königin ruhig.

»Vergesst mein Angebot dennoch nicht. Und seid so gut, Jean zu mir zu schicken, wenn Ihr diese Kammer verlasst. Ich habe überaus Wichtiges mit ihm zu bereden.«

Wigald verneigte sich. In diesem Augenblick schwang die Tür einen Spalt auf, und ein Diener streckte den Kopf vorsichtig herein.

»Was gibt's?« fragte die Königin ungnädig.

»Ma Dame – der König ...« stotterte der Diener.

»Was ist mit dem König?« Die Königin spannte die Schultern. »Nach der Botschaft, die mir bei meiner Ankunft übergeben wurde, wird er morgen eintreffen. Hat sich daran etwas geändert?«

Der Diener gab keine Antwort. Stattdessen öffnete sich die Tür weit, und herein trat Richard Plantagenet. Mit langen Schritten und weit ausgebreiteten Armen ging er auf die Königin zu. »Gott grüße dich, Mutter«, sagte er heiter, »ich bin vorausgeritten. Die Karrenpferde waren so elend langsam!«

»Richard!« Das war alles, was Alienor d' Aquitaine erwiderte. Doch in diesem einen Wort lagen so viel Freude, so viel Glück und Stolz, dass mir die Kehle eng wurde. Wie sehr musste ihr dieser Sohn am Herzen liegen! Ihre leidenschaftliche Umarmung, die eher der Umarmung einer liebenden Frau als der einer Mutter glich, bewies ein Übermaß an Zuneigung.

Wir waren fehl am Platz. Wir verneigten uns tief und schoben uns rückwärts aus dem Raum. »Habe ich dich bei einer wichtigen Unterredung gestört?« hörte ich den König noch fragen.

»Wenn du kommst, Richard«, gab Alienor darauf zurück, »dann wird alles andere unwichtig!«

23

Überall in den Provinzen war schon seit dem vergangenen Herbst fieberhaft gearbeitet worden, doch jetzt, im Frühling, nahm die ameisenhafte Tätigkeit noch gewaltig zu. In den Städten, in Dörfern und selbst im kleinsten Weiler hämmerten die Schmiede Armbrustbolzen, Pfeilspitzen, Helme, Schilde und Speere. Kettenhemden der feinsten Qualität wurden angefertigt. Unmassen von Leder wurde zu Sätteln, Riemenwerk, Schuhwerk verarbeitet. Armeen von Holzfällern legten ganze Wälder nieder, aus denen Schiffe für die Fahrt ins Heilige Land gebaut werden sollten – auf jeder Werft, in England wie in der Bretagne und der Normandie.

Tausende hatten mit König Richard das Kreuz genommen. Nicht nur beim Adel, nein, auch im einfachen Volk war der Ruf zu einer neuen Pilgerfahrt gegen die ungläubigen Heiden begeistert aufgenommen worden. Bauern ebenso wie Kaufleute und Handwerker rüsteten jetzt zur Reise nach Jerusalem und opferten alles, was sie hatten, für Waffen und Verpflegung. Manch einer verkaufte Haus und Hof, um dabei sein zu können.

Und der König bildete in dieser Hinsicht keine Ausnahme. Noch im Februar hatte er seinen Bruder John zusätzlich zu den Ländern, die ihm bereits gehörten, mit den Grafschaften Devon, Somerset, Dorset und Cornwall belehnt und ihn anschließend nach England zurückgeschickt. Darauf war er mit Philipp August von Frankreich übereingekommen, die leidige Frage der zu lösenden Verlobung mit Adelaide für die Dauer der Kreuzfahrt zurückzustellen. Und nun hatte er die Hände frei, um Mittel zu beschaffen.

Er verkaufte Lehen gegen klingende Münze. Er handelte mit allem, was einem König zu Gebote steht – mit Ämtern, Regalien und Privilegien. Einmal hörte ich ihn lachend sagen: »Ich würde sogar London verkaufen, wenn sich nur ein Käufer dafür finden wollte!«

Die Königin unterstützte ihn, wo sie konnte. Sie übernahm da, wo ihr Sohn nicht sein konnte, in seinem Namen den Vorsitz bei Gerichtsverhandlungen, unterzeichnete, siegelte, reiste von Burg zu Burg in seinen Angelegenheiten. Unermüdlich und mit scheinbar unerschöpflichen Kräften arbeitete sie und mehrte Richards Ansehen. Und wir, ihre Damen, waren immer in ihrer Nähe.

Es gab niemals Ruhe – schon seit den Frühjahr nicht mehr. Mehr als drei oder vier Tage hielt sich das Gefolge Alienors von Aquitanien an keinem Ort auf. Wir alle lebten wie die Königin aus den Reisetruhen, die wir mit uns führten. Ihr schien das nichts auszumachen. Doch uns erschöpfte das hektische Umherziehen mehr und mehr. Wir alle sehnten uns nach ein paar friedlichen, ungestörten Ruhetagen ohne rüttelnde Reisewagen und wallende Staubwolken, glühende Sonnenhitze oder prasselnden Regen auf holprigen Landstraßen. Aber diese Ruhe würde erst einkehren, wenn der König sich von Vézelay aus mit dem Kreuzheer auf die Fahrt machte.

Meine Kräfte waren beinahe aufgezehrt. Aber quälender noch als die Mattigkeit, gegen die ich von Tag zu Tag heftiger ankämpfen musste, war mein verzweifeltes Verlangen nach einer Kunde von François. Ungezählte Male hatte ich während der vergangenen Frühlingsmonate versucht, die Königin darauf anzusprechen, und immer wieder hatte sie mich abschlägig beschieden. Ihr Kurier sei noch nicht mit Nachricht zurück – das war die Antwort, die ich jedes Mal zu hören bekam.

Die kleine Mildrad war seit den ersten Junitagen verlobt. Ein junger Gascogner, an den Hof von Poitiers geladen, um aus der Hand seiner Lehensherrin sein Erbe zu empfangen, hatte sich Hals über Kopf in Wigalds Schwester verliebt – und Mildrad war nicht in der Lage gewesen, den sanften braunen Rehaugen und dem stürmischen Liebeswerben des Mannes aus dem Süden zu widerstehen. Fast vier Wochen lang – vom ersten Maitag bis zum letzten – waren die beiden wild turtelnden Kindsköpfe in aller Munde gewesen. Dann hatte der junge Mann bei Alienor d' Aquitaine um die Hand ihres jüngsten Mündels angehalten, ganz offiziell, wie mir Mildrad selbst mit funkelnden Augen berichtet hatte.

Die Königin hatte anfangs gezögert, dem überstürzten Heiratsbegehren des Feuerkopfes aus der Gascogne nachzugeben. Doch da nichts gegen eine Verbindung Mildrads mit Guy de Cahors sprach, hatte sie bald den gemeinschaftlichen Bedrängungen durch die glühend Verliebten nachgegeben. Wigald of Uxbridge war es weit schwerer gefallen, sich damit abzufinden, dass seine kleine Schwester demnächst außer Landes gehen und sich mit einem Südländer verheiraten würde.

Ich erinnerte mich noch mit stillem Schmunzeln an den Nachmittag, da er mir die Neuigkeit, die bereits jeder kannte, als Sensation des Tages präsentierte. Aus seinem Mund hatte sich das Ganze wie die Beschreibung des Weltuntergangs angehört. »Ich habe Angst um Mildrad«, das waren seine abschließenden Worte gewesen.

»Nun«, hatte ich ihn beruhigt, »eine Verlobung ist ja noch keine Heirat. Wie Ihr von König Richard wisst, kann sie rückgängig gemacht werden. Sollte Mildrad es sich also anders überlegen …«

Aber Mildrad überlegte es sich nicht anders. Sie turtelte nach wie vor leidenschaftlich mit ihrem Guy, und es sah so aus, als müsse die Hochzeit bald stattfinden, um Dinge zu verhindern, die in den Augen der Kirche sündhaft waren. Eben jetzt, während ich mich anschickte, bei der Königin vorstellig zu werden, hörte ich die letzten Worte eines Streitgespräches zwischen ihr und Mildrad:

»Nein, mein Kind – es geht auf keinen Fall an, dass du dich in aller Öffentlichkeit von Guy de Cahors küssen lässt!«

»Aber, ma Dame, ich …«

»Man hat mir berichtet, euer Treiben sei regelrecht schamlos gewesen. Du, Mildrad, habest dich wie eine kleine Hure aufgeführt.« Die Worte der Königin klangen herb und streng.

Ein zorniger Schnaufer. Dann Mildrads Antwort: »Von

Euch hat man das auch einmal behauptet, ma Dame … als Ihr vor vielen Jahren den König Henri zum Mann nahmt. Erinnert Ihr Euch?«

Ein lautes Klatschen und ein unterdrückter Schmerzenslaut. Dann hastige Schritte. Und die Königin sagte leise: »Es tut mir Leid. Du hast Recht, Kind. Es tut mir Leid.«

Gewänder raschelten. Mildrad schluchzte: »Es tut mir auch Leid …«

Die Königin lachte leise. »Küss dich mit ihm – aber nicht da, wo alle es sehen können. Versprich es mir, Mildrad Uxbridge.«

»Ich versprech's …«

Ich klopfte an. »Wer ist da?« fragte die Königin unwirsch.

Ich nannte meinen Namen. »Tritt ein«, forderte die Königin mich mit merklich freundlicherer Stimme auf.

Alienor d' Aquitaine trug ein blassgrünes, schillerndes Seidenkleid mit breiten Bordüren aus Goldbrokat, das in schweren Falten ihre schmale Gestalt umfloss. Im Gegensatz zu Mildrad, die mit einer sehr geröteten Wange, den tränennassen Augen und den etwas wirren Haaren ziemlich aufgelöst wirkte, sah sie kühl und frisch aus – trotz der wabernden Sommerhitze, die durch das Fenster hereinströmte. »Wenn du wissen willst, was sich in deiner Sache Neues ergeben hat«, nahm mir die Königin das Wort aus dem Mund, »dann habe ich wieder nur die Antwort, die du bereits kennst. Darum spare dir deine Frage. Beantworte mir stattdessen meine: Passen Mildrad of Uxbridge und Guy de Cahors zusammen?«

Ich kam mühsam aus der Verneigung hoch, die ich meinem verkrüppelten Fuß vor der Königin abgezwungen hatte. Ein schmerzlicher Seufzer war in meiner Kehle, aber nicht die schwierige Bewegung hatte ihn hochgepresst, sondern meine neue Enttäuschung. Ich unterdrückte den Laut meines Kummers. »Mildrad und ihr Verlobter?« fragte ich nach, unfähig, den schnellen Themawechsel gleich mitzuvollziehen.

»Ja, ja«, sagte die Königin ungeduldig. »Also – was sagen die Sterne?«

Ich hatte das Horoskop des Jungen aus der Gascogne schon vor Wochen gestellt. Nun rief ich es mir ins Gedächtnis. »Guy ist im Zeichen des Wassermanns geboren«, sagte ich langsam, »und sein Mond steht im Schützen. Mildrad dagegen hat die Sonne in den Zwilligen, während ihr Mond das Zeichen des Widders einnimmt …«

»Keine langen Erklärungen«, unterbrach mich die Königin ärgerlich. »Ich möchte lediglich wissen, welche Bedeutung es hat!«

Ihre Stimmung balancierte wieder auf dem schmalen Grat zwischen Ärger und guter Laune. Der Eindruck der Kühle und Ruhe, den ich von ihr gehabt hatte, täuschte. »Sogleich«, suchte ich sie zu besänftigen. »Um es vorweg zu sagen: Mildrad und Guy sind wie füreinander geschaffen. Denn …«

»Lässt sich das so sicher behaupten – trotz ihrer Jugend?« Die Königin schüttelte zweifelnd den Kopf. »Manchmal scheint es mir, als sei die Planung ihrer Hochzeit doch reichlich übereilt …«

Mildrad öffnete den Mund zu einem vehementen Protest. »Ihr habt versprochen …« begann sie.

Ich warf mich zu ihrer Rettung in die Bresche. »Ma Dame«, sagte ich schnell, »was die Stellung der Planeten betrifft, so hätte sie für eine glückliche Verbindung nicht günstiger sein können. Bleibt nur zu hoffen, dass Guy und Mildrad es ein Leben lang miteinander aushalten können.«

»Was soll das nun wieder heißen?« forschte Alienor d' Aquitaine misstrauisch. »Wisse – ich möchte keine Ehe stiften, die nicht hält!«

Ich schüttelte den Kopf. »Wassermann und Zwillinge sind dem Element Luft zugeordnet«, erklärte ich, »Schütze und Widder dagegen dem Element des Feuers. Wenn Feuer und Luft sich mischen, entsteht –«

»Heiße Luft«, kicherte Mildrad unbeherrscht und hielt sich sofort den Mund zu.

Die Königin musste lachen. Sie heftete den Blick auf Wigalds kleine Schwester. »Willst du damit sagen, deine große Liebe zu Guy de Cahors sei nichts weiter als heiße Luft?«

Mildrad wurde ernst. »Eure Sonne steht im Skorpion«, sagte sie widerborstig, »und die des Königs Henri stand in den Fischen. Element Wasser. Euer Mond steht im Löwen, der des Königs stand im Widder – Element Feuer. Hat Eure Liebe demnach aus nichts anderem bestanden als aus Dampf?«

Die Züge der Königin erstarrten. Sie tat einen abrupten Schritt auf Mildrad zu und ohrfeigte sie zum zweiten Mal. Ihre schlanken Finger hinterließen brennend rote Streifen auf Mildrads Haut. »Du schweigst, solange du nicht gefragt wirst«, sagte sie zornig.

»Aber Ihr habt mich gefragt«, widersprach Mildrad. Sie hielt die Hand auf die Wange gepresst – jetzt ganz das bockige kleine Mädchen. Neue Tränen rollten ihr übers Gesicht.

Die Königin trat an sie heran und nahm sie impulsiv in die Arme. »Deine Hochzeit soll noch in diesem Monat gefeiert werden«, beschwichtigte sie Mildrad mit plötzlicher mütterlicher Sanftheit, »aber ich sehe, dass ich es versäumt habe, dir mehr Taktgefühl beizubringen …«

»Ich verzeihe Euch«, wisperte Mildrad.

Die Königin lachte.

Sie hatte das, was ich ihr zu den Horoskopen von Guy und Mildrad erzählen konnte, gar nicht hören wollen. Ich war gezwungen, ihre Kammer wieder zu verlassen, weil sie mit Wigalds kleiner Schwester über die Ausrichtung der Hochzeit reden wollte und mich das auch unmissverständlich wissen ließ. Also zog ich mich zurück.

Dabei hätten meine Erklärungen ihre letzten Zweifel an der Verbindung der beiden jungen Leute zerstreuen können. Sowohl Mildrad als auch Guy waren mit Aspekten gesegnet, die Glück brachten. Mildrads Venus stand auf den ersten Graden des Stier, in noch wirksamer Konjunktion mit dem Mond im Widder. Bei Guy stand Venus in ähnlicher Stellung im Steinbock, nahe dem Mond im Schützen. Das machte Mildrads unstete Zwillingsnatur sehr viel stabiler, was ihre Gefühle betraf. Und Guy wurde durch die Venus im Steinbock zu einem vernünftigen, treuen und verlässlichen Menschen, der sich nicht durch flüchtige Leidenschaften aus der Bahn werfen ließ. Die Konjunktion der Venus mit dem Mond aber machte beide zu verwöhnten Lieblingen ihres Freundeskreises – was sich ja immer wieder erwiesen hatte.

Ich lehnte am Geländer des Söllers und schaute müßig hinaus in die blühende Landschaft, der die Höhe des Sommers ihre strahlenden Farben noch nicht genommen hatte. Unten im Hof erschienen soeben wieder die beiden Turteltauben. Sie gingen Hand in Hand, und Mildrad hatte trotz des Verbots der Königin ihrem Guy gerade einen glühenden Kuss auf die Wange gepresst. Ich lächelte, und plötzlich musste ich an meinen Sommer denken, der jetzt schon eine Ewigkeit entfernt lag. Da hatte François meine Hand gehalten – heimlich nur, damit niemand unsere eben aufgeblühte Liebe entdecken konnte – und wir hatten im Kräutergarten, hinter dem knorrigen Stamm des alten Holzapfelbaums auf Rabenstein unsere ersten Küsse getauscht, zitternd vor Glück und mit stürmisch schlagenden Herzen …

Wie klar, wie einfach damals alles für mich gewesen war! Ich hatte die Augen verschlossen vor der Möglichkeit einer Trennung von meinem Liebsten, hatte mich geweigert, sie auch nur in Betracht zu ziehen. François gehörte ja zu mir wie mein Atem oder der Schlag meines Herzens. Ohne den war ein Leben nicht vorzustellen …

Aber ich hatte François verloren – und ich war nicht gestorben. Mein Leben war einfach weitergegangen. Die Tage flossen dahin, einer nach dem anderen, ohne dass die Welt einstürzte. Selbst der brennende Schmerz der ersten Zeit hatte nachgelassen. Ich weinte nicht mehr in den Nächten. Doch die Gewissheit meiner Liebe war noch da, und die Sehnsucht nach François würde niemals sterben.

Ich flüsterte seinen Namen. Ich musste mich von den beiden jungen Glückskindern abwenden, die unten im Hof in der strahlenden Sonne lustwandelten und niemanden darüber im Zweifel ließen, dass sie zusammengehörten. Plötzlich rannen mir doch wieder Tränen übers Gesicht. Ich hob den Blick zum heißen blauen Himmel, wo die Falken auf unbewegten Schwingen träge ihre Kreise zogen, und von neuem wünschte ich mir Flügel.

»Agneta …« Das war die immer etwas besorgt klingende Stimme Wigalds of Uxbridge. »Die Königin sagte mir, ich könne Euch auf dem Söller finden.«

»Und da bin ich auch«, erwiderte ich, während ich mir hastig über die Augen wischte. »Gott zum Gruß, Wigald.«

»Gott zum Gruß.« Er heftete einen beunruhigten Blick auf mein Gesicht. »Was habt Ihr, Agneta? Ist Euch nicht wohl?«

Ich machte eine müde, abwehrende Geste. »Mir fehlt nur ein wenig Stille«, murmelte ich, »schon wird wieder gepackt, und ich habe den ewigen Trubel einfach satt …«

»Dann weiß ich, was Euch gut tun wird«, sagte Wigald und schenkte mir ein strahlendes Lächeln. »Ihr wolltet doch, dass ich Euch den Umgang mit einem Pferd lehre, und gerade jetzt wäre gute Gelegenheit dazu. Stella braucht etwas Bewegung – die braune Stute, die Ihr schon einmal geritten habt. Was meint Ihr?«

Ich nickte zögernd. Ein Ausritt in Wigalds Begleitung würde mich jedenfalls aus meiner traurigen Stimmung herausreißen. »Dazu müsste ich mich umkleiden.«

In Wigalds Augen blitzte plötzlich ein spitzbübisches Funkeln. »Ja, sicherlich«, sagte er, unvermittelt in die französische Sprache wechselnd, »und ich bin schon völlig dafür zurechtgelegt. Wenn ihr mich verfolgen tätet, Agnès – so wäre das Reitgewand in gar keiner Zeit an Eurem Leib, und wir könnten von hinnen schießen!«

Wider Willen musste ich lachen. »Wigald, um eins möchte ich Euch …«

»Seht Ihr? Nun hat Euch die Freude gepackt«, unterbrach er mich heiter. »Ich wusste, Ihr würdet es genüsslich finden.«

»Tut mir einen Gefallen«, erwiderte ich und lächelte ihn endlich an, »sprecht Eure Sprache. Ich verstehe sie schon recht gut, und …«

»Aber ich dachte, es macht Euch glücklicher, wenn ich Welsch rede«, sagte er. »Ihr lacht dann immer so herzlich.«

Er wusste nicht, wie unfreiwillig komisch seine Ausdrucksweise war, wenn er Französisch sprach. Er hatte mein Gelächter völlig missdeutet. Was für ein guter, liebenswerter Kerl! »Es liegt mir viel daran, das Angelsächsische besser zu lernen«, bot ich ihm eine Erklärung. »Auch darin könntet Ihr mein Lehrer sein.«

Seine Augen leuchteten auf. Er gab keine Antwort, doch seine Hand schob sich fürsorglich unter meinen Ellbogen, während er mich aus dem Sonnenschein des Söllers in die Dämmerung der Burg zurück geleitete.

In meinem Quartier waren Kleider ausgelegt. Das Mädchen, das für meine Bedienung zu sorgen hatte, machte ein bedenkliches Gesicht. »Die sollen für Euch sein«, sagte sie mit leichter Missbilligung in der Stimme, »aber ich fürchte, es handelt sich um einen Irrtum. Der Diener, der sie brachte, muss sich vergriffen haben. Seht selbst …«

Ich warf einen verwunderten Blick auf Wigald, der vor der Tür wartete, dann auf die Kleidungsstücke. Das feine Untergewand hatte wie das Obergewand vorn in der Mitte einen tiefen Schlitz, der den Rock in zwei Teile spaltete. Und neben einer leinenen Unterhose lagen zwei Beinlinge da – Gewandteile, wie sie die Männer trugen. Alles war aus feinen Stoffen gearbeitet, passend für meine Körpergröße. Aber …

»Ich weiß, es ist gewagt«, sagte Wigald und senkte seine Stimme zu einem Flüstern, »doch die Königin meinte …« Er räusperte sich nervös. »Sie hat in ihrer Jugend selbst Männergewänder zum Reiten getragen«, fuhr er noch leiser fort, »es gibt nichts besseres dafür, sagte sie. Und sie hat Recht. Frauenröcke sind einfach nicht geeignet, wenn man wirklich den Wunsch hat, ein Ross zu beherrschen. Das Sitzen im Damensattel – nun, das kann man ja kaum Reiten nennen …« Er sah mich in wachsender Verlegenheit an. »Ich hoffe, Ihr nehmt es mir nicht übel, dass ich – dass ich diese Sachen für Euch habe schneidern lassen …«

»Im Gegenteil, Wigald.« Was für ein wunderbarer Gedanke, in Männerkleidern zu Pferd zu sitzen! Den einseitigen Druck des Damensattels nicht spüren zu müssen, einfach beide Füße in die Steigbügel zu setzen, ohne das dauernde

Gefühl, seitwärts vom Pferd herunterzurutschen! »Ich finde die Idee herrlich! Wenn die Königin nichts dagegen einzuwenden hat …«

Wigald nickte und schüttelte gleichzeitig den Kopf. »Sobald Ihr den sicheren Sitz beherrscht«, murmelte er mit strahlenden Augen, »werden wir gemeinsam über meine grünen Hügel reiten, Agneta – mein Land ist schön, und es lebt sich dort sehr angenehm …«

»Ich weiß, Wigald.« Mir war die Gegend, die zu seinem Lehen gehörte, noch stark in Erinnerung. Sanft geschwungene Hänge, saftige Wiesen mit friedlich weidenden Kühen und Pferden, Felder, von säuberlich aufgeschichteten Steinmauern umgeben, kleine Gehöfte, deren Bewohner freundlich und zufrieden waren, vor allem aber die wundervollen Wälder, die mächtigen, einzeln stehenden Bäume, die lauschigen Heckenwege waren Kennzeichen von Wigalds Heimat. Ich kannte sie zwar nur im Sommer, im Herbst, wo das Laub gelbrot flammte, und im Winter, der das Land mit Schleiern aus Silbertönen in ein verwunschenes Feenreich verwandelte. Aber seinen Frühling konnte ich mir nach Mildrads Beschreibungen vorstellen. Da blühten die Weißdornbüsche wie geschmückte Bräute. Die Wegränder waren betupft mit den frischgewaschenen gelbweißen Sternen der Margeriten und dem lächelnden Blau der Glockenblumen. Man konnte den Schlag der Wachtel hören, das Balzen des Auerhahns und den hellen Schrei des Habichts in den Wolken. Und über allem lag der Zauber Englands – diese unbeschreibliche Stimmung, deren Farben zarter gemalt waren als die von Frankreich oder den deutschen Ländern.

Es war herzzerreißend schön, dieses Land – ich hatte es beinahe so lieb gewonnen wie das waldige Gebirge meiner Heimat. Dennoch zog mich nichts dorthin zurück, weder nach England noch nach Rabenstein. Alles in mir drängte nach Süden, wo meine Liebe wartete …

»Würde Euch das gefallen, Agneta – Pferde zu züchten für die Marställe des Königs, im Herbst nach den Erntefesten zur Jagd zu reiten, in einem großen neuen Haus zu leben, das ich bauen würde, und …«

»Wigald!« Ich musste ihn unterbrechen. Seine Augen sahen mich so intensiv an, dass ihr Strahlen mir wehtat. »Wenn wir noch lange herumtrödeln, werden wir keine Zeit mehr haben für unseren Ritt. Die Sonne steht tief. In ein, zwei Stunden ruft man uns zur Abendtafel. Ihr wisst, die Königin schätzt es nicht, wenn ihr Gefolge unpünktlich zum Mahl erscheint.«

Die Männerkleider passten haargenau. Die Dienstmagd, die mir beim Anziehen behilflich war und anfangs scheele Blicke auf Beinlinge und Broche, auf Untergewand und Suckenie geworfen hatte, betrachtete mich jetzt mit Bewunderung. »Ihr seht darin gar nicht aus wie ein Mann«, murmelte sie erstaunt, »ich hätte gedacht, dieses Gewand müsste Euch hässlicher machen – und stattdessen …«

Ich gab ihr keine Antwort. Ich fühlte mich ungewohnt frei und leicht in dieser Kleidung, die so wenig beschwerlich war und in der man sich so ungezwungen bewegen konnte. Keine Schleppe störte meinen Gang, als ich zu Wigald auf den Korridor hinaustrat. Ich musste keinen überlangen Rock raffen, um ohne Stolpern vorwärts zu kommen. Fast schien es mir, als habe sogar mein Hinken nachgelassen, und ich wehrte lächelnd Wigalds Hilfe ab, als er mich wie gewohnt stützen wollte.

Er betrachtete mich erst jetzt. »Ihr seht sehr – sehr …« stotterte er etwas fassungslos, »es steht Euch, ich bin ganz überwältigt! Verzeiht, Agneta, aber so hatte ich mir das nicht vorgestellt!«

»Wie dann?«

»Ich – ich hatte schon meine Bedenken, weil … Nun, es hätte ja sein können, dass Ihr darin wie ein – wie ein Mann ausseht, und …«

»Und nun seid Ihr enttäuscht?«

»Oh, lieber Himmel, nein!« Er lachte vor Verlegenheit. »Es ist verrückt – aber die Kleider machen Euch nur umso weiblicher und noch viel reizvoller, als Ihr ohnehin …« Er presste erschrocken die Hand auf den Mund.

»Das ist schön.« Ich wandte mich zum Gehen, während

Silber sich wie gewöhnlich an meine Seite gesellte. »Wo finden wir die Pferde?«

Alle, denen wir begegneten – Diener wie Damen und Herren – gafften mich an. Ihre Blicke galten besonders meinen geschlitzten Röcken und den Beinlingen, die bei jedem Schritt darunter sichtbar wurden. Sie hafteten auf meinen Füßen, dem schmalen rechten und dem unförmigen linken, der kaum Ähnlichkeit mit einem Fuß hatte. Doch mir war das heute einerlei. Ich genoss den Verstoß gegen die allgemeinen Sitten, nach denen die Gewänder einer Frau unbequemer zu sein hatten als die eines Mannes. Ich hob den Kopf ganz hoch und würdigte all die Gaffer keines Blickes. Nicht einmal der Priester, der mich auf die Unkeuschheit meines Aufzuges ansprach, bekam eine demütige Antwort. »Die Königin hat es gestattet«, sagte ich ihm. »Außerdem bin ich ebenso gut bedeckt wie die hier anwesenden Herren des Hofes. Was soll daran unkeusch sein?«

Damit ließ ich ihn stehen. Er starrte mir mit offenem Maul nach – eine krähenhafte, klapprige Gestalt in Schwarzbraun, deren stoppelige Tonsur dringend rasiert werden musste.

Wigald fühlte sich von den scharfen Worten des Kirchenmannes eher angegriffen als ich. Das erkannte ich an der leichten Röte, die ihm in die Wangen gestiegen war.

Stella, die schöne goldbraune Stute mit dem weißen Stern auf der Stirne, trug einen neuen Sattel aus glänzend schwarzem Leder. Die blaue Satteldecke war über und über mit Wigalds Wappenemblem bestickt, dem roten Stierkopf. »Ich möchte Euch Stella schenken«, sagte Wigald, während er mir aufs Pferd half, »Ihr braucht ein eigenes Reittier, und dieses ist, glaube ich, richtig für Euch …«

»So ein wertvolles Geschenk kann ich nicht annehmen«, gab ich verwirrt zurück, »wirklich, Wigald – ich würde mich verpflichtet fühlen …«

»Aber es ist ja nicht umsonst«, fiel er mir schnell ins Wort, »ich stelle eine Bedingung.«

»Und welche soll das sein?«

»Ihr müsst, in Form der Satteldecke, meine Farben tragen, Agneta – mehr verlange ich nicht.« Seine Augen mieden meinen Blick. »Könntet Ihr das für mich tun?«

»Ihr seid recht stolz«, gab ich zurück und lächelte ihn an.

»Ich würde gerne im Turnier Eure Farben tragen«, murmelte Wigald und schaute immer noch zu Boden, »wenn Ihr es mir gestattet, Agneta …«

Beim letzten Wort hatte er den Kopf gehoben und mich angesehen. Sein Blick war eine große Bitte. »Gut«, sagte ich, »dann wären wir quitt. Ich bin einverstanden.«

Aus seiner Kehle kam ein kleiner Laut, der sich wie ein unterdrückter Juchzer anhörte. Mit einem wilden Satz schwang er sich in den Sattel seines Rapphengstes und galoppierte los. Doch schon nach wenigen Sätzen zügelte er sein Tier und kehrte an meine Seite zurück. Und dann zeigte er mir, wie man die Zügel richtig zwischen den Fingern hält.

Wigald war ein geduldiger Lehrer. Als wir von unserem kurzen Ausflug durch die blühenden Felder in die Burg zurückgekehrt waren, war mir der gerade Sitz auf dem Pferd in Fleisch und Blut übergegangen. Ich konnte meine wunderschöne Stella lenken und rutschte nicht mehr im Sattel hin und her, wie das bis jetzt der Fall gewesen war.

Mein Gespräch mit Wigald allerdings hatte sich ausschließlich um das Reiten gedreht. Ich hatte den Verdacht, dass er alle anderen Themen vermied, um mich nicht doch noch von meinem Versprechen, zu Pferd seine Farben zu tragen, abzubringen.

Er hatte mich zu meinem Gemach begleitet, wo ich mich zur Abendtafel mit dem königlichen Hof wieder umgekleidet hatte. Als ich fertig war, wartete ich nicht darauf, dass Mildrad sich bei mir meldete, sondern ging allein zu Tische. Mildrad hatte, wiewohl sie noch immer meine Kammer teilte, sicher besseres zu tun, als ausgerechnet mir Gesellschaft zu leisten.

Langsam humpelte ich den Korridor entlang, der zu der

Treppe in den Saal führte. Eine der Türen, an denen ich vorüberkam, stand einen Spalt weit offen. Gesprächsfetzen drangen heraus und waren nicht zu überhören.

»Wie auch immer, William«, sagte die Königin begütigend, »wir können Jean nicht dauernd auf die Finger schauen. Er würde sich behindert und gedrängt fühlen, sollte ich gerade jetzt meinen Einfluss spielen lassen. Seht – seine Lehen muss er schon selbst verwalten. Und welche Leute er zu seinen Sheriffs macht, das müssen wir wirklich ihm allein überlassen. Nottingham wird es überstehen.«

Ein tiefes Brummen war die Antwort. Dann: »Ich dachte, Madam, es sei meine Pflicht, Euch über die schlimmen Entwicklungen zu informieren, die Prinz John eingeleitet hat. Und ich meine, es war kein guter Entschluss, dass König Richard ihn von seinem Eid entbunden hat, erst in drei Jahren wieder den Fuß auf englischen Boden zu setzen. Bedenkt, Madam, was sich alles tun kann während der Zeit, die der König im Heiligen Land weilt …«

»Wir werden das Schlimmste schon zu verhindern wissen.« Die Königin lächelte, das war ihrer Stimme anzuhören. »Solange Ihr nur treu zum König steht, William …«

»Ich war schon König Henri ergeben«, sagte die tiefe Bassstimme grollend. »Ich lebe zum Wohl von England. Alles andere zählt nicht für mich.«

»Das ist mir bewusst«, erwiderte die Königin langsam. »Ihr würdet selbst Gott dem Allmächtigen die Stirn bieten, sollte er England schaden wollen.«

»Ich bin Kanzler und Oberster Richter«, ließ sich die Bassstimme vernehmen, »dazu erhoffe ich mir Gottes Hilfe, Madam – nicht seine Gegnerschaft!«

»Ihr wisst, wie ich es meinte, Longchamp«, sagte die Königin scharf. »Habt Ihr denn gar keinen Humor?«

William Longchamp gab keine Antwort. Ich hörte nur ein Räuspern. Dann sagte die Königin: »Nun zu der anderen Sache, über die ich mit Euch sprechen wollte. Was haltet Ihr von der Verbindung, die ich Euch nannte?«

»König Sancho könnte es kaum besser treffen«, gab der Bass nachdenklich zurück. »Aus dieser Richtung ist sicherlich keine Ablehnung zu erwarten – eher wohl jubelnde Zustimmung. Doch König Richard …«

»Mein Sohn hat vor einigen Jahren, als wir in Navarra weilten, einmal leidenschaftliche Zeilen an das junge Ding gerichtet«, sagte die Königin. »Sie gefiel ihm ausnehmend gut, damals. Und ich hatte den Eindruck, als könne aus der niedlichen kleinen Puppe eine sehr resolute junge Frau werden – mit der Zeit.« Sie hüstelte. »Was sagt der Kurier, den ich nach Pamplona geschickt hatte? Ihr habt ja bereits seine Nachrichten in Empfang genommen.«

»Berengaria ist recht willensstark«, gab der Bass zurückhaltend Auskunft. »Ihre Schönheit wird gelobt – doch das ist wohl üblich bei der Tochter eines Königs. Sie soll belesen sein und versäumt keine Messe. Man hält ihr strenge Tugend zugute. Ansonsten wusste der Bote nichts zu berichten, was nicht schon bekannt gewesen wäre. Navarra ist ein Königreich von nicht allzu hoher Bedeutung …«

»Aber ein Königreich.« Entschlossenheit und die gewohnte Energie strahlten aus den Worten der Königin. »Richard braucht einen standesgemäßen Erben – sein Bastard Philippe genügt nicht, um die Thronfolge zu sichern. Ihr werdet mir zustimmen, William, wenn ich meinen Sohn Jean nicht für einen geeigneten Aspiranten halte – genauso wenig wie Arthure de Bretagne, den Spross meines verstorbenen Sohnes Geoffroy.«

»Ich teile Eure Meinung«, kam trocken die Antwort des Basses. »Gott verhüte, dass einer von diesen den Thron Englands besteigt – mit Verlaub, Madam.«

»Ihr seid entschuldigt.« Die Stimme der Königin klang für den Bruchteil eines Herzschlages müde. »Das schätze ich so sehr an Euch, William – Eure starre, unbeugsame Ehrlichkeit. Auch wenn mir diese Eure hervorstechendste Eigenschaft, als Henri noch lebte, ein Dorn im Auge war.«

»Das tut mir Leid – doch man kann nicht zwei Herren …«

Die Königin unterbrach. »Ich weiß das am besten, William, und ich danke Euch für die Treue, die Ihr ohne Zweifel auch meinem Sohn Richard entgegenbringen werdet. Unsere Länder werden in der besten Obhut sein, wenn wir reisen. Ihr ratet mir zu?«

»Ich rate Euch zu.« Der Bass brummte Zustimmung. »Ich halte es für einen überaus klugen Schachzug – wie alles, was Ihr bisher unternommen habt. Möge die Verbindung dem Reich nützen.«

»Das gebe Gott.« Die Königin seufzte. »Ich sehe Euch beim Mahl, William.«

Der Bass räusperte sich noch einmal. »Madam, bevor Ihr mich jetzt entlasst: es war noch ein zweiter Bote bei mir – der, den Ihr an den Hof von Kastilien geschickt hattet. Er brachte Nachricht, die junge Frau betreffend, die Ihr in Euren Schutz genommen habt …«

»Wovon redet Ihr?« Die Worte der Königin waren so schnell gekommen, als wisse sie schon Bescheid und fühle sich gedrängt.

»Nun«, sagte der Bass zögernd, »Ihr hattet doch Nachforschungen angeordnet – nach einem gewissen jungen Mann. Nun gibt es Beweise dafür, dass er sich am Hofe von Kastilien aufgehalten hat und danach …«

»Genug davon«, wehrte die Königin ab. »Die Sache hat sich erledigt. Ich möchte nicht mehr damit behelligt werden, und kein Wort an Agnès, hört Ihr? Zu gegebener Zeit werde ich in ihrer Angelegenheit die rechten Weisungen ergehen lassen. Ich habe eine Lösung im Auge, die allen Beteiligten Rechnung trägt.«

»Dann bitte ich jetzt, mich entfernen zu dürfen«, sagte der Bass.

»Bis später, William«, antwortete die Königin knapp.

Mir klopfte das Herz zum Zerspringen. Erst jetzt wurde mir bewusst, dass ich vor der Tür gelauscht hatte. Das Gespräch war nicht für jedermanns Ohren bestimmt gewesen – am allerwenigsten für meine. Doch was ich erfahren hatte, brachte mich zum Zittern. Es gab Nachricht von François, aber die Königin hatte sie mir vorenthalten. Die Sache hat sich erledigt – das waren ihre Worte gewesen …

Mit bebenden Fingern raffte ich die Röcke meines seidenen Hofgewandes und hastete, so schnell ich konnte, weg von der Tür, den Gang hinunter. Ich wollte nicht beim Horchen ertappt werden – um keinen Preis. Doch ich musste mit dem Kanzler reden, am besten unter vier Augen. Mildrad musste ihn mir bezeichnen, denn ich kannte ihn ja nicht von Ansehen. Ich musste Mildrad finden …

Sie war nicht im Saal. Sie fehlte beim Essen. Ich konnte sie nirgendwo entdecken, genauso wenig wie Guy de Cahors. Auf Mildrads Platz neben mir ließ sich eine ältliche Matrone nieder, deren Namen ich nicht verstand. Ich winkte Wigald an meine Seite, und der folgte freudig meinem Ruf.

Doch ihn wagte ich nicht nach dem Kanzler zu fragen. Stumm nippte ich von dem Wein, der bereits ausgeschenkt worden war. Dann erschien die Königin, und wir erhoben uns zu ihrer Begrüßung.

Mit ihr hatte eine sonderbare Figur den Saal betreten – ein alter Mann mit schlohweißen Haaren, dessen hageres, faltiges Gesicht wie verwittertes Leder aussah. Unter buschigen dunklen Brauen blitzten graue Augen hervor, deren Blick alles zu durchdringen schien. Der Mund unter der Adlernase war schmal wie eine Messerschneide.

Ein Gesicht, dessen Hässlichkeit umso mehr beeindruckte. Doch noch weit merkwürdiger war die Gestalt des Mannes. Krumm war sie, knorrig und gebeugt wie ein Baum, der ein Leben lang stürmischen Winden getrotzt hat. Ein hoher Buckel und schiefe Schultern verstärkten dieses Bild. Dazu kam der hinkende Gang, mit dem sich der Alte an der Seite der Königin bewegte.

Angetan mit einem grauen, mönchisch wirkenden Gewand aus grober Wolle sah er aus wie ein Gnom, der der Unterwelt entstiegen ist. Mich fröstelte. »Ist er das?« fragte ich Wigald flüsternd.

Wigald sah mich verwirrt an. »Von wem sprecht Ihr?« fragte er zurück, während seine Augen meiner Blickrichtung zu folgen suchten.

»Verzeiht, Wigald«, wisperte ich, »wie könntet Ihr wissen – der Mann neben der Königin …«

Er senkte die Stimme ebenfalls. »Das ist der Kanzler«,

flüsterte er voller Ehrfurcht, »ein mächtiger Mann, glaubt mir. Sein Name ist –«

»Ich weiß schon«, hauchte ich, ohne ihn aussprechen zu lassen, »William Longchamp …«

Ich konnte das Ende des abendlichen Mahles kaum erwarten. Als die Königin sich von der Tafel erhob, war ich unter den ersten, die es ihr gleichtaten. Eilig suchte ich den Ausgang zu erreichen – so eilig, dass Wigald of Uxbridge es kaum schaffte, mit mir Schritt zu halten. »Wartet doch, Agneta«, versuchte er mich aufzuhalten, »ich hätte gern noch ein wenig mit Euch geplaudert – über unsere Reitstunden …!«

»Ein anderes Mal«, wehrte ich ihn ab und drängte mich an einigen jungen Höflingen vorbei, die hinter der Königin den Saal verließen, »jetzt habe ich keine Zeit!«

Der Kanzler verabschiedete sich mit einem angedeuteten Kniefall von der Königin. Alienor d' Aquitaine entfernte sich, begleitet von einigen ihrer Damen. Für einen Augenblick stand der Bucklige allein.

Ich humpelte auf ihn zu, alle Furcht vor dem Stellvertreter des Königs fiel plötzlich von mir ab. »Herr«, sagte ich, »auf ein Wort – ich bitte Euch sehr …!«

William Longchamp drehte sich langsam zu mir um. Verwunderung blitzte kurz in seinen grauen Augen auf. »Nun?« fragte er knapp.

Ich wartete ein paar Atemzüge, bis die Königin außer Sicht war. Dann wagte ich es, den Kanzler anzusprechen. »Man sagte mir, es gäbe Nachrichten aus Kastilien«, begann ich mutig, »und Ihr, Herr – Ihr wüsstet …«

William Longchamp schnitt mir mit einer herrischen Geste seiner knotigen Hand die Rede ab. »Ihr müsst die junge Frau sein, die sich des besonderen Schutzes der Königin erfreut«, sagte er streng. »Wisst – es steht mir nicht an, Euch mit Auskünften zu versehen, die Euch auch die Königin selbst geben könnte.«

»Aber sie will es ja nicht«, setzte ich meinen Vorstoß fort, während eine plötzliche Verzweiflung mich erfasste. »Ihr seid der Einzige, der außer ihr …«

Der Kanzler ließ mich nicht ausreden. »Zu gegebener Zeit

wird sich die Königin Eurer erinnern und Eure Sache in die Hand nehmen«, sagte er hart. Sein hässliches, faltiges Gesicht war starr und verschlossen. »Sorgt Euch nicht. Ihr seid bei Eurer Herrin in den besten Händen.«

Er würde mir nicht helfen. Er war hart wie Stein. Er stand zu dem Treueeid, den er der Königin und König Richard geschworen hatte – selbst in kleinen Dingen. Ich hasste und bewunderte ihn gleichzeitig. »Herr«, versuchte ich ein letztes, fruchtloses Mal, ihn zu erweichen, während mir die Tränen in die Augen schossen, »glaubt Ihr das wirklich? Wollt Ihr mir nicht doch sagen, welche Nachricht der Bote aus Kastilien brachte? Lebt mein François? Habt Ihr kein Herz?«

William Longchamp schloss für einen Moment die Augen. Dann sah er mich wieder an – mit diesem scharfen, hellsichtigen Blick, den so viele zu fürchten schienen. »Das sind Fragen, die ich Euch alle beantworten werde«, sagte er, einen wunderlichen Anflug von Sanftmut in der Stimme. »Ja – ich meine, die Königin wird zu Eurem Besten für Euch sorgen. Nein – die Nachricht aus Kastilien sollt Ihr nicht erfahren. Ja – es ist durchaus möglich, dass dieser fahrende Scholar noch lebt. Und Ja – ich habe ein Herz. Nun entschuldigt mich, da ich mich zurückziehen möchte, um alle meine Kräfte zu versammeln. Ich werde sie brauchen, denn ich reise morgen früh zurück nach England.«

Er drehte sich um und schlurfte davon. Er ließ mich zitternd, zornig und ratlos zurück. Ich hatte auf die Hilfe der Königin vertraut, doch sie hatte mich verraten. Sie hatte mich hingehalten und gegängelt, und ich konnte sie nicht einmal dafür zur Rede stellen. Was sollte ich jetzt tun?

Ich würde Pläne machen müssen – Pläne, in die Alienor d' Aquitaine nicht eingeweiht war. Rebellion regte sich in mir – eine unbändige Rebellion gegen diese Frau, die es gewagt hatte, ungebeten mein Leben zu steuern. Ich habe meine Liebe für immer verloren, hatte Bärbe gesagt, doch du hast noch Hoffnung, deine wieder zu finden.

Diese Hoffnung würde ich mir nicht rauben lassen – nicht einmal durch die Königin von England. Es wurde Zeit, dass ich meine Zukunft wieder in die eigenen Hände nahm.

MEDIUM COELI

Ich zôch mir einen valken mêre danne ein jâr.
Dô ich in gezamete als ich in wolte hân
und ich im sîn gevîdere mit golde wol bewant,
er huop sich ûf vil hôhe und fluog in anderiu
lant.

Sît sach ich den valken schône fliegen.
Er fuorte an sînem fuoze sîdine riemen,
und was im sîn gevîdere allrôt guldîn.
Got sende sî zesamene
dî gerne geliep wellen sîn!

Der von Kürenberg
(2. Hälfte des 12. Jahrhunderts)

24

Während der letzten Tage war ich der Königin aus dem Weg gegangen. Zu tief saß mein Groll, und zu sehr war ich mit Überlegungen darüber beschäftigt, wie ich mich aus ihrer Umklammerung lösen konnte.

Jetzt, da ich nachgedacht hatte, war mir bewusst geworden, dass nicht einmal mehr meine Zeit mir gehörte – so frei ich mich auch zuweilen fühlen mochte. Diese Freiheit, in der man mich beließ, war nur Schein. Ich hatte das Gefühl, dauernd beobachtet zu werden. Jeder Knecht, jede Magd hielt ein Auge auf mich, und jeder Pfaffe, bei dem ich meine Beichte ablegte, hinterbrachte, was er von mir erfuhr, der Königin. Es musste so sein, denn sie schien meine innersten Gedanken zu kennen.

Heute hatten wir Vézelay erreicht, und die Königin ließ mich zu sich befehlen. Sie war bereits festlich für den abendlichen Empfang des Königs gekleidet, als ich in ihr Gemach trat. »Mein liebes Kind«, begrüßte sie mich, »wir haben uns lange nicht gesprochen – das muss wieder anders werden. Findest du nicht auch?«

Ich knickste. Es kostete mich Mühe, ihr zu antworten. »Wie Ihr wünscht, ma Dame.«

»Wie Ihr wünscht, ma Dame … Was sind denn das für Worte?« Alienor trat auf mich zu und legte mir die Hände auf die Schultern. Sie spürte, wie ich mich unter ihrer Berührung verkrampfte, und das schien sie zu befremden. Forschend sah sie mir in die Augen. »Hast du irgendetwas, das dich ärgert oder bedrückt?«

Ich hielt ihrem Blick stand. Doch zu einer ehrlichen Antwort konnte ich mich nicht entschließen. »Wer hat das nicht, ma Dame«, wich ich ihrer Frage aus.

Sie ließ mich los und deutete mit ihrer kühlen, weißen Hand auf einen der beiden Stühle, die in der Fensternische standen. »Nimm Platz«, forderte sie mich auf. »Ich glaube, wir haben es beide an Aufmerksamkeit fehlen lassen. Viel ist geschehen in der Zwischenzeit. Und viel ist an Gesprächen nachzuholen.«

Ich setzte mich, wie es mir befohlen war. Ich schwieg und betrachtete Alienor d' Aquitaine, die sich so gelassen mir gegenübersetzte. Betrügerin, dachte ich, mich narrst du nicht mehr mit deiner gespielten Großmut und Freundlichkeit.

Die Königin ordnete mit geübten Griffen die Falten ihres rosenfarbenen Atlasgewandes und lockerte dann wie beiläufig die weißleinene Kinnbinde, die ihr ebenmäßiges Gesicht umschloss. »Nun ist es bald so weit«, sagte sie, »eine sehr große Reise steht an, und du wirst überglücklich sein, mich begleiten zu dürfen.«

»Es ist immer eine Freude, mit Euch zu reisen«, sagte ich teilnahmslos, »wir haben ja schon so viele Meilen auf so vielen Straßen miteinander zurückgelegt.«

Ihre Stirn runzelte sich leicht. Ihre dunklen Augen glühten mich an. Doch der Ausdruck des Unmuts verschwand sogleich wieder von ihrem Antlitz. »Du meinst, es ist nichts Besonderes mehr«, sagte sie und warf mir ein flüchtiges Lächeln zu, das mich traf wie ein spielerisch geworfener Ball. »Nun – dann wartet diesmal eine Überraschung auf dich, Agnès.«

»Eine Überraschung?« Ich konnte mich gerade noch daran hindern, die Achseln zu zucken.

Sie bemerkte meine nicht ausgeführte Bewegung dennoch. Sie lächelte ein zweites Mal. Es wirkte etwas gezwungen. »Ich habe dich sehr enttäuscht, nicht wahr?« sagte sie sanft.

Das Wort Ja lag mir auf der Zunge. Doch ich nickte nur und senkte den Kopf. »Ich bitte um Verzeihung«, murmelte ich so leise, dass sie es gerade noch hören konnte.

Alienor stand vom Stuhl auf und trat ans Fenster. »Weißt du«, sagte sie, während sie sich vorbeugte und hinausschaute, »dass der Tag, an dem du mir zugeflogen bist, sich schon vor Wochen gejährt hat? Das war im Kloster bei Domfront – und deine Gefährtin mit dem brandroten Haar hatte ihr Leben gelassen ...«

Ein alter Schmerz überflutete mich. »Bärbe …« kam ihr Name leise über meine Lippen.

»Ja, so hieß sie«, sagte Alienor und drehte sich wieder zu mir um. »Ich habe versucht, dir ebenfalls eine Freundin zu sein. Doch …«

Sie sprach den Satz nicht zu Ende und sah mich wie Hilfe suchend an. Mir schien es, als schimmerten plötzlich Tränen in ihren ausdrucksvollen Augen. Sie war verletzlich, diese starke, kluge Frau – und irgendwie hatte ich ihr wehgetan. Ich wusste nur nicht, womit. »Ma Dame«, sagte ich und stand gleichfalls auf, »Ihr wart mir die beste, gütigste und treueste –«

»Nicht weiter«, sagte Alienor. Sie hob die Hand und führte sie über ihre Augen. »Alles, was ich falsch gemacht habe, will ich an dir wieder gutmachen. Was ich dir verraten wollte, Agnès –« sie senkte geheimnisvoll die Stimme, »ist das Ziel unserer nächsten Reise. Wir werden Navarra besuchen. Es gibt sichere Kunde, dass dein fahrender Scholar dieses Land durchwandert hat – ja, dass er sich noch immer dort aufhält.«

»In Navarra?« Ich starrte sie an. »Nicht in Kastilien?«

Ihr Blick wurde unsicher, aber nur für die Dauer eines Wimpernschlags. »Nein«, wehrte sie ab, »das war eine falsche Spur. Nach den neuesten Hinweisen …«

»Wann habt Ihr die erhalten?« unterbrach ich mit bebenden Lippen.

Sie lächelte. In diesem Lächeln lag der unbegreiflich jugendliche Liebreiz, den sie selbst in ihrem hohen Alter immer noch ausstrahlte. »Wir werden ihn finden, wenn er irgend zu finden ist«, sagte sie und kam mit einigen schnellen kleinen Schritten zu mir herüber. »Agnès, wir werden ihn aufstöbern, wo immer er jetzt ist. Freut dich das ein wenig?«

Sie breitete die Arme weit aus, und ich sank hinein. Mein Herz floss über, jetzt, wo ich wieder mit ihr versöhnt war. Ich schluchzte vor Glück, und sie hielt mich fest umschlungen wie eine Mutter. »Sei zuversichtlich«, murmelte sie, während sie mich leise wiegte, »ich habe noch immer das Gute geschaffen – für alle meine Kinder …«

Ich hatte wunderbar geschlafen in dieser Nacht. Zum ersten Mal seit langen Wochen waren süße Träume meine Begleiter gewesen. Ich hatte François wieder gesehen, wenn auch nur in meiner Fantasie, und beim Aufwachen hätte ich die ganze Welt umarmen können – selbst die alte griesgrämige Kammerfrau, die mir beim Ankleiden half.

Das Frühstück, eine Scheibe weißes Brot mit etwas Butter und Honig, schmeckte herrlich. Das Bier, das mir dazu angeboten wurde, war sauer und schal, doch ich genoss es nichtsdestoweniger. Mein Hund, der treu meinen Schlaf bewacht hatte, wurde liebkost und umarmt, ohne dass ich ihm sein strubbliges Fell nassweinte, wie das in den letzten Tagen oft geschehen war. Und ich musste mich beherrschen, um nicht auch Wigald of Uxbridge zu umarmen, als er sich am späten Vormittag bei mir melden ließ.

Er kam, um mich zur Messe abzuholen. »Sie findet unter freiem Himmel statt«, sagte er. »Das Kreuzheer soll auf den Weg geschickt werden, my Lady. Und am Nachmittag wird ein Turnier abgehalten. Nur einige Herren – nichts Großes …«

»Nehmt Ihr auch daran teil, Wigald?«

»Ich …« er errötete. »Ja, ich werde dabei sein …« Er unterbrach sich und suchte schüchtern meine Augen. »Erinnert Ihr Euch noch? Wenn ich Eure Farben trage, seien wir quitt, habt Ihr gesagt …«

»Meine Farben sind Schwarz und Weiß«, teilte ich ihm mit. »Ich will sehen, ob ich ein passendes Tüchlein finde, das Ihr an Eurem Arm befestigen könnt. Doch ich fürchte, es wird schwierig werden.«

»Oh, bemüht Euch nicht –«, murmelte Wigald, während sich langsam ein Strahlen auf seinem Gesicht ausbreitete, »ich weiß, ein Rabe auf weißem Feld. Und ich habe mir bereits …« Er hielt inne, pötzlich erschrocken über seine eigene Kühnheit. »Ich hoffe Ihr vergebt mir, dass ich …«

»Wunderbar«, antwortete ich und ging nicht auf seine letzten Worte ein, »dann könnt Ihr mich in Würde vertreten. Aber macht mir keine Schande!«

»Oh, niemals …« Das war alles, was Wigald herausbrachte. Er schien fassungslos vor Freude. Ich nahm einfach seinen Arm und zog ihn zur Tür hinaus.

Das Bild, das sich mir auf dem freien Platz vor den Toren bot, war atemberaubend. In der hellen Sonne standen sie dicht gedrängt, die Ritter und Herren, die mit König Richard die Pilgerfahrt gegen die Sarazenen wagen wollten. Waffenröcke, geschmückt mit reißenden Tieren und heraldischen Symbolen der verschiedensten Art, leuchteten in allen Farben des Regenbogens. Auf prächtigen, faltenreichen Mänteln prangte das Kreuz, unter dem sich die Wallfahrer versammelt hatten. Banner bauschten sich im warmen Wind; unzählige bunte Wappen hoben sich grell vom Hintergrund der grauen Stadtmauern ab und blendeten und verwirrten das Auge.

Das Löwenbanner überstrahlte sie alle. Sein Gold und Rot war allgegenwärtig – so, wie König Richard mit seiner überwältigenden Gegenwart die anderen Ritter in seinen Schatten verbannte.

Keiner der anwesenden Männer trug Waffen. Demütig kniend wohnten sie der Messe bei und erhoben sich erst, als die letzten Worte der Liturgie gefallen waren. Dann trat der Bischof auf den König zu und überreichte ihm Wanderflasche und Pilgerstab.

Richard Plantagenet nahm die Zeichen der Pilgerschaft lächelnd an. Plötzlich zerbrach ihm der Stab in den Händen. Er ließ die Stücke achtlos zu Boden fallen. Ungeachtet der betroffenen Mienen bei seiner Gefolgschaft hob er beide Arme und drehte sich zu seinem Heer um. »Was brauchen wir Pilgerstäbe«, rief er mit donnernder Stimme, »da es gegen die Feinde Christi geht! Unsere Schwerter sollen unsere Pilgerstäbe sein!«

Ohrenbetäubender Jubel schallte ihm entgegen. Nur die Königin schien leicht verstört. Das sah ich ihr an, obwohl sie ebenfalls strahlend lächelte.

Dies war der Tag des Abschieds. Ich saß auf der kleinen Tribüne, die an der Seite für die Damen aufgeschlagen worden war, und sah zu, wie die Ritter sich formierten und mit dem König an der Spitze gruppenweise den Platz verließen. Morgen, nach dem Frühgebet, würde sich der Zug in Bewegung setzen, nach Marseille, wo Schiffe die Kreuzfahrer aufnehmen sollten.

Für viele der Männer, die jetzt so prächtig gewandet dem großen Zeltlager zustrebten, war dies der Abschied für immer. Viele von ihnen würden nicht zurückkehren, würden irgendwo in den steinigen, glutheißen Wüsten des Heiligen Landes den Tod finden – entweder durch Hunger, Durst und Krankheit oder von der Hand des Feindes. Ich, deren Großvater ja auch auf Kaiser Konrads Kreuzzug gestorben war, wusste das. Doch ich war nicht die einzige. Mehrere, meist ältere Frauen in meiner Nähe konnten ihre Tränen, während sie den Rittern nachschauten, nur mit größter Beherrschung zurückhalten. Und einige ganz junge schluchzten laut. Ihre verweinten Gesichter und nassen Augen standen in seltsamem Gegensatz zu den festlichen Gewändern und zu den Blumenkränzen, mit denen sie sich geschmückt hatten. Ich musste an meinen Vater denken, der mit dem deutschen Kreuzheer schon im vergangenen Jahr nach Jerusalem aufgebrochen war. Ich sprach ein stilles Gebet, bevor ich mich von Wigald die Stufen hinunterführen ließ.

Das kleine Turnier, von dem Wigald gesprochen hatte, war abgesagt. »Nicht einmal ein Lanzenstechen«, sagte er, als er mir nach der Mittagsruhe aufwartete. »Die Königin will den letzten Tag vor dem großen Aufbruch mit ihrem Sohn verbringen, anstatt ihren Gefolgsleuten beim Zweikampf zuzuschauen.«

»Das kann ich gut verstehen«, gab ich zurück.

»Aber ich glaube, es steckt eher die Kirche dahinter«, sagte Wigald mürrisch. »Der Bischof und seine Kuttenträger«, er presste verächtlich die Lippen zusammen, »die würden ohnehin am liebsten derartige Lustbarkeiten ganz abschaffen. Und jetzt sind sie wieder einmal durchgekommen – indem sie vor Beginn der Pilgerfahrt einen Tag der Besinnung auf den heiligen Zweck der Wallfahrt anordnen. Als ob nicht jeder der Teilnehmer schon genau wüsste, um was es geht!«

Ich verkniff mir ein Lächeln. »Ihr mögt die Kuttenträger nicht besonders, wie mir scheint«, sagte ich.

»Wer mag sie schon?« Wigald schüttelte grimmig den Kopf. »Die meisten sind schlappe, feige, vollgefressene Memmen, und …«

»Seid Ihr nicht einfach nur verärgert, weil Euch ein Spaß entgangen ist?« unterbrach ich ihn.

»Auch –« brummelte er mürrisch, »doch nun kann ich Euch nicht zeigen, wie gut ich mit Waffen …«

Ich legte die Hand auf seinen Arm. »Mir müsst Ihr gar nichts beweisen«, tröstete ich ihn halb belustigt, halb verständnisvoll. »Mir ist längst klar, dass Ihr einer der Besten seid. Selbst die Königin sagt das.«

Er hob den Kopf so abrupt, dass ich regelrecht zurückfuhr. »Sie mag sagen, was sie will«, brauste er auf, »was hilft mir das, wenn Ihr es nicht selbst sehen könnt?«

Jetzt musste ich doch lachen. »Ihr werdet Eure Tapferkeit schon noch zeigen können«, sagte ich und widmete ihm einen aufmunternden Blick. »In den Bergen von Navarra soll es viele Bären und Wölfe geben. Wagt Ihr es, gegen die anzutreten, dann …«

Er legte die Hand über meine. »Zu Eurem Schutz würde ich den Teufel selbst niedermachen«, murmelte er, während sein Gesicht sich mit glühendem Rot überzog.

»Nun – der Teufel wird uns auf der Reise sicher nicht begegnen«, gab ich leichtherzig zurück und entzog ihm schnell meine Hand. »Doch ich weiß, ich kann mich sicher fühlen, wenn Ihr an meiner Seite reitet.«

»Solange ich lebe …« flüsterte Wigald leidenschaftlich.

Ich ging ihm für den Rest des Tages aus dem Weg. Bis jetzt hatte ich nicht auf die vielen Zeichen seiner Zuneigung geachtet, die er mir gegeben hatte, doch während des kleinen Wortwechsels am Nachmittag war mir endlich bewusst geworden, wie es um ihn stand. Er war verliebt in mich, und er machte sich Hoffungen.

Er musste wissen, dass ich mein Herz vergeben hatte. Bei mehreren Gelegenheiten, zu denen ich die Königin über Nachrichten von François befragt hatte, war er dabei gewesen. Doch allem Anschein nach verschloss er die Augen davor, dass ich nicht mehr frei war. Für ihn gab es keinen François.

Was ich für ritterliche Hilfsbereitschaft gehalten hatte, war mehr – weit mehr. Und nicht allgemeine Schüchternheit gegenüber Frauen trieb Wigald of Uxbridge so oft das Blut in die Wangen. Nur in meiner Gegenwart verhielt er sich so scheu und unsicher.

Er warb um mich – mit allem, was ihm zu Gebote stand, und schon von Anfang an. Die Königin förderte seine Sache – war es nicht sie selbst gewesen, die ihn an meine Seite gestellt hatte? Sie hatte sicherlich genügend Feingefühl und Scharfsinn besessen, um die tiefe Sympathie zu spüren, die ich für Wigald hegte.

Er hatte mir eins seiner schönsten und wertvollsten Pferde geschenkt, dazu die reizende, nach Männerart geschnittene Reitkleidung. Er musste sich vorher mit der Königin besprochen haben …

Mit wachsender Unruhe betrachtete ich das Gewand, das, für den Reiseantritt ausgebreitet, auf meiner Kleidertruhe lag. Blaues flandrisches Tuch, schimmernd, federleicht, von herrlichem Fall. Das Futter, brennend rot, aus Seide. Das Untergewand beinahe ebenso kostbar – hauchdünne, ganz glatt und knotenfrei gewebte Wolle im gleichen Scharlach. Die Beinlinge aus rotem, handschuhweichem Leder, rau gebürstet und von schmeichelndem Seidenschimmer … Wigald hatte nur für dieses Gewand ein kleines Vermögen ausgegeben, und mir war das ungewöhnlich teure Geschenk kaum einen Gedanken wert gewesen. Sogar das Pferd, das ich morgen eine Strecke weit reiten wollte, hatte ich ohne nennenswerten Widerspruch von ihm angenommen.

Wie hatte ich so blind sein können? Ich, die ich sein Wesen kannte, hätte den Sinn seiner Geschenke nicht so völlig missdeuten dürfen. Bei einem Mann wie Wigald gab es nur eine Erklärung dafür.

Aber meine Sehnsucht nach François hatte mich die Menschen meiner Umgebung nicht klar erkennen lassen. Ich hatte mich so sehr um mich selbst gedreht, dass mir Wigalds wahre Gefühle verborgen geblieben waren. Die steinernen Engelsgesichter, die links und rechts das Gesims meines Fensters schmückten, schienen mich ein wenig hämisch anzugrinsen. Die Tiere, die in bunter Wolle den Teppich an der Wand bevölkerten, starrten mich mit verständnislosen Augen an. Ich krampfte ratlos die Hände ineinander.

Vom Hof drang lärmendes Klirren und Klappern zu mir herauf. Noch vor der Abendmahlzeit wurden dort bereits die Reisetruhen auf die Wagen geladen, denn auch die Königin wollte morgen in aller Herrgottsfrühe aufbrechen. Wigald und ich gehörten zu ihrem Gefolge.

Auf der Reise konnte ich ihm nicht ausweichen. Mit welcher plausiblen Erklärung hätte ich das auch begründen sollen? Mir schwirrte plötzlich der Kopf.

Irgendwann bald musste ich mit Wigald ein offenes Wort sprechen – daran führte kein Weg vorbei. Doch ich hatte sein Horoskop gründlich studiert. Nicht einmal der starke, verlässliche und fähige Lord of Uxbridge war völlig ohne Makel. Sobald seine Gefühle verletzt wurden, konnte er aus der Rolle fallen, konnte sich wie ein störrisches, widerborstiges Kind gebärden und vielleicht in Zorn oder Trauer sich selbst und anderen Schaden zufügen.

Ich ging nicht zum Essen in den Saal. Ich ließ der Königin ausrichten, mein Kopf schmerze. Sie schickte mir ihren Medicus, der ein Pulver für mich anrührte. Ich nahm es nicht, sondern schüttete die braune Flüssigkeit zum Fenster hinaus. Spät, als überall die Kerzen und Kienspäne gelöscht wurden, schickte ich meine mürrische alte Dienerin noch einmal hinunter, um mir ein Stück Brot und einen Becher Wein zu beschaffen. Ich blieb allein – denn Mildrad erschien nicht einmal nach Einbruch der Dunkelheit – und grübelte über die schwierige Lage nach, in der ich mich befand. Erst gegen Morgen fiel ich in einen unruhigen Schlaf, aus dem ich schon bald wieder aufgestört wurde. Die Wagen standen bereit für die Reise nach Süden.

Ich legte das schöne Reitgewand nicht an. Die knurrige Alte musste trotz ihres unüberhörbaren Widerspruchs meine Reisetruhe noch einmal öffnen und ein anderes Kleid für mich heraussuchen. Ich wählte das hellblaue Leinene mit den feinen bunten Seidenstickereien am Halsausschnitt und an den Ärmeln, das mir die Königin schon im vergangenen Spätsommer geschenkt hatte. Kopfschüttelnd und leise vor sich hinmurrend packte die Alte Wigalds Geschenk in die Truhe. Dann winkte sie ungeduldig fuchtelnd die beiden halbwüchsigen Knechte heran, die meine Sachen in den Hof zu schaffen hatten.

Ich verließ die Alte grußlos und ohne ihr ein kleines Geschenk in die magere Hand zu drücken. Sie stand da in der Mitte der ausgeräumten Kammer und wirkte mit ihrem grauen Kopftuch wie ein Uhu. Sie bot einen komischen Anblick. Doch ich konnte nicht lächeln. Müde arbeitete ich mich die Stiege hinunter, meinen Hund dicht hinter mir. »Du bist der einzige, der mir keine Schwierigkeiten macht«, murmelte ich und streichelte Silbers struppigen Schädel. Silber winselte leise, als habe er mich verstanden.

Wigald empfing mich gleich am Portal. Er hatte Stella schon für mich satteln lassen und hielt die schöne Stute am Zügel. Und er riss besorgt die Augen auf, als er meiner ansichtig wurde. »Ist es so schlimm?« wollte er wissen. »Als Ihr gestern beim Essen fehltet, sagte mir die Königin …«

»Ja, ja«, unterbrach ich ihn, »aber heute geht es mir schon viel besser.«

Er war noch nicht beruhigt. »Ihr seid sehr blass, Agneta. Sagt mir – kann ich nicht irgendetwas für Euch tun? Habt Ihr wenigstens ein schönes Frühstück eingenommen? Das wirkt immer günstig, wenn man schlecht geschlafen hat, und …«

Ich unterbrach ihn noch einmal. »Macht Euch doch keine unnötigen Sorgen um mich, Wigald. Ein bisschen frische Luft, und alles ist wieder gut. Nur reiten werde ich nicht können.«

Er nickte. Sein Blick suchte meine Augen. »Habt Ihr schon einen Platz im Wagen?«

»Noch nicht.« Ich wich seinem Blick aus. »Es wird sich einer finden.«

»Ich kümmere mich darum.« Er reichte Stellas Zügel an

seinen Stallknecht weiter und war schon auf dem Weg. Ich hatte keine Zeit, ihn zurückzuhalten.

Er hatte dafür gesorgt, dass ich mit zwei lustigen jungen Damen meines Alters fahren konnte. Ich kannte sie nur vom Ansehen, doch Wigald hatte sie offenbar sorgfältig ausgewählt. Sie stammten beide aus der Gegend um Bordeaux und waren glücklich darüber, dass sie ihre Heimat bald wieder sehen würden. Darum plauderten sie heiter drauflos und nahmen es mir nicht übel, dass ich kaum zu ihrem Gespräch beitrug. Die eine, die sich als ›einfach Anne‹ vorgestellt hatte, fragte lediglich nach einiger Zeit mitfühlend nach: »Ist Euer Kopfschmerz schon abgeklungen? Ich hoffe doch sehr …«

Ich nickte und ließ es halbherzig aussehen. Da genehmigten die beiden mir weiterhin mein Schweigen.

Kurz, nachdem der Tag den Zenit überschritten hatte, machte der Wagenzug der Königin Rast. Der Rand eines schattigen Wäldchens war dafür auserkoren worden. Die Damen entstiegen den schwerfälligen Fahrzeugen, die Herren saßen ab. Mägde entfalteten weiße Leinentücher und breiteten sie auf der Wiese aus. Körbe mit kaltem Braten und Broten, Steinzeugkrüge mit Wein wurden ausgepackt. Die Knechte führten Reit- und Zugtiere zum nahen Bach in die Schwemme, andere schleppten Wasserkrüge …

Ein Blick auf die Königin, die gerade ihrem prächtigen Fahrzeug entstieg und sich, dem bunt bemalten und mit vergoldeten Leisten geschmückten viersitzigen Reisewagen den Rücken kehrend, mit ihren drei Mitfahrern zum Wasser hinunter begab, sagte mir, dass ich keine Gelegenheit bekommen würde, mit ihr zu sprechen. Alienor d' Aquitaine war beschäftigt, wie immer. Sie würde die Fahrtpause dazu benutzen, Politik zu machen. Denn die Herren – sommerlich-leicht in knöchellange hell farbige Seide gewandet – waren wichtige Vasallen aus dem Süden und hingen schon jetzt aufmerksam an ihren Lippen. Wahrscheinlich unterbreitete die Königin ihnen ihr Vorhaben, für König Richard in Navarra eine Braut zu werben, und sicherte sich Unterstützung bei der Durchfahrt durch ihre Gebiete.

Ich sah mich um. Es war keine angenehme Vorstellung, im buntgewürfelten Durcheinander der Reisegesellschaft die Rast zu verbringen. Ich sehnte mich nach Stille, nach der Gelegenheit, weiter ungestört meinen Gedanken nachhängen zu können – aber das war unmöglich, wenn links neben mir ein junges Gänschen plapperte und rechts ein paar junge Gecken lautstark ihre Fähigkeiten herausstellten oder die bedienenden Knechte und Mägde rennen ließen.

Nein, mir stand der Sinn nicht nach Gesellschaft. Also wandte ich mich ab von dem bunt schillernden jungen Volk, das den Hofstaat der Königin bildete, und humpelte zum Rand eines kleinen Wäldchens, das den Hügel bei der Straße krönte. Ich fand bald einen sonnigen, von wenigen tiefhängenden Zweigen luftig beschatteten Platz, wo das Gras kurz und weich war und zum Lagern einlud. Hier war es still und schön – nur ein paar kleine Vögel zwitscherten schläfrig, und die seidigen Ähren der hohen Gräser wehten im sanften warmen Wind.

Ich ließ mich nieder und winkte Silber an meine Seite. Dann schloss ich die Augen. Ich wollte, dass Bilder kamen – Bilder aus der Tiefe eines lange vergangenen Sommers.

Ich musste eingenickt sein. Ein Kitzeln an meiner Schläfe weckte mich. Ich lag auf der Seite, und als ich den Kopf drehte, war über mir, eingerahmt von Blau und Wolkenweiß, das lächelnde Antlitz Wigalds of Uxbridge. »Habt Ihr gut geschlafen?« fragte er leise. Sein Haar umgab sein Gesicht wie ein goldener Heiligenschein.

Ich rappelte mich auf. »Wigald –« murmelte ich schlaftrunken, »wie kommt Ihr …«

»Ihr habt das Essen versäumt«, sagte er mit einem leisen Tadel in der Stimme.

»Das Essen?« Ich fuhr mir über die Augen. »Ich hatte keinen Hunger …«

Er lächelte, strahlte mich an. »Das dachte ich mir beinahe. Doch ein klein wenig solltet Ihr zu Euch nehmen – die Fahrt ist ja noch lang!« Er griff ins Gras und hob mir wie eine

Schüssel seinen Hut entgegen – einen feinen silbergrauen Filzhut, dessen schmale Krempe eng eingerollt und mit den schillernden Medaillons von Pfauenfedern geschmückt war. »Seht«, sagte er, »was der Sommer Euch zu bieten hat!«

»Der Sommer …« Ich verstand nicht, was er meinte. Immer noch schläfrig senkte ich den Blick auf den Hut. Brombeeren schimmerten darin, schwarz und glänzend und herrlich reif.

Ich streckte unwillkürlich die Hand nach den Früchten aus. »Nicht«, sagte Wigald und wehrte mich lächelnd ab, »davon bekommt man blaue Finger!«

»Aber wie …« Ich schüttelte den Kopf. »Erst lockt Ihr mich – dann wollt Ihr nicht, dass ich …«

Er lachte leise. Dann griff er hinein in die saftige Fülle und hielt mir eine Brombeere hin. »Macht einfach nur den Mund auf«, forderte er, »den Rest besorge ich.«

Ohne nachzudenken folgte ich seiner Anweisung. Die schwarze, duftende Beere wanderte, von Wigald vorsichtig mit den Fingerspitzen gehalten, zwischen meine Lippen. Sie war sonnenwarm und süß und köstlich. Doch etwas in mir wehrte sich dagegen, eine zweite anzunehmen. »Wigald, ich …«

»Schsch …« sagte er, »enttäuscht mich nicht. Ich sah sie stehen, und ich dachte mir, die sind genau das Richtige für meine Lady. Ich hab sie alle weggepflückt – nur für Euch. Mund auf!«

Der Ausdruck auf seinem Gesicht glich jetzt dem einer pflichtbewussten Amme, die es mit einem widerspenstigen Kind zu tun hat. Ich musste lachen. »Wisst Ihr, an wen Ihr mich erinnert, Wigald? An eine alte Kindsmagd, die mich früher …«

Sein Blick wurde tief und dunkel. Ich verstummte und biss mir auf die Lippen.

»Ich wollte Euch eine Freude machen«, murmelte er, »und das ist mir augenscheinlich gelungen. Ihr seid wunderschön, wenn Ihr lacht …«

Er hatte meine spottenden Worte überhaupt nicht wahrgenommen. Seine Augen ruhten auf meinem Gesicht wie auf etwas Kostbarem, Einzigartigem. Und seine Hand bot mir von neuem die Brombeere dar, mit einer sanften Bitte diesmal und ohne die anfängliche Leichtigkeit.

Ich nahm sie an. Ihr erfrischender Geschmack schien sich in meinem ganzen Körper auszubreiten, und ich verlangte nach mehr. Jetzt wich ich der Hand, die mich mit so viel Hingabe fütterte, nicht mehr aus. Ich kam ihr sogar entgegen, während ich Wigald in die Augen schaute.

Es lag kein Arg in diesem Blick. Ich sah nur eine große Zärtlichkeit, so überwältigend, dass sie selbst die wachsame Stimme meines Herzens zu übertönen drohte. Gedankenverloren streckte ich die Hand aus, griff in den Hut, nahm eine dicke Brombeere und steckte sie Wigald zwischen die halbgeöffneten Lippen. Er kaute, schluckte, lächelte in beinahe kindlicher Glückseligkeit.

Er war gefährlich – viel gefährlicher, als ich gedacht hatte, und auf eine ganz andere Weise. Er war dabei, sich zwischen meine Liebe und mich zu schieben, war dabei, François' Bild aus meinem Herzen zu löschen. Und er ahnte es nicht einmal.

Ich spürte, wie ich in der warmen Sonne zu beben begann. »Jetzt ist es genug«, sagte ich zu Wigald, als er mir eine neue Brombeere abieten wollte, »jetzt ist die Reihe an Euch.«

»Wollt Ihr wirklich keine mehr?« fragte er bedauernd.

Ich schüttelte den Kopf. »Wirklich nicht.«

Wigald betrachtete mich einen Augenblick, als wolle er sich versichern, dass ich auch tatsächlich meinte, was ich gesagt hatte. Dann, als keine weitere Erklärung von mir kam, hob er den Hut hoch und schüttete den verbliebenen Überfluss an süßen Früchten ins Gras.

Sie kullerten in alle Himmelsrichtungen. Ich sah den Brombeeren nach, die schwarzglänzend zwischen die Halme rollten und veschwanden. Dann hob ich Wigald of Uxbridge das Gesicht entgegen. »Warum habt Ihr das getan?« fragte ich befremdet und verständnislos.

»Sie waren für Euch«, murmelte Wigald in sanft-bestimmtem Ton, »nur für Euch allein, Agneta.«

25

Ich versuchte auf der Hut zu sein nach jener Rast am Waldrand, bei der Wigald of Uxbridge mir Brombeeren gepflückt hatte. Das war unendlich schwer, denn ich wollte ihm nicht wehtun. Manchmal wünschte ich mir, es gäbe nicht nur eine Springwurzel zum Öffnen von Kerkertüren und Schatzgewölben, sondern auch eine, die mein Herz aus dem sanften Gefängnis befreien konnte, das Wigald mit seiner Liebenswürdigkeit und schüchternen Zuneigung um mich errichtet hatte.

Wir hatten uns einige Tage in Bordeaux aufgehalten, was sehr angenehm gewesen war, denn die alten Mauern des Palastes l'Ombrière boten herrliche Kühle gegen die sengende Augustsonne. Hier waren die Nächte erholsam. Der Schlaf kam tief und wohl tuend. Man wälzte sich nicht, wie so oft auf der Reise, in einer dumpfen Kammer erhitzt und ruhelos unter schweißnassen Laken. Der helle Kalkstein, aus dem das Schloss vor mehreren Menschenaltern errichtet worden war, hielt alle wabernde Hitze draußen.

Alienor d' Aquitaine war hier aufgewachsen. Das hatte sie mir selbst gesagt, als die Mauern von Bordeaux in Sicht gekommen waren. »Meine ganze Kindheit und Jungmädchenzeit«, hatte sie sinnend geflüstert, »habe ich in den Gängen, Galerien und Sälen von l'Ombrière verbracht – ach, es waren herrliche, unbeschwerte Jahre. Mein Großvater lebte noch – Gott vergebe ihm alle seine Sünden – und manchmal, wenn er gut aufgelegt war, sang er sogar für uns Kinder. Wir verstanden damals natürlich nicht, was er mit der hohen Minne eigentlich meinte …«

»Euer Großvater?« hatte ich eingeworfen.

»Guilleaume d'Aquitaine«, war ihre Antwort gewesen, begleitet von einem leisen, melodischen Lachen. »Der Neunte seines Namens. Er war der erste der Troubadoure – er hat ihn sozusagen erfunden, den Frauendienst.«

»Auch heute begreifen viele nicht, was damit gemeint ist«, hatte ich zögernd bemerkt. »Also Euer Großvater hat dieses komplizierte Regelwerk erdacht! Danach darf ein wahrhafter Ritter die Dame seines Herzens ja wohl immer nur aus der Ferne anbeten, sie aber niemals wirklich besitzen. Und die Dame muss auch noch verheiratet sein. Das finde ich besonders – wie soll ich sagen …«

Die Königin hatte noch einmal gelacht. »Mein Großvater selbst hielt sich mehr an die niedere Minne«, hatte sie mir augenzwinkernd erklärt. »Oft genug ist er deswegen exkommuniziert worden. Die Kirche schätzt es eben nicht, wenn verheiratete Männer bei Frauen ihr Ziel erreichen, die ihrerseits auch verheiratet sind.«

Bei Mildrad stand das kaum zu befürchten. Sie und ihr junger Verlobter boten auch im Schloss l'Ombrière jedem ein Bild unzertrennlicher Turteltauben. Ihre Hochzeit war für den vorletzten Tag unseres Aufenthaltes in Bordeaux angesetzt, von wo aus Mildrad als frisch gebackene Herrin von Cahors mit ihrem Mann zurückreisen würde. Ich bedauerte es einerseits, dass ich auf der anstehenden Reise nach Navarra auf Mildrads lustige Gesellschaft verzichten musste – andererseits war sie aber ohnehin schon seit sie ihren Guy kennen gelernt hatte, für mich kaum noch zu sprechen gewesen. Und – wie sie mir strahlend verkündete – immerhin könne ich ja auf Wigald zurückgreifen, wenn mir allzu langweilig würde. Der begleite natürlich die Königin.

Wigald. Ich wurde nicht klug aus ihm. Er hatte mir in den letzten Tagen nur einige weitere Reitstunden erteilt und sich ansonsten im Hintergrund gehalten. Und ich hatte begonnen, mich zu fragen, ob ich ihn wohl irgendwie beleidigt hatte. Zu dieser Annahme bot er mir eigentlich keinen Grund, denn bei den wenigen Gelegenheiten, die er in meiner Nähe war, verhielt er sich genau so liebenswürdig, wie ich es von ihm gewohnt war.

Auffällig fand ich, dass er sich sorgfältiger kleidete. Sein Schnurrbart hatte unter dem Messer des Barbiers reichlich Haare gelassen und besaß jetzt nur noch einen Bruchteil des Volumens, das er anfangs gehabt hatte. Sein Haar war plötzlich viel lockiger und glänzte auch stärker. Er krönte es häufig mit seidenen Schapeln, passend zu der Farbe seiner Gewandung. Ich mochte diese feinen, oft mit Steinen oder Perlen besetzten Haarbänder, die die Stirn umrunden, bei den meisten jungen Männern eigentlich gern. Doch zu Wigald passten sie einfach nicht. Er bekam mit solchem Haarschmuck etwas Lächerliches.

Auch heute Morgen, zur Hochzeitsmesse seiner kleinen Schwester trug er ein Schapel statt eines Hutes oder Baretts. Er war gekommen, um mich aus dem Palast hinunter in den Hof zu führen, wo eine Sänfte für mich bereitstand. Sein Obergewand war aus auffällig schillernder, rosaroter Seide gearbeitet, mit kleinen Adlern und Tauben bestickt. Und das Schapel, eine gedrehte Schnur mit Perlenbesatz, prangte in der gleichen Farbe.

Ich musste die Luft anhalten, aber nicht, weil mich sein Putz blendete, sondern weil mir eine spottende Bemerkung auf der Zunge lag. »Seid mir willkommen, Wigald«, antwortete ich auf seine Grußworte, »schön, Euch zu sehen.«

»Das freut mich«, antwortete er. Sein Blick hatte etwas Schwermütiges – ein krasser Widerspruch zu seinem aufwendigen Prunkgewand.

Ich musste seine Stimmung bessern. »Damit wir zusehen können, wie Eure Schwester ihrem Bräutigam die Hand reicht – wollt Ihr mir auch die Hand reichen?«

Ich hatte es so gemeint, dass er mich an der Hand hinunterführen sollte. Doch er starrte mich mit beinahe wilden Augen an. »Wie soll ich Eure Worte verstehen, my Lady?«

Betroffen wich ich seinem Blick aus. »Nun, so, wie ich sie gesagt habe«, erwiderte ich mit gespielter Munterkeit, »müssen wir nicht hinunter zu den Sänften gehen? Bitte helft mir auf der Treppe …«

Er nickte. Dann ergriff er stumm meine ausgestreckte Hand. Der Druck seiner kräftigen Finger war zart. Doch ich spürte, wie aufgewühlt Wigald war.

Er war es noch, als wir unsere Plätze im Kirchengestühl von Sankt André eingenommen hatten. Und seine erregte Unaufmerksamkeit ging so weit, dass er sogar eine leise Bemerkung der Königin überhörte: »Wie süß Eure Schwester aussieht, Uxbridge! Auch mein Hochzeitskleid war rot, damals, als ich in dieser Kirche dem Dauphin von Frankreich angetraut wurde ...«

Wigald wandte sich abrupt der Königin zu. »Vergebung, ma Dame – wie meintet Ihr?«

Alienor d' Aquitaine lächelte. »Welche Farbe wird das Brautgewand Eurer zukünftigen Gemahlin wohl haben, Wigald?«

Ich sah deutlich, wie er zu zittern begann. Ein Muskel an seinem Unterkiefer zuckte. »Die wird meine zukünfige Gemahlin gewiss selber wählen«, murmelte er und blickte ganz kurz in meine Richtung. »Ich bin sicher, sie wird es auch am besten können.«

»Gut pariert«, erwiderte die Königin im Flüsterton. Dann schwieg sie und richtete ihre Augen auf den Chor, wo Mildrad und ihr Erwählter soeben niedergekniet waren. Die Brautmesse begann.

Jubelnde Menschen warteten vor der alten Kirche Sankt André. »Ganz wie bei meiner Hochzeit vor so vielen Jahren«, sinnierte die Königin, als sie, umgeben vom Kreis ihres Hofstaats in die Sonne hinaustrat. Und sie wusste, dass auch diesmal die Bürger von Bordeaux nicht gekommen waren, um einem unbekannten jungen Ehepaar Glück zu wünschen, sondern um Alienor d' Aquitaine zu sehen, ihre Herrscherin – gerade so wie im Juli elfsechsunddreißig.

Die bunten Tücher und die Blumengirlanden an den Häusern auf dem Weg zum Palast seien beinahe die gleichen wie vor mehr als fünfzig Jahren, meinte die Königin und wischte sich verstohlen eine Träne aus dem Augenwinkel. Obwohl heute Mildrads Hochzeit gefeiert wurde, galten die Hochrufe wieder derjenigen, der sie schon damals gegolten hatten. Was dem jungvermählten Paar völlig gleichgültig war.

Mildrad und Guy de Cahors schritten der Pozession voran, die sich in der sengenden Mittagshitze durch die Stadt zum Palast l'Obrière zurückbewegte. Sie strahlten, winkten und hatten dennoch nur Augen füreinander. Später, bei dem aufwendigen Festmahl, das die Königin hatte ausrichten lassen, tranken sie aus einem Becher und fütterten sich gegenseitig mit den besten Häppchen, die sie auf den vielen Platten mit Köstlichkeiten füreinander herauspicken konnten. Sie führten zwar kurze Zeit den Tanz an, bei dem auf Wunsch des Bräutigams die allerneuesten Stücke gespielt wurden, aber lange hielten sie es in der Gesellschaft so vieler Leute nicht aus. Noch ehe zum zweiten Mal Kerzen auf die Leuchter gesteckt wurden, verließen sie unter jubelndem Beifall und vielen scherzhaften Zurufen die Festgesellschaft. Sie zogen sich in ihr Brautgemach zurück, und sie taten es ohne jegliche Scheu. Ich hatte den Verdacht, dass ihre Hochzeitsnacht bereits seit geraumer Zeit hinter ihnen lag.

Auch ich fühlte mich zwischen den bunt schillernden Gästen der Hochzeitsgesellschaft nicht sonderlich wohl. Heute hatte ich zum ersten Mal seit langer Zeit wieder das Gefühl, eine Ausgestoßene zu sein. Mildrads munteres Geplauder fehlte mir. Marguerite de Bonchamp war in Poitiers zurückgeblieben und Aethel Lady Clare hatte ich ohnehin schon seit Ewigkeiten nicht mehr zu Gesicht bekommen. Darum fühlte ich mich gerade an diesem fröhlichen Feiertag sehr einsam. Von meinem Sitz außerhalb der Tanzfläche sah ich der hüpfenden oder schreitenden Reihe der Tanzenden zu, lauschte den Tönen von Flöte, Saitenspiel und Tamburin, bewunderte den Schimmer der seidenen Gewänder im Kerzenschein und war mit dem Herzen nicht dabei.

Wigald gab sich alle erdenkliche Mühe, mich aus meiner Schweigsamkeit herauszuholen. Er bat mich um einen Tanz nach dem andern, bis ich meinen Fuß kaum noch spürte und um Gnade bitten musste. Er bediente mich als vollkommener Mundschenk, rangelte sich für mich mit den Dienern um die besten Speisen, erzählte am Ende sogar Geschichten, die er für lustig hielt – nur, um mich heiter zu stimmen. Dabei waren seine eigenen Augen so traurig, wie ich sie noch nie gesehen hatte, auch wenn sein Mund lächelte.

Endlich hielt ich es nicht mehr aus. »Was bedrückt Euch«, fragte ich ihn, »ich sehe Euch doch an, dass auch Ihr mit den Gedanken woanders seid!«

Er wandte sich mir zu und lächelte noch immer. Und seine Augen lächelten wieder nicht mit. Ein paar Herzschläge lang schwieg er, während seine Miene ernst wurde. Dann, bedächtig, gab er Antwort. »Ich beneide meine Schwestern«, sagte er leise. »Beide haben ihr Herz in einen sicheren Hafen gerettet. Das würde ich auch gern tun. Nur würde mich der Hafen, den ich gewählt habe, nicht willkommen heißen.«

Er war deutlich geworden – so deutlich, wie es ihm möglich war. Dennoch hatte ich keine letzte Gewissheit. »Welchen Hafen meint Ihr?«

»Agneta –« Er streckte spontan die Hand aus und berührte scheu meine Finger. »Wenn Ihr es noch nicht wisst, dann …« er zog seine Hand wieder zurück, »dann möchte ich gerade mit Euch auch nicht darüber sprechen.«

Ich erhob mich von der Bank, auf der ich am Rande des Saales mit ihm gesessen hatte. »Im Garten, bei den alten Olivenbäumen, gibt es eine Bank«, sagte ich. »Werdet Ihr mitkommen? Es ist notwendig, Wigald, dass wir ein paar offene Worte miteinander wechseln.«

Sein Gesicht verzog sich, als spüre er einen Schmerz. Er nickte schweigend und stand ebenfalls auf. Als wir miteinander der Saal verließen, sah ich, dass die Königin es bemerkt hatte und uns einen triumphierenden Blick nachschickte.

Die Nacht war lau. Noch andere Paare ergingen sich auf dem baumbestandenen Gelände hinter dem Palast. Doch die steinerne Bank, die ich gemeint hatte, war unbesetzt.

Wir ließen uns nieder. »Alles ist ganz ruhig«, sagte ich, um einen Anfang zu machen. »Wir sind völlig ungestört.«

Wigald lauschte in die Stille. »Wenn ich mich mit der Dame meines Herzens treffe«, murmelte er, »dann schlagen keine Nachtigallen …«

»Wigald«, setzte ich ein zweites Mal an, »so trübe Gedanken stehen Euch nicht gut zu Gesicht. Ihr wusstet von Anfang an –«

Er unterbrach mich heftig. »Ich weiß, dass Ihr die wunderbarste Frau seid, die mir je begegnet ist«, stieß er hervor. »Alles andere ist unwichtig!«

»Es gibt Schönere«, suchte ich das Gespräch in eine andere Richtung zu lenken. »Allein mein verkrüppelter Fuß …«

Seine Hände tasteten nach den meinen und schlossen sich fest um meine Finger. »Ich würde Euch bis ans Ende der Welt auf den Armen tragen«, sagte er leidenschaftlich, »und noch weiter – wenn Ihr mir dafür Euer Herz schenken wolltet!«

»Und Ihr wäret der einzige, dem ich es geben würde«, sagte ich schlicht, »wenn es nicht schon vergeben wäre.«

Er sah mich an. Seine Augen waren die eines verwundeten Tieres. »Ist keine Hoffnung, dass Ihr Euren Sinn noch ändert?« fragte er so leise, dass ich seine Worte kaum verstehen konnte.

Ich schüttelte den Kopf. Der Druck seiner Finger, die meine Hand fest umschlossen, wurde hart und schmerzhaft. Dann, plötzlich, ließ er mich los. »Was für ein Ärgernis muss Euch demnach meine Gegenwart sein«, flüsterte er und senkte den Kopf.

»Aber wie könnt Ihr so etwas auch nur denken?« gab ich zurück. »Niemand wäre mir angenehmer als Ihr, Wigald – das habe ich Euch schon so viele Male gesagt, und Ihr glaubt mir immer noch nicht!«

»Ihr habt es aus Höflichkeit …«

»Ach, Wigald!« Die Hilflosigkeit presste mir einen Seufzer ab. Tränen brannten in meinen Augen, und ich konnte nichts mehr sagen. Auch er schwieg, starrte in den nachtdunklen Himmel, dessen Sterne durch die filigranen Silberblätter des Olivenbaumes auf uns niederflimmerten.

Plötzlich, ohne Ankündigung, begann im Gebüsch am Fuß der Schlossmauer ein Vogel zu singen. Sein melodisches, sanftes Flöten durchtönte die Stille wie ein Wunder. Wigald verkrampfte die Hände ineinander und erhob sich von unserem steinernen Sitz. Er ging ein paar Schritte weit. Der Vogel verstummte.

Wigald kam wieder zu mir. »Sie hatte sich geirrt«, sagte er flüsternd, während er mich schmerzlich anlächelte, »deshalb ist sie wieder weggeflogen.« Er streckte mir die Hand entgegen. »Da ich nun weiß, woran ich bin – darf ich Euch unter die Menschen zurückgeleiten, Agneta?«

»Nicht unter die Menschen«, erwiderte ich, während ich ihm die Hand reichte.

»Wohin dann?«

»Ich möchte mich zur Ruhe begeben. Die Reise morgen früh ...«

»Nach Navarra«, hauchte er, »wo Ihr Nachricht erhaltet von ...«

»Ich setze meine ganze Hoffnung darauf«, sagte ich fest, um ihn am Weitersprechen zu hindern.

»Doch bis dahin erlaubt mir, den Platz an Eurer Seite zu behalten.« Er hatte seine Stimme wieder gefunden. »Ihr sagtet ja, es sei nicht nur Höflichkeit gewesen, als Ihr ...«

»Wollt Ihr mir nicht Bruder sein, Wigald?« fragte ich. Er nickte. In seinem Gesicht zuckte es.

Die Stadt Bordeaux mit ihren hellgrauen, leuchtenden Mauern, den lauten, belebten Straßen und alten Kirchen lag schon weit hinter uns. Seit St. Jean de Luz hatte sich der lange Wagenzug der Königin, begleitet von einer neuen, um viele Berittene erweiterte Eskorte in die Berge hinaufgearbeitet. Der Weg war mühsam für Ross und Reiter. Besonders die Wagen aber quälten sich immer langsamer die steinigen Hänge hinauf.

Ich hatte ein so hohes Gebirge noch nie zu Gesicht bekommen. Neben dem Saumpfad stieg der Fels auf der einen Seite fast senkrecht an, während er auf der anderen in zerklüftete Abgründe abfiel. Wir schwebten in der ständigen Gefahr, abzustürzen. Überall in den zackigen Schlünden sah ich Reste zerschlagener Karren liegen – zersplitterte Räder, zerbrochene Speichen, geborstene Bretter – Wegzeichen, von anderen Reisenden zurückgelassen, die weniger Glück gehabt hatten als wir.

Es war Glück, das Gebirge heil und gesund zu überschreiten. Alle, mit denen ich während der Fahrt sprach, sagten mir das. Und doch sah ich überall Menschen und Fuhrwerke, die auf dem steilen, von Felsbrocken übersäten Karrenweg unterwegs waren, entweder nach Norden oder nach Süden. Immer wieder musste unser Zug halten, damit entgegenkommende Fahrzeuge ausweichen und für die Wagen der Königin Raum machen konnten.

Ein Geruch nach Herbst lag bereits in der Luft. Auf der Höhe des Gebirges färbten sich sogar schon die Blätter der windzerzausten Bäume. Doch im Abstieg von den Bergen verlor sich dieser Eindruck wieder. In Pamplona herrschte noch der Spätsommer. Der erste Septembertag, an dem wir in die Stadt einfuhren, zeigte uns einen herrlichen blau-weißen Himmel.

König Sancho empfing die Königin mit dem gebührenden Gepränge. Fanfaren erschallten. Mädchen in weißen Kleidern streuten Blumen. Der König von Navarra reichte Alienor d' Aquitaine persönlich den Willkommenstrunk und das Brot der Gastfreundschaft. Das Tablett, auf dem Brot und Salz lagen, war aus getriebenem Gold …

Mich berührte das Zeremoniell des Willkommens, aus dem der König von Navarra ein so eindrucksvolles Schauspiel machte, kaum. Schon bei der Durchfahrt durch die engen, dämmrigen Gassen von Pamplona, die sich nicht nur in der Farbe so sehr von denen in Bordeaux oder Saint-Jean-de-Luz unterschieden, hatte ich mir vorgestellt, dass hier mein Liebster gewesen war. Er hatte seinen Fuß in diese Stadt gesetzt, war vielleicht immer noch da …

Mein Herz hatte sehnsuchtsvoll geschlagen bei diesem Gedanken. Für mich gab es nur einen einzigen Grund, hier zu sein: Ich wollte François wieder sehen – endlich, nach so vielen einsamen Monaten.

Wigald, der während der gesamten Reise durch das unwegsame Gebirge mein aufmerksamer, wenn auch sehr schweigsamer Begleiter gewesen war, hatte mich, seit wir die Tore von Pamplona passiert hatten, immer wieder verstohlen beobachtet. Gesagt hatte er kein Wort, doch das musste er auch nicht. Ich kannte seine Gedanken. Dass er litt, stand in seinem Gesicht geschrieben.

Der Abend gehörte den üblichen Festlichkeiten. Sancho von Navarra hatte ein Gastmahl ausgerichtet, das an aufwendigen Gerichten, an Unterhaltung durch Sänger und Spielleute, ja, sogar durch Gaukelwerk, das von Fahrenden gezeigt wurde, kaum noch zu überbieten war. Ich hatte an Alienors Hof schon Prachtentfaltung genug kennen gelernt, doch dieser kleine König ließ sich wahrlich auch nicht lumpen. Er zeigte, was er hatte – so deutlich, dass ein paar junge Damen aus unserem Gefolge schon kichernd Bemerkungen darüber machten, wie viele Jahre Sancho wohl brauchen werde, um die Kosten für dieses verschwenderische Fest wieder hereinzuholen. »Die armen Bauern«, sagte eine von ihnen hinter vorgehaltener Hand, »dieses Navarra hat doch so steinigen Boden!«

Der Königin schienen solche Gedanken fern zu liegen. Sie nahm mit der ihr eigenen Grazie all die Geschenke an, die ihr dargebracht wurden – einen herrlich gearbeiteten Becher zum Beispiel, der über und über mit Juwelen in allen Farben besetzt war, und einen Mantel aus grüner, seidig schimmernder Wolle, dessen Futter aus dunklem Marderfell bestand. Sie selbst hatte auch für Sancho von Navarra Geschenke mitgebracht. Ich sah, wie sie ihm ein kleines rotledernes, mit Goldbändern beschlagenes Stundenbuch überreichte, und wie dessen kostbaren Illuminationen den Damen von Navarra Entzückensschreie entlockten.

Ich selbst stand das Festmahl durch, ohne dass ich Freude an Tanz und Gesang empfunden hätte. Mir schmeckten die raffinierten Schaugerichte, die Fasanen im Federschmuck, die kunstvoll aufgetürmten gebratenen Singvögel und die saftigen Kalbsbraten alle gleich. Der Wein, obwohl Alienor ihn lobte, hatte für mich keinen Duft und schien mir, als er durch meine Kehle rann, nicht besser als Essig. Denn es war mein Herz, das hungerte. Und die tausend Wachskerzen, von denen der Festsaal beleuchtet war, konnten kein Licht in meine traurige Seele werfen – so taghell sie auch brannten.

Während der nächsten Tage bekam ich die Königin kaum zu sehen – was ich erwartet hatte. Sie verhandelte mit Sancho von Navarra um Mitgift und die Modalitäten einer Heirat zwischen seiner Tochter und ihrem Sohn. Doch Berengaria, die Prinzessin, um die sich all die Gespräche im abgeschiedenen Gemach des Königs drehten, die zeigte sich mir öfter.

Sie war ein hübsches, stilles Mädchen. Ihr schwarzes, glattes Haar schimmerte wie Seide und kontrastierte wundervoll mit ihrer elfenbeinweißen Haut. Ihre Stimme klang weich und dunkel und vibrierte von einem reizvollen, fremdartigen Akzent, wenn sie die Sprache der Franken benutzte. Dennoch, trotz dieser vielen Vorzüge, hatte Berengaria in meinem Augen etwas von einer Nonne, wenn sie am Morgen zur Messe erschien.

Sie sprach mich an, gleich am zweiten Tag nach unserer Ankunft. Es war nach dem Gottesdienst, den ich diesmal in tiefem Gebet verbracht hatte. »Sagt«, fragte sie und heftete ihre dunklen Augen forschend auf mein Gesicht, »gehört Ihr auch zum inneren Kreis um Königin Alienor?«

Ich wusste nicht, wie sie das meinte. »Was nennt Ihr den inneren Kreis?« fragte ich zurück.

»Nun –«, Berengaria runzelte nachdenklich ihre schöne Stirn. Sie schien in Verlegenheit um die richtigen Worte. »Kennt Ihr den König von England persönlich?« stellte sie mir eine andere Frage.

Ich begriff, was sie wollte. »O ja«, erwiderte ich. »Ich habe ihn schon mehrmals gesehen.«

»Was ist er für ein Mensch?« Berengarias Augen verrieten Neugier, aber auch ein wenig Furcht. »Könnt Ihr – würdet Ihr mir unbefangen Auskunft über ihn geben? Ich weiß, es ist nicht höflich, über andere hinter ihrem Rücken zu sprechen – aber da ich …«

Sie suchte wieder nach Worten. Ich half ihr schnell über ihre Verlegenheit hinweg. »Ich verstehe Euch gut«, gab ich zurück. »Als seine zukünftige Braut und Königin möchtet Ihr wissen, mit wem Ihr es zu tun habt. Das ist nur natürlich.«

»Nicht wahr?« Berengaria atmete sichtbar auf. Ihr Busen hob sich erleichtert unter dem blauen, mit Rot eingefassten Gewand. »Ich dachte mir gleich, Ihr würdet mich verstehen … Ihr wart so nachdenklich und ernst – nicht wie die anderen Damen Eurer Königin.«

»Hat man Euch denn gar nichts über König Richard erzählt?«

»Ach – Ihr wisst doch, wie solche Berichte immer ausfallen!« Berengaria faltete die Hände über ihrem Stundenbuch, einem schlichten, schwarz gebundenen Kodex von geringer Größe. »Er ist hochherzig, fromm und tapfer – er ist von schöner Gestalt und angenehmem Gesicht. Er trägt die Krone von England. Er ist der Verteidiger des Glaubens in seinem Reich.« Sie lächelte und zog die Mundwinkel dabei leicht nach unten. »Solche Beschreibungen nützen mir gar nichts. Ich kenne sie von jedem König oder Fürsten, dessen Name mir je genannt wurde. Sie sind alle gleich, und sie sagen mir nichts von dem, was ich erfahren möchte – wenn Ihr wisst, was ich meine.«

Ich wusste. Ich erwiderte ihr Lächeln und nickte. »Aber gesehen habt Ihr Richard Plantagenet doch schon einmal«, wandte ich ein, »früher, bei einem Turnier. Oder irre ich da?«

Berengaria lachte leise. »Ich war sieben oder acht«, sagte sie, »und er schrieb mir ein reizendes Gedicht. Ich war sehr stolz darüber – aber wie er aussah, daran kann ich mich beim besten Willen nicht mehr erinnern.« Sie streckte die Hand aus und legte sie mir locker auf den Arm. »Mögt Ihr mit mir kommen zu einem kleinen Plausch?«

»Wenn es Euch nicht stört, dass ich hinke«, gab ich zurück. »Mit Euren gesunden Füßen vermag ich nicht Schritt zu halten.«

Sie warf einen kurzen Blick auf Silber, der mich wie immer als mein Schatten begleitete. »Nein, es stört mich überhaupt nicht«, sagte sie, »nur befehlt Eurem Hund, mich nicht als seinen Feind zu betrachten.«

Ich legte die Hand auf Silbers Kopf. »Meine Freunde sind auch seine«, erwiderte ich. »Er spürt von ganz allein, wen er im Auge behalten muss.«

Berengaria lachte. »Dann ist es gut«, sagte sie.

Wir suchten uns einen stillen Platz unter einer uralten, krummgewachsenen Eiche, deren borkige Äste über die Umfassungsmauer der Burg hingen. Man konnte da im lichten Schatten sitzen, ganz ungestört vom Trubel des Dienstvolks, und träumen. Berengaria tat das oft, sagte sie mir.

Ich musste an meine Eiche denken, mein Adlernest am

steilen Hang von Rabenstein, wo ich so viele Stunden mit Nachdenken zugebracht hatte und wo mir meine Liebe zum ersten Mal begegnet war. »Auch ich hatte einen solchen Ort«, verriet ich der Prinzessin, »aber das ist lange her.«

Es wurde eine geruhsame, sehr intime Stunde, in der ich Berengaria alles erzählte, was ich über Richard Plantagenet wusste. Sie war dankbar, und sie sagte es mir in genau diesen Worten. Dann fragte sie mich, wie ich denn, da ich doch aus dem deutschen Land stammte, in Königin Alienors Gefolge gelangt sei, und ich berichtete ihr auch davon.

Berengaria schwieg einen langen Augenblick, nachdem ich ihr François' Namen genannt hatte. Ihre dunklen, sanften Augen ruhten nachdenklich auf mir. »Vor vielen Monaten« murmelte sie schließlich, »als der Winter anfing, da hat man nach so einem Scholaren gesucht, das war zu der Zeit, als mein Vater die Boten der Königin Alienor empfing. Ihr wisst, diejenigen, die ihm meine Verbindung mit dem König von England vorschlagen sollten.«

Ich riss die Augen auf. »Anfang des letzten Winters? Ich hatte gedacht, die Königin habe erst diesen Sommer eine solche Verbindung überhaupt in Erwägung gezogen ...«

Berengaria lächelte. »Die Einladung meines Vaters wurde bereits zu Anfang des Frühlings ausgesprochen. Doch Eure Königin wollte nicht nach Navarra reisen, bevor Richard Plantagenet mit dem Kreuzheer aufgebrochen sei – das ließ sie uns übermitteln. Im Mai.«

Ich wunderte mich immer mehr. Von so langer Hand hatte Alienor geplant? Wie alt mussten dann die Nachrichten sein, die sie mir über François mitgeteilt hatte! »Hat man denn erfahren, was aus dem jungen welschen Scholaren geworden ist?« fragte ich Berengaria.

»Ich weiß nicht«, antwortete sie langsam. »Ich habe damals nicht darauf geachtet. Doch ich werde sehen, was ich für Euch in Erfahrung bringen kann. Das bin ich Euch schuldig, nachdem Ihr so freundlich wart, mir den König Richard als Menschen zu schildern. Neigt er wirklich zu Wutanfällen?«

»O ja«, bestätigte ich. »Doch es kommt nicht oft vor. Auch wenn seine Leidenschaften ihn manchmal zu unüberlegten

Taten hinreißen – er hat einen scharfen Verstand und sehr viel Sinn für alles Schöne. Besonders seinen jungen Rittern ist er ein zärtlich sorgender Freund.«

»Das beruhigt mich«, sagte Berengaria und erhob sich von ihrem Sitz am Stamm der Eiche. »Ihr müsst mir mehr erzählen, wenn wir uns wieder sehen. Dann kann ich Euch vielleicht auch Antworten auf Eure Fragen geben.«

Aber ein Tag nach dem andern verging, und ich sah sie nicht wieder – jedenfalls nicht allein. Immer beim Nachtmahl warf sie bedeutsame Blicke zu mir herüber, die meine Spannung steigerten. Doch es ergab sich, da Berengaria an den Verhandlungen zwischen ihrem Vater und Alienor d' Aquitaine teilnehmen musste, für mich nie ein Möglichkeit, sie unter vier Augen anzutreffen. Berengaria schien von morgens bis abends eingebunden in Besprechungen zwischen Alienor und dem König Sancho von Navarra. Alienor prüfte ihre zukünftige Schwiegertochter auf Herz und Nieren. Und ich wartete.

Die Königin war die erste, die sich meiner wieder erinnerte. Am Morgen des sechsten Tages in Navarra schickte sie mir eine Magd, die mich zu ihr bestellen sollte. »Und macht Eile«, sagte das Mädchen, »die hohe Frau trug mir auf, Euch das ausdrücklich zu sagen.«

Ich hatte gerade ein Stück Brot mit Butter verspeist, von dem Silber die Hälfte abbekommen hatte, denn mir mangelte es an Appetit. Die Worte der Magd aber brachten mein Herz zum Hämmern. Ich spürte, dass diese Aufforderung, zu Alienor zu kommen, eine tiefe Bedeutung hatte. Fast rennend legte ich den Weg von meiner Kammer zu ihrem Gemach zurück und kam völlig außer Atem bei ihr an.

Sie schickte den Beichtvater hinaus, der sich bei ihr aufgehalten hatte. Während sich der Priester rückwärts aus der Kammer entfernte, ordnete sie umständlich ihr weißseidenes Gebände. Dann drehte sie mir das Gesicht zu. »Nimm auf der Bank Platz«, forderte sie mich auf, »was ich dir zu sagen habe, wird nicht viel Zeit in Anspruch nehmen, doch ich möchte, dass du sitzt.«

Ich folgte ihrer Weisung. Die kleine, mit bequemen Polstern belegte, quastenverzierte Bank bot Platz für zwei, doch die Königin setzte sich nicht zu mir. Sie blieb stehen, hoch aufgerichtet, und sah mich mit ernsten Augen an. »Es ist so weit, Agnès,« begann sie, »dass ich dir eine endgültige Auskunft über den geben kann, den du suchst. Ich habe eingehend nach ihm forschen lassen, und –«

»Ma Dame –«, fiel ich ihr erregt ins Wort, »bitte, keine langen Einleitungen! Ich habe so sehr auf diesen Augenblick gewartet!«

Alienor neigte den Kopf. Die Bewegung war so voller Grazie, dass ich nicht anders konnte, als sie zu bewundern. Alienors schmale Hand, zur Hälfte bedeckt von dem zarten Gewebe ihres engen goldgestickten Ärmels, hob sich in einer tragischen Geste und senkte sich dann wieder. Und die Stimme der Königin klang tränenerstickt, als sie weitersprach: »Ja, Agnès – er war in Navarra, dein Scholar. Doch als er das Land verlassen wollte, ereilte ihn ein Unglück. Er stürzte in einen reißenden Fluss und …«

Ich ließ sie nicht ausreden. Mit einem leisen Schrei sprang ich von der Bank auf und warf mich der Königin zu Füßen. »Aber er lebt«, stieß ich hervor, »sagt mir, dass er am Leben ist!«

Sie schüttelte den Kopf. Die wiegende Bewegung drückte Mitgefühl aus. Ihre Hand senkte sich auf meinen Scheitel und ruhte da, ohne mich eigentlich zu berühren. »Nein, mein liebes Kind«, sagte sie sanft, »leider ist es nicht so. Ich habe Gewissheit, dass sein Leben im März dieses Jahres endete.«

Ich konnte die Bedeutung ihrer Worte nicht gleich erfassen. Meine Finger krallten sich in die schweren Falten, die der schimmernde Brokat ihres Gewandes warf. »Nein«, schluchzte ich mit erstickter Stimme, »nein – ich glaube Euch nicht. Es ist nicht wahr – es ist nicht wahr …«

Sie streichelte mich. Jetzt fühlte ich die Berührung ihrer Hände. »Steh auf, Agneta«, sagte sie und sprach meinen Namen diesmal deutsch aus, »es schmerzt mich unendlich, dir so wehtun zu müssen – glaube mir. Doch du bist stark. Du wirst deinen Kummer besiegen.«

Ich weinte hemmungslos. »François ist nicht tot«, schluchzte ich, »er kann es nicht sein. All dies ist ein schrecklicher Irrtum ...«

»Leider nicht, mein Kind«, sagte Alienor. Sie beugte sich über mich, fasste meine Hände, löste sie sacht von ihrem Gewand und zog mich hoch. Mit erstaunlicher Kraft hielt sie mich fest und schob mich wieder zu der kleinen Bank. »Er ist abgestürzt. Man hat seine Leiche gefunden. Er ruht auf dem Gottesacker hinter der Kirche.«

Ich ließ mich willenlos auf die Polster niederdrücken. Mir war, als habe der Tag all sein Licht verloren. Der Sonnenstrahl, der durch das Fenster hereinfiel und einen hellen, goldenen Fleck auf die Fliesen des Fußbodens malte, schien mir grau und ohne Leuchtkraft. »Ich will sein Grab sehen«, sagte ich tonlos.

»Das sollst du auch«, sagte Alienor. »Ich lasse dir zur Trauer alle Zeit, die du brauchst. Doch eins verlange ich von dir – dass du dich nicht vom Hof zurückziehst. Das würde dir nicht helfen, glaub mir, Kind. Ich weiß am besten, wie du dich jetzt verhalten solltest.« Ihre Stimme hatte wieder Klang gewonnen. »Morgen findet eine Jagd statt«, fuhr sie fort, »der König von Navarra lässt sie uns zu Ehren abhalten. Du wirst daran teilnehmen – das ist mein Wille. Ein Ritt durch schöne Heide und durch den Wald ist besser für dich, als weinend in einem dunklen Zimmer zu sitzen. Nein –«, sie wehrte Worte ab, die ich gar nicht geäußert hatte, »widersprich mir nicht. Ich befehle es dir – und Wigald of Uxbridge wird dein Ritter sein. Nun geh.«

Diese letzten beiden Worte hatten eilig geklungen, so, als wolle die Königin mich jetzt so schnell wie möglich loswerden. Ich konnte sie verstehen. Sie hatte eine schwere Aufgabe hinter sich gebracht und wünschte sich Zeit zum Aufatmen.

Zitternd stand ich auf, verneigte mich, schlich hinaus. François ist tot. François ist tot. Ich werde meine Liebe nie wieder sehen. Diese Gedanken kreisten in meinem Kopf – immer um und um. Nichts anderes konnte mehr Platz haben in mir.

Ohne meine Umgebung wahrzunehmen, humpelte ich mit schleppenden Schritten einfach geradeaus. Ich kam an eine Treppe – ich wusste nicht, wohin die führte, doch ich stieg sie mühsam hinab. Silber, der sich an meine Seite schmiegte, konnte diesmal nicht meine Aufmerksamkeit erregen. Ich streichelte ihm mechanisch den Kopf, doch seine Anwesenheit tröstete mich nicht.

Am Fuß der Treppe war ein kleiner Saal, aus dem eine schmale Tür in einen Innenhof führte. Ich ging darauf zu, die blicklosen Augen weit offen ohne zu sehen. Plötzlich, als ich den Ausgang beinahe erreicht hatte, berührte mich eine Hand an der Schulter. »Ihr seid es«, sagte Berengaria fröhlich, »ich habe Euch überall gesucht!«

Ich wandte ihr gleichgültig den Kopf zu. »Und was wollt Ihr?« fragte ich. Meine Stimme klang wie eine gesprungene Glocke.

»Mit Euch sprechen«, erwiderte Berengaria, überrascht von meiner unhöflichen Antwort. »Ihr hattet mich doch gebeten, Auskünfte über jenen fränkischen Scholaren einzuholen, der damals –«

Ich unterbrach sie hart. »Die brauche ich nicht mehr«, sagte ich, während mir die Tränen über die Wangen rollten, »erspart mir weitere Einzelheiten!«

Ich hatte fast geschrien. Berengarias Blick war verständnislos. »Ich wollte doch nur helfen«, stammelte sie, »ich dachte, es müsse Euch Freude machen zu erfahren, dass er …«

Ich begriff kein Wort von dem, was sie sagte. »Aber mir ist ja schon gesagt worden, dass er tot ist«, fiel ich ihr heiser in die Rede. »Und es macht mir keine Freude, wenn Ihr mir die Umstände seines Todes beschreibt.«

Berengaria sah mich an. Ihre dunklen Rehaugen blickten verwirrt. »Seines Todes …« sie schüttelte den Kopf. Dann holte sie tief Luft. »Kommt, Agneta«, sagte sie und packte mich energisch am Arm, »wir setzen uns unter meinen alten Baum, und ich erzähle Euch, was ich weiß.«

Niemand hörte uns zu, als Berengaria, die Prinzessin von Navarra, mir berichtete, was sie herausgefunden hatte. Über uns in den Zweigen der Eiche zwitscherten nur ein paar kleine Vögel und untermalten Berengarias Worte mit ihren zarten Stimmen, als sie sagte: »Er hat im Frühling Navarra verlassen. Er wollte nach Süden, sagte er – weil er den Anblick der blühenden Apfelbäume nicht ertragen könne. Es gibt hier viele Apfelbäume, wisst Ihr.«

Ich sah den Sonnenschein wieder, ich spürte das leise Fächeln des Windes auf meinem Gesicht – noch bevor ich die Tragweite von Berengarias Worten erfasst hatte. »Aus welcher Quelle habt Ihr das?« fragte ich nach und forschte in ihrem Antlitz nach Spuren von Lüge oder Betrug.

»Ein sehr frommer Mann, bei dem er für den Winter untergekommen war, sagte es mir.« Berengarias Augen blickten mich offen und klar an. »Ich kann ihm vertrauen – er ist mein Beichtvater und der ehrlichste Mensch, den ich kenne.«

»Er wollte nach Süden?« Ich griff nach Berengarias Hand. »Welche Stadt liegt im Süden? Wohin könnte er sich gewandt haben? Und wäre es nicht doch möglich, dass er ums Leben gekommen ist, als er Navarra verließ?«

»So viele Fragen auf einmal!« Berengaria lächelte schwesterlich. »Nein, Agneta – er ist nach Kastilien gezogen, frisch und bei guter Gesundheit. Ich weiß es sicher, denn mein Beichtvater hat ihn eine Strecke weit begleitet. Als sie sich trennten, sagte er, sein Ziel sei Aranjuez.«

»Aranjuez …«

»Vielleicht wäre Eure Königin in der Lage, für Euch ausforschen zu lassen, ob er dort angekommen ist. Sie hat ja auch mit meinem Beichtvater über ihn gesprochen – schon am gleichen Tag, als sie hier ankam.«

»Die Königin hat …«

»Ja, ja!« Berengaria nickte. »Sagt, Agneta – warum mag ein Mensch wohl Apfelblüten nicht leiden?«

26

Die Königin hatte mich belogen. Schon im Winter musste ihr bekannt gewesen sein, dass François sich in Pamplona aufhielt. Sie hatte es die ganze Zeit gewusst und mir nichts gesagt.

Ich saß in meiner Kammer und grübelte darüber nach, als die Magd zum zweiten Mal an diesem Tag erschien, um mich zu Alienor zu rufen. Ich ging sofort, doch ich ließ mir Zeit für den Weg. Wie sollte ich ihr jetzt noch gegenübertreten?

Sie war dabei, Briefe zu schreiben. Der unvermeidliche Korb mit den Tauben stand neben ihrem Stuhl auf dem Fußboden. Die rechte Wandfläche ihres Gemachs war mit einer großen neuen, in frischen Farben gestickten Tapisserie geschmückt, die ich am Morgen noch nicht dort bemerkt hatte. »Ist sie nicht schön?« fragte mich die Königin, als ich eintrat, und deutete darauf. »Berengaria hat sie selbst gearbeitet.«

»Sehr hübsch«, antwortet ich.

»Ich sehe, du hast deinen ersten Schmerz bereits überwunden«, sagte die Königin. »Nun – ich möchte dir noch ein paar andere erfreuliche Dinge mitteilen, Agnès. Heute früh –«, sie zeigte mir ein Schreiben, das mit erbrochenem Siegel vor ihr lag, »erreichte mich dieser Brief. Er enthält Informationen, Rabenstein betreffend. Dein Bruder hat dich von deinem Versprechen entbunden, in dieses Kloster einzutreten. Du bist also frei, Agnès.«

Ich hatte mit aufgerissenen Augen zugehört. Was Alienor d' Aquitaine mir da so nüchtern unterbreitete, war eine neue Ungeheuerlichkeit. Sie hatte hinter meinem Rücken mit Hartmann verhandelt und ihn bewogen, mich aus Sankt Maria Magdalenen auszulösen. Sie hatte meine Vergangenheit aufleben lassen und meine Zukunft aufs Neue mit Rabenstein verknüpft, wo ich geglaubt hatte, das Band sei für immer zerschnitten.

»Warum habt Ihr das getan?« fragte ich sie. Mein Mund war plötzlich trocken vor Empörung.

»Ja, erkennst du denn die Tragweite dieses Briefes nicht?« Die Königin musterte mich mit verwunderten Blicken. »Du bist doch so klug, Agnès! Du wirst nun heiraten können – einen Mann, der deinem Stand entspricht und der dir ein Leben bieten kann, das du verdienst! Freust du dich nicht ein ganz klein wenig?«

Falsche Schlange, dachte ich. Unwillkürlich ballte ich die Fäuste. »Welcher Mann sollte das sein?« fragte ich in den Raum hinein. »Mir steht doch jetzt nicht der Sinn nach solchen …«

»Wigald of Uxbridge hat schon vor geraumer Zeit bei mir um deine Hand angehalten«, sagte die Königin geschäftsmäßig. »Mir ist wohl bekannt, dass du ihn gern magst. Die Zeit wird deine Wunden heilen – glaub mir.«

Jetzt war es heraus. Ich erkannte das ganze Ausmaß ihres Plans. Ihr ging es um weitere tragfähige Verbindungen nach Deutschland, und die würde ihr eine Heirat zwischen mir und Uxbridge bieten. Ich war ein Bauer in Alienors riesigem Schachspiel. Nur ein winzig kleiner, unwichtiger Bauer – aber wertvoll genug, um strategisch eingesetzt zu werden.

»Ich habe keine Mitgift«, gab ich widerspenstig zurück.

»Oh, das hat sich bereits geändert«, sagte sie und lächelte. »Auf Herrn Heinrichs Befehl sollst du …«

»Ma Dame«, unterbrach ich sie und kämpfte plötzlich gegen eine Übelkeit an, die mich würgte, »Ihr habt mich nicht gefragt, ob ich überhaupt einen Anteil an Rabenstein beanspruche!«

»Mein liebes Kind!« Alienor stieß die Schreibfeder heftig auf den Bogen Pergament, der vor ihr auf dem Schreibpult lag. Ein wenig braune Tinte spritzte. »Wohltaten lehnt man nicht einfach ab – das merke dir! Dein Liebster ist tot – Zorn und Trauer lassen ihn nicht wieder lebendig werden. Nun ist es an dir, Haltung zu wahren und nicht die Hand zu beißen, die dich streichelt und füttert. Ich will dir wohl. Ich habe von Anfang an immer dein Bestes im Auge behalten. Als

Freundin meiner Tochter Mathilde kannst du dir dessen ganz gewiss sein.«

Ich senkte den Kopf, damit sie nicht die Zornesflammen in meinen Augen sah. »Vergebung, ma Dame«, flüsterte ich.

»Nicht doch«, sagte sie. Die zierliche, schwarz beschuhte Fußspitze, die unter ihrem Rocksaum hervorschaute, wippte nervös.

Ich verbrachte den Nachmittag allein in meiner Kammer. Wigald, der mich zu einem Spaziergang abholen wollte, musste wieder gehen. Ich brachte es einfach nicht über mich, noch Zeit mit ihm zu verbringen, jetzt, da ich seine Rolle im Schachspiel der Königin kannte. Vielleicht hatte sie ihn sogar eingeweiht in ihre Ziele – wer konnte das schon wissen.

Mein Herz sagte mir, dass ich ihm Unrecht tat. Doch jetzt blieb keine Zeit mehr, darüber nachzudenken. Mein Verstand musste sich mit anderen, wichtigeren Dingen befassen. Es galt, die Falle zu sprengen, in die mich die Königin gelockt hatte. Es galt, auszubrechen aus dem Plan, den sie gegen meine eigenen Wünsche so kunstvoll für mich gestrickt hatte.

Ich sah alle meine Kleider durch. Die Magd wunderte sich nicht wenig, als sie die vielen Gewänder auf meinem Bett ausgebreitet sah. Sie schickte sich an, dumme Fragen zu stellen, und ich wies sie hinaus, was sie noch mehr wunderte.

Ich würde an der Jagd teilnehmen wie befohlen. Ich würde die passenden Gewänder tragen – Gewänder, die eine weite Reise durchstehen konnten. Wigalds Geschenk, das schöne Reitgewand im Männerschnitt, kam dafür in Frage. Aber konnte ich es wagen, an diesem Hof damit in Erscheinung zu treten – und, was noch wichtiger war, konnte ich meinen Ritt in einem Gewand antreten, das ausgerechnet Wigald of Uxbridge mir geschenkt hatte?

Ja, ich konnte. Und ich würde auch Stella mitnehmen, meine wunderschöne, sanfte Stute, die gleichermaßen sein Geschenk war. Die Königin hatte mir mit ihrer Lügengeschichte weismachen wollen, mein François sei durch ein

Unglück umgekommen. Ich würde es so aussehen lassen, als sei auch ich in den Fluss gestürzt und ertrunken.

Ich musste dafür sorgen, dass man nicht nach mir fahndete. Besonders Wigald würde nichts unversucht lassen, mich zurückzuholen – es sei denn, er konnte mit Sicherheit davon ausgehen, dass ich tot war. Ich musste sie alle narren. Das war meine einzige Möglichkeit, Alienors Kreise ungehindert zu verlassen.

Die Jagd kam gerade recht. Man würde unwegsames Gelände durchstreifen. Ich würde Gelegenheit bekommen, mich ungesehen von der Gruppe der Jagdgesellschaft zu entfernen. Ich würde warten, bis sie alle mit ihren Falken und Hunden beschäftigt waren. Dann konnte ich mich heimlich davonmachen und die Spur legen, die sie, wenn mein Fehlen endlich auffiel, zu meinem Unglückplatz führte …

Während des Abendessens dachte ich unaufhörlich über meine Flucht nach. Dennoch gelang es mir, Wigald das Bild einer aufmerksamen Tischdame zu bieten, sodass er keinen Verdacht schöpfte. Auch, nachdem ich mich zur Ruhe begeben hatte, feilte ich noch an einzelnen Punkten meines Planes. Doch als ich spät in der Nacht endlich einschlief, stand alles fest. In meiner Jagdtasche steckten die wenigen Dinge, die ich mitnehmen würde, und meine Kleidung lag bereit.

Die Jagdgesellschaft umfasste so gut wie alle Höflinge des Königs von Navarra – an die sechzig Herren und Damen, die Ritter und Edelfrauen aus dem Gefolge Alienors nicht mitgerechnet. Goldene Spangen blitzten an den Jagdröcken der Männer, Edelsteinbesatz an den feinen Reitkleidern der Damen. Federn flatterten auf goldgesäumten Hüten, seidene Schleier wehten, schön bestickte Hauben und Gebände schimmerten von Perlen und kostbaren Steinen.

Die Hörner kündeten den Beginn der Jagd. Ich hatte nie gelernt, einen Falken anmutig auf der Faust zu tragen und saß darum ohne einen Greifvogel im Sattel. Doch Alienor d' Aquitaine, die ihren herrlichen Schimmel neben König Sanchos Rappen gelenkt hatte – sie bot ein eindrucksvolles

Bild. Für mich war sie an diesem hellen, kühlen Morgen der Inbegriff der großen Dame – so musste eine edle Frau aussehen, der die Sänger ihre Lieder darbrachten.

Sie war ganz in lichtes Grün gekleidet. Sie trug einen Mantel aus leichter Wolle, mit Feh verbrämt und von zwei handtellergroßen goldenen Tasseln geschlossen. Ihr Gebände war aus strahlend weißer Seide, so weiß wie die wenigen Wolken, die über den frühherbstlichen Himmel zogen, und ihre Haube, eigentlich ein kleiner Hut mit schmaler Krempe, funkelte von blauen, wasserklaren Steinen. Der Habicht, den sie auf der Hand wiegte, saß auf einem Handschuh aus hellgelbem Leder, das in Grün abgesetzt war.

Sie lächelte, unterhielt sich scherzend mit dem König und dessen Gemahlin, saß zu Pferde wie eine ganz junge Frau ... Schon hatten sich die anderen Herren aus Sanchos Gefolge um sie geschart und suchten an der Unterhaltung mit ihr teilzuhaben. An meine Seite gesellte sich Berengaria, die wie ich keinen Falken trug. »Ich liebe die Jagd nicht besonders«, sagte sie, »aber was sollte ich tun? Mein Vater hat mir die Angelegenheit nicht erlassen wollen.«

Unter dem heiseren Getön der Hörner setzte sich der Zug in Bewegung. Ich hatte Ausschau nach Wigald gehalten, doch bis jetzt konnte ich ihn noch nirgends entdecken. Als habe sie meine Gedanken gelesen, sagte Berengaria: »Einige der Herren sind vorausgeritten und bereiten das Lager für die Mittagsrast vor.«

Umso besser, dachte ich, das wird mir mein Vorhaben erleichtern. Müßig betrachtete ich die schimmernden Mäntel der beiden Damen, die vor uns ritten. »Wohin wird uns der Weg denn führen?« fragte ich Berengaria.

»In ein kleines Gehölz«, antwortete sie, während sie ihr Tier antrieb und mir bedeutete mitzuhalten. »Da gibt es viele Wildtauben. Eure Königin hat den Wunsch geäußert, solche heute Abend auf der Tafel zu sehen.«

»Und sie wird sicher nicht wenige davon selbst zur Strecke bringen«, sagte ich mit einem bitteren Lächeln. Aber mich fängst du nicht, Falke, dachte ich. Denn ich bin keine Taube ...

»Ich hatte sie auch schon als große Jägerin eingeschätzt«, bestätigte Berengaria voller Bewunderung. »So, wie sie den Vogel hält, weiß sie sicher genau, wann sie ihn freilassen muss, damit er Beute schlägt.«

»Ja, sie versteht etwas von der Jagd«, gab ich zurück, »sie kennt alle Feinheiten.«

»Und König Richard?« Berengaria heftete ihre klugen Augen auf mich.

»Er ist ein leidenschaftlicher Jäger wie alle Plantagenets«, antwortete ich ihr. »Doch seine Begeisterung gilt eher großem, starkem Wild.«

»Hirschen, Schweinen, Bären«, sagte Berengaria nachdenklich, »wehrhaften Gegnern ...«

»Ja, wehrhaften Gegnern«, erwiderte ich, während ich Stella die Hacken in die Flanken setzte. »Es ist nicht die Kunst der Jagd, die er liebt, sondern eher das Kräftemessen mit wilden Tieren.«

»Da teile ich doch eher den Geschmack seiner edlen Mutter«, murmelte Berengaria, »obwohl ich heute lieber ein Buch gelesen hätte – im stillen Garten unter meiner Eiche.«

Ich musste lächeln. »O ja«, erwiderte ich, »an jedem anderen Tag wäre mir das auch lieber gewesen.«

»An jedem anderen Tag – nur nicht heute?«

Ich biss mir auf die Lippen. »Heute ist die Luft so herrlich«, entschärfte ich meinen Satz. »Heute tut es mir gut, in der freien Natur zu sein. Es vertreibt mir meine Kopfschmerzen.«

Berengaria nickte und verstummte für eine Weile. Wir ritten schweigend nebeneinander her, und ich betrachtete das Gelände. Der Jagdzug hatte den Karrenweg schon verlassen, und wir bewegten uns auf einem schmalen Pfad, der in die Hügel führte. Es gab viele Möglichkeiten, seitwärts abzubiegen; überall mündeten weitere Pfade auf den Hauptweg ein. Die meisten von ihnen waren Wildwechsel und führten über die Felsen hinunter ins Tal. Es würde leicht sein, einem von ihnen zu folgen und an den Fluss zu gelangen.

Meine Gelegenheit kam, sobald der kleine Wald erreicht war. Berengaria, die sich bis jetzt an meiner Seite gehalten hatte, wurde von ihrem Vater zu sich gerufen und ritt von jetzt an mit ihren Eltern und Königin Alienor. Treiber schlugen mit Stöcken an die Stämme der Bäume und scheuchten Schwärme von Holztauben auf. Ich sah die Falken zum ersten Mal auffliegen, sich hoch in die Luft schwingen und auf ihre Beute herabstoßen. Jubelrufe schallten. Niemand hatte jetzt Augen für die einzelne Reiterin, die sich leise und vorsichtig absonderte und langsam aus dem Blickfeld der anderen zurückzog.

Sobald ich die Jäger nicht mehr sehen konnte, ließ ich Stella traben, um Distanz zu gewinnen. Doch bald wurde der Pfad, den ich eingeschlagen hatte, steil und felsig. Stella, so trittsicher sie war, hatte Mühe, vorwärts zu kommen. Dauernd glitten ihre Hufe auf lockerem Geröll aus. Sie stolperte, rutschte, verlor mehr als einmal beinahe die Balance.

Gut so, dachte ich mit zusammengebissenen Zähnen. Mir musste es lediglich gelingen, im Sattel zu bleiben. Wenn erst der Fluss erreicht war …

Stella tat einen Satz seitwärts. Der Ruck war so heftig, dass ich halbwegs herabgeschleudert wurde. Mein rechter Fuß hing nur noch mit der Spitze im Steigbügel. Ich hielt das Pferd an und richtete mich wieder auf. Dann tätschelte ich Stella den Hals. »Langsam, meine Süße«, murmelte ich, um sie zu beruhigen, »langsam. Du machst das wunderbar …«

Schritt für Schritt ging es weiter. Vor mir schäumte der Fluss mit reißender Strömung über Felsen, die in seinem Bett lagen. Sonnenlicht glitzerte auf den Tröpfchen, von denen ich bespritzt wurde. Doch ein riesiger Block versperrte den Weg zum Ufer. Ihn musste ich umgehen.

Ich entschied mich dafür, abzusitzen und hier, genau hier für die Suchmannschaft, die mir auf die Spur gesetzt werden würde, den Hinweis auf meinen Absturz zu hinterlassen. Die Stelle war abschüssig und ideal geeignet für einen Unfall, wie ich ihn vortäuschen wollte.

Ich lenkte Stella hart an den großen Felsen heran und kraxelte aus dem Sattel. Der Riesenstein hatte eine glatte, flache Oberseite und würde es mir erleichtern, später wieder aufzusitzen – sobald ich eine Möglichkeit des Weiterkommens gefunden hatte. Zunächst aber nahm ich mein Gebände und meine Haube ab.

Ein bisschen Blut war nötig. Ich kramte François' Federmesser aus meiner Satteltasche, hob den Rock, biss die Zähne zusammen und brachte mir an der linken Wade einen kleinen Schnitt bei. Die paar Tropfen, die herausquollen, reichten gerade aus, um einen kleinen Fleck an einer Zacke des Felsens zu machen und auch die Haube ein wenig damit zu verschmieren. Ich hängte die Haube an eben die Zacke, dicht an das dahinströmende Wasser, aber gerade so weit von den Strudeln entfernt, dass sie nicht weggespült werden konnte. Dann riss ich ein kleines, dreieckiges Stück aus meinem Mantel heraus. Das kostete ziemlich viel Kraft und Mühe, doch es gelang mir mit einiger Anstrengung. Dieser Fetzen kam an den trockenen Ast eines abgestorbenen Dornenstrauchs, der hart am Rand des Wassers aus dem Felsboden ragte. Auch hier vertropfte ich noch ein wenig Blut. Es würde in der Sonne trocknen und für die Suchenden erhalten bleiben, falls spritzendes Wasser das andere von meiner Haube abwusch.

Fertig. Ich verweilte einen Augenblick, um mich zu verschnaufen. Rings um mich her war Stille. Nur das Wirbeln und Rauschen des Flusses war zu hören. Die Sonne hatte den Mittag noch längst nicht erreicht. Ich würde einen schönen Vorsprung herausholen können, ehe man mein Verschwinden bemerkte.

Die Höhe des Felsens gestattete mir einen Blick auf seine andere Seite. So weit ich sehen konnte, zog sich am Rand des Flusses, immer wieder unterbrochen von dicken Felsbrocken, ein kaum zu erkennender Pfad entlang. Diesem würde ich folgen müssen, wenigstens eine Strecke weit. Und wo es möglich war, musste ich Stella an seichteren Uferstellen den Flusskies durchwaten lassen, damit Hunde, falls sie zur Suche eingesetzt würden, die Fährte verloren.

So hatte ich es mir ausgedacht. Doch was in meiner Fantasie so einfach gewesen war, erwies sich in Wirklichkeit als ungeheuer schwer. Wir kamen unendlich langsam voran. Der Pfad war nur ein Felsabsatz, an manchen Stellen kaum zwei Hände breit, und die Brocken, die ihn säumten, forderten beim Übersteigen oder Umgehen alle Kraft, die mein Pferd und ich aufbieten konnten. Stella keuchte bald vor Anstrengung, und ich konnte meine Muskeln kaum noch spüren. Nur Silber sprang munter neben oder vor uns her und schien an der Kletterpartie seine Freude zu haben.

Etwa zwei Meilen flussabwärts war ich gezwungen zu rasten. Inzwischen war die Sonne schon im Niedergehen. Ich musste mich entscheiden, ob ich von hier aus dem Fluss noch weiter folgen oder in einen dichten Wald ausweichen wollte, der die sanfter werdenden Hügel zu meiner Rechten bedeckte. Ich war noch nicht sehr weit gekommen, und die Zeit lief mir davon.

Bis jetzt hatte ich meinen Weg in völliger Einsamkeit gemacht. Niemand war mir begegnet, nicht einmal ein Bauer oder ein Schäfer. Doch das konnte sich ändern. Ich war sicher, dass man mittlerweile mein Fehlen bei der Jagdgesellschaft bemerkt hatte.

Nach kurzer Verschnaufpause entschloss ich mich dazu, den Fluss zu verlassen und durch den Wald weiterzureiten. Die Sonne stand jetzt niedrig über den Wipfeln der Bäume; noch war es leicht, die südliche Richtung festzustellen. Genau nach Süden würde ich mich halten. Ich hoffte, für die Nacht irgendwo einen Unterschlupf zu finden.

Während mich die dichten Schatten des Waldes umfingen, musste ich an den Anfang meiner Reise denken. Damals war Bärbe bei mir gewesen. Jetzt war ich ganz auf mich gestellt. Einen kurzen Augenblick befiel mich Furcht. Ich war in einem fremden Land, dessen Sprache ich nicht verstehen konnte und dessen Gebräuche mir gleichermaßen fremd waren. Meine Kleidung war kostbar und wies mich als eine vermögende Person aus. Gab es auch in diesem Waldgebirge Räuber?

Mit klopfendem Herzen ritt ich durch den Wald. Es gab nicht viel Unterholz. Auf dem weichen, moosbewachsenen Boden kam ich sehr viel schneller voran. Doch meine Ängste wuchsen, je tiefer die Sonne sank. Nur diese Nacht würde ich allein lagern. Aber bei der ersten Gelegenheit musste verkauft werden, was Diebe und Räuber reizen konnte. Ich musste wieder ein einfaches Gewand anlegen und mich, sobald ich die richtige Straße erreichte, einem Kaufmannszug anschließen. Das allein bot Gewähr, wohlbehalten in Kastilien anzukommen.

Dunkelheit senkte sich auf den Wald herab. Ich hatte noch immer keine Verfolger bemerkt. Ich war auf einer kleinen Lichtung zwischen hohen Bäumen angekommen, wo weiches Gras wuchs und mehrere dicke Stämme gefällt lagen. Der Platz bot sich zum Übernachten an. Ich konnte mir leicht aus den überall herumliegenden abgeschlagenen Zweigen ein Schutzdach bauen und hier bleiben, bis der Morgen anbrach. Stella würde dringend benötigtes Futter finden, und ich konnte mit Silber die Wegzehrung teilen, die ich bei mir hatte.

Mit schmerzenden Knochen und Muskeln stieg ich vom Pferd. Der dicke Baumstamm, den ich als Leiter benutzt hatte, war schlüpfrig, und ich rutschte ins Gras. Ich rappelte mich wieder auf, band Stella am langen Zügel an und ließ mich dann einfach auf den Boden sinken. Es war Silber, der mich daran erinnerte, dass jetzt trotz völliger Erschöpfung der Hunger gestillt werden musste. Er stupste mich mit seiner feuchten Nase zärtlich an, und erst da holte ich aus meiner Satteltasche Käse, Brot und Fleisch.

Lautes Vogelzwitschern weckte mich. Ich richtete mich schlaftrunken auf und warf einen Blick auf meine Umgebung. Stella stand da und beschnupperte mich mit weit geöffneten, samtigen Nüstern. Silber erhob sich von dem Platz zu meinen Füßen, wo er gelegen hatte, und tat einen kleinen Sprung seitwärts.

Mein Gewand war klamm. Ich musste am vergangenen Abend vor Müdigkeit einfach eingeschlafen sein, ohne mir einen Platz für die Nacht zurechtzumachen. Meine Haare waren taunass. Alle meine Muskeln schmerzten.

Die Sonne war eben aufgegangen. Hier konnte ich nicht bleiben. Möglicherweise würden bald Bauern oder Holzknechte auf dieser Lichtung erscheinen. Ich musste weiter …

Fast weinend vor Schmerzen stand ich auf, band mein Pferd los und führte es an den dicken Stamm, bei dem ich gestern abgesessen war. Es bereitete mir Qualen, wieder hinaufzuklettern und in den Sattel zu kommen. Ich dankte dem Himmel dafür, dass Stella nicht tänzelte und mir das Aufsitzen leicht machte. Langsam ritt ich weiter, beim nächsten Bach anhaltend, damit mein Pferd trinken konnte.

Für die nächsten zwei Tage arbeitete ich mich weiter durch unwegsames, waldiges Gelände, hügelauf, hügelab, immer nach Süden. Niemand begegnete mir. Es gab genügend Futter für mein Pferd. Ich teilte mir meine wenigen Vorräte ein. Wasser war überall vorhanden. Doch die Menschenleere dieses Waldgebirges machte mir Angst. Ich hatte noch kein Dorf oder auch nur ein Gehöft gefunden, wo ich mir Nahrung für den Weg kaufen konnte, und mein bisschen Brot, steinhart mittlerweile, ging zur Neige. Am dritten Tag endlich, als mich die Furcht vor dem Hungertod beinahe zu überwältigen drohte, stand ich, nachdem sich mein Pferd eine Böschung hinuntergearbeitet hatte, mit einem Mal auf einer Straße. Sie war breit, breiter als ein Karrenweg. Sie führte nach Süden – die Mittagssonne stand direkt über ihr. Ich musste mich zusammennehmen, um nicht laut aufzujauchzen.

Nun traf ich bald auf ein Dorf. Seine kleinen, würfelförmigen Lehmhäuser standen dicht gedrängt zu beiden Seiten der Straße. Die weiß getünchten Wände strahlten das Sonnenlicht wider und blendeten meine Augen, die an Waldesgrün gewöhnt waren. Vor den offenen Türen saßen alte Frauen müßig in der Sonne und starrten mir nach, als ich vorüberritt. Ich musste mit meinen unbedeckten, lang über den Rücken fallenden blonden Haaren einen fremdartigen Anblick bieten.

Hastig zog ich mir die Gugel über den Kopf. Am Ende des Dorfes hielt ich Stella an und winkte einer jüngeren Frau, die ein kleines Kind auf dem Arm trug. »Brot«, sagte ich und deutete auf meinen Mund, »wo kann ich Brot kaufen?«

Die Frau sperrte den Mund auf, gaffte mich an. Ich drehte mich im Sattel um und kramte aus meiner Jagdtasche den Kanten Brot heraus, den ich noch besaß. »Dies hier«, suchte ich gestikulierend zu erklären, »wo bekomme ich das?«

»Ah – pan!« Die Frau lächelte und zeigte ein lückenhaftes Gebiss. »Pan – pan.«

Ich klimperte mit den kleinen Münzen, von denen ich einen ganzen Beutel voll mitgenommen hatte. »Ja, pan«, bestätigte ich. »Wo?«

Sie setzte das Kind auf die staubige Straße und rannte in ihr Haus. Augenblicke später war sie wieder da, ein rundes, grobes Brot unter dem Arm. »Pan«, sagte sie grinsend. »Dinero ...«

Sie machte zählende Bewegungen mit den Fingern. Ich nahm einige Münzen aus meinem Beutel und legte sie ihr in die schmuddelige Hand. Die Frau strahlte auf, rannte ins Haus zurück und kam mit zwei weiteren Broten wieder heraus. »Gracias«, sagte sie und überreichte mir auch die.

»Gibt es hier einen Krämer?« fragte ich.

Sie verstand mich nicht. Fragend legte sie den Kopf schief. »Vin? Agua?«

»Nein, nein«, wehrte ich ab.

»Ah«, sagte sie, »Hospicio ...?«

Ich schüttelte den Kopf. »Ist einer hier, der Fränkisch spricht?«

In diesem Augenblick erschien ein alter Mann in der offenen Tür. Schlohweißes Haar bedeckte in dünnen Strähnen seinen kantigen Schädel, dessen faltige Haut von der Sonne zu braunem Leder gegerbt schien. »Was steht zu Diensten?« fragte er in sauberem Französisch und sah mich mit scharfen Augen forschend an.

»Ich suche jemanden, der kauft und verkauft«, gab ich dem Alten Auskunft. »Einen Händler vielleicht, oder jemanden, mit dem ich sonst handelseinig werden kann. Kannst du mir jemanden nennen?«

Der Alte legte den Kopf schief. »Das mag schon sein. Was willst du kaufen oder verkaufen, junger Herr?«

»Mein Gewand. Gegen ein schlichteres.« Mich störte dieser hellsichtige Blick, mit dem der Alte mich musterte. »Nun sag – kannst du mich an jemanden verweisen, der solchen Handel mit mir abschließt?«

»Antonio hat Geld«, murmelte der Alte, »aber er versteht das Fränkische nicht. Soll ich für dich verhandeln, junger Herr – mit Antonio?«

»Ja, ja«, sagte ich ungeduldig. »Führe mich zu ihm, wenn's gefällig ist. Und wenn du aus der Gegend stammst – wie kommt es, dass du eine fremde Sprache so gut beherrschst?«

Der Alte lachte ein zahnloses Lachen. »War oft im Norden«, kicherte er, »früher, als ich noch so jung war wie du, Herr ...« Er machte mir mit seiner dürren Hand ein Zeichen und watschelte voraus, die staubige Dorfstraße entlang. Ich lenkte Stella hinter ihm her.

Antonio wohnte am anderen Ausgang des Dorfes. Sein Anwesen war größer und strahlte einen gewissen Wohlstand aus. Auch seine Tür stand offen, und er kam sogleich heraus, als der Alte seinen Namen rief.

Er war um vieles jünger, gut genährt und recht gut gekleidet. Seinen kleinen Spitzbauch umspannte eine Tunika aus feiner weißer Wolle, deren Kanten mit Rot umstickt waren. Sein schwarzes Haar glänzte ölig in der Sonne. Er lächelte freundlich und grüßte mich mit einer tiefen Verbeugung. Dann hörte er aufmerksam den Erklärungen des Alten zu, die recht ausschweifig zu sein schienen. Schließlich beäugte er meine Kleidung, nickte und fragte den Alten etwas.

»Wie viel willst du für dein Gewand haben, lässt Antonio fragen, junger Herr«, sagte der Alte.

»Wie viel kann er zahlen? Zwanzig Silberstücke?« Ich bemühte mich, einen Preis zu nennen, der für einen kleinen Händler noch irgendwie im Rahmen des Möglichen lag.

Der Alte übersetzte. Antonio riss den Mund auf. Ein gestammeltes Wort kam heraus, das ich nicht verstand. »Zehn Silberstücke?« fragte ich unsicher.

Wieder übersetzte der Alte, auf den Lippen ein verschmitztes Grinsen. Antonios Miene verschloss sich. »Antonio sagt, willst du einen armen Mann beschämen, junger Herr?« übersetzte der Alte.

»Dann soll Antonio doch sagen, wie viel er zahlen kann«, forderte ich barsch. »Woher soll ich denn wissen, wie viele Mittel er zur Verfügung hat?«

»Wir werden sehen«, erwiderte der Alte. In seinen Augen funkelte es. »Steig von deinem Ross, junger Herr. Dann wollen wir uns beraten. Und Antonio wird dir die Kleidung zeigen, die er zu verkaufen hat. Danach rechnen wir ab.«

Das klang plausibel. Ich trieb Stella an die kleine Mauer, die Antonios Grundstück einfasste, und kletterte mühsam aus dem Sattel.

Fast knickten meine Beine unter mir ein. Meine Muskeln waren so steif, dass ich kaum gehen konnte. Doch vor den beiden Männern verbiss ich mir den Schmerz. »Nun«, sagte ich, »wie soll unser Handel weitergehen?«

»Komm erst einmal ins Haus, junger Herr«, sagte der Alte und wechselte einen schnellen Blick mit Antonio. »Aber lass deinen Hund draußen …«

»Und das Pferd?« fragte ich, »kann es etwas Wasser bekommen?«

»Sicher, sicher – doch erst der Handel.« Der Alte fasste meinen Arm und zog mich zur offen stehenden Haustür hin. Antonio trat beiseite, um mich durchzulassen. Mühsam schlurfte ich in den dämmrigen Raum, der sich vor mir auftat.

Hier blickte ich verwundert um mich. Die Halle, die beinahe das ganze Erdgeschoss des Hauses einnahm, war vollgestapelt mit Waren aller Art. Vorratskrüge standen an den Wänden aufgereiht, Kisten und Kasten quollen über von Tüchern, Stoffen, Gürteln und kleinen Taschen. Auf einigen in die Wände eingelassenen Regalen sah ich Schüsseln, Becher, Kannen und Töpfe in allen möglichen Formen und Farben. Dieser Antonio musste tatsächlich Händler sein – das bewies sein Warenlager.

Demnach konnte er aber auch einen angemessenen Preis zahlen. Ich richtete den Blick auf ihn, wie er dastand und die Daumen in seinen breiten Bauchgurt geklemmt hielt.

»Zwanzig Silberstücke für mein Gewand«, sagte ich zu dem Alten, »übermittle ihm das. Und kein Stück weniger. Für die einfache Kleidung zahle ich höchstens drei.«

Antonio zog die Augenbrauen hoch. Der Alte machte ein undurchdringliches Gesicht. »Das wird ihm nicht recht sein«, brummelte er und redete dann hastig auf Antonio ein. Der antwortete mit verschlossener Miene.

»Nun?« fragte ich nach.

»Acht Silberstücke für dein Gewand – zwanzig, falls du dein Pferd mit dreingibst«, sagte der Alte. Antonio nickte, als habe er verstanden.

Ich verzog das Gesicht zu einem verächtlichen Lachen. »Ihr macht Scherze«, gab ich zurück.

»Ihr seid ohne Begleitung?« fragte der Alte und zwinkerte mit dem linken Auge. »Ist es nicht so?«

Ich begriff. Die beiden hatten vor, meine Notlage zu nutzen und mich auszuplündern. »Ich fürchte, wir werden nicht handelseinig werden«, erwiderte ich zornig und wollte wieder zur Tür hinaus.

»Nicht so schnell«, sagte Antonio in gut verständlichem Französisch und ergriff mich am Arm.

Ich wollte mich losmachen, doch die Finger dieses Bauern hielten mich gepackt wie ein Schraubstock. »Was soll das?« schrie ich Antonio an, »hast du nicht gehört? Mit dir mache ich keine Geschäfte!«

Der Alte kicherte. »Du hast kaum die Wahl, junger Herr«, sagte er belustigt, »oder sollte ich sagen, junge Dame?«

Mir verschlug es die Sprache.

»Ja, starre nur«, fuhr der Alte ungerührt fort, »du bist doch deinem Mann weggelaufen – oder irre ich da? Und du wirst nicht weit kommen, wenn du den Handel mit Antonio nicht machst. Also nimm Vernunft an und geh auf sein Angebot ein. Zwanzig für Pferd und Gewand. Zehn für ein anderes Gewand und ein Maultier. Bleiben dir immer noch zehn übrig. Ist das nichts?«

Ich schluckte. Stella verkaufen – für läppische zwanzig, nein, zwölf Silberstücke? Abgesehen davon, dass sie wenigstens drei Mark Silber wert war – ich hätte sie nie weggegeben. »Nein«, sagte ich fest, »meine Antwort ist nein. Nun lasst mich gehen, bevor ich meinen Hund rufe.«

»Wie du meinst.« Antonio trat beiseite und stieß mit der Fußspitze die Haustür wieder auf.

»Moment«, sagte der Alte und musterte mich mit einem enttäuschten Blick, »du kannst doch jetzt nicht so einfach den ganzen Handel fahren lassen! Schau – die schönen Kleider, die Antonio dir bieten könnte! Über den Preis für dein Gewand lässt sich ja reden – geh nicht weg!«

Ich hatte mich bereits umgedreht. Silber lag vor der Tür, den Kopf auf die Vorderpfoten gebettet, und hechelte in der Hitze. Jetzt erhob er sich, reckte den Hals zur Straße hinüber und wedelte freudig mit den Schwanz. Jemand sprang da draußen vom Pferd – ich konnte laufende Schritte hören. Silber wedelte wilder, sprang an jemandem hoch. Die Tür flog auf. In die Halle trat Wigald of Uxbridge.

Ich stand wie versteinert. Er sah sich um, sein Blick fiel auf mich. Mit drei langen Schritten war er bei mir und nahm mich wild in die Arme. »Agneta«, flüsterte er, »du bist heil und gesund … Oh, Gott sei gedankt!«

Ich brachte kein Wort heraus. Ich ließ es zu, dass er mich an sich presste und mir fast die Luft abdrückte. Hinter mir murmelte der Alte: »Hab mir's doch gedacht … sie ist tatsächlich ihrem Mann davongelaufen. Weiber …«

Wigald ließ mich los. »Ich sah Stella draußen stehen«, erklärte er mir ungefragt, »und dazu deinen Hund – da wusste ich, du konntest nicht weit sein!«

»Wie habt Ihr …?«

»Deine – Eure Haube«, murmelte er und wurde rot, »sie hing so sonderbar schief an diesem Felsen, wie sie von alleine nie dort hätte hängen bleiben können. Und dann das Blut … Es sah aus wie absichtlich hingetropft. Die anderen glaubten zwar an einen Unfall, auch die Königin – aber ich konnte das nicht. Stella hätte ja auch irgendwo auftauchen müssen oder Silber. Beide Tiere wären nicht so spurlos verschwunden.«

Ich nickte. Ich war dumm gewesen. Nachträglich schämte ich mich für meinen dilettantischen Versuch, meinen Tod vorzutäuschen. »Die Königin hat …« begann ich tonlos.

»Sie hat mir Erlaubnis gegeben, nach Euch zu suchen«, sagte Wigald.

»Und Ihr sollt mich nun zurückholen, nehme ich an.« Ich schaffte es, ihm in die Augen zu sehen. »Aber ich komme nicht mit. Ich muss nach Aranjuez.«

»Was ist mit unserem Handel?« fragte Antonio drängend.

»Kein Handel«, sagte Wigald. »Verkaufe uns eine Mahlzeit – wenn du die bieten kannst.« Er hielt immer noch meine Schultern umfasst und ließ sie jetzt zögernd los. »Sicher habt Ihr in den letzten Tagen nichts Rechtes zu essen bekommen ...« murmelte er und sah mich fragend an.

Ich hatte zu zittern begonnen. Meine Knie gaben unter mir nach. »Ich komme nicht mit«, wiederholte ich mit steifen Lippen meinen Satz von vorhin.

Wigald stützte mich. »Warum hat die Dame denn noch keinen Sitzplatz?« herrschte er Antonio an. »Eine schöne Gastfreundschaft ist das! Einen Stuhl – aber sofort!«

Augenblicke später saß ich auf einem mit Leder gepolsterten Hocker. Antonios Frau klapperte im Nebenraum, der offenbar Küche und Wohnraum in einem war, mit Töpfen und Pfannen. Es begann nach Pfannkuchen zu duften, nach Speck und Zwiebeln.

Ich fühlte mich so schwach wie noch nie in meinem Leben – gerade jetzt, wo ich alle meine Widerstandskraft brauchte. »Ich komme nicht mit zurück, Wigald«, wiederholte ich meine Weigerung ein drittes Mal.

»Ich habe mir gedacht, dass Ihr das sagen würdet.« Wigalds Stimme war nicht viel mehr als ein Flüstern.

»Ihr werdet mich also ziehen lassen ...«

»Nein«, antwortete er fest.

»Dann müsst Ihr mich mit Gewalt zurückschleppen«, sagte ich und legte jede Festigkeit in meine Stimme, die ich noch aufbringen konnte. »Ihr müsstet mich als Eure Gefangene ...«

Er hob die Hand und legte sacht einen Finger auf meine Lippen. »Agneta«, erwiderte er leise, »keine Gewalt – niemals. Seid ohne Sorge.«

»Denkt Ihr mich etwa zur Rückkehr zu überreden?« Ich

schob seine Hand beiseite und starrte ihm in die Augen. »Das wird Euch nicht gelingen, Wigald – also versucht es erst gar nicht.«

Er wich meinem Blick nicht aus. »Dann ist Aranjuez auch mein Ziel«, flüsterte er. »Wie könnte ich Euch allein und ungeschützt reisen lassen?«

Einen Augenblick lang verstand ich nicht, was er meinte. »Ihr wollt mich nach Aranjuez – begleiten?« fragte ich fassungslos. »Warum …?«

»Weil ich dich liebe«, flüsterte er und drehte den Kopf weg.

27

Es wäre Dummheit gewesen, sich gegen Wigalds Ansinnen zu wehren. Und es hätte auch keinen Sinn gehabt, ihn darum zu bitten, mich meiner Wege ziehen zu lassen. Nie und nimmer wäre er darauf eingegangen. Denn er liebte mich.

So viele Hinweise, die ich nicht ernst genommen hatte. Ich kannte ja die Sterne, unter denen er geboren war. Ich hätte wissen müssen, dass er mir folgen würde … Seinetwegen hatte ich meinen tödlichen Unfall vorgetäuscht – aber mit welch unzulänglichen Mitteln! Berengaria mochte den Zeichen geglaubt und geweint haben. Alienor d' Aquitaine mochte meinen Sturz vom Felsen für möglich gehalten haben. Aber wie hatte ich glauben können, einen Wigald of Uxbridge so leicht zu täuschen?

Er liebte mich. Diese Gewissheit erschreckte mich zutiefst. Und ich war dieser Liebe wehrlos ausgeliefert. Es gab keine Möglichkeit, Wigald von meiner Seite zu weisen. Denn ich brauchte ihn.

Ich fühlte mich abgrundtief schlecht, weil ich seine Hilfe nicht zurückgewiesen hatte. Er schien nichts davon zu bemerken. Er war einfach glücklich, bei mir sein zu können. Noch in dem Dorf, wo er auf mich getroffen war, hatte er einen halbwüchsigen Jungen angeheuert, der das Fränkische verstand und uns unterwegs dolmetschen konnte. Er hatte für einen guten Preis Reiseproviant von Antonio eingekauft, nebst einem kräftigen Muli für den Jungen. Er erledigte mit großer Umsicht all das, was ich allein niemals hätte zu Wege bringen können. Er war unentbehrlich und verlangte nicht einmal Dank dafür.

Er respektierte sogar, dass ich unterwegs nicht mit ihm reden wollte. Hätte er mich nach dem Grund meiner Schweigsamkeit gefragt, so hätte ich ihm sagen müssen, dass ich mich schämte. Doch er fragte nicht. Und ich litt doppelt.

Er las mir jeden Wunsch von den Augen ab. Er ahnte voraus, dass ich nicht in den Häusern der adligen Herren zu Gast sein wollte, und wählte passende Herbergen für uns. Er war es, der mit Hilfe des Jungen angemessene Preise aushandelte und sich nicht prellen ließ. Sein Schwert sicherte unser unbehelligtes Fortkommen. Niemand wagte es, uns zu nahe zu treten. Wigald sah ja auch, kraftvoll und wohl gerüstet, aus wie ein unbesiegbarer Held. Mehr als einmal folgten ihm die bewundernden Blicke schwarzäugiger junger Frauen, wenn wir eine Stadt oder ein Dorf verließen.

Wir hatten das waldige Gebirge schon weit hinter uns gelassen. Die Gegend, die wir jetzt durchritten, war trocken und karg. Mächtige Bollwerke von Burgen beherrschten sie, weithin sichtbar auf den Hügeln thronend. Und überall waren weitere Burgen im Bau.

Viele Male begegneten wir Kolonnen von Ochsenkarren, auf denen in der frühherbstlichen, aber immer noch sehr warmen Sonne Steine und Balken bergan geschleppt wurden. Die Herren dieses Landes schienen sehr kriegerisch. Überall trafen wir auf Scharen von Bewaffneten, selbst in den Dörfern, deren kleine, würfelförmige Lehmhäuser mich immer noch fremdartig anmuteten. Es war, als rüste sich das ganze Volk zu einem gewaltigen Feldzug gegen einen Feind, der nirgendwo zu sehen war.

»Will auch der König von Kastilien ins Heilige Land ziehen?« fragte ich Wigald, als wir gerade ein staubiges Dorf mit dem Namen Madrid hinter uns gelassen hatten.

»Nicht, dass ich wüsste«, gab Wigald zurück.

»Aber die vielen Kriegsknechte«, sinnierte ich, »wozu werden sie gebraucht, wenn nicht für einen Feldzug?«

Wigald schüttelte den Kopf. »Ich weiß nur, dass Alfonso von Kastilien immer wieder gegen die Ungläubigen in seinem eigenen Land zu kämpfen hat«, sagte er nachdenklich, einer Schar Berittener nachblickend, die in Kettenhemden, Helmen und bunten Waffenröcken davontrabten und mit funkelnden Lanzenspitzen in einer wallenden Staubwolke untertauchten. »Wisst Ihr – es gibt im Süden noch viele Feinde Christi. Und immer wieder fallen sie in König Alfonsos Gebiet ein.«

Das verstand ich nicht. »Sarazenen?« fragte ich verwirrt. »Aber die sind doch jenseits des Meeres – man braucht Schiffe, um zu ihnen zu gelangen.«

Wigald drehte sich im Sattel zu mir um und lächelte. »Südlich von Kastilien leben Mauren«, erklärte er mir. »Unsere Königin hat mir oft von ihnen berichtet und auch davon, wie sehr Alfonso sich bemüht, sie zu vertreiben.« Er presste die Lippen zusammen. »Noch ist es ihm nicht gelungen, die Heiden zu besiegen. Aber eines Tages wird dieses Land wieder Christus gehören – völlig und ungeteilt.«

»Habt Ihr schon einmal einen Mauren gesehen?« forschte ich und sah ihn aufgeregt an. »Was sind das für Menschen? Trinken sie wirklich Christenblut wie die Sarazenen im Heiligen Land – und können sie weder lesen noch schreiben?«

»Ich habe noch nie einen Mauren kennen gelernt«, murmelte Wigald, »nach allem, was mir König Richard erzählte, sind sie gute Kämpfer. Mehr weiß ich nicht von ihnen.«

Ich grübelte über diese magere Beschreibung nach, bis wir die Stadt Aranjuez erreicht hatten. Sie war klein und sehr stark befestigt wie alle Städte in Kastilien. Ein doppelter Mauerring mit breiten Zinnen umgab ein Gewirr von engen Gassen, in dessen Mitte eine mächtige Kirche stand. Die Burg, weitläufig und von ebenso starken Mauern umgeben, nahm die Flanke eines sanften Hügels ein.

Wir bezogen Quartier in einem Kloster, dessen Mönche nach den Regeln des heiligen Benedikt lebten. Ich hatte darauf bestanden, hier zu nächtigen. Denn der Prior dieser Abtei leitete die Schule und stand im Ruf eines gelehrten Mannes. So hatte mir der Wirt des Gasthauses gesagt, in dem Wigald hatte absteigen wollen.

Das Kloster war mit einer mächtigen Mauer versehen wie Stadt und Schloss. Die Kammern des Gästehauses strahlten eine Kargheit und Kälte aus, wie ich sie noch in keinem Kloster erlebt hatte, außer in Sankt Maria Magdalena. Die Gewölbedecken lasteten schwer, erdrückten schier die Bewohner dieses Hauses. Unsere Speise bestand am ersten

Abend aus einer Grießsuppe und einem groben, mit Sand reichlich durchzogenen Stück Brot. Unser Getränk war saurer Wein.

Wir waren die einzigen Gäste. Unsere Kammern waren durch schwer gesicherte Bohlentüren voneinander abgeschieden. Verstohlene Blicke funkelten unter schwarzen Kapuzen hervor und musterten uns, als wir nach einer auf hartem Lager verbrachten Nacht am Gottesdienst der Mönche teilnehmen wollten. Wigald wurde Zutritt zur Kapelle gestattet. Ich bekam einen Platz hinter einem eisernen Gitter zugewiesen, wo ich knien durfte. Nach der Messe gewährte mir der Prior ein Gespräch unter vier Augen.

»Du willst beichten, meine Tochter?« Er war jünger, als ich erwartet hatte – ein schlanker, beinahe magerer Mann von vielleicht dreißig Jahren. Seine sehnigen Hände wirkten unruhig und nervös. Er sprach ausgezeichnetes Französisch, wenn auch mit einem starken Akzent.

»Später, Pater Prior«, erwiderte ich, etwas eingeschüchtert durch sein asketisches Äußeres und seinen strengen Blick. »Doch jetzt möchte ich mich nach einem jungen Franken erkundigen, der der Wissenschaft dient und der sich die Schule von Aranjuez zum Ziel ausgewählt hatte. Er heißt François. Sagt mir doch, ob Ihr ihm begegnet seid.«

Schon als ich François' Namen erwähnte, verfinsterte sich die Miene des Priors. Seine gerunzelten Augenbrauen verdüsterten seinen Blick noch mehr, und seine schmalen Lippen pressten sich fester aufeinander. Er gab mir nicht gleich eine Antwort, sondern betrachtete mich mehrere Herzschläge lang, bevor er sprach. »Ja, ich bin ihm begegnet«, sagte er dann mit schleppender Stimme, »und es war keine gute Stunde, in der ich mit ihm bekannt wurde.«

»Wie meint Ihr das?« fragte ich, einerseits glücklich über die Bedeutung seiner Worte, andererseits erschrocken.

Der Prior räusperte sich und flocht seine dünnen weißen Finger ineinander. »Nun«, murmelte er, »dieser François hätte ein gehorsamer Sohn der heiligen Mutter Kirche sein sollen. Doch ihm stand der Sinn nach anderem Wissen, als uns Gott offenbaren will.«

Ich sah ihn verständnislos an. Eben öffnete ich den Mund, um eine weitere Frage zu stellen, als der Prior fortfuhr. »Er kam hierher«, sagte er leise wie im Selbstgespräch, »und verlangte an unserer Schule zu studieren. Ich nahm ihn auf in den Kreis der Brüder. Doch er widmete sich nicht den heiligen Schriften, sondern erschlich sich den Weg zu Aufzeichnungen, die ich unter Verschluss halten musste ...«

»Unter Verschluss? Welche Schriften sollten das gewesen sein – in einem Kloster?«

Der Prior wandte mir das Gesicht zu und blickte mich missbilligend an. »Es waren Buchrollen, die seit undenklichen Zeiten hier lagerten«, sagte er grollend, »Aufzeichnungen der Heiden, die Christus nicht kannten. Mein Vorgänger im Amt gebot mir, diese Rollen niemandem mehr zugänglich zu machen, da sie beinahe alle Gott lästern und Dinge beschreiben, die wir weder erforschen noch auch nur kennen dürfen.«

»Handelten diese Bücher vielleicht vom Lauf der Gestirne?« fragte ich unbefangen.

Die Miene des Priors wurde zu einer Maske des Zorns. »Auch dir, meine Tochter, steht es nicht an, von diesem Dingen zu wissen«, tadelte er und verkrallte die Hände noch krampfhafter ineinander. »Ja«, fügte er leiser hinzu, »solche und andere gottlose Schriften mehr über das Wesen der Natur, den menschlichen Körper – dessen Geheimnisse der Allmächtige uns ja nicht umsonst verborgen hält – und all die anderen Wunder, die der Mensch nicht enträtseln soll ...«

»François hat also diese alten Schriften ...«

Er unterbrach mich grob. »Ich ertappte ihn dabei, wie er sie untersuchte«, knirschte er, noch immer in heißem Zorn über das, was François getan hatte. »Ich stellte ihn zur Rede. Doch der junge Schüler, den ich für so vertrauenswürdig gehalten hatte, lachte mir ins Angesicht und schalt mich einen blinden Toren. Lest diese Schriften einmal selbst, Pater Prior, riet er mir. Wenn Ihr nur ein wenig denken könnt, werdet Ihr die Wahrheit darin erkennen und Abschriften herstellen lassen, damit sie auch anderen Menschen Nutzen bringen können.«

»Was habt Ihr darauf geantwortet?« wollte ich wissen.

Der Prior sog die Luft hörbar durch die Zähne. »Ich habe die alten Schriften verbrennen lassen«, stieß er leise hervor, »noch am gleichen Abend, draußen im Kreuzgang – damit nicht weiteres Unheil daraus erwachsen kann. Und er – er versuchte, einige davon aus den Flammen zu retten, der Unglückselige!«

»Aber Ihr habt ihn daran gehindert?«

»Mit aller meiner Kraft«, bestätigte der Prior. »Darauf beschuldigte mich dieser – dieser irregeleitete Sünder …«

»Wessen?«

Er heftete seine fanatisch funkelnden schwarzen Augen auf mich. Sein Gesicht erschien mir noch bleicher, als es schon am Anfang unseres Gesprächs gewesen war. »Er beschuldigte mich, Gott Widerstand zu leisten, indem ich Dinge vernichte, die der Allmächtige uns Menschen bereits vor langer Zeit geoffenbart habe. Darauf wies ich ihn aus dem Kloster. Zieh deiner Wege, befahl ich ihm im Zorn. Die Straße der Sünde hast du schon betreten. Geh auf ihr weiter in dein Verderben, wenn du die Kenntnisse erlangen willst, die ich dir nicht zugänglich machen wollte. Die ungläubigen Hunde, die dem Teufel dienen, werden dir die verbrannten Schriften gerne geben. Doch ich beflecke meine Seele nicht mit einer solchen Schuld!«

Er fuhr fort, über Sünde zu räsonieren und über manche Scholaren, die für verbotene Wissenschaft ihre Seele dem Teufel verschreiben. Doch mir war das alles ganz gleich. Ich wollte nur noch eines wissen. »Wohin ist François gegangen?«

Der Prior verstummte. Wieder musterte er mich mit flammenden schwarzen Augen. »Ich sagte doch«, murmelte er schließlich, »der Teufel trieb ihn zu den Ungläubigen. Er hat Christus entsagt, um verbotenes Wissen zu erlangen. Er ging nach Süden. Seine Seele wird zur Hölle fahren …«

Nach Süden. Wie oft hatte man mich schon mit der vagen Angabe einer Himmelsrichtung abgespeist! »Pater Prior«, drängte ich, »in welche Stadt wollte er – hat er Euch nicht den Namen der Stadt genannt?«

»Die Städte der Ungläubigen sind allzumal voller Sünde, und das Verderben lauert in jeder von ihnen. Nein – François hat mir das Ziel seines frevelhaften Begehrens nicht genannt. Und selbst wenn – ich hätte meine Ohren verschlossen vor solchem Gräuel. In Toletum oder Corduba, in Granada oder Sevilla – überall dort herrscht der Satan. Erst wenn die Könige von Kastilien die Heiden ins Meer getrieben haben, darf ein Christenmensch diesen verfluchten Boden wieder betreten. Bis dahin aber …«

Ich erhob mich. Mit zitternden Fingern ordnete ich die Falten meines Gewandes und bedeutete Silber mit einem Wink, mir zu folgen. »Ich danke Euch«, verabschiedete ich mich vom Prior, »dass Ihr mir ein wenig von Eurer Zeit geopfert habt. Nun möchte ich …«

»Was hast du mit diesem Abtrünnigen zu tun, meine Tochter?« stellte der Mönch die Frage, die ich ihm jetzt nicht mehr beantworten konnte, ohne zu lügen.

»Ich kannte ihn vor langer Zeit«, wich ich aus. »Man sagte mir, er sei nach Aranjuez gewandert, um an Eurer Schule seine Kenntnisse zu vervollständigen. Und Ihr habt mir nun alles Wissenswerte über ihn erzählt. Dafür danke ich Euch. Nur eins noch: Wann hat er Aranjuez wieder verlassen?«

Der Prior legte den Kopf schief und spähte mir ins Gesicht. »Es mögen vier, fünf Wochen sein«, überlegte er, »dass er unserem Haus den Rücken kehrte und sich in die Gewalt des Satans begab. Gott verdamme ihn.«

»Vier oder fünf Wochen …«

»Wolltet Ihr nicht beichten?« fragte der Prior lauernd.

Ich nickte wie betäubt. Meine Beichte war kurz und unvollkommen.

Meine Beine hatten mich kaum getragen, als ich aus der Klosterkapelle zurück zu meinem Quartier wankte. Es war ein herrlicher, sonnenüberstrahlter Tag, und eine leichte Brise bewegte die Zweige des Akazienbaums, der neben dem Gästehaus stand. Doch ich empfand die angenehme Kühle nicht. Meine Stirn glühte wie im Fieber.

Wigald wartete auf mich, er saß auf dem Eckstein neben

dem lastenden Rundbogen des Eingangs. Ich wollte an ihm vorüber, ohne ihn auch nur anzusehen. Mein Herz war zu schwer, als dass ich unbefangen mit Wigald hätte umgehen können.

Er stand hastig auf und hielt mich an den Falten meines Gewandes fest. »Was habt Ihr erfahren, Agneta?« fragte er. Seine Augen waren sorgenvoll.

Ich schüttelte stumm den Kopf. »Nicht jetzt«, wich ich ihm aus, »nicht jetzt, Wigald …«

Er griff nach meiner Hand. »Wir müssen reden«, sagte er drängend, »kommt, wir suchen uns einen Platz, wo wir ungestört sind – ich bitte Euch sehr!«

Es kostete mich große Überwindung, seinem Blick standzuhalten. Mein Herz klopfte, und ich empfand selbst den leichten Druck von Wigalds Fingern um meine Hand als schmerzhaft. »Warum lasst Ihr mich nicht ein Weilchen allein sein?« murmelte ich, »später ist immer noch Zeit, um …«

Er umspannte meine Finger fester. »Nicht später«, sagte er leise, »es muss jetzt sein, Agneta! Es duldet keinen Aufschub – ich weiß es!«

Mein Widerstand brach zusammen. Ohne weitere Gegenwehr ließ ich mich von ihm in den kleinen ummauerten Garten führen, wo die Mönche Gemüse und Kräuter anbauten, und der jetzt abgeerntete, leere Beete bot. Da stand eine verwitterte steinerne Bank, ähnlich der unter dem Holzapfelbaum von Rabenstein. Auf diese setzten wir uns nieder.

Ich fand keine Worte. Wigald wartete geduldig. Sein Blick heftete sich auf mein Gesicht geheftet. Schließlich fragte er noch einmal: »Was habt Ihr erfahren, Agneta?«

Ich brach in Tränen aus. Silber, mein treuer Geselle, winselte leise und schmiegte seinen grauzottigen Kopf an meine Knie. »Er war hier«, flüsterte ich, »noch vor vier Wochen hat er sich in diesem Kloster aufgehalten – seine Füße haben diesen Boden berührt. Doch nun …«

»Hat er seine Wanderung fortgesetzt«, führte Wigald meinen Satz zu Ende. »Wohin?«

Ich schluchzte auf. »Und wenn ich bis ans Ende der Welt

gehen muss«, stieß ich voller Verzweiflung hervor, »ich werde ihn finden! Niemand wird mich davon abhalten!«

Er ergriff wieder meine Hände. »Agneta«, sagte er beschwörend, »Ihr folgt einem Traum – seht Ihr das nicht? Was Ihr für wahr und wirklich haltet, ist nur ein Irrlicht, ein Fünkchen in der Dunkelheit, das Euch lockt und narrt und aus dem Leben entführt. Ihr wollt etwas zurückgewinnen, das vorbei ist, in der Vergangenheit versunken, schon vor langer Zeit. Aber ich, Agneta – ich bin da. Ihr könnt mich sehen und hören und anfassen. Ich bin kein Traumbild – ich lebe für Euch und gehöre Euch mit allem, was mein ist! Wollt Ihr nicht …«

»Nein!« dieses Wort flog wie ein Schrei aus meinem Mund. »Niemals, niemals kann ich Euch gehören – solange ich glaube, dass mein Liebster lebt!«

Das leidenschaftliche Feuer in Wigalds Augen erlosch. Er senkte den Kopf und blickte auf seine Hände, die meine noch immer fest umfangen hielten. »Wohin müssen wir uns also wenden?« fragte er tonlos.

»Ihr werdet zu Königin Alienor zurückkehren«, sagte ich, das Zittern in meiner Stimme mügsam beherrschend. »Von jetzt an muss ich meinen Weg allein machen. Im Land der Heiden will ich Euer Leben nicht in Gefahr …«

Er lachte leise auf. Der Klang seines Lachens war bitter, doch er enthielt auch eine Spur von verhaltener Belustigung. »Wie könnt Ihr annehmen, dass ich Euch jetzt im Stich lasse?« unterbrach er mich. »Wenn es ihn gibt, Euren François – dann werde ich Euch gesund zu ihm bringen. Und wenn wir finden, dass er tot ist – dann führe ich Euch heim – als meine Braut …«

Der letzte Satz hatte leise und flehend geklungen wie ein Gebet. Ich erschauerte. Ich entzog Wigald meine Hände.

Schon am folgenden Morgen zogen zwei Reiter in einfacher Tracht, begleitet von einem großen grauen Hetzhund, die Straße entlang, die von Aranjuez nach Süden führte. Wigald hatte den Jungen, der für uns gedolmetscht hatte, ausgezahlt und mit dem Maultier nach Hause geschickt. Danach hatte er bei einem Händler schlichte weißwollene Mäntel erstanden, die mit einer Kapuze versehen waren und Schutz gegen die nächtliche Kälte boten. Denn obwohl die Tage noch warm waren, ließen doch die Nächte schon das Nahen der kalten Jahreszeit spüren.

Auf der Straße waren kaum Menschen unterwegs – ganz im Gegensatz zu den Straßen, die wir bisher gefahren waren. Hier begegneten uns keine Fuhrwerke und keine Pilgerscharen mehr, keine Bauern, die ihre Produkte zum Markt trugen, oder wandernde Handwerker. Es war still; Zypressen standen wie schweigende, schwarze Wächter am Rand des staubigen Weges, dessen Karrenspuren von Wind und Regen beinahe verwischt waren.

Niemandsland. Am zweiten Tag unserer einsamen Wanderung durch die trockene, staubbedeckte Gegend sahen wir, als wir stumm nebeneinander herritten, ein zerstörtes Dorf am Rand eines träge dahinsickernden kleinen Flusses. Geborstene Mauern, den weißen Kalkputz um die kleinen Fensterlöcher rußgeschwärzt, verkohlte Dachbalken, die wie die Rippen erschlagener Riesen in den blauen Himmel starrten … Rabenschwärme, die über der Stätte der Verwüstung kreisten und mit rauem Gekrächze davonflogen, als wir näher kamen.

Zeichen des Krieges, der zwischen Kastilien und dem Reich der Mauren tobte. Niemand konnte sagen, ob christliche Ritter dieses Dorf gebrandschatzt hatten, oder ob die Ungläubigen an seinem Untergang die Schuld trugen. Mir war nicht einmal ersichtlich, ob in diesen zerstörten Häusern ehemals Christen oder Mauren gewohnt hatten.

Ich sah Wigald an, der seinen Rappen neben mir hielt und unbewegt noch vorn schaute. Sein starkes, männlich-schönes Profil hob sich scharf vor der Bläue des Himmels ab. Sein unbedecktes Haar, das im sanften, kühlen Wind flatterte, war von der Sonne fast weiß gebleicht und bildete einen sonderbaren Kontrast zu seiner tief gebräunten Haut. Sogar sein Schnurrbart, den er seit geraumer Zeit kurz getrimmt trug, sah beinahe weiß aus.

Seine sehnigen Hände lagen, die Zügel seines Pferdes locker haltend, auf dem Sattelknopf. Auch sie hatten eine dunkle Bräune angenommen, und die Adern traten deutlich hervor. Es waren schöne, geschickte Hände – sanft und doch stark, wenn es ums Zupacken ging.

Ein leiser Seufzer entrang sich mir. Ihr verfolgt einen Traum, hatte Wigald gesagt, ein Irrlicht, das Euch narrt und äfft. Hatte er nicht Recht? François besaß keine Nachricht mehr von mir, seit er Rabenstein verlassen hatte. Er war gegangen in den Bewusstsein, mich niemals wieder zu sehen. Es war eine Trennung für immer gewesen, damals im Frühling. Und der einzige Beweis dafür, dass es in meinem Leben tatsächlich einmal eine große Liebe gegeben hatte, war ein zerschlissenes Stückchen Pergament mit einem kleinen Gedicht.

Ich tastete nach dem seidenen Täschchen mit François' Liebeslied, das an einer Schnur über meinem Herzen hing. Eines Apriltags Königin. Er war vorbei, jener April – unwiderruflich. Mein Traum war zu Ende. Es galt, aufzuwachen und umzukehren.

Ich wandte mich meinem Begleiter zu. »Wigald …«

Er richtete sich im Sattel auf und reckte den Kopf. Doch er gab mir keine Antwort. Vielmehr schien er angestrengt vorauszuspähen und zu lauschen.

Ich folgte der Richtung seines Blicks. Hinter der Biegung des Weges erschienen plötzlich Reiter – vier, fünf, sechs, acht Männer auf Pferden, die uns im Galopp entgegenpreschten. Ihre weiten, hell farbigen Mäntel flatterten wie Segel. Ihre Gesichter waren bis an die Augen mit Tüchern verhüllt. Auf ihren Köpfen blinkten sonderbar zierlich gearbeitete, spitzige Helme.

Ihr Anführer brüllte irgendetwas. Sein Schrei klang rau und kehlig. Ich verstand die Sprache nicht. Doch es hörte sich feindselig an. »Wir werden angegriffen«, flüsterte ich in aufwallendem Schrecken.

Wigald hielt sein Pferd an und riss das Schwert aus der Scheide. »Bleibt hinter mir und seid ohne Furcht«, antwortete er, metallische Schärfe in der Stimme, »ich verteidige Euch!« Dann setzte er dem Rappen die Sporen in die Flanken und galoppierte den Bewaffneten entgegen.

Wieder stieß der Anführer der Bewaffneten seinen rauen Schrei aus. Auch er zog ein Schwert – ich sah die merkwürdig gekrümmte Klinge in der Sonne aufblitzen. Er spornte ebenfalls sein Reittier und ließ es dem anstürmenden Wigald entgegenfliegen. Die anderen Reiter schwärmten aus und begannen, Wigald von den Seiten anzugreifen.

Metall klang auf Metall. Die Schwertstreiche, die vor meinen entsetzten Augen ausgeteilt wurden, waren so hart, dass Funken stiebten. Ich hatte nur einen Gedanken: Wigald trug keinen Panzer, weder war sein Kopf durch einen Helm, noch sein Körper durch ein Kettenhemd geschützt. Die Reiter dagegen schienen gut gewappnet zu sein. Keiner von Wigalds wütenden Schwerthieben hatte sie bis jetzt verwundet.

Sie drangen immer wilder auf ihn ein. Wigald blutete – ich konnte Rot auf seiner hellgrünen Tunika leuchten sehen. Doch er wehrte sich wie ein gestellter Bär. Meisterhaft parierte er die tückischen Schläge der Angreifer, die von drei Seiten auf ihn einhagelten, und teilte dennoch mächtige Hiebe aus.

Er sah aus wie ein junger Kriegsgott. Das helle Haar wehte ihm wie eine Fahne um sein wild verzerrtes Gesicht. Ich konnte seine hellen Augen funkeln sehen. Mühelos beherrschte er sein angstvoll tänzelndes Pferd, lenkte es in dem Getümmel, ließ es auf der Hinterhand Drehungen vollführen, die ihn dichter an seine Gegner heranbrachten. Mit einem wilden, wütend geführten Streich hieb er einen von ihnen aus dem Sattel. Ein zweiter sank von seinem kleinen, hellbraunen Pferd, ebenfalls getroffen von Wigalds hartem Schlag. Doch immer noch umringten den einzelnen Kämpfer sechs Gegner, und es konnte nicht mehr lange dauern, bis sein Arm erlahmte.

Ich suchte Stella, die furchtsam schnaufte, auf dem Platz zu halten. Ich flocht die Hände ineinander und schickte ein heißes Gebet zum Himmel. »Lass ihn siegen«, flüsterte ich mit steifen Lippen, »lass ihm nichts geschehen – Gott ...«

Ein dritter von Wigalds Gegern sank vom Pferd. Ein vierter ließ sein Schwert fallen und umfasste mit einem heiseren Schrei seinen Oberarm. Der Anführer, dessen spitzer Helm golden leuchtete, brüllte auf und drängte sein Tier, einen drahtigen kleinen Schimmel, an Wigalds Rappen heran. Er stieß einen wütenden Schlachtruf aus, schwang sein krummes Schwert hoch durch die Luft und ließ es in einem kurzen Schwung auf Wigalds ungeschützten Kopf niederfallen. Wigald stürzte …

Er fiel einfach aus dem Sattel. Mit dumpfem Schlag traf er auf dem Boden auf. Er lag reglos, bewegte sich nicht mehr.

Ich ließ mich aus dem Sattel gleiten. Ich sah nur noch Wigalds reglosen Körper. Stolpernd, hinkend, ohne die feindlichen Reiter zu beachten, lief ich zu ihm hinüber und kniete an seiner Seite nieder. »Wigald«, flüsterte ich schreckensstarr, »Wigald …!«

Die linke Hälfte seines Gesichts war bedeckt von Blut. An der Schläfe sah die Haut aus, als sei sie mit roter Farbe lackiert. Aus einer riesigen Wunde sickerte, rann, strömte dieses Rot rastlos weiter – unaufhaltsam, glänzend, warm und lebendig.

Wigald atmete mühsam. Seine Augen standen offen. Das linke wirkte unnatürlich hellblau in seiner rotglänzenden Umgebung. Wigalds Mund öffnete sich, doch ich hörte keinen Laut. Ich sah nur seine Zähne. Auch sie waren rot. Das entsetzte mich.

Er stöhnte leise. »Nun – musst du allein weiter«, keuchte er, während ein dünner Blutfaden sein Kinn hinabsickerte, »ich – kann nichts mehr – für dich tun – Liebste …«

»O nein«, erwiderte ich und griff nach seiner Hand, »du musst leben, Wigald!«

»Leben …?« wisperte er, »wie kann ich das denn – ohne dich …«

»Aber ich bin ja bei dir!« Meine Antwort war ein Weinen. »Ich bin hier!«

Sein Blick verschleierte sich. »Ich habe – dir – nicht gut gedient …« hauchte er. Seine Worte waren kaum noch zu verstehen. »Agneta, wenn ich – die Zeit – noch einmal zurückdrehen könnte …«

Ich entdeckte eine zweite Wunde, direkt über seinem Herzen. Auch aus der strömte Blut. Es hatte seine Kleidung schon völlig durchweicht. Ich bebte zurück und packte gleichzeitig seine Hände fester. »Du warst der beste Freund, den ich je hatte«, flüsterte ich ihm zu, »und ich wollte dir sagen, dass ich gerne deine Frau werde …«

Seine Finger zitterten krampfhaft in meiner Hand. »Die Sonne …« hauchte er, »sie blendet mich so – ich kann dein Gesicht – gar nicht erkennen …«

»Wigald, hörst du?« sagte ich lauter und spähte ihm mit wachsender Angst in die Augen. »Hörst du …?«

»Wir werden – über die grünen Hügel reiten«, kam es unendlich schwach aus seinem Mund, »du und ich – im Herbst – wenn die Blätter sich färben …«

»Ja, sicher«, gab ich zitternd zurück, »doch zuerst …«

»Küss – mich …« flüsterte er und drehte mir mit großer Anstrengung das Gesicht zu. »Zum Pfand – Agneta …«

Ich beugte mich über ihn. Unsere Lippen berührten sich. Ich schmeckte sein Blut, als sein Mund sich zitternd bewegte, und fühlte den schwachen Hauch seines Atems, der mich traf. Dann nichts mehr. Es dauerte mehrere Herzschläge, bis ich begriff, dass er tot war.

Das Leben war verströmt. Ich richtete mich auf und zog Wigalds Dolch aus der Scheide. Er war klebrig von Blut. Ich wischte ihn fahrig an meinem Gewand ab. Neben der Straße schlug einer der Bewaffneten auf Silber ein, der sich in seinen Mantel verbissen hatte und wütend knurrte. Mir war schwindlig, alles schien sich um mich zu drehen.

Schwankend kam ich auf die Füße. Ich humpelte auf den Anführer zu, den Dolch gezückt. »Nun müsst ihr auch mich umbringen«, schrie ich ihn an, »aber einen von euch nehme ich mit!«

Die fremden Krieger standen da und starrten mich an. Einem von ihnen war das wunderliche Tuch unter dem Helm hervorgerutscht, und ein schwarzbärtiges, scharfgeschnittenes junges Antlitz mit verblüfft offen stehendem Mund zeigte sich mir.

Der Anführer sagte etwas, Erstaunen und Befremden in der Stimme.

Ich achtete nicht darauf. Ich ging wie in einem Albtraum

weiter auf die Männer zu. »Wehrt euch, ihr Feiglinge«, schrie ich, »ich bin noch da!«

Der Anführer stellte sich mir in den Weg. Seine schwarzen Augen lächelten. Seine gebräunte Haut war schweißbedeckt. Er streckte die Hand nach mir aus, machte eine fordernde Bewegung. Er wollte den Dolch.

Ich hob die Waffe und tat einen Sprung nach vorn. Die Klinge glitt in den Unterarm meines Gegners. Der Mann wich vor mir zurück. »Allah …!« stieß er in höchster Überraschung hervor.

Ich verspürte einen Schlag auf den Hinterkopf. Ich brach in die Knie. Die Welt war ein wirbelnder Strudel aus Farben und Geräuschen. Er zog mich in sich hinein. Alles wurde schwarz.

28

Ich war gerade erwacht. Doch der schreckliche Traum, in dem ich mich bewegt hatte, war noch nicht zu Ende. Ich war entkleidet bis auf das Hemd. Meine Hände und Füße waren gefesselt. Mein Kopf schmerzte zum Zerspringen.

Ich lag auf einer Pritsche, die mit einer weichen Matratze gepolstert war. In der Dämmerung, die mich umgab, erkannte ich vier kahle Wände, eine davon mit einen winzigen vergitterten Fenster, eine weitere mit einer niedrigen und sehr schmalen, von einem zierlichen Rundbogen gekrönten Tür. Sonst war nichts in dem Raum.

Mit großer Anstrengung richtete ich mich auf und lehnte mich an die rückwärtige Wand. In meinem Hirn drehte sich noch immer ein Strudel aus wirbelnden Gedanken und konfusen Bildern. Schwarze Dachsparren, zerborstene, weißgelbe Mauern – blitzende Helme und glänzend rote Ströme, in denen hellblaue Augen strahlten. Wigald küsste mich – Wigald war tot. Ich hatte seinen letzten Atemzug getrunken …

Schrecken und Trauer fielen mich an wie wilde Tiere. Ich sehnte mich danach, zu weinen, doch meine Augen waren trocken und brannten. In England färbten sich jetzt die Blätter …

Ich war schuld an Wigalds Tod. Ich hatte ihn gezwungen, mit mir dem Irrlicht zu folgen, das mich gelockt und geäfft hatte. Er war gestorben – wie Bärbe, die auch meinetwegen ums Leben gekommen war.

Alle, die mich liebten, mussten sterben. Ich war verflucht. Ich war Agneta mit dem Pferdefuß. Menschen von meinem Stamm konnten nur Unglück bringen.

Ich schlotterte am ganzen Leibe. Das missgestaltige, doppelköpfige Wesen fiel mir ein, das mein Vater gezeugt hatte, und an dessen Geburt meine Mutter gestorben war. Hatte dieses kleine Ungeheuer nicht den Beweis dafür erbracht, dass Rabenstein einen Fluch in sich trug?

Mein Magen drehte sich um. Ich erbrach scharfe, bittere Flüssigkeit auf die blauen Fliesen des Fußbodens. Dann sackte ich auf dem Bett zusammen. Schwarze Nacht senkte sich wieder über mich.

Jemand hatte meine Schultern gepackt und schüttelte mich. Ich kam zu mir. Als ich die Augen aufschlug, sah ich undeutlich über mir einen verhüllten Kopf. Ein roter Schleier, mit kleinen blauen Tupfen bestickt. Ein dunkles Augenpaar. Eine dünne Strähne eisengrauen Haars. Eine Frau …

Sie sagte etwas, das ich nicht verstand. Sie gestikulierte. Sie wollte, dass ich irgendetwas tat. Ich kam mühsam hoch.

Sie hielt mir einen metallenen Becher an die Lippen. Wieder sagte sie ein Wort. Es klang hart wie ein Befehl. Trink …

Ich trank. Die Flüssigkeit schmeckte säuerlich-bitter. Es war nicht viel, doch ich hatte solchen Durst. »Mehr …« flüsterte ich mit trockenen Lippen.

Die Frau gab mir mehr. Wasser, gemischt mit etwas Wein. Ich leerte den zweiten Becher in einem Zug. Dann ließ ich mich einfach auf das Polster zurücksinken und schloss die Augen wieder.

Ich träumte. Ein Mann mit kräftigen Armen trug mich hinaus aus dem kleinen, kühlen Zimmer. Die Sonne schien mir grell ins Gesicht. Da war es gut, dass ich meine Augen mit einem braunen Tuch bedecken konnte. Meine Handgelenke taten weh. Ich konnte die Beine kaum bewegen. Doch auf dem Wagen lag ich bequem. Räder rollten, rumpelten. Hufe trappelten um mich her.

Die Stimmen, die ich hörte, erkannte ich alle. Mildrad lachte laut – sie erzählte ihrer Schwester Aethel komische Geschichten. Nur merkwürdig, dass ich ihren Sinn nicht verstehen konnte. Wigald war da. Seine Stimme strahlte so viel Ruhe aus – alle gehorchten seinen Befehlen, auch wenn ich nicht genau mitbekam, welche das waren.

Wir waren angekommen. Die starken Arme packten mich von neuem. Ich schwebte eine lange Treppe hinauf – eine weiße, weiße Treppe, an deren oberem Ende eine weite Bogentür offen stand. Drinnen war es kühl und dämmrig wie in dem kleinen Zimmer, aus dem ich kam. Doch hier herrschte Weite. Flutendes Blau-Grün umfing mich. Ein leiser Duft nach Rosen wehte mich an.

Königin Alienor war da, umgeben von ihren Damen. Sie unterhielten sich leise, sodass ich ihre Worte nicht verstehen konnte. Die Königin, deren Gesicht sonderbarerweise bis an die Augen von einem breiten roten Gebände verhüllt war, schien übler Laune zu sein. Aber mich störte das nicht. Ich schwebte ja über allen. Meine Seele war erfüllt von Ruhe und Schwerelosigkeit.

Der Schmerz, der mich so gequält hatte, war ebenfalls aus meinem Körper gewichen. Auf einmal, mitten in einer goldgrünen Wolke, fand sich die weiche Matratze wieder unter mir, und ich bettete mein Haupt sanft auf ein seidenes Kissen. Die goldenen Troddeln, mit denen es verziert war, kitzelten mein Ohr … Ich schob sie weg und schloss die Augen. Dahinter war purpurne Stille.

Ich ruhte ohne Träume. Doch irgendwann begann etwas meinen Frieden zu stören. Das lästige Gefühl, das an der Pforte meines Schlafes kratzte wie ein aufgeregter Hund, wurde immer stärker, immer drängender. Hunger weckte mich auf.

Ich setzte mich hin. Schlaftrunken wischte ich mir über die Augen. Meine Hände, meine Füße waren nicht mehr gebunden – die Fesseln waren entfernt. Ich trug auch nicht mehr mein Hemd; was da meinen Körper so weich umhüllte, war ein Gewand aus zarter, himmelblauer Seide – so fein gewebt, wie ich es noch nie gesehen hatte. Das Muster bestand aus kunstvoll ineinander verschlungenen Zweigen und Blüten in rostigem Rot …

Ich berührte den kostbaren Stoff ehrfurchtsvoll mit den Fingerspitzen. Dann sah ich mich um. Ich lag auf einem mit vielen Kissen ausgestatteten Lager in einem Raum, dessen Wände bis zur halben Höhe von strahlend blau gemusterten Fliesen bedeckt waren. Darüber waren sie in samtigem Gelb bemalt. Zarte Schnörkel bildeten ein regelmäßiges und doch verwirrendes Labyrinth. Auf dem Fußboden sah ich vielfarbig angeordnete Muster aus Marmorplatten.

Das Fenster gegenüber meinem Lager hatte ein fein durchbrochenes Gitter aus weißem Stein. Die Sonnenstrahlen, die hindurchfielen, malten ein Muster aus vielen kleinen Kleeblättern auf den Fußboden. Sie funkelten auf einer langhalsigen, golden glänzenden Kanne und einem gläsernen Becher, die da standen. Nur Alienor d' Aquitaine hatte gläserne Becher besessen.

Mir wurde schwindlig. Mit wachsender Fassungslosigkeit starrte ich die Wunder an, die sich meinem Auge boten. Doch ich bekam keine Zeit zum Nachdenken. Plötzlich schwang eine Tür auf, die ich nicht bemerkt hatte, und eine schlanke Gestalt trat in den Raum. Die Frau war jung und sehr schön. Ihre hüftlangen, gewellten, tiefschwarzen Haare waren von einem hauchdünnen grünen Schleier reizvoll umwunden. Ihren Oberkörper bedeckte eine schmalgeschnittene, bunt bestickte Tunika in Lichtblau. Dazu trug sie bauschige, an den Fesseln gekräuselte rotseidene Hosen.

Ich gaffte sie unverhohlen an. Sie näherte sich mir, blieb höflich ein paar Schritte vor mir stehen und deutete erst auf sich selber, dann auf mich. »Ich Fatma. Du – wer?«

Mir schwirrte der Kopf. Ich bemühte mich, sie weniger deutlich anzustarren. »Was …?« flüsterte ich verwirrt.

Sie wiederholte ihre Frage. Die Worte klangen schwerfällig, als lasteten sie auf ihrer Zunge wie Steine, die es auszuspucken galt. »Ich Fatma. Du – wer du seist?«

»Ich …?« Sie wollte offenbar meinen Namen wissen. »Agneta von Rabenstein …«

Fatma lächelte. Von der Tür her kam ein vielstimmiges Kichern. Ich drehte mich erschrocken um. Mehrere Mädchenköpfe zeigten sich da, lugten um die Ecke, lachten weiter und wiederholten »Agneta – Agneta Rrab-ste-ien …«

Fatma hob die Hand und brachte die Kichernden zum Schweigen. »Du – Agneta. Ja?«

»Ja«, murmelte ich befangen.

»Nicht noch anderer Wort?«

»Nein. Agneta ist genug. Wo bin ich?«

Fatma verneigte sich graziös. »Jetzt essen«, sagte sie zur Antwort. Und sie klatschte in die Hände.

Ich hatte den Eindruck, dass sie einigermaßen verstand, was ich sagte. Nur mit den Antworten tat sie sich schwer. Sie verfügte zwar über ein paar Wörter des Fränkischen, doch sie beherrschte diese Sprache genauso wenig, wie ich die ihre kannte. Ich sah sie an. »Fatma«, begann ich, jedes Wort betonend, »gibt es einen hier, der Französisch spricht?«

»Frank-öschisch …« Sie nickte lächelnd. »Fatma sprechen.«

»Sonst niemand?«

Sie verneigte sich tief, wie vor einer imaginären Person. »El Sidhi …« murmelte sie ehrfürchtig, wobei sie die Hände wie betend zusammenlegte, »Musa Ibrahim Ben Khalil …«

»Wäre es möglich, diesen El Sidhi herzubitten – damit ich ein paar vernünftige Worte mit ihm wechseln kann?«

Fatma sah mich mit vor plötzlicher Empörung geweiteten Augen an und drehte sich dann zu den Frauen um, die in der Tür standen. Sie äußerte ein paar Laute, die wütend klangen. Die Frauen machten erschrockene Gesichter. Fatma wandte sich wieder mir zu. »Musa Ibrahim nicht sprechen«, erwiderte sie abweisend, »Musa Ibrahim – Sidhi! Du – Frau!«

Das Wort »Frau« hatte sie wie ein Schimpfwort ausgespuckt. »Ja, sicher bin ich eine Frau«, sagte ich verwundert, »genau wie du, Fatma. Und ich möchte diesen El Sidhi, oder wie er heißt, kennen lernen. Vielleicht kann ich mich ihm gegenüber verständlich machen. Was ist so schlimm daran?«

»Musa Ibrahim kommen, wann Musa Ibrahim wollen«, sagte Fatma verschlossen. »Du warten. Jetzt – essen.« Damit machte sie einer Dienerin Platz, die ein Tablett hereintrug und es mit einer leichten Verneigung vor mein Bett auf den Fußboden stellte.

Ich sah Fatma fragend an. Doch sie schien nicht geneigt, sich weiter mit mir zu befassen. Sie winkte nur, und der ganze Schwarm junger Frauen verschwand wieder aus meinem Zimmer. Ich war mir selbst überlassen.

Auf dem Tablett standen drei kleine Schüsselchen aus

wundervoll blau glasiertem, dünnwandigem Weißton. Sie enthielten Speisen, die mir völlig fremd waren, aber herrlich dufteten. Ich probierte vorsichtig mit spitzem Finger eins der kleinen, in Teig ausgebackenen Häppchen aus der Schale ganz links. Es schmeckte nach Fleisch, mit wenig Pfeffer, Salz und Muskat gewürzt. Die Hülle war zart und knusprig wie frisches Weizenbrot.

In dem mittleren Schälchen war ein Gemüse. Es ähnelte in Scheiben geschnittenen Gurken, aber sein Geschmack war anders – herzhafter und von festerem Biss. Es schien ebenfalls gebraten zu sein. Eingemischt zwischen den grün-weißen Scheiben sah ich gestocktes Ei und Reiskörner.

Ich machte mich über diese Köstlichkeiten her. Als ich beide Schälchen fast ganz geleert hatte, schenkte ich auch dem dritten meine Beachtung. Darin waren kandierte Früchte, wie ich sie noch nie gesehen hatte – dünne Scheiben, goldrot und unterteilt von Speichen wie kleine Räder. Ihr Aroma war süß und frisch. Ihr Duft glich beinahe einem Parfüm. Es mussten Orangen sein – diese seltenen, kostbaren chinesischen Äpfel, von denen mir Mildrad einmal erzählt hatte.

Als mein Hunger gestillt war, kam plötzlich, wie aus dem Hinterhalt, meine Erinnerung zurück. Unvermittelt stürzten mir die Tränen aus den Augen. Ich sah Wigald vor mir liegen, das Gesicht blutüberströmt, und mich ein letztes Mal ansehend. Ich hörte das Klirren der Schwerter, spürte die Trauer über Wigalds Tod so intensiv, dass ich stöhnen musste.

Ich erhob mich von meinem weichen Lager, humpelte an das Gitterfenster und presste die Stirn auf das feine Durchbruchwerk. In einer neuen Welle von Schmerz umkrallte ich die steinernen Rippen des kunstvollen Musters. Wo ich mich befand und wie ich hierher gekommen war – was spielte es noch für eine Rolle? Ich hätte mit meinem treuen Begleiter sterben sollen – das wäre rechtens gewesen. Denn ich trug die Schuld an seinem Tod.

Ich wollte die Augen schließen. Doch was sich ihnen beim Ausblick durch das Fenster darbot, war so faszinierend, dass ich mich nicht abwenden konnte. Ein Garten lag da unten – ein Paradies aus üppigen, beschnittenen Sträuchern von ledrig glänzendem Grün, blühenden Blumen in Pflanzgefäßen, Wasserläufen und sprudelnden Fontänen, deren Sprühnebel tausend funkelnde Edelsteine ins Sonnenlicht hinaufwirbelte. Die weiß bestreuten Pfade zogen sich in wundervoller Regelmäßigkeit zwischen den Blumenbeeten hin. Doch niemand lustwandelte auf ihnen. Der Zaubergarten schien völlig unberührt.

Ich musste dorthin. Vielleicht konnte meine verwundete Seele dort Ruhe finden. Ich raffte das lange, weiche Seidengewand und humpelte zu der Tür, durch die die Frauen verschwunden waren. Sie war unverschlossen. Dahinter erstreckte sich ein weitläufiger Raum von ebenso prächtiger Ausstattung wie mein kleines Zimmer.

Kühle Marmorplatten glänzten spiegelblank. Fein gemusterte Fliesen schmückten mit ihrem strahlenden Blau die Wände. Die drei vierlichtigen Bogenfenster spendeten mildes Licht, das durch steinerne Gitter gebrochen wurde. Der kleine Saal war menschenleer.

Vom Durchgang auf der anderen Seite drangen Stimmen zu mir herüber – Frauenstimmen, die lachten und plauderten. Ich hielt darauf zu, ließ meine Füße über den glatten Marmor der Bodenplatten gleiten. Meine Schritte waren kaum hörbar. Und ich wagte in der prunkvollen Umgebung kaum zu atmen.

Der kleine, halbrunde Raum am anderen Ende des Saals enthielt keine Möbel außer einigen zierlichen runden Tischchen, auf denen in feinen, glasierten Schalen Naschwerk stand. Die sechs Frauen, die mich entgeistert anstarrten, lagerten auf Bergen von dicken seidenen Kissen, die locker über den Fußboden verstreut waren, und hatten sich offenbar miteinander unterhalten. Ich erkannte Fatma. »Ich möchte in den Garten«, sprach ich sie an, »zeigst du mir den Weg?«

Die schöne junge Frau öffnete den Mund. Dann, abrupt, drehte sie sich zu ihren Gefährtinnen um und sagte etwas in ihrer Sprache. Die Frauen brachen in Gelächter aus. Fatma wandte sich an mich. »Garten für Sidhi«, erwiderte sie unwirsch, »du nicht in Garten!«

Damit drehte sie sich um und beachtete mich nicht weiter. »Fatma«, setzte ich ein zweites Mal an, »ich möchte …«

Sie warf mir einen geringschätzigen Blick zu. »Geh«, befahl sie mir, »geh weg!«

Sie wollte mir nicht helfen. Sie setzte einfach das Gespräch mit ihren Freundinnen fort, ohne sich um mich zu bekümmern. Sie war die Unhöflichkeit in Person. Ich stand da wie eine Bettlerin, beschämt und missachtet.

Zornig ballte ich die Fäuste. Dann suche ich mir eben meinen Weg selbst, dachte ich. Ich werde den Garten schon finden. Langsam ging ich wieder durch den prächtigen Saal zurück. An seinem anderen Ende, gegenüber dem Eingang zu meinem kleinen Gemach, befand sich noch eine Tür. Sie war nur angelehnt, und ich drückte sie auf. Jetzt stand ich in einem Treppenhaus, deren eine Flucht nach unten, die andere nach oben führte. Ich stieg die marmornen Stufen hinab.

Ich kam nicht weit. Am Fuß der Treppe begegnete ich einem Mann, so groß und dick, wie mir nie ein Mensch unter die Augen gekommen war. Er war ganz in ein langes, blauweiß gestreiftes, hemdartiges Gewand gehüllt. Seinen fassförmigen Leib umspannte ein breiter, rotlederner Gürtel, in dem ein Dolch steckte. Sein Schädel war völlig kahl und glänzte wie poliert.

Als er mich kommen sah, breitete er die Arme aus und versperrte mir den Weg. Seine dicken schwarzen Brauen runzelten sich unwillig. Seine Augen aber blickten milde.

»Lass mich vorbei«, bat ich den Riesen, »ich brauche ein wenig frische Luft – draußen im Garten wird es mir besser gehen …«

Der Riese sagte kein Wort. Er schüttelte nur den kahlen Kopf und deutete mit einer mächtigen Pranke die Treppe hinauf. Dazu grunzte er.

Ich ließ mich nicht so leicht beirren. »Willst du mir etwa verbieten, das Haus zu verlassen?« fuhr ich ihn an. »Sofort gibst du mir den Weg frei, oder …«

Der Riese schüttelte noch einmal den Kopf. Dann packte

er mich am Arm und wies mit der anderen Hand wieder nach oben. Sein Grunzen klang diesmal unerbittlich.

Mich verließ der Mut. Wenn dieser gewaltige Kerl mich nicht hinauslassen wollte, was konnte ich dann tun? Mir blieb nichts übrig, als die Treppe mühsam wieder hinaufzusteigen, während der Riese mir mit unbewegter Miene nachschaute.

Vor dem Eingang zum blauen Saal blieb ich unschlüssig stehen. Vielleicht gab es ja in diesem weitläufigen Gebäude irgendwo einen Söller, von dem ich Ausschau auf das Land halten konnte. Ich sehnte mich so sehr, den freien Himmel zu sehen. Ich musste meiner wirren Stimmung Herr werden.

Erst zögernd, dann entschlossen wählte ich den Treppenaufgang, der in die oberen Geschosse führte. Zwei Absätze weit bestanden die Stufen auch hier aus poliertem Stein. Doch von da ab war die Treppe nur noch eine schmale hölzerne Stiege.

Ich sah mich um. Die Stiege würde ich nicht erklettern. Ich entschied mich dafür, den Korridor entlangzugehen und zu erkunden, ob an seinem Ende nicht irgendwo ein offener Raum war, mit Säulen vielleicht, wo keine Mauern den Blick einengten und die Sonne hineinschien.

Noch immer hatte ich das Gefühl, mich in einem wüsten Traum zu bewegen. Alles um mich her erschien mir unwirklich – die prachtvollen Räume, die marmorne Treppe, die zierlichen Türbögen und selbst das weiche Seidengewand, das ich am Leibe trug. Der riesige Kerl, der mich daran gehindert hatte, frei hinauszugehen, war wie eine Ausgeburt der Fantasie, und die kichernden oder abweisend blickenden Frauen im Geschoss unter mir waren Gestalten aus einem fremdländischen, unheimlichen Märchen.

Vorsichtig arbeitete ich mich den Korridor entlang. Viele schmale kleine Bogentüren mündeten rechts und links. Es war sehr still. Ich sah keine Menschenseele. Nur aus einer der hinteren Türen klang das leise Klimpern eines Saiteninstruments. Jemand spielte die Uth, die ich schon einmal an Königin Alienors Hof gehört hatte.

Ich war bei der Tür angekommen, durch deren grün bemalte Holzbohlen die Töne auf den Korridor drangen. Ich lauschte auf die fremdartige, sanfte Melodie. Derjenige, der da musizierte, war ein Meister – er beherrschte sein schwieriges Instrument vollkommen. Schnelle Tonfolgen perlten und funkelten wie die Wassertropfen des Springbrunnens, den ich in dem Zaubergarten gesehen hatte.

Tränen sammelten sich in meinen Augen. Ich legte die Hand auf die vergoldete Klinke der Tür und drückte sie vorsichtig auf. Mein Blick fiel in ein kleines Zimmer, dessen Wände in mildem, goldgetöntem Rot gehalten waren, und das wie der halbrunde Raum der Frauen mit vielen Kissen ausgestattet war. Allerdings gab es hier auch ein mächtiges, deckenhohes Regal voller Bücher und Buchrollen und ein Schreibpult. Vor diesem Pult, auf einem gepolsterten Bänkchen, saß eine Frau, die die Uth wie ein Kind in den Armen hielt und dem Instrument die wundervollen Klänge entlockte.

Das Haar der Frau war lackschwarz, doch an ihren Schläfen erkannte ich links und rechts breite schneeweiße Strähnen. Sie trug ein seidenes, locker fallendes Gewand in der gleichen sanftroten Farbe, in der die Wände ihres Zimmers bemalt waren. Ihre Hände waren die kleinsten, zartesten und schönsten, die ich je gesehen hatte – sie übertrafen an Feinheit sogar noch Königin Alienors Hände. Ein Wunder aber war, wie diese Feenfinger über die Saiten des bauchigen Instruments glitten – in einer Meisterschaft, die ich mit nichts vergleichen konnte.

Wie gebannt stand ich da und lauschte der Musik. Einmal mehr fühlte ich mich in eine unwirkliche Welt versetzt, in einen Traum, aus dem ich jeden Augenblick aufwachen musste. Ich seufzte leise, und in diesem Moment bemerkte mich die Frau. Sie blickte auf.

Ihre nachtdunklen Augen irrten über mich hin, als sei sie eben selbst aus einem Traum erwacht. Langsam kam sie zum Leben. Sie ließ das Instrument sinken, platzierte es sanft auf eines der vielen Kissen, die neben ihr am Boden lagen, und runzelte die Stirn. »Ich habe nicht nach dir geschickt«, sagte sie mit leisem Unmut. »Was willst du hier?«

Sie hatte schwerfälliges, aber deutlich verständliches Französisch gesprochen. Das erstaunte mich so sehr, dass ich erst einmal um eine Antwort verlegen war. »Ich –« stotterte ich, »ich wollte nur …«

Die Frau klatschte in die Hände. Aus einem Nebengelass huschte eine Dienerin herein und verneigte sich tief. Die Frau sagte ihr ein paar verärgerte Worte in ihrer Sprache. »Man hätte dich nicht herauflassen dürfen«, wandte sie sich dann an mich, »doch da du schon einmal hier bist – setz dich.«

Sie deutete auf eins der Kissen. Ich ahmte die Verneigung der Dienerin nach, murmelte einen Dank und folgte ihrem Befehl. »Es tut mir Leid«, sagte ich, als ich mich niedergelassen hatte, und blickte entschuldigend zu ihr auf, »ich wollte nicht stören – ich wusste nur nicht, wie ich in den Garten oder auf den Söller komme, und Fatma …«

Die Frau hob ihre zarte Hand und schnitt mir mit einer knappen, aber überaus graziösen Bewegung das Wort ab. »Du wirst viele Fragen haben«, sagte sie energisch, »also stelle sie. Ich werde antworten. Danach sage mir, was ich wissen will.«

»Wo bin ich?« platzte ich heraus.

»Im Haus des Musa Ibrahim«, gab die Frau zurück. Ein winziges, spöttisches Lächeln umspielte für einen Wimpernschlag ihre vollen Lippen. »Jussuf der Wächter brachte dich hierher. Er ist ein wahrer Gläubiger. Er tötet keine Frauen – obwohl du ihn angegriffen hast.«

Ich erinnerte mich. Ich hatte Wigalds Dolch gezogen und auf den Anführer unserer Feinde eingestochen. Dann hatte ich einen Schlag auf den Kopf bekommen … Ich atmete tief ein. »Wo liegt das Haus des Musa Ibrahim?« fragte ich beklommen.

»Du bist in Cordoba«, sagte die Frau und musterte mich von oben herab. »Ich sehe schon, dir gehen die Fragen aus. So höre: Du musst nicht um dein Leben fürchten, wie ich es unter deinesgleichen müsste. Mein Herr ist gottesfürchtig. Er beleidigt selbst seine Feinde nicht. Sobald wir wissen, von welcher Herkunft du bist, wird er dich deinen Leuten wieder zurückgeben – gegen ein Lösegeld, wie es der Brauch ist. Da du nun weißt, wer dich beherbergt – wer bist du?«

Sie sah mich forschend an, durchbohrte mich fast mit ihren schwarzen Glutaugen. Plötzlich schossen mir tausend Gedanken durch den Kopf. Ich war unter den Feinden Christi, den ungläubigen Heiden, die Blut tranken. Ich konnte der Frau vor mir kein Wort glauben. Sie wollte meinen Namen wissen, wollte wissen, woher ich kam – warum? Sicher nicht, um mich den Meinen zurückzugeben, wie sie gesagt hatte. Und selbst, wenn das, was sie mir eben versichert hatte, die Wahrheit war – ich wollte nicht zurück an Alienors Hof. Wigald war tot …

»Ich bin Agneta«, murmelte ich, »Freunde und Verwandte habe ich nicht. Mein Gefährte und ich, wir waren auf der Reise nach –«

Die schwarzen Augen blitzten, verdunkelten sich plötzlich noch mehr. Die schmale Hand machte noch einmal die kurze, befehlsgewohnte Bewegung, die mir das Wort aus dem Mund nahm. »Ich sehe, du willst nicht sprechen«, sagte die Frau seltsam ruhig. »Dann verschweige noch eine Zeit lang, was wir früher oder später ohnehin herausfinden werden. Mein Herr hat es mir überlassen, die Frage deiner Herkunft zu klären. Er weiß, warum. Aischa hat ihn niemals enttäuscht.«

Angst packte mich. »Aischa«, flüsterte ich, »was ist Aischa?«

Sie lachte belustigt, wobei eine makellose Reihe weißer Zähne sichtbar wurde. »Ich bin Aischa«, sagte sie, »Musa Ibrahims erste Frau und die Mutter seiner Söhne.«

»Ihr seid die Gemahlin des Hausherrn?« Ich begann zu zittern. »Und er hat mich in Eure Gewalt gegeben? Dann bin ich Eure Gefangene, bis –«

»– bis wir wissen, an wen wir dich ausliefern müssen«, bestätigte die Frau nüchtern. »Doch fürchte nichts. Deine Gefangenschaft wird milde sein. Oder hast du bis jetzt Grund zu klagen?«

Ich schüttelte stumm den Kopf. Ohne dass ich es verhindern konnte, flossen mir plötzlich die Augen über. »Mein

Gefährte«, brachte ich tonlos hervor, »ich wünschte mir, dass er ein christliches Begräbnis ...«

Sie blickte mich kopfschüttelnd an. »Jussuf sah, dass er Christ war«, unterbrach sie mich verärgert, »also hat er ihn nach der Sitte der Christen bestatten lassen. Dein Gefährte war ein guter Krieger und ein überaus würdiger Gegner. Zwei unserer Männer sind von seiner Hand gefallen, aber das weißt du ja.« Ihr Mund verzog sich in leiser Verachtung. »Wünschst du mit einem christlichen Priester zu sprechen? Das soll dir selbstverständlich gewährt werden.«

Ein Damm brach in mir. Ich begann hemmungslos zu weinen. »Aber ich bin im Land des Teufels«, schluchzte ich, »Ihr seid eine Ungläubige ... Ihr dient dem Satan und nicht Gott! Wer mit Euch gemeinsame Sache macht, wird der ewigen Verdammnis anheim fallen ... Wie könnt Ihr mir also Hoffnung auf einen Priester machen – in diesem heidnischen Land?«

Aischa fasste mein Gesicht, drehte es zu sich um und zwang mich, ihr in die Augen zu sehen. »Du redest, wie du's verstehst«, sagte sie spröde, »doch was man dir gesagt hat, ist Lüge. Niemals würde ich dir versprechen, was ich nicht halten kann. Allah verbietet Falschheit.«

»Allah – heißt so Euer heidnischer Götze?« fragte ich mit zitternden Lippen.

Aischa widmete mir ein dünnes Lächeln. »Allah ist Gott«, sagte sie, »und es gibt nur einen – nicht drei, wie die Christen behaupten.«

Mir fiel auf, dass sie viel älter sein musste, als ich sie eingeschätzt hatte. Kleine Fältchen um ihre dunklen Augen bewiesen, dass sie die Vierzig bereits überschritten hatte. Sie war noch immer schön, doch in ihrer Jugend musste sie ein Wunder an Schönheit gewesen sein. Das hatte sie mit Königin Alienor gemeinsam. »Werdet Ihr mir wirklich einen Priester schicken?« fragte ich nach, ohne den Blick von ihr abzuwenden.

»Ich verbiete dir, weiterhin mein Wort anzuzweifeln«, sagte Aischa, »damit beleidigst du mich.« Sie klatschte noch einmal in die Hände und rief ein ungeduldiges Wort in den

Raum hinein. Beinahe augenblicklich erschien die Dienerin mit einem Tablett. Es war aus vergoldetem Holz und mit zwei winzigen Tassen aus dem feinen Ton bestückt, den ich schon bewundert hatte. Die Dienerin stellte das Tablett auf das Schreibpult, verneigte sich schweigend und verschwand wieder aus dem Raum.

Eine heiße Flüssigkeit dampfte in den Tassen. Aischa reichte mir die eine und nahm die andere in die Hand. »Trink«, gebot sie mir.

Ich folgte verwirrt. Die heiße Flüssigkeit roch würzig. »Was ist das?« fragte ich Aischa.

»Menta«, sagte sie. »Genießt ihr sie im Frankenland nicht?«

Ich schüttelte den Kopf. Dann probierte ich das Getränk, und wunderbarerweise erkannte ich es jetzt sogleich. »Pfefferminze«, murmelte ich, »mir war ganz unbekannt, dass sie auch etwas anderes sein kann als Medizin …« Aber noch ein anderes Kraut musste beigemischt sein. Sein Geschmack war aromatisch-bitter, und es hatte eine belebende Wirkung, die ich sehr schnell spürte. Aischa nannte mir den Namen des anderen Krautes nicht, und ich fragte auch nicht nach. Ich fühlte nur, wie mein matter Herzschlag kräftiger wurde und wie mein Kopf sich langsam klärte. Ich genoss das Gefühl.

Als die Tassen ausgetrunken waren, beendete Aischa abrupt unser Gespräch. »Solltest du das Bedürfnis nach einer weiteren Unterredung vespüren«, sagte sie, indem sie mich hinausschickte, »dann komm zu mir. Ich werde dir wieder ein wenig Zeit widmen, falls mir der Sinn danach steht.«

Einige Tage waren vergangen, und ihr hatte der Sinn nicht danach gestanden. Mehrere Male hatte ich in ihren Räumen vorgesprochen, die sie anscheinend ganz allein bewohnte, und die Dienerin, die ich schon kannte, hatte mich mit unfreundlichen Gesten abgewiesen. Fatma und die anderen Frauen, die sich im blauen Saal und den kleinen Räumen an seinem anderen Ende aufhielten, gingen mir aus dem Weg. Sie brachten mir lediglich Wasser zum Waschen, wiesen mir, wo sich die Latrine befand, und brachten mir Speisen. Ansonsten kicherten sie über meine verzweifelten Anstrengungen, mit ihnen zu sprechen, und machten mir durch ihr Verhalten klar, dass sie mich nicht in ihrer Mitte haben wollten.

Es gelang mir auch nicht, das Haus zu verlassen. Der Riese, der die Tür nach draußen bewachte, war unerbittlich. Meinen Versuchen, ihn zu erweichen, war kein Erfolg beschieden gewesen. Und es gab keinen zweiten Ausgang – jedenfalls hatte ich keinen entdeckt.

Ich hatte viel Zeit zum Grübeln. An das steinerne Gitter geschmiegt, das mir aus meinem kleinen blau-gelben Raum wenigstens einen Blick in den Garten gestattete, verbrachte ich Stunde um Stunde tief in meine Gedanken verstrickt. Eigentlich war mit Wigalds Leben auch meines zu Ende gegangen. Ich war in diesem Haus eingesperrt, ohne Hoffnung, jemals den Weg in die Freiheit wieder zu finden. Ich konnte weder vor noch zurück. Königin Alienor und ihr glänzender Hof lagen weit in der Vergangenheit. Ich durfte meine Beziehungen zur Königin von England auf keinen Fall verraten. Musa Ibrahim hätte mich ja sonst an sie ausgeliefert, was ich unbedingt vermeiden musste. Nicht, dass ich Bedauern darüber verspürte. Alienor d' Aquitaine war es schließlich gewesen, die mich in diese ausweglose Lage gebracht hatte. Ich wollte und konnte nicht zu ihr zurück.

Wie leicht wäre es für sie gewesen, mir meinen François zurückzugeben … Dennoch hatte sie ihre eigenen Pläne gefördert und durchzusetzen versucht. Sie trug die Schuld an meinem Unglück und damit auch an Wigalds Tod …

Sie hatte mich betrogen, wie sie ihn betrogen hatte. Sicherlich war sie es gewesen, die ihm Hoffnungen auf eine Verbindung mit mir gemacht hatte. Wäre ich nur noch ein wenig länger in ihrem Gefolge geblieben, sie hätte mich gegen meinen Willen mit Wigald verheiratet – da war ich sicher.

Ich weinte oft. Schon am zweiten Tag mochte ich die Speisen, mit denen ich reichlich versorgt wurde, nicht mehr zu mir nehmen – so köstlich sie auch dufteten. Am dritten Tag entschloss ich mich, gar nicht mehr zu essen. Irgendwann bald musste dann mein Elend ein ganz natürliches Ende nehmen. Ich würde Wigald in den Tod folgen, wie ich ihm, hätte es den Angriff der Bewaffneten nicht gegeben, in die Ehe gefolgt wäre.

Am fünften Tag war ich bereits sehr schwach. Ich lag auf meinem weichen Polsterbett, starrte an die Decke und dachte nichts mehr. Fatma, die ratlos mein unberührtes Speisentablett anstarrte und dann hastig meinen Raum verließ, war mir nicht einmal mehr einen Blick wert. Ich schlief. Wenn ich erwachte, nahm ich einen Schluck Wasser aus dem gläsernen Becher neben meinem Bett. Dann schloss ich die Lider wieder. Dunkelheit und Leere, die mich dahinter erwarteten, waren mir höchst willkommen.

Ich weiß nicht, wie lange ich so in meiner Lethargie verbrachte. Doch irgendwann erwachte ich. Jemand hatte meine Schultern gepackt und schüttelte mich hart. »Komm zu dir«, befahl eine dürre, flach klingende Männerstimme, die keinen Widerspruch duldete, »mach die Augen auf – sofort!«

Ich tat es. Ich blinzelte. In dem grellen Lichtschein, der mich umgab, konnte ich kaum etwas erkennen. Eine lange, schwarze Silhouette war da, ein Mann beugte sich über mich, ein alter Mann mit hageren, eingefallenen Gesichtszügen, die hart wirkten. Die Finger dieses Mannes hielten meine Schultern umkrallt, so fest, dass es schmerzte.

»Ah, sie kommt zurück«, sagte der Mann. »Nun wollen wir sehen, dass wir sie auch hier fest halten.« Er hielt mir einen Becher an die Lippen. »Das muss hinein.«

Er hatte Französisch gesprochen, fehlerfrei und beinahe ohne Akzent. Ich gestattete ihm, mir etwas von dem Inhalt des Bechers einzuflößen. Es war Fleischbrühe. Ich ließ sie wieder aus dem Mund hinausfließen. Sie rieselte über mein Kinn. »Will nicht …« flüsterte ich auf Deutsch.

»Sie wirrd wollen müssen«, sagte der Mann, ebenfalls auf Deutsch und mit einem rollenden R. »Darran führrt kein Weg vorrbei.« Und er zwang mir den Becher von neuem auf.

Ich wehrte mich mit den schwachen Kräften, die mir noch verblieben waren. Der Mann verzog keine Miene. Er ließ von mir ab, setzte den Becher hin und kramte in einer Tasche, die neben ihm auf dem Boden stand. Plötzlich hatte er ein dünnes, doppelt gekrümmtes Rohr in der Hand, an dessen einem Ende ein schnabelförmiger Aufsatz aus Elfenbein zu erkennen war. Das andere Ende war ein Trichter. »Dann muss es eben so gehen«, murmelte der Mann, immer noch in meiner Sprache. Und, an zwei Leute gewandt, die ich nicht sehen konnte, sagte er noch ein paar Worte in der fremden Sprache dieses Landes.

Kräftige Frauenhände fassten meine Oberarme und drückten mich auf das Bett. Der Mann sperrte mir mit der einen Hand gewaltsam den Mund auf, während die andere das Schnabelende des seltsamen Geräts tief in meinen Hals schob. Ein fürchterlicher Würgereiz schüttelte mich, während mir der Mann mit unbewegtem Gesicht den Kopf zurückdrückte und langsam die Brühe in das trichterförmige Ende des Rohres hineinlaufen ließ. Ich spürte, wie die warme Flüssigkeit meine Speiseröhre hinunterrann, ohne dass ich es verhindern konnte. Nach einer Ewigkeit, als der Becher leer war, ließen meine Quälgeister von mir ab.

»Sehrr gut«, sagte der Mann auf Deutsch. Dann nickte er mir zu. Immer noch verrieten seine harten Gesichtszüge keinerlei Gemütsbewegung.

Mir rollten Tränen übers Gesicht. Meine Kehle schmerzte, aber nicht nur, weil das Rohr sie wund gescheuert hatte. Ich war zornig darüber, dass mir dieser fremde Mann Gewalt angetan und mich gezwungen hatte, gegen meinen Willen Nahrung aufzunehmen. »Wie könnt Ihr es wagen?« krächzte ich rau, »ich wollte sterben, und Ihr …«

Der Mann in Schwarz verzog keine Miene. Nur an seinem linken Mundwinkel zuckte ein Muskel. »So schnell stirrbt es sich nicht«, sagte er trocken, »wenn Idrris in der Nähe ist.«

Ich funkelte ihn an. Als ich den Mund öffnete, um ihm weitere wütende Worte entgegenzuschleudern, wurde die Tür aufgerissen, und ein Kind kam ins Zimmer gerannt. Der Junge konnte nicht älter als zehn Jahre alt sein. Seine Kleidung – schillernde, bestickte Seide in strahlendem Blau – verriet seine hohe Stellung. Seine schwarzen Augen waren sorgenvoll. »Idris ...«, begann er, während er sich beinahe unmerklich vor dem Mann in Schwarz verbeugte.

»Nicht jetzt«, unterbrach Idris höflich, aber mit einem unwirschen Ton in seiner knappen Bemerkung, »erstens sollst du mit deinem Lehrer Fränkisch sprechen, und zweitens – du siehst doch, Karim – ich bin sehr beschäftigt.«

Er hatte Französisch gesprochen. Der Kleine machte einen Schmollmund und antwortete in der gleichen Sprache. »Aber kann etwas wichtiger sein als ein Leben, das vielleicht verlischt?«

»Nein«, sagte Idris milde und ging vor dem Kind in die Knie, um auf seiner Augenhöhe zu sein. »Welches Leben ist denn in Gefahr, mein Prinz?«

Der Kleine wischte sich mit einer Hand eine Locke seines dichten, kurz geschnittenen, schwarzglänzenden Haars aus der Stirn. »Das des großen grauen Hundes«, sagte er in fehlerfreiem Französisch, »er will nicht fressen. Was sollen wir nur tun?«

Der Mann, der sich Idris nannte, wiegte den Kopf hin und her. Dann schob er mit einer nachdenklichen Geste die kleine runde Kappe zurecht, die sein Hinterhaupt bedeckte. »Seit wann hat er nicht mehr gefressen?« fragte er aufmerksam.

»Schon seit vielen Tagen«, sagte der Junge betrübt. »Wir haben alles versucht – wirklich, Idris. Wir haben ihm die besten Happen vorgelegt – doch er will sie einfach nicht nehmen. Er sieht uns nur traurig an ...« Seine kleinen Hände umklammerten plötzlich das schlichte schwarze Gewand des Alten. »Er wird sterben, wenn du ihn nicht heilst ...«

»Karim«, Idris machte die kleine Jungenhand sanft von seiner langen Kutte los. In seinen Augen spiegelte sich Sorge. »Woher kommt dein Hund?«

»Von Jussuf«, antwortete das Kind und blickte mit großen schwarzen Augen zu dem Alten auf. »Er machte ihn uns zum Geschenk – und wir haben uns so sehr gefreut!«

»Vielleicht war der Hund schon krank, als er übergeben wurde?«

»Aber nein!« Der Kleine schüttelte wild den Kopf, sodass

seine wuscheligen Locken flogen. »Er war ganz munter, Idris – wirklich! Doch dann …«

Der Mann in Schwarz zog plötzlich eine seiner buschigen grauen Augenbrauen hoch. »Von Jussuf kommt er, sagst du?«

»Ja, ja.« Der Kleine nickte bestätigend. »Jussuf würde uns nie einen kranken Hund schenken!«

»Bring ihn einmal hierher, Karim«, befahl Idris und schenkte dem Kind einen aufmunternden Blick.

»Wirst du ihn heilen?« fragte der Kleine hoffnungsvoll.

»Möglicherweise«, murmelte der Mann in Schwarz, während der Kleine eilig davonhuschte.

29

Idris hatte die beiden alten, tief verschleierten Frauen, die mich fest gehalten hatten, hinausgeschickt. Ich hatte erschöpft dagelegen, den Kopf zur Wand gedreht. Doch ich spürte, dass die Augen des Mannes in Schwarz mich beobachteten, und dieses Gefühl war so unangenehm, dass ich mich ihm schon nach kurzer Zeit wieder zuwandte.

Ich betrachtete ihn meinerseits, was er mit einem Zucken seines linken Mundwinkels quittierte. Es schien ihm nichts auszumachen, dass ich über sein einfaches, schmuckloses Gewand die Nase rümpfte und dass ich ihn über meine Verachtung nicht im Unklaren ließ. Meine Blicke wanderten kalt und abweisend über sein faltiges Antlitz, doch er erwiderte sie mit undurchdringlicher Ruhe und nichts anderem als eben diesem leichten Zucken seines Mundes.

Er hatte kluge Augen. Sie erinnerten mich an die aufmerksamen schwarzen Augen eines Raben. Seine gebräunte Haut war wie altes Leder – unzählige feine Fältchen überzogen sie und machten die wenigen tiefen Furchen um Mund und Nase umso prägnanter. Seine hohe Stirn, von schütterem grau meliertem Haar eingerahmt, war ebenfalls tief gefurcht; besonders die beiden senkrechten Falten über der langen Hakennase hatten sich unauslöschlich eingegraben und verschwanden wahrscheinlich auch dann nicht, wenn er lächelte. Doch ich bezweifelte, dass er dazu überhaupt fähig war. Seine Hände glichen ledrigen Klauen. Aber sie hatten nichts Raubvogelhaftes – im Gegenteil. Eher waren sie von kraftvoller Sanftheit und sicherlich sehr gelenkig und geschickt. Jetzt lagen sie locker ineinander verschränkt in seinem Schoß. Sie sprachen von Mühsal und schwieriger Tätigkeit.

Er hatte sich dem kleinen Karim gegenüber als sein Lehrer bezeichnet. Ich fragte mich, worin er das Kind wohl unterrichtete außer in fremden Sprachen. Außerdem – wenn er ein Ungläubiger war, und er konnte eigentlich nichts anderes sein – wie hatte er selbst die fränkische Sprache gelernt? Er gab mir Rätsel auf.

»Wann mag sie wohl geboren sein?« Idris hatte diesen Satz in den dünnen Bart gemurmelt, der Kinn und Nase umrahmte.

»Meint Ihr mich?« forschte ich und biss mir gleichzeitig auf die Lippen. Ich hatte kein Wort mehr mit dem alten Unhold wechseln wollen.

Sein Mundwinkel zuckte. »Schätze, es war im November oder Dezember«, sagte er nachdenklich, »doch März oder April wären ebenfalls möglich. Vielleicht sogar Juli, August – wenn ich den überheblichen Zornausbruch berücksichtige, mit dem sie mich strafte. Wann mag es also gewesen sein?«

Er hatte wie zu sich selbst gesprochen, den Blick auf seine Hände gerichtet. Mit keinem Wort war er auf meine Zwischenfrage eingegangen. Ich sträubte die Stacheln. »Falls Ihr mich meint – ich bin im Dezember geboren«, sagte ich und ballte trotz meiner Schwäche die Fäuste, »gut eine Woche vor dem Heiligen Christfest … aber das sagt einem Heiden ja nichts.«

Sein Mundwinkel zuckte stärker. »Ah – ich dachte es mir«, brummelte er. »Ein Feuerzeichen musste es jedenfalls sein. Hätte ihre Sonne im Zeichen des Stiers, des Steinbocks oder der Jungfrau gestanden – sie hätte sich kaum so widerspenstig verhalten, und auch die Wasser- oder Luftzeichen legen weniger Unvernunft an den Tag, als vielmehr Furcht …«

Ich brauste auf. »Ihr wollt mir Unvernunft unterstellen? Da habt Ihr Unrecht. Mein Mond, meine Venus und mein Mercurius stehen alle in Erdzeichen. Aber woher solltet Ihr wissen, was das zu bedeuten hat – alter Narr!«

Seine Augen blitzten auf. Für einen Herzschlag hatte ich den Eindruck, als wolle er laut auflachen. Doch das lustige Funkeln in seinem Blick verschwand sofort wieder. »Sie hat also den Mond in einem Erdzeichen«, sagte er langsam, »vermutlich in der Jungfrau, wo meine Sonne steht. Das lässt hoffen.«

»Worauf?« Ich verstand den Alten immer weniger. Soeben hatte ich ihn schwer beleidigt, und er reagierte überhaupt nicht darauf. »Was soll dieses dumme Frage- und Antwortspiel?«

»Sie ist ungeduldig«, sagte Idris und zuckte mit dem Mundwinkel, »doch da sie denken kann – der Mond in der Jungfrau gibt ihr immerhin diese Fähigkeit –, wird sie es bald selbst herausfinden. Zuerst muss sie wieder zu Kräften kommen.«

Er redete, als sei ich gar nicht da. Er ignorierte meinen Unwillen. Mein ganzer Stolz rebellierte gegen diese abwertende Behandlung. Ich versuchte mich aufzurichten. »Wenn Ihr nicht andere Töne anschlagt«, sagte ich, »dann –«

In diesem Augenblick schwang die Tür auf, und der kleine Karim trat wieder ins Zimmer. In seinem Kielwasser, taumelnd, aber dennoch an der Leine zerrend, drängte Silber in den Raum. Der junge Diener, der ihn führte, konnte ihn kaum halten.

Er war zum Skelett abgemagert. Sein graues Fell hatte jeden Glanz verloren. Seine Rippen standen hervor. Doch er hielt die Nase hochgereckt, sog die Luft tief ein und tat dann winselnd einen ungeschickten Sprung auf mich zu. Vor meinem Lager ließ er sich auf den Bauch fallen, während er leise aufheulte und anfing, wild meine Hand zu lecken.

Jetzt gelang es mir, mich aufzusetzen. In übergroßer Freude kraulte ich Silber den zottigen Kopf. Ich hatte ihn für tot gehalten. Meine letzte Erinnerung an ihn war der Augenblick, als ich gesehen hatte, wie einer der bewaffneten Angreifer auf ihn einzuschlagen begann.

»Mein trauter Gesell«, flüsterte ich fassungslos, »mein guter, guter Hund – du bist noch da! Du bist noch am Leben!«

Silber winselte laut. Seine braunen Augen waren auf mein Gesicht geheftet. Pure Glückseligkeit leuchtete in ihnen. Seine nasse Zunge fuhr wieder und wieder über meine Hand. Er zitterte, hechelte, freute sich unmäßig.

Der kleine Karim stand mit verwundertem Blick daneben und verstand nichts. »Idris«, fragte er erschrocken, »was hat er? Tut ihm etwas weh, dass er so jammervoll heult?«

»Jetzt nicht mehr, mein Prinz«, sagte der Alte. »Er wird wieder fressen. Aber du musst ihn hier lassen.«

»Bei dieser fremden Frau?« Karim machte ein betroffenes Gesicht.

»Ja, mein Prinz«, gab Idris ruhig zurück, »wenigstens ein paar Tage, bis er wieder bei Kräften ist.«

»Dann bitten wir uns aus, ihn besuchen zu dürfen, wann immer wir wollen – auch wenn es der Frau nicht recht ist!« Der kleine Karim funkelte Idris mit seinen schwarzen Kirschenaugen fordernd an. »Wir ertragen es nicht, von unserem Hund getrennt zu sein!«

Idris nickte und machte eine knappe, hölzerne Verbeugung, während er die mageren Hände vor der Brust zusammenlegte. »Euer Wunsch ist uns verständlich, und wenn Musa Ibrahim nichts dagegen einzuwenden hat, dann sehe ich keinen Grund, warum der Hund nicht besucht werden sollte.«

»Mein Vater wird es uns ganz sicher erlauben«, sagte Karim im Brustton der Überzeugung. »Noch nie hat er uns einen Wunsch abgeschlagen – das ist allgemein bekannt.«

Idris nickte ernst. »Wir werden ihn dennoch um Erlaubnis bitten«, sagte er, »das erfordert die Höflichkeit. Einstweilen –«, er deutete auf Silber und mich, »soll man der Frau und dem Hund Nahrung bringen.«

»Besonders dem Hund«, bekräftigte Karim, »die Frau ist lange nicht so wichtig.« Er warf mir einen dunklen Blick zu. Dann fasste er seinen alten Lehrer an der Hand und zerrte ihn zur Tür. »Komm nun«, drängte er, »bevor Musa Ibrahim sich zur Ruhe begibt!«

Das ungleiche Paar verschwand aus dem Raum. Ich schaute dem kleinen Prinzen und dem alten Idris nicht einmal nach. Ich hatte nur Augen für Silber, der so entkräftet neben mir lag und immer noch vor Freude winselte. Bringt ihm schnell etwas zu fressen, dachte ich, mein guter Kamerad hat lange genug um meinetwillen gefastet.

Der kleine Prinz brachte das Futter selbst. Im Handumdrehen war er wieder da, diesmal in rote Seide gekleidet, und stellte Silber eine randvolle Schüssel hin, die ein Diener in demütiger Haltung hinter ihm hereingetragen hatte.

Karim schickte den jungen Mann mit einer ungeduldigen Handbewegung wieder hinaus. Dann baute er sich breitbeinig vor dem Hund auf und beobachtete ihn gespannt.

Silber rührte die appetitlich duftenden Fleischbrocken nicht an. Er hielt den Blick auf mein Gesicht gerichtet und leckte noch immer mit sanftem, glückseligem Winseln meine Hand.

Der Kleine kniete sich nieder, nahm einen Happen aus der Schüssel und hielt ihn Silber unter die Nase. Leise, bittend sagte er etwas in seiner Sprache.

Ich musste über die kindlich-besorgte Miene des Prinzen lächeln. »Ihr müsst deutsch mit ihm reden«, forderte ich ihn in französischer Sprache auf, »sonst versteht er kein Wort.«

Der Kleine hob den Kopf und sah mich überrascht an. Seine gerunzelten Augenbrauen verrieten auch ein wenig Unwillen. »Woher willst du das wissen, fremde Frau«, sagte er mürrisch, »und woher weißt du, dass ich diese Sprachen kenne?«

»Nun«, gab ich lächelnd zurück, »Euer Lehrer, Idris, verriet mir zumindest, dass Ihr Französisch sprecht. Vielleicht habt Ihr dann auch einige Kenntnisse im Deutschen.«

Der Kleine nickte ernsthaft. »Unser hochverehrter Mentor wollte, dass wir diese Sprache lernen«, sagte er, während seine Stirn sich verdüsterte, »doch sie ist allzu schwierig. Die Deutschen sind mir von allen Ungläubigen die am wenigsten vertrauten.« Er stupste Silber mit dem Futterbrocken an die Nase. »Da«, sagte er in rauem, kehligem Deutsch, »nimm!«

Silbers Ohren zuckten. Für den Bruchteil eines Herzschlages drehte er den Kopf zu dem Jungen um und schnupperte an dem Futterstück. Dann, beinahe widerwillig, wandte er sich ab und sah wieder mich an, während er seine Ohren flachlegte und sich näher an mich heranschob.

»Er liebt mich nicht«, murmelte der kleine Prinz, ins Französische zurückfallend. Seine Stimme klang bekümmert und beleidigt zugleich. »Dabei sollte ein Hund doch seinen Herrn lieben – unter allen Umständen!«

»Vielleicht erkennt er Euch nicht als seinen Herrn an«, sagte ich. Plötzlich verspürte ich Mitleid mit dem Jungen. »Er war ja schon erwachsen, als er zu Euch kam.«

Der Prinz hob den Blick zu mir. »Ein Hund sollte seinen Herrn lieben«, wiederholte er störrisch, »so habe ich es gelernt. Mein Vater sagt das – und er hat sich noch niemals geirrt.«

Ich griff in die Futterschüssel und nahm meinerseits ein Stück gesottenes Fleisch heraus. »Das ist für dich, Silber«, sagte ich zu meinem Kameraden, »friss – du brauchst nun keinen Kummer mehr zu haben.«

Silber schnüffelte. Dann griff er gierig zu. Er nahm sich nicht die Zeit, zu kauen, sondern schlang den Brocken in einem Stück hinunter. Der kleine Prinz sah es mit aufgerissenen Augen.

Ich reichte Silber noch ein paar weitere Brocken, die er heißhungrig schluckte. »Nun füttert Ihr ihn«, forderte ich dann den Jungen auf.

Der Kleine hielt Silber das verschmähte Stückchen noch einmal hin. Silber wandte sich ab. Sein hellbrauner Blick hing an mir, fragend – als wolle er erst um Erlaubnis bitten.

In den schwarzen Augen des kleinen Prinzen sammelten sich plötzlich Tränen. »Dich mag er mehr als mich«, flüsterte er mit dünner Kinderstimme. »Warum tut er das? Ich bin ihm doch so gut …«

Sein Kummer rührte mich. Ich konnte nicht anders – ich musste dem Jungen über das schwarzgekrauste Lockenhaar streicheln. »Er tut es, weil er mir gehört«, sagte ich tröstend. »Wie Ihr selbst bemerkt habt, muss ein Hund seinen Herrn lieben – oder seine Herrin. Unter allen Umständen.«

Der Prinz wich meiner streichelnden Hand mit einer stolzen Kopfbewegung aus. »Unterlass das«, brauste er auf, »ich bin kein Kind mehr! Und ich befehle dir jetzt, unseren Hund für uns zu füttern. Wenn es ihm besser geht, wird er schon begreifen, wem er gehört.«

Ich zog die Hand zurück und verkniff mir ein belustigtes Lächeln. »Ich könnte Silber befehlen, Futter von Euch anzunehmen«, schlug ich vor.

»Wirklich?« Der Kleine war wieder ganz Kind. »Und würde er es tun?«

»Ja, natürlich.« Ich nickte ihm zu.

In den Kohleaugen des Jungen leuchtete Begeisterung. »Sag es ihm«, drängte er ungeduldig, »sag es ihm – ich befehle es dir!«

»Ihr müsst ihm das Stück hinhalten«, forderte ich den Kleinen auf. Der Prinz tat es erwartungsvoll. »Du darfst es nehmen«, gebot ich Silber, der an dem Happen schnupperte, »er ist ein Freund.«

Silber schnappte nicht einfach zu, wie er das bei mir getan hatte. Er nahm den Bissen sachte, ganz sachte aus den Fingern des Kindes an. Mit einem Blick, der so etwas wie Verlegenheit ausdrückte, kaute er das Stück Fleisch gründlich durch, bevor er es hinunterschluckte. Dann sah er mich erwartungsvoll an. »Weiter, mein guter Hund«, feuerte ich ihn an, »friss, so viel du willst!«

Der kleine Prinz hielt ihm einen neuen Brocken hin, den Silber diesmal ohne weiteres akzeptierte. Immer mehr Futterstücke verschwanden nun aus der Schüssel; der Junge konnte sie Silber gar nicht so schnell anbieten, wie der Hund sie verschlang. Nach ganz kurzer Zeit, als der Napf leer war, hob der kleine Prinz mir ein erhitztes, glückstrahlendes Gesichtchen entgegen. »Wie hast du ihn vorhin genannt?« wollte er wissen.

»Sein Name ist Silber«, gab ich Auskunft.

»Bedeutet das Wort irgendetwas?«

»Aber ja. Silber – das ist das weißgraue Metall, aus dem man Münzen schlägt oder Schmuck macht.«

»Ich verstehe.« Der kleine Prinz nickte ernsthaft. »Ein guter Name. Hast du ihm den gegeben?«

»Ja – als er noch ein kleiner Welpe war«, antwortete ich. Mit einem Mal stand Rabenstein vor meinem inneren Auge, den himmelhohen Bergfried dräuend aufgereckt und von dunklen Wäldern umgeben. Ich musste schlucken. Meine Hand, die Silber kraulte, begann zu zittern.

»Dir ist nicht wohl«, sagte der Kleine altklug. »Du solltest nun auch etwas zu dir nehmen. Wir hatten doch angeordnet, man solle auch dir Nahrung bringen. Ich frage mich wirklich, warum das noch nicht geschehen ist …«

Er stand auf, richtete seine prächtige Tunika und klatschte in die Hände.

Der Diener, der die Hundeschüssel getragen hatte, erschien beinahe augenblicklich. Er musste an der Tür gewartet haben. Vor dem Kleinen blieb er stehen, verneigte sich tief und kreuzte die Hände vor der Brust.

Der Prinz sagte einige zornige Worte in seiner Sprache. Der Diener huschte eilig hinaus. »Er wird Prügel kriegen, wenn ich das unserem Vater melde«, murmelte der Prinz. »Ich weiß noch nicht, ob ich es tun werde.«

Die sonderbare Mischung, in der er befehlsgewohntes Verhalten und die Überheblichkeit eines verwöhnten Kindes zur Schau stellte, brachte mich zum Schmunzeln. »Ihr werdet Gnade walten lassen«, sagte ich, »das ist doch klar.«

»Wahrscheinlich«, stimmte mir der Kleine zu. »Idris sagt, erst die Fähigkeit, Gnade zu erweisen, zeichnet einen wahrhaften Mann aus.« Er blies die Backen auf. »Gibt es hier eigentlich keine Frauen, die bedienen? Wenn unser Hund hier bleiben soll und du ihn fütterst, dann geht es nicht an, dass du …«

Die Tür öffnete sich. Der Kleine verstummte mitten im Satz. Herein kam der Diener, der vor Augenblicken so schnell davongeeilt war. Er brachte ein Tablett mit Speisen, die offensichtlich für mich bestimmt waren. Hastig, doch mit äußerster Umsicht stellte der junge Mann das Tablett auf den kleinen runden Tisch an meiner Seite und verneigte sich tief vor dem kleinen Prinzen, wie ich es schon gesehen hatte.

»Das war dein Glück, dass du dich so gesputet hast«, sagte der Junge und musterte den Diener mit einem strengen, aber wohl wollenden Blick. »Geh nun – doch halte dich zu meiner Verfügung.«

Ich musste an mich halten, um nicht zu kichern. Was der Kleine eben gesagt hatte, klang ganz so, als habe er es einem Erwachsenen – vielleicht seinem Vater – nachgesprochen. Auch Haltung und Mimik wirkten einstudiert, als er den Diener mit einem Wink seiner Kinderhand hinausschickte.

»Nun lasst uns sehen, was man dir zubereitet hat«, sagte er, als der Domestik verschwunden war, »es sieht gut aus – und es wird sicher auch gut schmecken. Ich versuche einen Bissen für dich.«

Er langte mit zwei Fingern in eins der Schüsselchen. »Teigtaschen«, murmelte er, »und gebratene Tauben. Das ist das Richtige für eine Kranke – sagt Idris.«

»Idris scheint alles zu wissen«, bemerkte ich mit einem Anflug von Spott.

»O ja«, bestätigte der kleine Prinz ernsthaft und nickte energisch, »das ist wahr. Sein Name ist weithin berühmt. Nicht umsonst hat unser verehrter Vater ihn überredet, uns zu unterrichten. Man nennt ihn sogar El Raschid.«

»El Rashid?«

»Den Weisen«, erklärte der Kleine. Dann setzte er sich unbefangen an meiner Seite auf den Boden. Den Arm um Silbers Nacken legend verkündete er: »Ich mag sehr gerne Taube – und noch lieber Teigtaschen. Ich werde an deiner Mahlzeit teilnehmen.«

»Das ehrt mich.« Ich deutete eine leichte Verneigung an und unterdrückte ein Kichern. »Ich hatte nicht vor zu essen.«

»Oh!« Der Kleine schien verwirrt. »Aber es ist wirklich sehr gut …« Er nahm eins der delikaten Häppchen, die ich schon zu kennen glaubte, betrachtete es, nickte und streckte den Arm vor. »Versuche!«

Er bot mir den Bissen so reizend an, dass ich ihn nicht enttäuschen mochte. Gehorsam ließ ich mir die Teigtasche in den Mund stecken. »Ja, Ihr habt Recht«, sagte ich kauend, »so gute Speisen sollten gewürdigt werden.«

»Nicht wahr?« Er strahlte mich an. Seine schwarzen Augen lächelten zufrieden, während er sich selbst aus der Schüssel bediente. Einen Augenblick blieb es still zwischen mir und ihm. Dann, ganz ohne Übergang, fragte er: »Woher kommst du – und wann bist du geboren?«

Ich konnte meine Überraschung kaum verbergen. »Warum wollt Ihr das wissen?«

»Nun –«, er mümmelte hastig, schluckte und fuhr dann

mit leerem Mund fort: »Idris el Raschid bat mich, es für ihn herauszufinden. Er ist unser verehrter Lehrer, wie du weißt. Darum schlage ich ihm niemals eine Bitte ab. Also?«

»Ist es nicht vielmehr Eure Mutter, die das wissen will?« Ich sah Aischa geradezu vor mir. Wie klug, das Kind vorzuschicken und auf seinen Charme zu vertrauen!

»Meine Mutter ...« Der Kleine blickte verwirrt und plötzlich bekümmert. »Nein, sicher nicht.«

»Hat Aischa Euch nicht vielmehr abgefordert, meine Herkunft festzustellen?«

Der Kleine blickte mich ernst an. »Aischa ist nicht unsere Mutter«, sagte er nachdrücklich, »wir sprechen nur selten mit ihr.«

»Aber wenn dein Vater Musa Ibrabim ist, dann ...« Ich wusste nicht weiter. »Wie verträgt sich das?« fragte ich verwirrt.

Der Prinz lächelte melancholisch. »Aischa ist meines ehrenwerten Vaters erste Frau. Unsere Mutter dagegen hieß Nasrin ...«

Er war also ein außerhalb der Ehe gezeugtes Kind. Ich verstand endlich. »Deine Mutter ist demnach –«

»– meines ehrenwerten Vaters zweite Frau gewesen«, führte der Kleine meinen Satz zu Ende und stürzte mich damit wieder in Verwirrung.

»Aber seine erste Frau, Aischa – sie lebt ja noch«, murmelte ich befangen, »und sie wohnt in diesem Haus. Hat er sich von ihr getrennt und lässt sie dennoch unter seinem Dach bleiben?«

Der Junge sah mich mit großen, verständnislosen Augen an. »Warum hätte unser ehrenwerter Vater sich von ihr trennen sollen?« fragte er. »Musa Ibrahim nahm lediglich noch eine zweite Frau – unsere Mutter Nasrin.« Er senkte den Kopf. »Wir haben sie nie kennen gelernt – sie ist zu Allah gegangen, als wir erst wenige Stunden auf dieser Welt waren. Doch im Paradies werden wir sie einst wieder sehen. Unser Vater sagt, sie sei jetzt eine der schönste Huri, die dort lustwandeln ...«

Ich verstand nichts von dem, was das Kind sagte. »Ihr

meint, Euer Vater hatte zwei Frauen zur gleichen Zeit?« fragte ich fassungslos.

Der Kleine hob den Kopf mit einem Ruck. »Es ist wahr, dass er nur zwei zur Ehe genommen hat«, stieß er beleidigt hervor, während er mich mit funkelnden Blicken anstarrte, »doch er könnte sich weit mehr Frauen leisten. Sein Vermögen ist groß genug für vier. Aber er liebte unsere Mutter zu sehr, um noch eine andere nach ihr zu nehmen. Darum –« er hielt inne und senkte den Kopf wieder. »Wir hätten es nicht anders gemacht«, fügte er tonlos hinzu.

Ich schluckte. Es dauerte eine Weile, bis ich verstanden hatte, was er meinte. Es war empörend. »Aber Aischa«, fragte ich vorsichtig, »was ist mit Aischa?«

Der kleine Prinz zuckte die Achseln. »Was soll mit ihr sein? Sie ist alt, sie ist klug. Wir sehen sie selten, aber das habe ich ja schon gesagt.«

»War sie nicht eifersüchtig auf Eure Mutter, als sie noch lebte?«

Er hob noch einmal die Schultern. »Ich glaube nicht«, murmelte er, »warum hätte sie das sein sollen? Sie kommt aus einer sehr vornehmen Familie. Sie ist die Erste. Mahmud und Mustafa werden unseres Vaters Haus in Ehren fortführen.«

»Mahmud und Mustafa?«

»Unsere Brüder. Aischas Söhne.« Sein Blick war von langen schwarzen Wimpern umschattet. »Sie sind die Erben. Wir haben nichts zu befürchten.«

Darin glaubte ich ihn zu verstehen. »Nun – sie hat Euch wenigstens die Mutter ersetzt«, murmelte ich. »So hatte es doch sein Gutes, dass Euer Vater mit zwei Frauen gleichzeitig verheiratet war.«

Der Kleine gab keinen Kommentar dazu. Er sah mich mit undurchdringlichem Blick an und machte plötzlich ein besorgtes Gesicht. »Du isst ja gar nicht«, sagte er.

»Ich habe keinen Appetit«, erwiderte ich.

»Idris sagte –« begann das Kind.

»Ja, ja.« Etwas in mir wehrte sich dagegen, jetzt über den Mann in Schwarz zu sprechen. »Aber –«

Der Kleine ließ mich nicht ausreden. Er hatte ein weiteres Teigtäschchen aus der Schüssel aufgenommen und steckte es mir einfach in den Mund. »Nun zu meiner anfänglichen Frage«, sagte er und sah mich dabei mit den Augen eines Erwachsenen an, »sagst du mir, wann du geboren bist und woher du kommst?«

»Nein«, murmelte ich mit vollem Mund. Es war zu gefährlich, diese Dinge weiterzugeben. Idris hatte wahrscheinlich nichts Eiligeres zu tun, als seine Kenntnisse an Aischa weiterzugeben. Schließlich war er ein Diener ihres Hauses.

»Wenigstens Jahr und Tag deiner Geburt«, verlangte der Kleine zu wissen. »El Raschid möchte dein Horoskop stellen – und dafür braucht er ...«

»Das kann er sich sparen«, unterbrach ich. »Ich kenne mein Horoskop – und einen Fremden geht es nichts an. Außerdem, hätte man mir nicht meine Gewänder und mein Reisegepäck genommen, ich könnte Eurem Lehrer das fertige Horoskop zeigen – wie auch viele andere.«

Warum hatte ich das gesagt? Am liebsten hätte ich meine unbedachten Worte zurückgenommen. Doch meine persönlichen Dinge waren ja verloren. Ich hatte also keins von meinen Geheimnissen preisgegeben.

Der Kleine heftete seine dunklen Augen auf mich. »Deine Sachen ...« murmelte er gedankenverloren, »wir werden Jussuf fragen, ob er sie noch hat. Wir dulden nicht, dass man dir dein Eigentum wegnimmt. Wir dulden es nicht!«

Den letzten Satz hatte er zornig ausgesprochen. Seine Augen funkelten in lebendigem Glanz, während er mich intensiv anschaute. Da erklang, vom lauen Wind durch das Fenstergitter herbeigetragen, ein leiser, klagender Ruf in der Stille. Eine ferne Männerstimme sang, wiederholte mehrmals die lang gezogenen Worte.

Der Prinz sprang vom Boden auf. Hastig ordnete er seine wundervolle rotseidene Tunika und fuhr sich durch die krausen Haare. »Wenn wir wieder kommen, wollen wir leere Schüsseln sehen«, sagte er und deutete auf das Speisetablett. »Wir wollen, dass den Anordnungen des ehrwürdigen Idris Folge geleistet wird. Hast du das verstanden?«

Seine Art, den Herrn zu spielen, zwang mir ein unfreiwilliges Lächeln ab. »Ich will's versuchen«, erwiderte ich, »doch ich kann nicht versprechen …«

»Keine Widerrede«, sagte der Kleine, indem er hinausging, »es ist ja nicht mehr viel. Nach dem Abendgebet kehren wir zurück – um nach unserem Hund zu sehen. Du hast also genügend Zeit, um aufzuessen. Solltest du es nicht schaffen – gib Silber den Rest. So war doch sein Name?«

Ich konnte noch nicken. Dann war der Prinz hinausgehuscht.

Er hatte mich bezaubert. So ablehnend ich dem alten Mann gegenüberstand, der sein Lehrer war – hochverehrt, wie der Kleine gesagt hatte –, so weit hatte sich mein Herz diesem Kind geöffnet. Vor allem hatte der Prinz meine Neugier geweckt. Ich wollte mehr erfahren über sein Leben, seine Familie, sein Land.

Bevor ich mich matt in die Kissen zurückfallen ließ, nahm ich in lächelndem Gehorsam noch einige Bissen von den Speisen, die mir zugedacht waren. Den reichlichen Rest bot ich Silber dar, der alles gierig verschlang und sich dann dicht neben meinem Bett niederlegte.

Ich musste traumlos geschlafen haben. Als ich erwachte, fielen die Sonnenstrahlen tief durch das steinerne Gitter meines Fensters herein. Über mich gebeugt erkannte ich den alten Idris, der mich mit scharfem Blick beäugte. »Sie hat geruht«, brummelte er, während er sich über den schütteren Bart strich, »das gefällt mir wohl. Und sie hat auch gegessen – nun muss ich sie der Pein des Schlundrohres nicht noch einmal unterziehen.«

Er hatte wieder geredet, als sei ich nicht im Zimmer. Ich blitzte ihn an. »Wie kommt Ihr dazu, einfach hier hereinzuschneien? Ihr seid ein ganz gerissener Schurke, den kleinen Prinzen vorzuschicken, um mir Dinge zu entlocken, die ich nicht verraten will!«

Idris lächelte. Das Lächeln kam wie ein Wunder über sein faltiges Gesicht und verschwand sogleich wieder, als sei es nie da gewesen. Beinahe wirkte seine Miene verlegen, als er auf seine sonderbare Weise antwortete: »Sie wird es auch ihm nicht verraten haben – so viel ist gewiss. Doch eines hat sie erwähnt. Ihre persönlichen Dinge …«

Der Kleine kniete neben Silber am Fußboden. Er trug wieder das satte Blau vom Vormittag. Bei Idris' Worten hatte er aufgeschaut und fasziniert das Antlitz des alten Mannes betrachtet. Nun stand er auf, heftete den Blick auf mich und sagte begeistert: »Nun ist es ganz sicher, dass alles zur Zufriedenheit gehen wird, anders als mein hochverehrter Lehrer anfangs meinte!«

Ich sah das Kind betroffen an. »Zu wessen Zufriedenheit?« fragte ich.

»Unser hochverehrter Lehrer hat gelächelt«, klärte mich der kleine Prinz auf, »und deine persönlichen Dinge sind noch da. Jussuf hat keinen Käufer dafür gefunden. Man wird sie dir zurückgeben.«

»Doch nicht, bevor man Einsicht genommen hat«, gab ich zurück und sah den Alten abweisend an. »Ist diese Annahme richtig?«

Idris Mundwinkel zuckte. »Sie hat ein starkes, überaus starkes Horoskop«, sagte er. »Sie kann viel ertragen, doch die schwere Zeit wird bald vorüber sein.«

Er deutete auf meine Satteltasche, die in der Ecke des Zimmers auf dem Boden stand. »Sie wird nachsehen, ob noch alles vorhanden ist«, fügte er hinzu, »und sie wird feststellen, dass nichts fehlt. Nicht einmal das hübsche kleine Gedicht auf dem schlechten Pergament …«

Ich fuhr auf. »Ihr seid ein böser Mensch! Wie konntet Ihr lesen, was Euch doch ohnehin nicht interessiert! Ungläubiger Heide – Gott soll Euch in die tiefste Hölle verdammen!«

»Da sie gerade von Gott spricht«, sagte Idris gelassen und ließ seinen unbewegten Blick auf mir ruhen, »die Erste Frau Aischa hatte einen christlichen Priester bitten lassen, die fremde Frau zu besuchen. Doch der Priester, ein dummer, ungebildeter Mensch von schlechten Manieren, weigerte sich, dieses Haus zu betreten. Er wolle seine Seele nicht verunreinigen, nur um irgendeiner Christin die Beichte abzunehmen, sagte er.«

Ich starrte ihn ungläubig an. »Ihr lügt«, stammelte ich, »ein Mann der Heiligen Kirche hat die Pflicht ...«

Der kleine Prinz mischte sich ein. »So solltest du nicht mit meinem hochverehrten Lehrer sprechen«, sagte er und warf mir einen strengen Blick zu. »Er lügt niemals. Außerdem haben wir bereits bei unserem Vater die Erlaubnis eingeholt, dich zu einem Gotteshaus der Christen zu begleiten. Auf diese Weise wird der Hund seinen Auslauf bekommen, denn –« er schaute besorgt zu Silber hinunter, der neben mir am Boden lag, »er will uns nicht folgen. Er folgt nur dir, sagt unser hochverehrter Lehrer.« Er tätschelte Silber den Nacken. »Wir müssen dafür sorgen, dass es ihm gut geht«, schloss er seine Rede.

Ich sollte eine Messe besuchen dürfen. Ich hätte den Kleinen umarmen können. Das Kind hatte bewirkt, dass ich einen kleinen Teil meiner Freiheit zurückbekam. Ihm war es dabei zwar in erster Linie um Silber zu tun gewesen. Doch das konnte mir gleich sein. »Wann«, fragte ich, »wann darf ich das Haus verlassen?«

Der linke Mundwinkel des alten Idris zuckte. »Sie wird noch ein paar Tage hier bleiben müssen«, sagte er ruhig, »denn sie ist jetzt zu schwach. Gute Speisen werden sie bald wieder zur Gesundheit zurückbringen. Bis dahin ...«

»Ich bin nicht zu schwach«, widersprach ich heftig. »Ich kann sehr gut gehen – seht nur!« Damit setzte ich mich im Bett auf und schwang die Beine auf den Fußboden.

Sogleich wurde mir schwarz vor Augen. Der Schwindel, der mich ergriff, zwang mich auf das Lager zurück. Er war so mächtig, dass ich die Stimme des Jungen wie Wasserrauschen vernahm: »Idris – was hat sie? Du sagtest doch, sie sei bald wieder ...«

»Sie wird, sie wird, mein Prinz«, antwortete die Stimme des Alten ganz sanft. »Besucht sie weiterhin, aber immer nur einer auf einmal, damit es sie nicht zu sehr anstrengt. Ihr habt einen guten Einfluss – beinahe einen besseren als gutes Essen und Trinken. Zwei, drei Tage, dann werdet ihr gemeinsam spazieren gehen können.«

»Und Silber?« fragte der Kleine besorgt, »er muss laufen

können! Jussuf sagt, er sei ein Jagdbund, der viel Bewegung braucht ...«

»So ist es, Karim«, gab der alte Idris zurück. »Doch er hat jetzt, was er viel dringender brauchte. Später, wenn die fremde Frau wieder wohlauf ist, wird er noch genügend rennen können. Bis dahin gilt unsere Sorge ihr.«

»Ja«, sagte der Kleine gehorsam. Ich hörte, wie sie das Zimmer leise verließen.

30

An diesem Abend kam niemand mehr zu mir. Die Sonne sank in einem Farbenrausch aus Gold und Rot, und mein Blick blieb auf das Gitter meines Fensters geheftet, bis das Licht sich von dunklem Violett zu Nachtblau gewandelt hatte.

Ich war sterbensmüde. Doch meine Gedanken ließen mich nicht zur Ruhe kommen. Allzu viel drängte in mein Bewusstsein, jetzt, da ich – halb freiwillig, halb unter dem sanften Zwang des kleinen Karim – den Weg in den Hungertod verlassen hatte und mich ins Leben zurückbewegte.

Wie würde dieses Leben aussehen? Gab es eine Möglichkeit, aus Musa Ibrahims Palast zu fliehen und den Weg in die Zukunft zu finden? Welche Zukunft konnte das überhaupt sein? Plötzlich, noch während diese Frage in mir aufstieg, sah ich Wigalds Antlitz vor mir. Er hatte mir, der Ausgestoßenen, eine Zukunft geboten. Jetzt lag das, was hätte sein können, im Dunkel der Vergangenheit.

Es war so still. Ich setzte mich auf, zog die seidene Bettdecke bis unters Kinn und weinte. Silber schob seinen struppigen Kopf auf meinen Schoß, als wolle er mich trösten, doch seine Gegenwart half mir nicht. Niemals würde ich mir verzeihen können, dass ich Wigald in den Tod gelockt hatte.

Königin Alienor würde natürlich nach ihrem Vasallen und nach mir suchen lassen. Ich sah auch sie vor mir – in stolzer Haltung, kühl und immer noch schön trotz ihrer Jahre. Ich sah sie Briefe schreiben, Kuriere aussenden, Beziehungen nutzen, Fäden ziehen. Ihre Tochter, die junge Alienor von Kastilien, würde sicher Himmel und Hölle in Bewegung setzen, um ihrer mächtigen Mutter zu Diensten zu sein. Und wenn ich gefunden war, würde Alienor einen neuen Mann finden, dem sie meine Hand antragen konnte. Sie würde befehlen – und man würde ihr selbstverständlich gehorchen. Das war immer so gewesen, seit Menschengedenken.

Ich konnte nicht abstreiten, dass sie nur mein Bestes gewollt hatte. Wigald of Uxbridge wäre ein wunderbarer Gemahl geworden. Alienor hatte gut für mich gewählt. In ihren Augen war ein freier Herr aus altem angelsächsischem Geschlecht einem kleinen Wanderscholaren bei weitem vorzuziehen, und sie hatte darauf gezählt, dass ich dies eines Tages auch so sehen würde.

Ich erschrak. Ich presste die Hand auf den Mund. Eigentlich hatte die Königin von England und Herzogin von Aquitanien das Spiel gewonnen. Ich war bereit gewesen, Wigald meine Hand zu reichen, als die Bewaffneten uns angriffen. Ich hatte ihm in seinem letzten Augenblick mein Ja gegeben …

Silber winselte, stupste mich mit seiner feuchten Nase an. Er spürte meine Not. Ich streckte die Hand aus und begann ihn zu kraulen. »Aber ganz hat sie mich nicht besiegt«, flüsterte ich in die Stille hinein, »das Schicksal hat ihr die Würfel aus der Hand genommen. Ich bin ihren Plänen mit knapper Not entgangen.«

Die kleine Mildrad, wie es ihr wohl gehen mochte? Sicher war sie glücklich, daran zweifelte ich nicht – genau wie ihre Schwester Aethel. Die beiden würden unendlich trauern, wenn sie vom Tod ihres Bruders erfuhren.

Die Tränen rannen schneller und heißer meine Wangen hinab. Aus einem Kloster war ich geflohen, um meiner Liebe zu folgen. In ein Kloster würde ich zurückkehren – um für einen zu beten, dem seine Liebe den Tod gebracht hatte.

Ich richtete meine nassen Augen auf den Mond, der, eine silberne, vielfach unterteilte Scheibe, sein Licht in mein Zimmer ergoss und den Raum mit einem sanften blauen Strahlen erfüllte. Wenn es in diesem Land der Ungläubigen dennoch christliche Kirchen gab, wie der kleine Karim behauptet hatte, dann würde sich auch ein Kloster finden, in dem ich Zuflucht suchen konnte. Dieser Gedanke tröstete mich.

Schon mit dem ersten Morgenlicht wurde ich von Idris geweckt. Er sei gekommen, um sich nach meinem Befinden zu erkundigen, sagte Karim, der natürlich bei ihm war. Idris, der heute kein einziges Mal das Wort an mich richtete, ging wieder, sobald er mich gemustert hatte. Der kleine Prinz blieb da.

Er saß an meinem Bett und überwachte mich, während ich frühstückte. Die Morgenspeise bestand aus einer kräftigen Brühe, einem Stück frischen Brotes und einem Teller mit Aprikosen. Ich musste alles essen – Karim redete so lange auf mich ein, bis ich es tat.

Er war heute in ein langes Gewand aus sahneweißer Seide gekleidet. Die helle Farbe schmeichelte seiner samtbraunen Haut und ließ seine schwarzen Kinderaugen umso größer und strahlender erscheinen. »Diese Tunika steht Euch noch besser zu Gesicht als die rote, in der ich Euch gestern gesehen habe«, machte ich ihm ein Kompliment, »obwohl Ihr eigentlich in allen Farben hübsch ausseht.«

Der Kleine stutzte und sah mich verwundert an. »Gestern trug ich Blau«, sagte er zögernd. Dann nickte er und lächelte.

»Habt Ihr heute Aischa schon getroffen?« fragte ich ihn, um das Thema zu wechseln.

»Woher kennst du Aischa?« kam seine erstaunte Gegenfrage.

»Nun – wir haben ja gestern über die Erste Frau Eures Vaters gesprochen«, sagte ich und schüttelte den Kopf. »Auch über Eure Mutter Nasrin.«

»Über unsere Mutter?« Der Junge schlug die Augen nieder. »Wir sprechen niemals über unsere Mutter. Jedenfalls nicht mit Fremden.«

Der Kleine schien sehr vergesslich zu sein. »Wisst Ihr denn nicht mehr?« erinnerte ich ihn. »Ich fragte Euch nach Aischa – und Ihr sagtet mir, dass nicht sie, sondern Nasrin Eure Mutter sei.«

»Es wundert mich«, murmelte der Kleine, »es wundert mich sehr. Was wurde denn noch besprochen?« Seine Augen wirkten feucht und glänzten stärker als gewöhnlich.

»Sie ist bei Eurer Geburt gestorben«, half ich ihm weiter, »und Aischa hat Euch die Mutter ersetzt.«

Seine Augen wurden riesengroß. »Das ist nicht wahr«, meinte er empört, »jeder von uns weiß das!«

»Dann habe ich Euch falsch verstanden. Ihr sagtet, Ihr hättet von Aischa nichts zu befürchten.«

»Ach so.« Der Kleine nickte und ließ seine Hand auf Silbers Kopf sinken. »Nein – denn sie ist die Mutter der Erben. Sie hat zwei Söhne, weißt du.«

»So sagtet Ihr schon gestern.«

»Ach? Ich kann mich nicht erinnern.« Ein spitzbübisches Lächeln glitt plötzlich über seine kindlichen Züge. »Was habe ich denn noch alles gesagt?«

Ich fühlte mich zum Narren gehalten. »Ihr wisst es sehr gut«, sagte ich, »und nun wollen wir das dumme Spiel beenden.«

Der Kleine sah mich betroffen an. »Ich wollte dich nicht beleidigen«, murmelte er, »verzeih.«

»Werdet Ihr heute den Hund ausführen, Prinz Karim?« fragte ich und schenkte ihm ein Lächeln.

»O ja«, jubelte er begeistert. Dann, zögernd, fügte er hinzu, »falls er mit mir gehen will. Er hört ja nicht auf uns …«

»Nennt ihn einfach bei seinem Namen«, gab ich zurück. »Wenn ich es ihm erlaube, wird er schon folgen.«

»Wie heißt er denn?«

Der verwöhnte kleine Kerl hielt mich immer noch zum besten. »Wenn Ihr Euch nicht erinnern könnt«, nahm ich seine Herausforderung an, »dann denkt ein wenig nach. Es wird Euch sicher bald einfallen.«

Prinz Karim schmollte. »Idris sagte mir, der Hund habe dir gehört«, murrte er, »dann musst du doch seinen Namen kennen! Warum willst du ihn mir nicht sagen?«

»Weil ich es schon getan habe, kleine Hoheit«, antwortete ich energisch. »Ich wiederhole mich nicht gern.«

Er sah mich an. In seinem Blick mischten sich Unmut, Verstehen und eine unterschwellige Bewunderung. »Bist du eine Frau aus einer sehr vornehmen Familie?« fragte er. »Idris vermutet es …«

So also musste man das verwöhnte Kind nehmen. Ein paar feste Worte gelegentlich wirkten Wunder. Wahrscheinlich wurde er nicht oft zurechtgewiesen. Bei seiner ernsten Miene, die deutlich zu erkennen gab, wie beeindruckt er war, musste ich mir ein Lachen verbeißen. »Ich bin gut bekannt mit dem Königshaus von England«, neckte ich ihn.

»Oh.« Seine Bewunderung wuchs. »Du hast El Leonor gesehen? Sein Ruhm ist groß – sogar unser Kalif kennt ihn. Was ist er für ein Mann – und was bedeutet sein Name?«

Jetzt musste ich wider Willen lachen. El Leonor – ein Mann! Ich hätte in diesem Augenblick viel darum gegeben, Königin Alienors Reaktion auf diese Beschreibung zu sehen. »Prinz Karim«, sagte ich und wischte mir eine Träne der Heiterkeit aus dem Augenwinkel, »El Leonor ist eine Frau, und sie heißt eigentlich Alienor – das bedeutet ›Goldener Adler‹. Ihr Sohn, König Richard, hat soeben einen Kriegszug gegen die ungläubigen Heiden …«

Ich hielt inne. Wie konnte ich weitersprechen vor diesem Kind, das sich seines Unglaubens ja noch nicht einmal bewusst war? Der Kleine konnte kaum ahnen, dass er der Verdammnis anheim fallen würde. Sicherlich hatte ihm niemand den wahren Glauben erklärt, und er wusste nichts von den bewaffneten Pilgerzügen gegen seine Landsleute, die dem Satan dienten.

»Dann habe ich El Richard gemeint«, sagte Karim. »Eine Frau kann nicht Herrscher sein. Frauen haben keine Seele.«

Er hatte diese Unverschämtheit mit voller Überzeugung von sich gegeben. Ich schüttelte den Kopf. »In den Ländern im Norden gibt es durchaus Herrscherinnen«, widersprach ich ihm heftig, »und wie kommt Ihr darauf, dass Frauen keine Seele haben?«

»Es ist einfach so«, meinte der Kleine und machte eine abschließende Handbewegung.

»Aber Eure Mutter Nasrin – sie lustwandelt im Paradies, habt Ihr mir erzählt.«

Der Kleine schlug die Augen nieder. »Mein verehrter Vater hofft, dass Allah sie für würdig befunden hat, zu den

Huri zu gehören«, murmelte er, »den guten Frauen, die die Gläubigen im Paradies bedienen dürfen …«

Mir fiel ein Ausdruck ein, den ich einmal aus dem Mund Alienors gehört hatte: Henri Plantagenet hat sich in seinen letzten Jahren mit Huren umgeben … Damit hatte sie käufliche Weiber gemeint. Der arme Junge glaubte demnach, seine Mutter sei jetzt eine Hure, die den Männern im Paradies zu Willen sein musste. Was für ein furchtbarer Gedanke!

»Prinz Karim«, sagte ich sanft und legte meine Hand auf die dünnen Finger des Kleinen, »Eure Mutter ist ganz sicher keine Hure. Sie ist ein schöner Engel, der –«

»Aber das sagte ich ja«, unterbrach mich das Kind ungeduldig. »Mein Vater glaubt ganz fest daran, dass er sie einst wieder sehen wird. Und wir glauben es auch.«

Über diesem Ausspruch grübelte ich noch nach, als der kleine Prinz schon längst mit Silber das Zimmer verlassen hatte. Mein Hund hatte sich ihm zu seiner überschwänglichen Freude willig angeschlossen. Und ich beschäftigte mich mit den seltsamen Unstimmigkeiten zwischen meiner Meinung und den Behauptungen des Kindes.

Ich saß mit geschlossenen Augen aufrecht im Bett und war so tief in Gedanken, dass ich die Gestalt, die mein Zimmer betreten hatte, nicht bemerkte. Erst als ich ein leises Räuspern hörte, hob ich den Kopf. Aischa stand vor mir, ganz in fließende, lilafarbene Seide gehüllt. Ihr Schleier, lichtgrün und mit kleinen goldenen Blüten bestickt, fing die Sonnenstrahlen ein, die den Raum durchfluteten. »Ich habe von deiner Krankheit gehört«, sagte sie, »und bin gekommen, um nach dir zu sehen. Es gefällt mir gar nicht, dass du unter dem Dach meines Gemahls Unbill erleidest.«

»Es geht mir schon viel besser«, sagte ich. »Meinen Dank für Eure Freundlichkeit.«

»Hast du dich nun entschlossen, mir deine Herkunft mitzuteilen?« fragte Aischa.

Mir fiel wieder ihre starke Ähnlichkeit mit Alienor auf – nicht so sehr im Äußeren, sondern in ihrem Verhalten. »Nein«, sagte ich fest. »Ich möchte nicht zu den Meinen zurück. Doch Ihr werdet mich zweifellos an die Menschen ausliefern, die ich nie mehr wieder sehen will, falls ich Euch ihre Namen nenne.«

Aischa sah mich verständnislos an. Für einen Augenblick schien sie ratlos. »Du willst die Deinen nie wieder sehen«, fragte sie erstaunt, »wie soll ich das verstehen?«

»Es tut nicht Not, dass Ihr mich versteht«, wich ich aus. »Doch auf ein Lösegeld werdet Ihr verzichten müssen. Nach allem, was ich um mich sehe, seid Ihr ja auch kaum darauf angewiesen.«

Aischas Blicke sprühten Feuer. Dann lächelte sie plötzlich. »Es ist wahr«, sagte sie, eine Spur von Stolz in der Stimme, »mein Gemahl besitzt genügend Mittel. Seine Geschäfte tragen ihm viel Reichtum ein. Allah hat ihn gesegnet. Dennoch wüsste ich gern …«

Ich unterbrach sie. »Es würde zu weit führen, wenn ich Euch meine Gründe erklären wollte«, sagte ich entschlossen. »Begnügt Euch einfach mit dem, was Ihr bereits wisst.«

»Ich weiß, dass du mit einem Mann aus dem Königreich England gekommen bist.« Aischa ließ sich nicht so schnell abweisen. »Was wolltest du in Andaluz? Bist du eine Spionin – ausgesandt von den Königen in Kastilien oder Aragon oder …«

Weiter kam sie nicht. Die Tür öffnete sich, und herein trat ein hoch gewachsener Mann von etwa fünfzig Jahren. Sein Gesicht wirkte adlergleich mit seiner ausgeprägten Nase, den scharfen dunklen Augen und dem schmalen Mund. Sein grau durchzogenes Haar war kurz geschnitten. Eine kleine runde Seidenkappe bedeckte seinen Hinterkopf, ähnlich der, die ich auf dem grauen Haar des alten Idris gesehen hatte. Seine üppig bestickte, blauseidene Tunika, die fast bis auf den Boden reichte und ein Paar wunderschöne Schuhe aus goldgeprägtem Leder sehen ließ, wies ihn als sehr reichen Mann aus. Idris, der mit ihm das Zimmer betreten hatte, wirkte neben dem prächtig gekleideten Herrn einmal mehr wie ein Rabe neben einem Goldfasan.

Aischa zog sich hastig den Schleier vors Gesicht und verneigte sich tief. »Salaam aleikum, mein Gebieter«, sagte sie.

Ihre Haltung war demutsvoll, doch ihre Stimme verriet das Gegenteil.

»Frieden auch mit dir«, antwortete der reichgekleidete Herr auf Französisch. »Und mit dir«, fügte er, an mich gerichtet, hinzu.

Ich wusste nicht, wie ich darauf antworten sollte. »Gott zum Gruß«, flüsterte ich unsicher.

Der Herr lachte leise. »Du wünschst mich nicht in die tiefste Hölle wie unseren verehrten Idris«, scherzte er, »das tut wohl.«

Ich spürte, wie ich über und über errötete, und ich sah, dass Idris' Mundwinkel zuckte. Jetzt fehlten mir erst recht die Worte.

Der Herr wandte sich an Aischa. »Ich sehe, du hast versucht, meinem Wunsch zu entsprechen«, sagte er zu ihr, »und du bist nicht weitergekommen. Nun …«

Aischa verneigte sich noch tiefer. »Mein Gebieter«, rechtfertigte sie sich, »gib mir nur noch ein wenig Zeit. Diese Frau war krank – wenn sie sich wieder besser fühlt, werde ich andere Mittel …«

Der Herr winkte ab. »Ich brauche die Auskünfte nicht mehr«, sagte er milde, »denn es hat sich etwas ergeben, das sie überflüssig macht.«

»Hat man sich nach ihr erkundigt, mein Gebieter?« fragte Aischa hoffnungsvoll. »War vielleicht schon jemand da, um sie zurückzukaufen? O Allah – das wäre eine Freude!«

Der Mann schüttelte den Kopf. »Nein. Und ich will auf keinen Fall, dass ihr Aufenthalt verraten wird. Also forsche nun nicht weiter.«

Aischa blickte auf. Ich konnte ihre Augen durch den grünen Schleier schimmern sehen. »Wie du wünschst, mein Gebieter«, murmelte sie. Doch ihr Blick verriet Fassungslosigkeit und schwelendes Misstrauen.

Sie ging zur Tür. Dort blieb sie unschlüssig stehen. Dann, abrupt, fragte sie: »Soll diese Frau jetzt so hergerichtet werden, dass sie deinem Auge gefällig ist, mein Gebieter?«

Der Herr schaute verdutzt drein. Dann lachte er. Sein Lachen kam dunkel, herzlich, aus dem Bauch heraus. »Nein,

Aischa, nein! Ich habe genügend Konkubinen – fürchte nichts.«

»Diese Frau hat schönes Haar.«

Der Herr lachte noch einmal. Es klang ein wenig gequält. »Kennst du mich denn noch immer nicht, Weib – nach so vielen Jahren? Allah soll mich strafen, wenn ich diese Frau zu mir nehme.«

»So sprachst du, bevor du Nasrin …«

Der Herr ballte eine Faust. »Lass es dabei bewenden, Aischa«, sagte er hart, aber mit einem kampfesmüden Unterton. »Deine Söhne sind meine Erben – was verlangst du mehr?«

»Ich möchte dich häufiger sehen, mein Gebieter«, kam Aischas leise Antwort. »Mein Herz hungert nach deiner Gegenwart, und …«

»Du hast deine Musik und deine Bücher. Zieh dich jetzt in deine Gemächer zurück. Wir werden uns sehen, wenn die Zeit kommt.«

Damit war das Gespräch zwischen Musa Ibrahim und Aischa beendet. Sie schickte sich in seine Entscheidung und verließ das Zimmer, aber nicht, ohne mir durch die feinen Maschen ihres Schleiers noch einen unheilschwangeren Blick zuzuwerfen. Mich fröstelte.

Musa Ibrahim ließ jetzt ungeniert seine neugierigen Blicke auf mir ruhen, ohne ein Wort zu sagen. Schließlich, nach einer Ewigkeit, wie mir schien, meinte er: »Ja, sie ist schön, mein guter Idris. Ich weiß nicht, ob ich Aischa nicht doch hintergehen soll. Was sagst du?«

Er zwinkerte – so deutlich, dass ich es nicht übersehen konnte. Der alte Mann in Schwarz hob viel sagend die buschigen Augenbrauen. »Musa Ibrahim«, gab er zurück, »es wäre ein schlechter Tausch gegen das köstliche Vergnügen, das die andere Möglichkeit bietet.«

Der Herr des Hauses nickte und fuhr sich mit der Hand über die Augen. »Du hast natürlich Recht, mein verehrter Freund«, erwiderte er nachdenklich, »nicht umsonst nennt man dich den Weisen. Alles soll nach deinen Anweisungen geschehen. Ich bin sehr gespannt auf den Ausgang des Abenteuers.«

Was für ein Abenteuer meinte er? Ich spürte, wie ich innerlich zu zittern begann. Musa Ibrahim schien meine Aufregung bemerkt zu haben. Ein Grinsen überzog plötzlich sein Gesicht, wie es nichtsnutziger nicht hätte erscheinen können. In diesem Augenblick sah er wie ein halbwüchsiger Junge aus, der einen Streich ausgeheckt hat.

»Nun lass mich mit ihr allein, Musa«, sagte der alte Idris. »Ich erstatte dir später Bericht.«

»Das will ich doch hoffen«, erwiderte der Hausherr. »Lass mich nicht zu lange herumrätseln. Du kennst meine Ungeduld.«

Idris seufzte. »Gott weiß es – ich kenne sie. Nur dieses eine Mal beherrsche dich, Musa. Sonst bringst du uns um den ganzen Spaß.«

Das Grinsen kehrte auf Musa Ibrahims Gesicht zurück. Er nickte, kicherte wie ein ungezogener Junge und ging hinaus.

Als die Tür ins Schloss gefallen war, drehte Idris mir den Rücken zu. »Ich habe einige Fragen«, sagte er langsam, »ich brauche nichts weiter als ein Ja oder Nein darauf. Ob die fremde Frau mir diese kurzen Worte zugestehen wird?«

Ich hatte keine Ahnung, wie ich dem undurchsichtigen alten schwarzen Kerl begegnen sollte. Der kleine Prinz schien ihn regelrecht zu vergöttern. Der Hausherr war sein Freund – das hatte ich eben gesehen. Doch was ich von ihm zu erwarten hatte, war mir völlig unklar. Ich entschloss mich, ihm seine Bitte abzuschlagen. »Ich gestehe sie Euch nicht zu«, sagte ich abweisend.

»Das dachte ich mir.« Idris hielt mir den Rücken zugewandt. »Nun«, fuhr er fort, »dann werde ich einfach von mir geben, was ich bis jetzt allein herausgebracht habe. Vielleicht kann mich die fremde Frau ins Rechte setzen, wo ich irre.« Er drehte sich ruckartig um. Seine schwarzen, lebendigen Augen fixierten mich. »Der Aszendent«, sagte er, »bereitete mir einiges Kopfzerbrechen. Doch nach Stunden des Rechnens stand fest, dass die Frau im Norden der deutschen Lande geboren sein muss. Nahe bei der Küste des Ostmeeres. Ist es so?«

Ich starrte ihn an. Er musste mein Horoskop gelesen und richtig interpretiert haben. Ich gab keine Antwort. »Sie heißt Agneta, von der Burg Rabenstein. Die dummen Weiber hatten schlecht zugehört, doch so viel konnte ich ihrem Gebrabbel entnehmen. Sie ist also von Geblüt, wie die Franken sagen. Und sie liebt einen, der nicht von ihrem Stande ist oder von ihrem Volk. Diesem ist sie gefolgt – bis nach Andaluz. Daran besteht kein Zweifel.«

Er schwieg und sah mich aufmerksam an. Ich saß steil in meinem Bett. Meine Hände hatten sich fest ineinander verkrallt, sodass meine Knöchel weiß hervortraten. Er hatte mein Horoskop gelesen – aber woher wusste er, dass es meines war? Ich hatte keine Namen auf den Blättern vermerkt. Woher wusste er von François?

»Ist es nicht so?« fragte er mich noch einmal.

Ich konnte seine überlegene Gelassenheit nicht mehr ertragen. Ich sprang aus dem Bett, taumelte auf ihn zu, packte ihn an seinem simplen schwarzen Gewand. »Wenn Ihr schon alles wisst«, schrie ich ihn an, »was fragt Ihr dann noch? Was nützt es Euch, meine Vergangenheit zu kennen? Ihr seid ein widerwärtiger Schnüffler – ein Schwein, das wühlt und wühlt und keine Ruhe gibt!«

»Willst du denn Ruhe?« fragte er und sprach mich zum ersten Mal direkt an. »Ist es wirklich das, wonach dich verlangt? Willst du nicht vielmehr weiterleben?«

Ich spürte, wie die Beine unter mir einknickten. Idris fing mich in seinen knochigen Armen auf und schleppte mich zum Bett zurück. »Ich möchte dir helfen«, murmelte er sanft, »nicht mehr – und nicht weniger.«

»Helfen?« Zorn und Abneigung schüttelten mich. Ich riss seine Hände von mir ab. »Am besten helft Ihr mir, wenn Ihr von mir ablasst, ungläubiger Heide! Ich werde Musa Ibrahim bitten, mich in ein christliches Kloster gehen zu lassen – wo ich Satansdienern wie Euch nicht mehr begegnen muss. Ich hasse Euch – Ihr habt den rechten Glauben nicht!«

Idris verschränkte die dürren Arme vor der Brust. Für ein paar Herzschläge schwieg er. Dann räusperte er sich. »Gestatte, dass ich dir eine Geschichte erzähle«, sagte er ruhig, »und höre genau zu. Danach kannst du über mich urteilen, wie du willst.«

Eine Geschichte. Er wollte sich über mich lustig machen. Mir war nicht nach einer Geschichte zu Mute – schon gar nicht erzählt von diesem rätselhaften alten Mann. Doch er ließ mir keine Zeit abzulehnen. Er begann einfach, ohne den Blick von mir abzuwenden.

»Da lebte einmal ein Mann«, sagte er, sorgfältig die Worte wählend, »auf den war ein wunderschöner Ring gekommen von seinem Vater, der ihn von seinem Vater hatte.«

Ich unterbrach ihn. »Was soll das?« fauchte ich ihn an, »lasst mich doch endlich allein. Ich möchte von Euch nichts mehr hören oder sehen!«

Er erzählte einfach weiter, ohne sich durch meinen wütenden Einwurf stören zu lassen. »Nun musste aber dieser Ring immer an das am meisten geliebte Kind weitergegeben werden, und der Mann hatte drei Kinder, die er alle gleich stark liebte. Was war zu tun?«

Ich wollte ihn noch einmal unterbrechen, doch plötzlich brachte mich der leidenschaftliche Blick seiner dunklen Augen zum Verstummen. »Der Mann«, sagte Idris mit tief gedämpfter Stimme, »dachte lange nach. Dann ging er zu einem Goldschmied und ließ zwei weitere Ringe machen. Die glichen dem ersten so genau, dass keiner sie mehr voneinander unterscheiden konnte. Und als der Tag der Übergabe gekommen war, rief er seine drei Kinder einzeln zu sich und gab jedem einen.«

»Was geschah dann weiter?« fragte ich. Jetzt wollte ich doch wissen, wie die Geschichte weiterging.

Idris betrachtete mich ernst. »Der Mann starb«, sagte er leise, »und die Kinder stellten fest, dass sie alle einen Ring hatten. Sie stritten sich. Jeder nahm sich das Recht zu behaupten, vom Vater am meisten geliebt zu sein. Doch niemand wusste es gewiss. Denn die Ringe verrieten es nicht.« Er griff nach meiner Hand. »Wer hat nun den echten«, fragte er, »du, die du mich einen Heiden nennst – oder ich, ein wahrer Gläubiger – oder Manasse der Jude, der mit Musa

Ibrahim Geschäfte macht und sich gleichwohl weigert, ein Stück Brot mit ihm zu teilen?«

Damit ließ er meine Hand los, drehte sich um und ging. Ich starrte ihm sprachlos nach.

Während der nächsten Tage besuchte mich nur der kleine Karim. Idris tauchte nicht an meinem Bett auf, und ich war erleichtert darüber, denn ich schämte mich vor ihm. Er hatte mich dazu gebracht, nachzudenken, wo ich bisher nur geglaubt hatte.

Der kleine Prinz kümmerte sich liebevoll um Silber, aber seine Aufmerksamkeit galt auch mehr und mehr meiner Person. Er erzählte von seinem Leben in diesem weitläufigen Haus, von seinen großen Brüdern Mahmud und Mustafa, von seiner Schwester Laila, die bereits verheiratet war und in Sevilla lebte. Er erklärte mir, warum ich in den ersten Tagen meines Aufenthalts unter seines Vaters Dach bei Aischa abgewiesen worden war. »Du bist zu den Zeiten des Gebets gekommen«, sagte er lächelnd und kopfschüttelnd. »Da konnte sie dich natürlich nicht empfangen.«

Immer noch sonderbar fand ich seine Vergesslichkeit, was unsere Gespräche betraf. Oft wusste er am Nachmittag nicht mehr, was wir noch wenige Stunden zuvor miteinander geredet hatten. Einmal machte ich eine Bemerkung darüber. Seine unverständliche Antwort war: »Wie sollte es anders sein? Idris will, dass dich nur einer auf einmal besucht. Wir widersprechen Idris nicht.«

Heute saß er wie gewöhnlich neben meinem Bett auf dem Boden, hatte den Arm um Silbers Hals gelegt und kraulte ihn zärtlich. Er trug ein Gewand mit kurzen Ärmeln, und zum ersten Mal fiel mir die kleine blaue Tätowierung auf, die seinen linken Oberarm zierte. Ein rundes, verschnörkeltes Muster, nur zwei Finger breit, lag auf seiner Haut wie eine kleine Brosche. »Hübsch«, sagte ich bewundernd.

»Einer der Namen Allahs«, klärte mich der Junge auf, »es ist unser Kennzeichen.« Er senkte den Kopf. Er wirkte bedrückt.

»Was habt Ihr denn?« fragte ich. »Ihr seht ein bisschen traurig aus.«

Er sah mich forschend an. »Wirst du uns verlassen, sobald du wieder ganz genesen bist«, fragte er. »Idris sagte es. Und unser Vater ist auch dieser Meinung.«

Ich hatte niemandem von meinem Entschluss erzählt, in ein Kloster einzutreten,außer Idris. Der Junge wartete auf eine Antwort, doch ich wollte ihn nicht belügen. »Ja, mein Prinz«, sagte ich. »Da ich keine Familie habe, zu der ich zurückkehren könnte, werde ich zu den heiligen Frauen der Christen gehen und bei ihnen wohnen.«

Der Kleine öffnete die Augen weit. »Diese Frauen habe ich schon gesehen«, murmelte er betroffen, »sie sind alt und hässlich. Du aber bist jung und schön.« Er schwieg einen Augenblick. Dann, hoffnungsvoll, fügte er hinzu: »Zeit bringt Rat – sagt unser verehrter Lehrer. Dir gefällt es doch gut bei uns?«

»O ja, sehr, mein Prinz.«

»Und du liebst uns?«

»Euch, mein Prinz? Wer könnte Euch nicht lieben?«

Sein Kindergesichtchen leuchtete auf. »Idris wird wissen, wie es zu machen ist«, murmelte er und sprang auf die Füße. »Wir werden wieder kommen, wenn wir dich zu deinem Gotteshaus begleiten. Es soll heute sein, hat unser Vater angeordnet.«

Damit war er hinausgehuscht. Ich blieb überrascht und verwirrt zurück.

Kurze Zeit später erschien Fatma in meinem Zimmer. Sie trug Gewänder über den Arm drapiert und begann sie vor mir auszubreiten. »Du wählen«, radebrechte sie, »für gehen aus Haus.«

Ich sollte mir für den Gang zur Messe ein Gewand aussuchen. Wie aufmerksam von Musa Ibrahim, daran zu denken, dass ich mich in dem hemdartigen, hauchdünnen Kleid nicht auf der Straße sehen lassen konnte. Dieser spöttische Gedanke wandelte sich, sobald ich sah, was man mir anbot. Sie waren alle sehr schön, die Kleider, die vor mir lagen. Und besonders ein Gewand aus ganz leichter, dunkelblauer Wolle war gerade so geschnitten, wie es eine Schneiderin in England oder Frankreich angefertigt hätte. Die Suckenie, die dazu gehörte, hellgrüne Wolle, mit roter Seide gefüttert, war einfach wundervoll mit ihren in bunten Farben ausgestickten, breiten Bordüren um Hals und Ärmelausschnitte. Sogar an ein feines weißes Leinenhemd hatte der Hausherr gedacht, und an ein Brustband – und an weißseidene Strümpfe …

Daneben standen meine eigenen Schuhe, diejenigen, die ich auf dem Ritt mit Wigald of Uxbridge getragen hatte. Der rechte, zierlich, fast neu, hatte die übliche Form eines menschlichen Fußes. Der linke war ein unförmiger, schwarzlederner Sack. Sein Anblick ließ meine Freude in sich zusammenfallen. Agneta Pferdefuß. Agneta, die vom Glück Verlassene. Heute würde sie das Kloster finden, in dem sie sich für den Rest ihres Lebens einschließen würde. Es war vermessen gewesen, der Liebe zu folgen – einem Traum, auf den sie kein Anrecht besaß.

Stumm kleidete ich mich an. Fatma wollte mir behilflich sein, doch ich schickte sie hinaus. Der mitleidige Blick, den die hübsche junge Frau auf meinen verkrüppelten Fuß warf, tat weh.

Ich wartete. Endlich, nach nicht allzu langer Zeit, kam der kleine Prinz zu mir zurück. Er sah heiter aus. Seine braunen Augen strahlten. »Wir haben uns geeinigt«, unterrichtete er mich ernsthaft, »wir werden dich zur ersten Gemahlin nehmen, sobald wir volljährig sind. Das wäre –« er rechnete an den Fingern, »in genau sechs Jahren.«

Ich brauchte einen Augenblick, bis ich verstand, wovon er redete. Dann musste ich lachen. »Wie alt seid Ihr jetzt?« fragte ich belustigt.

»Acht«, informierte mich der Kleine, immer noch mit dieser ernsten Miene. »Wir werden dich teilen«, fügte er wichtig hinzu, »wie wir alles teilen. Das fällt uns gar nicht schwer. Und du musst dann nicht zu den heiligen Frauen der Christen. Das ist kein Ort für dich.«

»Ihr werdet mich teilen?« fragte ich verständnislos. »Mit wem denn? Karim – was wollt Ihr mir mit all diesen rätselhaften Aussprüchen sagen?«

»Ich bin nicht Karim«, sagte der Kleine und lächelte. »Karim ist …«

Die Tür schwang auf. Herein sprang sein genaues Ebenbild, begleitet von Silber. »Hat Kamal es dir schon gesagt?« Er warf mir ein Spiegelbild-Lächeln zu. »Wir werden dich teilen. Sobald wir …«

»Halt«, sagte ich, »halt!« Der Anblick der beiden kleinen Jungen, die sich so unglaublich ähnlich sahen, brachte mich völlig aus der Fassung. »Ihr seid – zwei?«

»Ja!« kam die Antwort wie aus einem Munde. »Aber wir haben uns geeinigt«, sagten Karim und Kamal, »es wird keinen Streit zwischen uns geben.«

»Davor musst du dich wirklich nicht fürchten«, bestätigten Kamal und Karim. »Wir sind es gewohnt, zu teilen.«

»Wenn ein Mann zwei oder mehr Frauen haben kann – dann können doch auch zwei Männer eine Frau haben. Meinst du nicht?« Karim und Kamal sahen mich erwartungsvoll an. Das Strahlen auf den beiden süßen Kindergesichtern überwältigte mich.

»Wer ist wer?« stotterte ich.

Der linke der beiden Jungen sagte: »Ich bin Karim.« Aus dem Mund des rechten kam gleichzeitig: »Ich bin Kamal.« Beide schoben ihre linken Ärmel hoch und deuteten auf die kleine blaue Tätowierung, die ich schon einmal gesehen hatte. »Der Name des All-Erbarmers«, sagte Karim, während er darauf deutete. »Kamal trägt einen weiteren Namen Allahs. Daran sind wir zu unterscheiden. Ich hab's dir gesagt. Weißt du nicht mehr?«

»Doch, doch.« Ich nickte, immer noch in höchster Verwunderung. Sie waren Zwillinge. Vieles an ihrem Verhalten wurde jetzt für mich verständlich.

»Wie gefällt dir denn unser Plan?« fragte Kamal. »Freust du dich nicht ein bisschen? Wir haben dich lieb gewonnen, und du liebst uns doch auch. Du hast es gesagt …«

»O ja – ich habe euch lieb«, sagte ich leise. »Doch bis der Plan ausgeführt werden kann, sind noch sechs Jahre Zeit.« Ich lächelte in mich hinein. »Vielleicht habt Ihr es Euch bis dahin längst anders überlegt.«

»Gewiss nicht«, sagten Kamal und Karim wie aus einem Mund. »Nun müssen wir noch mit unserem hochverehrten Lehrer sprechen. Er wird wissen, ob Allah es erlaubt, dass zwei Männer mit nur einer Frau verbunden –«

Jemand kam herein. Die Kinder verstummten. Ich erkannte das Gesicht des jungen Mannes sofort. Er war derjenige, den Wigald nicht hatte besiegen können – der Anführer der Bewaffneten, die uns auf der staubigen Straße in dem zerstörten Dorf angegriffen hatten.

Er verneigte sich knapp und kreuzte die Hände auf der Brust. »Salaam Aleikum«, murmelte er, in großer Verlegenheit, wie mir schien.

»We Aleikum es Salaam«, antworteten die beiden kleinen Prinzen. Sie wechselten ein paar Worte mit dem jungen Mann, der heute eine lange weiße, schmucklose Tunika trug, und dessen schwarzes Haar kein Helm sondern eine kleine Kappe aus rotem Filz bedeckte.

»Jussuf sagt, er trauert mit dir um den Mann, der bei dir war. Es ist schwer, einen so großartigen Kämpfer fallen zu sehen.« Kamal hatte diese Worte für mich übersetzt. »Doch jetzt ist er bei Allah«, fügte Karim tröstend hinzu. »Kein irdischer Kummer schmerzt ihn mehr.«

Wieder sprachen die Kinder mit Jussuf. Dann gaben sie im Wechsel an mich weiter, was er gesagt hatte. »Nun steht der Tragesessel bereit«, sagte Karim. »Wir wollen unseren Gang durch die Stadt machen«, fügte Kamal hinzu. »Das Gebetshaus der Christen liegt nicht weit von hier«, setzte Karim die Rede fort. »Jussuf soll dich hinuntertragen«, sagte Kamal abschließend.

Der verlegen-bedauernde Ausdruck in den Augen des jungen Mannes, der offenbar auch zum Gesinde gehörte, berührte mich seltsam. Ich duldete es, dass er mich auf die Arme nahm und ins Erdgeschoss hinuntertrug. Von dort ging es über eine lange weiße Treppe auf einen kleinen, ummauerten Platz, an den ich mich vage erinnerte.

Eine schlichte Sänfte, ganz mit Vorhängen verhüllt, nahm mich auf. Vier kräftige Diener packten die Tragegriffe und wollten sich, von den beiden Kindern und Jussuf zu Fuß begleitet, in Bewegung setzen. »Kommt Idris nicht mit?« fragte ich die Zwillinge, während ich die Vorhänge zurückschob, um hinausschauen zu können.

Karim, der seine blaue Tunika trug, schüttelte den Kopf. Kamal, in Rot, sagte: »Unser verehrter Lehrer meinte, er habe noch ein Gespräch zu führen. Heute sei ein überaus wichtiger Tag für einen seiner anderen Schüler.«

»So«, gab ich zurück, »er unterrichtet also außer Euch und Eurem Bruder noch andere Kinder?«

Karim und Kamal sahen sich an und lächelten dann überlegen. »Die anderen sind keine Kinder mehr«, informierten sie mich stolz, »es sind Männer der Wissenschaft, die bei unserem verehrten Lehrer ihre Kenntnisse vervollkommnen. Er ist …«

»Ja, ja«, unterbrach ich den Redeschwall der Kinder, »man nennt ihn El Raschid.« Die Geschichte fiel mir wieder ein, die mir Idris am vergangenen Abend erzählt hatte. »Und er ist wirklich ein Weiser«, fügte ich leise hinzu.

Wir passierten den Torbogen, der die hohe Mauer durchbrach. Plötzlich war ich in einer Welt, so fremd und sonderbar, dass ich nur noch staunend um mich blicken konnte. Die Straße, auf der ich in der sacht schwankenden Sänfte dahingetragen wurde, war mit polierten Platten aus weißem Stein belegt und zu beiden Seiten von hohen, ebenso weißen Häusern gesäumt. Kaufläden, von bunt gestreiften Sonnensegeln beschattet, nahmen die meisten Untergeschosse ein. Tausenderlei Dinge wurden da angeboten – glänzende Töpfe und Pfannen aus Kupfer, Gewürze, die betäubenden Duft verbreiteten, schillernde Stoffe und bunte Töpferwaren. Die Verkäufer riefen ihre Waren in ihrer eigenartig rauen und doch weichen Sprache aus. Kunden wimmelten, handelten, gestikulierten.

Als ich den Blick hob, sah ich über dem unglaublichen Bild der belebten Marktstraße reizende hölzerne Balkone, die wie Schwalbennester an die weißen Fassaden der Häuser angebaut waren. Sie alle trugen zierlich durchbrochene eiserne oder hölzerne Gitter, sodass man nicht in die kleinen Söller hineinsehen konnte. Ganz oben, über den Dächern, wölbte sich ein strahlender blauer Himmel, der zu dem Weiß der Mauern einen wundervollen Kontrast bildete.

Überall sah ich blühende Blumen oder hübsch beschnittene Büsche in Tonkübeln. Weinreben kletterten an Toreingängen. In geflochtenen Vogelbauern zwitscherten bunte Vögel ...

Ich schaute und schaute, trank all diese Eindrücke in mich hinein und fühlte mich wie in einem Märchen. Ich wurde erst wieder aus dieser Verzauberung geweckt, als die Sänfte vor einem Gebäude anhielt, dessen schmale Pforte von keinem Blumenkübel geziert wurde.

Das Tor war niedrig und schwarz. Daneben erkannte ich ein winziges, schwer vergittertes Fensterchen. »Wir sind da«, sagte Kamal, »dies ist das Bethaus. Du musst selbst um Einlass bitten. Wir warten hier auf dich.«

Ich stieg aus. Auf mein Klopfen lugte ein blasses, graubärtiges Altmännergesicht aus dem Fensterchen auf die Straße. Der Priester fragte etwas. Ich verstand seine Sprache nicht und brachte meine Bitte auf Latein vor.

Er nickte, öffnete, warf einen beleidigend verächtlichen Blick auf meine Begleiter. »Diese dürfen nicht in das Haus Gottes«, sagte er abfällig, sich ebenfalls der lateinischen Sprache bedienend. Dann forderte er mich mit einer sparsamen Handbewegung auf einzutreten. Aus der lichten, goldenen Wärme der Straße trat ich in einen Raum, den beinahe völlige Finsternis erfüllte.

Erst allmählich erkannte ich meine Umgebung. Schwere Tonnengewölbe lasteten über einem Kirchenschiff, das sein Licht von vier schmalen, schlitzartigen Öffnungen in den Seitenwänden erhielt. Vorn, an einem klotzigen Altar, von dem mich steinerne Fratzen anstarrten, brannten zwei Wachslichter in riesigen Leuchtern. Sonst war der Raum ganz kahl, bis auf einen Kruzifixus, der, riesengroß und mit verschlossenem Gesichtsausdruck, die ganze Stirnwand hinter dem Altar einnahm.

Es war kalt in dieser dunklen Kirche. »Ich wollte eigentlich eine Messe hören«, sagte ich zögernd zu dem Priester, der gebückt neben mir stand und mich von oben bis unten musterte. »Man hatte mir gesagt …«

»Da musst du früher aufstehen, meine Tochter«, sagte der Priester unfreundlich, »ich lese die Messe vor Tagesanbruch. Du bist hier nicht bei den Verfluchten, die ihrem Gott fünf Mal täglich mit ihrem Geschrei in den Ohren liegen.«

»Aber –« wollte ich einwenden.

Er schnitt mir mit einer knappen Geste das Wort ab. »Wenn du deine Beichte ablegen willst, dann bist du willkommen. Zur Messe wirst du dich vor dem ersten Tageslicht hierher bemühen müssen.«

Das war eindeutig. Ich nickte beklommen. Zum ersten Mal in meinem Leben fühlte ich mich in einem Haus des Herrn nicht wohl empfangen. »Gut«, sagte ich und senkte meine Stimme unwillkürlich zu einem Flüstern, »ich möchte beichten, Vater.«

Alles ging recht schnell vonstatten. Der Priester erteilte mir die Absolution, ohne sich näher nach meinen Übertretungen zu erkundigen oder mir Rat zu geben. Er schien froh zu sein, als alles vorüber war und er mich wieder hinausschicken konnte. Er wirkte auf mich wie ein verwirrter Geist, der sich nur sicher fühlte in seiner selbst geschaffenen dunklen Einsamkeit. Über dem hurtigen, wortkargen Abschied vergaß ich sogar, ihn nach einem Nonnenkloster zu fragen, das mich aufnehmen konnte.

Noch lange, nachdem ich in meiner Sänfte wieder zu Musa Ibrahims prächtigem Haus zurückgetragen worden war, fühlte ich mich bedrückt von dem Erlebnis in der finsteren Kirche. Ich rief mir die Bilder der lebendigen, farbigen, sonnenvergoldeten Stadt ins Gedächtnis, die so heiter gewesen waren. Dann endlich wich meine dunkle Stimmung, und ich atmete freier.

Die beiden kleinen Prinzen teilten meine Mahlzeit jetzt gemeinsam. Idris habe ihnen erlaubt, ab sofort gleichzeitig bei mir zu Gast zu sein, denn meine Gesundheit sei ja wieder hergestellt. Doch wenn der Abend sich senke und der Muezzin zum letzten Mal für heute zum Gebet rufe, dann müssten sie mich verlassen. Der Abend gehöre etwas ganz Besonderem.

Was das sein sollte, konnten sie mir nicht verraten. »Wir wissen es nicht«, sagte Kamal und hob bedauernd die Schultern. »Vielleicht feiert unser Vater ein Fest, und du darfst teilnehmen, obwohl du eine unbescholtene Frau bist.«

»Ich glaube, das ist es«, meinte Karim zuversichtlich. »Du bist ja keine Frau unseres Glaubens. Du darfst sogar mit unbedecktem Haar und ohne Begleitung die Straße betreten, sagte mir unser verehrter Idris. Obwohl du damit die Begehrlichkeit der Männer weckst.«

Kamal riss ungläubig die Augen auf. »Ist das wahr? Und stimmt es auch, dass Frauen in deinem Land bei den Mahlzeiten der Männer dabei sein dürfen?«

»Die Männer würden es sogar sehr bedauern, wenn sie ohne die Anwesenheit von Damen speisen müssten«, bestätigte ich lächelnd.

»Was ist eine Dame?« fragte darauf Karim.

Es wurde ein langes Gespräch über die Sitten in meinem Land, über Damen und über die Gebräuche, die dort herrschten. Die Kinder hörten mit erstaunten Gesichtern zu, lachten häufig über Dinge, die sie unglaublich fanden und erklärten mir die Sitten ihres Landes, die ich nicht kannte. Wohlerzogen und gehorsam verabschiedeten sie sich von mir, als die Sonne sank und das letzte Tagesgebet anstand. Ich umarmte sie, bevor sie gingen, und ich spürte die Sehnsucht der beiden Kinder nach einer Mutter, die sie nie gehabt hatten.

Sie waren in ein reiches Haus geboren und dennoch so arm wie ich. Noch während ich dies dachte, trat Idris in mein Zimmer. »Gott zu deinem Gruß«, sagte er leise. »Ich komme, um dir eine Freude zu bereiten.«

»Welche sollte das sein?« Ich vermied es, dem alten Mann in die Augen zu sehen. Die Scham, die ich am vergangenen Abend empfunden hatte, wallte wieder in mir auf. »Mich wundert«, fügte ich tonlos hinzu, »dass Ihr überhaupt noch mit mir sprechen mögt.«

»Musa Ibrahim gewährt dir die Erlaubnis, seinen Garten zu betreten«, sagte Idris ungerührt. »Das ist eine hohe Ehre, denn er ist sonst nur den Männern vorbehalten. Frauen dürfen nicht hinein – es sei denn, sie werden gerufen.«

Eine leise Furcht meldete sich in mir. »Wird Musa Ibrahim auch dort sein?« fragte ich, während ich mich an die Worte erinnerte, die der Hausherr am Vormittag über mich geäußert hatte.

Idris' Mundwinkel zuckte. »Nein«, antwortete er trocken, »jedenfalls nicht, dass ich wüsste. Komm – ich zeige dir den Weg.«

31

Idris hatte mich gebeten, meinen Mantel überzuwerfen und einen Schleier zu tragen. Es sei schon kühl am Abend, meinte er, schließlich habe der Herbst eingesetzt, und nur tagsüber könne die Sonne noch genügend Wärme verbreiten.

Ich folgte seinem Vorschlag. Dann gingen wir hinunter ins Erdgeschoss, und der Riese, der immer wie ein Cerberus den Ausgang in den Hof bewachte, öffnete uns jetzt die Tür. Er zeigte mir dabei ein scheues Lächeln, das für die vielen Male, die er mich mit einem Bärenbrummen zurückgehalten hatte, als Entschuldigung gelten konnte.

Vom Hof führte eine kleine, eisenbeschlagene Pforte in einen Laubengang. Während ich an Idris' Seite hindurchhumpelte, kam mir ein Gedanke. Ich blieb stehen. »Idris«, sprach ich den alten Mann in Schwarz an, »kennt Ihr Euch gut aus in dieser Stadt?«

»Das will ich meinen«, kam seine nüchterne Antwort.

»Ich habe vergessen, den christlichen Priester um eine Information anzugehen«, sagte ich. »Ich hatte ihn fragen wollen, ob es in Cordoba oder irgendwo außerhalb seiner Mauern Klöster gibt.«

»Diese dunklen Gemäuer, in denen Christen sich selbst gefangen setzen?« Idris sah mich verwundert an. »Ja, die gibt es. Warum willst du das wissen?«

»Könnt Ihr mir ein bestimmtes nennen, in dem Frauen leben?« stellte ich eine weitere Frage.

»Das könnte ich.« Idris' Miene war undurchdringlich. Nur in seinen wachen Rabenaugen lag ein Funkeln. »Aber warum sollte ich es tun?«

»Weil ich in ein solches eintreten möchte«, gab ich zur Antwort. »Ich habe den dringenden Wunsch ...«

Ein winziges, dünnes Lächeln huschte über seine faltigen Züge. Das Funkeln in seinen Augen verstärkte sich. »Musa

Ibrahim hat andere Pläne mit dir«, lehnte er einfach ab. »Ich teile übrigens seine Ansicht.«

»Oh!« Dieser Laut der Empörung kam unwillkürlich. »Aber der Herr dieses Hauses hat kein Recht, mich gegen meinen Willen hier fest zu halten!«

»Und wenn er sich das Recht nimmt – was willst du dagegen tun?«

Ich deutete das Funkeln in seinen Augen als maliziös und heimtückisch. »Dann werde ich kämpfen«, sagte ich, während meine Verachtung für den alten Mann zurückkam. »Was immer Musa Ibrahim mir für Hindernisse in den Weg legen mag – ich werde trotzdem ein Kloster finden, in das man mich aufnimmt ...«

»Eines kannst du mir glauben«, unterbrach mich Idris mit gefährlich sanfter Stimme, »es wird dir nicht gelingen. Ich werde es zu verhindern wissen.«

Das hatte endgültig geklungen. Idris war mein Feind und – da er scharfsinnig, klug und erfahren war – ein sehr gefährlicher Gegner. Ich schwieg zu dem, was er gesagt hatte. Von jetzt an war es besser, wenn ich ihm keinen einzigen Gedanken mehr offenbarte. Ich würde allein handeln müssen. Nicht einmal den beiden kleinen Prinzen durfte ich sagen, was mich bewegte, denn sie liebten Idris den Weisen und würden ihm alles weitergeben, was sie von mir erfuhren.

Während wir ohne Worte unter dem dunklen Blätterdach des Laubenganges dahinschritten, kam mir die Erinnerung an Musa Ibrahims Worte in meiner Kammer. Sie ist schön, hatte er gesagt – vielleicht sollte ich meine Gemahlin doch mit ihr hintergehen. Musa, war Idris' Antwort gewesen, das wäre ein schlechter Tausch gegen den herrlichen Spaß, der uns bevorsteht. Was für einen Spaß hatte der Alte gemeint? Hatten Musa Ibrahim und Idris vor, mich zu quälen und sich über meine Hilflosigkeit lustig zu machen?

Ich würde ihnen den Spaß gründlich verderben. Meine Schwäche hatte ich überwunden – das war mir soeben klar geworden. Agneta Rabenstein lebte weiter und würde sich nicht in eine Rolle zwingen lassen, die ihrer unwürdig war.

Hocherhobenen Hauptes ging ich an Idris' Seite. Der Laubengang öffnete sich auf den Garten, den ich von meinem vergitterten Fenster so oft sehnsüchtig betrachtet hatte. Für einen Augenblick stockte mir der Atem. Jetzt, da ich ihn leibhaftig betreten hatte, empfand ich seine Wunder so intensiv, dass es beinahe schmerzte.

Die kleine Fontäne in der Mitte der blühenden Blumenpracht streute ihre blitzenden Tropfen-Juwelen dem letzten Sonnenlicht des sinkenden Tages hin. Die Hecken aus Lorbeer und Liguster strömten mit ihrem würzigen Duft gespeicherte Sonnenwärme aus. Oleanderbüsche wiegten letzte Blüten, und sogar an den Rosenranken, von denen mehrere kleine Nischen überwuchert waren, leuchteten noch einzelne Blüten.

Ich stand wie gebannt. Dann, ganz langsam, bewegte ich mich auf eine der Nischen zu. Dort stand eine Bank, von der man die Schätze dieses Zaubergartens halb im Verborgenen betrachten konnte. Ganz atemlos ließ ich mich nieder. Viele Herzschläge lang konnte ich nichts denken, und alle meine Sinne waren gefangen von der Schönheit, die mich umgab.

Ich hatte nicht einmal bemerkt, dass Idris verschwunden war. Das fiel mir erst auf, als ich plötzlich die Töne einer Laute hörte. Ihre Melodie, fremdartig und doch voller Harmonie, perlte durch die Stille des Gartens und mischte sich mit dem Gezwitscher der Singvögel in den Büschen.

Aischa musste hier sein, mit mir zusammen. Ich war nicht allein. Ich erkannte ihr meisterhaftes Spiel. Hatte Musa Ibrahim sie hergeschickt, damit sie mich unterhielt? War das die Freude, die er mir machen wollte, bevor er seinen Spaß mit mir trieb?

Mir konnte es gleich sein. Nun, da ich meine Kraft wieder gefunden hatte, war ich nicht mehr wehrlos. Ich würde noch mehr Kräfte sammeln, würde mich widersetzen, würde meinen neuen Ausbruch planen. Bärbe, Alienor und selbst Wigald – sie alle gehörten der Vergangenheit an. Dies hier war die Gegenwart.

Ich lehnte den Kopf zurück und lauschte der wundersamen Musik, die so zu diesem Garten gehörte und mit der zauberhaften Umgebung zu einer Einheit verschmolz. Meine Augen wanderten mit den Tönen der Uth. Ich suchte Aischa, doch ich sah sie nirgendwo. Sie musste sich in einer geschützten Ecke des Gartens aufhalten, den ich von hier aus nicht einsehen konnte. Später, wenn sie aufhörte zu spielen, wollte ich versuchen, sie zu finden, doch jetzt mochte ich sie in ihrem Spiel nicht stören.

Vorn, in der dunklen Wand der Ligustersträucher, gab es einen Seiteneingang. Er war in die Hecke geschnitten – ein schmaler, hufeisenförmig gewölbter Bogen aus lebendem Grün. Eine hölzerne Tür in der dahinter liegenden Mauer, mit zierlichem Bandwerk aus Eisen beschlagen, führte – wohin?

Jenseits der Mauer musste die Straße liegen. Durch die Pforte in der Hecke gelangte man hinaus aus der strengen Umfriedung des Hauses. Ich hielt den Blick auf die Öffnung im Grün des Ligusters geheftet. Durch sie ging es in die Freiheit.

Eine Welle der Hoffnung erfasste mich. Sie schwemmte die letzten Reste der Zweifel fort, die noch in mir waren. Der Weg, den ich in Rabenstein eingeschlagen hatte, war kein Irrweg gewesen. Ich hatte Recht gehabt, ihn bis hierher zu verfolgen. Ich hatte nicht umsonst Königin Alienor getrotzt und alle Gefahren überwunden. Mein Wille, das Ziel zu erreichen, war noch nicht gebrochen. Zwei Mal hatte ich mich den Zwängen entzogen, die mich hemmten, und auch ein drittes Mal musste es mir gelingen.

Was zu tun war, stand klar vor mir. Ich musste irgendwie an den Schlüssel zur Pforte gelangen. Ich musste das Kloster finden, das mich eine Zeit lang verbarg. Ich würde die Sprache von Andaluz lernen. Dann würde ich mich im Gewand eines Mannes dieses Landes …

Die kleine Seitenpforte knarrte und öffnete sich. Jemand – eine schlanke, dunkel gekleidete Gestalt, deren Kopf unter einer Kapuze verborgen war, betrat zögernd den Garten. Ich erstarrte. Mein Blick heftete sich erschrocken auf die Silhouette des Mannes, der langsam den Seitenweg entlangwanderte. Seine Schritte knirschten leise auf dem weißen Muschelkies.

Ich saß stocksteif. Er sah sich suchend um. Ich konnte sein Gesicht unter der Kapuze nicht erkennen. Seine Schritte waren müde, seine Schultern gebeugt wie unter einer Last.

Er rief mit gedämpfter Stimme etwas in der kehligen Sprache von Andaluz. Aischas Spiel brach ab. Der Mann schien sie gesehen zu haben, denn er steuerte nun mit schnelleren Schritten auf eine Gruppe von hohen Büschen zu. »Ihr seid hier, gnädige Frau«, sagte er, »hätte ich das gewusst, wäre ich nicht ohne Anmeldung erschienen. Doch Idris, mein verehrter Meister, bestellte mich zu einem Gespräch in diesen Garten, und der Wächter ließ mich ein. Ich dachte …«

Ich war von meiner Bank aufgestanden. Ich hatte jedes Wort verstanden, denn der Mann sprach Französisch. Und ich hätte seine Stimme unter Millionen von anderen Stimmen wieder erkannt.

Ich griff nach einem Halt. Meine Hand umschloss die Rosenranke, die sich zum Dach meiner Nische hochwand. Dornen bohrten sich in meine Handfläche, doch ich spürte keinen Schmerz. Ich sah nur den schlanken jungen Mann im dunklen Mantel, der jetzt seine Kapuze zurückstreifte und sein Gesicht enthüllte.

Er war es. Er konnte es nicht sein – doch er war es. Kein Zweifel mehr. Das war François' dunkles, welliges Haar, das waren seine Augen und sein zärtlicher Mund. Er zeigte nur sein Profil, doch mir schien es, als könne ich sein Gesicht vollständig sehen.

Ich zog meine Hand von dem dornigen Rosenzweig zurück und taumelte auf den weißbestreuten Weg. Meine Beine wollten mir nicht gehorchen, aber ich zwang sie weiter. Ich stolperte, strauchelte, raffte mich wieder auf. Aus meiner Kehle kam ein rauer Laut, der wie ein unterdrückter Schrei klang.

François drehte sich nach mir um. Ich hielt meinen Blick auf sein Gesicht geheftet, während ich weiter auf ihn zutaumelte. Sein Mund öffnete sich ein wenig, seine Brauen waren plötzlich tief gerunzelt. Er tat einen Schritt auf mich zu, blieb stehen, starrte mich an wie ein Gespenst. Er hob in einer zutiefst verwirrten Geste die Hände.

Ich war fast bei ihm. Meine Beine versagten mir endgültig den Dienst. Mein linker Fuß schlug um, doch ich empfand den reißenden Schmerz in meinem Knöchel kaum. Er war längst nicht so wirklich wie das Phantom vor meinen Augen. Ich streckte die Arme nach dem Traumbild aus, das mir meine Fantasie so lebendig vorgaukelte, und rief seinen Namen.

Da stürzte François auf mich zu. Er fing mich auf, bevor ich fallen konnte. Kein einziges Wort kam über seine Lippen. Aber seine Arme umschlangen mich so fest, dass ich kaum noch atmen konnte. Er schwankte, bebte wie in einem heftigen Sturm, war kaum in der Lage, uns beide auf den Beinen zu halten. Und ich krallte die Hände in den rauen Stoff seines Mantels, als hinge das Heil meiner Seele davon ab.

Lange standen wir so, wortlos umschlungen. Endlich lösten wir uns ein wenig aus unserer engen Umarmung und sahen uns an. Unsere Blicke tauchten tief ineinander, und während ich wie in einem glückseligen Traum sein geliebtes Gesicht betrachtete, formten seine Lippen in ungäubigem Staunen tonlos meinen Namen.

Er küsste mich. Es war der schmerzlichste, heftigste, leidenschaftlichste Kuss, den ich je von ihm bekommen hatte. Er brachte den Augenblick zurück, als mein Liebster mich verlassen musste, damals in Rabenstein, und ich weinte auf. Doch diesmal war es nicht Abschiedsschmerz, der mir die Tränen fließen ließ. Jetzt war es überschwängliche Freude. Meine Sehnsucht hatte ihre Heimat wieder gefunden und war zu purem Glück geworden.

Mein Blick geht hinaus im meinen Garten, der dem vom Hause Musa Ibrahims nachempfunden ist, und ruht auf dem kleinen Springbrunnen inmitten der Blumenbeete. Noch immer, während ich mich erinnere, sehe ich die Rosenlaube, in die mich François hineintrug. Ich fühle seine Arme, die mich so wild umfingen, und spüre seine Küsse auf meinen Lippen.

Mit einem Lächeln muss ich daran denken, wie wir plötzlich die Stimmen anderer Menschen hörten, die in den Garten gekommen waren und uns nun in lachender Fröhlichkeit umstanden. Musa Ibrahim, der alte Idris und Aischa, sie alle blickten uns strahlend an und machten heitere Bemerkungen, die François und ich kaum zur Kenntnis nahmen. Auf uns, die wir in unserer eigenen Welt waren, wirkten Idris, Musa Ibrahim und Aischa damals wie Eindringlinge und Störenfriede.

Alles war unwirklich, außer François und mir. Wir konnten kaum auf die Fragen antworten, die uns von allen Seiten neugierig gestellt wurden, und hatten für niemanden Augen außer für einander. Wie im Traum durchlebten wir das Festmahl, das Musa Ibrahim zu unseren Ehren hatte vorbereiten lassen. Doch die delikaten Köstlichkeiten waren an uns verschwendet. Nur Aischas meisterhaftes Lautenspiel drang bis in unsere Welt.

Hand in Hand stiegen wir, als die Nacht sank, zu dem Gemach hinauf, das für uns vorbereitet war. Es gab nur uns – sonst nichts und niemanden. Die weichen Kissen, die seidenen Decken, die sich so kühl auf unsere Haut legten – all das ist unauslöschlich in mein Gedächtnis eingebrannt. Doch was uns in jener Nacht einhüllte, war einzig unsere Liebe.

Wir sprachen auch jetzt noch nicht. Auszudrücken, was wir empfanden, dazu bedurfte es keiner Worte. François sagte mir mit seinen wilden Liebkosungen, wie sehr er mich vermisst hatte, und ich erwiderte seine hungrigen Küsse so heiß und leidenschaftlich, wie sie mir gegeben wurden.

Wir umschlangen uns und erneuerten unseren Bund. Später, als der Schweiß unserer glühenden Begegnung auf unserer Haut trocknete, wechselten wir die ersten zaghaften Worte. »Ich hätte nie darauf hoffen können, dich wieder zu sehen, mon amour«, wisperte François, während er das Salz von meiner Stirn küsste. »Welches Wunder hat dich zu mir zurückgebracht?«

»Nicht jetzt, Liebster«, flüsterte ich zur Antwort. »Diese Nacht ist zu kostbar, um sie mit langatmigen Berichten zu vertun.« Und ich umarmte ihn aufs Neue.

Dies alles liegt jetzt beinahe dreizehn Jahre zurück. Ich muss lächeln, wenn ich daran denke, wie der verehrte Idris uns am nächsten Tag seine Beichte ablegte. Er hatte unser Wiedersehen von langer Hand vorbereitet. Seit dem Augenblick, als er meine Aufzeichnungen gelesen hatte, war ihm klar gewesen, dass sein junger Adept aus dem Frankenland derjenige sein musste, nach dem ich gesucht hatte. Idris hatte François vorsichtig ausgefragt – mit unbewegter Miene, wie er das so unvergleichlich beherrschte. Musa Ibrahim war eingeweiht worden, am Ende auch Aischa. Sie alle hatten mitgewirkt, um François und mich wieder zusammenzuführen. Das war der Spaß gewesen, von dem der alte Idris zu Musa Ibrahim gesprochen hatte.

Idris hat einen seltsamen Humor. In den Jahren, die ich ihn jetzt meinen väterlichen Freund nenne, hat er niemals gelacht. Das Äußerste, was er zu Stande bringt, ist dieses flüchtige, blitzende Lächeln, das genauso schnell wieder verschwindet, wie es aufkommt. Er ist rätselhaft, was sein Benehmen angeht. Doch alle Wissenschaft dieser Welt findet sich in seinem klugen Kopf. Oft, wenn ich mit ihm und meinem geliebten Mann des Nachts auf dem flachen Dach unseres Hauses sitze und die Sterne beobachte, gibt er uns Proben seiner Weisheit. Und in den langen Gesprächen, die wir mit ihm führen, lernen wir mehr über den Lauf der Welt und das Wesen der Natur, als an allen Schulen des Nordens zu finden wäre.

Die Zeit der Mittagsruhe ist bald vorüber. Leben regt sich wieder in den Räumen meines Hauses – ich höre Geräusche. Die Kinder sind wach, meine drei wilden Jungen, die François so ähnlich sehen. Meine Tochter Leonore wird kommen und mir berichten, was sie am heutigen Abend unseren Gästen auftragen wird. Sie ist beinahe heiratsfähig – nächsten Monat rundet sich ihr zwölftes Lebensjahr. Karim und Kamal, denen ich eine zweite Mutter geworden bin, sind unsterblich in sie verliebt – ich weiß noch nicht, wie ich mich dazu stellen soll. Hoffentlich haben sie vergessen, dass sie mich damals zu gleichen Teilen heiraten wollten, und kommen jetzt nicht noch einmal auf diesen absurden, kindischen Gedanken!

Ich schaue nieder auf das Blatt Pergament – Alienors Brief, der in meinem Schoß liegt – und bedauere plötzlich, dass ich sie nie wieder gesehen habe seit der Falkenjagd in Navarra, wo sie so königlich zu Pferde saß. Ich bin sicher, sie hätte sich letzten Endes doch sehr an meinem Glück gefreut, auch wenn sie nicht sein Urheber war. Gewiss, sie hätte sich in mein Leben eingemischt – sie konnte einfach nicht anders. Es war ihre Herrschernatur. Aber …

Ich muss lachen. »Ruhe in Frieden, große, schreckliche, grausame, neidische und herzensgute Königin«, flüstere ich vor mich hin. »Sei sicher – ich lasse deinen Brief nicht unbeachtet. Du hast es schon immer verstanden, Menschen gegen ihren gesunden Verstand zu den ungewöhnlichsten Taten zu bewegen. Nun hast du mit deinen letzten Zeilen die Erinnerung an Rabenstein wieder in mir wachgerufen. Wer weiß? Vielleicht bringst du mich damit doch eines Tages dazu, das Erbe meines Vaters anzutreten.«

Ich falte den Brief zusammen. Mein Gemurmel hat wie ein Gebet geklungen. Wunderliche Agneta, wozu du dich durch Alienor hinreißen lässt!

Ich werde ein wirkliches Gebet für sie sprechen, auch für König Richard Coeur de Lion, den sie wie alle ihre Kinder bis auf John überlebt hat. Ein leises Kratzen ist an der Tür zu hören, und ein bittendes Winseln. Silber hat, bevor er alt wurde und in meinen Armen friedlich sein Leben beendete, viele Nachkommen gezeugt. Drei von ihnen – wunderschöne graue Hetzhunde, die ihrem Vater beinahe gleich sehen – sind die Lieblinge meiner Jungen und folgen ihnen auf Schritt und Tritt.

Die Lichtflecke, die die Sonne auf die Fliesen des Fußbodens malt, sind gewandert. Es ist Zeit, aus der Vergangenheit zurückzukehren. Nach dem vierten Gebet dieses Tages wird Idris eintreffen und meinen François mitbringen. Das Haus wird sich mit unseren Freunden füllen. Dann werden wir wieder einen unserer geselligen Abende verbringen, an denen unsere verschiedenen Denkweisen sich im Gespräch treffen. Auch Aischa wird dabei sein; ich habe ihren Gemahl schon vor Jahren dazu überreden können, sie zu unseren

Gesellschaften mitzubringen, und sie ist mir zutiefst dankbar dafür, auch wenn sie jedes Mal ihren dichtesten Schleier tragen muss.

Ich genieße es, mit ihnen allen zusammenzusitzen und über Gott und die Welt zu reden – in meiner Sprache, aber auch in der arabischen, die ich mir gemeinsam mit meinem Mann längst zu Eigen gemacht habe. An solchen Abenden spüren François und ich besonders deutlich, wie glücklich und wie lebendig wir sind.

Die Sterne versprechen François und mir einen wunderbaren, wenn auch arbeitsreichen Sommer. Möge der Allmächtige, der alle seine Geschöpfe mit gleicher Liebe in seinen Händen hält, uns und den Unseren noch viele von diesen goldenen Jahren schenken. Und möge die Sonne seiner Gnade immer leuchten über diesem gesegneten Land Andaluz!